女儿三岁半

锦橙 著

（上册）

青岛出版集团 | 青岛出版社

图书在版编目（CIP）数据

女配三岁半/锦橙著.—青岛:青岛出版社,2021.12
ISBN 978-7-5552-9582-2

Ⅰ.①女… Ⅱ.①锦… Ⅲ.①长篇小说–中国–当代 Ⅳ.①I247.5

中国版本图书馆CIP数据核字（2021）第018959号

NüPEI SANSUIBAN
书　　名 女配三岁半
作　　者 锦　橙
出版发行 青岛出版社
社　　址 青岛市崂山区海尔路182号（266061）
本社网址 http://www.qdpub.com
邮购电话 18613853563　0532-68068091
责任编辑 郭红霞
特约编辑 孙昭月
校　　对 刘　军
装帧设计 蒋　晴
照　　排 王晶璎
印　　刷 三河市良远印务有限公司
出版日期 2021年12月第1版　2021年12月第1次印刷
开　　本 16开（640mm×920mm）
印　　张 40
字　　数 679千
书　　号 ISBN 978-7-5552-9582-2
定　　价 69.80元（全2册）
编校印装质量、盗版监督服务电话 4006532017　0532-68068050

目录

(上册)

目录
（下册）

第一章
你好，我叫叶芽

这是一处被繁华城市抛弃的地方。

深巷逼仄，垃圾满地，空气中常年散发着恶臭味，除了蚊虫与偶尔造访的野猫野狗外，鲜有人出现在这里。

夜色深沉浓郁，一条细小的胳膊慢腾腾地从垃圾桶里伸了出来，接着是短短的腿部与躯干，最后那人手上没抓稳当，整个人跌坠到地面上。

那件套在她身上的白色病号服早已被染脏，像破旧的抹布一样湿黏、充满褶皱地贴着皮肤。她赤着小脚，脏兮兮的脸蛋上唯有一双眼睛还算干净灵动。

叶芽揉揉眼睛，茫然无措地环视一圈后，注意到自己竟然有了身体。她瞪大眼，像发现新大陆一样晃动着脚丫，捏了捏脸蛋，歪歪头看到墙角处长了株歪歪扭扭的野草。

叶芽眼眸一亮，四肢并用地爬过去，低下头有礼貌地询问："你好，请问你知道这是哪里吗？"

野草迎风飘摇，一阵叽里咕噜。

"我听不懂你说什么。"叶芽撇了撇嘴，"你会说'普妖话'吗？"

野草又是一阵叽里咕噜，翻译过来就是"小鳖崽子滚远点儿，莫挨老子"。

环境不好，就连生长在这里的野花野草都非常暴躁。

好半天没人理，叶芽双手抱膝，缩在墙角瑟瑟发抖。

这里黑漆漆的，没月亮没星星，天空像墨布般向下压。四周没有熟悉的灵气环绕，小草说话还有方言，这里处处透着陌生与危机感。

叶芽嘴唇绷得很紧。她今年刚满一百岁，在花草族里属于幼崽，因为没有化形，日常都要父母陪伴，需要日光呵护。她不知道发生了什么，只记得醒来时看见红光漫天，神火肆虐，灵地刹那之间变成修罗地狱，父亲为护她们母女离去而消失在大火中。

母亲抱着她，最后只说："叶芽，活下去……"

"妈妈……"叶芽难过坏了，眼泪控制不住地往下流，当泪珠落到地面时，一棵纤弱细小的四叶草于夹缝中徐徐生长，那抹绿叶成了这灰暗世界中唯一的亮色。

"宿主叶芽激活系统，系统 01 为你服务。"

突然出现的冰冷声音让叶芽眼泪骤停，她睁大眼睛茫然地来回巡视。

"请宿主熟读以下剧情，并完成任务。目前进度 0%。"

发出这声音的就像个没有感情的朗读机器。

它说完这话的下一秒，一块透明的面板在她眼前滑落，上面浮动着密密麻麻的小字。作为一个学龄前妖怪儿童，叶芽一个字都不认识。

夜风吹过，很冷，身上大大小小的狰狞的伤口疼痛不已。

叶芽泪眼模糊，软糯的嗓音发颤："叔叔，你、你知道我爸爸妈妈在哪儿吗？你能送我回灵地吗？"

"不能。"

叶芽屏住呼吸，放软语气小心地试探："那我爸爸妈妈……"

系统冷酷无情地说："死了。"

诡异地静了两秒后，叶芽号啕大哭。

"哭什么，冷静一点儿。你都是个一百岁的大人了，成熟点儿，不要哭。

"能不能学学你妈？我之前带你妈的时候她也没这么呼天抢地啊。

"别哭了，再哭就要把找你的那些人招来了。"

系统的劝慰毫无作用，反而让她哭得一声比一声凄厉。叶芽号哭了半晌后总算没有了力气，软靠在墙上抽抽搭搭地哽咽，嘴里不住地嘟囔着找妈妈找爸爸，委屈巴巴的小模样要多可怜有多可怜。

系统意识到它的教育方式有误，以往它带的都是成年人，省心省事。但这次不同，叶芽虽然一百岁，但在妖怪界还是个要爹妈呵护的小宝宝，要是它不哄着点儿恐怕她会一直哭。

想到这儿，系统当机立断地切换到温柔好叔叔人设，就连说话方式也一同改变了。

“宝贝别哭了。”

柔情似水的嗓音在脑海中响起，叶芽沾着泪的睫毛颤了颤。她果真不哭了。

“你要是想救爸爸妈妈和你的族人就要听叔叔的话。”

叶芽胡乱地抹去眼泪，并不上套：“可是妈妈不让我听陌生人的话。”

“你是个怪叔叔，我不和你说了，我自己去找爸爸妈妈。”叶芽拍拍屁股从地上站了起来，单手撑墙，看着那双小脚，犹豫着迈出一小步。

系统瞬间抑郁。但是没关系，它这里还有其他人设！

“叶芽妹妹。”为了贴近距离，系统换了个与她年龄差不多的儿童人设，包括声音都变得软萌起来，“听我说，神火已摧毁时间之境，位于时间之境的三方灵地一同覆灭，其中包括你。”

叶芽顿住脚步。

“你的母亲连同三千族人耗尽修为才保住你的一缕魂魄，将你送入这具身体里，现在你只要走完这具身体的人生轨迹，就能重回爸爸妈妈身边。我还能帮你实现四个愿望。”

系统加重语气道：“你想好了，你可是你们全族的希望。”

叶芽歪着头，困惑中带着怀疑问道：“什么愿望都可以？”

“是的，什么愿望都可以。”

叶芽低头看着这陌生的身体，脑海中与父母和伙伴的相处一点点浮现。

她的母亲是食人花，平时凶巴巴的，唯独对她温柔耐心；爸爸和她一样是四叶草，为了让她快些长大，爸爸将所有的营养都给了她。还有小伙伴们，他们都很好很好……

叶芽目光逐渐坚定，她用力点头道：“我要救爸爸妈妈！”很快她又问，“小哥哥，我要怎么做？”

她要怎么做？

她当然是要努力完成任务，直至男女主人公情比金坚，她作为恶毒女配退出……

然而，叶芽现在太小了，提那些尚早。

“叶芽，听我说，你现在身处的世界是一本小说，而你是小说里被克隆出来的女配角，由于原主在实验中死去，所以要由你来代替她走完小说剧情，懂了吗？”

叶芽陷入沉思。

系统叹息。它历尽千帆，带过那么多穿书主角、配角，这次真是最艰难的一次。任谁也想不到这么重要的女配竟然在三岁半就死了！系统边想着，边重新翻了一遍叶芽的女配剧情。

在这部小说里，叶芽刚克隆出来没多久就被父亲送到克隆基地秘密销毁，负责销毁她的博士动了邪心，非但没有销毁叶芽，还将她带到地下研究院当实验体。被折磨两年后，叶芽逃了出来，被刚巧路过的女主人公发现。

女主人公夏晴家庭殷实，善良聪慧，看叶芽可怜就让父母收养她。因为是克隆人，叶芽有着先天优势，她的聪明让夏家父母赏识。之后夏家父母冷落夏晴，重点培养叶芽。

即使收获无数奖赏，叶芽还是不满足，克隆人的并发症始终伴随着她。她痛恨健康美丽的夏晴，将所有怨恨发泄在夏晴身上。她是天生坏种，心思恶毒，做尽坏事，后来在十八岁孤单地死去……

看完剧情，系统不太确定小四叶草叶芽能否完成任务，然而事到如今，不行也得上。

“不懂也没关系，你只要按照我说的做就好。”

叶芽乖乖点头。

“你现在去路口，待会儿等第三辆黑车过来时就撞过去。”

叶芽又点了点头，摇摇晃晃地走出小巷。

外面的世界灯火闪耀，繁华璀璨，汽车鸣笛声与路边的音乐混合，显得嘈杂又热闹。

这里和叶芽生活的地方完全不同，它的陌生更让叶芽心生畏惧，矗立的一栋栋高楼似怪物张开的大口，好像马上要将她吞噬进去。

叶芽心生怯意，小小的身体向后退了一步。

她不应该怕的。

叶芽抿着嘴唇，她要回家，要救爸爸妈妈，救灵地的所有妖怪。叶芽深吸口气，大着胆子便要冲向马路，结果下一秒就停下脚步，皱着眉头满是为难地问："哥哥，车是什么呀？"

叶芽生活在灵地里，对现代生活一无所知。

"路边带轮子、骨碌碌转的那个。"

叶芽眼睛紧盯着车辆，认真数过两辆，对着第三辆黑车一鼓作气地冲撞了过去。她身形矫捷，好似一头小蛮牛。

可是……系统电波一颤，急忙唤她："等等！不……"

呼声未落，叶芽便与路过的黑色自行车撞了个正着。砰的一声，两个人连人带车一齐歪躺在马路牙子上。路过的夏家轿车打了个转，从他们面前优雅地驶过，没多久便消失在车流之中。

望着那远去的车影，系统无语凝噎。身为"无情的任务机器"，系统第一次怀疑人生。

叶芽的膝盖被坚硬的石子割开了一道口子。她很疼，眼泛泪花地捧起膝盖察看伤势。还好，除了破点儿皮外并没有流血，妈妈说妖怪的血是很珍贵的东西，她一定不可以受伤。叶芽放下心来，伸手轻轻地拍了拍自己的小脑袋。

每次她被淘气的蜜蜂撞了脑袋时，爸爸都会像这样温柔地拍打她的枝叶，现在爸爸不在，她只能自己哄自己。

把自己哄好后，叶芽慢慢地站了起来。

脚边散落着几本书，那应该是别人掉的，她一本一本地把书捡起来，仰起头双手奉上："给你。"小姑娘声音软绵绵的似含着糖。

少年站在光影下，宽松校服下的身躯如松竹般细瘦，五官稚嫩却也精致，奈何一双眼眸冷得很，整个人透着死寂阴沉之气。

他就这么沉默地盯着她。

叶芽手一抖，吓得书又掉在地面上。叶芽本质是妖怪，就算穿越到人类身上也能看到常人所看不到的东西，比如说守护灵。

守护灵不只护至诚至善之人，也拥极恶极歹之徒，一百个人里面可能只有一人拥有自己的守护灵，很是少见。

她仰着头瞪大眼，视线中，一只通体黑色的乌鸦立于少年的肩上，双眼呈血红色，身周盘旋的黑气像乌云一样将少年笼罩住。

叶芽记得母亲说过，乌鸦乃不祥之物，拥有这种守护灵的人也不是好人，若是见了就躲远点儿，免得招来祸患。

她咕噜一声吞咽一口唾沫，双手背后，老老实实地侧身让开路。

沈昼垂眸敛目，漠然地扶起自行车，随手将书本丢到车筐里，推着自行车走远两步，立即顿下脚步，再次折返回来。

“你叫什么？”他居高临下地问。

叶芽害怕那只乌鸦，乖巧地应话：“叶芽。”

沈昼挑眉，环顾四周，之后又将目光停留在她身上。

沈昼放好车，在她面前蹲下：“你爸爸妈妈呢？”

叶芽的注意力一直在他的肩膀上。

那只乌鸦估计是累了，正窝在他的肩上，慢悠悠地用喙啄着翅膀上的黑羽。觉察到叶芽的视线，乌鸦那血红色的双眼看了过来，张开嘴凶狠地发出一声啼叫。

叶芽肩膀一抖，吓得用两只小手捂住了眼。

沈昼抿唇。他从小不讨人喜欢，现在吓到小孩子也不是什么奇怪的事情，毕竟猫狗见了他都要躲着走。

沈昼瞥了眼叶芽那干裂到破皮的嘴唇，起身进了旁边的便利店。

他从口袋里掏出仅有的五块钱，捏着皱巴巴的纸币在货架前徘徊许久，忍痛买下了一瓶儿童饮料。

“给。”沈昼再次走到叶芽身前，将买来的儿童饮料递了过去。

叶芽缓缓地将手指打开一条细缝，大眼睛盯着儿童饮料始终没有动。

沈昼主动为她插上吸管，声音冷淡地说：“喝吧，喝完我带你去找警察，他们会帮你找到父母。”

叶芽长睫微颤，小心翼翼地接过儿童饮料，小口小口地吸着。

儿童饮料甜甜的，这是她一百年都没有尝过的味道。

“谢谢哥哥。”叶芽嘴角漾开一丝笑，干净明媚的笑容让整张小脸都生动起来，只是脸上和身上太脏了，脏到像是刚从垃圾堆里滚出来的一样。

沈昼看着难受，取出纸巾蘸着水壶里仅剩的一口水一点点地把她脸上的污物擦拭干净，她原本的样子逐渐显露。

叶芽长得极其好看，眉儿弯弯，眼神伶俐，一颗红色泪痣不偏不倚地点缀在左眼下方，任谁见了都要说一声漂亮可爱。唯一不足的是她太瘦了，皮肤也过于苍白，像是营养不良，又像是被长久虐待。

叶芽很快喝完了一瓶儿童饮料，舌头仍不餍足地在嘴唇上舔了一圈。

“走吧，我带你去前面的警亭。”

警亭不远，两人走几步拐个弯就到。

叶芽捧着空瓶子，一瘸一拐地跟在他身侧。

沈昼走得很慢，即便如此，叶芽依旧跟不上。他用余光往旁边一扫，小姑娘身子骨单薄，过于宽大的衣服快要从肩头滑落，她赤脚走在地上，脚丫子早就脏得不成样子。沈昼抿了抿唇，脱下校服把她完全裹住，紧接着张手将人抱了起来。

叶芽短短的两条胳膊环着少年的脖颈，眼神对上旁边假寐的乌鸦时，她吓得闭上眼睛，把脑袋埋在了他的肩窝处。

三岁的小姑娘轻若羽毛，沈昼抱在手上感觉没什么重量。

他家里还有个五岁的弟弟，因为父母早亡，弟弟是他一手拉扯大的。他记得弟弟三岁时重多了，果然这小姑娘生活得不好。

“你住哪儿？”

叶芽思索了几秒，认真地道：“土里。”

沈昼默然，权当这是小孩子的玩笑话，并未放在心上。

警亭近在咫尺，里面只有一位执勤的民警。沈昼抱着叶芽进去，主动和对方打了招呼：“您好，这个小朋友走丢了，能麻烦您帮她联系一下父母吗？”

这条街是龙城最繁华的商业街，每个月都会有一两个小朋友和父母失散，民警早就见怪不怪了。

“可以。”民警点头，“同学，你放她在这儿，顺便留个你的联系方式，回头要是找到她的父母，我打电话联系你。”

少年的眉眼里有一丝丝窘迫之色：“抱歉，我没有手机。”父母死后，亲戚们吃绝户，榨干了父母留下的所有财产。此后他和弟弟的日子过得清苦拮据，就连两人上学都靠他人资助。手机是当今社会的必需品，却是他们的奢侈品。

“我叫沈昼，就读一中，要是有事您可以去那边联系我。”

说完，沈昼把叶芽放在了警亭的椅子上，沉默不语地转身离开。

他的背影瘦削挺拔。叶芽睫毛微颤，跳下椅子追了出去：“大哥哥——”

沈昼回眸：“你还有事？”

叶芽跑到他身前，在沈昼困惑的视线中拉起他的手搁在了自己的头顶。

小姑娘的发丝像奶猫的胎毛一样柔软，这让从来没被小孩子亲近过的沈昼浑身一个激灵，大脑莫名空了几秒。

"大哥哥是好人。"叶芽望着他的双眼澄澈明亮，"小叶子会祝福你和你的黑雀雀。"

妈妈说四叶草会降福人间，只要人类摸一下她的脑袋就可以。

说完这句话，叶芽撒丫子跑回警亭，沈昼呆愣在原地。

黑雀雀？沈昼丈二和尚摸不着头脑，最后看了眼警亭，匆匆赶回原来的位置，面无表情地对着地上散落的书本怀疑人生。

他的自行车呢？沈昼用了好一会儿工夫才消化掉自行车被人偷了的事实。他叹了口气，捡起地上的书本，认命地向家的方向走去。

沈昼从小到大倒霉惯了，对丢东西这种事早就习以为常。

嘴巴有点儿干，旁边刚好有家超市开张。他掏出仅剩的一块五毛钱，犹豫了一会儿，走进去买了瓶一块钱的矿泉水。

"超市新开张有活动，凡是在本超市购物者都可以凭小票参加抽奖活动。"店员笑眯眯地指向旁边的箱子，"一等奖是电动车，同学可以试一下。"

超市门口停着一辆崭新的粉红色小电驴，上面绑着喜庆的大红花。

沈昼对抽奖这种事压根儿不抱希望，把小票递给店员，不甚在意地随手一抽——

"一等奖"三个字在灯光下十分瞩目。

沈昼手一抖，陷入恍惚状态。

时钟指向十点，距离叶芽苏醒刚好过去一个小时。

民警给了叶芽一块面包，一边看她吃一边问话："小朋友，你叫什么名字？"

"叶芽。"她捧着面包晃着小腿，腮帮子鼓鼓的，像一只憨憨的小仓鼠。

民警第一次见到这么小的小朋友离开父母还不哭的，当下放软语气又问道："还记得家在哪里吗？"

"记得。"

民警坐直身体："哪里？"

叶芽朝着上面一指："天上。"

时间之境位于天空缝隙，她和族人都生活在那里。

民警噎了片刻，好言好语地继续问："小朋友，知道爸爸妈妈叫什么吗？"

"知道。"叶芽吃完了面包，手背胡乱蹭去脸上的面包屑，"妈妈叫花无缺。"

正在看《小鱼儿与花无缺》的民警无语。

"爸爸叫叶霖川。"

民警的眼皮子又是狠狠一跳。

叶霖川是龙城首富，手段狠厉，无人不识。他倒是有个女儿，不过在三年前就夭折了。

这小姑娘简直就是在睁着眼睛胡说八道。

民警正要继续问话，外面有老两口求助，他对着叶芽叮嘱了几句，出去帮那两个老人。

"叮！新任务发布：甩开追捕的坏人。"

脑海中忽然响起的冰冷电子声让叶芽歪了下头。

系统知道她什么都不懂，直接口头表述道："芽儿，有人要来抓你回实验室，听我的话，出去向右跑。"

叶芽点了点头，跳下椅子趁着民警不注意跑了出去。

初春的夜晚有些凉，叶芽迈动着两条小短腿在街上灵活穿梭，忙于逃窜，根本没注意系统着急地在叫她。

眼看她跑得越来越远，灯光也越来越暗，系统忍不住扭曲地咆哮："我让你跑右边，这是左边——"

初当人类一小时，不懂左右是哪边的叶芽茫然地左顾右盼。

系统叹气："宝贝，你吃饭的那只手是右手。"

吃饭的……叶芽拍了拍头，缓缓仰头看向天空，认真盯了夜空几秒后，委委屈屈地说："可是我飞不上去……"

它忘了，四叶草吃的是日光，喝的是露水，换言之，她不用手吃饭，也不会懂左右。

系统本来想着让叶芽从右边跑去夏晴的父亲所开的公司，重新让剧情回归原位，现在好了，她直接跑出了街区，如今唯一庆幸的是她成功地甩开了实验室的那群人。

唉，系统感觉好累，想辞职。这日子到底何时是个头？

叶芽一个人慢吞吞地走着。她的这具身体是克隆出来的，有着高于常人的素质与智商。即便如此，奔波一晚上的叶芽也渐渐吃不消了。

这条路又黑又阴森，没什么人，更鲜有车辆过来。

“叔叔，我脚疼。”

系统刚才用了初始声音，叶芽听出来了。

“叔叔，我想回家。”她嗓音哽咽，又要哭了。

系统走出挫败情绪，温柔地说：“前面有张小椅子，叶芽可以在那里休息一下。”

叶芽胡乱地抹去不觉流下的眼泪，走到小椅子前爬了上去。

她身上还裹着沈昼的衣服，宽松的校服外套刚好把她完全罩住，也替她遮挡住吹来的夜风。

“我忘记把衣服还给大哥哥了。”

“没事，不还也行。”

系统刚才查找了一下沈昼的个人信息，发现那人是小说里微不足道的炮灰反派角色，反社会人格，长大后会因连环杀人事件被身为警察的弟弟亲手处决。至于沈昼的弟弟，是小说男主人公，叶芽会和他有牵扯，但不会和沈昼有牵扯。

叶芽感觉身上烫烫的，眼皮像是压了石头般难以睁开。她揉了揉眼睛，慢悠悠地躺在长椅上，昏昏沉沉地睡了过去。

没多久，一辆黑色轿车徐徐地停在路边，车门打开，少年径直下来。他年纪不大，也就十二三岁，发丝漆黑，眼如乌玉，眉眼稚嫩精致，骨子里透出几分温润贵气。

“怎么了，清河？”前座的司机从车里下来，好奇地问他。

叶清河没说话，一直盯着椅子上的叶芽。

他觉得周围太暗了，于是放轻动作蹲在椅子前，凑近了几分。

小姑娘呼吸急促，脸蛋透着不正常的红晕，也不知是太冷还是太没有安全感，身体时不时颤抖一下。

叶清河目光下移，对着她左眼下的泪痣僵住。

“芽芽……”叶清河嘴里呢喃着，指尖不自觉地触碰到她的脸。

“清河？”

司机的呼唤声让他回过神来，叶清河依旧沉默着，弯腰轻柔地将小姑娘抱进车内，抬头对还在走神的司机说：“赵叔，我们走吧。”

司机身为打工的，也不好多问主人家的事，点点头上车发动引擎。

叶芽在发烧，昏昏沉沉的，根本不知道有人过来还把她带上了车。

轿车一路平稳地行驶，狭小的空间里，叶清河好奇地打量她，觉得很像，就连眼睛下面的那颗痣的位置都分毫不差。

他的妹妹叶芽芽刚出生一个月就不幸早夭。妹妹死后，母亲痛不欲生，不顾父亲的阻拦强行使用妹妹的基因克隆出一个女孩儿，名字还叫叶芽芽。

叶清河记得，自从克隆妹妹来到家里后，父母的关系明显冷淡了。但是母亲毫不在乎，尽可能地将最好的东西都给克隆人妹妹。

然而这种幸福并没有持续多久。

他的克隆妹妹没几个月就表现出超过常人的智商水平，她学什么都快，走路、说话、幼儿数学，几乎一点即通。因为太过聪明，她反而没有正常孩童该有的意识情感，不哭不闹，多数情况下是安静的，就像是一台机器。

叶清河听母亲说过一句话：“哪怕相貌一样，也始终不是我的女儿。”

“清河，你的妹妹早就死了，妈妈现在要去找她了……”

那天后，母亲病逝。

又过不久，一岁的克隆人妹妹被父亲送走，他解释说她是去国外了，但叶清河在父亲的抽屉里翻找到一份克隆人销毁协议，他的父亲在上面签了名字按了手印。

叶清河尚且年幼，不懂大人世界里的弯弯绕绕，只记得叶芽克隆人妹妹离开时他难过的心情；他也不知道本该被销毁的妹妹为什么又回到这里，只知道他很开心，无比开心。

快到叶家别墅时，叶清河看向正在开车的司机：“赵叔，爸爸是不是还有一个多月才会回来？”

“先生说快的话半个月就赶回来了。”

叶清河若有所思，随后说：“那在爸爸回来前，你可不可以不要把这件事告诉他？”

他指的是找叶芽这件事。

司机点头：“我会当作不知道的。”

回到叶家，叶清河把叶芽交给了保姆照顾，自己在外面着急地等候着。直到保姆给叶芽清洗干净身体，换好衣服，才叫他进去。

小姑娘躺在柔软的被褥里昏睡，身下淡蓝的床单衬得她粉雕玉琢，自然卷的短发包裹着一张小小的脸蛋，长睫乌黑，颤动起来竟然像是蝴蝶扇动的翅膀。

她真是可爱极了。

叶清河坐在床边，欢喜地对着她的脸颊摸了又摸。

“芽芽是在发烧吗？”叶清河抬起的眼眸和叶芽出奇地相似，明亮中表露着不加掩饰的担忧之意。

保姆攥了攥拳头，嚅动着嘴唇道：“发烧倒是好说，只是……”

“只是什么？”

保姆没回答，目光落在了叶芽身上。

叶清河觉得怪异，立马掀开被子撩起了叶芽身上的衣服。

孩童皮肤苍白，干瘪瘦小，肚皮、胳膊、胸口、大腿上……全身上下遍布大大小小的针孔和诡异的红色伤痕。

那些伤痕狰狞可怕，让他不敢多看。

叶清河心里酸涩，强忍着眼泪小心地把衣服放下。

“明天李医生会来给小子煜做检查，到时候让他也给小姑娘看看。应该不是什么大问题，你不用太难过。”保姆安慰了两句，“天不早了，要不你先去睡觉？今天晚上我在这里守着。”

叶清河不情不愿地点了点头，一步三回头地离开了房间。

等他回屋睡下后，保姆很尽责地守着叶芽，每隔一段时间都会进屋看看她尿没尿床，踢没踢被子。

叶芽这一觉睡得很安稳，直到早上八点钟才醒来。

望着窗外洒落进来的阳光，叶芽条件反射地想要舒展枝丫，进行日常的光合作用，结果忘记她现在没有长叶子，只能伸伸胳膊，踢踢小短腿。

“睡得好吗？”系统的语气中带着怨念。

“叔叔早上好。”叶芽很有礼貌地打着招呼，“你还在呀？”

你还在呀？

呀？

听听这叫什么话，这叫什么话！

系统快郁闷死了，原本想让叶芽坐上夏晴的车进入小说剧情，现在倒好，这姑娘直接回了叶家！

小说里恶毒女配十四岁才被叶家老大叶清河找回来。

她回来后，将整个叶家搅得天翻地覆，鸡犬不宁。弟弟叶子煜本来患有严重的狂躁症，两人性格不合，日夜争吵，严重时还会动手。

至于叶霖川，他一开始就不喜欢这个克隆出来的女儿，对她格外冷淡。女配清楚当初是叶霖川找人销毁的她，对他没有好感，只有恨意，于是蓄谋报复；叶清河本想让这个家恢复平稳，不承想越来越糟，终于一蹶不振，因心脏病发去世，死前只有二十三岁。

不过没关系，既然叶芽被认了回来，提前走完剧情也没关系！

这些炮灰总归都是要死的，早死晚死没差别。

系统想开了，并且开始颁布今天的女配任务。

“宿主需要做坏事让叶家兄弟讨厌，现在请宿主在以下四个任务中选取任意一个任务完成，且获得 SSS 级评分，任务奖励：愿望种子。”

淡蓝色的面板在叶芽眼前滑动，面板上列着四个选项。

1. 撕毁叶清河的作业本。
2. 疯狂地辱骂叶清河丑。
3. 对着叶子煜说滚。
4. 以上三个任务全部接受且执行。

叶芽对着浮动的小字仔细辨认许久，颇为困扰地啃起了手指头。

“芽儿有什么问题吗？”

考虑到叶芽是小孩子，系统发布的任务已经尽量简单了，像撕毁作业本这种“小事”，分分钟就能完成。

叶芽睫毛微颤，嗓音甜甜地说：“叔叔，我不认识字。”

“认得数字吗？”

叶芽摇晃脑袋。

系统认命了，自暴自弃地说：“那你看那四个哪个顺眼选哪个。”

“哦——”叶芽温暾地应了声，短小的手指头轻轻点上第三个选项。这个选项最短。

“任务接受成功，请在 12 小时内完成。”

叶芽看似懂了，但——

“叔叔，第三条是什么呀？你没告诉我。”

系统保持着仅有的耐心说：“芽芽要让你二哥滚。”

叶芽懵懂地歪歪小脑袋，正想和系统多说几句话，脚步声从门外传来。叶芽一个激灵从床上蹦跶到地上，抱着椅子上的校服躲藏到了窗帘后面。

她把脑袋和眼睛捂得严严实实的，身体却暴露在外面。

她露着明晃晃的两条腿，让刚进来的叶清河想不注意都难。叶清河站在门前沉默，认真地思考着要不要提醒她。

他提醒的话会不会太伤害小朋友的心？

考虑三四秒后，叶清河配合地玩了起来：“好奇怪，芽芽怎么不见了？她偷偷跑掉了吗？”

自以为藏得很好的叶芽动了动耳尖，小心翼翼地撩开校服探出半个脑袋，眼珠闪烁着亮光：“你怎么知道我叫芽芽？”

叶清河抿唇忍着笑，走过去蹲在她面前：“肚子饿不饿？”

叶芽摸了摸瘪瘪的肚子：“饿。”

叶清河牵起她柔软的小手，把事先让人准备好的早餐放到桌上，双手托腮笑吟吟地看着她：“吃吧。”

叶芽神色警惕，但当看见叶清河头顶俯卧的白色小猫咪时又不怕了。

从一个人的守护灵可以看出这个人的本质，所以这个大哥哥不是坏人。

“要不要喂你？”叶清河觉得让小孩子自己握汤勺真是太为难她了，于是兴致勃勃地想要帮忙。

叶芽摇头：“我是一百岁的成年人啦，不要你喂。”

系统那句话让她暗记到现在。

叶清河眼中滑过失落之色，余光一瞥，注意到她身上的校服有些眼熟，像是……他们学校的？

“芽芽的这件衣服是哪里来的？”

叶芽紧紧地抱着沈昼那件皱巴巴的校服，将那个牢记着的名字说了出来：“沈昼哥哥给的。”

叶清河怔住。

“你能告诉哥哥，你为什么和他在一起吗？”

叶芽继续回答：“沈昼哥哥捡到我，还给我水喝。他真好，我以后一定要报答他。”

虽然黑雀雀看起来凶了点儿，她也有些怕怕的，不过沈昼是好人，想到这儿，她又不觉得有多可怕了。

以后要是再见面，她会再让那个哥哥摸摸她的小脑袋。因为母亲说过，她给人带来的运气并不是一辈子的，所以她要让小哥哥多摸几次。

叶清河不再说话，望着那件校服陷入沉思。

他和沈昼从小学起就是同学，直升一中后两人又一起进了重点班。在他的印象中，沈昼沉默寡言又家境贫寒，是校外的混混儿常欺负的对象。

他们之间本来毫无瓜葛，直到某天叶清河遇到麻烦，沈昼帮忙解决。叶清河本来在学校也没几个说话的对象，就想和沈昼做朋友，结果对方的态度极为冷淡。

叶清河看着那件衣服，唇边不由得挂上浅浅的笑意。

果然，沈昼同学是面冷心热的好人。

“哥哥和沈昼是同学，等上学的时候要不要帮你把衣服还回去？”

叶芽认认真真地思量了好一会儿，应下：“好吧。”她不解地问，“你是我哥哥吗？”

她侧着小脑袋，大眼睛里有困惑也有探究的神色。

叶清河抬手摸着她那又乱又软的头发，眼神温柔又真诚：“嗯，以后哥哥会保护你，不会让人欺负你。”

他的母亲是科研人员，曾告诉他克隆是违背道德，更是违背人道的。

母亲口口声声说着道德与人道，最后还是因为思念而偷偷摸摸地把妹妹的克隆体造了出来，又不管不顾地将她抛下。

叶清河不懂母亲口中的人道是什么，也不知道母亲所谓的道德有何界限，只知道叶芽是一条鲜活的生命，她胸膛里跳动着的心脏和他们一样也要血液供养。

这一次他会说服父亲，把叶芽留下来。

叶芽吃过饭，李医生也刚巧过来了。他先给叶芽做了个大体的全身检查，小姑娘除了营养不良外并没有其他严重的问题，至于身上的伤，只要注意保养就可以好。

检查过后，叶清河牵着叶芽在家里转了一圈。

叶霖川买下了位于郊区的整座山头，叶家别墅孤零零地矗立在半山腰上。别墅里面设备齐全，花房、泳池、儿童游乐场应有尽有，后山是马场，里面养着几匹叶霖川高价从国外收购来的骏马。

叶清河先带着叶芽去了儿童房，她对着满屋子的玩具兴致缺缺。见小姑娘不喜欢，叶清河又带着她去了别墅后面的花房。

花房被打造成了迷宫形，一个操场那么大，花草种类甚多。

看着满屋子五颜六色、各种品类的花花草草，叶芽的双眼一下子亮了，和两盏小萤灯似的熠熠生辉。

“你好呀，小花。”她露着小酒窝，用稚嫩甜美的嗓音打招呼。

红到娇艳的玫瑰摇曳着枝丫：“Hello, sweetheart.”（嘿，亲爱的。）

很快，其他植物纷纷回应。

“类（你）好啊。”

“おはようございます。”（早安。）

…………

“小崽子给爷爬！”这是一朵不文明、不礼貌的花。

本来好好一个早上，就因为叶芽的一句你好乱作一团。

她可以听见它们的声音，但是听不懂它们说什么，只觉得它们好像不是很开心。叶芽像犯错的小猫咪一样牵着叶清河的手，靠在他身上，无辜而又茫然地盯着花卉叽叽喳喳地吵架。

“芽芽在和花花打招呼吗？”

叶芽慢悠悠地压了压下巴。

叶清河来了兴致，问：“那花花回应你了吗？”

“回应啦。”

“它们说什么？”

“我听不懂。”说到这儿，叶芽就委屈了，“它们说方言。”

叶清河带着她转完花房，又带着她重回别墅内，进入电梯直上二楼。

二楼是客房，三楼是他和叶子煜的卧室，四楼的整个空间都是叶霖川的私人领地，平常不让他们上去。由于三楼没有空房间，叶清河只能暂时把叶芽安置在客房。

“这是芽芽的房间，以后你可以住在这里。”

叶芽的房间是叶清河昨晚临时找人整理的，卧室朝南，小床上摆了几个毛绒玩具，都是从叶子煜那里顺来的。

“等会儿我让人给芽芽准备新衣服，开不开心？”叶清河弯腰和她说话，表情看起来比她还要雀跃。

叶芽对漂亮衣服没什么概念，也没回答他的话，全部注意力放在床上的毛绒公仔身上。

“芽芽想玩？”叶清河走过去，把毛绒公仔递到了她的手上。

“谢谢哥哥。”叶芽心满意足地抱着公仔，对他露出几颗雪白的牙齿。

叶清河心都要化了，他摸摸她的脑袋，说：“那你先自己玩，我去让人给你挑些用的东西。”

叶家有自己的商场，需要什么打个电话就能送来。

叶清河离开后，叶芽对着房间里的摆设摸摸又看看。她害怕将东西弄坏，动作小心翼翼的。叶芽一个人玩得开心，全然把系统交代的任务抛诸脑后。

直到一道阴恻恻的视线从门后扫过来，叶芽才有所觉察地看了过去。

两人四目相对，他不避不让，依旧狠狠地盯着她。

叶芽抱着玩具，从床上跳下来走了过去。

“芽儿，这就是你二哥，你的任务目标。”

任务是什么来着？

叶芽思考了好久。

系统：“让他滚。”

叶芽恍然大悟地一拍脑袋，记起来了。

“你好。”叶芽先有礼貌地和对方问好。

叶子煜患有严重的狂躁症，尽管年纪小，双眸却透着丝阴凉的凶狠之意。他不喜欢接触外人，上下扫了叶芽两眼后，表情更凶了：“你是谁？”

“叶芽。”

叶子煜的五官皱在一起：“胡扯！叶芽早就死了！”

七岁的叶子煜对死去的妹妹没什么记忆也没什么感情，单纯觉得她的出现让他烦躁。

叶芽想了想道：“好吧。你滚。”

不大点儿的小矮团子说这种凶话压根儿没什么威慑性，更别提她眼睛干净，眉眼可爱。

叶子煜眼皮一跳，单手指着叶芽：“你……你再说一遍！”

叶芽重复：“滚——”

她表现极佳，让原本担心她能否完成任务的系统顿时开心起来，忍不住夸赞道："芽儿好！芽儿棒！果然食人花母无犬女啊！"他没看错！他就知道叶芽儿一定可以的！毕竟她母亲那么霸道，曾经在快穿世界里打遍天下无敌手！

叶子煜小脸扭曲，气得胸脯起起伏伏："你、你、你竟然让我滚？"

"滚——"

"有本事你再说一次！"

叶芽："滚——"

两人目光相对，一阵沉默。

叶子煜撇了撇嘴，双手插兜一脸不屑地道："我不会滚，你有本事给我表演一个。"

哼，小屁孩儿竟然想让他滚，真是没大没小。

自己也是个小屁孩儿的叶子煜这样想着。

叶芽挠了挠头，系统叔叔说了，要是不好好完成任务是救不了灵地的爸爸妈妈还有叔叔阿姨的。

"好吧。"在叶子煜诧异的眼神中，她点头应下，"那我给你示范一下，你要看好哦。"

叶芽后退两步，在地上认认真真地演示了一遍人体翻滚动作。她滚得卖力，丝毫没注意到后面的椅子，叶子煜只听咚的一声，小姑娘的后脑瓜子瓷瓷实实地撞了上去。

嘶——叶子煜咧了下嘴，好疼……

叶芽抱着脑袋，倒在地上半天没爬起来。

"你……你没事吧？"

叶芽抽了抽鼻子，泪眼模糊地从地上爬起来，捂着后脑瓜子温柔地叮嘱："你滚的时候要小心些，不能像我一样被磕到。"

叶子煜一噎，哑口无言。

叶芽湿润的猫儿眼里映着叶子煜稚嫩的脸庞，她道："小哥哥，你现在可以滚了。"

叶子煜无语。

他滚还是不滚？他要是滚了——很丢脸。他要是不滚——更丢脸。

叶子煜皱了皱小脸蛋，表情变了又变，最后一狠心一跺脚，躺倒在地上一路滚到楼梯口。

叶芽站在门口看着他越滚越远，在他滚到拐角处时还大喊着提醒：“小哥哥小心撞到柱子。”

一路滚回来耗费叶子煜不少力气，他气喘吁吁地趴在房间的床上，反应过来后，噌地从床上跳了起来——

不对啊！他是不是被耍了？！

意识到这一点的叶子煜气得狠狠地跺脚：啊啊啊——气死人了，气死人了，气死人了！等他爸回来，他肯定让她滚！

成功完成任务的叶芽心满意足地合上房门，向系统讨要表扬：“叔叔，我完成啦。”

系统沉默。

这要让它怎么说？

任务是滚没错，但它这个滚硬是被小四叶草理解成了动词……

任务栏上的确显示已完成，叶子煜也确实吃了瘪，对她的厌恶值持续上升。

任务是完成了，但是为什么它这么不开心呢？

“恭喜宿主完成任务，获得奖励愿望种子。”

系统收起那小小的郁闷感，温柔地问：“芽儿想把种子种在哪里呀？还是说叔叔帮你保存？我看我还是帮你保……”

最后一个字没说完，叶芽便兴冲冲地跳了起来：“脑袋上，脑袋上！种子种在芽芽的小脑袋上！”

系统老半天才调整好心态，好言好语地温声劝说：“芽儿，我看还是叔叔帮你保存吧，种在脑袋上实在太……”

“不要，不要，就要种在脑袋上！”叶芽狂摇着头，往头顶一指，“这里，就种在这里。”

好吧，种就种吧。种哪儿不是种？

系统重重叹息着，把一颗小小的种子按在她的头顶上。那颗绿色的种子很小很小，外面裹着薄薄的光罩，微微闪烁着晶莹的白光。这是一颗特别的种子，除了叶芽外，普通人根本看不到。

叶芽站在镜子前，对着镜子里的自己歪歪头，头顶的小种子跟着歪了歪；她转了个圈，头顶的种子也跟着转了一个圈。

“哇——”叶芽瞪大眼睛，发出长长的一声惊叹。

“我要开花，我要开花！叔叔，我要开花！”她激动地叫嚷着，恨不得脑袋上的小种子立马发芽长小花。

这就不必了吧！

系统无比心累地解释：“只要芽芽好好完成任务，小种子就会长大，最后会长成四叶草。一片叶子代表着一个心愿，也代表着不同的好运，等四片叶子都长出来，芽芽就可以许愿回家了。”

叶芽摸着头顶的小种子，突然问：“芽芽要是回家了，叔叔呢？”

沉默了漫长的一分钟后，系统慢悠悠地开口：“叔叔要继续帮别的宿主回家。”

叶芽不太理解：“那叔叔不回家吗？”

“我回不去家，也没有家。”

它犯过错，于是命运罚它：“助苍生改变命运，自己永远被命运禁锢。”

叶芽是它带过的最小的宿主，但绝对不是最后一个宿主。

叶芽似懂非懂，最终还是没多问什么。

“芽芽，有空儿的话我们学习怎么样？”

叶芽不认字是个很大的问题，开始还好，要是长此以往肯定会出事。

“好。”她乖巧地道，“芽芽要学习。”

嗯，真乖。

见她答应，系统开始给叶芽找网课班。系统本身是没有开发教育功能的，若是想教幼崽认字或者学习人类生活的技能，必须找专业的幼儿培育系统。它记得一节课要耗费两千代码点，那两千代码点可以让系统好好升级一次了，心痛。

不过为了让她快些懂事完成任务，别说两千，两万也要学啊！

系统一连给叶芽报了幼儿数学班、幼儿语文班、妖怪幼崽人类化三个班，这三个班打完折共花了系统五千代码点，它忍着心痛付完款，静静地等着开课。

网课每周三次，一次三小时。由于空间时间和地球时间不同，那三小时换算到现实世界才三分钟不到，所以它也不用担心会耽误叶芽现实的任务。

第一节幼儿数学课刚巧是在五分钟后，系统让叶芽坐在椅子上，连接脑电波，将她送到了学习空间里。学习空间只有叶芽一个人，她面前是小小的智能电子桌，还有悬浮的屏幕，系统老师正远程为各个空间、各个种族的幼崽教学。

说实话系统压根儿不担心叶芽学不会，妖怪的智商高过人类，叶芽学会那低等数学还不是分分钟的事，根本没什么难度！

“老师不允许系统跟着宿主，现在叔叔要待机了，等你下课再回来。芽儿要乖乖的哦。”

“嗯。”叶芽重重地点头，“芽儿乖乖。”

系统走后，老师开课。

叶芽端坐在小桌前，无比认真地听着网课老师讲课。

由于各族语言不同，老师会根据学生自动切换语言，叶芽现在听的是普妖话。

妖怪的记忆力和学习能力非常惊人，叶芽很快记住了一百个数字，并且默写出来。网课老师很是满意，默默地在叶芽的评价栏上打了三个“S”。

休息五分钟后，开始算加减乘除，叶芽面前的桌上浮现三行题目。

3+7=？

8−0=？

7+1=？

叶芽握着笔杆子，认真琢磨了好一会儿后，乖乖巧巧地在上面写字，一边写还一边嘟囔：“3 加 7 等于 37，8 减 0 等于 0，7 加 1 等于……等于……”她歪了歪头，在上面写下个诡异的符号。

7+1= ▽

7 加 1 等于倒三角？负责上网课的系统老师整个电波都不好了。

“叶芽同学，你不准备……”

话未说完，叶芽放下笔，小短手在桌子上一点，毫不犹豫地交了作业。

成绩很快出来了：0 分。

“咦？”叶芽咬着手指头，大大的眼睛里是大大的“不解”。

她明明答对了呀？对自己无比自信的叶芽压根儿不知道自己哪里出了错。

三小时结束，网课老师在系统家长群里发布每个人的网课评价。

网课系统老师：“3 号系统的龙族幼崽学得很快，三节课都是满分。成绩单评分是 SSS。”

3 号系统：“谢谢网课老师。”

网课系统老师：“5 号系统的鬼族幼崽除了太闹腾外没啥了，成绩单评分是 SS。老师建议不要再让他把自己的脑袋拿下来当皮球踢。”

5 号系统：“收到！辛苦老师！”

网课系统老师：“6 号系统的蛇族幼崽还是颗蛋，太小了，不建议送来学习，所以不计入评分。”

6 号系统：“你这老师怎么回事啊？歧视蛇族啊？信不信我去系统教育机构投诉你！蛋怎么了，你是不是瞧不起蛋？！”

“6 号系统已被移出学习群。”

终于轮到 1 号了，系统激动昂然地等待着老师表扬，结果——

网课系统老师：“1 号先看一下你家孩子的作业。”网课老师发了一张图片。

3 号系统：“哈哈哈哈哈哈哈。”

5 号系统：“哈哈哈哈哈哈哈哈哈哈哈。”

1 号系统无语。

图片一出，整个群都充满了愉快的气息。

系统电波功率飙升，尽管它没有实体，也恨不得立马找个地缝钻进去。

网课系统老师问：“听说 1 号第一次带幼崽宿主？”

系统轻轻地说了个“嗯”字。

网课系统老师说：“听说花草族幼崽三百岁才会化形，她现在还是个宝宝，能记住一百个数字就不错了。不过希望家长回去认真教一教数学，下节课要还是这样，我只能让她退学。”

网课老师说的话不留情面，系统听得很不开心，但还是卑微地应下。

叶芽并不知道系统叔叔被老师批评了，此时她正坐在阳台的小椅子上，迎着日光，抱着苹果吭哧吭哧地啃着。

门被打开来，叶清河走了进来。

见叶芽趴在阳台上，叶清河心里一惊，急忙上前把她抱了下来：“芽儿不能来阳台，会摔下去的。”

“我想晒太阳。”

她一张小脸蛋被晒得红扑扑的，嘴角沾着苹果的汁液，让整张脸看起来脏兮兮的。

叶清河掏出手帕擦拭着她的嘴角："不热吗？"

"不热。"叶芽摇头，"我要让小种子快点儿发芽长花花——"

小孩子说话奇怪也不是一次两次了，给她擦干净脸蛋，叶清河重新将她放到床上："一会儿保姆阿姨会送饭给芽芽吃，这段时间芽芽就不要出去了，知道吗？"

叶子煜狂躁症犯了，正在房间里大喊大叫，状态极其不稳。叶清河害怕叶芽出去刺激到他，只能先让她在房间里待一天，等后面两人慢慢熟悉，再让他们尝试着接触。

他这种做法虽然让叶芽委屈了点儿，但总比她被叶子煜伤害到强。

吃过中午饭，叶芽独自在房间里玩着保姆送来的新玩具。

今天的任务早就完成，她闲着也是闲着，还不如干些正经事。

"芽芽，我们继续学算术好不好？"

叶芽闻言握着拼图的小手一顿，撇着小嘴不甚情愿地说："芽芽不想学数学。"

"为什么呀？"

"不好玩。"她说，"我不想学算术，我想让种子快点儿长大。"

系统好好劝说道："芽儿乖，我们就算两道题。"

她重重地叹了口气，不情不愿地坐到小凳子上开始算题。

系统尽责地给她讲着幼儿数学，她又不笨，1 加 1 等于 2，1 加 2 等于 3 这些答得都非常好。可到了后面，叶芽的答案又开始朝着诡异的逻辑飘去。

"芽儿，5 加 5 不能等于 55，你五个手指头加另外五个手指头是多少呀？"

叶芽放下笔伸出两只软软的小爪子。

"等于……"

"等于几？"

叶芽看看左手又看看右手，大大摊开十根小萝卜头一样的手指，从左数到右，从右数到左。一分钟后，她握紧拳头，稚嫩的声音很是笃定："55！"

它现在就要辞职！这系统它不当了！

叶芽当天晚上做梦都在做算术，早上迷迷糊糊地醒来，对着屋子放空几秒，随即说："叔叔，我知道 5 加 5 等于多少啦。"

叶芽困倦地掰着小手指头算，声音还带着刚醒来的倦意："等于10。"

系统老父亲般欣慰。

它就知道，它选中的崽崽不会连最基础的算术题都不会做的！

它没看错人！

系统："芽儿，我们要接受今天的任务了，请选中一项任务实行且完成，获得奖励浇灌点 ×10。"

晶莹的屏幕上像昨天一样滑下四个选项让叶芽选择，选项依次是：

1. 随机执行恶毒任务。

2. 给叶清河找不痛快。

3. 给叶子煜找不痛快。

4. 完成一个随机高级恶毒任务，获得奖励加倍。

叶芽还没睡醒，揉揉眼依旧点了第三项。

接受完任务之后，她打了个哈欠，又懒洋洋地躺回到床上。此时叶芽才后知后觉地发现小屁股上湿漉漉的，还冰凉冰凉的……

叶芽眉头一皱，发现事情并不简单。

她拉开被子爬了起来，对着印花床单上的一大片"地图"发呆。

系统有职业操守，不管遇到多好笑的事情都忍着不笑，只是善意提醒："芽儿，你尿床了。"

叶芽呆滞地看着那片晕染的水渍，咬着手指没说话。

"没关系，人类幼崽都会尿床的，今天晚上记得让保姆阿姨给你穿尿不湿。"系统顿了下，还是忍不住扑哧一声笑了。

叶芽自尊心受挫，嘴角微微向下一撇。

她眨眨眼睛，望着桌上的水杯突然灵机一动。

叶芽端起水杯装模作样地喝了一口水，紧接着手腕一抖，把小半杯水都倒了上去。叶芽瞪大眼睛，佯装震惊地道："哎呀，不好了，我不小心把水洒上去了，哥哥知道会生气，我要把床单晒干净。"

叶芽放下水杯，两只手使劲，费力地将那床碎花床单拉了下来。床单对她这个小孩子来说实在是太重了，她想抱又抱不起来，只能双手拖拽着向阳台处缓慢移动。

叶芽刚将阳台的推拉门打开，就听下面传来刺耳尖锐的吵闹声："我不吃饭——”

这人是叶子煜。

他穿着条纹睡衣，赤着脚，双眼血红，像头小野兽一样一下一下踢踹着花园处的长椅。旁边叶清河还有保姆都在阻拦他，但很快他又冲过去。

“我要我爸！”

“我要我爸爸回来——”

叶子煜又喊又叫，又哭又闹，已然被狂躁症折磨得没了最后的理智。

叶芽踮起脚看了好几眼，想到手上的床单还没有晒，急忙收回视线。

她踩上小凳子，蹲下身拉着床单的一个角往栏杆上挂，好不容易要挂好时，忽然一阵风刮来，叶芽手上一松，白色的碎花床单从栏杆上滑落，随着风的方向飘到了叶子煜的脑袋上，完整地把他罩在了里面，画有“地图”的位置刚巧在他的头顶。

白布这么一盖，叶子煜整个人都蒙住了。

“叮！任务完成，获得奖励浇灌点 ×10。”

叶芽头顶的小叶子，微微长大了那么一点儿。

系统激动了：“芽儿干得好！不愧是食人花的女儿！不愧是你！”

系统感觉距离胜利又近了一步。

叶芽并不知道系统在说什么，此时正扒着栏杆，眼神里透着不加掩饰的心虚。

从天而降的床单让花园里的三人陷入沉默，本来还狂躁不安的叶子煜奇迹般冷静下来。他扯下床单，盯了片刻，低头嗅了嗅那片水渍。

怎么觉得有点儿怪……叶子煜皱着眉，说不上来哪里不对。

叶清河已经注意到了叶芽，仰头看过来，见她还站在凳子上，吓得瞳孔紧缩，汗毛竖立：“芽芽快下来，你不能站在上面！”这要是摔下来还不得摔坏？

“阿姨，你上去把芽芽抱下来。”

保姆不敢耽误，一路跑上二楼，把她抱了下来。

“子煜，我们也要进去了。”趁此机会，叶清河牵住他的手进入客厅。

“芽芽，你怎么能一个人站在那么高的位置呢？知不知道那样做很危险？”叶清河板着脸，无比严肃地教训着她。

他开始思考要不要给叶芽重新布置一个房间。

她现在的卧室是临时改造的，有很多危险的东西没有收好，小孩子玩心重，保不准哪天就磕到碰到。可是重装房间是个大工程，很容易被父亲发现。

叶清河愁得皱眉，看向叶子煜手上皱巴巴的床单："芽芽为什么要把床单拿下来？"

叶芽含着指尖，水灵灵的双眼里一片懵懂，眼珠子左转右转，四处乱瞟，就是不敢看叶清河的眼睛，好半天才嘟囔："我、我没尿床，是……"她一本正经地说，"是我不小心把水洒了。"最后她加重语气道，"我没尿床，真的。"

此地无银三百两。

抱着她的保姆包括叶清河表情都变了。

叶子煜恍然大悟，怪不得味道那么奇怪，原来是尿啊！

保姆摸了摸她的屁股，笑说："我就寻思这孩子身上怎么这么潮，原来是尿床了。"

叶芽耳朵红红的，躲到保姆肩上只留给两兄弟害羞的小背影。

"我先上去给芽芽换衣服，清河先和小子煜吃饭，等换完我们就下去了。"

叶清河颔首，把床单交给家政工后，牵着叶子煜进入餐厅。

昨天晚上商城送来不少小娃娃穿的衣服，叶芽生得唇红齿白，粉雕玉琢，不管穿红的还是蓝的衣服都非常好看。保姆在衣柜里面挑挑拣拣半天，终于选了身淡粉的公主连衣裙给她换上，之后安顿她洗脸刷牙，磨蹭会儿才下去。

餐桌前吃饭的两兄弟一齐抬眼看了过来。

小姑娘那蓬松的头发已经被保姆打理整齐，因为太短编不了辫子，于是只分出两绺头发，在左右两边各绑了一个小鬏鬏。她穿着小纱裙，蹬着小皮鞋，长睫扑闪如流萤，安安静静地站在那儿，像刚入凡尘的小精灵一样灵动可爱、惹人心怜。

"芽芽真可爱。"叶清河笑得温柔，推了推弟弟，"你说对吧，子煜？"

叶子煜没说话，慢吞吞地嚼着小面包。

保姆抱着叶芽坐上椅子："芽芽要自己吃，还是阿姨喂？"

"芽芽是成年人，自己吃。"说着叶芽看了眼正被叶清河喂饭的叶子煜，"只有小孩子才会被人喂饭。"

叶子煜脸蛋扭曲，气得夺过叶清河手上的勺子，三两下把汤喝完，一抹嘴巴望向叶芽："小孩子才尿床，羞羞脸不害臊！"叶子煜吐着舌头做鬼脸，嘲意十足。

想到早起时那一出乌龙，叶芽后背僵住。

叶子煜得意扬扬地道："尿床精、尿床精、尿床精……"

他喋喋不休，让叶芽无从反驳，一时间腮帮子像河豚一样慢慢鼓起。

叶清河抿唇憋笑，忍不住说："芽芽是小孩子，尿床很正常的，子煜不可以取笑妹妹。"

"哼。"叶子煜满目不屑，"我没有取笑，我说的都是实话。

"她尿床了，妈妈说尿床的小孩儿会被妖怪抓走，你今天晚上就要被抓走了。"

叶芽撇嘴，连连摇头："胡说、胡说，妖怪才不会乱抓人，小哥哥你别胡说！"

叶子煜不依不饶地说："哼！等今天晚上你被抓走就知道了。"

叶芽委屈巴巴的。

她不明白小哥哥怎么说胡话，她就是小妖怪，他们妖怪从来不会乱抓人。

"反正你尿床了！"叶子煜死扯着这点不放，一个词在嘴里重复多遍。

叶芽嘴里的小面包突然不香了，睫毛颤颤，默默地掉下了两滴眼泪，鼻尖泛红，低垂着小脑袋。吃一口面包哭一声，再吃一口面包再哭一声，掉眼泪与进食维持得十分均衡。

见她半天不说话，叶子煜跳下椅子绕过去，弯腰凑到她面前："喂，你哭了？"

叶芽揉着眼睛没说话。

"哇！你真哭了啊？！"叶子煜像发现新大陆一样，蹲在她面前瞅着她哭。

叶芽默默转过身，叶子煜又觍着脸追过来；叶芽转到另一面，他又跑过去。

吧嗒，叶芽的理智"裂开"。

她手捏面包，仰头大哭出来："我要妈妈………呜……芽芽要妈妈。"

叶芽好难过。

她想回家找妈妈。

她悲伤无比，大声哭啼，眼泪瞬间汹涌成河。

叶芽哭得不能自已，让本来逗她的叶子煜顿时愣住，僵在原地连眼睛都忘了眨。

“芽芽乖，不要哭。”叶清河一早上被弟弟吵得脑袋大，好不容易把弟弟哄好，妹妹又开始闹。他不过十二，却操着老父亲的心。

“不哭、不哭，回头哥哥给你买玩具好不好？”

叶芽低声哽咽，拍着小脑袋：“芽芽……芽芽乖，不、不哭。”她抽抽搭搭，用力眨眼强行将泪珠子憋了回去。

“清河，上学要迟到了。”保姆上前抱起叶芽，掌心轻轻拍打着她的后背安抚，“你上学去吧，我来照顾芽芽。”

叶清河看向时钟，要是再晚的确会迟到。

他起身摸了摸叶芽哭到发烫的脸蛋，温柔地说：“哥哥现在要去上学。”

叶芽的哭声停止，被眼泪洗刷过的眼眸更晶莹剔透几分：“上学？”

“是呀，要晚上才回来。”

叶芽眨了眨眼：“那……哥哥要把大哥哥的衣服带回去。”

叶清河本来忘记这事了，被这番提醒顿时记起，愣了愣后，轻笑道：“好，我会把衣服带过去的。”

叶芽抽了抽鼻子，“也、也要替我谢谢大哥哥。”

“好。”叶清河拍了拍她的小脑袋，垂眸望着不吱声的叶子煜：“哥走了，你也要听话。”

“嗯。”叶子煜敷衍地应了一声，转身上楼。

叶清河不放心地看了眼叶芽，接过书包和装有校服的袋子，出门坐上了轿车。

三月的天气舒适宜人，道路两边的柳树都冒了新芽，绿莹莹的嫩叶为这城市平添了一丝生机勃勃的气息。

叶清河随意地看着窗外，视线中，一辆粉红色小电驴从旁边驶过。他眼睛一眨，隐约觉得骑车的人有点儿眼熟，好像是……他同桌沈昼？

轿车缓缓停在校门口，叶清河收起小心思，背着书包，拿起袋子走下车。

进入重点一班，叶清河一眼就看见正在面无表情地整理着桌面的沈昼。

他抿了抿唇，过去拉开椅子坐下。

“早上好呀，沈昼同学。”

沈昼冷冷淡淡的，对他的招呼声像没听见一样。

叶清河早就习惯了同桌的态度，一点儿都不生气。

“校服给你。”叶清河把袋子放了过去，“洗干净了，一会儿穿上吧，不然老师会骂。”

周一是升旗日，学校规定每位学生都要穿校服，要有违规者肯定会受到校方批评。

沈昼取出校服，原本皱皱巴巴的外衣早已被洗得干干净净并熨烫整齐，上面还飘着不知名的香味，淡淡的非常好闻。

他看着那件校服迟迟没有回过神。

“叶芽和我说了，她说谢谢大哥哥帮助她。”

叶芽？

沈昼的脑海里浮现出一张脏兮兮的小脸蛋。

看样子她是回去了，沈昼放下心来。

“那个……”叶清河贴近他，“你能告诉我是在哪里找见芽芽的吗？”

沈昼穿上外套，眉眼低垂，语气疏远：“那要看你们是在哪里丢的她。”

他的言语里带着恶意，毫不掩饰的恶意。

叶清河知道他是误会了。

不过叶清河也可以理解，任谁看到叶芽当时的样子都会误会。

“还是谢谢你了，沈昼同学。”叶清河叹了口气，起身出去上早操。

上午的课程结束后，沈昼突然被班主任叫到了办公室。叶清河恰巧要进去拿学习资料，看见沈昼，顿下脚步，默默地站在了门后面。

“老师你叫我？”

伏案办公的老师抬起头：“坐吧。”

沈昼静静地坐在了她面前的椅子上。

班主任略带可惜地注视着眼前沉默寡言、瘦削高挑的少年，重重叹息一声后，说：“是这样的，一直资助你的先生昨天联系了我，一些特殊原因，他准备取消对你的资助……”

沈昼长睫微颤，随即缓慢又失落地垂了下来。

他和弟弟是外省人，上不了本城的公立学校。

后来有个好心人知道他的事后为他提供学业和生活上的资助，让他安心地在这所私立重点中学上学，甚至给他弟弟找了所不错的幼儿园。

这两年来资助者一直通过学校联系他，他不知道对方的姓名，也不知道对方的年纪，只记得对方做的好事。

他感恩，一点一滴都记着。

"我知道了，谢谢老师告诉我。"沈昼站起身，对着班主任深深鞠了一躬后，转身离开。

他神色黯然，并没有注意到墙角偷听的叶清河。

等沈昼下楼后，叶清河敲门进入。

"老师，我来拿资料。"

班主任把厚厚一摞资料递了过去。

拿上资料后，叶清河并没有离开，犹豫了几秒，问："沈昼同学……现在是不是没资助者了？"

老师颔首，冲他一笑："你问这个干吗？"

叶清河沉吟片刻，深吸口气看向班主任，声音笃定有力："老师，我可以资助沈昼同学吗？"

噗——班主任刚喝进去的一口茶瞬间喷了出来。

叶清河板着张清俊的小脸，一本正经地道："以前那位资助者给多少，我就给多少……"不行，似乎有些少，平常沈昼看起来就吃不饱穿不暖，还一副营养不良的样子，叶清河立马改口，"翻五倍吧。"

班主任觉得现在这些小孩子实在是太天真了，真以为资助人和收养小猫小狗是一样的？

她放下茶杯无奈地摇摇头，语重心长地说："老师知道你是好心，但这不是过家家，你一个小孩子哪有钱去养那兄弟俩？"

含着金汤匙出生，对金钱没任何概念的叶清河皱了皱眉："要很多钱吗？"

"是啊。"老师点头，"几年下来没几十万也要十几万吧，他们现在的房子还是租的，虽然租在石锦洞，一个月房租好像也要三四百呢。"

石锦洞属于龙城的贫民区，筒子楼一排挨着一排，空间狭小，人口密集，住的多是来打工谋生的外籍人员，或是身体残疾、无依无靠的老人。那地方脏乱差，混混儿多，小偷也多，因为太混乱，就连政府都懒得去管。

班主任觉得沈昼可惜。

他聪明又勤奋，原本会有一个很好的未来，结果却生在那样的家庭，有着那样一群亲戚。

听到只要几十万，叶清河顿时长舒一口气："原来资助沈昼同学只要几十万呀。”

只要……只要？

迷惑中，班主任又听到少年的声音响起：“我爸会给我攒零花钱，具体多少我也没数过，但一千万总是有的，老师你看我能资助沈昼同学吗？”

他神色认真，一千万从他嘴里说出来就像说一二百块那么容易。

啪——班主任手上的茶杯碎了。

望着班主任震惊的表情，叶清河不好意思地挠了挠脸蛋：“我家好像有点儿小钱……”首富之子叶清河如是说道。

班主任良久才回过神。

叶清河品学兼优，性格温顺，因为太聪明懂事不让人操心，反而会让老师忽视。仔细想想，他平常出入都是轿车接送，穿的衣服虽然没有品牌，但料子一看就不差，加上精通乐器，英语流畅，曾经还在全班同学面前展现了一次舞蹈天赋。

这样的孩子，一看就是家境优渥……

“抱歉啊清河，老师知道你的好意，但是除了钱，对资助者还有其他要求的。如果你确实想资助沈昼，可以让你的父母出面。”小孩子玩心重，现在可能是一时好玩，回头再改变心意，对沈昼无疑是一种伤害。

叶清河若有所思片刻，当着老师的面取出手机拨通了父亲的电话。

电话响了几声后，传来一个男人的声音：“你好，叶总现在不太方便接听电话。”

“我找我爸。”叶清河直接开口，不给对方挂断电话的机会。

绵长的几分钟沉默后，电话被转交到另外一人手上。

“喂。”

男人沙哑的声音透过话筒传来，冷冷淡淡的一个字，却透出几分浓重的压迫感。

“爸，我有事想找你。”

叶霖川沉声说了两个字：“你说。”

“我想匿名资助我同学上学，但是老师说要家长同意才可以。”

叶霖川没有多问，直接同意：“可以，回头我安排助理处理，你要是有什么需要或者要求直接找他。”顿了下，他又问，“还有什么事吗？”

“没有了。”叶清河挂断电话，笑盈盈地看着呆滞的班主任：“谢谢老师，希望老师可以向沈昼同学保密。”说罢，他抱着资料潇洒离去。

班主任呆坐在座位上。她怎么有种自己面对的是霸道总裁的感觉，还是这么小的霸道总裁？！

助理的动作很快，在叶清河提出资助的第二天就安排好了一切。

好运来得太过突然，让原本准备辍学去供养弟弟的沈昼没一点儿招架之力。他找过班主任，想拿到资助人的联系方式亲自感谢，可是老师始终不愿意透露任何消息，任凭沈昼怎么磨，老师都不愿意松嘴。

无奈，他只能重返班级。

仔细想想这也是好事，有人愿意资助他，他就可以上大学，可以赚钱，可以让弟弟生活得好一些……

沈昼望着窗外，双眼难得地闪烁起细微的光。

他在人世无依无靠，只有弟弟，只有弟弟了……

恍惚中，胳膊被人轻轻撞了下，沈昼蹙眉抬头，对上了叶清河白皙的一张脸。

“有事？”沈昼态度极为冷淡。

他对叶清河谈不上讨厌，但也称不上喜欢，这源于对不同世界之人的排斥。

“周末的小组作业，在你家完成，还是我家？”

老师从这学期开始为他们布置了小组作业，原本是四人一组，由于人数不够，叶清河和沈昼凑到了一块儿。这周末是第一次作业，需要学生配合完成。叶清河知道沈昼性格孤僻可能不愿意和他一起，如果对方不愿意，他一个人做两份也不是不行。

沈昼垂眸，声音平淡地道：“周末我要带孩子。”

叶清河怔了怔，突然想起周末弟弟要去医院做检查，保姆会陪着去，家政工那天也请假了，也就是说……

“我也要带孩子。”

沈昼抬头。

目光相对中，两位哥哥默契地移开视线。

最后沈昼说：“那就在外面吧。”他家又小又脏。沈昼倒也不是怕叶清河瞧不起自己，只是怕弄得这个小少爷不自在。

叶清河颔首：“那你记我的电话，回头联系我。”话音刚落，叶清河哽住。他忘了沈昼家里没电话，平常学校作业都是靠手抄。

“那就……”

“早上十点去商业步行街那里，我准时在那儿等你。”沈昼一锤定音，不给叶清河反驳的机会。

周末早上七点，叶清河轻手轻脚地来到叶芽的房间。

她还没醒，被子踢在脚边，趴着睡得正熟，他凑近仔细听还能听见细微的呼噜声。

叶清河蹲在床边，双手托腮专注地望着叶芽。

小姑娘睡觉的样子实在可爱，婴儿肥的脸蛋被压成一团，嘴巴不自觉地向上噘着，睫毛在睡梦中微微颤抖。叶清河不由自主地伸出手，摸了摸她头顶的自来卷短发，毛茸茸、软绵绵，手感像同学家养的那只布偶猫。

妹妹真可爱。叶清河眨了眨眼，刚想凑过去亲妹妹一口时，她慢吞吞地睁开了眼。

叶清河脊背一僵，见她睡眼蒙眬，便放轻动作，慢腾腾地向后退。

叶芽翻身从床上爬起，身体因为困倦微微晃动。她揉了揉眼，迷迷糊糊地开始背诗：“锄禾……日当午，汗滴禾下土；叶子快发芽，长成大松树。”

小姑娘估计还没睡醒，整个人都是蒙的。

莫名听了一首改编唐诗的叶清河无语。

下一秒，床上的小团子看着窗外唉声叹气，像老叟般语气深沉地道：“学习好难。”

他的妹妹这是怎么了？不过……学习真的好难，叶清河也莫名地有了同感。

叶芽昨天刚上了语文课，就算小妖怪记忆力好，学习能力强，也受不住唐诗的折磨，昨天做梦做算术，现在做梦背诗，小小年纪深受学习之苦。

“是阿姨教你的唐诗吗？”叶清河拉开窗帘让阳光洒入，随即来到衣柜前找衣服。

毕竟是第一次带妹妹见同学，他一定要把妹妹打扮得漂漂亮亮的，不能落了下风。

“等哥哥选好你要穿的衣服再给你洗脸梳头，芽芽先等一下。”

他刚说完，叶芽便爬下床，趁着叶清河不注意搬了张小椅子去了洗手间。

她费力地将椅子摆好，两只小脚慢吞吞地踩了上去，之后打开水龙头，捧着水清洗着白嫩嫩的脸蛋。

洗完脸，叶芽又捧起一汪清水，往头顶淋了点儿。

这简直就是“人类的迷惑行为”。

系统都忍不住问：“芽儿，你在干吗？”

叶芽边浇水边认真地答：“快点儿让小种子发芽。”

她头顶的小种子只冒出一点点绿意，除此之外丝毫没有要长大的意思。

叶芽记得以前妈妈会给她喝露珠，她喝完露珠就长大了。小种子也要多喝水，喝完也会很快长大。

水珠穿过种子外的光罩，“吧嗒”一声掉在了叶芽的头顶。

看着她满头的水，系统感觉极其疲惫：“芽儿不要再浇水了，会生病的，你刷牙了吗？”

叶芽歪头想了想，好像没刷。

有了新的注意点后，叶芽立马把浇水的工作抛在脑后，转而抓起小牙刷，挤上牙膏，认真刷牙。

等叶芽洗完脸、刷好牙，叶清河依旧在衣柜前纠结。

她定定地看了会儿叶清河，默默地把昨天穿过的小裙子再次穿上，艰难地和拉链做了几分钟斗争，无果。叶芽撇着小嘴放弃，凑到叶清河跟前拉了拉他的袖子，仰头说：“哥哥，我胳膊短，拉不上。”

叶清河这才回过神，低头一看小姑娘早就自己收拾好了。

他愣了愣，道：“芽芽洗脸了？”

叶芽点头。

“牙也刷过了？”

叶芽又点头。

沉默片刻，叶清河勉为其难地从衣柜里选了条白色碎花小裙子，认真地给她穿好，满意地抱着她下楼。

吃过早餐后，叶清河带着叶芽离开了家。

车外景色后退，叶芽坐在后座上轻轻晃动着小腿。

她双手扒着车窗，眼睛映着外面闪过的风景。

这是叶芽来到这里之后，第一次好好欣赏这个世界。

这里远没有灵地静谧美好，也没有神兽和叶芽玩闹，但有很多她没见过的稀奇事物，这些都深深地吸引着她的注意力。

四十分钟后，车子在步行街外停下，叶清河牵着叶芽的手下车了。

周末的商业街人来人往，当叶芽在这里出现时，毫不意外地吸引了不少人的视线。

怪就怪她生得过于可爱了，不管是眉眼还是口鼻都格外精致、讨喜，安安静静地站在太阳下就像是一幅画儿。

叶芽不习惯生人的视线，不由自主地往叶清河身边挪了挪。

叶清河抬表看了眼时间，距离十点还剩十五分钟，沈昼应该快来了……

他正想着，身后传来声音。

“叶清河。”

兄妹俩一同扭头。

沈昼还是穿着校服，少年黑发利落，眉眼干净，左手牵着一个五岁左右的小男孩儿，正站在不远处看着他们。

“早上好呀，沈昼同学。”叶清河拉着妹妹走了过去。

沈昼没说话，淡淡地看了过来。

他年纪虽小，却气势逼人，别说同龄人，就连成年人都对他的气势发怵。

叶芽不怕他，仰头，笑容干净：“沈昼哥哥好——”小姑娘嗓音稚嫩，软软的像在蜜罐里浸泡过一样。

和沈昼打完招呼，叶芽又看向他肩头的乌鸦：“黑雀雀好——”

乌鸦停下动作，血红的眼睛直勾勾地盯着她——头顶的种子。

叶芽肩膀一哆嗦，着急忙慌地把叶清河临走前给她拿的小帽子戴上，双手牢牢护着帽子里的小种子，一双大眼睛里满是紧张、警惕之色。

乌鸦瞥了她一眼，轻蔑地收回了视线。

叶芽长长地松了口气。

沈昼和叶清河都以为小孩子又开始说胡话了，对此谁都没有在意。

见弟弟还缩在一旁，沈昼把他向前推了推：“打招呼。”

他弟弟深深垂着头，脚尖在地上蹭了蹭后，不情不愿地抬起了头：“哥哥好。”

看了看叶芽，他弟弟又倏地把脑袋低下：“小妹妹好。”

说完，他躲在沈昼背后不愿意出来了。

沈昼一把将他揪出，厉声教育道：“好好介绍，不能没礼貌。”

“我叫沈然。”沈然皱着眉头，十分敷衍地介绍道。

沈家弟弟自卑内敛的脾性和沈昼如出一辙。

叶清河不敢认真打量沈然，只用余光小心瞟着他，当看见他左脸上方的红色胎记时，顿时收回视线。

“芽芽，你也要和小哥哥打招呼。”叶清河轻轻捏了捏叶芽的小手。

她没说话，好奇地盯着沈然脸上的胎记。

沈然被看得不自在，脑袋越来越低。

系统激动了，在叶芽脑海中疯狂地喊道：“芽芽！这就是男主人公，你的任务对象！你要让他在你的压迫中坚定信念，成长为优秀的警察！”

男主人公成长路上的绊脚石叫作叶芽。

原著中，叶芽从小瞧不起家境贫寒的男主人公沈然，从上幼儿园起就欺负沈然，每次欺负完，都是夏晴在默默安慰沈然。叶芽的一次次欺负加重了沈然对她的厌恶以及对夏晴的喜欢，并且暗自决定爬上高层。

可以说没有叶芽的欺辱，就没有日后优秀的男主人公沈然。

叶芽是这个故事里至关重要的角色，所有角色都和她脱不了关系。

从此刻起，她要加油！

系统：“芽儿！来一个超凶、超不善良的自我介绍！我们要从一开始就震慑住他！”

第一印象非常重要！

系统：“上吧，芽儿！完成后叔叔让你的种子发芽！”

种子发芽……

叶芽抓着帽檐，战战兢兢地走了过去。

她刚迈出一步，沈昼肩头上的乌鸦突然张开双翅，在空中盘旋几圈后，落在了叶芽的头顶上。

叶芽——整株“芽”都僵了。

系统不知道叶芽的恐惧，不住地催促道：“芽儿快些！拿出你食人花的气势来！”

呜……她不是食人花。

叶芽撇撇嘴，强忍着害怕走上前：“我……我叫叶芽。”头顶的乌鸦始终没有离去的意思，并且悠闲地啄起了叶芽帽子上的小花球。

眼泪在眼眶里打转，叶芽话未出口，哭腔倒是先出来了：“我……我超凶的！”叶芽哽咽两声，哇的一声哭了起来。

她的哭声成功震慑到了沈然，就连一旁的沈昼和叶清河都跟着蒙住了。

“叮！任务完成，获得浇灌点 ×30。”

系统无语。

不是……这算是哪门子完成啊？！

系统对自己的评定系统产生了深深的怀疑。

叶芽拉着帽檐哭作一团，声音断断续续地传来：“大哥哥不要让黑雀雀啄我……不要吃芽芽的小叶子——”

她泪如雨下，哭得好不难过。

沈然定定地看着她，不由自主地紧紧扯住沈昼的衣袖。

叶芽小肩膀一抖一抖的，小脸通红，被眼泪冲洗过的睫毛乌黑。

漂亮的小姑娘就连哭起来都格外讨喜。

沈然默默地红了耳根。

“芽芽怎么了？”叶清河将她抱起，取出纸巾擦了擦她脸上的泪痕，“没有黑雀雀，你看看哪里有黑雀雀？”

天空湛蓝无云，别说黑雀雀，就连麻雀都没有。

叶芽抽抽搭搭地哭着，没回他的话。

泪眼模糊中，叶芽看见一直懒懒地窝在长兄肩头上的白猫慢慢地睁开了眼，它优雅地伸了个懒腰，紧接着亮出爪子朝乌鸦拍去，乌鸦躲闪不及被挠了个正着。

乌鸦挥舞着翅膀，生气地怪叫了一声。

白猫竖起眼瞳，登时龇牙，再次冲它亮起了爪子。

乌鸦怕了，拍着翅膀飞回沈昼身上，漆黑的羽翼缓缓地将全身笼罩，身体一点点变得透明，最后完全不见——战术性隐身。

赶走了乌鸦，白猫伸出舌头在叶芽的脸上舔了下，之后缩起身子跟着不见了。

叶芽抽了抽鼻尖，眼泪骤停。

“不哭了？”叶清河擦了擦她湿漉漉的眼睛。

叶芽紧紧环着叶清河的脖颈，摘下帽子摸了摸头顶，感觉小种子完好无损地待在脑袋上后，长长地出了口气。

乌鸦走了，害怕也立马没了，叶芽从叶清河怀里挣脱出来，走到沈然身边。对方哆嗦了一下，又往沈昼身后躲了躲。

“我刚才是不是超凶？”叶芽圆润漆黑的眼眸还带着湿润的水光，她问话时的表情很认真。

沈然呼吸一窒，原本想否定的心默默向反方向偏移。

“挺……挺凶的。”沈然低着脑袋，声若蚊蚋。

他担心叶芽再哭，逼不得已只能说了反话。

叶芽的小脸上露出笑容，她默默抓起叶清河的胳膊向前走去。

叶清河和沈昼对视一眼，一起去往约定的地点。

“叔叔，芽芽完成任务啦！”叶芽眼眸晶亮，激动地在脑海里和系统说着悄悄话。

系统没说话，持续怀疑人生中。

它开始思考自己的程序是不是出错了，叶芽刚才的表现顶多算卖萌，哪里是超凶，哪里震慑住男主人公了？怎么她就莫名其妙地完成任务了？

疑惑中，系统抓住了重点。

“超凶的自我介绍……”

“震慑住他……”

叶芽的确是超凶地介绍了，也震慑住了沈然……

好像并没有什么不对，因为任务就是这样发的，但是它怎么总感觉怪怪的？

“叔叔，你为什么不和芽芽说话？”叶芽不开心地噘嘴，“你让我的小种子长大了吗？”

系统猛然回过神：“长大了、长大了，芽芽做得真棒。”

被夸赞的叶芽笑得和花儿一样娇艳。

叶清河这次出来是学习的，他们本来想去图书馆，但是害怕两个孩子吵闹，所以选了家冷饮店。到了店里，叶清河为弟弟妹妹点了奶昔，给沈昼和自己点了饮料，最后走到角落，放下了书包。

“给你钱。”他们刚坐下，沈昼掏出皱巴巴的三十块钱递了过去。

叶清河一愣，片刻后笑着摆手道：“没关系，我请你。”

“不用。”沈昼冷淡地拒绝，不给他反驳的机会就把三十块钱塞到了他的手上。

叶清河愣了愣，抿了抿唇没再说什么。

“然然，这是你的作业。”沈昼从书包里取出作业本，将其中一个小本子放到了沈然面前。

沈然现在上中班，幼儿园老师也会安排一些简单的作业让小孩儿完成。

沈然很听话，取出铅笔翻开作业本开始做题。

三个人都在做题，只有叶芽一个人跷着小腿喝饮料，叶清河担心她会无聊闹腾，于是拿出手机，下了个益智类的游戏让她玩。

空气中流淌着轻快的钢琴曲，笔在纸上摩擦，发出沙沙声，时不时会传来沈昼和叶清河的交谈声。

叶芽在屏幕上乱点，没一会儿就通关了。

无聊……她仰头看了看沈昼，又看了看叶清河。

她好无聊。

系统：“芽芽！沈然在学习，趁此机会可以挫他的锐气！”

系统：“你要打击他！让他对自己的智商产生怀疑！”

叶芽这一周都在学习，尽管在班级里面是笨了点儿，学得慢了点儿，但打压人类绰绰有余。

叶芽懵懂地眨了眨眼，放下手机凑到了沈然跟前。

他正专注地做着算术，笔迹稚嫩，却十分整洁干净，看得出来以后是个好苗子。

“哥哥，你这道题错啦。”叶芽伸手指了过去。

笔尖一顿，沈然歪头疑惑地道：“哪里错了？”

10 加 5 是等于 15 呀？

老师是这样教的。

“错了、错了。”叶芽摇头，冲他伸出自己两个面团子似的小拳头，接着将左手张开，“10 加 5 等于 50！”

叶清河的笔尖在纸张上重重地画下一道黑色的痕迹。

他和沈昼齐齐看了过去，都没说话。

叶芽表情认真，把手凑了过去：“你看，等于 50。”

握起的右手是“0”，摊开的左手是“5”，所以等于 50，系统叔叔之前就是这样教她用手指头做算术的，她真聪明！

她真是世界上最聪明的“小叶子”！

沈然看了看叶芽的小拳头，又看了看本子上整整齐齐的15，若有所思，之后恍然大悟，拿起橡皮擦掉原本正确的答案，在上面工整地写下 50 这个数字。

“这个也错啦。”叶芽指着上面的题，“8 加 2 等于 4。”

沈然讷讷地道：“8 加 2 为什么等于 4？”

“我那天看书上，8 是这样比的。”叶芽伸出大拇指和食指，将手比作手枪的样子，又拿出右手比了个“2”，“四根，等于 4。”

她很笃定，并没有觉得哪里有错误。

成功被她这套逻辑思维带歪的沈然挠了挠头，默默盯了一会作业本，将原本的答案擦掉，改了答案。

“芽芽，你好聪明呀，我在你这么小的时候只会算 1 加 1 等于几。”他说着，语气中满是崇拜。

叶芽拍了拍他的头，安慰道：“没关系、没关系，你还小嘛，等你长到我这么大的时候就和我一样聪明啦。”

沈然仰起头，褐色的眼睛里有着迷茫的神色：“芽芽多大？”她看起来好像只有三岁，比他还小点儿呢。

叶芽挺胸抬头，说：“我今年一百岁！”她顿了下，骄傲地说，“我是个成熟的大人啦！”

沈然瞪大眼，惊叹道：“哇——”

系统明明是让小妖怪用自己卓越的头脑打击小孩子的自信，怎么这小子还崇拜上了？！还有她到底是怎么学数学的？那个网课老师到底行不行啊？

三岁小孩儿正认真地教授五岁小孩儿数学知识，旁边的两位哥哥对视两眼，默默地把脑袋凑到了一起。

“你妹妹的数学是你教的？”沈昼压低声音问。

叶清河脸上一片滚烫，很是惭愧：“不是……”他说，“芽芽还没上幼儿园呢。”

现在他想想，他们家芽芽好像该上学了，再这样下去，保不准会成为万人耻笑的学渣。

不过他又想了想，学渣也无所谓，他们家有一个学习成绩好的人不就行了？

叶清河释然，不好意思地望向沈昼：“你弟弟好像被带歪了，我看回去你再帮忙改改吧，现在估计是改不了了……”说着他瞟了眼身旁的两人。

两颗小脑袋凑在一起不知在嘀咕什么，看起来相处得非常开心。

沈昼还是第一次见弟弟这么轻松地和同龄人相处，神色不禁温和许多："没关系，回去多算几遍他自己就想通了。"

叶清河抿了口饮料，见题目做得差不多了，又马上到饭点了，便推了推叶芽："芽芽，中午想吃什么？哥哥带你吃肯德基好不好？"小孩子都喜欢肯德基，他也不例外。

叶芽哪里知道肯德基是什么，一心顺从哥哥，于是点了点头。

"那沈昼……"

叶清河还没说完，沈昼便收拾好书本，站了起来："你们去吧，我和沈然回家里吃。"

叶清河看了眼时间："等你回去都一两点了，就和我们一起吧，反正来都来了。"

"不了。"沈昼背起了书包。

叶清河知道他担心价格，一时间也不好强求。

眼看他们要走，沈昼的衣袖被一只小手拉住。

他垂眸，看到小姑娘眼神清澈地望着他。

"沈昼哥哥请芽芽喝儿童饮料。"

沈昼呆了片刻，抬头看向落地窗外，对面刚好有一家便利店："好，沈昼哥哥出去给你买。"

"芽芽。"叶清河尴尬地拉了下叶芽的胳膊，"哥哥也可以给你买。"

"不要。"叶芽摇头，"我就要沈昼哥哥给我买。"

叶清河张了张嘴，还没说话就被沈昼抢先说道："没关系，儿童饮料要不了多少钱。"他暂时松开沈然，"你帮我看一下然然，我去买。"说完他拎着书包小跑到了对面。

很快，沈昼带着儿童饮料回来了。他直接买了四个，一个给叶芽，一个给沈然，还剩下两个强行塞到了叶清河的书包里。

叶芽喝着儿童饮料，表情很是满足。

"那我走了。"沈昼看了看叶芽，重新拉起了沈然的手。

叶芽歪头看着他："礼尚往来，沈昼哥哥请芽芽喝儿童饮料，芽芽请沈昼哥哥还有沈然哥哥吃饭。"

她还知道礼尚往来？

沈昼和叶清河不可思议地看向她。

沈昼忍着笑道："请我吃饭要花钱的，芽芽有钱吗？"

"我没有。"叶芽摸了摸口袋，突然灵机一动，仰头看向叶清河，"哥哥，我可以找你借钱吗？回头我赚了钱还你。"

她一副委屈巴巴的样子，可爱极了。

叶清河背起书包，抱起妹妹，声音带笑："走吧，芽芽请我们吃饭。"他捏了捏她的脸蛋，"那你赚了钱一定要还给我哦。"

叶芽重重地点了点头。

等她赚了大钱，一定会还给哥哥！

因为她是守信的"小叶子"。

肯德基离这里有一条街的距离，沈昼先取了自己的粉红色小电驴，推着走在他们身边。

他的车子颜色实在太过女孩子气，后面还印着一只小猪佩奇，配上沈昼冷淡的眉眼实属诡异。

"你这车……挺特别的。"好半天，叶清河才勉强找到一个适合的词。

沈昼看了眼车子，说："抽奖抽来的。"

"哎！"叶清河瞪大眼睛，不可思议地感叹，"你的运气真好啊……"

他也抽过奖，比如爸爸公司的年会、商城的活动、游乐场活动，可是每次都毫无收获，不管多高的中奖率都和他无关。

叶清河不禁艳羡地道："真好，我也想中一次奖。"

沈昼从小就是"霉神"的代言词。

他坐公交车赶不上车，去早了公交车又不来；吃方便面没有调料包；出门不打伞必下雨；没记的重点老师永远会考，没复习的功课老师第一个点名让他回答；他还会让身边的人倒霉，别说有人夸他幸运，别人连和他走一块儿都不乐意。

如今竟然有人羡慕他中奖？

别说，这感觉挺好。

沈昼不由自主地挺直脊背，语气中带着自己都没察觉的小骄傲："我也只是偶尔运气好。"

叶清河没说话，又羡慕地看了一眼他的车。

这个时候天更热了，叶芽没有再戴帽子，将渔夫帽用一根绳子松松垮垮地挂在后背上。她小短腿走得很慢，时不时会被路过的各种守护灵吸引。

距离目的地还有几步的时候，叶芽突然停下脚步。

“芽芽？”叶清河疑惑地看着她。

叶芽高高仰着头道：“芽芽的腿说它不想走了。”

“那抱抱？”

叶清河正要弯腰抱她时，被叶芽推开：“我要坐沈昼哥哥的小摩托。”她看着那辆粉红色的小电驴，眼珠子发亮。

叶清河还没说话，沈昼就把她放上了后座，另一边沈然也是心心念念地想坐车，沈昼又抱起他放在了叶芽后面。

害怕两个小朋友摔下去，叶清河急忙伸手护着他们。

很快到了肯德基店，人很多，叶清河独自去点餐，留沈昼照顾两个孩子。

叶芽坐在沈然对面，低头玩着桌上的玩具。

她头顶的两个小鬏鬏是叶清河早上给扎的，扎得不太好，一高一低，其中一个还散开了。

沈昼有强迫症，越看越觉得难受，招手对叶芽说：“过来。”

叶芽狐疑地歪了歪脑袋，跳下椅子走了过去。

沈昼取下她头顶可爱的小发卡，小心翼翼地为她重新绑起头发。

穷人家的孩子早当家，他从五岁起就开始做家务，母亲智力受损，没去世时都是他给她梳头发，如今做起这种事来也是得心应手。

小姑娘的头发很软，时不时从指缝间滑落，他动作利落，没一会儿就扎好了两个整齐漂亮的小鬏鬏。

沈昼最后调整好发卡，满足地拍了拍她的小脑袋：“可以了。”

头顶的小种子不小心被他的掌心压扁，过了会儿又缓慢地变回原样，光罩里的小种子似乎有些不开心，摇头晃脑地控诉着沈昼的行为。

“谢谢沈昼哥哥。”叶芽摸着头顶的小种子，“不过你压到我的小种子了。”

沈昼一愣，朝她的头顶看去，什么都没有。

他顿了会儿，诚恳地说：“抱歉，下次我会注意些，不压到芽芽的小种子。”

“没关系。”叶芽晃着两条小短腿，酒窝浅浅的，“芽芽喜欢被沈昼哥哥摸小脑袋。”

沈昼哥哥是好人，她想让他的运气变得好一点儿。

一旁沉默的沈然看了叶芽的脸一会儿，鼓起勇气问："那我也能摸芽芽的小脑袋吗？"

叶芽认真地思索了一番，摇头道："不可以。"

沈然低下头，神情略显失落。

叶芽操着小奶音，一本正经地说："你会把沈昼哥哥给我扎的辫辫弄乱，弄乱就不可爱了。"

她疼爱地摸了摸头顶的小鬏鬏，眼神之中满满都是喜欢。

沈然愣了愣神，想到叶芽不是因为讨厌他才不让他摸，整个人放松下来，说："没关系，可以让我哥哥再给你扎一次。"

"不行。"叶芽摇头，表情认真地道，"那样的话，现在的辫辫会难过。"

一直听他们交谈的沈昼托着腮，听到这句话后终于忍不住轻笑出声。

此时叶清河端着点好的食物走过来，将一份放在沈昼面前："不知道你喜欢吃什么，我就点一样的了。"

他点了两个全家桶，两份儿童餐，量对四个小朋友来说多了些。

看着满满当当的全家桶，沈昼颇为不好意思："太多了，我们吃不完，要不退一份？"

"点都点了。"叶清河挠了挠头，"吃不完的话就打包带走吧，晚上也可以吃。"

沈昼没说话，默默地把赠送的玩具送给叶芽。

那是个长草颜团子的小手办，造型较为简单，倒是头顶绿油油的小叶子吸引了叶芽。

她眼睛一亮："这个和芽芽长得一样。"

叶清河看了看手办，又看了看叶芽的头顶，沉思片刻后，说："芽芽比它可爱。"

"我喜欢它。"叶芽抱住玩具亲了亲，对沈昼甜甜地笑了笑，"谢谢沈昼哥哥。"

小姑娘长得和小天使一样，笑起来甜甜的，谁见了心里都暖乎乎的。

四人吃饭都很安静，快吃完时，叶清河瞥见全家桶上有二维码，上面写着："扫码赢大米手机、某品牌的平板电脑、手环等好礼。"

叶清河的目光闪了闪："这个扫码得奖，沈昼同学要不要试试看？"

沈昼摇头拒绝："我没有手机。"

"没关系，你用我的。"叶清河把自己的手机递了过去，"要是中了，你不就有手机了？"

哪会有那么好的事，这种中奖概率最高也就是百分之一……

叶清河眼神之中满是期待与雀跃，让沈昼压力很大。

此时叶芽已经吃完了盘子里的东西，吮吸着手指头上残留的番茄汁，大眼睛看了看沈昼，又看了看叶清河："哥哥，我也想玩。"

她的声音让沈昼松了口气："先让芽芽开始吧。"

叶清河把手机递了过去："好吧，芽芽扫我们的，一会儿让沈昼哥哥扫他们的。"

叶芽抱着手机，看着全家桶上的图片犹豫不决。

"怎么了？"叶清河问。

叶芽皱着眉头问："哥哥，你说我要这个，还是这个呀？"

她指的是小天才电话手表和大米学习机器人，两个外观看着都非常可爱。

叶清河一下子笑了："又不是你想要什么就能得什么，芽芽随便扫，要是扫不到哥哥去给你买。"

叶芽像是没听见他说什么似的，手指头指向左边的电话手表："芽芽要这个。"说着，她对着二维码扫描。

叮，结果出来了。

三颗脑袋围了过来。

"恭喜你获得五等奖。"

五等奖是……电话手表。

在场三人都震惊了。

这是巧合吧？

叶清河呆滞地在上面输入电话，又把手机递给沈昼："你试试？"

叶芽跳下椅子蹭到沈昼面前，双手扒在桌上，说："要是沈昼哥哥抽到手机就好了。"

她不太了解手机的作用，但是感觉对现在的大人来说很重要。沈昼哥哥没有手机，她单纯地想让沈昼也有一个。

沈昼摸了摸她头顶的小鬏鬏，不抱期望地对着二维码扫描。

"恭喜你获得一等奖。"

一等奖是平板电脑和手机两件套。

嘶，叶清河牙一酸，倒吸了口凉气。

沈昼盯着屏幕，开始怀疑人生——难道他其实是个“欧皇”（指运气好的人）？

“太好了，这样我们就能电话联系了。”尽管嫉妒沈昼的好运，但叶清河还是由衷地为沈昼高兴。

沈昼回过神：“可是好像是你请的客……”就算中奖也该算叶清河的。

叶清河捏了捏叶芽婴儿肥的小脸蛋：“是芽芽请的客，主要是你自己扫出来的，所以没事了。”

他看向叶芽：“对吧，芽芽？”

叶芽重重点头。

大米旗舰店刚好就在商业街区里，店家支持实体店兑奖，电话联系后，他们过去拿了奖品，顺便还办了个电话卡。

和沈昼交换完联系方式，叶清河给司机发了微信，让他过来接他们。

差不多到了告别时间，看着跨上小电驴的沈昼，叶清河抱着叶芽冲他挥手：“周一见。”

叶芽玩一天早就困了，趴在叶清河的肩膀上，强打起精神和兄弟两个告别：“沈昼哥哥和沈然哥哥要给我打电话。”电话手表戴在了她的左手腕上，粉嘟嘟的，很可爱。

沈然靠着沈昼早就睡了，声儿都没吭。

沈昼戴好安全帽，颔首：“好。”他抓着车把，车子慢悠悠地离开。

“路上小心。”叶清河好心提醒，目送他们远去。

就在他说完这话的下一秒，沈昼兄弟俩连人带车一骨碌摔在了地上。兄弟二人好像习惯了，一大一小很平静地从地上站起来，拍拍屁股上了车继续前行。

“知道了。”不远处，沈昼应道。

这两人能长大也真是不容易呢。

很快，司机过来接他们。

两人刚上车没多久，叶芽便窝在叶清河怀里沉沉睡去。

他不敢打扰，拍打着叶芽的胳膊温柔地哄着。

安静中，突兀的手机提示音响了起来。

叶清河打了个哈欠，随意地点开屏幕，在看到上面的内容后，大脑彻底清醒。

爸爸："我后天回去，你和子煜有需要买的东西吗？"

他爸要回来了。

因为父亲要回来的关系，叶清河一晚上辗转难眠。

在他的记忆里，父亲是冷酷严苛的代名词。

父亲处事果断，为人一丝不苟，眼里揉不得沙子，凡是认定的事不会轻易改变。就连当时他把叶芽送走都没有犹豫半分，哪怕那个女孩儿和他逝去的小女儿长得一模一样。

叶清河这段时间一直向父亲隐瞒着叶芽的存在，就是害怕父亲趁他不在的时候再把叶芽带走。

叶清河在床上翻来覆去，他的妹妹还太小，像幼犬一样没有攻击力，也没有自我保护能力，只要想到她身上的伤痕，他心里就隐隐作痛。无论如何，这一次他一定要留下叶芽。

黑暗中，叶清河睁开眼——他要将叶芽藏起来。

叶清河倏然起身，穿上拖鞋来到了叶子煜的房间。

"子煜……"

床上的叶子煜睡得很熟，叶清河爬上床，一下一下地推着他。

"干吗？"叶子煜翻了个身，不耐烦地推开他的手。

"你醒醒，我有事和你说。"

"我很困啊，哥。"叶子煜揉揉困倦的眼睛，声音含混不清，"明天说……"

叶清河顿了下道："你起来，我把我房间里那套限量版变形金刚给你。"

限量版变形金刚——那可是男人的浪漫！

叶子煜成功被诱惑，掀开被子坐了起来："好吧，你说，我听着。"

"爸后天就回来了。"

"我知道。"叶子煜点头，得意扬扬地说，"等爸爸回来，我就让爸爸赶走她。"

那个她自然指的是叶芽。

叶清河抿了抿唇，他想说的就是这个事情……

他的睫毛不安地颤了颤，他拉住叶子煜的手，不自觉地压低声音道："能把芽芽藏在你房间的密室里吗？”

在这个房间的墙壁后面有一个打通的密室，那是叶霖川为了缓解叶子煜的情绪特意建的。每次只要叶子煜发病或者心情不好的时候都会进去，里面放着他最喜欢的书、玩具，还有母亲的遗物。

叶清河想好了，他要暂时把叶芽藏到那里，这段时间探探叶霖川的口风，劝说差不多后再把叶芽放出来。

“啊？”叶子煜皱着眉头，并不乐意，“我不要。”

叶清河：“变形金刚。”

叶子煜：“可是……”

叶清河：“限量版的。”

“那……就……就一天哦。”在玩具面前，叶子煜妥协了，“只能一天。”

“好。”叶清河舒心一笑，“你也答应我，不能告诉爸爸有关叶芽的事。”

“知道了。”叶子煜困得很，打了个哈欠，“哥，你还有事吗？没事我要睡了。”

“没了，你好好睡。”叶清河跳下床，回到了自己的房间。

第二天叶清河要去上课，决定晚上回来再删除家里的监控，保证不留下任何蛛丝马迹。等叶清河离开，家里只剩下叶子煜和叶芽两个小朋友。

叶子煜因为疾病没有去上幼儿园，都是在家里学习。叶芽清楚叶子煜不喜欢她，于是在叶清河离开的这段时间里尽量不和叶子煜接触。

早上洗漱完，她在房间吃完早点后，系统发布了女配日常任务。

经过一段时间的学习，叶芽已经认识几个字了。

她在四个选项里挑挑拣拣，最后还是“无脑”地选了三：“和叶子煜撕。”

叶芽勉强认识前面五个字，对着最后一个字蒙了会儿，关上任务面板，趴在地上玩起了小汽车。

系统：“芽儿，一会儿要上兴趣课哦。”

叶芽转着小汽车，奶声奶气地哦了声。

系统：“老师昨天夸你了，说你语文学得很快，芽儿要继续保持呀。”

听到被夸奖，叶芽整株芽都骄傲起来，仰着小下巴，一点儿都不谦虚地说：“因为我是世界上最聪明的小妖怪！”

她的爸爸妈妈以前都是这样夸奖她的。

他们夸她聪明，夸她可爱，夸她绿油油的小叶子像神鸟的翎羽。

叶芽想到父母，情绪骤然低落，默默蹲在墙角，背过身独自难过。

小孩子的情绪总是来得莫名其妙，系统早已习以为常。

系统："芽儿，一会儿要上兴趣课。"

叶芽点点头，收拾情绪进入了网课课堂。

今天是兴趣培养课，为了让学生贴近环境，老师将空间整改成了花草繁茂的大自然，就连空间气息都跟着改变了。

叶芽在五花八门的课中选了绘画，面前瞬间出现一幅缓缓摊开的画卷。叶芽握住画笔，下一瞬，笔尖竟跟着脑海中幻想的画面开始移动。

叶芽找到乐趣，画得格外起劲。

笔尖移动中，老师开始向叶芽的脑海里灌输绘画的基础知识，并且开发大脑功能，让她在最短的时间内学会且灵活运用所学的知识。当然，这种异空间的教育方式只适用于非人类灵魂。

三个小时的兴趣课结束后，叶芽意犹未尽，拉开抽屉找出纸笔，坐在矮桌前继续画。

系统第一次见他的小宝贝这么用功，不禁看了过去。

雪白的纸上，叶芽用她的小蜡笔在上面描绘，每一笔都格外认真。

"芽儿在画什么？"

"爸爸和妈妈。"叶芽咬了下笔头，又说，"还有系统叔叔。"

系统乐了，它存在于宿主的潜意识里，别说实体，就连虚拟体都没有。

系统很好奇叶芽心目中的自己是什么样的，于是安静下来，看着叶芽画画。

纸上，红色奇花占据了三分之二。

那朵花共五片花瓣，花形似年轮，巨大的叶子诡异又略显娇艳。画完花，叶芽又敷衍地在旁边画了一棵小小的、小小的、小小的四叶草……

叶芽看着画，心满意足地点了点头。

"这是妈妈。"叶芽指着大花，又指着旁边说，"这是爸爸。"

接着，她在上面画了一个悬浮的电话手表："这是叔叔。"

系统无语。它长得像块表？

"那芽儿呢？"

"芽芽……"叶芽想了想，说，"芽芽不在。"

“芽芽为什么不在？”

“因为芽芽离开爸爸妈妈了。”她说，原本欢快的声音骤然放轻，“芽芽没有爸爸妈妈了。”

她好像不难过，又好像太难过，已经忘了难过的滋味。

小姑娘迎着从阳台洒落的阳光，瓷白的小脸稚嫩精致，两眼似月光，清澈又安静。

说不出什么感觉，系统只是觉得……这一切对还只是幼崽的叶芽来说太过残酷了。

明明之前她都不会走路，现在却要学数学、语文，学人类的一切。

“芽儿。”系统叫了她的名字，“芽儿要是不喜欢上网课，我们明天开始就不上了好不好？”

反正才五千代码点，大不了年底它冲一冲业绩赚回来，旧程序先用着，反正早晚能升级。

“不要。”叶芽摇头，继续在画上填色，“我要学习，我最爱学习了。”

她要好好学习，快些长大去找爸爸妈妈。

系统叹气，没再说话。

下午，叶清河放学回家，删除了监控，嘱咐了保姆、用人，又把叶芽的东西打包好，之后抱着叶芽来到了叶子煜的房间。

这是叶芽第一次来到二哥的房间。

叶子煜的房间很大，装修温馨，四处散落着玩具。

叶芽紧紧牵着叶清河的手，好奇地张望一番后，仰头看向他：“哥哥？”

叶清河蹲下，拨弄着她散开的头发：“芽芽，今天你先睡在二哥这里好不好？”

他不确定父亲明天几点回来，提前将叶芽安顿好是最好的，委屈是委屈了点儿，但总比叶芽被父亲扫地出门好。

叶芽捏着长草颜团子，扭头看了眼叶清河，低声说：“只有今天吗？”

“幸运的话明天芽芽就能出来了。”他要先试探下父亲的态度，慢慢想办法说服父亲，让父亲有个缓冲时间接受叶芽。

“好吧。”叶芽点头，“那我听话。”

见她不哭不闹的，叶清河松了口气。

“清河。”管家敲响房门，“先生的电话。”

叶清河心里咯噔一下，转身出去接听电话。

房间安静下来，叶子煜坐在书桌前，凶巴巴地看着她。

叶芽睫毛微颤，想了想，把长草颜团子递过去：“给你玩。”

那个小玩具还是昨天沈昼给的，叶子煜哪里瞧得上？

他一把夺过长草颜团子，狠狠地扔在地上，随即起身重重踩了上去。

叶芽身子后仰，难以置信地瞪大了眼睛。

“你把我的玩具弄坏了……”叶芽皱着眉头，委屈巴巴地控诉着，“你踩它，它会疼的。”

“我就踩，我就踩！”

叶子煜被学习弄得脾气暴躁，越踩越起劲，直到玩具四分五裂，他才觉得痛快点儿了，转身坐回桌前继续做老师留的家庭作业。

叶芽孤零零地站在他身后，碎裂的小玩具就在她的脚边。

她盯着玩具，确定它不会再“活”过来后，非常难过。叶芽撇了撇嘴，深吸口气朝他喊道：“我……我生气啦！”

小姑娘气鼓鼓的，就连头顶竖起的呆毛都表达着气愤。

他气死妖了、气死妖了。

那可是沈昼哥哥给她的小玩具，头上还有和她一样的小叶子！现在玩具被弄坏了！

叶芽气到双手握成拳，大眼睛愤愤地盯着叶子煜，凶他：“我也要弄坏你的东西！”

“随便你。”叶子煜都懒得施舍眼神，继续写那愁人的数学题。

叶芽咬咬牙，踮起脚够到了叶子煜旁边的数学本，两只小手用力，只听刺啦一声，作业本被撕成两半。

叶子煜保持着坐姿，目瞪口呆地看着她。

此等行径顿时得到系统的大肆赞扬：“小小年纪就懂得撕学生最珍贵的东西，恐怖如斯，恐怖如斯啊！”

恐怖如“撕”？撕——叶芽恍然大悟，伸手又够到叶子煜胳膊下正在写的作业，将其撕碎。

“你……”叶子煜呆住了。

叶芽朝他做鬼脸，赌气似的嘟囔：“我不是乖宝宝。”

“干得漂亮，芽儿！就应该从小事开始！”它的芽儿以后必成大器！不愧是食人花的女儿！

此时任务已经完成，系统毫不吝啬地给叶芽评定了SSS，就连奖励都跟着翻了一倍。

房间极其安静，只有纸张不断被撕的声音。

叶子煜僵坐在椅子上，定定地看着地上几乎看不出原样的作业，嘴角向上一扯，乐了。

“给。”叶子煜拿起旁边的三四个本子一同递给了她，“撕，都撕，你不用客气。”

叶芽两条短短的胳膊抱着作业本，朝后退了两步，蒙了。

叶子煜笑得开心，双手用力地在她的脸上扯了扯：“芽芽记得撕碎些，省得老师让我用胶带把作业本拼好。”他本来还烦这些作业呢，现在好了，有人免费给他解决了麻烦，还不用担心老师骂他。

世界上竟然真有这么好的事！

叶子煜心情舒畅，就连看叶芽都顺眼不少。

“我本来想等我爸回来，偷偷把你藏在这儿的事告诉他，不过现在算了。”他耸了耸肩，“看你帮我做好事的分儿上我就不告密了。”

叶芽看了看作业本，又看了看得意扬扬的叶子煜，沉默了会儿，问：“那……那你没了作业，老师会不会骂你？”

叶子煜满不在乎地道：“这不是被你撕了？”

叶芽：“那老师告诉你爸爸怎么办？”

叶子煜顺从地答：“你撕的和我有什么关系？”

叶芽皱起小眉头，低声说：“可是你已经把我偷偷藏起来了呀。”

叶子煜身子一颤，像被电打了似的从椅子上跳了起来。

他瞪大眼睛看着满地的碎屑。

这到头来还是他自己撕的啊——叶子煜崩溃了。

叶芽捂嘴，咯咯笑了起来：“小哥哥是笨蛋，脑子笨笨的不聪明，头顶小草不发芽。”

叶子煜没说话，低头看着满地的作业黯然神伤，几秒钟后，眼泪吧嗒吧嗒地掉了下来。

系统：“芽儿棒！把他弄哭了！”

叶芽歪歪头，上前几步弯腰将脑袋凑到他的脸蛋下方，抬着大眼睛望向他。

“你哭啦？”

“那个本子里的作业是爸爸给我留的，他说等我全部做对，就带我出去玩。”

母亲死后，父亲很少陪他。

他没其他愿望，只想和爸爸多待一会儿。

可是……叶子煜心里难过，咬着唇默默哭着。

叶芽眨了眨眼，张开双臂将他一把抱住，小手掌费力地摸到他的头顶，拍了两下后，奶声奶气地安慰道：“别哭、别哭，我帮你做。”

叶子煜抽搭了两声：“你……你会做吗？”他哭出了鼻涕泡，“你估计连1加1等于几都不会算。”

“我会！”叶芽不服气，挺起胸膛道，“1加1等于2！”

“那2加2呢？”

“4！”

“4加4？”

“8！”

“8加8？”

叶芽伸出两只手，算了一会儿之后，说：“4！”

叶子煜惊呆了。

“两根手指加两根手指，等于4。”

叶子煜看着那四根白白嫩嫩的手指头，在心里寻思了一下，好像是有那么点儿道理？

他抹干净眼泪，将地上的作业本全部捡了起来。父亲让他写的那个本子破碎得不是很严重，拼起来勉强能看清字迹。只要他把题目移到新的本子上，重新做一遍就好。明天父亲回来，他应该可以写完。

叶子煜打起精神，找了个本子认真抄起了作业。

叶芽站在他身旁安静地看着他。

作业刚抄到一半，急促的敲门声响起，叶子煜还没来得及回头，就见哥哥着急地冲了进来。

叶清河微喘着粗气，甚至没看地上的一片狼藉，进门就将叶芽一把抱了起来："爸还有五分钟就进门了。"

叶子煜怔了怔："不是说明天回来吗？"

"助理叔叔说他的工作提前完成，他就提前回来了。"叶清河打开密室房门，抱着她放在了里面，"芽芽和哥哥玩躲猫猫好不好？在哥哥来找你之前，你是不可以出来的。"

躲猫猫是什么？

叶芽懵懂地看着他，看着他那急切的眼神，轻轻点了点头。

叶清河摸了摸她的头，将密室的灯打开，随即将门牢牢关上。

"子煜，走了。"叶清河向弟弟伸出手。

叶子煜盯着桌子上还没整理完的作业，之后落寞地垂眼，拉着哥哥的手走出房间。

没办法了，等父亲问起，他就说作业全被撕了。

其实就算他认真写完，爸爸也不一定会带他出去……

对大人的食言，他早已习惯了。

两人离开后，房间安静了下来。

叶芽站在密室门口，小手轻轻拍了拍那厚重的房门。"哥哥？"她试探性地叫了声。没人回应。

叶芽耷拉着嘴角，小心翼翼地扭头看向了身后。

密室是完全密封的，中间有一张滑梯床，旁边是书，还有玩具和相册一类的东西。

叶芽咬了咬唇，缓缓走下台阶。

她知道不可以动别人的东西，在滑梯上玩了会儿后，轻手轻脚地推开密室的门，小心翼翼地探出半个小脑袋。

叶子煜的房间现在没有人，确定安全，叶芽走出去，拉开椅子爬上了书桌。

桌上也放着叶子煜没抄完的作业，她认真数了数，就只差三道语文题了。

叶芽拿起笔认真抄好，从头开始答题。

算术题有十道，都是很简单的一位数加减法，这些难不住叶芽，很快写完，翻到了第二页。

锄禾日当午，（ ）。

叶芽在括号里写下了“汗滴禾下土”。

( )，处处闻啼鸟。

“春眠不觉晓……”叶芽握笔，一边念，一边工工整整地写下诗句。

还剩下一道题。

人之初，( )。

“人之初……人之初。”叶芽咬着笔头思考许久，灵光一闪，在上面写下三个字——“性本恶”。

系统叔叔说了，人之初，性本恶！

写完作业，叶芽将作业本合上，重新藏到了密室里面。

她前脚刚进入密室，叶子煜后脚就回来了。

小少年蔫头耷脑，看起来没什么精气神，拿起作业本，返回楼下。

偌大的客厅空寂无声，坐在沙发上的男人发黑如墨，眉眼冷峻，气势威严，让空气都变得低迷冰冷。

叶清河笔直地站在他面前，脸上没有笑容，整个人都显得十分紧张严肃。

叶霖川面无表情地翻着卷子，抽出黑色钢笔，单手拧开笔帽，在上面签上名字。

“看样子我不在的时候你也好好用功了。”叶霖川递过卷子，“这周六让刘助理和你们出去，想要什么和他说。”

“谢谢爸爸。”叶清河接过卷子，安静地退到一旁。

“子煜。”

叶子煜一抬头，对上了叶霖川扫过来的目光。

叶霖川天生凉薄，对人一贯冰冷，哪怕是看自己的儿子也没多少温情。

叶子煜咬紧下唇，紧张兮兮地捏着作业本，一步一步挪到他面前。

叶霖川唇边露出一丝笑，大手狠狠地在他的脑袋上揉了一把：“这么紧张做什么？爸爸又不会吃了你。”男人语气轻松，看着他手上的作业本，男人顿时了然，“作业没写完？”

叶子煜低着脑袋没说话。

“我看看。”叶霖川一把将作业本抽了过去。

叶子煜头皮发麻，急躁感从脚底蹿起，他呼吸急促，瞳孔紧缩，忍不住想要尖叫。为了压抑这股焦躁，叶子煜抬手咬住了自己的手指。

“没关系，爸爸不会对你凶的。”叶霖川拉下他的手，将小儿子揽到怀里，“让我看看好不好？”

叶子煜眼眶红红地轻轻嗯了声。

叶霖川翻开了作业本。

叶子煜紧张得心要提到嗓子眼了，然而在看到本子上的内容时，整个人僵住了。

他的作业写完了。

每一道题都写完了。

难不成……是叶芽做的？

叶子煜惊讶得说不出话来。

时间流逝，叶霖川眉眼低垂，视线停留在最后一题上，目光沉了沉，之后合上作业本，抬头鼓励地拍了拍他的肩膀：“子煜做得很好。”

叶子煜拿起本子，呆呆地离开。

“清河，来一下书房。”叶霖川起身，高大的身影瞬间将叶清河笼罩住。

叶清河没说话，顺从地跟在叶霖川身后。

到了书房，叶霖川一双深沉的眼眸直勾勾地盯着叶清河：“我不在的这段时间，是不是有人来我们家了？”

叶清河肩膀一抖，冷汗倏地冒了出来：“是……是有人来过。”

叶霖川扬眉静等他的回答。

叶清河垂在腿侧的两只手不由得攥紧衣袖，脑袋低下看着脚尖：“医生来过。”

“除了医生呢？”叶霖川的声音有些低沉。

叶清河紧张得呼吸都慢了半拍，想到叶芽那张单纯无害的小脸，咬着牙，生平第一次对父亲撒了谎：“没有了，没人来过。”

叶霖川坐在椅子上没再说话，眼神深沉。他转动椅子，缓缓开口：“我换个方式问，是有小孩子来过我们家吗？”

小孩子……叶芽……

叶清河神色一变，心脏怦怦地剧烈跳动起来。

“子煜的作业不是他写的吧？”

叶清河愣了愣，诧异地看向叶霖川。

叶霖川眉眼淡然，看不出什么表情："你和子煜的字迹我还是认识的。"他似是笑了下，"人之初，性本恶？小小年纪就懂得荀子的性恶论，说吧，你到底把什么人带家里来了？"

他的目光锐利得让叶清河无处可藏。

叶霖川了解家里的两个孩子。

叶子煜从他母亲离开后就患上了狂躁症。随着长大，病情加重，他不喜欢与人接触，无法控制情绪，稍微不如意便大喊大叫、大声哭泣，别说是朋友，犯起病来连家人都不想要。后来没了办法，叶霖川只能让叶子煜留在家里，每周请家庭老师过来上一次课，自己有空儿也会辅导他，所以他绝对不会带同龄人来家里。叶霖川看来看去，大儿子最为可疑。

"爸，你在说什么？"叶清河蒙了，好端端的怎么扯到荀子身上了？

"我是问你，子煜的作业到底是谁给写的？"

作业？

叶清河更糊涂了。

他父亲总不会以为作业是芽芽做的吧？

想到芽芽的数学，叶清河立马打消这个念头，看着父亲的眼神越发茫然。

叶霖川眯了下眼："你真的不知道？"

叶清河疯狂摇头。

他不会撒谎，眼神也骗不了人。

叶霖川刚要说话，铃声突兀地响起。叶霖川最后睨向叶清河，对他轻轻一挥手，转身接通电话。

叶清河松了口气，一溜烟跑出了书房。

"我马上过去，你和徐助理准备一下会议资料。"叶霖川挂断电话后并没有急着离开，倚着皮椅，修长的手指在桌面上轻轻敲击。沉思片刻后，叶霖川打开电脑，调出监控，很明显，监控被人动了手脚。

"小兔崽子。"叶霖川哼笑一声，拿起西装外套径自离开。

"爸爸，你要走吗？"

楼下，叶子煜大大的眼睛满含期望地看着他。

"你要带我一起走吗？"爸爸说过只要他把作业做完就带他出去玩一天，尽管作业是叶芽帮忙完成的，但父亲又不知道。叶子煜每天都期盼可以和叶霖川在一块儿，但是每次期望都会落空，他希望这一次叶霖川可以遵守承诺。

“抱歉。”叶霖川停下脚步，大手重重地按在叶子煜的头顶，“我现在要去参加一个会议，没办法陪你。”

“可是……”

“叶总，股东那边的人都到了。”身后的助理看了眼时间，“我们该走了。”

叶霖川微微颔首，松开手毫不犹豫地离开了家。

门前空空荡荡的，汽车引擎声远去，叶子煜站在水晶吊灯下，突然觉得这房子成了密不透风的巨大牢笼，让人喘不上气。

叶子煜眼睛眨也不眨地凝视着父亲离开的地方，眼泪无声无息地落下，他一动不动，如同石头。

“子煜……”

叶子煜甩开保姆的手，跑回房间，将房门反锁，紧咬牙关，目露怒气地向墙壁撞去。

咚！

冲撞声响彻房间。

叶子煜却不觉得疼，继续撞第二下、第三下……

身体不像是自己的，脑袋也不像是自己的，他感觉不到疼，疯狂虐待着自己。

“子煜，你给哥哥把门打开。

“子煜！

“爸爸一会儿就回来了。

“哥哥带你去玩好不好？”

对叶清河的呼喊，叶子煜充耳不闻，脑门继续往墙上撞。

“阿姨，你快去找医生来，我去找钥匙！”

房间外面乱作一团，房间里面更甚。

突然间，叶子煜身后的密室门打开一条小小的缝隙。

叶芽扒在门后面，圆润的双眼小心翼翼地看着他。

她眨眨眼睛，轻手轻脚地走了出去。

叶子煜没有注意到她，依旧自虐，哪怕脑门在流血也毫不在乎。

叶芽歪头看着他，最后走过去，伸起胳膊，将自己小小的手掌放在了墙壁上，他肿胀的额头用力撞上了那软绵绵的掌心。

叶子煜无知无觉，连撞了四五下，才缓缓扭头看了过来。

男孩儿额头破皮出血，目光空洞，像落单的小狼崽。

叶芽双目澄澈，明亮的眼睛无端让他焦躁的情绪冷静了几分。

见他不再动，叶芽张开双臂，给了小少年一个紧紧的拥抱。

小姑娘身上有奶香，两条胳膊软软的，他睫毛轻颤，泪水吧嗒吧嗒地掉在她的头顶。

“你痛吗？”叶芽仰起头，很是担心地看着他。

“我给你‘呼呼’就不痛了。”叶芽踮起脚，嘟嘴在那片伤痕上吹着气。

叶子煜跌坐在地，哭得更凶了。

叶芽不知道怎么哄人，苦恼地咬着手指头，着急地在原地转圈。她没有办法，只能求助什么都会的系统：“叔叔，他哭了。”

系统无情地道：“臭弟弟，让他哭。”

可是他也不臭……

叶芽用手指头戳了戳脸上的小酒窝，灵机一动有了主意。

“芽芽给你治疗。”叶芽颠颠地跑到书桌前，从笔筒里取出一把做手工用的小剪刀。

叶子煜见此，眼泪停了两秒，抽噎着提醒道：“那个……那个很危险，小宝宝不可以玩。”

“人家不是小宝宝。”叶芽不服气地说，“人家一百岁啦。”

“你就算一千岁，没满十八也不能玩剪刀。”叶子煜想过去把那把剪刀抢过来，结果刚动一下，又跌回地上。他捂着眩晕的脑袋，再次低低啜泣起来。

叶芽伸出左手食指，看看剪刀，又看看那粉嫩的指腹，犹豫好一会儿，最后拿着剪刀朝着手指头戳了一下，指尖瞬间冒出一颗小血珠。

叶芽盯了血珠两秒，痛意才传到大脑。

她一撇嘴，剪刀掉在了地上。

“呜，疼——”

叶芽哭了，哭得比叶子煜还要凶。

“疼，呜……疼疼……”叶芽举着那根手指头，委屈巴巴地哭着。

叶子煜也顾不上自己的狂躁症和犯晕的脑袋了，摇摇晃晃地从地上爬起来，教训她道：“我都说了很危险，你为什么不听？”

她哭得满脸泪水，小模样委屈极了。

叶子煜两只手用力地捂住耳朵，大喊：“别哭了！你吵到我的耳朵了！”

他的喊叫毫无作用，反而让小姑娘哭得更大声了，叶子煜叹了口气，抓住她的小手看了看：“不严重，等我去找大哥给你包扎。”

“包……包扎？”叶芽抽抽搭搭地道，小脑袋摆了摆，“不包扎……不包扎，给……给小子煜疗伤。”

叶芽可算是想到了重点。

她抓住叶子煜的胳膊，将指尖的一滴血抹在了叶子煜受伤的额头上。

“你干吗？”

叶芽没说话，眨巴着眼睛看着他。

红色的血珠很快与血肉融合，那伤痕以肉眼可见的速度消失，短短几秒过后，叶子煜的额头已光滑如初，皮肤变得比原来还要细腻精致。

四叶草的血液具有神奇的功效，当她的一缕魂魄穿越进这具身体时，这具身体同样拥有了一些奇妙的能力，尽管微小，却也可以在需要时发挥必要的功效。

额头的痛感不见了，就连大脑都跟着清明了许多，叶子煜来回抚摸着脑门，表情震惊不已。

“你……你……你……”他指着叶芽，结结巴巴半天没说出一句完整的话。

叶芽含着受伤的手指头：“你不可以告诉别人哦。”

叶子煜尚未从惊愕中回过神，连连点头。

外面叶清河已经带人来开门了，叶子煜拉住叶芽的胳膊，快速躲到了密室里。

密室没有开灯，一片漆黑，两个小小的身体一同蜷缩在角落里，紧紧地挨在一起。

“你是精灵吗？”叶子煜压低声音问她。

叶芽摇头，摸着头顶刚长出一片绿芽的小种子：“我是四叶草。”

叶子煜撇撇嘴，双手环膝，黑暗中神色落寞：“你说大人为什么总是食言？”

食盐？

叶芽脑海中浮现大人疯狂吃盐巴的画面，皱着小脸道：“一直食盐会很咸的，芽芽以后不食盐。”

叶子煜扑哧一声笑了：“不是那个盐啦。”

叶芽表情不解。

“我妈妈说过要陪着我，可是她走了。”叶子煜抿了抿唇，继续道，“爸爸说会和我玩，但总是开会，他好像一直在开会。你说他们大人为什么明明没有办法做到，却总是承诺，总是说大话？”

他想不通。

他想不通妈妈为什么会离开，爸爸为什么不回家？

他也想不通为什么自己的脑袋总是很疼，脾气总是很大？

他什么都想不通，什么都不明白，唯有伤心是真的，难过是真的。

叶芽板着小脸说：“因为他们一直说大话，所以就变成大人啦。”

叶子煜神情茫然：“是这样的吗？”

“是的呀。”她爸爸从来不说大话，所以长得和她一样可爱。妈妈喜欢说大话，所以长得那么大，像巨人一样。

想到妈妈，叶芽奶声奶气地说：“所以我们小孩子要原谅他们。他们已经很可怜了。”

大人长那么大、那么高，离天空又那么近，每天顶着那么重的天空走路一定很累，想一想就好可怜。

叶芽想到这儿，表情变得充满怜悯之意。

“子煜——”

密室的门被拉开，叶清河眼眶通红，满是担忧地看着他们。

“医生叔叔来了，子煜你不要怕。”叶清河过来抱住他，“等周六的时候，哥哥带你出去玩。”

他害怕弟弟受到伤害，搂着叶子煜的胳膊都是冷的。

叶子煜睫毛一抖，看了看身边的叶芽：“我不要看医生了，我要吃饭。”他拉住叶芽的手，“叶芽也要吃饭。”

叶清河愣怔住了。

对哦，叶芽和子煜都是要吃饭的。

“芽芽饿了吗？”叶清河望着叶芽问道。他上午都在应付父亲，完全忘记这里还藏了个妹妹。

叶芽摸着肚子，诚实地点了点头。

“那……”叶清河斟酌着言语，“等吃完饭再给子煜看医生。”

“不用了。”叶子煜神色抗拒地道，“我刚才是因为爸爸走了不开心，摔了点儿东西，现在又好了。哥，你让医生叔叔回去吧，叔叔也是要吃饭的。”

“可是……”

“你要是不让医生走，我就绝食。”叶子煜转过身，倔强得很。

叶清河没了办法，和匆匆赶来的心理医生说了声对不起，又让厨房做好菜端到小密室，三人围着小桌子一起吃饭。

叶芽吃饭不需要人喂，一个人拿着小勺子，将米饭一口一口地往嘴巴里塞。她吃得香，别人看着也香。叶子煜本来不是很饿，最后硬是跟着多吃了一碗饭。

“爸可能晚上回来。”

“哦。”叶子煜敷衍地应道，“也不关我的事。”

叶清河知道他还在闹脾气，便说：“其实不是爸爸不和你玩，他只是很忙。”

叶子煜说：“他一直很忙。”

叶清河垂下眼帘，表情跟着变得落寞，喃喃自语地道：“是啊，自从妈妈走了，他就很忙……”

叶子煜咬着唇缓缓地垂下脑袋。

兄弟俩面对面坐着，谁都没再说话。

他们的母亲余研在世的时候，父亲再忙也会抽时间陪他们玩，哪怕开会时也会接听他们的视频电话，尽管表情冷淡，但能从眼神里看出父亲对孩子的喜欢。直到母亲和妹妹相继去世，他们明显感觉父亲变了。

他对人更苛刻，更冷酷，更不近人情。

“哥，我想妈妈了。”

叶清河擦了擦眼角：“我也是。”

叶子煜拿着小筷子，泪珠大滴大滴地往下掉。

叶芽抬头，茫然地看着哭得起劲的两兄弟。她拿下粘在脸蛋上的米粒塞到嘴里，一扭头看见叶清河肩上的白猫神色温柔，雪白的尾巴轻轻扫着他的脸颊。白猫舔舐着叶清河脸上的泪珠，最后又跳到桌上，歪头看着叶子煜。

它在打量叶子煜。

白猫清澈湛蓝的眼睛映着叶子煜悲伤的脸颊，它小心上前，脑袋蹭上了叶子煜的手背。

叶芽一脸稀奇。

她记得妈妈说过，守护灵只会亲近守护者，不会靠近守护者以外的人。

“你认识他吗？”叶芽小声问白猫。

白猫看向她，摇了摇头，重新跳回叶清河的身上，闭上眼将自己隐藏起来。

咦？

叶芽的大眼睛里满是不解之色。

“你……你刚才在对谁说话？”叶子煜抽抽搭搭地擦干净眼泪，疑惑地道，“好奇怪啊，我刚才感觉妈妈在，一下子就不难过了。”

母亲的气息是特殊的，他感觉得到。

也许母亲没有走，等他睡着了，在梦里又能见到母亲了。

叶子煜想到这儿，情绪平复了很多。

晚上叶霖川还是没回来，叶清河将密室的小床铺好，担心叶芽害怕，又准备了两个等人高的玩偶放在她旁边。见准备得差不多了，叶清河把她抱上小床，用被子将那小身体牢牢裹住：“芽芽要是害怕，可以给哥哥打电话。”叶清河点了点她手腕上的电话手表，“要是想上厕所，就叫二哥带你去。”

叶芽看着手腕上粉嘟嘟的小手表，乖巧地点了点头。

“不可以出声哦。”叶清河抚摸着她柔软的脸蛋，“等明天，明天哥哥就让芽芽出来。”

叶芽又点了点头。

叶清河在她的额头上亲了一口，恋恋不舍地走出密室。

夜深人静，别墅的灯光一盏一盏地熄灭。

四周很黑，外面也没有什么声音，叶芽在小床上翻了个身，睁开眼看见窗前面的两个玩偶瞪着她，她吓得一哆嗦，拉起被子把自己严严实实地蒙在了里面。

可是，她总感觉那两个玩偶走过来了。

“叔叔，我害怕……”叶芽吓到要哭，“叔叔我怕。”

叶芽：“叔叔？”

“系统休眠中。”

叔叔一点儿都不靠谱！

叶芽气得哼了一声，摸黑打开了手表屏幕，笨拙地找出叶清河的号码，拨了出去。

“芽芽？”

太好了，哥哥还没睡。

“大熊要吃掉我。”叶芽压低声音，委屈巴巴地说，“我害怕。”

电话里的声音停了两秒：“是玩偶吗？”

“嗯。”

“芽芽要是害怕就把玩偶拿出去，要不要哥哥过去帮你拿？”

“不用。”叶芽拒绝得很果断，“哥哥要上课，芽芽自己拿。”

她挂断电话，鼓起勇气将胳膊伸到被子外，小手快速地把猫咪台灯摸到了被子里。叶芽按下台灯，亮起的灯光让她长长地呼了口气。她拍拍自己的小胸脯，慢悠悠地探出脑袋，确定那两个玩偶没有动后，壮着胆子从被子里钻了出去。

她赤脚下床，抱住那和她差不多高的玩偶，吭哧吭哧地向外面拽着。

咯吱，密室门被拉开，叶芽把大熊放在了外面。

床上的叶子煜熟睡着，丝毫没有被吵醒。

叶芽颠颠地跑回去，又将第二个大熊拖到外面。

做完这一切，叶芽重新爬上了床。

不行，万一大熊吃叶子煜怎么办？

叶芽越想越不安，再次跑出密室把两个大熊拖到楼下，放在了玄关正中央。

“门在那边，你们要是想走，可以从那边走哦。”叶芽蹲在大熊面前，一本正经地叮嘱着。她有些担心大熊走夜路会摔倒，想了想，跑到密室把自己的猫咪台灯拿了下来，按开后放在了大熊面前。

台灯散发出橘色暖光，映衬得大熊的脸竟有几分诡异。

叶芽后退两步，撒丫子跑回了房间。

“妈妈……

“妈妈你不要走。

“妈妈……”

窗外月光似水，叶子煜在床上不安地翻滚着，说着梦话，呓语中夹杂着哭声。叶芽看着他，慢慢走了过去。

“你别走。”

他在哭，脸上都是泪水。

叶芽咬了咬手指头，蹬着小腿爬上床，为叶子煜整理好被踢开的被子，婴儿肥的小手轻柔地拍打着他的肚子，一边哄，一边用童音哼着歌：“竹板这么一打呀，别的咱不夸，就夸一夸咱自个儿，十里八村一枝花，嘿，食人花。我貌美无双爱找碴儿，能吃能打也能杀。”

叶芽用困倦的语气唱道：“家里爷儿们不争气，除了做饭能干啥？他上午做着拍黄瓜、蒸黄瓜、黄花凉拌小苦瓜。但老娘要吃爆浆甜丝瓜、拉丝脑袋瓜，还有大西瓜……”

每次叶芽睡不着，妈妈都会给她唱催眠小曲儿，特别温柔，叶芽特别喜欢。

但是不知道为什么，妈妈每次都被爸爸骂；她也不知道为什么，每次爸爸骂着骂着就被妈妈揍了，揍着揍着两人就亲了，然后就回房间不理她了。

好饿，叶芽摸着肚子，想吃大西瓜了。

好困，叶芽连打了好几个哈欠，眼皮沉沉，脑袋一点一点的，眼看着要睡过去时，窗外突然飞来一缕灯光，隐约还能听见汽车引擎声。叶芽一个激灵，跳下床躲到了密室里，钻入被子，全身抖成一团。

十一点的叶家别墅极其安静。

叶霖川连续几日在各种会议与酒宴之中忙碌，早已倦怠不堪，如今只想洗个澡好好睡一觉。

家门近在眼前，叶霖川深吸一口气，放轻动作将门拉开……

第二章

不能离家出走哦

一缕光从门缝中倾泻而入。

叶霖川目光所及处，两个等人高的大熊并排依偎在一起，玻璃珠做的眼睛眨也不眨地盯着他。玩偶咧着嘴，似是在笑。放在地上的猫咪台灯没电了，连闪两下后，彻底灭了，凉夜中，只剩那四颗眼珠子在月光下折射着诡异的幽光。

叶霖川眉心一跳，一下精神了。

这是哪个小兔崽子干的？！

叶霖川缓过神来后进门，打开玄关壁灯，将大熊拎到一旁。

那熊有点儿眼熟……叶霖川定睛一看，可不眼熟嘛，是他几个月前给叶子煜买的。叶子煜不满意他失约，就放两个熊在这儿装鬼吓人?

叶霖川被气笑了。他抬起手松开领带，随意地将西装挂起，卷着袖口向楼上走去。

孩子们都睡下了，别墅里静悄悄的。

叶霖川推开叶子煜的房门，轻手轻脚地走了进去。床上的小孩儿安稳地睡着，没有再被梦境困扰。

叶霖川坐在床边，大手温柔地抚摸着儿子柔软的发丝。静静坐了会儿后，叶霖川给他掖好被子准备离开。

然而就在此时，耳边传来一道微小的声音。

噗——叶霖川皱起眉头，顿住脚步。又是噗的一声，有人在放屁。

叶霖川转身，目光锁定声音传出的方向，是密室。他睨向叶子煜，确定儿子不会醒来后，径自走到密室前。

门没有完全关好。

他沉着脸走进去，打开手机手电筒，在密室里扫了一圈，就发现了躲在床上的叶芽。

小姑娘自然觉察到有人进来，整个人藏到被子里，小屁股一撅，小脖子一缩，捂住眼睛。屁股怎么老漏气呀？

噗——噗噗噗——

好臭。叶芽痛苦地捏住鼻子，快要被自己的屁熏死了。

叶霖川闭了闭眼让自己冷静，打开灯，头顶昏黄的暖灯照亮了整间密室。

他走过来，掀开了被子，视线所及之处，不大点儿的小奶团子撅着屁股背对着人，将自己的脸蛋紧紧地埋在枕头下面。她自认为只要不睁眼，别人就发现不了她，所以即使被子被掀开，依旧稳如磐石，一动不动。

叶霖川眼角狠狠抽了一下，大手轻轻松松地把她拎了起来。

突然悬空的感觉很不好受，叶芽脚趾蜷缩，藏在指缝下的双眼缓缓眯起，透过那窄小的缝隙向外张望。

橘色的光点在男人墨染般的发丝上跳跃，他成熟英俊，一双眼深沉冷漠，似凝结着层层寒气。

叶芽双臂逐渐垂下去，澄澈的双眼与他对视，干净无害的表情和他冷硬的眉眼形成鲜明对比。

叶芽嘴角向上咧开："爸爸——"她捂住他的脸，甜甜地笑了，眼里有光，脸上满满的都是开心的神色。

这个称呼令叶霖川为之一震，在看到叶芽眼角下方的泪痣时，表情彻底阴沉下来。

"爸爸！"叶芽叫得更大声了。

叶霖川没应，将她往床上一扔，大步离去。

望着男人远去的背影，叶芽迷茫地歪了歪头，立即反应过来，赤脚追了出去。

“爸爸，爸爸！”她张开双臂，一边跑一边叫。

叶霖川离开房间，步伐丝毫没有被打乱。

“爸爸，你怎么不理我呀？”叶芽追上楼去，“你不认识芽芽了吗？”

“滚！”突然间，他止步冲她吼道，那眼神很凶，神色间是不加掩饰的厌恶。

叶芽被这副神情逼得后退，仰起头难以置信地看着她的“爸爸”。

爸爸很疼她。

她刚发芽时常有虫子来捣乱，爸爸会赶虫子，温柔地抚摸她的小叶子；他还会给她讲故事，讲很多很多好听又好玩的故事；夜里没太阳时，爸爸会抓来萤火虫放在一旁，告诉她那是会动的小太阳。

爸爸温柔，从不发脾气，更不会对芽芽发脾气。

叶芽失落片刻后，眼睛再次亮起：“我知道了，爸爸是不是不认识芽芽了？因为我现在不是小叶子，你看你看，我长手手了。”

叶芽兴冲冲地把自己的两只小手摊开给他看：“芽芽也可以抱爸爸，爸爸可以躺在芽芽的手心上。”

她简直不可理喻。

叶霖川咬了咬牙，转身再也没有回头。

两人的动静早已惊醒房内熟睡的叶清河，他穿着睡衣出来，语气诧异地道：“爸？”

叶霖川脸色阴沉：“既然醒了就给我过来。”

叶清河瞥向叶芽，知道这事是瞒不住了，叹息一声，上前抱起叶芽将她送到了自己的卧室，又耐心地叮嘱了几句，这才跟着叶霖川去了书房。

“爸……”

话音未落，苛责的话劈头盖脸而来：“叶清河，你知道你在做什么吗？”

叶清河抿起嘴唇，低下脑袋没再说话。

“你什么时候把她带回来的，为什么要瞒着我？”

叶清河回应的声音带上了哭腔：“因为……你会把叶芽赶走。”

叶霖川怒极而笑，声音冷漠：“我当然会把她赶走。”

叶清河倏然抬脸，质问道：“为什么？你要是把她赶走，他们……他们会杀了她！”

“他们当然会杀了她。”叶霖川眼睛里有叶清河看不懂的东西，语气森冷，说出的话字字尖锐，“几年前你的母亲和她的老师在做一项生物基因实验，他们想要告诉外界，天才是可以被创造出来的。于是他们利用我死去的女儿，将你母亲的基因与其他生物基因结合。”

说这些话时，叶霖川整个人都癫狂了。

“他们创造出的只是一个与你妹妹有着相同相貌的生物，她甚至称不上人。当然，你现在还太小，不理解这些，等你长大就明白我为什么这样做了。”

叶霖川曾偷偷看过余研的研究资料。

在叶芽的基因链里有一项非常奇怪，他暗自买通实验室的人查看，惊讶地发现他们提取了某个天才杀人犯的基因，再通过新型技术手段找到一处合适的靶点，将两种基因相结合，创造了如今的叶芽。同时这种技术会给身体带来致命伤害，若运气好，克隆人可以活到十八岁，若运气不好，活五六年都勉强。

余研完全被蒙在鼓里，发现时已经晚了。

她病重时问过他：他们的女儿以后会成为杀人犯，还是杀人犯会成为他们的女儿？

余研死后，负责克隆与仿生科技的调查员注意到了这边的情况，实验室紧急停止实验，销毁所有证据，老师连带一干人全部潜逃国外。之后，叶霖川将叶芽交给另一个基因研究院进行秘密销毁。由于没有任何证据，调查员最终结束调查。

叶霖川不明白，为什么该死的人又回来了。

“现在太晚了，明天我会让人把她弄走。这一次我既往不咎，但我不允许你再有下次。”叶霖川说完朝他挥手，“回去休息吧。”

叶清河没有动，双拳暗自紧握。

他咬了咬唇，鼓起勇气看向父亲：“叶芽是生命，您这是谋杀。”

叶霖川再次被气笑了：“谋杀？是，我是谋杀。”他应得干脆，“我做这一切是为了你母亲的声誉，叶芽的存在会让你的母亲沾上污点，会剥夺你母亲生前所获得的所有荣誉，更会让你被人指指点点。你是科学家的孩子，应该知道法律明文禁止克隆人研究实验，而那个孩子就是证据。”

科技发达后，各种新型技术应世而生，其中自然包括克隆与仿生研究。

新研究的出现打破社会秩序，政府正式出台新规定，严厉打击克隆人与仿生人实验，并且成立了专门的监管部门。

一旦外界知道科研者利用克隆人谋取利益，那绝对是天大的丑闻。

当时余研刚去世不久，叶霖川绝不允许她被万人唾骂，于是利用金钱藏起所有罪行，让她走得安稳，让她还是那个为人类做出伟大贡献的科研者。

叶清河不甘心地道："可是……芽芽是妈妈创造出来的。"

"因为她愚蠢。"叶霖川咬牙道，"所以活着的人不能愚蠢。"

他很头疼，不想再多说一句："出去吧，剩下的事明天再谈。"

"爸……"

"出去。"叶霖川加重语气道，"若你再说下去，我现在就让人把她送走。"

叶清河咬紧下唇，分外不甘地退出书房。

叶芽又从卧室跑出来了，乖乖地坐在阶梯上等着他。

"哥哥。"小姑娘仰起脸蛋，脆生生地和他打招呼。

叶清河鼻子一酸，没出息地哭了出来。

"爸爸骂你了吗？"叶芽从地上站起，慢慢走到他身边，给了他一个结实的抱抱，"哥哥别哭。"

叶清河擦干眼泪，把她抱起来，抽了抽鼻子说："今天和哥哥睡觉好不好？"

叶芽乖巧地点了点头，过了会儿又摇了摇头。

"不愿意吗？"

叶芽鼓起腮帮，低声说："芽芽的屁股会漏气。"

叶清河一怔，扑哧一声笑了："芽芽是说放屁吗？"

她害羞地啃着手指头，白嫩的小脸蛋红了。

"没关系，芽芽一定是光着脚走路着凉了。要是肚子痛一定记得要和哥哥说哦。"

叶芽应了声，奶猫似的打了个哈欠，靠着叶清河的肩膀缓缓地闭上眼。

他将叶芽轻柔地放在了床里头，最后为她掖好被子，这才躺了上去。

夜深了，叶清河始终没有睡意。

他睁着眼睛看向天花板，眼中分明是茫然的神色。

叶清河的确不懂，为什么大人可以决定对错，小孩子就不可以？

创造生命的是他们大人，毁灭生命的也是他们大人。

他们自有一套理论，让小孩儿无法反驳，只能顺从。

“哥哥……”身旁传来弱弱的声音，叶芽还没有睡。

叶清河侧身，有一下没一下地拍着她：“芽芽还不睡？”

“爸爸变得好凶……”她嘟囔着抱怨，却并未责怪，“是因为找不到妈妈了吗？”

叶清河牵强地扯了一丝笑：“是啊，是因为找不到妈妈了……”

“我猜也是。”叶芽语调轻松不少，“因为找不到妈妈，又看见芽芽突然长了手，所以爸爸才那么凶。”

她的爸爸和妈妈就像连体婴，看不见对方都要唉声叹气许久。

叶芽想，一定是因为四叶草爸爸想食人花妈妈了。

没关系，她一定会好好完成任务，把妈妈给找回来！

叶芽想通了也开始困了，揉揉眼，沉沉睡去。

叶芽这一觉并没有睡多久，天还没亮就被推搡醒了。

迷迷糊糊中，叶芽听到叶清河低声叫她：“芽芽，芽芽醒醒，我们要走啦。”

“走？”叶芽迷糊地揉着眼睛，“去哪里？”

去哪里？

叶清河哪能想到去哪里，总之先离开家就对了。

他没有开灯，在黑暗中给叶芽穿好衣服，拿过小书包，将水壶、画笔、小零食一股脑儿地塞了进去，最后把嫩黄色的小帽子往她脑袋上一扣，抱着她转身离开。

大厅里黑漆漆的，保姆、管家都在熟睡。

害怕吵醒父亲，叶清河将脚步放得又轻又缓，下了楼梯，小心地打开门钻了出去。

“哥哥。”被冷风一吹，叶芽彻底清醒，“我们去哪里呀？”

“和哥哥去上学。”叶清河从书包里翻出自行车钥匙，开了车锁，把书包放入车筐，抱着她将她放上后座。

“芽芽要一直抓着哥哥，不然会掉下去的。”

坐在后座上的叶芽点了点头。

“那我们要出发了。”

叶芽努力睁大眼睛，两条短短的胳膊紧紧抱住叶清河的腰。

自行车驶出别墅，孤单地在蜿蜒无人的马路上前行。

叶芽扭过头，看着路边的小树，心情极好：“早上好呀，小树。”

绿树弯下枝丫，似在回应。

她咯咯笑了两声，把脸蛋贴在了叶清河的后背上。

二十分钟后，叶清河到了就近的公交车站台。他将车子锁在一边，拉着叶芽上了公交车。这里偏僻，只有这一辆公交车，时间又早，车上没什么人。叶清河决定带着妹妹一起上学，他爸总不能直接找到他的学校来吧？

叶芽上车后很快又困了，靠在叶清河身上沉沉睡去，再次睁眼时已到了城里。

街上冷清，四周没人，往日热闹繁华的街道在此刻略显凄凉。

“哥哥，我饿了。”叶芽捂着扁扁的肚子，里面传来重重一声响。

天边泛起一丝鱼肚白，黑夜缓缓被挤退，现在才五点半，周围的早点铺子都没开门。

就在叶清河为难时，叶芽突然指向街对面的垃圾桶，欣喜地喊道：“沈昼哥哥。”

叶清河看了过去，不远处，他那向来高冷寡言的同桌正在——捡垃圾。

叶清河眼皮狠狠一跳，犹豫着要不要过去打招呼。

“沈昼哥哥！”叶芽才没有那么多顾虑，当即跳起来冲对面的沈昼挥手。听到呼喊，沈昼抬眼看了过来，视线与叶清河撞了个正着。

叶清河心生尴尬之意，拉着叶芽转过了身。

过了会儿，沈昼拎着编织袋穿过马路走了过来。

“叶清河？”晨光中，少年的声音中透着丝凉意。

叶清河不得已转身，尴尬地打了声招呼：“早，沈昼同学……”

沈昼看了看叶清河，又看向叶芽，显得有些意外：“你怎么在这儿？”

“发生了一点儿……意外。”叶清河瞥向沈昼，“你呢，这么早出来做什么？”

“捡一些瓶子去卖。”

叶清河不再言语。

为了不让沈昼有心理负担，他给的生活费完全可以保证他们兄弟两人的日常生活。

叶清河按捺不住，小心翼翼地问：“我记得……沈昼同学已经有资助者了吧？”

“哦。”沈昼缠紧编织袋，“没人会帮你一辈子，你也不能一辈子接受别人的帮助。现在我能赚多少是多少，万一有意外，也不会饿着然然。”

叶清河没再说话。

除非他们家破产，不然永远不会让这兄弟俩饿着。

“哥哥，我饿……”叶芽拉着叶清河的袖子，又低声讨要吃的。

沈昼看出了兄妹俩的窘迫，毫不犹豫地邀请道：“你们不介意的话去我那里吃吧，我刚好要给然然做早饭。”

叶清河拉紧叶芽，跟着沈昼回了他家。

沈昼所住的石锦洞区夹在大楼之中，四周林立的高楼将阳光全数遮挡，这里阴暗潮湿，街道窄小，破旧低矮的筒子楼与后街的繁华形成鲜明对比。有人说石锦洞是被城市抛弃的地方，他们将这里叫作“老鼠洞”，住在里面的人都是恶臭的老鼠。

五六点是石锦洞最热闹的时候，打工的人纷纷早起收拾东西，有人进有人出，有人抽烟有人叫骂，也有从事低俗行业的男女站在路边揽客。

叶清河哪里来过这种地方，也没见过这种场面，吓得拉紧叶芽，紧紧地贴着沈昼前行。

沈昼住在最里面的一栋，一楼。

他取出钥匙开了门，邀兄妹俩进入。

屋子很小，最多三十平方米，客卧一体，放在门前的电动车近乎占据门口一半的空间。

沈然还在床上睡着，听到开门声，迷迷糊糊地从上铺爬下来，光着小屁股从三人面前晃悠过去，进了卫生间。

叶芽一直盯着他。

沈然从洗手间出来，睡眼蒙眬地道：“哥，我饿。”

叶芽还在盯着他。

沈然小脸一皱，总算意识到不对，转动脖颈，与叶芽那一双漂亮的大眼睛对了个正着。

空气瞬间凝固。

“早上好呀，沈然哥哥。”叶芽打完招呼，又盯了他的肚子下面一会儿，“早上好呀，小鸟。”

沈然红了脸，唰的一下转身跑上床，钻进被子里，以最快的速度换好了衣服。

“芽芽！”叶清河急忙捂住她的嘴巴，红着耳根，结结巴巴地开口，“不可以说这种话。”

叶芽一双眼睛眨来眨去，脸上满是茫然之色。

此时，系统声音响起：“棒啊，我的芽儿！就是要这样讽刺未来男主人公，奖励你 10 滴小雨露，让芽儿的小芽儿快点儿长大。”

系统毫不吝啬地给了奖励，她头顶的小绿芽以肉眼可见的速度长高了一点点。

叶芽听不懂它在说什么，但还是甜甜地打了招呼：“早上好，叔叔。”

系统：“芽儿，这么早就起来了吗？”

叶芽说：“昨天我见到爸爸了，可是爸爸不太开心，我猜一定是因为妈妈不在。”

妈妈不在，爸爸就很凶。

系统静默两秒后说道：“芽儿，那不是你的四叶草爸爸哦。”

只是两人恰巧长得相似，就像叶芽和原主有着相同的名字一样，这只是一个巧合，并不能说明一切。

叶芽固执地说道：“他是芽芽的爸爸。”

爸爸就是长那个样子，爸爸肯定是一起过来了，没有错的。

系统叹了口气，越发觉得它的小宿主可怜，便没再说下去。

沈昼在厨房做饭，叶芽继续和系统聊天：“叔叔，你昨天去哪里了？”

系统：“去其他系统世界做了点儿兼职，以后可能不能一直陪着芽儿了。”

养孩子实在费钱，前不久网课系统升级，教育费用跟着增加，它要想让叶芽快点儿成才，这些支出都是必不可少的，所以它只能在叶芽睡着时去快穿世界兼职赚点儿小钱，一方面付网课费，另一方面给自己老旧的程序升升级。

叶芽似懂非懂地点了下头，说：“没关系，芽芽长大了，不用叔叔一直陪着。”

系统忙了两天早就累了，安慰叶芽几句，之后进入休眠状态。

此时沈昼已经煮好了面条，一边的沈然摆好小方桌，乖乖地把一碗面放在了叶芽跟前："给芽芽。"他的脸蛋依旧很红。

"给。"沈昼也将大碗的面条给了叶清河。

"谢谢。"第一次在别人家吃饭，叶清河多少有些不好意思。

叶芽握着小勺，一口一口地吸溜着面条。她的碗里有一颗打得非常漂亮的荷包蛋，沈然和叶清河的碗里也各有一颗。叶芽又看向沈昼，他的碗里只有面条和点缀在上面的葱花。

叶芽想了想，端着碗走了过去。

"芽芽？"

"给沈昼哥哥吃。"叶芽笨拙地将碗里的荷包蛋扒拉了过去。

沈昼一愣，忙还回去："不用，芽芽吃。"

叶芽鼓了下腮帮，用小勺将荷包蛋分成两半，然后把大的那一半分给了沈昼，认真地说着："沈昼哥哥是大孩子，吃大的；芽芽是小孩子，吃小的。"她端着碗，安静地坐回了原来的位置。

沈昼望着碗里的荷包蛋，心里突然暖乎乎的。

果然，妹妹是最可爱的。

他不由得看了眼旁边傻乎乎地吸溜着面条的弟弟，叹了一口气，摇了摇头。

弟弟都是傻的。

吃完饭，叶清河主动包揽了洗碗的工作，但在他砸碎一个碗后，沈昼为避免损失急忙接手。

叶清河站在一旁，突然觉得沈昼同学真厉害。

看着认真洗碗的沈昼，叶清河眼里的羡慕之色倾泻而出："我要是有沈昼同学这么能干就好了。"

沈昼沉默。

叶清河："这样我就能带着芽芽生活了。"

沈昼无言。

叶清河看着他道："沈昼同学，我能在你这里住一段时间吗？你能教教我怎么养小孩子吗？"

"啊？"沈昼迷惑了。

叶清河好好的大少爷不做，怎么突然想做孤儿了？

难不成有钱人家的孩子都是这么奇怪？

叶清河目光闪烁，瞥着旁边正和沈然玩闹的叶芽，没有隐瞒："芽芽是克隆人，我爸想把她送去实验室销毁。你知道销毁吗？我爸要杀了叶芽。"

沈昼指尖顿住，眼中满是难以置信的神色。

片刻后他讷讷地道："你爸真不是人。"

叶清河点头附和："是啊，我爸真不是人。"

听到他们对话的叶芽扭过头来，奶声奶气地说："爸爸不是人。爸爸是小草。"

转眼就要到上学时间了，沈昼先将沈然送上去往幼儿园的校车，然后推出自己那抽奖得来的粉红色小电驴。

沈昼坐上去，冲叶清河扔过去两个备用安全帽："上来。"

叶清河抱着安全帽，蒙了好几秒。

"快点儿，要迟到了。"沈昼冷声催促道。

叶清河反应过来："我们三个坐……坐这个去学校？"

"不然呢？"沈昼皱眉，"我这边没有直达学校的车。"

虽然叶清河看沈昼平常骑车挺酷的，但真要坐，又感觉不太安全……

叶清河皱眉犹豫了好一会儿，没办法，为叶芽戴上头盔，抱着她坐了上去。

那个头盔是沈然的，叶芽戴着有些大，帽子下坠直接遮住了她的视线。她坐在中间，后面叶清河搂着她，前面沈昼刚好给她挡住袭来的风，温暖又安全。

三人坐好，沈昼转动车把，小电驴似一道粉红色闪电，刺溜一下驶离小巷。

叶芽乖乖地靠在叶清河怀里，小手紧紧拉着沈昼的衣袖，黑暗中，听到身后传来呜呜的声音。叶芽动了动耳尖，大声开口："哥哥，后面有东西！"

她的声音被风吹散，但叶清河还是听清了。

余光朝后一瞥，叶清河瞬间僵住。

"沈昼同学，警……警察！"他紧张到结巴，慌忙推了推沈昼的肩膀，

"警察在后面！"

身后，警车紧紧追着他们，甚至开了警笛。

沈昼临危不惧，骑得更快。

"前面的人快停下！前面骑车的人快停下！"交警用了喇叭，一直催促道。

前面是红灯，跑不了了，沈昼不得已刹车停下。

交警走了过来。

"下车。"他扫了车上的沈昼和叶清河一眼，见中间还坐了个不大点儿的小奶娃，脸色瞬间沉下，"把车推过来。"

叶清河先抱着叶芽下来，跟着交警走到了路边。

叶芽头上还戴着头盔，像大头宝宝一样走得摇摇晃晃、跌跌撞撞。

交警看不下去，弯腰给叶芽将头盔摘了下来。她露出脸蛋后，惹得交警神色一震。

她长得极为好看，头发卷曲，微微发黄，刘海儿乱糟糟地贴在额头上，睫毛又黑又长，像两把小扇子一样裹着黑亮的眼珠，皮肤白皙，嘴唇粉红，精致得就像洋娃娃。叶芽一直盯着他还有后面的镜头，神色满是好奇。

"哥哥，他拍我。"叶芽指向后面举着摄像机的大叔，童音很可爱。

叶清河这才注意到后面有人拍摄，愣了愣，诚实地发问："你们是在做节目？"

交警睨了叶芽一眼，语气不觉软化："我们是《龙城交通》的，专门抓你们这些违反交通法规的人。"

为了提高交通安全意识，告诉市民不遵守交通法规的危害性，电视台联合交警大队专门创办了这档节目。节目每天播出，每次只有十分钟，内容就是抓各种闯红灯、无证驾驶，还有超载超速的人。

节目创办已有两年，他们见过各种人，但还是第一次见两个少年带一个小孩儿骑电动车上学的。

交警弯腰与叶芽平视，语气温和地道："告诉叔叔，你多大了？"

叶芽有点儿害怕后面的镜头，不由得躲到叶清河身后，只留给他们一个后脑勺，声音极轻又认真地回答："一百岁啦。"

摄像师笑出了声。

叶清河急忙抱起叶芽，格外不好意思地道："她三岁多一点儿。"

回答完问题，叶清河问："叔叔，我们上学快迟到了，能不能让我们走啊？"

"走？"交警乐了，"再骑着那辆车走？"

叶清河不再说话。

交警又将沈昼叫过来，厉声问："你多大？"

沈昼面无表情地道："十六岁。"

叶芽趴在叶清河的肩上，摇了摇头就把沈昼卖了："沈昼哥哥十二岁。"

沈昼呼吸一窒，忍不住捏了捏叶芽的脸以示惩罚。

叶芽一本正经地教育着："哥哥不可以撒谎。"

交警笑了起来："根据交通法，年满十六周岁才可以驾驶电动车，更别提你还超载了。我问你，你为什么要骑电动车？"

这问题问得可就奇怪了。

沈昼愣了愣，回："因为我有车。"

摄像师又笑了。

交警换了说辞："我是问，你为什么要骑车还载人？"

沈昼又愣了愣："因为我有车啊。"

摄像师笑得镜头都在抖。

"别笑了！"交警瞪了摄像师一眼，抬手对三人招呼道，"车子扣押，你们和我去一趟大队。"

叶清河不愿意去："交警叔叔，我们要上学。"

"学晚点儿上，先上车。"交警拉开车门，态度极为强硬。

沈昼和叶清河对视一眼，皆无奈地叹了口气，收回视线不情不愿地坐上了车。

抵达交警大队后，负责他们的交警对沈昼和叶清河进行了严厉批评，两人不敢还嘴，坐在交警面前任由对方教训。其间，叶芽由交警大队的小姐姐哄着，有零食和玩具，还有养在队里的橘猫和她玩，她过得要多滋润有多滋润。

教育一番后，交警拿出手机，准备拨打电话："父母的电话说一下。"

两人瞬间变了脸色。

"快说。"

沈昼攥紧拳头，嗓音淡然："我没父母，我父母早死了。"

交警手腕一抖，抬头看了过来。

一旁正玩着的叶芽慢慢扭头，看到沈昼肩头的乌鸦以翅膀护住了沈昼的眼睛，这是守护灵觉察到了宿主的悲伤，以自己的方式安抚宿主。

她睫毛微颤，放下玩具走过来扑到了沈昼的怀里。

“叔叔，你是不是要把沈昼哥哥抓走？”她看着交警，眼神十分不安。

交警怕吓到孩子，忙说：“叔叔不会抓走你哥哥的，你放心。”

叶芽撇撇嘴，泪水在眼眶里打转：“叔叔你要抓就抓我好了，沈昼哥哥还要养弟弟，你不可以抓他。”

原本正伤心的沈昼在听到这番话后顿时觉得心里暖乎乎的，抱住叶芽，轻轻摸了摸她的头。

交警苦恼地抓了抓头发，看向叶清河：“你呢，可以让你妈妈过来吗？”

“可能……有些为难。”叶清河挠了挠脸，“我妈妈也早死了。”

交警心想：这两个小孩儿到底经历了什么人间惨剧？！

“你爸呢？”这一回，交警问得格外小心翼翼。

叶清河深深叹了口气。

他根本不想让父亲过来，但要是不让父亲来，交警可能不会让他们离开。

“我自己打。”叶清河慢吞吞地从书包里取出手机，极不情愿地拨通了叶霖川的电话。

电话响了几声后，传来叶霖川低沉的声音。

“你跑去哪儿了？”男人一开口便是质问。

叶清河低声道：“我被交警抓了。”

在几人漫长的等待后，叶霖川来了。

他身高腿长，墨发黑瞳，面部线条冷硬英俊，即使隔着一段距离，也能让人感受到迎面而来的气势——压迫、慑人，让人难以亲近。

“你好，我是叶清河的父亲，叶霖川。”他自报家门。

叶霖川的名字常出现在各大财经栏目上，就连负责这次案件的交警都买过叶家的股票，他自然认出这位是大名鼎鼎的龙城首富，当下惊得没有回应。

叶清河搂着叶芽坐在一边，抿唇不语。

叶霖川目光淡淡地扫了他们一眼，随即收回视线：“我儿子给大家添麻烦了，实在抱歉。”

交警反应过来，道：“小孩子不懂事，可以理解。但大人要多加管教，让这么小的孩子骑电动车上路实在太危险了……”

交警喋喋不休地教育着。

叶霖川沉默地听着，余光轻飘飘地睨向叶清河怀里的叶芽。

她盯着他，眼神澄澈，一副不知世故的可爱模样。

两秒后，小姑娘白皙的脸上露出笑容，酒窝跟着在脸颊上浮现，似奶糖一样甜。

叶霖川皱眉，缓缓移开目光。

被教育后，叶霖川让助理交了罚款，顺道还帮沈昼赎了车，处理完一切事务，带着三个小孩儿离开交警大队。

叶霖川的车停在门口，叶清河护着叶芽迟迟不过去。

“那……我和沈昼回学校了。”叶清河嗫嚅着，抱起叶芽转身便要离开。

“站住。”叶霖川冷漠地叫住他。

叶清河停下脚步，身体紧绷。

叶霖川冷冷的目光落在身后的沈昼身上，他说：“感谢你对叶清河的照顾，我会让助理送你回学校。”

助理会意，当下拦了辆出租车对沈昼说：“走吧，待会儿我把你的电动车送回去。”

沈昼没有动，依旧看着叶清河。

“上来。”叶霖川打开后车门。

叶清河固执地别开头，一脸不甘的神色。

叶霖川加重语气道：“我让你，上来。”最后两个字他说得又慢又重。

叶清河深吸口气，转过头对着沈昼说：“沈昼同学先回去吧，今天麻烦你了。”他抱着叶芽钻进了轿车里，最后只听一记重重的关门声响起，叶霖川坐在了前座上。

车子平稳地行驶着，父子俩一前一后，谁也不搭理谁，窄小的空间中满是令人压抑的气氛。

叶芽觉察不出这氛围诡异，安静老实地靠在兄长怀里，左腿晃荡，漂亮的眼睛始终盯着叶霖川。

她看着父亲，眼里是爱意，是喜欢，是崇拜。

叶霖川却觉得厌烦，不留情面地瞪了回去。

小姑娘没害怕，又对他笑了笑。

叶霖川觉得一记拳头打在了棉花上，心中更是烦躁。

转眼到了家，三人进门后叶子煜欢快地从楼上飞奔而来，感觉稀奇又开心："哥哥，你今天不上学吗？！"

叶清河沉默不语。

"叶芽要来和我玩吗？我这里有很多好玩的东西，都比你那个长草的团子好！"他兴冲冲地拉着叶芽就要往楼上走。

"等一下。"叶霖川叫住他，"子煜先自己玩，我和哥哥有话说，待会儿再陪你，好吗？"

他的表情透露出几分严肃，叶子煜没敢反驳，松开叶芽的手，蔫蔫地上楼回了自己的房间。

等叶子煜离开，叶霖川的目光落在了两人身上。

叶清河有预感父亲接下来说的不是好事，不由得绷紧心里那根弦，拽住叶芽牢牢地护在身后。

"我已经让秘书联系赵博士那边的人了，不出意外的话，明天他们就会把她带走。"

叶霖川的话不留情面，他铁了心要将叶芽赶出这个家。

"那个博士是个坏人，您就一点儿都不在乎叶芽为什么在那里待了两年吗？您一点儿也不在乎他们对叶芽做了什么吗？"叶清河虽然年幼，但能从种种迹象中看出叶芽在实验室里吃了不少苦头，往坏处想，他们很可能就像电影里演的那样，把克隆人当作实验品。

他已经死了一个妹妹，不能再死一个。

叶霖川别过头，轻描淡写地说了四个字："我不在乎。"

叶清河喉头发哽，眼睛被涌上来的酸涩感憋得发酸。

他拼命忍住眼泪道："妈妈走了，把您的人情味也带走了吗？您平日不管我，也不管子煜，您是不在乎，因为您只在乎自己，还有您的公司、您的钱。"

母亲离开后，他被迫长大，知道自己要懂事、要听话，因为家里还有弟弟。弟弟年幼无知，身为长子的他必须担起责任，即使他想念母亲、想念父亲，也不能表露出来，那样弟弟会难过，父亲也会说他不懂事。

他一直在隐忍，一直在学做大人，但是这次他不想再让步。

“芽芽会留下来，您若不养，我养。”叶清河挺直脊背，语气中满是坚定与固执。

叶霖川笑了：“你养？你用什么养？”

叶清河哑然。

叶霖川指着吓得不敢言语的叶芽，说道：“叶清河，你看清楚，这根本不是你的妹妹，她只是一个复制品。哪怕是死我也不会接受她，我的女儿早就和你的母亲一起离去了。”

他难过吗？

他当然难过。

这世上没有一个父亲会对孩子的离世无动于衷。

他的小女儿死时那么小，甚至没有好好看过这个世界，甚至没有叫他“爸爸”，他还没有好好抱抱她，她就离开了。

叶霖川痛不欲生。

但他知道人死如灯灭，没了就是没了，所以无法忍受妻子用那样的方式让孩子复活，那是对死者的亵渎，也是对生者的伤害。

他一次次拒绝、反抗，一次次表达着他的排斥，然而妻子还是违背了他的意愿。

结果呢？

逝去的小女儿成了科研的实验品。

叶清河无法反驳父亲，急火攻心，竟让他心脏一阵阵揪痛。

叶清河面无血色，捂着胸口慢慢地蹲了下去。

“哥哥？”叶芽感觉情况不对，轻轻推了推他。

叶清河想安慰妹妹，可是说不出话，疼得全身战栗，呼吸声一下比一下重。

“猫猫，哥哥怎么了？”叶芽担忧地问猫咪。

白猫骤然悬空触上叶清河的额头，闭上眼，从猫的身体里冒出一团白气，慢慢渡到叶清河身上。

它是在用自己的灵气为守护者续命。

等消耗完灵气，守护灵会彻底消失。

刚休眠完看到这一幕的系统突然明白为什么小说中叶清河能活到二十三

岁了，原来真的有守护灵在暗中保护着这个少年。

“哥哥……”叶芽快哭了，“哥哥，你是不是不舒服？”她摸了摸叶清河的额头，不烫，没有发烧。

“刘叔，带清河回房间喝药，让他好好休息。”叶霖川叫来管家，不顾叶清河的抗拒将他送回了房间。

客厅里只剩下了一个大人和一个小孩儿了。

叶芽似犯错一样将双手背在身后，嘴唇抿在一起，脚尖并拢，神色局促。

叶霖川居高临下地看着这个小姑娘。

叶芽敏感地觉得爸爸和平日不太一样，她小心地靠近叶霖川，大着胆子将自己小小的手掌放在了男人宽厚温热的掌心中，拉住他，仰头叫了声“爸爸”。

下一秒，那只大手抽离。

“我不是你爸爸。”这几个字显得冰冷无情。

“你是爸爸。”叶芽声音小小地道，“爸爸，没关系的，芽芽会给你找到妈妈。”

提及亡妻，叶霖川整个人变得阴沉起来。

他不再多语，抱起叶芽向地下室走去。

爸爸的怀抱有着久违的温暖，叶芽还没来得及享受，就被叶霖川带到地下室一个密封的房间里。

房间阴暗潮湿，遍布蛛网，房间里的各种仪器早已生锈，在昏暗的吊灯灯光下散发出阵阵阴寒。这里的味道不太好闻，那些说不出名字的仪器让叶芽害怕，她死死拉着叶霖川的衣服大气都不敢出。

叶霖川指着其中一个巨大的研究器皿道：“看清楚了吗？这才是你的爸爸。”

“不……不是……”叶芽拼命摇头，小胳膊抱着他的腿不撒手，“你是爸爸，爸爸是小叶子，芽芽也是小叶子。你看、你看，芽芽头上有芽芽。”她低下脑袋，兴冲冲地将脑袋顶上的绿色嫩芽给叶霖川看，以此证明她是爸爸最爱的宝宝。

然而，叶霖川什么都看不见。

叶芽继续说：“芽芽是从妈妈的花骨朵里出来的，然后爸爸把芽芽种在土地里，洒洒水，晒太阳，过了三百年芽芽就出来（化形）啦！”

灵地的小花小草都是这样出生的。

他们每个小妖怪刚开始都是一颗小种子，有的父母害怕宝宝孤单，于是就把种子重在宝宝地里。宝宝地里有很多很多小种子。小种子们会一起长大，一起发芽，一起开花，最后一起变成人。

叶芽原本也要被种在那里的，可是爸爸舍不得她，当食人花妈妈要把她种在那里的时候，爸爸哭得很伤心，于是妈妈就在自家院子里挖了块地，把她种在了里面。妈妈原本想偷几颗别人家的种子陪她，但是害怕被当成种子贩子赶出灵地再也见不到女儿与老公，只能作罢。

叶芽在土里长了一百年。

她前五十年都是一颗小种子，到了六十岁才学会说话，才认识爸爸妈妈。

“胡言乱语。”叶霖川敛目，迈步离开。

叶芽回过神来，灵机一动，取下小书包，翻出那天画的那张画，抓着画追了上去：“爸爸你看，你看。”她乐颠颠地把画举高了递过去。

那张画正是那天叶芽随手画的，巨大的红色花朵笼罩着绿油油的四叶草，天空还飘着一块电话手表。

“这是妈妈。”叶芽指着红花，又指着四叶草，“这是爸爸。”她抓着画，小手拍了拍脑袋，“这是芽芽。”

叶霖川双指夹过画，目光在上面停留了三秒，嗤笑一声，在小姑娘期待的视线中把画撕成两半，然后松开手，纸张像羽毛般坠落在地上。

看着地上被撕开的画，叶芽敛起笑容，眼里的光也消失了，头顶的小绿芽慢慢地、慢慢地弯曲向下，整株芽儿都随着主人的心情蔫了。

“啊，狗崽子，你欺负我宝宝！”系统奓毛了。

要是它的前宿主也就是叶芽她妈食人花在，估计早就让这厮坟头长草了。

“芽芽不哭，不要难过！叔叔帮你报好玩的网课班好不好？”

叶芽像没听见系统的话一样，撇着嘴，弯腰将画捡了起来。

“你……你把自己撕了。”那张画刚好从四叶草中间裂开，叶芽很不开心，仰起头大声斥责道，“爸爸，你怎么能撕自己！”

叶霖川太阳穴突突地跳，他按住眉心，无比疲倦地道：“我说了，我不是你爸爸。”

叶芽心疼地抱着画，眼泪在眼眶里打着转。

她看看画上的四叶草，又看看叶霖川，第一次认真地打量起眼前的“爸爸”来。

这个爸爸不够温柔，不够耐心，眼神冰冷。她仔细看他，觉得他好像长得和她的四叶草爸爸并不一样，她的四叶草爸爸有着温柔和善的眉眼，嘴角常年挂着宛如春风的笑。

爸爸的心宽厚，可以容纳整个天空。

爸爸从不生气，从不大声讲话。

爸爸是世界上最好的妖怪，是世界上最好的爸爸。

爸爸为了保护她和妈妈……被天雷撕裂，连一缕魂魄都没有留下。

“你不是我爸爸。”叶芽清醒过来，竟也不觉得太难过了。

她心里堵得慌，撕掉的画如她破碎的心一样。

叶芽咬了咬唇，扑上去狠狠咬住叶霖川的手腕。

突然袭来的疼痛让叶霖川倒吸了口凉气，他条件反射地挥手，过大的力气将叶芽重重甩了出去。

叶芽不觉得疼，手脚并用地从地上爬起，小脸上都是泪水：“你不是我爸爸！我不准你和爸爸长得一样！”

“你……”叶霖川捂着被咬出血的左手，眼中满是愤慨的情绪。

“我才不要你当我的爸爸呢！”她气到跺脚，狠狠地朝他哼了一声。

看着小姑娘气鼓鼓的神色，叶霖川心中怒意翻滚，最后咬了咬牙说：“我也不想当你爸爸。”

“臭弟弟、臭弟弟、臭弟弟、臭弟弟　　”

“你叫我什么？”叶霖川难以置信又满含怒意地问道。

“臭……臭弟弟，坏弟弟。”叶芽哭出了声，转过身贴紧墙，背影一抽一抽的，好不难过。

她不会骂人，只能把从系统那里现学的词送给叶霖川。毕竟在叶芽眼里，眼前的人就是一个比她小好几十岁、长得和爸爸相似，但没有爸爸好的臭弟弟。

叶霖川闭了闭眼平复心情：“明天就让人把你弄走。”

“呸！”叶芽扑过去在他的脚上狠狠地踩了一脚，眼睛通红，抽噎着说，“芽芽也不要和你过！你撕掉我爸爸，我讨厌你！最讨厌你！等我……等我把妈妈找来，我让妈妈吃了你！”

她哭着威胁道，小奶音一点儿杀伤力都没有。

她说到妈妈，泪水彻底开闸：“我妈妈……妈妈是食人花，可厉害了。她……她最爱我，才不会让人欺负我，不会让人推我。我要妈妈……妈妈……”

叶芽哭到最后没了力气，只有眼泪不住地流。

叶霖川被吵得脑袋疼，抱起叶芽，向上走去。

“不准抱我！不要你抱我！”叶芽胡乱拍着小手，好几次都打到了叶霖川的脸。

叶霖川的脸色越来越差，到了客厅，他面色阴沉地将啼哭的叶芽塞到一脸蒙的保姆怀里，转身向外走去。

“先生，您去哪儿？”

叶霖川捂着手，头也不回地道：“打疫苗。”

保姆无语。

叶芽回到房间后不想见任何人，于是独自钻到衣柜里，在逼仄的空间里盯着画出神。

画被撕了，爸爸妈妈也分开了，只有叶芽了。

她小小的身体蜷缩成一团，沾着泪的眼眸中有着浓郁的无助感。

叶芽抹干净眼泪：“叔叔。”

“芽儿？”

“爸爸妈妈现在在哪里？”

系统：“不知道呢，芽儿。”

时间之境遭遇的是天劫，灵地的妖怪有可能都魂飞魄散了。

叶芽将下巴抵在膝盖上，小手轻轻地抚摸着画上的花叶。

“叶芽？你在吗？”突然，门外传来试探的声音，是叶子煜。

“芽芽，你是在柜子里吗？”

叶芽没出声。

过了会儿，衣柜被拉开一条缝，叶子煜的一张小脸探了进来。

“你果然在这里。”他笑了笑，露出一对小虎牙，“我可以进来吗？”

叶芽想了想，乖巧地往旁边挪了挪屁股，为叶子煜腾开一片小小的空间。叶子煜钻进去，重新带上衣柜的门。

黑暗中，叶子煜摊开了小手：“你看。”

白色的长草颜团子静静地躺在男孩儿的掌心里，正是不久前被他踩碎的那个玩具。

叶芽的眼睛唰地亮了。

她欣喜地接过长草颜团子，过了一会儿问：“可是它不是‘死’掉了吗？”

“没有哦。”叶子煜说，“我修好了。”

那天他把它踩得四分五裂，结果发现还能安回去。

叶芽抱紧它：“谢谢小子煜。”

“爸爸对你发脾气了？”

叶芽沉下了脸色：“他不是我爸爸。”

望着小姑娘赌气的面庞，叶子煜突然不知如何接话，片刻后安慰道：“芽芽不要难过，大人都是那样子。”

叶芽摇头否定道：“我爸爸妈妈才不是那样子。”

妈妈倒是经常发脾气，但不会对家人发脾气；爸爸性情温和，对任何事都一笑了之，偶尔她见他生气，也是因为邻居说他的芽儿长得丑，最后当然被暴躁的妈妈骂了回去。

在叶芽眼里，父母都应像自己的爸妈那样，以温柔对待家人。

“我……我准备走了。”叶芽握紧小拳头，下定决心道，“我要离开这里。”

叶子煜愣了愣，道：“可你是小宝宝，小宝宝不能单独离开，有坏人的。”

“我不怕坏人。”叶芽说，“你的爸爸才是坏人，他会把我送去坏博士那里，我不要去。”

系统叔叔一开始就说过，坏博士会来抓她。

偶尔她的脑中会有一些不属于她的记忆，都是在冰冷的器皿中，穿着白大褂的人围着她。

叶芽不喜欢那些画面。

叶子煜若有所思地道：“那你一个人会很危险的，要不要我和你一起走？”

“不可以哦。”叶芽摇头，看着他的眼神中带有几分认真，“你的爸爸对芽芽来说是坏人，但对你来说是最好的爸爸，你要是走了，你的爸爸一定会很难过。”

叶子煜垂眸，语气失落地问：“他会吗？”

父亲连家都不回，也不和他玩，就算他真的离开，父亲应该也不会难过。

“当然会呀。”叶芽小手托腮，“他现在不难过，是因为你在他身边，他知道一回家就可以看见你。但你要是走了，他肯定会找你，会想你，也会很难过。”

就好像她现在很想爸爸妈妈一样。

以前她长在土地里，太阳升起是早上，月亮升起是晚上，睁眼就可以见到爸爸妈妈。她知道他们时刻在她身边，所以不会想念；现在不管太阳落下，还是月亮升起，陪伴叶芽的只有思念。

“小子煜，你要陪在爸爸身边，不可以因为外人讨厌自己的爸爸。”叶芽板着小脸，一本正经地教育着叶子煜。

“外人？”

“是呀。”叶芽拍了拍自己的小胸脯，“芽芽就是外人，你不可以和外人走。”

叶子煜似懂非懂地点了点头：“好吧，那你要是走的话，一定要和大人说一声。”他根本没明白离家出走的意义。

叶芽顺着他的话点了点头，过了会儿问：“你有车吗？”

叶子煜说：“好像有一辆。”那是他爸爸给买的，但他没骑过多少次。

叶芽眼睛忽闪忽闪的：“那你可以教我吗？”

“好呀，我现在就去教你。”从没有带过妹妹的叶子煜找到了乐趣，拉着她跑出了房间。

两人一直跑到后院车库，叶子煜在一溜儿豪华轿车中找出了自己的小单车。那辆蓝色的自行车做工精致，前面带着猫头形状的小车筐，后面带有两个小车轱辘，三角形结构防侧翻，很适合学龄前儿童，哪怕小孩儿很笨也能很快学会。

叶芽骑上车，叶子煜在旁边像小绅士一样护着。

开始她骑得不太好，歪歪扭扭的，没一会儿就熟练了，可以绕着院子骑一大圈。

两个小孩子在院里骑车玩闹，卧室里的叶清河艰难地从床上爬起，撩起窗帘看向花园，望着弟弟妹妹那稚嫩带笑的面庞，心化成一摊水。

无论如何，他都不会让叶芽离开。

叶清河神色坚定，既然沈昼可以带着弟弟生活，那么他也一定可以带着妹妹生活！

一天的时间过得很快，转眼天黑了，叶霖川还没有回来。

叶芽晚餐吃得饱饱的，最后趁人不注意，在书包里偷偷藏了两块点心。

八点，叶芽准时上床。

她要早点儿睡，明天早点儿离开。

打定主意后，叶芽紧紧闭上眼。可是太早了，她根本没有睡意。

叶芽拍了拍自己的小肚子，用小奶音唱着食人花儿歌，但毫无作用……

“叔叔……”

“嗯？”

“你能哄我睡觉吗？”

“芽芽想听故事？”

叶芽翻了个身，眼中映着窗外的月色：“叔叔可以用妈妈的声音哄我睡觉吗？”

“我知道叔叔可以变声，你之前就用小孩子的声音哄我。”叶芽记得一清二楚。

这小孩儿这么机灵的吗？

不愧是他看中的孩子！

自豪过后，系统毫不犹豫地切换到食人花妈妈妩媚的声音，用那独特的声音唱了一首标准的催眠曲。

叶芽皱眉，极为不满：“不对、不对，不是这个。”

系统无奈地道：“那是哪个？”人类幼崽听的都是这种催眠曲，它唱得一点儿都没错。

“是那首……那首《我是食人花》，我要听那首。”

你们妖怪一族连哄宝宝睡觉的催眠曲都是这么血腥的吗？系统深深震惊。

尽管觉得不可思议，但是为哄妖怪幼崽，系统还是唱了，歌声轻快悠扬。

伴着妈妈熟悉的声音，叶芽打了个哈欠，沉沉地闭上眼。

太阳快些升。

太阳快些升。

天亮后，“小叶子”就要出发救妈妈了。

龙城的夜景繁华璀璨，叶氏企业的大楼矗立在最为繁华的商业街中央。

现在是凌晨一点，员工都已下班，只有顶楼的灯光还亮着。

叶霖川坐在办公桌前，身后的苍茫夜色笼罩着他孤寂的身影。

他垂着眸，下颌线条冷硬，修长的手指缓慢地翻着桌上秘书递过来的资料。他看得仔细，半天都没说一句话。

“如资料显示那样，他利用克隆人进行生化实验，准备将研发成果高价拍卖出去，据我所知，一共有五个国家准备参加这场拍卖。”

叶霖川轻皱着眉头问道：“生化实验？”

助理压低声音道：“当作战争武器。”

如果赵博士的实验有了成果，且将其拍卖出去，后果将不堪设想。

饶是叶霖川，此刻也脊背发凉。

“奇怪的是，赵博士突然终止了进行两年的实验。后来有人匿名举报，赵博士连同一干实验者都被抓了，原本要参加拍卖的国家目前正在接受调查。”秘书顿了下，继续道，“听说赵博士的克隆人跑了好几个，基因管理局的人正在抓捕逃跑的克隆人。”

逃跑的克隆人……

叶霖川的眉毛狠狠地跳了下。

“不过叶总怎么突然对赵博士感兴趣了？”他隐约觉得奇怪。叶家主要做的是基金，怎么也不会和科研扯上关系。

“没事。”叶霖川挥了挥手，瞥见手背上的咬痕时，心里又是一跳，“送我去医院。”

“啊？”秘书惊了，“叶总不舒服？”

叶霖川动了动唇，瞥见秘书的眼神，不禁叹了口气：“算了。”他拿起桌上的车钥匙，“帮我联系家庭医生，让他明天一早就去我家里。”

“啊……好。”秘书怔怔地点了点头，跟着出了办公室。

翌日五点，天空缓慢亮起。

窗外阴云密布，小雨淅沥，天空灰蒙蒙的。

叶芽从床上爬起，抓过小书包，往里面放了水壶、吃的，还有卫生纸、小手帕，把能装的东西都装了进去。之后她转身拉开衣柜，从里面找出厚点儿的衣服穿上，衣架还挂着嫩黄色的小雨衣，旁边放着小雨鞋，叶芽一股脑儿全穿上了。

她戴好小黄帽，拿了把小黄鸭雨伞，背着书包准备离开。

走了两步，叶芽又折返回来，从本子上撕下一页纸，给叶清河留了封信。

“哥哥我走啦，以后都不会再回来了。xièxiè（谢谢）哥哥对我的zhàogù（照顾），我最xǐ（喜）欢哥哥了，等我jiù（救）了妈妈长高高，回来和你结hūn（婚）。”她的网课成绩不太理想，有很多字她还不会写，还好学会了拼音，不会的字都能用拼音代替。

妈妈说想和一个人永远在一起时就结婚，她要和哥哥永远在一起，所以等她完成任务，就来接哥哥回去结婚，爸爸肯定也会很开心的。

写完，叶芽在最下面落了款——“一棵小四叶草”。她顺便还用绿色蜡笔在四片叶子上涂了颜色。

叶芽放下笔，叹了口气，背着小书包依依不舍地离开了房间。

她轻手轻脚地下楼，从客厅搬了把小凳子放在后门前，踩着凳子将门拉开，抓着雨伞快速跑了出去。

小雨淅淅沥沥地下着，雨滴打在她的雨衣上噼啪作响，蓝色小单车孤零零地倒在后院正中央，车子从昨天她和叶子煜玩完就没放回去。

叶芽上前扶起单车，随手把小雨伞搁在车筐里，踩着小车向花园后门骑去。

很快到了花园后门，叶芽仰起头，对着那高高的门把手有些恍惚。

她跳下车走到门前，踮起脚伸直手臂试着去够门把手，然而还差好大一截。

叶芽哭丧着脸道：“叔叔，叔叔，我够不着。”

她蹦跶了好几下，依旧够不到门把手。

刚从休眠状态醒来的系统一开机就看到它的宝宝整装待发准备离家出走，恍惚了一下，问：“芽儿，你在干吗？”

“救妈妈。”叶芽回答得很认真。

“啥？”

叶芽一本正经地道：“去撞车，救妈妈。”

撞车？什么撞车？

系统蒙了好久才意识到她准备去找原女主人公夏晴。

它仔细想了想，这样也不是不可以，她本来就应该在夏家的。

“好！芽芽去夏晴家！她的爸爸妈妈肯定会对你好的！我们不要这个狗崽子！”

“对！”叶芽重重点头，气鼓鼓地说，“不要狗崽子！”

说完，她想了想，问：“叔叔，我可以养狗狗吗？”

“不可以。”

它连一株草都养不活，哪有钱再去养一条狗。

五点半，家里的保姆、用人都要起来了。

叶芽仰头看着这扇门，突然有了主意。

她从车筐里拿出雨伞，踮起脚用伞把钩住门把手向下一拽，门开了。

叶芽舒了口气，露出八颗小白牙，小手拍了拍脑袋，自我夸赞道：“我可真聪明。”

她骑上车，慢悠悠地向山下走去，边骑边悄悄哼着现编的小曲儿：“小路蜿蜒蜒，小车吱呀呀；雨滴噼里啪，虫儿吱儿哇；骑着小车车，准备救妈妈。”

太阳完全升起，乌云似薄纱般将日光遮掩。

叶芽骑了段路就没力气了，于是在路边停下，撑着雨伞从小书包里翻找着昨天偷偷放的点心。

她前方无人，后方无车，阴天伴随着细雨，小黄鸭雨伞成了天地间唯一的一丝亮色。

快吃完时，叶芽注意到脚边长出的一株小小的叶草，不大点儿，刚刚长出来。

“你好呀，小草。”叶芽冻得通红的手指轻轻点了点三叶草嫩绿的叶子。

“你好呀，人类。”

三叶草算是四叶草的近亲，叶芽总算听懂了它的话，只不过带着些口音。

“你爸爸妈妈也不在了吗？”叶芽咬着点心问。

“野草没有父母。”三叶草晃动着叶子，突然责怪起叶芽，“你挡住我吸收水分啦。”

叶芽急忙让开，让它继续淋雨。

吃完点心，叶芽收起伞继续骑。

到了公交站，她锁上单车乖乖和几个大人一起等车。几分钟后，公交车来了，叶芽被夹在几个成年人中间，跟着他们上了车，坐到了最后面的位置。

公交车缓缓启动，正在开车的司机竟也没发现她是落单的小孩儿，只以为她是和家里的大人一起出来的。

七点，叶芽成功抵达城中。

望着陌生的街头、川流不息的车辆，她无处可去，不觉心生些许胆怯之意。雨下得越来越大，叶芽刚吃过点心的肚子又开始饿了。

她撑着伞找到一处墙角蹲下，从书包里翻出电话手表，找到沈昼的电话拨通。

“芽芽？”电话里，带着几分稚气的少年音清朗地响起。

叶芽眼眶瞬间泛红：“沈昼哥哥……”

“芽芽，你在外面吗？”透过话筒，沈昼听到了电话里传来的雨声。

“我肚子饿，一个点心吃不饱。”叶芽委屈巴巴地说道，小手抹去眼角的泪水，抱怨着叶霖川令人发指的行为，“臭弟弟欺负我，我不要和他过。”

臭弟弟？

沈昼想起叶清河似乎是有个弟弟，听说脾气不怎么好。

“你现在在哪里？”

叶芽四处张望了一圈，摇头道：“我不知道。”她难过地嘟了下嘴巴，“我把自己给丢了。”

她把自己丢了……沈昼在心里叹了口气：“那你出来的时候和哥哥说了吗？”

“哥哥生病了。”昨天睡得迷糊间，她好像听到有医生来了，剩下就什么都不知道了。

沈昼沉思了几秒，突然想起叶芽的电话手表有定位功能，当时他们俩的手机和手表是从一个店里拿的，只要她开启定位，设置好亲情电话，他应该可以找到她。

“芽芽，你现在这样做……”沈昼耐着性子，一步一步地教她如何使用APP（应用程序）。所幸叶芽聪明，没太让人操心就开了权限。

两人的电话绑定好后，沈昼通过地图看到了叶芽的位置。

她就在学校后面两条街的地方，不算太远。

沈昼向老师请了假，骑着自行车向叶芽所在的位置疾驰而去。他担心这段时间小朋友一个人会害怕，于是一直没挂电话，戴着耳机安慰着她。

十五分钟后，沈昼从雨幕中赶来。

他身上披着旧了的雨衣，过于宽大的黑色雨衣并没有挡去多少雨水，反而弄得他身上都湿了，满脸狼狈。

叶芽看到熟悉的面庞，鼻头一酸，哇的一声哭了出来，张开双臂跑过去，一下扑到了他身上。

“你真是一个人出来的呀？”沈昼蹲下，举着书包挡在她的头顶，“别哭，哥哥带你回家。”

“我肚子饿。”叶芽哭诉，“小点心……吃不饱。”

敢情她这是因为没吃饱在哭啊。

沈昼觉得小孩儿可怜，又觉得好笑。

他为叶芽戴好小帽子，抱着她坐上了自行车后面的儿童椅。那个儿童椅他是为沈然安的，结果沈然一次没坐，倒是便宜叶芽了。

叶芽揉了揉红通通的眼睛，声音沙哑地问：“哥哥，粉红色的车呢？”

“卖了。”

交警不让他骑电动车，为了避免麻烦，沈昼直接将车子卖了，换了辆自行车，剩下的钱还能攒起来，很划算。

“那我们要走了。”

叶芽点了点头，拉开沈昼的雨衣钻了进去。

他没多说什么，向家的方向骑去。

到家后，沈昼给小姑娘擦干头发，又从衣柜里翻出一套弟弟小时候穿的衣服递给叶芽，让她去厕所换上，之后去厨房做饭。

沈家兄弟俩的生活过得简单朴素，自从猪肉涨价后很少再吃荤菜，家里唯一有营养的东西就是几颗鸡蛋，还有一小罐午餐肉。沈昼挠挠头，把那两样东西一起拿了出来。

片刻后，换完衣服的叶芽出来，站在沈昼旁边眼巴巴地瞅着他手上的鸡蛋。

她饿了，想吃饭。

终于等沈昼做好了饭，叶芽抱着小碗，坐在小桌子前吃着。

她吃得很快，嘴里塞得满满当当的，沈昼害怕她噎着，急忙给她倒了杯水。

趁着她吃饭的工夫，沈昼用微信联系了叶清河。

沈昼：“你妹妹在我这儿。”

沈昼给叶清河的备注是“芽芽哥”，等了三五分钟后，叶清河才回复消息。

芽芽哥：“芽芽没事吧？”

沈昼瞥了眼正吃东西的叶芽，发过去视频通话请求，接通视频后，屏幕里露出叶清河的模样。

他躺在病床上，面容俊秀，皮肤透着不健康的苍白。

“你病了？”沈昼难得关心了一下同桌。

“我没事。”叶清河淡淡地回答。

他刚生下来心脏就不好，经常去医院，早已对这种生活习以为常。

“芽芽呢？”

沈昼把手机递给叶芽：“和哥哥说话。”

叶芽正吃得开心，结果在看到屏幕里虚弱的叶清河时，发达的泪腺再次工作。

“哥哥，你不舒服吗？”叶芽突然觉得手里的大白馒头不香了，“哥哥你等着，我现在就去找你。”她憋回眼泪，大口大口地把馒头往嘴里塞，“等……等我吃完就去找你。”

心情郁结的叶清河在看到她这副模样后顿时笑了：“芽芽慢些吃，小心噎到。”

叶芽喝了口水，听话地放慢了咀嚼的速度。

叶清河看着镜头道：“早上保姆来找我，我看到芽芽的信了。”

他想到信上的内容，神色更为温和：“不过你一个人偷偷跑出去是很危险的，以后不能这样做了，知道吗？”

叶芽盯着他，睫毛轻轻扇动，片刻后低声道：“我想找妈妈……”

叶清河心里泛起酸涩，不知道要如何告诉她，他们的母亲不会再重回人世。

“芽芽可以先住在沈昼哥哥家里，等我好些就去找你。你要听沈昼哥哥的话，不可以再乱跑。”他叮嘱着，语气中满是不放心。

直到屏幕暗下，叶芽也没有点头。

沈昼收起手机，又看见了叶清河发来的信息。

芽芽哥：“我爸今天可能会让人去找叶芽，她现在在你那边是安全的，还请沈昼同学帮忙照顾她一下。”

过了一会儿，沈昼收到叶清河转过的钱——三千元钱。

沈昼拧眉，看了看桌上还剩下几片的午餐肉，最终只收了三百元，剩下的都退了回去。

沈昼：“芽芽吃不了多少，不用给这么多。”

叶清河本来想说“还有你和然然的”，想了想最终作罢。

“沈昼哥哥，我吃饱了。”叶芽放下筷子，抽出纸巾仔仔细细地把嘴巴和手指擦干净，跳下椅子开始收拾碗筷。

沈昼急忙站起来接过她手上的小碗：“芽芽去玩，哥哥洗。”

“老师说自己的事情自己做，不让哥哥洗。”教人类学的网课老师是这样说的。老师教育她：人类喜欢懂礼貌的小孩儿，更喜欢勤劳的小孩儿，所以她要懂礼貌也要勤劳，不然会被人类讨厌。

沈昼说：“可是水池很高。”

叶芽说：“我可以踩椅子。”

没有办法，沈昼搬了把椅子放在水池前，抱着她站了上去。叶芽挽起袖子，往水池里挤了少量洗洁精，乖乖地刷起碗筷来。

小宝宝干活没有大人熟络，她的每个动作都透着吃力与笨拙劲，水溅得到处都是。叶芽抬手擦脸，又将泡沫沾在了鼻尖上。望着满地的水与叶芽身上再次湿掉的衣服，沈昼暗暗叹了口气，待会儿有的忙了。

叶芽洗好碗，沈昼又开始收拾厨房地上的水，由于碗上的泡沫没有冲洗干净，他又在水龙头下冲了一遍。

只顾着干活的沈昼没有注意到身后暗中观察的小姑娘。

“沈昼哥哥。”叶芽轻轻拉了拉他的袖子。

“嗯？”

“我是不是给你添麻烦啦？”她仰着小脸，眼神小心翼翼的。

沈昼愣了愣，蹲下身看着她：“没有呀，芽芽做得很棒。”

叶芽低着脑袋：“我想要当懂礼貌的宝宝。”

沈昼扑哧一声笑了：“芽芽是懂礼貌的宝宝。”

叶芽摇头：“给人添麻烦不是懂礼貌。”她想帮忙，想做勤劳的小孩儿给沈昼哥哥减轻工作负担，可是好像让沈昼哥哥更忙了。这样是帮倒忙，不是懂礼貌。

叶芽看着自己的小胳膊小腿，找到了问题所在，恍然大悟道：“等我长高些再帮沈昼哥哥刷碗，现在我可以擦桌子。”说完，她拿起抹布去擦桌子，擦得很认真，就连边边角角都没放过。

望着那忙碌的小身影，沈昼再次羡慕同桌，果然还是妹妹好，像贴心可爱的小棉袄；不像他弟弟，每天回家不折腾就不错了。想到弟弟，沈昼重重地叹了口气。

干完手头的家务活后，沈昼抱着叶芽去休息。

按理说小孩子跑了一天早就困了，但是她一点儿都没有想要睡觉的意思，在床上翻过来翻过去，偶尔还会唉声叹气，明显有心事。

“芽芽不开心？”

叶芽从床上爬起，拿过小书包将里面被撕扯成两半的画拿了出来。

画在书包里放了很久，又因为书包淋雨，画纸有点儿潮，还皱巴巴的。望着几乎看不出原样的食人花妈妈和四叶草爸爸，叶芽垂着长睫，嘴角弧度向下，脸上写满了不开心。

“弟弟把我的画撕掉了。”

沈昼看了过去。

“我画了好久……”她也画得很认真。

叶芽原本想把画好好保存起来，等见到爸爸妈妈给他们看，他们一定会很开心，说不定还会将她抱起来亲亲她。

她好想要爸爸妈妈亲亲她……

以前她是“小叶子”的时候，妈妈总会偷偷亲她。

叶芽心里难过得很，从牙缝里挤出凶巴巴的四个字：“弟弟真坏。”她气鼓鼓地道，“我以后再也不要理弟弟！”

沈昼抽过画，尝试着将其拼起来。

小姑娘笔触稚嫩，可是配色令人惊艳，想象力也很惊人，如果好好培养，说不定是个绘画小天才。

“芽芽喜欢这幅画？”

叶芽重重点头。

沈昼摸了摸她的头：“那芽芽睡觉，等睡醒画就好了。”他加重语气道，“我保证。”

叶芽一听，立马倒在枕头上，把眼睛紧紧合上。

她累了，三五分钟便沉沉地睡了过去。

等她睡着，沈昼蹑手蹑脚地取出叶芽的画本，从抽屉里找出一盒蜡笔，坐在书桌前，仔细对着叶芽的画临摹起来。

时间分秒流逝，转眼到了下午。

叶芽在床上连连翻滚了几圈，只听啪嚓一声，一不留神从下铺滚到了地上。叶芽瞬间清醒。

还好床并不是很高，她摔得也并不是很疼。

她揉揉眼从地上爬起，一眼看到了放在枕头边上的画。叶芽眼睛一亮，迅速把画拿了起来。

红色大花笼罩着绿色四叶草，电话手表在天空上飘着。

她的画回来了！

叶芽抱着心爱的爸爸妈妈，开心地在地上又蹦又跳。

蹦过跳过后，叶芽翻过画纸背面，空空荡荡的。

欣喜的情绪淡去，叶芽看着桌上的蜡笔突然什么都懂了。

立在客厅墙脚的自行车不见了踪影，四处也没有沈昼的踪迹，他可能是去接沈然了。叶芽捧着画，手脚并用爬上书桌，取出绿色蜡笔在纸张背面的右下方画了一片小小的叶子。

她看着叶子，心满意足地笑了。

叶芽还没开心多久，就听见系统的声音传来："芽儿，未来男主人公马上要回来了，记得你的任务哦。"

叶芽表情茫然，看样子早就把任务的事忘记得干干净净。

系统："叔叔已经为你开启了自动评定功能，只要你的行为符合标准，任务会自动完成并且给你奖励。不说了，我要去给你开家长会了，芽儿加油！"

最近叶芽所上的网课都在开家长会，加上兼职，系统不能像以前那样时时刻刻陪在叶芽身边，没办法只能花高价升级程序，和其他系统一样开通自动评定功能，这样就算它处于休眠状态，也可以自动发布与评定任务。

它是史上最棒的系统！

话音落下，叶芽眼前的面板上自动浮现了任务追踪信息。

"《恶毒女配之路》主线任务 01：被夏家收养。（未完成）"

叶芽眨了眨眼，又皱了下眉。

她正疑惑时，门被打开，沈家兄弟回来了。

“芽芽！”

身后传来开心的童音，她扭过头去，就看到沈然开心地向她扑来。

“然然——”叶芽张开双臂跑过去，两个小朋友稳稳当当地抱在了一起。

“你以后要和我们生活吗？”沈然拿下书包，满是期待地看着她。

叶芽想了想，摇了摇头。

沈然眼中闪过失落，很快他又振作起来：“没关系，你来我家的话，我们可以一起玩。”说着他拉起叶芽的手，“我今天在幼儿园做了小船，等我拿给你看。”

“等一下再看小船。”叶芽抽出手，颠颠地跑到桌前拿起崭新的画，跑到沈昼面前将画展开，画纸遮住了她的半张脸，剩下一双大眼睛露在外面。

“沈昼哥哥，我的画变回来啦。”

沈昼抿着唇笑了笑。

“谢谢沈昼哥哥。”叶芽知道她亲手画的画回不来了，就像爸爸妈妈也不会再回来一样。但是没关系，只要她努力点儿，不管是爸爸妈妈，还是时间之境，都会重获新生。

白昼消失，黄昏来临。

沈昼出去买晚饭要用的食材，就去十几分钟，于是把叶芽交给了沈然照顾。

沈然还有作业要做，叶芽趴在桌前看着。

“沈然哥哥……”

“我不要你教我做数学题。”没等叶芽把话说完，沈然便开口拒绝道，“其他什么都可以。”上一次回家哥哥辅导他，他不听，结果第二天就被老师骂了，还被小朋友笑话。这一次他说什么也不能再听妹妹的，虽然她真的很可爱。

“可是你这道题错啦。”叶芽指着他的作业本，“28 减 18 等于 10，不等于 8。”

“你才三岁，我不相信三岁的宝宝。”沈然很固执，“芽芽去玩，不要打扰哥哥学习。”

叶芽鼓了下腮帮子，突然想起自己有任务在身。

“然然哥哥，你能借我点儿钱吗？”在这里生活好像都要钱，坐车也要钱，她没钱的话不能去夏家，就不能完成任务救爸爸妈妈，可是她没办法赚钱，只能向别人借一点儿。

借钱？

沈然放下笔在口袋里掏了掏，只掏出两个五毛钱钢镚儿：“给，我只有这么多了。”

叶芽拿过钢镚儿，看了看左手上的五毛钱，又看了看右手上的五毛钱，默默在心里算了下五加五的答案，很是感激地说：“谢谢然然哥哥，这十块钱我肯定还你。”虽然会算术，但是还不怎么会认钱的叶芽如是说道。

沈然靓仔挠头。

她借一块还十块，难道这就是电视上说的利息？

“叮！欺骗沈然一次，奖励十浇灌点。”

叶芽头顶的小叶子再次长高。她觉得莫名其妙，自己会还钱，才不会欺骗小孩子呢。

哼！

夜晚来临，一天结束了。

沈昼让弟弟和他睡在下铺，叶芽睡在上面，床旁边有小栏杆挡着，所以他也不用担心她会掉下来。

这座房子的隔音很差，二楼有人挪椅子，隔壁有人争吵，被杂音包围，没有片刻安静。两兄弟显然习惯了这样的生活，没有受丝毫影响地睡着了。

叶芽睡不着，头很痛，嗓子干，忍不住想要咳嗽，可是害怕吵到别人，只敢在被子里轻轻咳两声。就这样持续到下半夜，叶芽才不安地睡去。

天蒙蒙亮时，外面的租户开始起身，叶芽伴随着吵闹声从床上爬起，穿好衣服，收拾好小书包，害怕沈昼找到她，就把电话手表留了下来，最后在桌上写了张小字条，揣着那“十块钱巨款”踏上了新旅途。

她很想和沈昼哥哥住在一起，但是比较起来，更想快点儿完成任务救妈妈。

这个世界上，谁都没有妈妈重要。

叶芽扯着书包肩带，边咳嗽边走出石锦洞。

正当叶芽犹豫往哪里走时，一辆黑车挡住去路，下一秒，她就被车上下来的男人抓住了。

三岁的小娃娃不大点儿，被成年人抓住根本没有逃脱的机会，更别提叶芽脑袋晕晕的，使不出一点儿劲。

望着抓住她的胳膊的那只大手，叶芽害怕地仰起脑袋，然而在看到那张脸时，恐惧感消失了，化作诧异之情。

“司机叔叔？”叶芽没想到会在这里碰见家里的司机，难以置信地瞪大了双眼。

“先生让我接你回家。”司机松开叶芽，看了眼周围杂乱的环境，皱起眉头道，“这里这么不安全，你怎么能一个人到这种地方来？”

当叶霖川让他来石锦洞接人的时候，他都惊了一下，讶异于一个三岁小姑娘竟然那么能跑，尤其石锦洞在龙城是出了名的混乱，小孩子稍不留神可能就会遭遇不测。所幸他及时赶来，没有出事。

“上来吧。”司机不由分说，把叶芽抱上了后座。

叶芽全身发烫，四肢软绵绵的，没有力气。

上车后她不叫不闹，蔫蔫地看着窗外发呆。

司机发动引擎，看着后视镜里的叶芽叹了口气。

家里早就发现叶芽失踪了，家里那位大少爷嘴巴严实，任凭叶霖川怎么问都不肯说出她在哪儿。还好他们在车站找到了叶芽骑的单车，最后顺着监控一路找过来，可谓下了不少功夫。

“不过叶芽能走这么远还是很了不起的。”见小姑娘不说话，司机便以为她在暗自神伤，忙换了说辞夸赞道，“像我家里的儿子，十七八岁了不认识路，要是把他扔出去，保准回不来。”

司机突然打开话匣，喋喋不休地和叶芽讲起了家里的趣事。

叶芽胃里不舒服，跪坐在座位上，双手扒着车窗，睫毛忽闪忽闪地看向窗外。

马路对面是一个游乐场，粉红色的摩天轮在蓝天白云下悠悠转动，即使窗户关着，她也能听到从游乐场飘来的音乐。

司机话题一转，问：“叶芽想去玩？”

她转过头，神色茫然。

小朋友这副懵懂无知的样子可让司机心疼坏了。

他这才想起后座上的女孩儿是克隆人，三年来没受过什么教育，恐怕连游乐场是什么都不知道，这次被接回去，结局可能是被销毁……

司机心里发酸，问道：“叔叔带你去游乐场玩，好吗？”

叶芽眨了眨眼，摇头：“我不想去。”她不舒服，想睡觉。

她的拒绝在司机看来又有了别的意思，他更加怜惜地道：“不怕，我不会告诉先生的。”

叶芽困惑地皱起了小眉头：“可是我不想去。”

司机：“你想。”

司机：“你肯定想。”

小孩子都喜欢去游乐场玩，尤其是三岁的小孩子，更想去！

她说不想去肯定是口是心非，肯定是害怕被叶总责怪。

唉，司机叹气。

她真可怜，承受着这个年纪不应该承受的痛苦。

司机悲从中来，低头擦了擦眼泪。

他的行为完全让小妖怪迷惑了。

怎么好好的他就哭起来了？大人可真奇怪。

叶芽敲了敲犯痛的脑袋，突然想到可能是司机叔叔自己想去玩，不太好意思自己去，所以才叫上她。

好吧，叶芽想通了，重新坐好，对司机说：“那我们只能玩一下下。”

“没事，两下下也行。”

叶芽噘嘴道：“就一下下！”

司机连连点头：“没事、没事，玩三下下也没事，叔叔肯定不会告诉先生的，你放心。”

大人好烦呀！

叶芽深深吸气，算了，她是善良的小妖怪，要多多包容人类。

车子拐向对面的游乐场，司机排队买好票，牵着叶芽入场。

即使不是周末，来游乐场玩的人依旧很多，多是结伴而来的情侣或是闺密。

叶芽个头矮小，只看到腿和腿毛。

“芽芽想玩什么，摩天轮可以吗？”司机弯下腰，指向面前的摩天轮。

望着那高耸的圆形建筑，叶芽吓得汗毛直竖，将脑袋摇成拨浪鼓：

“不坐、不坐，小叶子不能上天。”风会把她吹跑的，她被吹跑就找不到妈妈了。

“好、好、好，不坐、不坐。”司机拍了拍她的头，“那旋转木马？”

叶芽看着不远处响着音乐的彩色木马，勉为其难地点了下头：“那叔叔你只能玩一会儿哦。”

“好……哎？”司机看向她，扑哧一声笑了，“好，叔叔和芽芽一起玩。”

他正要带叶芽去买票，手机响了。看到来电显示，司机表情瞬间变了——是正和他闹离婚的妻子打来的。

司机收敛情绪，拉着叶芽到旁边的休息椅上坐下：“芽芽先在这里等一下叔叔，待会儿我们去买票坐旋转木马。”他加重语气道，“不能乱走哦。”

叶芽乖巧地点了下头。

司机暂时放下心，走到不远处接通了电话。

叶芽走这么久早就渴了，拉开书包，拿出小水壶一口一口地喝着水，边喝边四处张望。

游乐场的人虽多，守护灵却只有寥寥几只。

忽然间，叶芽的注意力被一只红色小花仙吸引了。

那应该是守护灵，拇指大小，小人形状，穿着玫瑰裙，如蝉翼般的翅膀在身后扇动着。它很着急，挥着翅膀四处飞舞，叽叽喳喳地说着什么。

这只守护灵属于花草族，叶芽难得听懂了它的话。

“笨蛋，你不可以和她走。

“她会把你卖掉的！”

被守护灵守护的五岁小女孩儿相貌可爱，衣着精致，眼角挂着泪，正不安地听着眼前的老太太说话，下一秒，她把手递了过去……

叶芽心一紧，抱着水杯跑了过去：“姐姐！”

原本要将手递过去的小女孩儿顿时停下动作，哽咽着看了过来。

“爸爸买好票啦，让我过来找你。”叶芽拉起她的手，仰脸看向笑容僵住的老太太，“奶奶，你是谁呀？我们不认识你！”她说话声音很大，瞬间吸引了周围人的注意。

“不会是想拐骗儿童吧？”

“要不要叫保安来？”

“我看还是叫保安吧，刚才就见她鬼鬼祟祟的……”

周围的人议论纷纷，老太太的脸色越来越难看，最后笑容完全消失，她后退两步，几乎是逃一般跑出人群，眨眼间就消失在茫茫人海中。

危险消失后，守护灵跟着松了口气，它拉起裙角对叶芽优雅地行了一礼，转身隐藏起来。

“你找不到爸爸妈妈了吗？”叶芽抬起头看着还在抽噎的女孩儿，想了想说，“我不可以走太远。”后面的司机叔叔还等着她，他一个人肯定会迷路。

女孩儿没说话，低着头断断续续地哭着。

“不哭、不哭。”叶芽抱了抱这个比自己高的小姐姐，牵起她的手坐在原来的椅子上。她扭头看了眼，司机还在打电话，丝毫没有注意这边发生的事。

叶芽问女孩儿：“你叫什么呀？”

女孩儿抽抽搭搭地回答：“夏……夏晴。”

夏晴？叶芽眨了眨眼，这名字好像有些耳熟。

“我找不到叔叔了。”她哭够了，望着叶芽白净的脸蛋说道。

阳光下，叶芽的皮肤白皙细腻，脸蛋“Q 弹”，让人很想捏一捏、揉一揉。夏晴又去看她的头发，也许是因为营养不良，叶芽的头发稍微泛黄，但并不影响她的可爱，她的眼睛很大，睫毛长到过分，整个人安静又乖巧。

一直想要个妹妹的夏晴顿时忘记哭了，呆呆地看着叶芽说：“你好可爱！”

叶芽歪了歪头。

“我能摸摸你的脸吗？”夏晴盯着叶芽圆圆的脸蛋，眼中满是期盼的神色。

叶芽的小屁股默默地往旁边挪了挪，她拒绝道：“不给你摸。”

“为什么呀？”夏晴很失落。

叶芽严肃地道：“你没洗手手，不可以摸。”

原来是这样啊。

说起洗手……夏晴突然渴了，舔了舔哭得发干的嘴唇，又想起小叔，眼圈再次泛红：“我想喝水。”

叶芽晃了晃手上的小水壶，又闭上一只眼从瓶口向里“看”，黑漆漆的……原来是她用错眼睛了，用闭着的眼睛“看”，当然什么都看不到了。

叶芽睁开眼睛再看：“没有水啦。你很渴吗？”水壶里的水刚才都被她喝光了。

夏晴点头。

“好吧……”叶芽跳下椅子，转身看了看司机。司机依旧在打电话，好像在和人争吵，叶芽光看他的背影都感觉他情绪不稳。

便利店就在前面两步远，她就去一下，司机叔叔应该不会丢掉吧？

他都那么大个人了，肯定不会丢掉！

打定主意后，叶芽决定去买水。

“我这里有钱。”叶芽炫耀似的拍了拍装有五毛钱硬币的小裤兜，“我去买水，你不可以乱走。”

“好。”夏晴应下，目送着叶芽远去。

叶芽迈着小短腿来到对面的便利店，此刻的小店铺没有客人，只有店主和旁边看电视的老奶奶。叶芽踮起脚，费力地将握有五毛钱硬币的手举高，试图用小奶音引起注意：“阿姨，我想买水。”

柜台里的女人站起来才看到她的样子，当下愣了愣。

“阿姨，我想买水。”她黑亮的眼睛盯着女人，看得人心肝儿都要化了。

店主看了看叶芽又看了看那五毛钱，没多说话，站起来走到老人面前，附在她耳边喊：“奶奶，你坐那边，我要拿水。”

“啊？”

“我要拿水！”店主声音又大了一些。

“哦……”老奶奶慢腾腾地起身，坐到旁边的凳子上。

店主取出水，嘟囔了两句：“你说你都一百岁的人了，怎么还搞离家出走，晚上快和我爸回去。你是长辈，让着点儿小辈怎么了，犯得着离家出走吗？害得别人为你担心。”

老太太大概没听到，一声没吭。

倒是叶芽把店主的话听得清清楚楚。

奶奶……一百岁就是奶奶，就是长辈吗？

叶芽咬着手指头，目光闪烁。

那她现在是奶奶，也是长辈？

“你的水。”思考当中，店主将水递了过来。

叶芽回过神，抱过水甜甜地说了声谢谢，把五毛钱硬币塞到了店主的手里。

店主收起硬币，重新坐在椅子上。

买好水的叶芽没有走，站在柜台前像是在等待什么。

一分钟过去了，她没走。

两分钟过去了，她没走。

三分钟……

店主眉头狠狠一跳，瞥见小姑娘那过分好看的脸蛋后顿时语气温和地问：“小朋友还想要什么？”这么可爱的小姑娘，再要瓶水她都乐意给。

叶芽看了看旁边眼睛都睁不开的老奶奶，抱着水转身，小手豪迈一挥，潇洒地道：“剩下的钱不用找了，给奶奶买糖，小叶子会祝福你们的。”

嗯，自己真大方，真是世界上对人类最好的小妖怪，叶芽想。

这都什么和什么。

困惑的店主缓缓坐下，结果椅子还没坐热乎，手机就响了，话筒里传来自家兄弟兴奋的声音：“姐！刚才医院打电话，说妈醒了！她昏迷了五年，终于……终于醒了。”电话里，弟弟泣不成声。

店主手一抖，震惊得无法言语，片刻后她转过头，望着小姑娘离去的方向出神。

好人有好报这种事……真的存在？

叶芽把水给了夏晴，夏晴渴坏了，抱着水咕噜咕噜喝了小半瓶。

“你喝吗？”她把水送到叶芽面前。

叶芽没回应，四处张望。

在游乐场的茫茫人海中，她并没有找见司机叔叔，就连他刚才所在的位置都被其他人占据。叶芽拧起小眉头，叔叔莫不是丢了？真拿他没办法，她明明才离开一会儿。

“夏晴——”人群中传来一阵急促的呼喊声。

叶芽顺着声音看去，高大的青年头戴鸭舌帽，口罩与墨镜将脸捂得严严实实。他小跑过来，将夏晴紧紧地抱在怀里。

“太好了，我还以为找不到你了，差点儿报警。”

“小叔，我……我好怕。”她将脸埋在青年的肩上，又落下眼泪。

叶芽坐在椅子上看着，眼中不觉流露出几分羡慕的神色。

要是爸爸在，她也会趴在爸爸身上撒娇。

可是……

叶芽垂眸看着脚尖，头顶迎风摇曳的小绿芽再一次蔫了。

也许是太阳太大了，她晕得厉害，昏昏沉沉的，想马上倒在地上睡一觉。

“小叔，这是妹妹。”此时夏晴拉着夏屿走到叶芽身边，“她帮了我。”

叶芽揉着眼睛，身体摇摇晃晃的。

“妹妹，这是我小叔，他是大明星，你可以找他要签名照。”

“嘘。”夏屿捂住夏晴的嘴，墨镜下的眼睛紧张地环视四周，确定那帮粉丝没再围过来后，长舒一口气。

他蹲在叶芽身边：“小朋友，你爸爸妈妈呢？”

叶芽烧得厉害，面颊泛着不正常的红晕，她抱着小书包，低低地说：“我没有爸爸妈妈了。”

夏屿哑然，片刻后问道：“那你是和谁一起来的？”

“司机叔叔。”叶芽诚实地回答，“他要把我交给坏人。”

咝，听到这话的夏屿倒吸了口凉气。

他仔细打量叶芽一番，小姑娘好看是好看，可爱也是真可爱，但个头小，头发泛黄，看起来营养不良，像是遭受了虐待。

“我……我快晕倒啦！”叶芽眼皮打架，最终支撑不住，瘦小的身体轻飘飘地往下坠去。

夏屿心一紧，双手抱住了叶芽。

叶芽体温很高，喘着粗气。

“小叔，妹妹怎么了？”

“大概是生病了。”夏屿摸了下叶芽的额头，“在发烧。”

夏晴一脸难过：“是要打针吗？”

“可能要哦。”

夏晴最不喜欢的就是打针，当下皱起眉：“小叔，我们可以带妹妹回家吗？”

“啊？”夏屿蒙了。

“她在这里会被坏人抓走的。”夏晴说，“可以把她带回家给晴晴当妹妹。”

夏晴才是那个坏人吧，夏屿叹了口气。

但是他的确不能把这么小还在生病的孩子留在人多混乱的游乐场，也不能把小孩儿交给保安，万一有人看她这么可爱冒领了怎么办？何况她先前说有坏人抓她，虽然他不知真假，总归警惕点儿好。

他正为难时，前方突然传来尖叫声：“夏屿——”

粉丝发现了他。夏屿在心里低咒，抱起叶芽拉着夏晴向外跑去。

“好，我们先带她回家看病。”

这话让夏晴激动得快跳起来了。

夏屿抱着叶芽，牵着夏晴抄小路跑出了游乐场，驾车离去，银灰色的车眨眼间消失在车流中。

他们刚走，跑了一头汗的司机便出现在刚才的地方，满脸急色地接听着叶霖川的电话：“叶……叶总。”

“那兔崽子呢？”

即使隔着电话，司机也能想象到boss（老板）阴沉冰冷的表情。

他用手帕擦着汗，语气颤抖着说：“我……我去石锦洞接到了，但是……”

“但是丢了。”叶霖川冷嗤道，“你最好给我一个合理的解释。”

“小叶芽非要来游乐场，我……我看孩子可怜，就……就……”他哪能想到打个电话的工夫人就不见了！

“呵。”

那声低笑令司机身子一颤，在路边低着头，大气都不敢出。

“明天开始你不用来了。”

司机咬牙道：“抱歉，叶总。”

对方挂断了电话。

司机呆呆地看着黑掉的屏幕，不甘心地蹲在地上狠狠地揪着头发。

丢了工作他总能再找到，但是丢了小孩儿……

那么小的一个孩子……

他痛恨自己的不负责任，皮鞋狠狠地踩着地面。

太阳西下，夜晚来临。

夏家别墅内，一家四口都在房间里守着叶芽。

她早些时候就退烧了，也许是太累，睡到现在都没有醒来。夏晴的父亲夏汪明联系了警察，警方正在抓紧时间找叶芽父母的信息，让他们在这段时间暂时照顾她一下。

夏妈妈抚摸了下叶芽的额头，看了夏屿一眼："你说你难得带晴晴出去玩，还差点儿把她弄丢了，现在可好，人没丢又带回来一个。你做事怎么这么莽撞？人家的父母找不到孩子该多着急？"

夏屿没还嘴，毕竟这件事的确是他的错。

"妹妹只有一个人。"夏晴为小叔辩解，"妹妹说有坏人抓她。"

夏妈妈话锋一转，又开始责怪道："能把这么小的孩子丢下，父母也不会多称职。这小孩儿长得怪可爱的，比晴晴小时候还要可爱。"

叶芽安安静静地躺在粉红色的小床上，卷曲的睫毛在灯光下颤动。小姑娘长得精致，越看越讨人喜欢。

叶芽这觉一直睡到第二天上午。

她睁开眼，对着四周陌生的环境出神。

这是哪里？

坏弟弟的家里吗？

系统："芽儿——"

脑中巨大的叫声惊得叶芽抖了一下。

"叔叔，你吵到我啦！"叶芽捂着耳朵，不开心地抱怨道。

系统："昨天给你开完家长会，回来就发现你晕倒了，真是吓死叔叔了。"

宿主若遭遇不测，它也会跟着消亡，就算不消亡也会损坏，还好小朋友没事，不然它怎么向她妈交代？

系统："芽儿听我说，你成功来到了夏家，现在的任务是让夏妈妈喜欢你，让她收养你！"

叶芽挠了挠头，似懂非懂地点了点头。

系统："叔叔的系统自动评选功能会帮助你！如果你忘记要做什么，可以看看。"

说着，系统为叶芽调出任务面板。

"《恶毒女配之路》主线任务 01：被夏家收养。（未完成）"

"支线任务：得到夏妈妈的喜欢。（未完成）"

叶芽正思考着任务，门开了，夏晴连同夏妈妈一同走了进来。

夏晴的母亲舒美辰曾是演员，拿到满贯大奖后便回归家庭，今年三十多岁却保养得极好，要身段有身段，要脸蛋有脸蛋，眉眼和夏晴有五分相似，气质温柔又优雅。

“醒了。”夏妈妈冲叶芽温柔一笑。

“妹妹！”夏晴松开夏妈妈的手，扑到了床上。

“告诉阿姨，你叫什么？”

叶芽盯着夏妈妈：“叶芽。”她声音甜甜的，圆溜溜的眼睛似两颗黑葡萄。

“爸爸妈妈呢？”

“不在了……”

那副可怜落寞的表情成功触动夏妈妈柔软的心，让她心生怜悯。

叶芽抬起眼睛，小声哀求道：“姐姐，你可以收养芽芽吗？”

夏妈妈瞪大眼：“姐……姐姐？”她这个年纪怎么都应该是阿姨吧？

叶芽点了点头，望着她的一双眼眸里闪烁着真诚的光：“你好看，头发好看，眼睛也好看，是姐姐。”

夏妈妈听到叶芽的话瞬间飘上了天，晕乎乎的，险些找不到北。

自从结婚生了孩子，狗仔常抓拍她的丑照放在网上让人评头论足。当然也有熟人夸她，但谁知道有几分真心，像这种发自内心的赞美，她已经好久没听到了。

夏妈妈美滋滋地摸了摸叶芽那嫩嫩的脸蛋：“真会说话，我生的孩子都比你大两岁，你该叫我阿姨了。”

“生了孩子就不可以当姐姐了吗？”叶芽不懂人类的规则，茫然地发问。

“这倒也不是……”好像没人说过生了孩子就不可以当姐姐。

叶芽看着她道：“姐姐，你可以收养我吗？我会唱歌！”

“好、好、好，芽芽唱歌！”旁边的夏晴鼓掌帮腔，眨巴着眼满是期待地等着。

叶芽清了清嗓子，开始用稚嫩的嗓音唱：“小叶子呀，地里黄呀；两三岁呀，没了娘呀……”唱到伤心处，年幼的妖怪崽崽红了眼眶。

这也太凄苦了吧！

夏妈妈眼皮跳动，心头有着难言的滋味。

夏晴直接哭了出来："妈妈，妹妹好可怜！我们收养她好不好？！养她、养她！"

"我……我……我还会背诗！"叶芽积极地展现着自己的才艺，"孤儿生，孤子遇生，命独当苦。父母在时，乘坚车，驾驷马。父母已去……"

小孩儿软糯的嗓音在房间里回荡。

她背得格外认真，摇头晃脑，眼里闪烁着明亮的光。

这太心酸了，实在太让人心酸了。

这是什么人间悲剧！

"我还学了绕口令。"叶芽小心翼翼地望着夏妈妈，"姐姐，你收养我，我给你念绕口令好不好？"

绕口令是叶芽在兴趣班上学的，老师说锻炼口才，这样以后骂人不会吃亏。

叶芽听完就好好学了。

她要好好学绕口令，回去骂弟弟不吃亏。

"妈妈，收养她！"夏晴疯狂摇晃着母亲的胳膊，"养收她、收养她、收养她、收养她，我要收养芽芽！"

夏晴就像是大喇叭成了精，吵得夏妈妈脑袋嗡嗡地响。

夏妈妈一把捂住夏晴的嘴："好，我养！宝贝儿，你安静点儿！"她先安抚好女儿比什么都强。

夏妈妈话音落下的瞬间，叶芽接连收到两条提示。

"《恶毒女配之路》主线任务 01：被夏家收养。（已完成）"

"支线任务：得到夏妈妈的喜欢。（已完成）"

"恭喜你获得奖励：愿望叶子 ×1。"

叶芽扭过头，通过反光的窗户，看到头顶的小绿芽慢慢长大，绿叶舒展，缓慢地长出一片翠绿的叶子。

叶芽眼睛一亮。

叶芽完成任务的速度太快，不禁让系统夸赞："太棒了芽儿！你竟然会用苦肉计！"

真棒！她不愧是食人花的女儿，小小年纪就熟读兵法！

系统再一次自动开启新一轮任务。

“《恶毒女配之路》主线任务 02：进入男女主人公所在的幼儿园。（未完成）”

“支线任务：打破花瓶，嫁祸夏晴。（未完成）”

叶芽表情茫然，苦肉计是什么？她只会那一首人类儿歌啊。

警方那边还是没有任何消息，叶芽只能暂时留在夏家。她小嘴儿甜，又娇娇小小生得可爱，半天不到便赢得夏家老小的喜欢。

大人们上午还有工作，只有夏晴和叶芽做伴。有了新来的小妹妹，夏晴连最爱的小叔叔都懒得搭理。

她把叶芽带到自己的房间，从衣帽间最下面的抽屉里翻出小时候没穿过几次的衣服，翻来覆去地认真挑选，却始终无法抉择。

“妹妹，你喜欢这件吗？”夏晴举起一条粉红色还带有一对小翅膀的裙子给她看。

“不、不、不，妹妹穿这个可爱。”夏晴从最底下抽出件绿色小恐龙连体装，心满意足地点了点头，自我认同地道，“妹妹穿这个肯定可爱。”她拉起叶芽的胳膊，“我给妹妹换上。”

叶芽特别乖巧，像小娃娃似的一动不动地任夏晴摆弄。

平常夏晴自己穿衣服还要妈妈帮忙，可想而知给叶芽换衣服费了多少力气，尤其这还是件连体装。见夏晴折腾出一头汗水，叶芽贴心地开口：“芽芽自己穿！”她低头整理着外衣的褶皱，小手扯住拉链向上一拉，穿好了。

夏晴眼眸闪亮，鼓掌夸赞道：“哇——妹妹好厉害，这么小就会自己穿衣服了。”

被姐姐夸奖的叶芽骄傲地仰起下巴：“还好、还好，这种小事情难不倒我。”谁让她是世界上最聪明的小妖怪，人类生活根本难不倒她。以前她都会卷着叶子给自己浇水，妈妈夸她特别厉害。

换上小恐龙衣服的小姑娘越发娇憨可爱，夏晴喜欢得不得了，两条胖乎乎的小胳膊紧紧抱住叶芽，说：“一定是我的小精灵听到了我的愿望，所以才把妹妹送给我的。”

“小精灵？”叶芽歪头。

“是我的小玫瑰。”夏晴脸上闪过失落的神色，“不过它很早前就死掉了。”

夏晴一年前养了一朵玫瑰花，那朵花并不是多特别，却是她最喜欢的。她给花浇水，给花修剪枝叶，看着花一点点地长大，近乎把所有的爱给了小玫瑰，可是有一天……花被野猫吃掉了。

但夏晴知道，她的小玫瑰一定没有离开，偶尔她能感受到小玫瑰变成精灵守在她身边。

“笨蛋、笨蛋，我才没有死掉。”听到她的话，守护灵跳出来，不开心地敲打着她的脑袋。

“你好呀，小花。”叶芽很有礼貌地和守护灵打着招呼。

守护灵看过来，盯着她脑袋上摇摇晃晃的小叶子出神，最后行礼：“早上好，小草。”

夏晴满脸疑惑的神色：“妹妹在和谁说话？”

叶芽动了动眼珠子，确定没有人过来后，凑到夏晴身边悄悄说：“是你的小精灵。”

“咦？”

“它很喜欢你。”

夏晴不可思议地道：“你能看见它吗？”

叶芽点了点头。

她是小妖怪，可以看见人类看不见的东西，也能听到人类听不到的声音。

在叶芽的世界里，风会说话，雨会吟唱，所以她不会孤独。她会把对父母的思念告诉过往的风、飘下的雨，它们会带着她的声音去往父母所在之地。

小孩子的心思单纯无邪，夏晴对这番话没有任何怀疑。

“那小精灵现在就在我身边吗？”

叶芽看着坐在夏晴头顶的守护灵，再次点头。

夏晴开心地蹦跶起来，原本因玫瑰花离去而悲伤的心情瞬间化作喜悦之情。

“妹妹真厉害。”夏晴又抱住叶芽，“你也是小精灵变的。”

“不是、不是。”叶芽连连摇头，“芽芽是小叶子变的，爸爸是小叶子，所以我也是小叶子。”

夏晴沉吟片刻后道："那芽芽的爸爸也一定很可爱！"

"嗯！"叶芽重重地点头，"爸爸超级可爱！"

她的四叶草爸爸是世界上最可爱的小妖怪，比臭弟弟可爱一百倍！

想到那张和爸爸长得一模一样的脸，叶芽又不开心了。

她要快些救爸爸才行。

叶芽想到了自己的任务。

"夏晴姐姐，我可以把花瓶摔碎嫁祸给你吗？"叶芽眨巴着眼睛，问得认真。

"嫁祸？"陌生的词汇让还在上幼儿园大班的夏晴疑惑不已，"嫁祸是什么意思？"

"就是……就是……"叶芽啃着手指头，好看的小眉头一点点地皱紧。系统叔叔的任务面板上是这样写的，她也是按照上面的字说的，虽然她认识字，但面板上面好像并没有说是什么意思。

夏晴灵光一闪道："我知道了！"

叶芽看了过去。

"妹妹想嫁给我！"夏晴语气笃定地道，一定是这样的，妹妹想嫁给她。

嫁……嫁祸……

叶芽不确定地重复了一遍任务内容："打破花瓶，嫁祸夏晴。"

"嗯、嗯、嗯，对，芽芽摔碎花瓶，嫁给夏晴。"

事情是这样吗？叶芽不太确定，决定向系统求助："叔叔、叔叔你在吗？"

系统提示："系统休眠中。"

它怎么又睡觉了呀。

"可是为什么非要摔花瓶？"夏晴找到了重点，"摔碎花瓶的话，妈妈会骂我们吧？"

这可问倒了叶芽，她苦恼地挠头："我也不知道。"那些任务都奇奇怪怪的，有很多她不清楚是什么意思，以前还有叔叔帮忙，可是叔叔现在老是睡觉。

"我知道了！"夏晴一拍脑袋道，"这是婚闹！"

"啊？"

夏晴一本正经地说："之前我看电视，女主人公结婚要婚闹。既然芽芽要嫁给我，那肯定要婚闹，不然就不能嫁给我了。走，我们去婚闹。"她觉得自己的想法没有任何错误，当下拉起叶芽的手向楼下走去。

叶芽懵懵懂懂地被拉着走到了楼下。

客厅里无人，就连家政人员都不在。

玻璃花瓶安放在立于墙壁处的长桌上，桌子很高，以两个小孩儿的身高完全够不着花瓶。

叶芽和夏晴仰起头，对着花瓶大眼瞪小眼。

晶莹剔透的瓶中放着新鲜的白百合，绿叶映衬着白花，娇艳动人。

似乎觉察到了熊孩子的心理，百合花发出声音："毛烦我，看见你两锅人我就冒鬼火。"（别烦我，看见你们俩我就生气。）这似乎是一朵从云南来的花。

叶芽听不懂这话，上前踮起脚够花瓶。看着那只探过来的小细胳膊，百合花发出杀猪一般的尖叫声。

"花花，你好像很开心。"

它开心什么啊！这是哪里来的熊孩子？！百合花奓毛了。

"妹妹，我去搬凳子。"夏晴跑到餐厅里，搬了把椅子过来，抱着叶芽站了上去，"好了。"

"谢谢姐姐！"叶芽总算抱住了花瓶。

百合花被命运扼住了"咽喉"。

"花花不要怕。"叶芽将花从里面拔出来，插到了旁边装有勿忘我的花瓶里。

勿忘我沉默。

百合花无语。

叶芽小心地跳下椅子，手捧着花瓶："那……那我摔了呀。"

夏晴叮嘱道："你摔的时候要慢些，不能受伤。"

叶芽点了点头，深深吸气，小手一松，花瓶坠落到地上，骨碌了几圈滚到了另外一边。

"没碎。"叶芽很失落。

"没事，姐姐帮你。"夏晴拿起花瓶，只听啪嚓一声，花瓶碎裂。两个小朋友盯了花瓶好一会儿，高兴得蹦蹦跳跳的。

"芽芽可以嫁给我了。"

"要先把碎片扫掉。"叶芽四处找着扫把。

夏晴觉得有理。

两人刚要清理地上的罪证时，被楼上下来的夏屿抓了个正着。他打了一半的哈欠卡在了嘴边："你们在干吗？"

操控着扫地机器人的夏晴满脸无辜。

夏屿快速跑下楼，瞪大眼看着地上的花瓶碎片："你……你把花瓶摔了？"

夏晴点了点头。

"支线任务已完成：获得奖励浇灌点 ×10。"

"暂没有新任务发布，请宿主尽快完成主线任务，开启新的支线任务。"

竟然这么容易就完成了支线任务，叶芽摸了摸头顶的小叶子，旁边又长出一点儿小绿芽，相信过不了多久就能再长出一片小叶子。

开心过后，叶芽不忘认错。

她举起手道："我也摔啦！大哥哥，我也摔啦，但是没摔碎。"她撇了撇嘴。

她失落个什么劲？夏屿深深地被小孩子的脑回路惊到了。

看着满地狼藉，夏屿头疼地按着眉心："你妈很喜欢这个花瓶，要是让她知道你把花瓶摔碎了，肯定会生气。"

夏晴没说话。

"行了、行了，你们去玩吧，这里我来收拾。"夏屿找出抹布，蹲下身擦拭着地上的水渍。

夏晴松了口气，拉着叶芽逃离"犯罪现场"。

她们前脚刚走，夏妈妈后脚就回来，望着桌面和正在清理碎片的夏屿，眉头一皱道："夏屿，你把我的花瓶摔了？

"你说你这么大一个人，怎么还像小孩儿一样摔花瓶？"

"不是，嫂嫂……"

夏妈妈面无表情地教训道："别和我说这是晴晴她们干的，这花瓶放了一年晴晴也没摔碎，怎么你才来一天它就碎了？不是你干的还是谁干的？人赃俱获，你休想狡辩！赔钱！"

夏屿也想问，为什么他刚来一天就连连背锅？他好歹还是个流量明星呢，结果毫无尊严！

干了坏事的两个小朋友对楼下发生的事情一无所知。夏晴偷偷带着叶芽来到母亲的房间外，鬼鬼祟祟地张望一番后，夏晴牵着叶芽进门。

她来到化妆桌前，在那堆瓶瓶罐罐里准确地找到了夏妈妈用的口红。

“芽芽，姐姐给你化新娘妆，你坐着不要动哦。”

叶芽乖乖地点了点头。

夏晴用口红在她的脸上一阵涂抹，刚从休眠状态醒来的系统惊了一下，再看她完成的任务，又惊了一下。

芽儿，这任务完成的速度是不是有点儿快？

“芽儿，你在干吗？”

系统的出现让叶芽倏然睁眼，她很是开心：“叔叔你醒啦？”

系统：“对不起啊，芽儿，叔叔最近都不怎么关心你。”它白天时跟着叶芽，晚上等叶芽睡觉后就去其他世界，有时候承受不住，必须休眠。

叶芽并不在意，说：“没关系，叔叔好好休息。”

系统心里一暖：“芽芽在干吗？”

叶芽：“芽芽要嫁给夏晴姐姐。”

“啊？”系统蒙了，“你不是要嫁给你哥哥？”

嫁和结婚是一样的吗？

叶芽思考片刻，丝毫没有改变想法：“我也要嫁给夏晴姐姐。”

她想了想，又道：“还有沈昼哥哥和然然，还有小子煜。”

“那要是只能在他们中间选一个呢？”

叶芽摇头晃脑地道：“大人才做选择，我是小宝宝，小宝宝全都要！”

她喜欢哥哥和姐姐，要把他们全都带回去，然后结婚一起生活。嗯，她就这样决定了。

系统总算意识到叶芽的结婚和那个结婚不一样，它的小宝贝很可能连结婚、嫁人是什么意思都不知道。算了，童言无忌，它不管了。

系统再次合眼。

夏妈妈很快发现女儿在背着她用化妆品捣乱，看着乱糟糟的化妆台和貌比“如花”的叶芽，夏妈妈奓毛了。

快到晚餐时间，夏妈妈抱着叶芽去浴室洗脸，让夏晴靠墙站着直到晚饭做好。

夏晴调皮捣蛋惯了，对这不痛不痒的惩罚毫不在意，甚至站在墙边和自己玩起了 123 木头人。此时叶芽已经清洗干净，她颠颠地跑到夏晴身边，和她一起玩了起来。

就在此时，沙发前传来夏屿的声音：“嫂子、大哥，你们看这是不是叶芽？”

他攥着遥控器，正在看的节目是《龙城交通》。

叶芽前些天意外上的节目，刚好在今天播了。

电视里，头戴粉红色安全帽的小团子摇摇晃晃地跟在交警后头走着，交警看不过去为她摘了帽子。虚晃的镜头中，女孩儿自然卷的发丝贴在脸上，湿润的眼睛似单纯无害的幼鹿。

她怯生生地盯着镜头。

夏屿坚信，凡是看到这一幕的观众估计都会觉得萌爆了！

过了一会儿，交警开始问话，面对摄像机的男生毫不避讳，冷着张脸回答问题：“因为我有车。”

看到这儿的夏屿连同夏家父母一齐抽了下嘴角。

“芽芽过来。”夏妈妈对叶芽招手。

叶芽当即跑过去，静等着夏妈妈问话。

“这是你哥哥吗？”夏妈妈指着里面的沈昼问。

叶芽看向液晶屏，所有注意力都被电视里的自己吸引。小妖怪新奇无比，盯着一模一样的自己迟迟没有说话，好半天才指着叶清河开口：“那个才是芽芽的哥哥。”稚嫩的声音中还夹杂着对兄长的喜欢。

夏妈妈看过去，隐约觉得那个温和的少年有些眼熟。

镜头一转，三个小孩儿出现在了交警大队里。

因为时间有限，节目并没有将当时发生的事情全部剪进来，只保留了些有趣的情节，还有父亲出现的画面。望着叶霖川一晃而过的冷酷面容，夏家老小齐齐沉默。

“那是你爸？”

叶芽看了眼，气鼓鼓地哼了声，将脑袋别到了另一边。

看样子那真是她爸。

他们就说那个小孩子瞧着眼熟，原来是叶霖川的儿子。

不过，叶霖川有女儿？

夏家大人陷入疑惑当中。

《龙城交通》这档节目的收视率向来很高，时长短还解压，各种奇葩趣事层出不穷，可想而知，今夜节目播出没多久叶芽就火了。到第二天她的相关话题直接上了微博热搜前十五，不光朋友圈、短视频，就连新闻头条都是三个小孩儿的采访。

叶霖川……想不看见都难。

此时他面色阴沉地坐在办公桌前的皮椅上，一条一条地翻着微博。

三个小孩儿长得过分好看，采访妙趣横生，观看过节目的观众纷纷转发官方微博，在下面疯狂吹起"彩虹屁"。

"继偷车贼之后的又一神仙。"

"这个叫叶芽的妹妹也太好看了吧！组团偷崽崽行不行啊？"

"我喜欢哥哥，骑车的小哥也好帅！姐姐愿意等你。"

"太可爱了、太可爱了，开头看得好笑，后面竟然觉得好心酸，这么小的孩子。"

"什么父母啊，竟然让孩子独自在外面跑。"

"那么可爱的小孩儿竟然在现实世界里存在？我的恐娃症马上好了。"

"好羡慕她爸有这么可爱的两个孩子……"

…………

可爱、羡慕、想偷孩子，这是上万条评论中出现最多的词汇。

叶霖川紧皱着眉头，滑动鼠标，按下右键点开视频。

视频里的小奶娃不哭不闹地窝在叶清河怀里，大部分时间是安静的，每当镜头扫过时都像受惊的兔子一样匆匆将小脸蛋藏起来，紧接着又偷偷看过来。摄像师显然喜欢小朋友的这种反应，有好几次都会趁着交警不注意时用这样的方法逗她玩。

她眼角下有一颗极为特别的红色泪痣，映衬得眉眼越发精致。即使现在她还年幼，但是相信过不了几年，小姑娘就会出落得亭亭玉立，变成少年们喜欢的模样。

叶霖川的视线慢慢移到书桌旁的相框上。

那是一张全家福，妻子在中间，两个儿子在两侧，小女儿由妻子抱着。那会儿小女儿刚满月，正是最可爱的时候。那个克隆人哪里有他的女儿可爱？要是他的女儿还活着……

叶霖川心里堵得慌，啪嗒一声合上了电脑。

过了会儿，叶霖川的微信、邮件，接连响起信息提示音。

“我看到电视了，叶总，你竟然还有个女儿？”

“叶总瞒得够好啊……”

“下周有个聚会，要不要带孩子一起来？”

“我儿子马上就要出生了，您看……”

这些消息让叶霖川的脸彻底黑了。

小女儿的到来是个意外，加上孩子和妻子的身体都不好，为保证外界不打扰到母女俩，叶霖川并没有过多透露小女儿的消息。后来幺女夭折，新闻沸沸扬扬地报道了一天，也被叶霖川使用手段压下了。

现在可好，这电视一播，全龙城的人都知道他叶霖川背地里又多了个闺女！

叶霖川当初光顾着生气，完全没注意到后头的摄像机，虽然节目组只让他出镜一次，还给眼睛打了马赛克，但熟悉的人都能认出那是他。

叶霖川闭上眼，捏着眉心暗自头痛。

“叶总，有电话找您。”

叶霖川头也未抬地道：“说我在忙。”

秘书噤声几秒，说：“是夏氏企业的夏董事长，他说……您女儿在他那儿。”

叶霖川眉心跳动，眼睛倏然睁开：“谁？”

他的眼神毫不掩饰锋芒，秘书磕磕巴巴地应道：“夏……夏董事长，他说您的女儿在他家里，可以的话让您马上过去一趟。地址已经发到我这边的邮箱了，您看……”

叶霖川长舒口气，拿起衣服起身往外走。

“叶总？”

“备车，去夏家。”

秘书愣了下，急忙拿起车钥匙跟上。

叶芽对叶霖川要来的事一无所知。她上午还要上网课，刚巧夏晴也要完成幼儿园的作业，于是两人玩了会儿就乖乖地坐到书桌前开始学习。

叶芽今天上的是语文课，三个小时的课程分别是认字、造句，还有背诗。

网课系统已彻底开发了她的大脑，新型教育方式能让她快速记住所学的汉字并且熟练运用，加上妖怪本身比人类智商高，即使叶芽是幼崽，学得也非常快。

她在学习空间所过的三个小时不过是人类世界的三分钟。

叶芽刚从网课系统中出来，就见夏晴正在被夏妈妈抓着背诗。

“晴晴，《赠汪伦》怎么背？你昨天还会背的。”

夏晴哭丧着小脸背着：“李白乘舟将欲行，忽闻岸上踏歌声。桃花潭水……深……深……”

“深多少？”夏妈妈满含期待地问。

夏晴惴惴不安地道：“深……深五十米。”

夏妈妈的表情瞬间变了。

夏晴快哭了：“呜，那就六十米，妈妈你别生气！六十米不行的话就七十米，呜……妈妈你别生气！”

夏晴哭了，被桃花潭水到底深多少气哭了。

叶芽啃着手指头，看了看疲惫无奈的夏妈妈，又看了看哭得不能自已的夏晴，最后凑上前，用特别特别小的声音提示：“深千尺。”

夏晴停止哭泣，一下子记起来了。

“桃花潭水深千尺，不及汪伦送我情。”她泪眼模糊地道，“妈妈，我背出来了。”

夏妈妈摸了摸她的头，张了张嘴正要说什么时，家里的用人敲门而入：“太太，到了。”

夏妈妈颔首，起身出门。

等她离开后，夏晴长长地呼出口气，抹干眼泪满是崇拜地对着叶芽说：“芽芽好厉害，这么小就会背诗啦。”

“因为叔叔给我报了网课，很贵的。”她特意加重了最后三个字。

“我一点儿都不想背诗。”夏晴趴在桌子上，“背诗好讨厌呀。”

可是幼儿园的老师每天都让背诗，还让家长考，叔叔在的话，叔叔可以帮她蒙混过关，可是现在叔叔不在……

夏晴想到这儿，小小的身体里充满了大大的压力。

看出夏晴很失落，叶芽伸出小手拍了拍她的肩膀：“没关系、没关系，以后我帮晴晴姐姐。”

这句话瞬间让叶芽的形象拔高，夏晴的一双眼眸越发闪耀。

“芽芽，你真好。”夏晴抱住叶芽，“那以后……以后姐姐也帮助你。”

叶芽当即问道：“姐姐，你现在可以帮助我吗？”

“啊？”

“我能向你借十块钱吗？”叶芽眼巴巴地瞅着她。

别说十块钱了，就算一百块钱夏晴都愿意给她。

夏晴毫不犹豫地把自己的小猪存钱罐取出来，从里面掏出皱巴巴的十块钱递过去：“给！”这个字夏晴说得颇为大气。

“谢谢姐姐！”叶芽眼睛亮起，小手接过钱，她对着纸币上的数字“10”确认了几秒，满意地将钱收到小书包里，认真承诺道，“等芽芽有钱了，肯定会还给姐姐的。”

沈昼哥哥生活得不容易，她已经出来好久了，要是不快些把钱还回去，然然哥哥一定会挨骂。

可是她赚不到钱，只能找人再借点儿。

两个小朋友达成交易后，门再次被推开，二人一齐扭头看去。

站在门前的男人西装革履，挺拔如青松，此刻表情阴鸷，眼眸冰冷地注视着叶芽。

叶芽看到这张脸，脸蛋上的笑容一点点地收敛，最后完全消失，就连嘴角都垂了下来。

她目光中透着简单直白的心情——不开心，还想哭。

“芽芽，看看是谁来了？”

夏妈妈侧身让开路，叶清河牵着叶子煜站在后面，温和浅笑地注视着她。

“芽芽……”叶子煜很少出门见生人，可是听到要来接妹妹便一起跟着来了。他乖乖站在兄长身侧，双眼满是期待。

即使看到两个哥哥，叶芽也没有过去，一动不动地坐在小椅子上如同一个木头人。

叶清河轻轻叹息一声，走上前将她抱了起来。小姑娘身上带着甜甜的奶香，混合着沐浴乳的香甜气息，面色红润有光泽，看起来这两天在夏家过得很好，并没有吃什么苦头。

她当时一声不吭地从沈昼家偷跑出去，把所有人都吓个半死。沈昼找遍了石锦洞，生怕小姑娘被不法分子拐去了。

还好，妹妹没事。

一行人下楼，叶清河重新把她放下。

“谢谢夏董对叶芽的照顾，改天一定答谢。”叶霖川说的都是客套话，他神色冷淡，看不出多少情绪。

“哪里，芽芽很可爱，也没添什么麻烦。”夏爸爸摸了摸叶芽的小脑袋，多多少少是有些遗憾的。本来他想着要是真的找不到孩子的父母就把她收养了，反正叶芽可爱懂事，给女儿做个伴也好。

“走吧。”叶霖川颔首，向门外走去。

“芽芽，我们走了。”叶清河向叶芽伸出手。

叶芽没动，噘着小嘴，气鼓鼓地瞪着叶霖川高大挺拔的背影。

叶霖川侧眸扫她一眼，冷声嘲讽道：“怎么，你还住上瘾了？”

“我不要和你回去。”叶芽别过头，转过身，小短胳膊往胸前一抱，一副“我在闹脾气”的模样。

叶霖川恨得牙痒痒。

现在外界都知道他有个闺女，如果放任不管或者将叶芽交给管理局的人，届时舆论爆发，必定会损害他的个人形象与公司利益。他的确不想养这个复制品，可事到如今不养也得养。

“清河，抱你妹妹走。”

“哎。”叶清河点头，“芽芽，来哥哥这儿，我们回家了，你不想和哥哥回家吗？”

“我没有家！”叶芽四处躲着叶清河的手臂，“芽芽没有家、没有家、没有家！爸爸死掉了！妈妈也死掉了！我的小土地也没有了！”

叶清河急了：“芽芽，不要乱说话，芽芽有家的。”

“没有！”叶芽十个小小的手指头紧紧攥成两个圆团子，她还年幼，无法克制自己的脾气，此时伤心得全身发抖，“我要和晴晴姐姐住，夏妈妈说要养我，我不要回去！”

她固执地擦去沾在睫毛上的泪滴，轻轻哼了声：“哥哥走吧，路上小心一点点。”

还路上小心一点点……

叶清河感觉自己的心灵受到了伤害：“那你不和哥哥结婚了吗？”

说到结婚，叶芽的神情茫然了一瞬，她皱着两条小细眉陷入思考中。

没等她回答，夏晴突然从母亲的身后钻了出来，拉过叶芽紧紧搂住，看着叶清河的眼神满是敌意与警惕："妹妹已经和我结婚了，不能和你结婚，你……你……你……你们回去吧，我来养妹妹。"

她捧起叶芽的脸蛋："妹妹不怕，不哭、不哭，姐姐把所有玩具给你玩。"

叶清河更难过了。

怎么两天不见妹妹又和别人结婚了？！

身后的大人齐齐沉默，这都什么和什么。

寂静中，本来藏在叶霖川背后的叶子煜突然钻了出来，语气愤慨地道："芽芽不稀罕你的玩具。我那里有很多玩具，芽芽和我们回去，都给你。"他大步上前强行将叶芽从夏晴怀里扯了出来。

莫名冒出的人让夏晴蒙了好几秒，反应过来后她推开叶子煜，重新把叶芽抱住："我们家已经决定养芽芽了，我妈妈同意了！"

她看向夏妈妈："是吧妈妈？你同意了。"

夏妈妈一脸尴尬之色。

她是说过那种话，但……那完全是为了稳住女儿。当然，她也是乐意收养叶芽的，可是现在叶芽的亲生父亲找上门，他们总不能不让人家把自己的孩子带走吧？

"你妈妈同意又没有用！"叶子煜吼道，"要我妈妈同意才行！"

夏晴梗着脖子："那你也把你妈妈找来！"

叶子煜吼得更大声："我妈死了没法同意！"

空气再次凝固。

"芽芽回家。"叶子煜扯着叶芽细细的手腕，"回家每天有哥哥和你玩，不好吗？"叶芽不在的这几天他寂寞得很，晚上都睡不着，每次闭上眼都会很后悔当初凶她。

夏晴不服气地说："芽芽留在这里，我小叔和你玩。对了、对了，小叔还有一条小狗狗。"

"小狗狗"三个字让叶芽眼睛亮了下。

叶子煜警铃大作，急忙道："狗有什么好的？爸爸的后院有马场，里面有很多很多马，都给你骑！"

宝贝马匹突然被 cue（提及），叶霖川的眼皮狠狠一跳。

"我……我……我……我小叔是大明星，会跳舞会唱歌，每天给芽芽唱歌！"

“我爸是总裁！一个电话能叫来一百个人和我们玩捉迷藏！”

“我小叔会倒立学小猪佩奇叫！”

“我爸也会！”

“我爸是秃头，没头发！”

夏董心道：我没有！闺女，你别乱说！

两个小孩儿掐得水深火热，全然不把大人放在眼里。眼看两人要打起来，叶霖川和夏妈妈一左一右把自家孩子拉开了。

“子煜，不可以和妹妹吵架。”叶霖川冷着声音教育道。

叶子煜像一只小狼狗一样挣扎着向前冲：“我没有异父异母的妹妹！”

夏晴不服气地道：“我也没有异父异母的哥哥！”

两人目光相接。

“哼——”然后两人扭过头谁也不再搭理谁。

夹在风暴眼中的叶芽瑟缩着小身板茫然无措地看了看生气的叶子煜，又看了看不开心的夏晴，睫毛扇动，满脸疑惑。

两个小朋友乖巧了，剩下的便是哄叶芽回家。

叶清河走到叶芽身旁蹲下，满目正色地道：“芽芽要和夏晴姐姐结婚吗？”

叶芽点了点头。

叶清河拨开小娃娃脸颊上的发丝：“可是你已经答应和哥哥结婚了，不能再和夏晴姐姐结婚。”

她揪着自己的小手指头，嘟囔道：“芽芽可以和哥哥姐姐一起结婚。”

“不可以哦，除非芽芽先和哥哥离婚。”

离婚是什么？

陌生的词汇让叶芽的小脑袋里一团糨糊。

“你要抛弃哥哥和子煜留在这里和别人结婚吗？”

叶芽苦恼地皱了皱鼻尖，毫不犹豫地扑了过去：“芽芽不要抛弃哥哥和小子煜，不要离婚。”

嗯，小孩子就是好骗。

叶清河抱住叶芽。

站在后面目睹全程的叶霖川困惑地拧眉，开始重新审视自己刚满十二岁的大儿子。这孩子怎么小小年纪就这么诡计多端？他是随谁了？

安抚好妹妹，叶清河收拾着她的书包准备离开。

可是正在此时，叶芽又不依了："要给赎金，芽芽才能走。"

叶霖未顾及旁人嗤笑出声道："你也够金贵啊，赎金都要上了。"

他一说话叶芽就不开心了，气鼓鼓地重重哼了声："要赎金！"

"行。"叶霖川耷拉着眼皮，嗓音慵懒沙哑地道，"那赎金我要给谁？"

叶芽指着夏晴："晴晴姐姐。"

估计这又是小朋友的把戏，叶霖川只想快点儿离开，当即问："赎金多少？"

叶芽咬着手指头想了会儿道："十块。"不对、不对，太少了，晴晴姐姐那么好，要多还一点儿钱才可以。叶芽再一次对着十根短短的手指头掰算起来，最后对叶霖川伸出两根食指："十一块！"稚嫩的声音将三个字咬得重重的，好像自己很贵一样。

叶霖川深吸一口气，无奈地摇了摇头，取出钱包在里面翻找。

夏爸爸见此连忙阻止："叶总不必了，小孩子说笑，不应当真。"

叶霖川抬眼瞥向等着他掏钱的叶芽，嗤笑道："小孩子可没说笑。"

他低头继续找钱，钱包里除了几张银行卡和证件外，只有一沓百元钞票。叶霖川的嘴角弧度以肉眼可见的速度缓缓敛去，眼尾低垂，眉心竖起两道褶皱。

气氛尴尬，所有人都意识到了叶总可能没零钱。

"清河，给她十一块钱。"

叶清河倒是实诚："我没带钱出来。"

叶霖川深吸一口气，取出一百块钱塞到叶芽手上："给，赎金。"

叶芽揪着钱左右看了看："这是真的吗？"

她又从口袋里掏出夏晴给的十块钱，来回对比一番后，确定地道："这是假的。"

叶霖川今天就要被气死在这里了！

他抽出那一百块钱强行塞给夏晴，随后弯腰将叶芽抱起："那我先带孩子回去了，改日再来拜访。"

"等等，叶总，那钱……"

"给孩子买糖。"他大步离去，头也未回。

叶清河拿着叶芽的小书包，牵着叶子煜的手匆匆地追了上去。

窝在母亲怀里的夏晴捏着崭新的一百块大钞，心里惆怅无比，扭头问妈妈："妈，二百块钱可以买芽芽回来吗？我可以把小猪存钱罐里的钱都给叶叔叔。"

叶霖川来夏家这一趟耗尽了所有精力，上车后便靠着椅背沉默不语，闭目假寐。

叶芽坐在两个哥哥中间，依旧双手抱在胸前，气哼哼的，谁也不想搭理。

"芽芽以后不可以再偷偷跑出去了，坏人很多，会把芽芽抓走卖掉的，芽芽被卖掉就再也见不到哥哥了。"叶清河摸着她的发丝，"知道了吗？"

"我没有偷偷跑出去。"

"你有。"

"我没有。"叶芽"理不直气也壮"地说，"我是光明正大地跑出去的！"

她留了小字条，没有偷偷出去。

叶霖川睨她一眼，再次闭上眼。

叶芽感受到了叶霖川对她的厌恶之意，小脸缓缓沉下，小屁股慢吞吞地往叶清河身边挪了挪，用自认很低的声音说："哥哥……"

"嗯？"

"我们可以去和沈昼哥哥住吗？"

"可是沈昼哥哥那里住不下我们两个人。"叶清河知道她在担忧什么，笑着捏住她的脸蛋，"爸爸不会再把芽芽送走了，以后芽芽会和哥哥们一起生活。"

来夏家前，叶清河特意找父亲谈了。

父亲说会给叶芽上户口，也愿意让她留在叶家长大，当然不能让外界知道她是克隆人，所以今后她都会以"叶芽"的双胞胎妹妹的身份生活。委屈是委屈了些，但总比叶芽被送去销毁好。

"我不要和臭弟弟生活！"

臭弟弟？

叶清河一怔，条件反射地看向叶子煜。

叶子煜也愣了一下："我洗澡了，不臭。"

只有叶霖川知道，这个臭弟弟指的是他。

他表情瞬变，对开车的助理说："停车。"

助理将车子停在一旁。叶霖川开门下去，紧接着打开车子后座的车门，居高临下地对叶芽说：“出来。”

他的眼神很凶，叶芽吓得缩到叶清河怀里，委屈地说：“哥哥，他瞪我……”

叶清河护住叶芽道：“爸，你干吗？”他好不容易才把叶芽哄得愿意回家，要是再被弄跑了，去哪儿找？

“下车，快点儿。”叶霖川冷冷地命令道，“不然谁都别走。”

叶清河神色无奈地抱着叶芽下去。

叶子煜正要跟着下来，却被叶霖川拦住：“子煜不用下来。”啪的一声，车门关上了。

太阳明媚，道路两边的树木长得郁郁葱葱。这条主干道上的车辆向来少，笔直的马路空空荡荡的，偶尔有车辆从身边疾驰而过。

叶霖川双手插兜站在叶芽身前，将近一米九的身高似一座大山般笼罩着叶芽小小的身体。

她死死抓着叶清河的裤腿，仰头盯着叶霖川。

“在去我家前，我们要把话说清楚。”叶霖川毫不把她当小孩儿看待，语调冰冷得像是机器，“我让你留下是我对你的施舍，如果你不听话，我随时可以把你丢掉。”

“爸……”

叶霖川抬手打断想要阻止的叶清河，继续道：“首先，你对外要叫我爸爸；其次，你要懂礼貌，不能对长辈粗俗，不能不知礼数，明白吗？”

叶芽鼓着腮帮，点头道：“明白。”

她比想象中的要乖。

叶霖川很是满意地点了下头。

接下来他就听到她奶声奶气地说：“你要向我道歉。”

叶霖川眯起眼：“你说什么？”

叶芽觉察到危险，唰的一下缩到叶清河怀里：“哥哥，他又瞪我……”

叶清河护着叶芽：“爸，你不要和小孩子计较，有事我们回家说好不好？”大庭广众之下，一个大人和小孩子怄气算是什么事？

叶清河这话让叶芽想到了便利店那位一百岁的老奶奶，店主的话在脑中响起，她一拍脑袋，恍然大悟。

"算啦。"叶芽走过去，很是大方地说，"我原谅你啦。"

叶霖川无语。

"我是长辈，不和你这种小辈计较。"店主阿姨说一百岁的奶奶不可以和小孩子斤斤计较，那么她现在是芽芽奶奶了，不能和三十多岁的小孩子生气。虽然她真的很生气，但是作为长辈，必须宽宏大量。爸爸也教育过她，不可以太过记仇，那是在用别人的错误惩罚自己。

"你……"叶霖川气得只从牙缝里挤出这一个字。

叶芽转身，让叶清河拉开车门，手脚并用地爬上了车。

叶清河不敢触父亲的霉头，急忙跟上。

烈日之下，孤身站在马路牙子上的叶霖川气到思绪混乱。这小孩儿是什么逻辑？这些东西到底是谁教她的？

叶霖川闭了闭眼平复心情，阴沉着脸上了车。

望着在后座上晃动着小腿的叶芽，叶霖川心有不甘地从牙缝里挤出了三个字："没礼貌。"

这话又一次碰到叶芽的神经，她看过去道："是你先对我没礼貌的。你对我没有礼貌，我才不要对你有礼貌。"

"这就是你和大人说话的态度吗？信不信我现在就把你赶下去？"叶霖川从没有见过这么不可理喻的三岁小孩儿，似乎句句有理，句句将人往死里怼。

"你自己态度不好，芽芽也不要对你态度好！"叶芽很是气愤，"我爸爸说了，妖妖都是平等的，就算你是很大的大人，也不可以高高在上地瞧人，那样脖子会酸，脑袋早晚要掉下来。"

这是什么鬼逻辑？

叶霖川的眉心像打了死结："我没说过。"

"所以你不是我爸爸。"叶芽字字清脆地道，"你不是爸爸，还对我发脾气。"

叶霖川的理智面临崩溃，他没好气地说："我就对你发脾气！"

"那我也对你发脾气！"叶芽对着他张牙舞爪，"我超凶！"

叶霖川极为不屑，凶个屁，再过一百年她都凶不起来。

车厢里的气氛再次变得死寂。

叶芽气到脸蛋通红，摇晃着小脚，偷偷摸摸地瞟了叶霖川一眼，见他没注意，开始佯装不在意地唱歌：“讨厌鬼，喝凉水，打破鱼缸割破嘴……”

她每唱一句，叶霖川的太阳穴都要狠狠跳一下。

情况不妙，叶清河一把捂住叶芽的嘴，不让她再次触怒父亲。

老实说现在这种场面确实好笑，助理跟了叶霖川三年之久，从没见过他像今天这样失去理智，无能狂怒。

瞥着叶霖川那张黑沉沉的脸，助理越来越觉得好笑，终于没忍住，扑哧一声笑了出来。

唰，一道眼刀飞了过来。

助理吓得挺直脊背，目视前方，哪里还敢笑。

“我要不要也把你给开了？”

“抱歉啊，叶总……”助理头皮发麻地道，“我……我只是想到好玩的事，没……没其他的。”

叶霖川冷哼一声，面无表情地看向窗外。

这段小插曲很快过去，叶芽向开车的助理瞄去，盯了对方好几秒后，这才发现开车的司机换了人。她拉着叶清河的袖子问：“哥哥，司机叔叔呢？”

叶清河不语，抿着唇向前面的叶霖川看了一眼。

叶芽瞬间懂了，倾身向前，用力拉扯着叶霖川的西装：“你把司机叔叔弄去哪里了？”

叶霖川没说话，烦躁地拍开她的手。

“你把司机叔叔叫回来。”叶芽不依，继续闹着叶霖川，“我要司机叔叔。”

“他回不来了。”叶霖川心烦意乱地道，“老实坐好。”

“芽芽过来。”叶清河牢牢地把叶芽固定在怀里，不让她动弹。

叶芽生气地瞪着叶霖川。叶霖川回眸，给了她一个更凶的眼神。

小妖怪要被气哭了。

她马上要被气哭了……

她头顶的叶子疯狂摇摆，泪水蓄满眼眶，过会儿噼里啪啦全掉了下来。叶芽没像之前那样号啕大哭，只是默默掉眼泪，难过得像是遭受了天大的委屈。

司机叔叔是好人，叶芽很喜欢他。

她聪明，想也知道司机离开肯定是因为她，一时间愧疚又生气，更多的还是难受，说不出来地难受。

这一刻她才意识到，爸爸妈妈不在了，也没有人给她撑腰了。

“我……我……我听话，你把司机叔叔叫回来。”叶芽擦干净眼泪，“我不叫你臭弟弟了还不行？”

叶霖川轻哼一声，不理她。

“你这么大一个人，不可以这么小心眼儿。”

叶霖川像是没听见她的话一样，没有丝毫表示。

“司机叔叔的小儿子身体不好，叔叔没工作就不能养家。”那天司机和她说了很多很多话，叶芽看似不在意，其实都记得清清楚楚。他很辛苦、很累，双眼蒙着愁云，所以即使身体很不舒服，叶芽也愿意和叔叔去游乐场玩。她想叔叔玩一会儿可能心情就会好很多。

她是给人带来幸运的四叶草，如果别人因她而遭遇不幸，那她也不会感到幸福。

叶芽的话让叶霖川重重蹙了下眉，随即他闭上眼道：“我是商人，不是慈善家，他玩忽职守，我作为雇主有权将他解雇，他也必须为自己的错误买单。”

司机做错了就是做错了。

错事无法挽回，如果他原谅司机的第一次疏忽，那么还要原谅第二次、第三次。

叶芽对这番话一知半解，低头胡乱擦干净眼泪，从屁股后头拿过小书包，从里面的口袋中取出那还没焐热的十块钱，心疼地盯了十块钱好几秒，强忍心痛地把十块钱递了过去：“弟弟，那……那我可以雇司机叔叔吗？”

她手上的十块钱皱皱巴巴的，叶霖川哑然。

她说好的不叫弟弟了呢？

“芽芽，虽然我也很难过司机叔叔不能再为我们工作，但是每个人都要为自己的行为负责。你放心，爸爸会在其他地方给他安排岗位的。”叶清河看向叶霖川：“是吧，爸？”

话说到这里，叶霖川不点头都不行了。

叶芽捏紧手里的纸币没再闹腾，脑海中只有一句话：“每个人都要为自己的行为负责。”

她紧抿嘴唇，默默将钱重新装到书包里。

以后……她都要乖乖的，不乱跑了，不可以再给别人添麻烦。以后要是可以见到司机叔叔，她一定会好好道歉。

哭累的叶芽抽了抽鼻子，歪歪扭扭地靠在叶清河身上睡去。

第三章
留在叶家

叶霖川将三楼的一间书房改造成了儿童房，当作叶芽的卧室。由于家居设计需要两天时间，这两天叶芽只能睡在叶子煜的小床上。叶子煜不嫌弃卧室里多了一个人，反而很开心，就连狂躁症都明显缓解了。

叶芽周六有数学和语文的考试，早上七点就被系统叫醒，安排她进入考试系统当中。

考试开始前，系统叮嘱："今天要考的都是很简单的加减法，芽芽你肯定能考一百分。"

叶芽还没睡醒，坐在考桌前一脸蒙。

桌上显示着考试倒计时还有三十秒。

系统："龙族还有鬼族那几个宝宝不太聪明，芽芽绝对能考第一！"系统很有自信。它家芽儿虽然是个宝宝，但是起步早、学得快，除了刚开始闹过笑话外，后面经常被老师表扬，区区考试肯定难不倒她！

系统："你现在考好了，到时候上人类学校就方便了，别的小朋友在上学，你可以边玩边拿一百分，多好。"

考试快开始了，系统匆匆进入休眠状态。

考试正式开始，叶芽眼前的桌面上浮现出试卷，旁边升起一只形似眼睛的东西，悬浮在上面监考。叶芽握着笔，一道题一道题地写着。虽然她学得很好，也很聪明，但偶尔也会被难倒。

比如这道“17+8–9”的题，叶芽掰着手指头半天没算明白，挠了挠头，看了眼旁边的监考系统，眼珠子转了转。

“我想拉‘臭臭’。”

监考系统中间的眼睛亮起蓝光，从上到下扫描着叶芽的身体，确定她有生理需求后，暂时放她离开网课空间。叶芽睁着眼回到现实空间，一缕阳光从窗帘缝隙中穿入，旁边的叶子煜还在熟睡。她轻手轻脚地从床上爬下去，踩着凳子上桌，抱着叶子煜的变形金刚计算器钻到厕所，一边上厕所一边按计算器：17+8–9=16。

嗯，完美，不愧是她。

拿到答案，上完厕所，叶芽重新进入考试系统，在最后一题上写下正确答案，最后交卷，起床洗漱。

叶芽爽了，系统可不爽了。

考试结果出来的下一秒，系统就被网课老师在家长群里公开批评。

网课系统老师：“鬼族宝宝的成绩不错哦，不过请不要再让他在考试时玩自己的脑袋了。”

5 号系统：“谢谢老师。”

网课系统老师：“龙族宝宝好聪明呀，100 分。”

3 号系统：“谢谢老师。”

网课系统老师：“说了一百遍、一百遍！蛇族宝宝还是颗蛋，不准参与考试也不准进行教育，到底是谁放进来的？！”

6 号系统：“你瞧不起蛋啊！蛋怎么了？我们胎教不行吗？！那个花草族还是根草呢！凭什么她可以我们就不行？！”

突然被提到的 1 号系统：“我们芽儿聪明！她有身体，又不是颗蛋，凭什么不能学？”

网课系统老师：“1 号的宝宝考试作弊，考试成绩作废重新考，若再违规直接退学，并且格式化她所学的知识。”

格式化的意思就是清空她大脑中有关数学的记忆，再次变成那个认为“1+1=11”或一问三不知的宝宝。

1 号系统“裂开”了。

6号系统笑着离开了。

叶芽并不知道系统因为自己遭到了批评，此时她刚洗完脸、刷完牙，正拿着小梳子对着镜子美美地梳头发。

系统：“芽儿。”

系统的声音听起来很严肃。

“早上好呀，叔叔。”叶芽像往常一样和系统打着招呼。

“我不好。”它是系统管理01号，系统中的元老，江湖中都是关于它的传说，但是今天，它的形象严重受损。

“你知道考试是不可以作弊的吗？”

叶芽歪了歪头，脑海中突然浮现出电视上说过的一句话。

“我只是犯了天下宝宝都会犯的错误。”叶芽振振有词地道，“所有人都犯的错误就不是错误。”

系统一口气差点儿没喘上来。

它的幼崽到底在它不在的时候学了些什么乱七八糟的东西？

小孩子怎么这么难带？！

关键她说得好像有那么点儿道理！

系统苦口婆心地教育道：“芽儿，没有意外的话你会在这里生活十八年，会经历各种各样的考试，那是对你曾经所学知识的评定，作弊是不可取的，是错误的。现在叔叔可以帮你受过，但是在现实生活中，你要自己承担后果。”

叶芽撇了撇嘴，不开心。

系统：“当每个人都在犯同样的错误时，并不表示这是正确的，而是每个人将同样的错误再次重复。叔叔曾经作弊，所以得到近乎毁灭的结果。芽儿现在还小，可以犯错，但一定要改正。”

叶芽快被说哭了。

她对着镜子眼泪汪汪地点了点头，诚恳地道歉：“对不起，叔叔，芽儿以后不去拉‘臭臭’了。”

系统想：这和拉“臭臭”有什么关系吗？！敢情她认为拉“臭臭”是错的？！

啊，心累，幼崽为什么这么难带？不过今天它这样说了，它的芽儿应该不会再犯了吧？

叶芽重新参加了网课考试，最后的成绩评定分数是95分，虽然没有拿到100分，但也够让系统高兴老半天了。它用自己辛苦兼职赚来的代码点兑换了5个浇灌点，全部浇在了叶芽的小脑袋上，当作成绩奖励。

望着那绿油油的一晃一晃的小叶子，叶芽爱怜地用小手摸了摸，嘴里念叨着："四叶草快长大，长大救妈妈。"

只要长出四片小叶子，她就能许愿让妈妈回来了。

"叔叔对不起。"叶芽认真地道，"以后我不作弊，好好学习，努力完成任务！"

系统道："芽儿真乖！"

咚咚咚，敲门声响了三下，叶清河推门而入。

叶芽拿着小梳子跑了过去，仰起头甜甜地叫了声哥哥。

"子煜还没醒？"叶清河瞥了眼床上睡得四仰八叉的弟弟，蹲下身拿过叶芽手上的小梳子，"芽芽这么早就醒了？"

虽然叶芽参加了两场网课考试，然而现实中的时间只过了两分钟，现在七点半都没到。

"洗脸了吗？"

叶芽点了下头。

"那让保姆阿姨给你梳头发，一会儿要和爸爸出去。"

"爸爸"两个字让叶芽顿感不妙，神经绷紧，她紧张兮兮地问："去哪里？"

今天叶霖川准备带叶芽去医院做常规检查，小孩子都害怕去医院，尤其叶芽是从实验室跑出来的，要是知道去那里肯定会抗拒。叶清河知道这一点，没有直接回答，说："带你去吃肯德基。"

叶芽放轻呼吸，不安地问："哥哥去吗？"

"沈昼哥哥待会儿会来我们家，我们约好要做小组作业。"他安慰道，"沈昼哥哥也想看看你，所以你要听爸爸的话，回来就可以和沈昼哥哥还有沈然哥哥一起玩了。"

叶芽才不要听坏弟弟的话。

但她也知道学习很重要，尽管想让哥哥跟着，但也懂事地没有纠缠下去。

"哥哥。"叶芽捧着他的脸蛋，眼神认真，"哥哥要好好学习，不可以作弊。”

叶芽像个老奶奶一样一板一眼地说：“我回来会检查。”

噗，叶清河笑了，捏了捏她小巧的鼻尖：“知道了，哥哥不会作弊的。”

“嗯。”叶芽满意地点头，“那我走啦，拜拜。”

她绕过叶清河，拿着小梳子去找保姆阿姨梳头。

由于身体检查需要空腹，叶芽早点都没吃就被叶霖川带上了车。

路途有些远，她坐了五分钟的车就不安分了，晃着小脚，眼神飘到旁边的叶霖川身上。他今天不用去公司，穿得随意，看着也亲切。

叶霖川双腿交叠，垂眸专注地看着股市，对叶芽的眼神毫不在意。

“弟弟。”叶芽拉了拉他的袖口。

叶霖川瞬间皱起眉头，不搭理她。

“我肚子饿。”

“饿着。”男人的声音冷冰冰的。

叶芽鼓着腮道：“我想吃饭饭。”

“想着。”他的声音依旧冷冰冰的。

叶芽垂头丧气地问：“我们去哪里呀？”

“医……”

眼看最后一个字要落下，在前面开车的助理急忙接话：“依芽芽看，我们去哪里好？”

“哥哥说弟弟要带我去吃肯德基。”叶芽眼睛亮晶晶地道，“我们是要去肯德基，对不对？”

“对、对、对，我们中午去吃肯德基。”助理松了口气，要是让小朋友知道去医院检查身体，保不准直接哭出来。

叶芽乖了，老老实实地坐在位置上等着去肯德基。

半个小时后，车子驶入一家私立医院。这家医院的医疗条件先进，环境幽雅，但价格非常昂贵，叶霖川是这里的投资者，因为他早就预约好时间，可以直接检查。

叶霖川让助理等在门口，独自带着叶芽进去。

他当然不会抱着叶芽，甚至不愿意拉着她的手，就让她一个人跟在后头。

叶芽腿短走得慢，踉踉跄跄地跟在叶霖川那双大长腿后头。

看着草坪上散步的老人和穿着白大褂的医生、护士，叶芽很快预感到不对了。

“你……你是不是又要把我送走？”叶芽停下脚步，眼中满是警惕之色。

叶霖川止步，俯视着叶芽。

她那张小脸蛋上有不安和无措，更多的是害怕，湿润的黑亮眼眸中映着他冰冷的脸。若是其他大人肯定会被小朋友这小鹿般可爱的模样触动，可惜，他是叶霖川。

“你要是想在叶家生活，必须做身体检查。”她是从赵博士手上跑出来的，身体里有没有携带病菌是未知数。没有最好，若有，他也可以早知道，早处理。

“身体检查是什么？”叶芽害怕地揪紧衣服，“你说好要带我去吃肯德基！”

“先检查。”叶霖川强调道，“检查完就带你去吃肯德基。”

“真的吗？”叶芽疑惑。

叶霖川不耐烦地道：“真的。”

“真的真的吗？”叶芽还是很怕，“我是小孩子，小孩子很好骗的，你不能骗我。”

叶霖川哼笑，到她身边弯下腰：“你昨天不是说自己是长辈吗？怎么，二十四小时没到就成小孩子了？”

叶芽一听，哼唧了两声：“小孩子也可以是长辈，长辈也可以是小孩子。”

望着身边穿白大褂的医生，闻着飘来的消毒水气味，叶芽吓到双腿发软，声音发颤：“我不去做检查，我不要、我不要、我不要去……”

这具身体的主人死了，但留下了一些很可怕的记忆。

那些记忆时不时地在脑中重播，只要看到穿白大褂的人，叶芽就想到那些人在她的身上扎针的画面，很吓人。

“不要也得要！”叶霖川板起脸，单臂将她抱了起来，“快去检查，不准闹，再闹我就生气了。”

“臭弟弟、臭弟弟、臭弟弟、臭弟弟！”叶芽乱拍小手，巴掌扇得叶霖川脸颊生疼。

很多小朋友来医院检查都是这德行，护士和医生早就见怪不怪。负责为她进行检查的医生终于来了，叶霖川忙于把麻烦脱手，没有片刻犹豫，像递快递似的把叶芽递了过去：“麻烦你了，苏医生。”

主治医生看上去很温柔，接过叶芽，瞥见她哭得伤心，不禁笑着擦去她脸蛋上的泪水：“你叫叶芽是吗？”

叶芽点了点头，害怕地看着她，哽咽着说：“阿姨，我很乖，我会唱歌……你不要……不要用针针扎我。”

她童音稚嫩，让身后的叶霖川微微拧了下眉头。

苏医生和叶家有些交情，对叶霖川几个孩子的事情都知道，自然也知道叶芽是克隆人。她瞥了叶霖川一眼，擦去叶芽眼角的泪珠：“可能要扎一下，不痛的。”

这话把叶芽吓蒙了，大哭着四处张望，最后视线锁定叶霖川。他长得和父亲一样，过于惊惧的叶芽完全忘记了那是臭弟弟而不是她的父亲，双臂用力探过去，边抽搭边叫他：“爸爸、爸爸，抱芽芽，快抱芽芽！”

叶霖川冷漠地站着，没有接她。

小孩子的哭声引起大厅里多人的注意，苏医生哄不好叶芽，尴尬地望着叶霖川：“叶总……”

叶霖川抿唇，不情不愿地把叶芽接了过来，抱姿僵硬，就像抱了块石头。

“嗯……”叶芽紧紧地环着叶霖川的脖颈，埋在他的肩窝里啜泣。

苏医生向他颔首。

叶霖川深吸口气，抱着叶芽进入了电梯。

接下来是各项身体检查，叶芽怕得很，直到发现这里和实验室不一样，护士姐姐很温柔，医生还会哄她玩，才终于不怕了，一边做检查，一边打量检查室里的各种新鲜玩意儿。

最后一项检查要抽血，她坐在叶霖川的腿上，当看到桌上的针管时，眼泪再次掉下。

“我不要扎针！”

“一下下，就一下下。”护士拽过她的手，“宝贝儿不痛的，咻的一下就好了。”

“万一是……是咻——的一下呢？”叶芽哭哭啼啼，恨不得立马变成小叶子钻到泥土里不出来。

噗，刚才还觉得小姑娘可怜的护士一下子被这个加长版的“咻”逗笑了。

“叶总，你女儿真可爱。”护士怜爱地看着小姑娘漆黑的睫毛，“你有这样的女儿真是有福了。”

是啊，他有福了，有福个鬼。

“芽芽看这边。”另外一个护士拿着画板吸引她的注意力，叶芽果然上钩，看了过去。

“告诉姐姐，1 加 1 等于几呀？”

叶芽看了会儿，鼻尖红红地说：“你肯定是想吸引我的注意力，趁机扎我对不对？”

拿着画板的护士愣了下。

叶芽说：“我这么聪明，才不会上当呢！”她扭过头，看着莲藕似的胳膊出神，那里早就被扎了针，护士正用医用棉签按压着针孔避免出血。

“好了，叶总用手压一下。”

叶霖川用指腹压住棉签，瞥了她一眼，嘴角勾起一丝调侃的笑容：“是啊，你这么聪明，才不会上当呢。”

她彻底崩溃，再次仰头，号哭不止。

一旁的护士莫名其妙地看着叶霖川，眼神带着明显的责怪之意。

好端端的他干吗惹孩子？这爸爸可真不是个人。

检查结果要一个小时后才出来，叶霖川决定先带他们去周围吃午饭，吃完刚好过来拿检查结果。

叶芽还在哭。

叶霖川抱她上车，坐在一旁没搭理她：“走吧。”

助理看了看啼哭的叶芽，一踩油门离开了医院。

叶霖川开始用手机刷微博，叶芽在旁边哭。

叶霖川回复短信，叶芽在旁边哭。

叶霖川闭目休息，叶芽还在旁边哭。

终于，哭声像被按了暂停键一样戛然而止。

耳朵突然解放，叶霖川倒是不习惯了，看了过去：“不哭了？”

叶芽从书包里翻出小手帕擦着脑门上哭出来的汗水，沙哑着嗓音抽抽噎噎地说：“人家……人家会累，休息一下再哭。”

她这还有中场休息的？

叶霖川挑眉，垂眸继续回复客户邮件。

他刚打下一个字，就听她爆发出下半场的哭声，不过这次的分贝明显小了很多，看样子她是真的累得没劲了。

哪怕是湖水都有干涸的时候，更别提她哭那么久早就没了眼泪。

叶芽皱着小眉头凑到叶霖川身旁，神色责怪地道："你怎么都不哄哄我呀？你哄哄我，我不就不哭了嘛。"这个弟弟怎么连小孩子都不会哄？他以前到底是怎么做爸爸的？叶芽陷入疑惑之中。

叶霖川觉得好笑，看向她哭得脏兮兮的小脸："你都是长辈了，我干吗哄你？"

他今天起码重复了两次"长辈"这个词。

叶芽挪得远远的，双手环胸，偷偷用余光瞄着他，最后嘟囔道："哼，妈妈说的话果然没错。"

叶霖川满脸漠然。

"这世上的男人没一个是好东西！"她掐着嗓音，扭捏作态地学着食人花妈妈说这话时的神情。

叶霖川嘴角一抽，多打了一个字。

正开车的助理扑哧一声笑了。男人锐利的眼神又一次扫过去，他声音冰冷地道："很好笑？"

助理抿唇憋笑："抱歉，叶总，我只是想到了一件很好笑的事情。"

叶霖川面无表情地锁上手机，问："说出来我听听，我也想笑一笑。"

助理脑袋上的汗珠簌簌掉下，脑子飞快转动着想着最近听到的笑话，最后他灵机一动，开始结结巴巴地给不苟言笑的老板讲笑话："狄仁杰对妻子说：'我想把名字改了，因为天下不仁！我的名字干吗还要有这个字！'妻子问：'你和我说这个干吗？'狄仁杰说：'如果我是狄杰，你会爱我吗？'"

叶霖川没说话，死死地盯着他。

助理神色尴尬地移开目光："旁……旁边就是肯德基，芽芽不是要吃肯德基吗？你觉得呢，叶总？"

"嗯。"叶霖川淡淡地吐出一个字。

助理松了口气，缓缓将车子开进停车场。

这个时间，肯德基自然有不少人，他们入座后，助理取餐回来。叶霖川对快餐没什么兴趣，随便吃了两口薯条便不再动了。

叶芽坐在他旁边，大口大口地吃着汉堡，酱汁蹭得满脸都是。

叶霖川有严重的洁癖，小孩儿时不时蹭过来的脸让他无法忽视更难以忍受，终于忍不住命令："小何，给她擦嘴。"

助理瞪着眼睛："我的手也不干净，叶总擦吧。"

叶霖川将眉头拧成八字，抽出张纸塞了过去："长辈自己擦。"

"长辈老啦,小辈给擦擦。"叶芽主动把自己脏兮兮的漂亮脸蛋凑了过去。

叶霖川额头青筋暴起，还没发作，他就听到旁边传来阵阵议论声。

"那个小妹妹有点儿眼熟啊。"

"好像是之前上电视的，叫叶芽是吧？"

"妈呀，不会这么巧吧？"

周围几个女生看着叶芽悄声讨论着，时不时投过来打量的目光。小姐姐们都很有礼貌，即使认出她，也没过来打扰，害怕吓到小孩子。

叶芽不知道对方说的话，继续吃着手上的鸡翅。

"好可爱，脏兮兮的也那么可爱。"对桌的女生单手托腮，看向叶芽的眼神满是怜爱。

"那是她爸爸吗？父女感情真好，你看她爸，眼神多慈祥。"

眼神"慈祥"的叶霖川无语。

叮，此时手机提示音响起，是医院那边发来的消息。苏医生："叶总，检查结果出来了。"

叶霖川重回医院，独自进入苏医生的办公室。

"来了。"苏医生将眼镜向上一推，"坐。"

"检查有问题吗？"叶霖川拉开椅子，直接问道。

苏医生把桌上的报告推了过去："孩子营养不良，身体抵抗力较常人会弱一些。"

叶霖川翻着手上的几页纸，叶芽除了缺钙，还缺维生素。

"其他器官都很健康，没什么太大的问题，这对克隆人来说是比较少见的情况。"早几年的克隆技术还不是太成熟，第一批来到这个世上的克隆人或多或少携带着先天性疾病，或者有着严重的心理疾病，那批克隆人有的已因病去世，有的因违反社会行为规定被带去销毁。此后政府才意识到问题的严重性，出台法规，严禁克隆与仿生人研究。

克隆人叶芽出生时，苏医生为她做过检查，那时的她心脏发育不全，苏医生预测她只能活到十八岁。

苏医生皱着眉，看着手上的报告出神："我们在她的血液里找到某种未知元素，也许是这种元素让她的身体恢复了健康。"

叶霖川不自觉地抚摸上被叶芽咬过的手背："有害吗？"

苏医生摇头："你之前与她的体液有过直接接触，如果她的身体携带有害病菌，你会第一个被感染。"

叶霖川已经明白了。

苏医生合上报告："以我们医院现有的设备可能无法检测出她体内的血液所含的物质，如果你想知道更详细的，恐怕要找更专业的人来检测。叶先生若是愿意，我可以为你联系疾控中心那边的研究院，他们……"

"不必了。"叶霖川果断拒绝道，"没事是最好的。"

叶芽太特殊，一旦将她的血液交给疾控中心，相信管理局那边的人也会知晓她的存在，到时一定会引起轩然大波。

苏医生顿时明白了他的担忧，神色犹豫，最终开口道："叶先生，恕我多问，你女儿之前是在叶家生活的吗？"

叶霖川目光一凛："苏医生这话是什么意思？"

苏医生眼神不避不让地道："我之前去给子煜检查身体，好像并没有看到她，也听说你已经把她……"你已经把她销毁了。

"叶芽是我死去的小女儿的克隆体，这件事想必苏医生是知道的。"叶霖川说，"当时我妻子病重，临死前唯一的愿望是让我保护好叶芽。因我个人私心，于是把叶芽偷偷送到国外休养，前两天才将她接回来。"

他说的话真假参半，让苏医生哑然。

"可是检查时，我发现她的后背有针孔。"

"苏医生。"叶霖川身体向后靠，修长的手指慢慢将手上的报告撕了，动作未停，眼中露出冷意，"听说贵院准备安排两名医生去国外学习三年，苏医生没成家吧？"

他的话转得太快，苏医生愣了下，随即低头道："我离婚了。"

叶霖川颔首："那刚好，出去后能学习又能散心，三年后回来还能直接晋升，苏医生要不要考虑一下？毕竟这是千载难逢的机会，换作我一定不会错过。"

苏医生被说得有些心动。她是很想得到这个机会，也需要一大笔钱来维持现在的生活，但知道以自己的资历远不够与其他医生竞争。

“如果苏医生愿意，我可以向院长推荐你，当然还要看你自己的选择。”他将撕碎的报告丢入纸篓，转身离开了办公室。

三分钟后，叶霖川收到短信。

苏医生：“我不会将这件事透露出去的。”

叶霖川挑眉，将短信与号码一同删除，大步向轿车走去。

这个世上，没人不会为利益低头。

所有见不得光的东西都会被埋葬在金钱与权力之下。

叶霖川开门上车，说了两个字：“开车。”

“回家吗？”

“嗯。”叶霖川睨向叶芽，总要把这个小兔崽子先送回去。

车子发动驶入主干道，车内寂静，叶霖川低头向医院院长发送了一封推荐信，之后用平板电脑工作。叶芽吃完饭就困了，靠着座椅摇摇晃晃，眼睛要闭不闭，最后彻底支撑不住，脑袋靠在后面睡了过去。

呼——呼呼——叶霖川皱眉，视线扫了过去。小姑娘半张着嘴巴，鼾声微弱，睡得无比香甜。

她咂了咂嘴，手指头抠抠鼻子，脑袋一歪，倒在了叶霖川的臂膀上。小孩子身上有奶香味，脑袋软，脸蛋软，就连胳膊都像是没骨头似的软绵绵的。

叶霖川顿感不适，手臂一抬把她推了回去。

叶芽换了个姿势，又往叶霖川的身上拱。她宛如一条胖乎乎的毛毛虫，脑袋拱开叶霖川膝盖上的平板电脑，整个人钻了进来。

叶霖川嫌弃地想再次将她移开，结果手刚伸过去，睡梦中的叶芽便紧紧地抓住了他的手指头。

她抓得牢，明明五根小手指加起来都没有他的一根大拇指的力气大，偏偏让人挣扎不开。叶霖川紧抿薄唇，不死心地将她握紧的手指一根一根掰开。

正在开车的助理见到这一幕急忙阻止：“叶总，小孩子的骨骼没发育好，您那样用力会把她的手指弄伤的。”

叶霖川目光犀利地看过去，助理缩着脖子，道：“小……小孩子有抓握反射，您就让她抓一会儿吧，反正也不会掉块肉。”

“你是不是不想干了？”

叶霖川开口就是这么一句。

说实在的，助理真不想干了。可是想了想工资，他没出息地为金钱低了头，“想、想、想，叶总要是觉得我说话不好听就不听。”

“嗯？”

“不是，您要是觉得我说话不好听我就不说，我不说。”助理头皮发麻，真想狠狠地在自己的嘴巴上拍两巴掌。

叶霖川深吸口气，望着那被用力抓紧的手指，烦躁地在心里咒骂着。现在一只手被抓着，他无法工作，他只能掏出手机无所事事地看着社会新闻。

“现有五名克隆人在外逃窜……”

“赵博士今日向警方承认，除了利用克隆人做研究对象，还参与了仿生人实验。”

“克隆管理局开通举报热线……”

“引起恐慌。”

“爸爸……”

膝上传来微小的呼喊声。

叶霖川的注意力瞬间被吸引过去，他向下一瞟，看见侧躺在他腿上的小姑娘睡得满脸通红，发丝凌乱地粘在额头上。他突然发现她的样貌跟他很像，都是桃花眼，双眼皮很宽，因为小孩儿还没长开，睁眼时眼睛显得很圆润；她的嘴唇随了妻子，有着好看饱满的唇珠。

想到妻子，叶霖川心中涌起难过的情绪。

他与余研相差三岁，门对门，余研聪明乖巧，他顽劣难管。那时父母总将他与对门的姐姐比较，叶霖川开始是烦的，直到双方父母死于同一场宴会大火，余研像长辈那样照顾他。

后来两人成家，生子。

后来她离去，被埋葬。

叶霖川指尖轻轻碰着叶芽的嘴唇，眼中没有苦涩难过的神色，只有一个心死之人的麻木空洞。

叶芽头顶的小叶子蜷缩又舒展，她随着展开的绿叶缓缓睁开眼睛。

四目对视，小妖怪在叶霖川的眼中看到了莫名的情愫。

她眨了眨眼，小手向叶霖川眼上摸去。

叶霖川瞬间清醒，皱着眉将小娃娃推开。

他莫名其妙就凶了，叶芽不敢吱声。

她打了个哈欠，小脚晃了晃，不住瞟向男人，最终忍不住轻轻地道："弟弟……"

叶霖川假装没听见。

叶芽嘴角扯出一个极为委屈的弧度。

估计是水喝多了，她现在很想上厕所……

叶芽嘟起嘴巴，男人凶巴巴的神情让她根本不敢开口。她扭头看向窗外，外头车水马龙，根本没有厕所。叶芽憋得难受，再次拉了拉叶霖川的袖子。

"我在忙，自己玩。"

"可是……"她憋不住了！

叮——电话铃声骤然响起，叶霖川瞄了眼后按下接听键。

她眉头紧皱，拳头紧握，发泄似的啃上了指甲。

叶霖川半天没打完电话，叶芽憋到极限，脸红脖子粗，伸过两根手指头，小心翼翼地拉了拉他的衣袖："漏……漏出来了……"

叶霖川手一抖："什么？"

叶芽撇嘴，要哭："我……我要上厕所……"

嘶，叶霖川倒吸一口凉气，哪里还顾得上打电话。

"小何！去前面的商城那里停下！"他急到变音。

助理吓蒙了，一个急刹车将车停在路边。

叶霖川抓起叶芽下车，向商城狂奔，徒留助理在车内发蒙。

叶霖川大长腿跑得飞快，叶芽被颠得难受，而且每颠一下尿都会漏出来一点儿。叶芽是个爱干净的乖宝宝，除了第一天学习压力大尿床外，她后面都很乖，保姆阿姨都不用给她穿纸尿裤。

可是……

"都是弟弟的错！"叶芽恼羞成怒，小手狠狠揪住叶霖川的耳朵，"芽芽要被笑话了！"

她……她都这么大一个宝宝了，竟然会……会尿裤子！

呜……

她好难过好难过，羞羞脸没朋友。

叶霖川耳朵被拽得生疼，但也不想和尿裤子的小孩儿计较。一路飞奔到拐角的厕所，急火攻心的叶霖川也没看标志带着她跨入女厕。他很庆幸厕所的隔间外没人，大部分的隔间空着，随便找了个位置把小姑娘往里一丢："快尿。"

叶芽揪着衣服，泪眼婆娑地道："扣子……解不开……"

叶霖川转头一看，差点儿窒息——谁给她穿的背带裤！

他手忙脚乱地研究着她身上的肩带，急到头顶都是汗，突然间，小姑娘不哭了。

叶霖川顿住动作，不好的感觉涌入脑海。

"出……出来了？"他问得格外警惕。

叶芽慢悠悠、慢悠悠地点了下小脑袋，被泪浸染过的大眼睛眨巴眨巴地看着他，最后低头，脸蛋完全藏在了双手里面。

到底是谁给她穿的背带裤？！

"保安！就是这个人！"

叶霖川身子僵硬，缓缓地扭头。

门外聚集了大量顾客，为首的女性手指着他，目光嫌恶地向保安控诉着他的变态行径。旁边刚从隔间出来的女孩儿战战兢兢，贴着墙大气也不敢出。

叶霖川这时才意识到，他来的是女厕所……

保安室里，叶霖川用了半天工夫才解释清楚为何出现在女厕所里。保安和举报他的女生都是善解人意、热心肠的人，听完后批评几句就放他离开了。

临走前叶霖川听到身后传来讨论声。

"单身爸爸吧……"

"是啊，真不容易。"

真不容易的单身爸爸叶霖川觉得自己英名尽毁，无脸见人。

刚才发生的事情严重影响了叶霖川的心情，他走在前面，眉眼间遍布阴云。叶芽跟在后面，时不时要小跑几步才能追上他的步伐。走了两步后，她突然停下，身体像木头般僵硬。

叶霖川皱眉，扭头看向她。

叶芽站在大厅中间，周围是来来往往的大人，她绞动着双手，眼巴巴地瞅着叶霖川。

“干吗？”叶霖川的语气极为不善。

“弟弟……”

“不准叫我弟弟。”

“阿弟。”思考两秒钟后，叶芽换了称呼。

两人对视，僵持着。

叶霖川深吸口气让自己冷静：“说。”

叶芽低头看了眼裤子：“屁屁湿……”

叶霖川目光下移，呼吸微窒。

这一路她都穿着那条被尿湿的裤子，路人显然也注意到了叶芽的情况，时不时投来目光，指指点点。他抿着唇，上前拉起她的手。

“阿弟？”

“住口！”叶霖川暴躁地道，“没大没小的……”

没大没小？

叶芽像迷惑的小一休一样敲了敲脑袋，之后恍然大悟，仰起头甜甜地叫了一声：“孙子。”

扑哧，路过的一对闺密笑了。

叶霖川咬牙切齿，刚想训斥叶芽，电话响起，是助理打来的。

“叶总，钱秘书说会议快开始了，问您什么时候过去……”

叶霖川这才想起他下午还有一个公司会议。他用余光看向身旁的叶芽，小姑娘脑袋转过来转过去，哪怕是商城上面飘起来的气球都让她新奇地哇了一声。

叶霖川扫了眼那条半湿不干的裤子，说：“你过来一趟。”

“啊……好。”

挂断电话，叶霖川拉着叶芽静静地在原地等候。没多久，助理便气喘吁吁地跑了过来。

“叶总！”

叶霖川二话不说将叶芽推了过去：“你带她去买几件衣服。”

助理愣了愣：“那您呢？”

“我去开会。”他单手拿过助理手上的钥匙，抬起手腕看了眼表，距离会议开始还有十五分钟，“买完直接送她回去。”

望着男人毫不犹豫离开的背影，叶芽松开助理的手追了过去：“你要走了吗？”

叶霖川脚步未停，依旧向大门的方向走去。

叶芽跌跌撞撞，边跑边说：“你……你怎么可以把自己的小孩儿和陌生人放在一起，不安全的。”

叶霖川倏然止步，叶芽来不及刹车，整个人都撞在了叶霖川的腿上。

“哎呀！”她惊叫一声，捂着脑袋后退好几步。

老实说这样子有点儿好笑，叶霖川压抑着上扬的嘴角，淡淡地说：“何助理刚才和你吃过饭，不是陌生人。”

“不可以、不可以。”叶芽极其抗拒，“熟人也不行，电视上说卖小孩儿的都是熟人。”她嗓音稚嫩还带着奶气，在一本正经地说这种事情的时候有种反差萌的感觉。若她生在普通人家，爸爸一定会把小姑娘放在心尖儿上宠，可惜，叶家不是普通人家，叶霖川也不是宠女儿的爸爸。

“放心，他那种小辈卖不了你这个长辈的。”叶霖川拍了拍她的脑袋，“毕竟你这么聪明，肯定不会上当。”

这话听着有些耳熟。

叶芽挠了挠脸蛋，一寻思觉得也对。她都是一百岁的成年人了，聪明的小脑袋里面都是“聪明”的想法，系统叔叔说人类都是笨蛋，笨蛋人类肯定拐不了她这个聪明的小妖怪。

叶芽点点头，毫不犹豫地转身，小手向上一挥：“拜拜。”这两个字充满洒脱利落的感觉。

叶霖川皱眉，莫名地感到不爽。

“小何。”

旁边看戏的助理回过神，急忙屁颠屁颠地跑了过去，谄媚地弯腰道：“叶总还有啥吩咐？”

“我现在赶不上会议，你通知钱秘书改到明天。”

“啊？”这么……这么突然？

叶霖川语气不善地道：“有问题？”

助理连连摇头，按照叶霖川所说去打电话更改会议时间。

叶芽疑惑地蹙起眉头：“你不走啦？”

“怎么，你很失望？”

他随意一问，却得到叶芽很真诚的点头回应。因为她刚刚又将臭弟弟和自己的四叶草爸爸搞混了，没办法，这张脸实在太过熟悉，即使知道这不是熟悉的父亲，叶芽还是忍不住把这张脸带入父亲身上，所以在他要把自己丢给别人时才会觉得难过。不过等她明白过来后，哪里有什么不舍，哪里有什么难过。

他只是一个臭弟弟而已，她才不在乎呢。

叶霖川在叶芽眼中看不到半点儿作假的神色，不开心地将她拎起抱在怀里，掌心触摸到一大片湿润布料，反应过来那是什么后，叶霖川满脸嫌弃，恨不得立马找个洗手间把自己的手清洗得干干净净。

儿童服饰在商城三楼，叶霖川抱着她坐电梯去了三楼，随意找了家童装店。

店里衣服琳琅满目，有裙子有裤子，还有艾尔莎的假发和冰雪服，花花绿绿的看得人眼晕。

叶霖川放叶芽下来，对售货员说："麻烦给她选身衣服换上。"叶霖川顿了下，又道，"不要背带裤。"

女店员一眼瞅到背带牛仔裤上的水渍，微微怔住。

"我……我尿裤子了。"叶芽扯着衣角，不好意思地低下头，"我自己会换裤子，不用姐姐帮我换！"

她每个字咬得都很重，拉长的尾音带着天然的呆萌可爱感。女店员再看她头发蓬松，脸蛋圆圆的，一双大眼睛晶莹讨喜，眼尾还缀着一颗红色的小泪痣。

店员在这里工作这么久从没见过这么漂亮的小姑娘，心都化了，哪里会嫌弃。

"没关系，姐姐给你换。"她从架子上拿下一套雪纺连衣裙，连同内衣一同准备好，牵起叶芽的手，"穿裙子上厕所方便，来，我们去换上。"

叶芽抓住店员的手，回头不放心地叮嘱叶霖川："我要去换衣服，阿弟不可以乱走。"

叶霖川面无表情。

女店员格外困惑："这不是你爸爸吗？"

叶芽摇头："不是、不是，他不是我爸爸。"

"啊？"

叶芽一本正经地说："是芽芽的孙子弟弟。"叶芽不知道他到底喜欢哪个称呼，于是就一起叫了，看他喜欢哪个就用哪个。

叶霖川嘴角抽动："你别听她鬼扯。"

"我没有鬼扯！"叶芽瞪了回去，拽着头顶的小呆毛抱怨，"人家又不是鬼，小孩子家家的就会乱说话，真拿你们这些年轻人没办法……"

她嘴里嘟嘟囔囔，主动走进更衣室，末了还在说："三十多岁的小朋友果然不成熟。"

女店员目瞪口呆："您女儿……真特别。"随后，她也跟了进去。

叶霖川轻嗤一声，坐在一旁的沙发上安静等候。

他相貌出众，一身休闲的衣服仍难挡贵气，凡是路过的年轻女性都会停在门前看他好半天。叶霖川感觉自己像马戏团的猴子一样，烦躁地拧眉，冷冷地催促："还没好吗？"

"好了、好了。"店员推门，带着叶芽出来。

"你女儿打扮一下可真漂亮。"

叶芽乱糟糟的头发被店员编成了菠萝辫，发尾用小雏菊发圈扎了两个小鬏，乖顺地在脑袋后面翘着。她穿着那条露肩款的连衣裙，手上抱着店员送她的哪吒小玩具。

"你们看，那小孩儿真可爱。"

不出所料，叶芽又一次吸引了众人的注意力。

"那是你家宝贝儿吗？今年几岁了？"怀孕五个月的年轻妈妈上前攀谈，看向叶芽的眼神满是喜爱之意，"好羡慕呀，希望我女儿也能这么可爱。"

她哪里可爱了？这些人眼睛坏掉了吧？叶霖川上下打量叶芽几眼："就这套了。"他取出钱包准备付款。

"其他款式不再看看吗？那套运动服可以给宝宝上学穿，跑起来也方便。"

叶霖川这才想起这小兔崽子还要上学。

可是他连学校都没有选好，烦死了。

进店的顾客越来越多，叶霖川也越发不耐烦，长指随意一指："从这边到那边，全包起来。"

之后他来到柜台："刷卡。"

后面的人感叹："暴发户啊……"

买好衣服，叶霖川又去买了小孩子上学要用的文具，助理拿着大包小包，在后面任劳任怨地当人形推车。叶霖川看了眼时间，该回去了。

可是就在此时，叶芽站在玩具店前不挪步了。

她双手扒在玻璃窗上，望着橱窗里的变形金刚玩具。

叶霖川看了看她，又看看变形金刚后面的芭比娃娃，顿时会错了意："想要？"

叶芽点头。

叶子煜喜欢变形金刚，她清楚地记得。

叶霖川挑眉，冷漠地一笑道："不给你买。"

叶芽的嘴角慢慢耷拉下去，很快她又振作起来："才不要你买！我自己买！"

"是吗？"叶霖川似笑非笑地道，"你有钱吗？"

"我有钱！"她拉开随身小包，从里面取出皱成一团的十块钱，高高举起向他炫耀，"看！芽芽有钱！"

她炫耀过后，小脑袋低了下去："不过这是给然然的……"她借了沈然十块钱，要还给他。

嗯……可是她也想给叶子煜买玩具。

叶子煜一直希望和爸爸出来，让爸爸给买玩具。现在她买了变形金刚，告诉叶子煜是爸爸特意买给他的，他一定会很开心。

可是……小妖怪没有钱。

叶芽一双眼珠子几乎要贴到变形金刚身上，脸上清晰表露出想要却无可奈何的情绪。

"养你一个已经很费钱了，我是不会再给你买玩具的。"叶霖川言语冷漠，丝毫不因为她可怜的表情而心软。

叶芽不开心地背过身去："我才不要你养！"

"哦？"叶霖川笑了，"不用我养，你还吃我的、穿我的、用我的，现在还要买玩具。"

"我……我本来不用你养！"叶芽的小脾气再一次上来，"太阳公公会养我！"

四叶草要靠太阳而活，要养也是太阳养，她才不稀罕坏弟弟呢。

叶霖川嗤笑，小孩子果然就是小孩子，说出的话和笑话一样。

“既然你这么有本事，那么你别找我。”他侧眸看了眼玩具上的标价，折后一百，一百块对他来说是微不足道的零钱。

他又说：“要不你自己想办法赚一百块去买，要不和我回家，我不想和你在这儿耗费时间。”

叶芽沉默不语。

助理看不过去，忍不住插话：“叶总，就是个娃娃，买就买了……”

叶霖川神色冷漠。

倒不是他小气不给买，也不是存心为难叶芽。他只是不想惯小孩子这种要什么就给什么的臭毛病，别说今天站在这里的是叶芽，就算换成亲儿子也是一样的结果。

三个孩子今天要这个，明天要那个，久而久之那还了得？

“自己买就自己买……”叶芽委屈地嘀咕，不就是一百块钱，以她聪明的妖怪脑袋肯定能赚到。

她看了看手上的十块钱，又看了看橱柜，突然灵机一动。

她有办法了。

叶芽从书包里取出笔，在十块钱后面画了一个圆溜溜的零，望着那手写好的“100”，满意地点头。

这种小事情根本难不倒她。

叶芽揣着钱，雄赳赳气昂昂地走了进去。

助理目瞪口呆，还有这种操作？

“叶总，就……就让她那么进去？”

叶霖川冷笑了一声。

玩具店装潢得十分有格调，各式各样的玩具摆满了架子，叶芽的注意力很快被一处小房子吸引。那座小木屋建在河边，四周围着栏杆，带小院，院里有花有小草，还有栩栩如生的三个小人，和她原来的家一样。

叶芽一颗心蠢蠢欲动，盯着小屋移不开眼。

叶霖川早有预料，冷嗤了一声：“看吧，她又想要那个了。”

“小朋友要些什么？”店员走了过来。

叶芽艰难地移开视线，把手上的“100元”递了过去：“姐姐，我要买玩具。”

店员盯着叶芽递过来的钱蒙了许久。

“小……小朋友，十块钱买不了玩具哦。”

“我这是一百块！”叶芽把钱展开。

“10”后面有她用铅笔写的一个“0”。

店员陷入沉默。

后面的叶霖川扶额。

助理越看越觉得小姑娘可爱，越看越觉得小姑娘可怜，这要是他女儿，别说区区一个芭比娃娃，哪怕她要星星他都想办法摘下来。叶总果然是个狠心的男人，女儿的这点儿小要求都不满足。

“叶总，不就是一百块嘛，我可以出。”

这话说完，两人就听叶芽指着变形金刚：“姐姐，我想要那个。”

店员一愣，将挡在变形金刚旁边的玩具拿开，露出贴在上面的完整价格——折后999元。

叶霖川睨向助理：“还出吗？”

助理沉默。

叶霖川敛目。他都说了，小孩子是好奇心重的生物，他们对所见的东西往往只是第一眼有兴趣，过后立马被其他更有趣的事物吸引。看看，她刚想要芭比娃娃没五分钟，又想要小屋子，现在又想要变形金刚，细算下来，这满屋子的玩具她都想要。叶霖川可不会惯着这种毛病。

“十块钱是买不了玩具的，如果想要你可以和爸爸商量。”店员见她可爱，弯腰拿起旁边篮子里的毛绒玩具递到她手上，“不过姐姐可以把这个送给你。”

尽管失落，但叶芽还是摇头拒绝道：“我不要，谢谢姐姐。”她垂头丧气地重新将十块钱放回去。

“没关系哦，这个不贵的。”本来就是卖不出去促销的东西，她白送一个也亏不了本。

叶芽抱着店员给的公仔走出玩具店，一脸落寞。

叶霖川轻哼了一声：“死心了？”

叶芽瞪他一眼，气哼哼地向前走去。

下了一楼，叶芽突然注意到大厅支起了舞台，后面写着几个字——“商城联名童心之家”，在此举办福利活动。

笑容甜美的主持人手握话筒：“小朋友上来表演即可参与抽奖，最高可获得童心之家所提供的一年免费服装哦。”

叶芽对一等奖毫无兴趣，关注点都在现金奖项上面。

叶芽脑袋飞速转了转，颠颠地跑了过去，高高地举起手："我、我、我，姐姐，我要参加！"

过来围观的小孩子大多腼腆，任凭家长怎么劝说都没有人主动上台，如今叶芽一出头，顿时成为焦点，也打破了主持人的尴尬处境。

"来，小妹妹你上来。"

叶芽踩着台阶走上去。

主持人半蹲下，将话筒送到她嘴边："告诉姐姐，你叫什么？"

台阶下面围了不少人，叶芽怯生生地拽紧衣服，鼓起勇气说："我叫叶芽。"

望着台上的小姑娘，助理不禁开口："叶总，真让她表演啊？"

叶霖川双手环胸，神色冷漠地道："反正也中不了，就让她知道钱不是那么好挣的。"

毒父！叶总真乃毒父！

助理深深觉得叶家的三个小孩儿可怜，看样子就算生活在有钱人家里也还是很难实现"玩具自由"啊。

"你想给大家表演什么呢？"

叶芽想了下道："学小鸟唱歌。"

"好。"主持人把话筒送到她手上，"需要配乐吗？"

叶芽摇了摇头。

"那你可以直接开始了。"

叶芽捧着话筒，大眼睛在台下扫视一圈，有些怯场，可当看到叶霖川那轻蔑的眼神时，心中瞬间涌起万千勇气。叶芽深吸一口气，开始唱道："啾啾啾，啾啾啾啾啾啾……"

台下的观众傻眼了。

过路人纷纷停下脚步看她表演。

连续"唱"了三分钟后，叶芽仰头："姐姐，我唱完啦。"

主持人回过神，很给面子地鼓了鼓掌，台下响起稀稀拉拉的掌声。

"小朋友，能告诉姐姐这首歌的意思吗？"

叶芽很实诚："这你就要问小鸟了。"小鸟都是这么唱歌的，她会学小鸟唱歌，不代表知道小鸟为什么这么唱歌，也许小鸟也是想让爸爸给买玩具。

主持人被这逻辑思维打败，无奈地露出一丝笑容。

台下观众也被逗笑了，气氛一度变得轻松起来。

“姐姐，我现在可以抽奖吗？”

“可以哦。”主持人把抽奖箱抱过来，“来。”

叶芽伸手进去随便一抓，把抽中的字条拆开，上面写着“品牌方免费提供一年的儿童服装、儿童鞋、儿童学习用品”。

主持人愣住。台下的观众也愣住了。

叶霖川想：他们这抽奖箱是不是有问题？！

“恭喜叶芽小朋友获得一等奖！”

吧嗒，旁边的工作人员拉开礼花筒，五颜六色的礼花片落满叶芽的头顶。

主持人一脸兴奋地将品牌方提供的奖券送到叶芽手上，对她鼓掌相送。待叶芽离开，小朋友们纷纷报名参加表演，气氛达到高潮。

助理难掩震惊之色地道：“芽芽的运气真好啊……”童心之家可以说是国内知名童装品牌，价格亲民，质量又好，设计不输国外大牌。不单单是普通人家，不少国内明星也愿意买这个牌子的童装。

虽然他觉得叶家不缺这点儿钱，但还是感叹小朋友的幸运。要是他也这么幸运就好了……

叶芽盯着奖券，眼睛一亮，着急地在叶霖川面前蹦跶起来，连番催促：“阿弟、阿弟，带我回去、回去！我要玩具、玩具！”

叶霖川回过神，再次冷嘲热讽道：“就算这样你也拿不到玩具。”谁家会用玩具换奖券？何况那个店员看起来并不像有小孩儿的样子。

“回去、回去！”

她不依不饶，叶霖川被吵闹得心烦，只得带她重返玩具店。

叶芽握着奖券急匆匆地跑入玩具店，不留神与进门的叔叔撞了个正着。她担心玩具被买走，急急地说了声对不起，握着奖券来到店员跟前：“姐姐，我可以用这个换那个吗？”她指着玻璃柜里的变形金刚问。

店员呆了，当看到她手上的奖券时彻底愣住。这是……

“可不可以呀？”叶芽紧紧攥着奖券，大眼睛眨也不眨，就连呼吸都跟着放轻了。

“这……”店员突然抬头看向身后，“王总好。”

叶芽这才发现身旁多了一个人，正是刚才被她撞到的叔叔。男人四五十岁的样子，微胖，慈眉善目像是好人。

“你是刚才在下面学小鸟唱歌的小朋友？”

叶芽点点头，不解地看着他。

突然搭话的陌生中年人让在门外等候的叶霖川极为不满，才过多久，怎么她又和别人说上话了？

“何助理，带她出来。”

命令刚下完，他就听中年人问：“你喜欢那个变形金刚？”

放在玻璃柜里的变形金刚制作精良，金属在灯光下折射出漂亮的光泽。一般很少有小女孩儿会对这种类型的玩具感兴趣，她们大多喜欢精致好看的洋娃娃，或是各式各样的小屋子。

叶芽摇头说：“小子煜喜欢，我要买给小子煜。”

这句话让准备进门的助理瞬间停下脚步，不由自主地看向身后。

叶霖川表情依旧冷漠，眼睛里却表露出些许愕然之色。

没错，在他的无数设想中，没有一种是这样的发展。

他认为小孩儿贪玩，认为小孩儿想为自己求得玩具，从未想过她所有的努力都是为了别人，为了他的小儿子。

叶霖川抿唇，一言不发地看着叶芽，心中思绪突然变得复杂起来。

“小子煜是你的弟弟吗？”

“小子煜就是小子煜。”叶芽答非所问，“他把小床给我睡，我也要买礼物给他。”

爸爸教育她要做感恩的孩子。

所以她会感谢阳光赐予温柔，感谢露珠滋润，感谢妈妈生她，感谢泥土养她。来到陌生的地方，她也会感谢别人对她的照顾。谁对她好谁对她不好，她都记得一清二楚。

叶芽神色乖巧，中年人上下打量她好几眼，不住点头：“你是叫叶芽对吗？”

“嗯。”

中年人从玻璃柜中取出变形金刚：“叔叔可以把这个送给你，奖券你也可以自己留着，除了这两样，你还可以再挑选三样玩具带回去。”

叶芽并没有像其他小朋友一样被这巨大的诱惑冲昏头脑。

她一脸警惕地问："叔叔，你是不是看我可爱要把我骗走？"

中年人先是一愣，接着哈哈笑了起来："你误会了。我是童心之家的品牌经理，这家玩具店是我们旗下公司投资的。最近新款服饰要上了，刚好缺一个小模特，所以叔叔想问问你愿不愿意当我们家的童装模特？当然还是要和你的家人商量的，你是和爸爸妈妈一起出来的吗？"

中年人没等到叶芽的回答，倒是等到了叶霖川冷冷的回答。

"不好意思，这件事你们还是找别人吧。"叶霖川从钱包里取出十张一百块钱放在台上，"这个给我包起来。"

王总愕然地望着叶霖川，瞧着对方眼熟，但是不太敢认，但也知道大人不放心把这么小的小孩儿带出去，当下没有勉强，取出名片双手奉上："我叫王宏儒，您可以考虑一下。我们这边每周日进行一次相片拍摄，拍摄时长不会超过两小时，当然酬劳也是很丰厚的。"

"酬劳？"底下的叶芽发出疑惑的声音。

王宏儒脸带笑意地道："就是钱，叶芽要是和我们签约，爸爸妈妈还有你都可以拿到钱。"

拿到钱？

叶芽歪头沉思。

拿到钱她是不是就可以养自己了？

叶霖川迟迟没有接过名片，王宏儒老举着也尴尬，便蹲下身递到叶芽手上："要是考虑好了可以通过电话联系叔叔，上面写着号码。"

王宏儒，电话 132……

叶芽认真地收好名片，点了点头。

"回家。"叶霖川拎起装着变形金刚的盒子，头也不回地离开了玩具店。

"叔叔、姐姐再见。"叶芽挥了挥手，小跑着跟了上去。

车上一片静默，叶芽紧紧搂着盒子，满心期待着把礼物送给叶子煜。终于到家，车子刚停好，叶芽便迫不及待地跑了下去。

"我回来啦！"她人没到，声音先传入客厅。

客厅中叶清河正和沈昼看书，没瞧见沈然的身影，叶芽疑惑地咦了声，走了过去："沈昼哥哥没有带然然来吗？"

她换了新衣服，梳了新发型，状态良好，让一直担心她的沈昼彻底放下心来。

“芽芽只想着然然吗？”

叶芽意识到她那样说话会让沈昼伤心，急忙改口：“芽芽也想沈昼哥哥了……”

叶芽又盯着沈昼肩头的乌鸦，声音低下去：“也想黑雀雀。”

乌鸦看出她的不情愿，冲她翻了个白眼。

见到沈昼和叶清河，叶芽顿时把将要做的事抛在脑后，一心只想诉说自己的委屈。她坐到两人中间，把自己的胳膊伸过去，噘起嘴巴委屈地抱怨：“哥哥、哥哥，你们快看。”

叶清河和沈昼一起看了过去。

小姑娘的胳膊莲藕似的，白白嫩嫩，让人看着很想捏一把。

“看什么？”两人一同茫然地问。

叶芽指着胳膊上微不足道、不细看根本看不到的小针眼，诉苦道：“阿弟拿针扎我。”尾音拉得长长的，她就差哭出来了。

话音刚落，叶霖川从门外进来。两个少年忙起身相迎。

“爸。”叶清河叫了声。

“叔叔好。”这是沈昼第二次见叶清河的父亲。

叶霖川高大威严，眼神淡漠，不可接近的冷傲气势令沈昼只看了一眼便心里发怵，快速低下头。老实说要不是想见叶芽，沈昼压根儿不会过来，这里的每一处豪华装饰都让他疯狂地自卑，如今再次见到叶霖川更是不自在极了。

尤其是知道他要将叶芽“杀死”后，沈昼完全不知以何种状态来面对这位冷峻的长辈。

可以肯定的是，沈昼不喜欢他。

叶霖川浅浅颔首，再没有多余的表示。

叶芽扯着沈昼的袖子继续诉苦：“他……他还让芽芽尿裤子。”

听到这话的两个少年齐齐瞪大眼睛。

叶清河难以置信地道：“芽芽尿裤子了？”

叶芽羞涩地捂脸，藏在手掌下的声音含混不清：“扣子解不开，就尿裤子啦……”

叶清河呆滞片刻，喃喃自语道：“早知道不给你穿背带裤了……”他单纯觉得芽芽穿牛仔背带裤很可爱，于是拒绝保姆给她穿裙子的提议，换上了那条唯一的背带裤，万万没想到会发生这种事。怪不得保姆阿姨一直不给芽芽穿连体衣或者是带肩带的裤子，原来如此。

“你给穿的？”叶霖川的语气带着明显的不满。

“啊……嗯。”叶清河应道，“对不起爸爸，我不知道会这样。”要是早知道会这样他肯定不会给芽芽穿背带裤。

叶霖川轻哼：“瞎闹。”

叶清河自知理亏，低头不语。

叶芽看看叶清河又看看叶霖川，护哥心切地站在哥哥这边：“哥哥最好啦，哥哥没有瞎闹，是你……是你不会照顾我。”

“你再说一句？”

他又瞪她。

叶芽立马钻到沈昼怀里，死死拽着他的衣服，仰头对着沈昼说：“他老瞪我。”语气不开心极了。

沈昼抬头看了叶霖川一眼，是挺凶的。

“你要是再瞪我，我也让黑雀雀瞪你。”叶芽有了靠山，胆子都肥了，说话都硬气不少。

叶霖川根本懒得搭理她，转身走进别墅电梯。

乌鸦支着脑袋，双眼直勾勾地盯着叶霖川。它似乎感受到了主人的排斥和小女孩儿的不满情绪，血红色的瞳孔竖起，最后拍打着翅膀飞过去，在电梯门要关上时吐了口口水进去。

乌鸦的叫声如同奸笑声。它在空中盘旋几圈后，身影消失了。

叶芽不明所以地朝那个方向看了几眼，最后收回视线，专注于眼前的沈昼和兄长。

“然然没来吗？”她又问。

“然然今天要参加幼儿园活动，所以不能来。”沈昼摸了摸叶芽的小脑袋，见时候不早，便收拾起书包准备离开，“既然见到了芽芽，那我就先回去了。”

叶清河跟着起身：“不留下吃晚餐？”

“不用。”沈昼摇头，“然然五点回家，我要回去照顾他。”

想到沈然，叶清河没有强留："那我让司机送你。"

从这里去公交车站需要走很长时间，下了公交车也没有直达的车，考虑到弟弟的放学时间，沈昼并没有拒绝。

叶芽扶着门前的柱子，依依不舍地目送着沈昼的身影远去，直到车子完全消失，她都没回去。

"芽芽？"

叶芽深深叹气，不情不愿地跟着叶清河进屋。

要是能和沈昼哥哥生活在一起该多好，那样她就不用整天和臭弟弟在一起了。

想到这儿，叶芽又发出一声叹息。

叶清河被她这苦大仇深的老太太模样逗笑了，把她抱在怀里："今天和爸爸出去开心吗？"

叶芽诚实地摇了摇头。

不开心，她一点儿都不想和臭弟弟单独相处。

"没关系。"叶清河摸了摸她柔软的脸颊，"下周芽芽就可以去上幼儿园了，到时候会有很多小朋友和芽芽玩。"

幼儿园……

叶芽总算想起了系统任务。

"我可以和沈然哥哥上一个幼儿园吗？"

叶清河沉思起来。

因为要资助沈昼，对他们家的情况叶清河自然是了解的。沈然现在上的幼儿园是私立幼儿园，各方面条件都很不错，当初沈然能上那所幼儿园是因为资助者和院长有些关系。既然沈然在那里上幼儿园，那么把叶芽送进去也是不错的选择，离家近，两个人还能有个伴儿。

"好，今晚我和爸爸商量一下。"

叶芽一听，咧嘴笑了。

"哥哥真好。"她摇头晃脑地说，"我最喜欢哥哥啦。"

叶清河一下子被哄得心里美美的，捏了捏她"Q弹"的脸蛋，目光一瞥，注意到桌上的变形金刚玩具，心中不禁涌出期待："那是给哥哥买的吗？"

叶芽总算想起了被冷落的玩具，着急地抱在怀中："是给小子煜买的。"

期待瞬间化作失落，叶清河微微发酸地问："那哥哥呢？"

哥哥呢……

反应过来的叶芽一拍脑袋，分外自责："哎呀！不小心把哥哥忘记了！"

因为她每天听叶子煜抱怨爸爸做的坏事，出去想的自然也是叶子煜，这么一来把哥哥忘得一干二净。

她格外愧疚，转而计上心来。

叶芽勾了勾小小的食指，将声音压得低低的："哥哥凑近点儿，凑近点儿……"

她一副鬼鬼祟祟的样子，不知道想出了什么鬼点子。

叶清河配合地凑近。

她噘起嘴，亲上了叶清河的脸颊，奶声奶气地说："给哥哥的礼物。"

叶清河先是惊讶，接着浅浅地笑了。

叶芽抱着玩具，严肃地承诺："等芽芽赚了钱，再给哥哥买更好的礼物！"妈妈说不能偏心，要一视同仁，她不能因为子煜小就忽视哥哥，那样子是不对的。

"逗你的。"叶清河哪会和三岁的小妹妹计较这些，说那话也只是为了逗她玩，不过听到她说这些还是十分感动的。他看着叶芽，漆黑的眸中像闪烁着荧荧火光："只要芽芽健健康康地长大，就是给哥哥最好的礼物了。"

他身体不好，知道生病时有多难受。

听说克隆人的寿命很短，但是他相信芽芽是小福星，是被上天特别对待的那颗星星。

如果他真的不能长寿，那么希望用余生给予她祝福。

"哥哥也会健康长大。"叶芽抱过去，"芽芽可以把自己的寿命分给哥哥。"妈妈说妖怪可以活好几千年甚至上万年，那么她要分五千年给哥哥，让哥哥也活好久好久。

叶清河阴郁的心情好了不少。

"不是要找子煜吗？他应该在房间里。"听说爸爸带叶芽出去，叶子煜一直闹脾气，到现在都没出来。如果见到叶芽，叶子煜应该会开心点儿。

闻言，叶芽抱起玩具向楼上跑去找叶子煜。

咚咚咚，叶芽握着小拳头敲响房门，踮起脚向里面叫喊："子煜，你在吗？"

没人回应。

"你不在吗？"

"不在！"房间里传来叶子煜闷闷的声音。

叶芽不解："可是你在说话呀。"

咔嚓，门被打开，叶子煜顶着一头乱糟糟的头发，阴沉着漂亮的小脸，竖着两条眉毛，一副凶神恶煞的样子。

叶芽被这阵势吓蒙了，随即反应过来，把手上的玩具送过去："你看。"

变形金刚装在精致华丽的半透明盒子中，模型制作得非常漂亮，凡是这个年纪的小男孩儿见一眼绝对迈不开腿。谁承想叶子煜并不买账，伸出手，啪的一声把盒子拍在地上。

"你是不是在向我炫耀？！"

叶芽的手背被打得红了一小片，有些疼，她捂着手看过去，语气不满地道："你干吗打我？"

"出去、出去，我不想理你。"叶子煜扯起她的衣领向外拉，"我决定从现在开始不喜欢你了，你不再是我喜欢的小妹妹了。"

"可是你为什么不喜欢我了？"叶芽很委屈，"因为我不可爱了吗？"她迷惑地捏了捏肉感十足的脸蛋，不可能呀，今天在外面别人都夸她可爱。

"你看，我还换了新裙子。"叶芽拉起裙摆在他面前转了一圈，"是商城的姐姐给我换的。"

蕾丝裙摆跟着她的动作旋转舞动，让本就精致的小姑娘变得如同花仙子。

叶子煜嫉妒得眼眶通红："你还在炫耀。"

"我没有。"叶芽很委屈。她不是在炫耀，分享开心的事是炫耀吗？

"你就是仗着自己可爱，故意撒娇让爸爸带你出去的对不对？"

叶芽被他的逻辑思维弄得一怔。

"爸爸从来都不带我出去。"叶子煜眼睛通红，咬了咬下唇说，"我要是变成女孩子，肯定比你可爱！"

叶芽眨了眨眼，为难地咬了咬手指头，勉为其难地说："那……那我可以把裙子给你穿。"

叶子煜呼吸一窒："谁稀罕你的裙子啊！我要的是裙子吗？我要的是裙子吗？！"

"那……玩具？"

“不稀罕！”叶子煜将变形金刚丢了出来，啪的一声将门关上。

叶芽连同玩具一起被挡在门外，盯着那扇房门陷入茫然之中，呆滞片刻后弯腰把玩具抱起，重新敲门：“子煜、子煜，你真的不理我吗？”

“走开！不理你！”房间里的叶子煜暴跳如雷，“我决定永远不理你了！”

他脾气来得莫名其妙，让一心哄他开心的叶芽跟着情绪低落，有生气也有伤心：“那我也不理你了！除非你现在把门打开向我道歉！”她猛跺小脚。

“不开！不道歉！你走！”

“那你不让我进去睡觉了吗？”

“不让了！今天我的小床说它不属于你！”

“哼！”叶芽鼻孔出气，双手叉腰，用力地喊道，“那你告诉你的小床，芽芽也不属于它了！我去找别人家的小床！”

莫名其妙，莫名其妙。

妈妈说得果然没错，男孩子都是莫名其妙的生物。

明明她什么都没做，还想把玩具送给他。

气死草了。

更莫名其妙的是，她刚发完这顿火，任务系统莫名评定：“对叶子煜耍心机一次，随机奖励浇灌点 ×5。”

叶芽皱眉。

系统叔叔也莫名其妙，这里的一切都很奇怪。

她最后看了房门一眼，正要离开，想了想又把玩具放了回去：“变形金刚说它喜欢你，你要是不把它带回去，它会难过。”

叶芽扒住门，害怕叶子煜没听到，特意抬高声音道：“玩具是你爸爸给你买的。”

叶子煜没有出来的迹象，她像小老太太似的叹了口气，双手背后转身进了哥哥的房间。

走廊再次安静下来，叶芽并没有注意到站在楼梯口的男人一直在沉默地暗中观察着她。

叶霖川本来是不想下来的，可是小朋友吵闹声太大，让他想不关注都难。他目光下移落到门前那孤单的玩具上，沉思片刻，下楼捡起玩具，叩响房门。

“我都说了我不想理你，烦不烦呀你！”

“开门。”叶霖川沉声道，“我。”

屋内安静了，之后房门被缓缓拉开一条缝隙。

叶子煜在他面前垂着头，固执地紧咬唇瓣。

“给。”叶霖川将玩具递过去。

叶子煜别开头没接。

“她参加比赛帮你买的。”

叶子煜睫毛颤动，缓缓抬头。

“下次我一定带你去好不好？”叶霖川俯身，大手轻轻在他的头顶摸了摸，目光与之对视，“我保证。”

他承诺了无数次要带自己出去，叶子煜对此早已不抱希望，低着头捧着盒子沉默不语。

叶霖川离开后，叶子煜在原地未动。

盒子上的轻微刮痕正在提醒他刚才的所作所为。

冷静下来的叶子煜皱着眉头陷入自我厌弃当中。他好像又一次没控制住自己，又一次对别人发脾气了……

明明……只有叶芽愿意和他玩了。

叶子煜踌躇许久，慢吞吞地开门去找叶芽，犹豫两秒后，敲了敲门。

咯吱，门被打开。

开门的是叶芽，小姑娘扶着门歪头看着他。倒是叶子煜很不自在，垂下的头透着忐忑不安。

“芽芽……”叶子煜抿了抿唇：“我……我的小床说想念你了。”

叶芽扒着门框，脑袋向左歪，又向右歪，动作神似被未知事物困扰的猫崽子。

“它……”叶子煜神色不自在地道，“它说它错了，说不应该凶芽芽。它明明是哥哥，竟然还在和小宝宝闹脾气……”

叶子煜抬头：“芽芽，你会原谅它吗？”

他是个心思极为敏感的孩子，在常人眼里的小事会在他的世界里被放大千百倍，所以他容易愤怒，容易情绪低落，更容易伤害他人。在他的小世界里，只有叶芽愿意和他玩。

叶芽松开门，上去给了叶子煜一个温暖的拥抱。叶芽脾气好，生气没五分钟就忘记了叶子煜的所作所为，如今他情绪一低落，她只想好好安慰他，哪里还会记恨？

他耳朵泛红，小心翼翼地捧起叶芽的脸："芽芽，对不起，哥哥以后不会对你发脾气了。"

叶芽点了点头，又问："那你刚才是觉得我不可爱吗？"不管多大的女孩子都会很介意这件事。

叶子煜语气笃定地说："你一直很可爱。"

得到确切的回答，叶芽松了口气："我以为是我不可爱，所以你才不理我。"

"那……"叶子煜挠了挠头，"你要和我玩吗？"

叶芽又点点头，和叶子煜手拉着手去玩新买的玩具。

叶清河当天夜里便去和父亲商量叶芽入学七彩糖幼儿园的事，叶霖川对这种事向来不关心，当下点头同意，让助理明早去办。

"对了，芽芽的户口上了吗？"

"刚下来。"

叶清河目光闪烁："那上面的名字……"叶芽对外的身份是死去的叶芽芽的双胞胎妹妹，叶芽芽这个名字肯定是不能用的。他有些紧张，生怕叶霖川想一个乱七八糟、奇奇怪怪的名字。

坐在书桌前的叶霖川头也不抬地说："叶芽。"

叶芽……这够随便的，是父亲的风格。

叶霖川端起水杯，见他没走，便问："还有事？"

叶清河摇头，刚准备离开，突然听到身后传来父亲的一声闷哼。

"爸？"

"没事。"叶霖川皱眉捂着嘴，"被水烫了下。"他一直专注地和叶清河说话，完全忘记茶还是烫的。

叶清河奇怪地看了他一眼，一步三回头地走出房间。

门刚关上，里面便传来瓷器被砸碎的声音，同时还有一句暴躁的脏话。

父亲竟然说脏话了。

叶清河摇头，说脏话实在不应该，难不成爸爸提前步入了更年期？

助理的办事效率很高，第二天便办理好了叶芽的入学手续，周一她正式去幼儿园上课。叶芽还不太明白上学的含义，当天还在院子里乐呵呵地玩泥巴。

天气很好，艳阳高照，碧空如洗。

她穿着绿色小雨鞋踩在泥坑里，脏兮兮的小手在泥坑里搅动，抬手一蹭，脸上脏了一片，和小花猫似的。

系统："芽儿明天就要上学了。"

叶芽慢吞吞地点头，要把泥巴堆成一座小房子。

系统："你还记得你的任务吗？"

"记得！"两个字掷地有声。

"好，好，好……"

叶芽吸了吸鼻涕，说："叔叔你别说话，芽儿在玩。"

系统想：这才多久，这孩子就开始嫌弃它了。唉，"老父亲"叹气。

叶芽专心和泥巴做斗争，没一会儿便堆好了一座房子，没一会儿又捏了两棵四叶草，仔细看栩栩如生宛如艺术品。她正玩得开心时，突然听到旁边传来一声轻哼。

叶芽小小的耳尖抖动，她顺着声音看去。

她那替身爸爸站在不远处，身着 V 字领衬衫、宽松的休闲裤，脚上穿着双拖鞋，手上抱着保温杯。

叶芽用自己的小脏手蹭了蹭脸，大方地让开一小块地方，邀请道："阿弟也想玩吗？"

谁想玩这个！

叶霖川打了个喷嚏，捏起眉心坐在一旁的藤椅上。

他有些不对劲，神色恹恹，眼下一圈青紫。

叶芽视线上移，看见他头顶笼罩着一小片乌云——那是乌鸦昨天吐的口水。

叶芽的眼神又移到他倦怠的眉眼上，她缓缓起身，又蹲下，晃动双臂，憋着口气稍微用力，吧嗒一下从泥坑里跳了出来。

脏兮兮的叶芽拖着一身泥污走过去："阿弟……"

"叫叔叔。"叶霖川嗓音喑哑地道。

叶芽顿了下问道："你生病了吗？"

“嗯。”不然他也不会留在家里。

叶芽盯着他头顶的乌云若有所思。妈妈说乌鸦小心眼儿、爱记仇，当讨厌一个人时会讨厌一辈子，若是乌鸦诅咒了所恨之人，那么诅咒也会跟着那人一辈子。

“阿弟，你要摸摸我的小脑袋吗？”叶芽主动把自己的脸凑了过去。

叶霖川抬眼。

小姑娘满脸灰色的泥，鼻子下面坠着清鼻涕，睁着双明亮的大眼睛，睫毛一眨，还能看到眼皮上方已经凝固的灰泥。叶霖川呼吸微窒，视线跟着下移。

她身上的背心已经看不出本色，腿上、身上、胳膊上全是泥，整个人就像只在泥坑里撒完泼打完滚的泥猴，让人不忍直视。

叶霖川怎么说也带过两个儿子，他的两个儿子再怎么调皮也没有这么脏的时候。

“离我远点儿。”叶霖川一根指头抵上她的肩膀，以行为拒绝着她的靠近。

“那你摸摸我的小脑袋。”叶芽用小泥手拍了拍头顶，头发成功遭殃，“摸完，阿弟的感冒会咻的一下跑掉。”她是可以给人带来健康和幸运的四叶草小妖怪，他只要摸摸头顶的小叶子，乌鸦带来的霉运便会一同消失。若是乌云扩大，他也会越来越倒霉。

叶霖川深吸口气，朝屋里大喊：“陈婶。”

“先生，您叫我？”保姆匆匆从屋里出来，在看到叶芽时心里一惊，“哎呀，怎么弄成这样了？”

她再看到花园旁边的泥坑时又是一阵惊呼：“哎呀，我的菜地！”她才在地里种了种子！

陈婶心痛如刀绞。

叶霖川感觉头开始剧烈疼痛：“陈婶，你在我的花园里种地？”

保姆暗叫不好，急忙拉过叶芽：“我……我带芽芽去洗洗，看孩子脏成什么样了。”

“可是我还想玩泥巴。”叶芽仰头哀求道，“可以让我再玩一会儿吗？”

保姆冷酷无情地道：“不可以。”

“好吧。”叶芽很快妥协，“那明天可以玩吗？”

保姆冷酷无情地道：“不可以。”

好吧，那她不玩了。

叶芽玩泥巴玩得心满意足，晚上就早早地回房间睡了。

在她睡着的这段时间里，叶清河像老父亲一样帮明天要上学的妹妹整理书包，其中书本、笔盒是必须带的，还有手帕、纸巾，芽芽的头发容易乱，小梳子、小镜子要带上，最重要的是水壶，小孩子要多喝水。

他一边装，一边嘴里絮絮叨叨地说着。

突然间，叶清河从小书包的夹层里翻出一张名片，估计是今天叶芽中奖时顺便拿来的。他看了两眼，重新将其装入书包里。

床上的叶子煜打了个哈欠："哥，我困了。"

"那你睡。"叶清河往书包里放进两根扎辫子用的小皮筋。

叶子煜撇了撇嘴，躺到床上。

他侧身看着睡着的叶芽，心中突然涌上一股孤独感。

"明天芽芽和哥哥去上学，爸爸去工作，家里就只有我一个人了……"

叶清河顿住动作，看过去。

叶子煜不再说话，眼里流露出浓郁的落寞神色。

叶清河拉上书包拉链，起身坐到床边："子煜。"

"嗯？"

"子煜要不要也去上学。"

他的提议瞬间让叶子煜瞪大眼睛。

"你要是愿意去上学，愿意和小朋友玩，相信爸爸也会很开心的。"

"可是……"叶子煜垂眸，难过得像是要哭出来，"没人喜欢我。"就连爸爸都不是很喜欢他。

叶清河摸了摸他软软的头发："不会呀，你看芽芽就很喜欢你。"

"芽芽谁都喜欢。"

叶清河沉默了。

这倒也是。

他妹妹能和刚认识两天的女孩子结婚，也能和他内向的同桌打成一片，好像在她眼里就没有讨厌的人，除了爸爸。

"那你想去上学吗？"叶清河又问。

叶子煜没说话。

他心里自然是想的，可是又害怕踏出那一步。他害怕别人讨厌他、排斥他，害怕没人愿意和他做朋友。

可他是男子汉了，总要走出那一步。

“不过……我可以试试吗？”叶子煜的语气充满了对未来的不确定和对自己的不信任。

叶清河温柔地为弟弟妹妹掖好被子：“你认真考虑一晚上，明天心理医生会来进行例行检查，如果医生叔叔说你可以去上学，那么你就可以去。”

他缓缓退出房间，在关灯前说：“晚安，子煜。”

“晚安，哥哥。”

叶子煜闭上眼，没多长时间便进入了梦乡。

夜尽天明，今天是叶芽第一天上幼儿园的日子。

叶芽起得很早，保姆阿姨为她梳了个可可爱爱的哪吒头，衬得她圆圆的脸蛋越发可爱。考虑到要上学，保姆又特意给她换了身黑色小制服。

叶清河半跪在地上，为还没睡醒一脸困倦的叶芽穿着小皮鞋。其实这个时候叶清河早该去学校了，可是为送妹妹上学，今天特意向老师请了一个小时的假。

“芽芽见到同学要说什么？”

叶芽想了想，回答：“同——学——们——好——”

她将每一个字的音拉得很长，叶清河扑哧一声笑了出来。

“嗯，还有呢？”

“还有……还有……”叶芽手指点着下巴沉思，可就是想不起来。

“老师问你叫什么，你要说你叫叶芽。”

“好。”叶芽乖巧地应和。

见她的态度很好，叶清河满意地点头道：“芽芽要是想上厕所一定要和老师说，不用不好意思。

“中午吃饭要多吃点儿，不然会饿肚子。

“还有，要是有小朋友欺负你，你也要告诉老师。

“中午要睡觉，吃饭不可以剩下，要和小朋友好好相处，还有啊……”

他喋喋不休地说着，叶芽连连点头，直到脖子发酸，疲惫地长长呼了口气。

叶清河顿住，骤然意识到自己操心过头，自嘲地一笑，伸手拎过书包，抱起叶芽向楼下走去：“芽芽是不是觉得哥哥很烦？”

叶芽环着哥哥的脖子：“不烦。”

“真的吗？”

“因为哥哥喜欢我，所以才说很多话。”叶芽慢悠悠地说，“我喜欢听哥哥说话。”

她的小奶音甜到了叶清河的骨子里，他的笑容越发温柔。

“哼。”

头顶传来一声嗤笑，是叶霖川。

她抬头看着跟在后面的叶霖川，那片乌云明显大了一圈，阴云笼罩在他的头顶，映衬得那张脸越发神色黯然。

“这么大还要抱，矫情……”

叶芽下巴抵在叶清河的肩上，对叶霖川光明正大地翻了个白眼，手臂将叶清河的脖子环得更紧，一副炫耀的样子。

“我长到一千岁也要哥哥抱，我还要和哥哥私奔，气死你、气死你。”她扮起鬼脸道。

叶霖川喉头一哽，怒火成功被点燃：“想得美。”屁大点儿一个人，做的梦倒是美。

两人一大早就开始斗嘴，叶清河抱着叶芽侧身让路，神色无奈地说：“爸怎么不坐电梯？”叶霖川住四楼，一般为了赶时间会坐电梯，今天倒是奇怪，竟然走楼梯，还偏偏和他们撞上。

“电梯坏了，工人今天过来修。”叶霖川感冒还没好，说完这话便咳嗽了两声。

“您喝药了吗？”

“喝药会困。”他大步下楼，“早上有个重要的会议，不能耽误。”

叶清河不再多言，抱着妹妹与父亲一同去了餐厅。

早餐吃得极为沉默，叶霖川在看报纸，叶子煜因为家人都要离开情绪低落，叶芽也不说话，一口一口地吃着小面包。

“芽芽，我们要走了。”叶清河拿起书包挂在她的肩上，“记住哥哥的话了吗？”

叶芽重重地点了点头。

快到门前时，她突然看向走在前面的叶霖川，再次问出那个问题：“你真的、真的不摸我的小脑袋吗？”

她的大眼睛里满是期待。

叶霖川深吸口气，迈步离去，背影潇洒得充满成熟男人的魅力。

结果就在下一秒，背影潇洒的成熟男人左脚绊右脚，一米九的高大身躯狠狠摔倒在地，发出的闷响惹得屋里的人全部跑出来查看情况。

一时间，保姆、司机、小孩儿，全围了过来。

“爸！你怎么摔了个狗吃屎？”叶子煜诧异地问道，“爸，你怎么了？你没事吧？！”

叶霖川紧握双拳，强忍痛楚地想要站起，可是没过两秒又趴到地面上，样子惨兮兮的，像倒地的大黑熊。

叶芽走过去蹲下，善解人意地问：“你要不要摸我的头呀？”

“不摸！”叶霖川耐心耗尽地冲她低吼，“滚去上学！”

他好凶。

叶芽小手叉腰气鼓鼓地道：“不摸就不摸！以后也不给你摸！我的脑袋拒绝给你摸！”她盯着叶霖川头顶的乌云犹豫，可是一想到叶霖川的所作所为，心一横眼一闭，扯着书包带子钻入了轿车。

她幸运的小叶子才不要祝福脾气不好的臭弟弟呢，哼！

叶清河因为时间有限并不能陪叶霖川多久，叮嘱几句后匆匆上车离去。

送二人上学的车一走，门前瞬间空空荡荡的。

叶霖川被保姆搀扶着坐起，脊背僵直一动不动。

叶子煜好奇地用手指戳了戳叶霖川的脚踝，立马听到一声痛苦的抽气声。

他神色关切，又带着几分莫名的开心：“爸，你的腿断了啊？”

这熊孩子！

“叶子煜，你能盼我点儿好吗？”他的腿要是断了，谁来养这“2+1”个孩子？不过疼也是真疼，他估计是扭伤了。

想到九点半的会议，叶霖川搭着保姆的手臂强撑着站起：“陈婶，去给我找冰袋敷一下。”

保姆愣住：“先生，您应该马上让司机送您去医院，要是伤到骨头可麻烦了。”

“不碍事。”今天的会议是有关百亿投资的大项目，对叶氏来说至关重要，如果项目成功，叶氏会占据新市场最重要的中心位置。别说腿扭伤，就算真的断了他也要过去。

叶霖川因疼痛而微微喘息着道："会议差不多要两个小时，结束后我会立马去医院，先帮我紧急处理一下。"

保姆对叶霖川的固执无可奈何，与司机一同搀扶着他进了门。

八点十分，叶家轿车停在七彩糖幼儿园门口。

望着眼前那扇童趣十足的大门，叶芽停下脚步，迟迟没有走进去。

"叶芽。"叶清河把手递到她面前，"走吧，哥哥送你进去。"

叶芽拉住叶清河的手，跟着他走进大门。

幼儿园很大，地面铺满青绿色的草坪，操场有各种设施，教室一间挨着一间。这个时候已经有很多小朋友到了，有四五岁的，也有像叶芽这么大点儿的。小朋友们都跟在家长身边，叽叽喳喳的吵闹声不断。

"你就是新来的叶芽吧？"此时，一名年轻温柔的女人走了过来，弯腰笑眯眯地对叶芽说，"你好呀，叶芽。"

叶芽转过身抱住叶清河的腿，怯生生地将脸埋在了他的腿间。

"刘老师好。"叶清河摸着叶芽的后脑勺，"我们家芽芽刚开始上幼儿园，可能会不习惯，就麻烦您照顾了。"

叶清河只有十二岁，谈吐却不像这个年纪的孩子，举手投足间尽显良好的教养，一时间让刘老师对这兄妹二人的好感度飙升。

"我还是第一次见到这么小的哥哥送妹妹上幼儿园的。"

叶清河不好意思地笑了下："因为我父亲比较忙，所以……"

刘老师表示理解："不过还是要请你父亲加一下家长群，平常有活动都会在群里通知，有些事和大人商量会比较方便。"

"好。"叶清河点头，"老师可以把微信号给我，回头我让父亲加一下。"

叶清河蹲下身捧起叶芽的脸蛋，最后说："那哥哥要上学去了。"

旁边大人小孩儿来来往往，偶尔会有贪玩的小男孩儿凑到叶芽身边打量她。到底是小孩子，面对这种情况还是会怕的。

"哥哥……"叶芽嗫嚅着，"你能留在这里上学吗？"

"不可以哦，哥哥要去自己的学校。"他温声细语地说道，"下午司机叔叔会来接你，到时候我们又能见面了。"

时间已接近八点半，叶清河不能再耽误下去。

他拍了拍她的脑袋，告别老师走出幼儿园。

随着他的身影离去，幼儿园大门缓缓合拢。

身前空荡荡的叶芽突然反应过来，迈着两条小短腿向兄长离去的方向狂奔而去，可是门已经牢牢合上，她双手扒着栏杆，眼巴巴地看着哥哥的车子在视野里消失。

“哥哥……”叶芽眼里闪烁着水光，心里涌上剧烈的孤独与难过的情绪。

“我要哥哥……”她鼻尖红红的，又想哭了。

“芽芽，我们要去教室了。”老师温柔地牵起她的小手，“芽芽不怕，待会儿会有很多小朋友和芽芽在一起的。”

叶芽依旧死死抓着栏杆，任凭刘老师怎么拉扯都不松手。

“芽芽？”

刘老师从业五年，早就见惯了每天在幼儿园上演的“生离死别”，毕竟是小孩子，离开家长总是会哭的，哭一会儿哄哄就又好了。她本来以为叶芽会像其他小朋友一样掉金豆豆，结果并没有。

叶芽恋恋不舍地收回目光，乖巧地跟在刘老师身边：“我不哭。”叶芽哽咽着强忍哭腔道，“哭了也没有人哄。”

她倔强地一抹眼睛，挺胸抬头地向前走去，徒留刘老师独自发蒙。

这小孩儿这么有个性的？

叶芽是半路插进来的学生，第一天上课自然要去台上向幼儿园的小朋友做自我介绍。她被老师牵着，怯怯地望着台下十几个和她差不多大的小豆丁。

“不用害羞，向大家介绍一下自己。”

叶芽扯着衣角，腼腆地垂眼，兄长早上说过的话在脑海中清晰地过了一遍。她没有害怕，小声开口道：“我叫叶芽……芽，今年一百……”不对，叶芽匆忙改口，“今年三岁啦。”

这个年纪的小孩子是很单纯的视觉生物，见到可爱好看的事物立马被吸引，人也是一样的。

坐在角落的小胖子高高举起手：“老师，可以让叶芽和我坐吗？”

“和我坐、和我坐，我分糖果给你吃。”

“和我坐，我把洋娃娃给你玩。”

幼儿园的小朋友们表现得热情积极，很快就扫去了叶芽在陌生地方的不安感。

刘老师贴心地问她的意见：“芽芽想坐在哪里？”

叶芽环视一圈，抱着小书包坐在了第一排靠窗的位置，这里光照好，可以让头顶的小叶子晒到太阳。

“那我们开始上课了，小朋友们拿出你们的画本，我们今天要学画画……”

坐在小桌子前的叶芽乖乖取出画本与蜡笔，认真地在上面涂抹起来。

老师对新来的学生自然格外关注，目光时不时落在叶芽身上，在这么多叽叽喳喳吵闹的学生中，安静画画的叶芽显得无比乖巧。刘老师顿时觉得这孩子很好带，不禁走到叶芽身边，想看看她到底在画什么。

叶芽手握彩色蜡笔，并没有注意到刘老师过来。

只见那张白色的画纸已被红色铺满，色彩艳丽的红色大花深深刺激着人的视觉神经，花瓣延伸，肆意生长，每一条勾线充满不羁的娇艳之意。刘老师愣住了，没想到一个三岁小孩儿可以画出这样的作品。

她单手支撑在桌前，问：“芽芽画的是什么？”

叶芽放下红色蜡笔，转而拿起黑笔，开始在花瓣上勾勒奇怪的花纹，说：“花。”

“老师知道是花，可这是什么花？”画面上的花不像玫瑰，也不像向日葵，刘老师长时间盯着看还觉得怪瘆人的。

接下来她听到小姑娘操着童音说：“食人花。”

刘老师感觉脑袋炸开了。

她定了定神：“那……那芽芽画得真是好特别呀，你能告诉老师为什么要画食人花吗？”

小孩子不懂撒谎也听不出刘老师话语里的意思，慢悠悠地说：“这是肖像。”

“啊？”

“这是妈妈的肖像。”

刘老师再次朝那幅画看去。

经过叶芽的仔细勾画，那幅画看起来更加抽象，黑色花纹衬着七片血红的花瓣，透着丝丝诡异的气息。

“你妈妈是花？”

“嗯。”叶芽点头，“妈妈是食人花，不过妈妈不吃人，只吃坏妖怪，之前有鸟妖想偷走芽芽，就被妈妈吃掉了。”

位于灵地上方的时间缝隙里生活着巨鸟，它们以花叶为食，听妈妈说鸟族和花草族的战斗持续了上万年，直到上神将空间割裂，两族间的争斗才停止。当然也有贪吃的鸟妖想偷食未长大的幼草，叶芽就是被它们盯上的那株草，还好妈妈及时发现，救了她。

妈妈真好，她最爱妈妈了。

“那……那你爸爸呢？”

叶芽顿住笔尖，沉吟几秒，说：“妈妈也不吃爸爸。”顿了下，她又说，“不过螳螳的妈妈把她爸爸吃掉了，螳螳真可怜。”想到隔壁灵地的螳螂小伙伴，叶芽幽幽地叹了口气，低头继续画画。

刘老师心想，她问的是这个问题吗？班里转进来的到底是什么奇怪的小朋友？

下课铃声响起，小朋友们迫不及待地把画好的画交到刘老师手上，手拉着手跑去院子里玩。

同时，叶芽听到系统提示音——

“《恶毒女配之路》主线任务 02：入读男女主人公所在的幼儿园。（已完成）”

随着任务完成，她头顶的第二片四叶草叶子缓缓长大了一点儿。

“《恶毒女配之路》主线任务 03：做男女主人公相识的桥梁。（未完成）”

相识的桥梁又是什么意思？

任务真奇怪。

说到这个，叶芽突然想起欠沈然的十块钱还没还，急忙从书包里取出那皱得不像样的十块钱，跳起来跑出教室。叶芽很幸运，刚出教室就找到了独自蹲在角落玩积木的沈然。

“然然！”叶芽举着十块钱，边叫边跑了过去。

沈然呆呆地拿着积木，神色间满是意外。

“芽芽？”他没想到会在这里遇见叶芽，难以置信地张大了嘴巴。

“给你。”叶芽把十块钱递了过去。

沈然像木头似的接过去，盯着手上的纸币迟迟未说话。

“这是？”

“5 加 5 等于 10，我欠然然哥哥十块钱。”她算得一点儿都没错，欠债就要还钱，信守承诺的叶芽绝对不会欺骗沈然。

两人小小的身体站在角落，在一众小朋友中很不起眼，可还是引起了与沈然同一大班的小朋友的注意。

“那是小怪物的妹妹吗？”小胖子吸溜着鼻涕，眯眯眼一直朝两人所在的方向望去。

“小怪物好像没有妹妹。”比他瘦一点儿的小男生说。

小怪物是小团体给沈然起的外号。

他转来这所幼儿园时，脸上狰狞的红色胎记让所有小朋友望而生畏，自然也没有人愿意和他做朋友。几个顽劣的孩童见他面貌丑陋、内向沉默，便在老师不在的时候偷偷取笑他，并且起了“小怪物”这个带有明显侮辱性的称呼。

久而久之，其他小朋友也跟着这样叫。他们并不觉得这是恶意，只是单纯觉得有趣，哪怕老师当面阻止过几次，他们还是会在背地里这么叫。

小胖子叫刘子实，人如其名，长得又胖又壮，常仗着家里有钱欺负其他同学，现在盯着不远处的两人又有了其他念头。

“她好可爱呀……”旁边的小孩儿望着叶芽说。

娇娇小小的小姑娘站在阳光下，肩头落满阳光，娇憨的哪吒头更显她样貌可爱，双眼水灵，更别提前面还有个沈然做对照，放眼整个幼儿园的小朋友都没有她可爱。

刘子实擦了擦鼻涕，拖着胖胖的身体走过去，一把将沈然推开，站在叶芽面前命令：“和我们玩。”他小小年纪却很有古代纨绔子弟的架势。

叶芽茫然地看着多出来的人，摇了摇头，拒绝道：“我不要和你玩，我要和然然玩。”

“不行，你必须和我们玩。”刘子实强行拉住叶芽的手往旁边拽，“我还带了汽车人，可以让你玩五分钟。”

“不要、不要，我不要和你玩。”叶芽挣扎着，全身写满抗拒。

刘子实是幼儿园的小霸王，平常不是扯女孩儿的辫子就是踹男孩儿的屁股，任凭老师怎么教育都死性不改。此时见他缠上叶芽，周围的小朋友纷纷向叶芽投来同情的目光。

“你别扯芽芽，芽芽不要和你玩！”沈然紧紧护着叶芽，眼里凶光毕露，“你欺负我可以，不能欺负芽芽！”

“你松开！”

“我不松！”

“松开！”

“不松！”

沈然抱着叶芽不撒手，气氛僵持时，一个皮球啪的一声砸上小胖子的后脑勺。

刘子实捂着脑袋一愣，嗷呜一声哭了：“妈！有人用球砸我！”

他的声音特大，吓住了旁边的三岁小男生，小男生呆呆地看了他几眼后，嘴一撇，眼一闭，呼天抢地起来：“妈妈，我要妈妈！”

一个小孩儿要妈妈，然后三四个小孩儿开始哭着要妈妈。

“呜——哇！我也要妈妈！妈妈！”

“妈妈，我要回家！呜哇——”

刘子实那突兀的哭声像是午夜时分的狼嚎，瞬间引起一系列恶劣的连环效应，其他在玩的小朋友一个接一个跟着哭起来，场面失控，乱作一团。

叶芽死死捂住耳朵，小眉头皱成歪歪扭扭的形状。

“我就用球砸你！”清脆的童音在一众哭声中格外响亮。

只见不远处的夏晴拿起彩球一个接着一个地往刘子实身上砸，边砸边骂骂咧咧道：“让你欺负我妹妹，不要脸！臭不要脸！”

刘子实被砸得抱头鼠窜，撒丫子向老师求救：“老师——夏……”

“老师、老师……”望着刚从厕所出来的老师，夏晴仗着身体灵活，比他先一步扑到老师怀里，仰起脸委屈巴巴地抱怨，“老师，刘子实又欺负人。”

本来想告状的刘子实蒙了。

“他抓我妹妹，欺负弱小，还把其他小朋友都弄哭了。”

夏晴变脸如变天，告状的时候眼睛都不带眨的。

旁边的刘子实忘了哭；后头的沈然抱着叶芽愣愣地看着。

老师抬头看着眼前这混乱的局面，再联想到刘子实在幼儿园“称王称霸”的行为，毫不怀疑地抬手招呼刘子实：“跟老师来一下。”

“老师，是夏晴先用球砸我的。”

“夏晴，你用球砸他了吗？”

夏晴没有否认：“我玩的时候不小心砸到的，但是他故意欺负同学，还……还欺负我妹妹。”夏晴说着指向叶芽，炫耀似的仰起小脸蛋，“他就是看我妹妹可爱。”

叶芽懵懂地靠在沈然怀里，表情是真的可爱。

老师点了点头，揽过刘子实："走吧，老师要和你谈一谈。"

目送着刘子实那敦实的背影离开，计谋得逞的夏晴对着他的后背做了个鬼脸。

他想趁她不注意欺负叶芽，门儿都没有。

夏晴转身，开心地跑到叶芽身旁，结果没高兴两秒，又生气了："你不准抱芽芽。"夏晴气鼓鼓地哼了声，强行扯开沈然，把叶芽拽到自己身旁，宝贝似的护住，满眼警惕地瞪着沈然。

夏晴趾高气扬的态度成功唬住沈然，他不敢动弹，双手背在身后，脑袋微垂，嘴唇固执地抿紧，不言不语的样子让人看着心疼。

夏晴是小太阳班里最漂亮可爱的女孩子，不管是老师还是同学都非常喜欢她；沈然则是相反的存在，他在外少言又腼腆，没人愿意和他玩，他也不愿主动和别人玩，孤零零的，永远是一个人缩在角落里。

叶芽生性敏感，立马觉察出沈然低落的情绪，缓缓挣开夏晴的胳膊走到沈然身边，对夏晴解释道："是然然保护了我。"

"啊？"夏晴愣住。

"他拉我。"叶芽把自己的手伸过去，手腕被刘子实捏红了一片。

"痛不痛呀？"夏晴嘟着嘴往叶芽手上吹了吹气，又拍了拍她的头，"姐姐哄哄你就不痛了。"

夏晴说完又看向沈然，安静地打量两三秒后，清脆地叫出他的名字："你是沈然对吗？我刚才不应该对你发脾气，对不起。"妈妈说要做有礼貌的孩子，也要知错能改，刚才误会他是她的不对。

"你要不要和我们做好朋友，以后我们一起玩？"夏晴看着他，主动伸出友谊的小手。

沈然没想到夏晴不仅不嫌弃他，还愿意和他做朋友，当下顿感无措，可在对上叶芽那双澄澈明亮的眼眸时，慢慢把自己的手递了过去。

他想和芽芽在一块儿。

"《恶毒女配之路》主线任务 03：做男女主人公相识的桥梁。（已完成）"

"《恶毒女配之路》主线任务 04：挑拨男女主人公的友情。（未完成）"

突然跳出来的任务面板散发着好看的蓝光，叶芽长时间对着上面的"挑拨"二字出神，半天没领会意思后，试图用意念和系统交流。

“叔叔，你在吗？”

刚从休眠状态醒来的系统懒洋洋地刷新了下程序，还未从困倦中走出来，就见后台的主线任务更新，主线任务竟然已经进行到了第四个！这下系统彻底清醒。

这个……这个任务完成速度是不是太快了？

短短几天时间她就完成了主线任务的十分之四？！

“叔叔，挑拨是什么意思？”叶芽没有感受到系统的震惊，老实提问。

系统恍惚了几秒后，很快想到——主线任务越往后会越难，他们家芽芽是食人花后代，花草族最聪明的小妖怪，那种简单的任务当然难不倒她，不过现在这个就不好说了。原著中沈然从小偏执，小小年纪第一眼看到夏晴就对她有好感，任凭外人怎么破坏都改变不了想法，叶芽多次从中作梗，挑拨离间，非但没有让他们的感情破裂，反而让他们情比金坚。

嗯，芽儿总算遇到了事业上的障碍。

“就是让他们不再做朋友的意思。”系统尽量解释得浅显易懂，叶芽皱着眉头，看来还是没理解系统的意思。

“芽芽要不要一起去玩？”

同时开口的夏晴与沈然对视，在彼此眼中看到相同的愕然之色。

“我们玩秋千。”

“我们玩滑梯。”

两人又是同一时间开口。

二人再一次沉默。

两人面面相觑，一左一右分别拉着叶芽的手，夏晴弯腰贴在她耳边，温柔地说：“芽芽，要不要和姐姐玩滑梯？”

滑梯就在不远处，大象形状的滑梯是整个幼儿园最受欢迎的存在，任何小朋友都无法抗拒滑梯的魅力，叶芽也不例外。

她的眼睛亮了亮：“芽芽要玩滑梯！”

沈然牵紧了她的小手：“秋千更好玩，我可以把你推高高。”

秋千距离滑梯不远，一晃一晃的小秋千再一次吸引了叶芽的注意。

“芽芽要玩秋千！”叶芽立马改口，不带犹豫。

“先玩滑梯，再玩秋千。”

“不、不、不。”沈然摇头，“先玩秋千，再玩滑梯。”

“滑梯！”

“秋千！”

隔着叶芽，两个小朋友因为先玩什么而吵成一团。

叶芽看看夏晴又看看沈然，弱弱地劝架：“我们可以一起玩……”

夏晴挥开叶芽的小手，不满地道：“芽芽是我妹妹，我妈妈都决定养她了！”

“芽芽也是我妹妹！”沈然梗起脖子，气呼呼的，哪里有先前内向好欺负的样子，“芽芽之前还留了小字条，说要和我结婚。”

“芽芽也说过要和我结婚！”

这不就巧了吗？

他们齐齐低头，可是旁边早就没了小姑娘的影子，抬头看去，小姑娘正在不远处和新认识的小朋友玩积木，咯咯笑着，显然和周边的人打成了一片。

这一刻，两个孩子幼小的心灵遭到重创。

上课铃声响起，各班老师召集小朋友们回教室。

夏晴生着闷气，嘟囔：“我决定改天再和你做朋友。”

沈然认同地点头：“我也是这样想的。”

随着这句话说完，夏晴和沈然的五分钟友情正式宣布破裂。

“《恶毒女配之路》主线任务04：挑拨男女主人公的友情。（已完成）”

“《恶毒女配之路》主线任务05：给未来男主人公造成生命中最惨痛的打击。（未完成）”

不知不觉中，叶芽又莫名其妙地完成了任务。可惜系统叔叔又去休眠了，无法见证她的这一时刻——遗憾、惋惜。

在幼儿园的时间过得飞快，转眼便到了午睡醒来吃小点心的时间。今天要吃的是手工小饼干和红豆汤，还有一小份水果拼盘，营养搭配均衡。叶芽一小口一小口地吃完兔子形状的饼干，津津有味地吮吸着手指头上的残渣。望着盘子里剩下的两块小饼干，叶芽咽一口口水，强忍着馋意将饼干放在了书包里。

她要把饼干带回去给哥哥，还有叶子煜吃。

叶芽望着窗外的蓝天，一门心思地盼望着快些放学。

终于，放学铃声响起，她可以回家了。

叶芽背上小书包，乖乖巧巧地站在门口等着。

沈然和她告别后坐上校车，就连夏晴的妈妈也过来接人，身旁的小朋友接连离开，转眼偌大的幼儿园变得安静下来。

叶芽踮起脚，伸长脖子不住地向远方望去，漫长的等待中，那辆熟悉的黑色轿车总算进入视线。

“哥哥——”叶芽撒欢地跑了过去。

车门打开，新聘请的司机从上面下来。

“清河还在上课，叔叔先接你回去。”

叶芽听到这话，一颗心又沉了下去。她转身和刘老师挥手告别，垂头丧气地爬上了后座。

车子行驶着，街景在窗外飞速倒退，叶芽把小书包放在了腿上，垂在下面的脚尖微微动了下，探过上半身对正在开车的司机说：“叔叔，我们可以去找哥哥吗？”

现在才四点半，离叶清河放学还有好几个小时。

司机想也没想地拒绝：“哥哥还在上学，芽芽去的话要等很久。”

“没关系、没关系。”她摆着小手，“我去把东西给哥哥就走。”

“东西？”

叶芽不自觉地拍了拍小书包：“嗯，给完就走。”

“好，那叔叔要提前和哥哥说一声。”

听到这个回答，叶芽重新窝在了儿童座椅里。

半个小时后，轿车在一中门口停下。

校门紧闭，保安守在门口，透过玻璃窗可以看见不少学生在操场上跑步。司机下车和门卫说了一声，一会儿后，叶清河急匆匆地从里面跑了出来。

穿着宽大校服的少年四肢修长，身形纤弱，不敢跑太快，额头黑色的碎发随着步伐微微跳动。

叶芽拎着书包，被司机抱下了车。

叶清河轻微喘息着，白皙的耳尖因奔跑而泛起薄红。他挥了挥手，径自走向旁边的小门，叶芽就像只短腿柯基犬，屁颠屁颠地被他招呼了过去。

她抱着书包与哥哥隔门相望，眼前熟悉的脸颊让叶芽心中触动，眼圈瞬间红了。

“芽芽？”叶清河在里面蹲下，“怎么了，在幼儿园不开心吗？”

叶芽撇嘴，模样写满委屈。

“芽芽怎么不说话？”叶清河的手指从栏杆里伸出，轻轻蹭了蹭她光滑的脸颊。

“呜……哥哥……”她开口就落下眼泪。

叶清河有些好笑：“怎么哭了？哥哥现在出不去，也哄不了你。”

“我没有哭……是……是眼睛不听话。”叶芽放下书包，双手死死握住栏杆，脸啪一声贴了上来，将她脸上的肉挤压成一块一块的。叶芽目光死死粘在叶清河身上，恨不得立马钻进去要抱抱。

“叶清河，你妹妹啊？”几个看热闹的男同学勾肩搭背地走了过来。

叶清河挠了挠头，腼腆一笑道：“啊，我妹妹。”

“几岁了呀，妹妹？”男同学强行挤过来逗她，“妹妹叫什么名字呀？”

叶芽抬了抬眼，有些不满，嘟囔道：“芽芽要和哥哥过二人世界……”

噗。

男同学们包括叶清河都被逗笑了。

“走了、走了，不要打扰人家过二人世界。”男生们笑着离去，临走时还狠狠地在叶清河的头顶揉了一把，“一会儿作业借给我啊。”

叶清河好脾气地笑着，在对方的腰上拍了一下：“知道。”

等人走远，他直接盘腿坐在了地上，神色温和地问：“芽芽特意来找哥哥的吗？”

叶芽这才想起书包里的小饼干，低下头寻找，整个身体在原地转了一圈，最后才在旁边找到被抛弃的书包。叶芽蹲下拉开书包，从里面取出小饼干，也许是路面颠簸，或者是她没放好，被一路挤压的小饼干早就看不出原本的样了，变成了几块碎屑。

叶芽又没忍住，眼泪再次掉下。

“坏……坏掉啦……”她拿着饼干，哭得好难过。

这到底有什么好哭的？身旁的司机完全不理解小朋友的难过，神色充满不解与无奈。

叶清河勾了勾手：“芽芽过来。”

“坏……坏掉了。”叶芽抽抽搭搭地把小饼干递过去，“我想给哥哥吃……”这个手工小饼干非常好吃，脆脆的，香香的，每个小朋友只分了三块，她很想都吃掉，但是舍不得，所以把最漂亮的两块留了下来，一块给哥哥，一块给叶子煜。

她算盘打得响，可是……可是完全忽视了饼干的脆弱属性。

叶芽并不清楚小饼干不够是可以找老师要的，满脑子只有珍稀之物被破坏后的难过。

“没关系，还是可以吃的。”叶清河安慰道，“你要喂哥哥吗？”

叶芽缓缓点了点头，抽了下鼻子，小手捏着饼干包装袋，憋着一口气，手指用力往两边一撕——

哗啦！暴力的拆袋方式让里面碎掉的饼干像雪花似的落了一地。

叶芽呆呆地看了看手上空掉的袋子，又看了看脚边的饼干。

空气寂静两秒后，小姑娘脆弱的心灵再一次遭到致命打击，哭得特别大声。

“我好笨，怎么连这种事都做不好？！”叶芽自我厌弃，边哭边捡着地面上的小饼干，“不可以……不可以把地面弄脏，呜……对不起，哥哥，对不起、对不起，小饼干。”

她惨兮兮地哭着，声音含混不清，说得最多的就是“对不起”三个字。

司机在旁边憋着笑。

门口的保安笑成了憨憨。

叶清河苦恼地挠着头，不知道怎么办才好。

可以看出，小朋友真的很喜欢这块小饼干。

“没关系，我……我还有一块。”叶芽抹干净眼泪，将给叶子煜的那块饼干递了过去，“哥哥，给你。”她漂亮的小脸蛋上带着两条泪痕，晶莹的泪珠悬挂在漆黑的睫毛上，长睫毛下的眼珠明亮无比，有着这个年纪最天真无邪的目光。

叶清河心里一片柔软，他接过饼干包装袋小心地拆开，放在嘴里慢慢咀嚼，奶油的香甜在舌尖绽放。

“很好吃，谢谢芽芽。”

叶芽揉揉眼睛，笑了。

“那哥哥……你不可以告诉子煜哦，子煜知道会难过。”

叶清河抿唇忍笑：“知道了，我不告诉他。”怪不得她装了两块，原来是给他和弟弟的，看样子在她心里大哥比较重要。

叶清河有些开心。

“那……”她恋恋不舍地道，“那哥哥去上学吧，我……我乖乖回家。”

“好。”叶清河从地上站起，挥了挥手，“那我走了。”

“嗯。”叶芽握着栏杆，小小的身体站在外面，止不住地向这边张望。

叶清河一步三回头，随着距离拉长，她变成了圆圆一个点，即使相隔过远，叶清河也能感受到妹妹不舍的目光。在这世上，他应该是她小小的世界中唯一信任的人。

叶清河咬唇，转身跑了过去。

他俯身看着叶芽，语速飞快地道：“芽芽在这里等等哥哥，哥哥现在去请假！”

叶芽的眼睛一下子亮了。

“等我哦！”他又跑回教室。

“哥哥要快一些。”叶芽蹦蹦跳跳地催促，“我在这里等哥哥出来！”

旁边目睹全程的保安揉了揉笑到发痛的嘴角，心里嘀咕：不就是一个放学早一个放学晚，不知情的还以为上演生离死别呢，唉，现在的孩子……

他无奈地摇头，继续守岗。

叶芽在原地焦灼地等待着，平均每五秒都会问一下“哥哥怎么还不出来”，司机快被问烦了，漫长的几分钟后，叶清河挎着书包出来了。

“哥哥！”

门卫将小门打开，叶清河出来抱起叶芽。

“我好想你呀。”叶芽环着少年的脖颈，五个字发自肺腑。

幼儿园很好，有夏晴姐姐，也有沈然哥哥，还有其他小朋友和她玩，中午睡觉老师还会唱普普通通的安眠曲，一切都很好，但她还是很孤单，因为见不到最喜欢的人，所以孤单。

立于叶清河肩上的白猫跟着在叶芽的脸上舔了一下，又闭眼沉睡。

“我们要回家吗？”

叶清河抱着叶芽上车，对司机说了一个地址：“我们要先去沈昼哥哥那里。”

“咦？”

“沈昼哥哥生病了，我要把今天发下来的卷子给他送过去。”沈昼在班级里没什么朋友，只有叶清河愿意和他相处，送试卷这种事也只有叶清河愿意去做。

要说起来他这同桌也真是倒霉。

沈昼先是吃饭的时候被鱼刺卡了喉咙，情况有些严重，于是叶清河就带着他去找校医，结果刚路过校园草坪时又被坏掉的喷水机滋了一身水。虽然鱼刺下去了，可是身上却湿了，沈昼只能去更衣室换备用的衣服，万万没想到走廊刚拖完地，一身水的沈昼像条咸鱼似的刺溜一声滑了出去还撞了脑袋……

下午上完第一节课，沈昼请假回家。

太可怜了，人为什么会倒霉到这种地步？

原本羡慕他中奖体质的叶清河在此刻只有深深的同情。

终于到了石锦洞，由于小区道路窄车子无法驶入，叶清河便让司机把车子停在路边，独自牵着叶芽进去，奇怪的是沈昼家里没有人。叶清河向猫眼里张望，黑漆漆的什么都看不见。

"沈昼哥哥不在吗？"叶芽小手拍打着门，"沈昼哥哥你在吗？"

没人回应。

"估计买东西去了，我们去外面等一会儿吧。"叶清河拉着叶芽走出楼道。

就在此时，叶芽看到匍匐在叶清河肩上的白猫从空气中走出来，猫瞳死死地盯着斜对角的窄巷。同时，她听到无数声音响起。

"那个孩子要被打死了……"

"本就是不幸之人。"

"可怜呀……"

风在叹息，树在摇晃，纷纷低语着。

叶芽顿住脚步，不由自主地朝前方看去。

她正想过去时，被系统拦住。

"叶芽不要过去。"

"叔叔？"

系统："每个人都有自己的宿命，你要代替死去的叶芽完成她的使命，沈昼也有自己的宿命。"

原著中，沈家兄弟在买药回来时被三四个小混混儿逼进巷子，小混混儿接连殴打兄弟俩，甚至故意拿刀吓唬哭泣的沈然。

旁人漠视不理，恶人轻侮践踏，种种行为把只有十二岁的沈昼逼上了绝路，他失去理智，夺刀杀了为首的不良少年。

后来，沈昼退学离开，失去哥哥的沈然变得更加内向，更别提不懂事的小朋友三天两头欺负他。还好有夏晴鼓励沈然走出困境，自此以后沈然变得坚强勇敢，发愤图强成为警察，然而他的心里始终有一个疙瘩，那就是哥哥……

长大后沈然追捕连环杀人犯“夜”，最终亲手将其击毙。

可是在死去的凶手的口袋里，沈然发现了他们二人小时候的合照。

这是原著中兄弟俩的宿命，没有人可以更改。

叶芽听不懂这种话，也无法理解，只希望身边的所有人都好好的。

“哥哥，手机。”

“芽芽要手机做什么？”他随口一问，将手机解锁递了过去。

叶芽没回答，手指头在键盘上按了“110”三个数字。接线员很快接通，叶芽小奶音严肃地道：“姐姐，有人要杀人！”

网课老师说过，人类遇到危险要报警找警察叔叔。

现在沈昼哥哥遇到危险，她要找警察叔叔救沈昼哥哥。

接线员一听打电话的是个小孩子顿时愣住了，第一反应是小孩子的玩笑，可是又不相信小孩子会开这种玩笑。

“小妹妹，你说的是真的？”

“真……”

话没说完，电话就被叶清河捂住：“芽芽，不可以用哥哥的手机乱打电话。”他低头一看是报警电话，整个人都僵住了。

“姐姐，你快找警察叔叔来！沈昼哥哥要被人打死了！”叶芽对着电话大喊了一声，“我……我现在去救沈昼哥哥，我去救沈昼哥哥！”她哼哼唧唧地撸起袖子，朝小巷跑去。

叶芽不是喜欢恶作剧的孩子，她那紧张兮兮的表情让叶清河直觉不妙，着急地对警察说了位置，又打电话通知司机过来，最后挂断电话朝叶芽追去。

深巷逼仄肮脏，角落堆满了生活垃圾，一片恶臭中，药盒被踩扁，药片散落满地。沈昼顾不上药，甚至顾不上护头，闭眼咬牙，双臂死死护着怀里的弟弟。

“沈昼，你现在日子过得不错啊，又是电动车又是自行车，我们找你要五十块钱你都不给啊？！”

“就是啊沈昼，抬头看看我们呗。”

石锦洞有很多不良少年，他们无人管教，早早辍学，生活费用全靠讹诈弱小得来，年纪小又没有父母保护的沈昼是混混儿们常年欺负的对象。

这些人在前段时间突然消失，听人说是和老大混社会去了，沈昼原以为以后会过上清静日子，可是……

“你给老子说话啊！”

腹部被狠狠踹了一脚，沈昼闷哼一声，说道：“我买药剩下的二十都给你们了，再没有了。”

“放屁！”染成黄毛的男生一把揪住他的头发，“不是有人资助你？少废话，把钱拿出来。”

沈昼被迫仰着头，在那张遍布伤痕的脸上，唯有一双眼眸清明。那双眼睛直勾勾地盯着黄毛男生，没有逃避，没有恐惧，恨意似藤蔓般在他眼中蔓延。

黄毛男生心里发冷，一巴掌拍了过去。

打了沈昼一顿后，黄毛的注意力被不住哭泣的沈然吸引。

沈然哭声很小，恐惧令他不敢发出太大的声音。

黄毛看见他脸上的胎记，笑了下，从怀中掏出把折叠刀：“沈昼，你弟弟脸上的‘花’不对称啊，你说我要不要帮帮忙？”

沈昼瞳孔微缩，护着沈然的双臂不住发抖。

“问你话呢。”黄毛踹了踹沈昼的膝盖，“不吱声我就当你默认了啊？”

黄毛男生哼笑一声，炫耀似的在两人眼前晃着刀子。

刀刃锋利，刀片映出了沈昼苍白的脸颊。

沈昼身体剧烈颤抖，手背青筋暴起。

为什么所有人都在欺负他们？

为什么所有人都瞧不起他们？

父母在时亲戚欺负他们，父母死后别人欺负他们，他只是想和弟弟活下去而已，做错了什么？这些人凭什么这样对他？

头顶乌鸦盘旋，黑羽挡住阳光，太阳再无法照入心里。

沈昼喘息粗重，眼前一张张放肆大笑的脸刺激着他脆弱的神经，耳边沈然的哭声让他失去理智，他面容扭曲，起身撞向黄毛，在对方倒地的瞬间把刀子夺入手中。

在那难以置信的目光之中，沈昼面色冰冷，眸中似有寒冰。

“去死。”他抬起手，狠狠地将刀子刺下。

“沈昼哥哥！”女孩儿稚嫩软糯的嗓音冲破黑暗而来，低低的哽咽声传入耳畔，沈昼停下动作，不由得看了过去。

“沈昼哥哥……”叶芽站在巷口，阳光像一层细纱温柔地将她笼罩，她快哭了，噙着泪水的眼睛与周遭肮脏的环境形成极鲜明的对比。

“芽芽……”沈昼唤了一声。

黄毛反应过来，夺过刀把他推开，锋利的刀刃划破了沈昼的胳膊。

沈昼闷哼一声，捂着胳膊歪倒在地。

黄毛愤怒地咒骂出声，招呼着同伴连滚带爬地跑出案发地，可是没跑两步就被司机和赶过来的巡警堵了个正着。

望着满身伤痕的沈昼和手握刀子的黄毛，巡警面色严肃地扣住他的手：“你们几个跟我走一趟。”

几个小混混儿被警察押上了车，关门时乌鸦狠狠地向里面吐了一口口水。罪魁祸首被押走后，叶清河作为证人也要去警局一趟，司机把两兄弟送到医院，其间叶芽贴心地守在两兄弟身边。

在沈昼包扎伤口的这段时间里，沈然坐在后面的椅子上一直断断续续地哭着，压抑难过的啜泣声回荡在整间病房里。本来也想哭的叶芽见他那么难过，瞬间把眼泪憋了回去。

“你别哭啦。”叶芽拍了拍沈然的肩膀，“医生叔叔在给沈昼哥哥缝伤口，你哭的话会打扰到叔叔治病。”

叶芽很懂事地安慰道：“不要哭。”

“可是……可是……”沈然满脸鼻涕和眼泪，“是我……我不好。”

他看哥哥病得难受，想偷偷去买药，如果不是他单独出去，就不会被那几个坏蛋堵住，哥哥也不会出来找他……

沈然越想越难过，哭得越来越大声。

这种场面让系统重重叹息了一声：“这下好了，我们的任务恐怕很难完成了。”

沈昼还好，毕竟他不是剧情主人公，也和叶芽没有直接接触。沈然不同，他是这部小说中的男主人公，如果沈昼没杀人，没离开，什么也没失去的沈然还有什么理由发愤图强，还有什么理由成为警察？

系统提示：“《恶毒女配之路》主线任务05：给未来男主人公造成生命中最惨痛的打击。（已完成）”

这是不是哪里不对？！这怎么就完成任务了？！这件事和叶芽有什么关系吗？

瞬间被打脸的系统“裂开”了，看着叶芽脑袋上第二片叶子又长大了一点儿，整个系统都不好了。

这个任务自动评定功能是不是有什么问题？它仔细看了看，这个自动功能好像没有主语，也就是说只要男主人公遭受打击，就会把奖励算在叶芽头上，哪怕和她没半毛钱关系。

难不成它重金开发的功能有了 bug（程序漏洞）？

“我以后……以后也要当警察，不让人欺负哥哥。”正当系统对自我产生怀疑时，沈然擦干眼泪，对正在包扎的沈昼说，“哥，你等我，我长大了保护你。”

沈昼回头，露出淡淡的笑。

“好。”他说，“我等你长大。”

沈然低头，因沈昼这句话又哭了出来。

故事的发展完全出乎预料，但又在情理之中，系统仔细琢磨了一下，虽然和想象中的情况有所差别，可结果是一样的，只要结果相同，过程如何发展是无所谓的。也就是说……它重金开发的功能没问题！

嗯，它没问题！

系统独自在脑袋里说着相声，叶芽皱了皱眉，决定无视系统叔叔。

她跳下椅子走到沈昼身边，看着他刚缠好绷带的胳膊，不由得担心地问：“痛不痛？”

沈昼摇头。

“真的吗？”她双手扒在桌上，眼神满是不信任。

“真的。”

“真的、真的不痛吗？”叶芽还是不死心地问道，然后看向医生，“医生叔叔，你可以把芽芽的血抽出一点点吗？”

医生看了过来。

叶芽卷起袖口，对那圆溜溜的手腕打量几眼，狠心选了中间一块位置：“在这里抽，抽出一点点分给沈昼哥哥，这样痛痛马上就飞走了。”只要沈昼哥哥可以好，她的秘密被人发现也没关系。

她说这话的时候表情认真，丝毫不会让人怀疑这话的真实性。

沈昼垂下长睫，先前的事在脑海里重现。当时若不是叶芽拦下他，他真的会刺下去。

他感到庆幸的同时更厌弃自己。

医生包扎好伤口后，沈昼就坐在走廊的椅子上输液。

沈然哭累了，靠在他身上沉沉睡去。

叶芽没睡，乖巧地陪着沈昼。

“沈昼哥哥累的话可以靠着我。”叶芽拍了拍自己的小肩膀，很大方地说，“没关系的。”

他表情安静，眼中是黯然的光。

“我刚才是不是吓到芽芽了？”他神色黯然地问道。

他无法相信自己竟然会当着小孩子的面拿起刀，还说出那种吓人的话。叶芽年幼，沈昼不想因为这件事给她造成心理阴影，也不想小朋友因此讨厌他。

他卑微如泥虫，不愿阳光染上暗色。

“沈昼哥哥要摸摸我的小脑袋吗？”叶芽凑上去，突然说。

沈昼被逗笑了，抬手轻轻地捏了捏她的哪吒头，又在头顶拍了拍。

刚长出两片绿色小叶的四叶草摇摇晃晃地想要躲避少年的触碰，然而当他摸过来的时候，小叶子主动蹭了上去，如猫咪般亲昵地挨着他的掌心。

“沈昼哥哥要是不开心，可以摸芽芽头顶的小叶子。”她眼睛亮亮的，“摸摸头，就开心啦。”

“好。”沈昼莫名地想哭，“谢谢芽芽。”

“没关系、没关系。”她拍着胸脯说，“沈昼哥哥是好人，以后要是有人欺负沈昼哥哥，我还有黑雀雀都会保护你的，你不用难过，更不要因为他们变坏。”

叶芽敏感地觉察到了什么，不知如何安慰他，努力用贫乏的词汇组成了最诚挚的语句，希望饱受伤害的少年能因此感到一丝丝温暖。

身上的伤口隐隐作痛，父母离世后，沈昼告诉自己要承担起爸爸妈妈的责任，保护弟弟不被人欺负，所以习惯了忍耐，习惯了把一切藏在心里。

叶芽的安慰并不能改变现状，却让他心里受到了些许触动。

“嗯。”沈昼不想让小姑娘看到自己没出息地掉眼泪，伸手擦去眼角的泪痕，又温柔地摸了摸眼前那细软的发丝，“我知道了。”

叶芽往沈昼旁边挪了挪，紧紧贴着他，让他不再孤单。

很快，叶清河过来了。

如今发生了这种事，兄弟俩自然不能再回石锦洞，何况沈昼还在发烧，思来想去，叶清河决定先带沈家兄弟回家，好好和父亲商量一下以后的事。

考虑到沈然，这一次沈昼没有拒绝。

那些混混儿待在石锦洞的各个区域，知道同伙被抓，肯定不会放过他和沈然，现在他们回去无疑是羊入虎口。

叶清河和叶芽静静地陪着沈昼打完点滴，叶清河还不放心，又找医生给沈昼开了些感冒药，几个小朋友这才坐车回家。

天色已暗，叶家别墅被笼罩在星月之下。

他们前脚刚进门，叶霖川后脚回来，一瘸一拐地由助理搀扶着进屋。

瞥见家里多了两个孩子，叶霖川也没有多问，自顾自地坐到沙发上。

“爸，您的腿没事吧？”望着叶霖川肿起的脚踝，叶清河眸中泛起担忧之色。

“没事，轻微扭伤，一周左右就能好。”

他心情很好，红光满面，意气风发，说话间语气十分轻快。

叶霖川的目光停在静静站在一旁的沈昼身上，随后视线偏移，他对着那脏兮兮的校服和缠着绷带的手臂静默三秒，心头莫名涌起一股惺惺相惜的情绪。

“沈昼被混混儿堵在家门口欺负。”叶清河放轻语调道，“可以让他和然然在我们家住一晚上吗？”

“嗯。”叶霖川倦了，撑着扶手站起，“那你好好招待，晚餐不用叫我，想吃什么就让厨房的人准备。”

“好。”

叶霖川走了两步又停下：“待会儿问问子煜，你们想要什么就找何助理。”说完，叶霖川又低垂着眼睑瞥向站在沈昼旁边的叶芽。

越看越不爽，叶霖川淡然地收回视线，拖着伤脚走进电梯。

晚餐结束后，还在感冒的沈昼领着沈然早早回房里睡下。叶清河陪着弟弟妹妹玩了会儿，独自敲响叶霖川卧室的房门。

“进。”

叶清河推门而入。

冷色调的卧室中，叶霖川半躺在床上翻着书。

“爸，那个……”

“是关于你那个同学的事吗？”叶霖川合上书看过去。

被一眼看破的叶清河窘迫地点头。

“想给他们换个住处？”

叶清河没说话，算是默认。

“我记得你们学校旁边有个小区，叫……”

“尚嘉国际。”

“对。”叶霖川想起来了，“里面有一套房子是你外婆的，她过世后把房子给了你，你若愿意，可以让他们兄弟俩住在那里。虽然小区有些年头了，不过各方面条件还是不错的。”

叶清河眼眸亮了下，抿唇压抑着不住涌出的欣喜。

“谢谢爸爸。”得到想要的结果，叶清河当下准备离开房间，然而就在此时，叶霖川又叫住了他。

“叶清河。”他的声音十分严肃，令叶清河立马顿住脚步。

“人有善心固然是好事，你想帮助同学我也不会拦着你。不过有些事你要考虑清楚，你的善意到底可以维持多久？”

叶清河咬着唇，眉头缓缓皱起。

叶霖川神色冷淡，慢条斯理地叮嘱道：“不要让善良成为你前进道路上的阻碍，也不要让善意成为某一天会反噬你的毒瘤。”

叶清河年幼，还不理解父亲话里的深奥含意。

但他知道父亲希望他长大后继承叶氏，成为与父亲一样的商人。商人利益至上，从不做没有回报的投资，他明白这个道理。

“我知道了，父亲。”叶清河垂眸，突然感觉胸口压了块石头，沉甸甸的让他喘不上气。

从他在这个家里出生，未来的路就已经规划好了。

他不会忤逆父亲的意思，不会反抗，也不敢生出梦想，每一步都按照父亲所规划的路线走着。

夜色浓郁，别墅的灯一盏接一盏地熄灭。

在所有人沉睡时，一扇房门缓慢地打开一条缝隙，紧接着一个小小的身体从里面钻了出来。

叶芽双手抱着兔子玩偶，小脚上穿着双兔耳拖鞋，左右看看，确定无人后，按下兔子脑袋后面的按钮，两束灯光从它的眼睛里发出，照亮前方的路。

叶芽小心翼翼地爬上四楼，成功找到叶霖川的卧室，踮起脚将门推开。

房门没锁，她轻易进入卧室。

卧室大到冷清，绵长轻浅的呼吸声从中间那张大床上传来。叶芽关上灯，蹑手蹑脚地接近大床。

叶霖川睡得正熟，也不知道梦到了什么不开心的事，浓眉紧锁，表情比清醒时还要不悦。

借着窗外一缕月色，叶芽清晰地看到他头顶扩散开的乌云，想必是那朵倒霉云在作祟，哪怕在睡梦中叶霖川也不安稳。

叶芽歪头啃着手指头。

她不喜欢阿弟，但是也不想让阿弟被黑雀雀诅咒。

叶芽把兔子放在桌上，双手谨慎、缓慢地拉起叶霖川的胳膊……

他似有所察觉，挣开叶芽的手翻到了另外一边。

叶芽愣了愣，急急忙忙地绕到床那头，又拉起他的手。

叶霖川又转了过去。

叶芽不死心地再次跑过去。

叶霖川又转过身。

叶芽再次吭哧吭哧地跑过去。

以上过程重复五遍后，叶芽累了。

她苦恼地敲着脑袋，要是再不让臭弟弟摸摸她的头，他只会越来越倒霉，直到一无所有，再没什么可以失去。

可是……

叶芽茫然地想着，阿弟到底为什么不愿意摸摸她？

她正处于困惑中，叶霖川的左臂从床上滑落下来，看着那近在咫尺的大手，叶芽的眼睛唰地亮了。她抬起叶霖川的大手，费劲地往自己的脑袋上搁，眼看快要成功时，她的胃部涌出一口冷气——

嗝！叶芽瞪大眼，捂住了自己的嘴巴。

嗝……她打嗝了。

打嗝声不受控制地从嘴巴里冒出来，叶芽一边捂嘴一边后退，距离房门还剩几步时，台灯亮起。

叶霖川睡眼惺忪地望着她。

叶芽打出了一个惊恐的嗝。

叶霖川闭了闭眼适应眼前的光亮，然后睨向桌上的兔子玩偶，又睨向一脸胆怯的叶芽，大脑瞬间清醒。

“怎么，想暗害我？”

叶芽连连摇头，嘴巴里又冒出一声嗝。

叶霖川面无表情地盯着她：“回去睡觉。”现在都十二点了，这小孩子也真够闹腾的。

他困倦地打了个哈欠，重新躺下。

叶芽也顾不上打嗝了，跑过去翻身上床，小手用力地推搡着叶霖川，纠缠道：“阿弟别睡，嗝……别睡——嗝……弟。”

她还有完没完？！

叶霖川没有耐性，恶狠狠地瞪着她，威胁道：“你再不睡觉就找大灰狼吃掉你。”

叶芽愣了下，说：“可是大灰狼不睡觉吗？”

叶霖川：“大灰狼是夜行生物，不睡觉。”

叶芽：“为什么……嗝……呀？”

叶霖川彻底烦了：“因为它就喜欢晚上出来，专门吃你这种不睡觉的讨人厌的小孩儿。”

叶芽若有所思，小屁股一撅，小眼一闭，直挺挺地倒在叶霖川的床上睡了。

五秒钟后。

“阿弟，大灰狼来了吗？嗝。”声音压得低低的，她生怕被不知啥时候会出现的大灰狼抓走。

叶霖川深深地吸了口气：“给我起来。”

叶芽翻了个身，双手遮住眼睛，只留下一条缝隙向外张望：“可你不是说有大灰狼吗？”

这小孩儿怎么这么烦人？

“你走不走？”叶霖川冷冷地看着她，脸上写满厌烦。

“你摸摸我的小脑袋我就走。”叶芽主动把自己的脑袋送过去，“摸一下下，就一下下。”

她头顶的小叶子似乎不乐意，缩成两颗球形，瑟瑟发抖。

心中涌出的烦躁情绪令他双唇抿成一条直线，叶霖川不由自主地用余光瞥着面前的小脑袋。她的头发多，滚了一天早就乱得不成样子，叶霖川蜷缩着指尖。他当然是不想摸她的脑袋的，可怕不摸她又不走。

“为什么非要让我摸你的脑袋？”叶霖川就不明白了，好好的她干吗缠着要他摸她的脑袋？他手上又没宝贝。

灯光下，叶芽一双眼睛明亮无比。

“因为……因为你摸摸我，你就会有好运啦。”

“我的脑袋瓜子是可以给人带来幸运的。”她认真说道，“我知道阿弟不喜欢我，我也不喜欢你。”

叶霖川笑了：“你不喜欢我还要给我带来好运？”

“可是子煜和哥哥喜欢你，你要是倒霉，哥哥还有子煜会很难过的。”叶芽很贴心地为两个哥哥担心。

比起她讨厌叶霖川这件事，还是让哥哥开心比较重要。

她很大方，虽然早上说过不让他摸脑袋，可是现在已经不生气了。

“你……你要摸摸吗？”叶芽小声地问道，然后期盼地看着他。那眼神过于明亮，让叶霖川想忽视都难。

见叶芽神色迫切，叶霖川缓缓伸出手，极为不情愿地在她的小脑袋上摸了下，指尖刚接触到发顶便迅速抽离，整个过程只持续一秒。他收手收得干脆，未见丝毫犹豫。

“好了，快回去睡觉。”应她的要求完成任务的叶霖川漠然催促着，恨不得立马把小孩儿抱出去。

叶芽望向他的头顶，满意地点了点头。

很好，小乌云要走了，那么“小叶子”也要走了。

“拜拜。”叶芽挥了下小手，麻利地跳下床离去。

叶霖川长舒口气，后脑勺刚挨上枕头，门再次被推开，一身白色睡衣的叶芽重新出现在他的视野内。

接连被打扰让疲惫一天的叶霖川烦躁无比，语气不善地道：“你有完没完？”

“我的小兔子忘记拿啦。”叶芽丝毫不在意他凶巴巴的语气，厚着脸皮跑过来拿走桌子上的小兔子。黑漆漆的环境让她不适应，她低着头，站在床边当着他的面打开了兔灯。

唰，微笑着的兔子双眼射出两道光束，叶霖川顿时被吓得心律不齐。

“阿弟再见。”叶芽握着兔子的手对叶霖川挥了挥，抱着兔子满足地离开了。

叶霖川心有余悸，目送叶芽离去的双眸迟迟没有转动。

“要小心台阶。”叶芽抱紧兔子，踩着光一级台阶一级台阶地向下移动，末了向楼上喊道，“我没事，阿弟你不用担心，我会自己下去的。”

声音远去，叶霖川盯着半敞开的房门出神。谁会担心！这人小小年纪自作多情！

叶霖川翻身闭眼，想了想，再次把台灯打开，借着温暖的灯光安心入睡。

万籁俱寂时，叶霖川头顶那片原本消失的乌云再次将他笼罩，体积虽小了点儿，颜色却和原来一样深。显然，他那敷衍的触碰并没有完全将乌鸦带来的不幸赶走。

翌日，叶霖川早早离开去签合同，接下来很长一段时间要在公司和各大会议中忙碌，预计短时间内不会再回家。得知父亲离开，叶子煜一早上心不在焉，早餐吃了两口便趴在桌上不再动弹，恹恹的。

“哥。”叶子煜侧过脸看向叶清河，“我想去上学。”

叶清河闻声抬头：“你决定了吗？”

“嗯，我要去上学。”叶子煜的应答声虽低，语气却十分坚定。

屋子很大，玩的东西也很多，可是无人作陪又有何意义？以前有叶芽陪在身边他还不觉得孤单，现在叶芽去上幼儿园，只留下他一个人待在家里实在太过难受。

他与其独自忍受等待的煎熬，还不如走出第一步。

开始也许艰难，但他总要尝试一下。

听到这番话，沈然友好地邀请道：“你可以来我们幼儿园，和我还有芽芽一起玩。”

叶子煜翻了个白眼：“谁上幼儿园了，我上的是小学！”

他都七岁了，怎么可能再去和那些单纯的小朋友上幼儿园？

沈然瞪大眼难以置信地看着他，想不到只比自己高一个头的叶子煜竟然到了上小学的年纪。

叶清河沉思了几秒。

叶子煜的课程都是在家里学的，身体原因导致他的学习进度比同龄人慢一些，让他直接去读二年级可能会跟不上，他只能先去上一年级。现在开学没多久，只要叶子煜努努力还是可以赶上其他小朋友的，这样下学期他直升二年级也会轻松些。

“那子煜可以上哥哥之前的小学。”

育华小学就在一中对面，小学成绩好的话，叶子煜可以直升一中，离得近也方便他照顾弟弟。

“你要是没意见我可以联系何叔叔帮你办理。”

叶子煜心中期待又忐忑，好半天才摇了摇头：“我没意见。”

处理完叶子煜的事，接下来就是沈昼了，叶清河偷偷瞄了眼身旁的同桌。以沈昼现在的伤势肯定要请假休息，叶清河想着刚好可以借这个时间让何助理带他去看看小区的房子。

吃过早餐后，叶清河给何助理发了相关事宜的短信，见时候不早了，便背起书包招呼两个小朋友上幼儿园。

沈然和叶芽手牵着手站在车前，齐齐冲两个哥哥挥手告别。

“哥哥，你要好好养伤。”看着手臂受伤的哥哥，沈然一阵失落，“你放心，我会乖的。”他恋恋不舍地看了沈昼一眼，然后钻入车内。

叶芽想了想走过来：“沈昼哥哥……”

“嗯？”见她有话要说，沈昼急忙蹲下。

少年感冒还没好，肤色灰白，眸中没多少精气神。

她握住沈昼的手，亲了口被绷带缠住的伤口，诚心祝福道：“亲亲给你，伤伤快好。”

沈昼浅笑，掐了把她圆润不少的脸蛋：“谢谢芽芽。”

她又晃了晃手，扯着书包带子爬上了车子后座。

车子转眼间不见了踪影，沈昼正要回屋，听到旁边的男孩儿嘀咕道：“芽芽怎么不亲亲我？我也生病了……”最后那句话醋意十足。

沈昼怔了怔，笑了。

“今天沈昼哥哥陪你。”沈昼拉起叶子煜的手向屋子里走去，“想玩什么都可以哦。”

叶子煜的表情瞬间明媚起来，他开开心心地拉着沈昼去找他那一屋子的玩具。

第四章
最特别的小朋友

叶清河的上学时间比两个小朋友早，司机先送叶清河去学校，紧接着才送两个小朋友去幼儿园。

距离七彩糖幼儿园还有五分钟路程时，系统提示音再次响起，毫不意外是日常任务。

“《恶毒女配之路》主线任务 06：在男主人公最痛苦的时候给予致命一刀。（未完成）”

“随机支线任务已更新：取代夏晴成为幼儿园最闪耀的存在。（未完成）”

致命一刀……叶芽沉默。

叔叔这是要让她用刀子插沈然吗？

那可不行、那可不行，她不能用刀子插人的！

叶芽当下拒绝：“我不做！”

系统刚醒来就听到这三个字。

系统：“芽儿不开心？”

叶芽不高兴地哼了一声：“叔叔让我插人，我决定先不理你了。”

她点开系统面板的设置键，找到屏蔽一栏，毫不犹豫地将系统拉黑二十四小时。

系统无语。

好端端的她为什么不理它了？不对，她是怎么知道可以屏蔽系统的？！

不愧是它看中的妖怪幼崽，未经提点她就能找到系统隐藏功能，和她母亲一样聪明。

系统很是欣慰，将叶芽屏蔽它这事抛在脑后。

车子很快到达幼儿园，沈然护着叶芽从车上下来。

他们前脚刚进幼儿园，夏晴后脚追上，边跑边喊着“芽芽，芽芽”。

叶芽的注意力成功被吸引过去，她停下脚步还没转过身就被夏晴抱了个满怀。

“我好想芽芽呀。”夏晴两条细胳膊搂着叶芽，还没开心多久，就见旁边多了个碍眼的“电灯泡”。

“你……你为什么和芽芽一起来的？”

沈然老实回道：“因为我住在芽芽那里。”

叶芽也很诚实地说：“然然还有沈昼哥哥都在。”

夏晴吃醋了，拽着叶芽的手委屈地道：“可是……可是芽芽不是我妹妹吗？”

叶芽点了点头，掰着手指头一个一个算：“是呀，我也是哥哥还有沈昼哥哥的妹妹，还是沈然哥哥的妹妹，还是子煜的妹妹。”

夏晴：“你怎么是这么多人的妹妹呀？”她都快糊涂了，那个沈昼哥哥又是从哪里来的？

老师在前面催促着小朋友进教室。

夏晴顾不得那么多，着急忙慌地从书包里取出几颗旺旺牛奶糖塞到叶芽的上衣小口袋里：“给你吃，记得要嚼碎慢慢咽，不然会呛到的。”

叶芽拍着小口袋点了点头：“谢谢夏晴姐姐！”

等夏晴跑远，叶芽也要回教室了，把一颗糖分给了沈然，学着夏晴刚刚的语气说：“给你吃。”小姑娘声音软软的，“记得要嚼碎慢慢咽，不然会……会……”

“呛到的。”沈然贴心地接话。

“芽芽，快回教室了！”老师在教室门口催促，叶芽扯紧书包肩带，嗖的一下跑了过去，就像一头脱缰的小毛驴。

“慢点儿，会摔……”

老师还没说完，就见小姑娘稳稳当当地摔倒在地。尽管地上铺了柔软的草坪，老师还是担心小朋友磕到，匆匆过去想把叶芽抱起来，就见叶芽小手小脚并用地从地上爬起，没事人似的拍拍身上的土，又拍拍脑袋：“没事、没事，下次不可以跑这么快。”

说完叶芽吸溜了下鼻子，大摇大摆地走进教室。

刘老师刚递过去的手尴尬地僵在空中。

这小孩儿……意外地让人省心呢。

早上九点，幼儿园所有学生聚集在操场上做早操，叶芽个子矮，自然在第一排。

他们跳的是《动物模仿操》，轻快的前奏曲过后，歌声响起。

“小金鱼，游啊游，摇摇尾巴点点头，点点头，点点头，摇摇尾巴游游游……小孔雀，真漂亮……”

叶芽刚上幼儿园还没来得及学习早操，跟着领舞老师笨拙地扭动着小屁股，手臂挥一下停一下，旁边的小朋友转完圈她才开始转，小小的身体总比别人慢半拍。

“那是刘老师班上新来的学生吧？”领舞的老师们低声交谈着，“真可爱。”

小姑娘今天把头发扎成了三个鬏鬏，穿着小裙子蹦蹦跳跳、扭来扭去的，因为长得精致、漂亮，就连做起操来都比别人引人注目。

听到学生被夸奖，刘老师莫名骄傲。

早操很快结束，休息过后，小朋友们正式上今天的第一堂课。

第一节课是音乐课，这是叶芽最喜欢的课。

她提前把课本摆放整齐，挺直脊背，小手交叠着放在桌上，就差直接把“期待”两个字写在脸上。

刘老师坐在钢琴前：“我们今天学唱《小毛驴》。”

叶芽听到是《小毛驴》，肩膀耷拉了下去，其他小朋友也不开心了。

“老师、老师，我要唱《小飞侠》！”

“不要《小毛驴》！”

“不要听《小毛驴》！我要唱《嘟嘟嘟》！”

…………

叽叽喳喳的声音响个不停。

刘老师感觉头大了一圈：“好吧，那小朋友们，你们想唱什么呀？”

“《超级飞侠》！”

“《巴啦啦小魔仙》！”

不同的声音接连响起，头痛之际，刘老师的目光停在第一排的叶芽身上。她举着手，乖乖等人叫。

刘老师的心一下化开：“芽芽，来，告诉老师你想唱什么？”

叶芽站起来：“我想唱《妈妈的一天》。”

“有这首歌吗？”刘老师困惑地问。

“有。”叶芽笃定地点头，“妈妈写的歌，妈妈很温柔，每天给我唱。”

提及妈妈，她整个人都在发光，眼里是对妈妈深深的爱意。

刘老师是真的没听过这首歌，可是见小朋友一脸期待，也不好拒绝。

“那……芽芽要不要上来给老师唱唱看？”

叶芽点了点头，大大方方地走到前面。

十几个小萝卜头都仰着脸等叶芽唱歌，她耳朵微红，多少有些不好意思。

“芽芽不用害羞，大家都会好好听你唱歌的。”

老师的鼓励让叶芽不安的情绪消散不少，她扯住衣角，深吸口气张开嘴，软糯的嗓音在整个教室里回荡：

“我是深山一只怪，白天要打架，晚上要吃饭。”

嗯，这听起来还是很正常的。

刘老师按动琴键，跟着她的调子伴奏。

“吃什么呢？吃什么呢？”叶芽的小脑袋随着节奏轻轻点着，她学着妈妈的样子伸手一指，“先吃爱笑的……”

座位上正咯咯笑的小朋友的笑容僵住。

“再吃爱哭的。”

…………

这首歌不对吧？！

刘老师弹琴的手一抖，谁家的爸爸妈妈教孩子唱这种歌？好像电视里也没播过？即使困惑，刘老师还是没有打断叶芽，继续听她唱。

叶芽唱得有些跑调，但依旧非常认真："往上撒点儿盐，翻个滚来放点儿糖。"

她蹲下又高举双臂跳起，欢快地唱道："吧唧一口吃完啦！"

叶芽摇头晃脑地唱了最后一句："我是深山一只怪，白天要打架，晚上要吃饭。哎呀哎呀吃不饱，哎呀哎呀没吃饱……"

伴奏声戛然而止，空气骤然凝固。

刘老师一脑门冷汗地盯着全班同学，生怕他们嗷呜一声哭起来。

教室里鸦雀无声，五秒钟后——

"哇——"

满屋子赞叹声响起。

啪啪啪——鼓掌声清脆震耳。

叶芽迎着小朋友们的目光，谦恭地鞠躬道："我唱完啦。"她乖乖地坐回了自己的座位。

"老师、老师，教我们唱这个！"

"我要唱这个！"

"老师，我想唱《妈妈的一天》！"

"老师、老师……"

叽叽喳喳，小朋友们比刚才还要闹腾。

刘老师神色慌张，这……这要怎么教？！

最终是下课铃声帮助刘老师化解这一尴尬的局面。可以自由活动后，小豆丁们围在叶芽旁边，兴冲冲地想跟她学唱歌。叶芽岂是小气的妖怪，拍着胸脯保证把他们都教会。

刘老师沉默地看着叶芽的私人小课堂，疲惫地叹息一声。

算了，小朋友就是这样，估计明儿就忘记这首歌了。

终于到了午餐时间，今天的午饭是糖醋小排骨和豆腐汤，老师把饭全发了下去，开始照顾学生吃饭。

盘子里的糖醋小排骨色泽红亮，让人看着就很有食欲。叶芽迫不及待地拿起一块排骨放在嘴巴里啃着，糖醋小排骨酸甜可口，没一会儿她便啃完了。叶芽舔舔嘴唇，吮吸着手指头上的油渍，眼睛悄悄向后面瞟着。

刘老师正在帮一个小朋友擦嘴，完全没有注意到这边。叶芽放下心来，光明正大地用卫生纸包了一块糖醋小排骨装在了书包口袋里。

这个好吃，她要留给哥哥尝尝。

“刘老师在吗？”

突然，隔壁大班的老师走了过来。

刘老师分神望过去：“是李老师啊，有事吗？”

李老师很是为难地道：“我们班的夏晴非吵闹着要找妹妹一起吃饭，所以就想来麻烦你一下……”夏晴这妹妹来得突然，让李老师一头雾水，听到夏晴说妹妹在小班，才不得已带她过来。

夏晴端着小碗乖乖地站在李老师身侧，视线穿过人群，准确无误地落在叶芽身上，咧嘴笑起来，牙齿洁白。

刘老师摆了摆手道：“没事，来就来吧，不过谁是你妹妹？”

夏晴指着叶芽，大声说：“芽芽是妹妹。”

刘老师恍然大悟，笑着揽过夏晴：“没关系，我会看好她，李老师先回去看学生吧，等一会儿吃完我送夏晴回去。”

李老师对夏晴叮嘱几句后，匆匆回到自己的教室。

夏晴的到来让小班更加热闹，有几个孩子不吃饭，吵闹着让刘老师放《小猪佩奇》。现在是吃饭时间，老师怎么可能依着他们看电视？

“思思乖，吃完饭饭老师才可以给你放《小猪佩奇》。”刘老师端着碗哄着。

思思摇着头：“不要不要，我要看《小猪佩奇》，佩奇。”

她这一喊不要紧，也让旁边乖巧吃饭的小朋友吵闹起来，纷纷叫嚷着要看《小猪佩奇》。

叶芽双手捧着骨头啃，啃得脸蛋脏兮兮的，嘴角全是裹在糖醋小排骨上的酱汁。

她看着手里的猪骨头若有所思，忍不住说了一句：“可小猪佩奇不是已经被吃掉了吗？”

一石激起千层浪，全班十几个同学齐齐看了过来。

被众人注视的叶芽从容不迫地指着碗里还剩下的一块小排骨道：“这是佩奇。”

全班同学惊愕地瞪大了眼。

夏晴恍然大悟，把碗里的排骨给叶芽看，欢快地说：“那这就是乔治……”

她咯咯地笑出声，积极发问：“老师，小羊苏西昨天没出现，是不是已经在前天被我们吃掉了呀？”

前天他们吃的羊肉汤。

小朋友们诡异地安静几秒后，一声号哭打破沉默。

“佩奇被吃掉啦。”

深爱小猪佩奇的思思哭到不能自已。

她一哭直接带动整个教室，悲惨的哭叫声接连响起，隐约夹杂着“我要佩奇”“我要乔治”“猪爸爸、猪妈妈也死掉了吗”“杀猪凶手”等话语。

刘老师嘴唇发白，拿着勺子的手微微颤抖。

十几个小朋友又是哭又是闹又是在地上打滚，叶芽不清楚发生了什么事情，乖巧地喝着豆腐汤。

“芽芽，给你吃乔治。”夏晴大方地把自己的排骨分给了叶芽，打了个饱嗝，拍拍吃饱的肚子站了起来，“那我回去啦。”

“夏晴姐姐再见。”送夏晴离开后，叶芽把那块排骨包好放在书包里，乖巧地把干净的小盘子端到刘老师面前，炫耀似的说：“老师，我吃完啦，你看，我没有剩下。”

刘老师面如死灰。

“老师，他们为什么哭？”丝毫不知道自己就是罪魁祸首的叶芽满脸无辜与疑惑。

刘老师觉得生无可恋——幼儿园老师好难当，她还不如回家卖红薯。又是她想辞职的一天。

小猪佩奇被吃掉的消息不胫而走，短短一中午便传到幼儿园的每个小朋友耳中，一时间让深爱小猪佩奇的孩子们悲恸到不能自已，对着啃完的猪骨头发誓再不吃猪肉。

叶芽对这一切一无所知，老师哄小朋友的时候，她一个人玩；老师安顿小朋友午睡时，她早就把自己哄睡了，看似很省心，实则……

这小孩儿比任何一个孩子都难搞！

刘老师心累到不能自已。

休息时间眨眼即过，睡醒一觉的小班生依旧蔫蔫地找刘老师要小猪佩奇，刘老师没办法，便给全班同学放了《小猪佩奇》。看到熟悉的粉红色吹风机脑袋，孩子们受伤的心灵得到些许慰藉。

叶芽跟着乖乖看动画片，待佩奇的父母出现时，目光变得有些黯然。

芽芽也想爸爸妈妈了。

“芽芽不舒服？”见她说话，神色黯然，刘老师不禁关切地问道。

叶芽抬头，长睫覆盖下的眼眸里闪烁着疑惑的光：“老师，这是它们被吃掉前拍下的吗？”在她的世界观里，小猪佩奇和糖醋排骨是同一物种，可是现实世界里只有糖醋排骨没有小猪佩奇。

除了它们被吃掉了，叶芽想不到其他合理的解释。

这话一出口，十几个人将视线聚集到刘老师身上等待她的回答。

刘老师翕动着嘴唇无法回答。

自然而然，又是阵阵哭声响起。

一直到上手工课，失去佩奇与乔治的幼儿园宝宝们都无法从悲伤中走出来。

望着一张张情绪低落的小脸，叶芽敲了敲脑袋，很是忧愁。

她想起隔壁蒲公英爸爸去世时，他的家人都很难过，后来蒲公英妈妈将蒲公英爸爸埋在了土里。

食人花妈妈说过，不管是人还是妖，死后都要入土为安，百年后又是条好汉。

保姆阿姨看的电视也演过，人死了要挖土埋起来，再立一块墓碑，这样就能转世投胎了。

她暗自打好主意，起身把做好的粘贴画交到台上，拉了拉老师的袖子，乖巧地问：“老师，我可以要一张卡纸吗？”

刘老师那里有很多做手工用的硬卡片，见叶芽早已完成手工，没有多问就递给她一张。

“谢谢老师。”

叶芽接过卡纸，回到座位上涂涂画画。

小班的孩子们专心地用胶棒粘着画，没人吵闹，没人哭泣，这让疲惫一天的刘老师很是欣慰。突然间口袋里的手机振动，是母亲打过来的电话。

最近父亲老毛病犯了，一直不好，刘老师担心父亲有事，便犹豫着要不要出去接电话。

她和负责生活的老师说了一声后，最终站了起来，路过叶芽身边时低头瞧了下，就见叶芽握着水彩笔往卡纸上涂画——小猪佩奇一家四口手拉手，

“吹风机头”整整齐齐的。

果然还是个小孩子，刘老师欣慰地离开。

等门一关上，叶芽换上黑笔，画了个框框将这一家四口圈在里面，最上面点缀了朵黑花。她最会画的就是花，那朵黑花可谓点睛之笔，让画充满了悲情的色彩。

叶芽捧起画挠了挠脸，总觉得缺些东西。

她琢磨半天，总算想起缺了什么——字。电视上人死了都会在遗像旁边挂字。

可是她没有写字的笔……叶芽咬着画笔陷入沉思，决定等放学时再写字。

她把画好的卡纸放到小抽屉里，又从小画本上撕下一张纸，抚平慢慢对折起来。

旁边刚粘好画的思思好奇地看了过来：“芽芽，你在做什么？”

“做棺材。”叶芽动作不停，回道。

“棺材？”小朋友满脑子问号。

叶芽偷偷瞄了眼后面暗中观察的生活老师，凑近和思思嘀咕道：“我口袋里还有佩奇的遗体，等我做口小棺材，让佩奇入土为安。”

思思困惑地发问：“遗体是什么呀？”

旁边的小孩儿口齿不清地问：“兔兔安安（入土为安）是什么呀？”

看着面前无知的四只眼睛，叶芽叹息着摇了摇头，继续用纸叠盒子，说：“你们还小啦，等你们长大就懂了。”

她说起话来和大人一样高深莫测，思思哇了一声，鼓了鼓掌，崇拜地道：“芽芽和妈妈一样。”

“我知道啦。”邻桌的小男生凑过来道，“这叫葬礼，我们要送发发给佩奇。”

发发是花花的意思，小朋友们都懂。

小男生从书桌抽屉里找出一朵皱巴巴的红色折纸花，说：“我要给佩奇献发（花）。”这朵折纸花是昨天下午在手工课上做的，每个小朋友都折了好几朵，除了给老师展示的那朵外，他把多余的放在了书桌里。

见他拿出花来，孩子们恍然大悟，纷纷找生活老师要折纸，准备多折些花给死去的佩奇一家。

做手工是好事，老师哪有拒绝的道理？于是等刘老师回来，惊讶地看到小朋友们乖巧地在座位上做她昨天教过的手工。

叶芽已经叠好了纸盒，趁老师不注意把书包里凉掉的小排骨放进纸盒里，又找到一张纸，用胶把纸粘在纸盒上面当棺材板。做完一切后，叶芽小心翼翼地把“棺材”放在书包里，静静等待下午的自由活动时间。

一天转瞬即逝，吃过晚餐，叶芽捧着“棺材”，拎着过家家用的玩具水桶来到幼儿园角落的树坑前。她认真打量了一番，满意地点头，葬在这里佩奇一家一定会很开心。

叶芽拿起小铲子开始挖土。

树坑刚被园长浇过水，松软好挖。

“芽芽，你在干吗？”沈然和夏晴走了过来。

“我们准备给佩奇办葬礼。”幼儿园的很多小朋友围了过来，思思悲伤地说，“可怜的佩奇……”

叶芽放下粉红色小铲子，从口袋里掏出了那个变得皱皱巴巴的“棺材”。纸做的“棺材”不太结实，被油浸透的纸张仿佛一碰就碎，叶芽正要把纸盒放进去时，夏晴突然说：“佩奇是洋猪。”

叶芽茫然地看了过去。

“佩奇是外国猪猪，这个‘棺材’不行的。”夏晴拍了拍叶芽的脑袋，“芽芽等我。”她转身飞奔到教室，再出来时手上多了根水彩笔，用黑色水彩笔在盖子上画了个十字架。

“可以啦。”

叶芽把“棺材”放进去埋好，用小铲子把土地拍实，最后从小兜里掏出卡纸。

“夏晴姐姐，可以给我一根铅笔吗？”叶芽捏着卡纸问。

“芽芽等我！”夏晴又飞奔到教室里。

一群小朋友围在树坑前，这场景很奇怪，让老师想不注意都难。

见夏晴急匆匆地跑进来跑出去，李老师一把揪住她，和蔼可亲地问：“晴晴，你们在做什么呀？”

夏晴面不改色地撒谎：“我们在观察小叶子。”

“小叶子？”

“是呀，从树上掉下的小叶子。”她挣开李老师的手，“老师，我们去观察小叶子啦。”

李老师不解地皱眉，再想到小孩子们好玩的心性，便没有过多理会。

“给你。”夏晴气喘吁吁地把铅笔递了过去。

叶芽回想了一下电视里的剧情，握紧笔在画框左右分别写下一句话。

“pèi（佩）奇一 jiā（家）一路走好，来生再 zuò（做）四口之 jiā（家）。”

写好，叶芽把卡纸插入泥土里。

旁边的小朋友排着队开始献纸花，还不忘说提前准备好的祭词。

“佩奇，思思会想念你们的。”

“乔治，你放心，等我不上学就去找你们。”

“可怜的佩奇，可怜的乔治……”

…………

画面极为感人，一度使人落泪。

叶芽背着小手站在旁边。她相信佩奇一家会转世投胎再做家人，就像她以后也会找到爸爸妈妈一样。

葬礼过后，了却一桩心事的孩子们围在叶芽身边。

他们还小，单纯无害不会掩藏情绪，此刻望着叶芽的眼神满是崇拜，已然把她放在了心目中最重要的位置。

豆丁 A：“芽芽好厉害，竟然会写字。”

豆丁 B：“我只会写自己的名字……”

他说完后，某个小豆丁沉默许久，温暾地说：“我……我也会写你的名字。”

豆丁 B 名叫一一，谁都会写。

大家很快忽略这个问题，继续叽叽喳喳地吹着叶芽的“彩虹屁”。

“叮！随机支线任务：取代夏晴成为幼儿园最闪耀的存在。（已完成）”

能为佩奇办葬礼的叶芽的确闪耀，浑身上下散发着灼灼的光辉，相信从今往后，她都会成为那个最闪耀的存在。

“小朋友们快回教室，准备一下要放学啦！”

放学意味着回家，想到马上就能见到心爱的爸爸妈妈，小朋友们瞬间散去，各自回教室。放学时间一到，不管是大班的孩子还是小班的孩子，全背起书包和老师挥手告别。

小朋友们一走，校园瞬间安静。

刘老师站在门口疲惫地长舒一口气，正要回去收拾教室，忽然看见树坑下堆满了折纸花，再定睛一看，正是今天学生们在课堂上叠的。

奇怪，为什么花会在那儿？

带着疑惑，刘老师走了过去。

卡纸歪歪扭扭地插在泥土里，上面的粉红猪小妹线条简单，笑脸与电视上如出一辙，看似正常的儿童画作却被描了黑框，加上旁边的题字就像是遗像。

刘老师一阵眩晕，猛然想起今天叶芽拿了小铲子过来在这儿蹲了半天，当时也没多想，现在越想越奇怪。

下面不会有什么东西吧……

这样想着，刘老师用铲子挖开上面的土，露出里面的纸盒。纸盒早已破损，糖醋排骨露了出来。

刘老师想，这孩子有问题啊！

刘老师正恍惚时，家长群叮叮咚咚地疯狂响着。

刘思涵家长："刘老师，怎么回事啊？我们家思思一回来就说给佩奇办了葬礼。"

一一家长："我们家一一回来就问我，家里有没有佩奇的遗体。刘老师，你到底教他什么了？"

周熊熊家长："我们家熊熊也是，说参加了葬礼很开心。"

…………

信息不住刷屏，刘老师面色铁青，不停地在群里道歉、解释。

她意识到了问题所在。

那个叫叶芽的小朋友根本不是普通的三岁儿童，哪家三岁儿童会画遗像？结合她之前的画作，刘老师不寒而栗。

不行，她必须和叶芽的家长谈一下！想到这里，刘老师在长长的联系人名单里找到备注为"叶芽爸爸"的名字，按下拨打键。

"喂，你好。"

刘老师清了清嗓子："您好，我叫刘娜娜，是七彩糖幼儿园小班的老师。请问您是叶芽的父亲吗？"

电话里的人沉默半天后说："不好意思，我是叶总的助理，他正在开会，恐怕没办法接听您的电话，要是芽芽在学校有什么事，您可以直接和我说，我会转达给叶总。"

刘老师顿了下，说：“这件事在我看来比较严重，如果可以的话还是请芽芽爸爸亲自联系一下我。”

何助理说：“芽芽和小朋友打架了？”

刘老师：“她在学校给小猪佩奇办葬礼，还画了遗像。”

刘老师看着手上的画，继续说道：“要是芽芽爸爸有空儿了，还请他加一下微信，具体的情况我会在微信里和他说的。”这爸爸也真是的，把孩子送这里几天了都没加家长群，面都没露。

“好的，我会转告叶总的。”

挂断电话，刘老师弯腰收拾着满地狼藉。

叶霖川六点才结束会议，接下来还要赶赴一场酒宴。

何助理与他一同坐在车子后座上，向他报告着工作上的事，全说完后小心打量着他的脸色，放慢声音道：“叶总，芽芽的幼儿园老师来电话了。”

“嗯？”叶霖川在闭目养神。

“她说……”想到老师在电话里说的话，何助理绷不住想笑，“说芽芽在学校给小猪佩奇办葬礼，让你加一下老师的微信。”

叶霖川感觉眉心跳了跳，睁眼拿起手机：“号。”

何助理忙不迭地把存在手机里的二维码递过去。

叶霖川扫码添加了好友，刘老师通过后把他拉到了家长群里。

刘老师：“欢迎芽芽爸爸。”

一一家长：“欢迎芽芽爸爸。”

刘思涵家长：“欢迎芽芽爸爸。”

一排复制粘贴的话，看得人头大。

刘老师：“芽芽爸爸改一下群备注，以后幼儿园有什么活动会直接在家长群通知，请家长不要屏蔽。”

叶霖川翻了个白眼，不情不愿地把备注改成了“叶芽的家长”。改完名字后，刘老师发来私聊消息，是几张照片，他耐着性子一张一张地点开，全是画，虽稚嫩了些，但从用色来看很有水准。

刘老师：“芽芽爸爸觉得这画怎么样？”

叶霖川：“不错。”

刘老师：“除了不错外呢？”

叶霖川烦躁地敷衍道："还行。"

刘老师："这是您女儿画的，除了不错、还行，您就没看出其他问题吗？"

叶霖川再次点开图片仔仔细细地看了几眼。老实说画得真不错，正常的三岁儿童绝对达不到这种绘画水平。

叶霖川成功会错意，便说："她是比普通人聪明点儿。"

这话让屏幕那头的刘老师险些晕过去。她是让他夸叶芽吗？

刘老师懒得多费口舌，把叶芽这两天在幼儿园的表现如实相告："她昨天说妈妈是食人花，今天用纸盒做棺材，非要给小猪佩奇办葬礼，您身为家长不觉得这样的行为很有问题？"

"叶总，马上要到了。"司机提示道。

叶霖川颔首，打字的速度快了些："除了这几个问题还有其他问题吗？"

刘老师："没有了，暂时没发现其他问题。"除了她说的这些，叶芽表现得都比同龄人乖巧。

叶霖川："没有其他问题那就是没有问题。我有事先忙了，老师可以直接联系我的助理，他会解决。"说完，叶霖川按熄手机屏幕拄着拐下车了。

助理好奇地追问："老师说什么了？"

叶霖川哼笑了一声："她说叶芽画了幅画，声称食人花是妈妈。"

这有什么可稀奇的，那小兔崽子还说过她是四叶草呢。

现在的老师真是大惊小怪。

叶芽对后续事情一概不知，正独坐在门口黯然神伤。

刚才沈昼和沈然都离开了，听说是资助者给安排了新的住处，便没继续留下给叶清河他们添麻烦。

"芽芽，要吃饭饭了。"叶清河在后面催促。

叶芽忧愁地朝大门方向看了眼，慢吞吞地起身进屋。

"我在幼儿园吃过啦，吃的面条。"叶芽乖乖地向哥哥汇报在学校的事情，说完才想起给哥哥带的好吃的还没拿出来。反应过来后，叶芽匆匆忙忙地把书包拿了过来。

见叶芽有东西要给他，叶清河忙抱着叶芽来到沙发前坐下。

"芽芽又给哥哥带饼干了？"叶清河一下就猜出她接下来要做什么。

"不是。"叶芽慢悠悠地摇头，"我给哥哥带了糖醋佩奇。"

叶清河一脸茫然，糖醋佩奇是什么东西？

接着，他看到小姑娘从书包里拿出一块凉了的排骨。

现在天气热了，熟肉放在外面都容易变坏，更别提这块排骨在书包里捂了整整一下午。

难闻的臭味扑面而来，叶清河吞咽了一口唾沫忍着反胃的感觉，一把拽过叶芽的书包，把里面的东西一件一件全拿了出来。

画册、油画棒、水彩笔、断掉的油画棒……饼干屑、面包屑、吃了半块丢在里面已经融化的旺旺奶糖、擦完鼻涕没来得及丢的卫生纸，还有……石头？

叶清河每拿出一件东西，脸色就会变上一变。

叶芽双手还举着那块坏掉的排骨，犹豫着问："哥哥不吃吗？"

"芽芽，这个不能吃了。"把东西全从书包里拿出来后，叶清河拿过她手上的排骨放在桌上，"这个臭了，不可以吃了。"

叶芽显得有些失落："我特意带回来给哥哥的。"

她真的喜欢哥哥，恨不得把所有得到的好东西分一半给哥哥。

叶清河心里一暖，拉过叶芽抱在怀里："谢谢芽芽一直想着哥哥，不过你不可以再把幼儿园的东西带回来了。"

"嗯……"叶芽绞着手指，不情不愿地点了点头，"好吧，我尽量……"

"是一定不能。"叶清河加重语气道，等天气更热，她偷偷带出来的蛋糕、水果等估计都会在书包里面臭了。

"还有奶糖，你为什么要把奶糖放在书包里？"

叶芽垂眼玩着细软白嫩的手指头，还不忘用甜甜的嗓音回答叶清河的问题："夏晴姐姐给的，太甜啦。"因为太甜她吃不下去，于是想放在书包里晚些时候吃，结果一玩就忘了这件事，也不知道夏晴姐姐会不会生气。

她很认真地想着，待会儿要给姐姐打电话道歉。

叶清河无奈地叹息，把书包向下抖了抖，一张名片伴随着碎屑一起被抖落在地。

"这是什么？"他拿起名片，发现还是几天前在她的书包里找到的那张，万万没想到叶芽还留着。

叶芽好半天才想起这是童心之家那个叔叔给她的名片，便没隐瞒，老老实实地将那天的事说了一遍，最后说："叔叔说我可以去拍照片赚钱。"

叶清河忽然想起今天好像是有人往家里打电话问地址，说要送童心之家最新款的衣服过来。当时他还纳闷儿呢，没想到是叶芽抽奖得来的。

他不禁笑了笑："我们家又没破产，用不着芽芽赚钱。"

再说了，现在世道乱，他们家芽芽长得这么可爱，谁知道对方是不是坏人？

叶清河瞥了眼上面的联系方式，随手把名片丢入桌上那堆垃圾里。

叶芽着急地把名片拿了回来，宝贝似的拍去上面的面包屑，一本正经地说："这个不可以丢。"

万一哪天弟弟不想要她，想丢掉她，她还能用这个赚钱养自己。

妈妈说过：凡事留一手，日后好出手；就算不出手，还能有后手。

聪明的小妖怪要懂得给自己留后手。

要是……要是弟弟真的不要她，她就去找名片上这个叔叔。

打定主意后，叶芽小心地将名片放在书包最深处的口袋里。

幼儿园周日要举行野外亲子活动，老师周五便在家长群里通知各项事宜，让家长提前做好准备。除了家长外，每个小朋友也要准备一个节目在大巴车上表演。

叶霖川刚敲定合同，现在正是最忙的时候，肯定没工夫浪费一天时间陪她。都说长兄如父，父亲没办法参加活动，重担自然而然地落在了叶清河身上。

叶子煜没有上过幼儿园，陪小孩子郊游这种经历对叶清河来说还是第一次。

他有些心慌，担心这个做不好又担心那个做不对，想来想去还是忍不住联系了很有经验的沈昼。

两人连上视频，边做小组作业边讨论即将到来的亲子郊游活动。

"叔叔不带芽芽去？"沈昼握笔写着字，随口问道。

叶清河摇了摇头："我爸刚签下一个项目，好像是房地产开发，家都不回，哪有空儿带芽芽去郊游。"

他还记得自己上幼儿园的时候，不管是表演活动还是博物馆展览，父亲总是缺席，不是在国外开会就是参加某个重要的酒宴。父亲没空儿，母亲便成了经常陪着他的那个人。后来母亲去世，学校活动上再也见不到他的家长，就连家长会都是秘书或者助理帮忙开的。

叶清河只是个孩子，时间久了自然会有怨言，但并不怪罪父亲。

他体谅父亲工作辛苦，也明白父亲为何这么辛苦，他把寂寞、难过的情绪压在了心里，化作动力好好学习，好好照顾弟弟，好好和同学老师相处。

叶清河已让自己变得足够优秀、成熟，尽量不给父亲增加烦恼。

可是叶芽还小，在她的经历中，有一半时间是在实验室里度过的，他身为哥哥，希望她有一个不孤单的童年，希望无忧无虑的生活抹平那些不幸的记忆。

“我希望我可以代替爸爸，让她依靠。”叶清河清朗的声音十分坚定。

他是从叶芽那么大的时候过来的，不愿叶芽像他一样，总是看着别人家父亲的身影艳羡。父亲做不到的事，他会代替父亲去做，成为那个可以让弟弟妹妹有安全感的人。

沈昼停下动作，抬眼看向叶清河，突然觉得有钱人家的孩子也是挺可怜的……

沈昼安慰他：“你不用太紧张，只要跟着就行了，其他事情幼儿园老师会管。”沈昼话音落下，余光一瞥看见门缝里露出小半张脸在偷偷观察。

他脸上难得露出一丝笑容：“是芽芽吗？”

被发现了，叶芽捂着嘴，黑珍珠似的眼睛乌溜溜地转了两圈。

吱呀，叶芽推开门，步伐小小地走进来。

她穿着童心之家提供的蛋糕裙，头戴一个兔耳朵状的发卡，大眼睛、小粉唇，显得甜美可爱。

“沈昼哥哥好。”叶芽踮起脚，双手扒着桌面，甜甜地和视频里的沈昼打了声招呼。

“哥哥在做作业，不能陪你玩。”虽是这样说，叶清河还是把叶芽抱起放到腿上。

她看着桌上的圆珠笔，伸手想要去拿。

“不行。”叶清河阻止她的动作，表情严肃了一分，“芽芽不可以玩笔。”

叶芽在他腿上不老实地动来动去：“芽芽帮哥哥做作业……”哥哥在做数学作业，她最会做算术了。

叶清河果断拒绝道：“哥哥不要芽芽做。”再说了，她怎么可能会做？

被拒绝的叶芽双手环胸，气鼓鼓地哼了一声，别过头留给他一个圆弧形状的侧脸。

沈昼淡淡地转开话题："老师说小朋友都要表演节目，芽芽要表演什么？"

这话倒是提醒了叶芽。

周五放学回家的时候，老师特意提醒让小朋友们事先准备个才艺表演，说要在车上给爸爸妈妈表演。

可是她没想好表演什么。

叶芽食指点着下巴，纠结地皱起了眉头。

她平平无奇没有特长，除了唱歌啥也不会，会唱的歌还只有那么几首……

看着她陷入沉思的小模样，沈昼抿唇忍笑，然后道："芽芽可以一个人好好想想，想好了告诉我们。"

她是要好好想想，要想一个最好的节目表演给哥哥看。

"那我去想啦。"叶芽从叶清河的腿上跳下，拍了拍他的手背，小大人似的说，"没办法，我只能下次给哥哥做作业了。"她将双手背在身后，真的去外面琢磨了。

叶清河目送叶芽的背影离去，默默朝沈昼竖起大拇指。

高，还是他的同桌高。

没了叶芽的打扰，叶清河很快完成了学校留的小组作业，接下来还有两个小时的钢琴课。

十点一到，钢琴老师准时到叶家教叶清河弹琴。

琴房紧闭，琴音断断续续地从里面传出，琢磨半天没琢磨出所以然的叶芽站在房门前仰起脑袋，听着从里面传出的动人琴声，好奇地眨了眨眼，搬过小凳子放在门前，站在上面伸手拧开门把手。

日光温柔地洒在地面上，沐浴在暖阳下的少年坐在黑白琴键前，白衬衫下的身体纤细单薄。

他指尖舞动，额前略长的碎发微微遮挡住眼眸，却难掩骨子里的温柔。

叶芽小脸贴着门，听得专注没注意手上，不留神房门向前打开，没了依靠，叶芽身子不稳直接摔在了地板上。

屋内的两人齐齐看了过来。

“小孩儿干吗呢？”钢琴老师一开口便是一股子快板儿味儿。

叶芽从地上爬起，嘟嘴对蹭疼的小手掌吹气，满不在乎地说：“吗（什么）也不干——”

钢琴老师乐了，笑着看向她：“嘿，小孩儿有趣。”

叶清河很尴尬，小声提醒：“程老师，您能说普通话吗？”

程远新家里是开相声馆的，听说除了教钢琴，还会教人说快板儿。他倒无所谓，可是他们家芽芽正是学说话的时候，别被带偏了。

“能、能、能。”程老师蹲下对叶芽招了招手：“过来。”

叶芽纹丝不动。

“怕什么呀，过来给你看个宝贝。”程老师拿过书包，从里面取出了一副竹板。

叶芽盯着他手上的宝贝，迷茫地歪头。

这“歪头杀”非常可爱，程老师顿时忘记主要工作，嗒嗒嗒地打起竹板，说起了快板儿：“我们那儿有六十六条胡同口，住着一位六十六岁的刘老六，他家里有六十六座好高楼，楼上有六十六篓桂花油，篓上蒙着六十六匹绿绉绸……”

竹板嗒嗒嗒地响着，程老师利落的舌头让叶芽眼睛迸发出光芒。

她记得……当初妈妈也是用这样的调子温柔地给她唱安眠小曲儿。

这是妈妈的声音！

“程老师，我们……”

“我要学、我要学！”叶芽激动到跳起来，“芽芽要学，芽芽要学，芽芽要学会明天给小朋友表演。”

系统：“芽儿别闹！你以后是天才小提琴家！”

原著里叶芽代替夏晴参加表演，以一首小提琴独奏拔得头筹，成为全国最受欢迎的天才少女。她以后是要走上维也纳舞台的，怎么……怎么现在要学快板儿？！

不行、不行，这绝对不行。

系统：“芽儿不可以学快板儿！叔叔不允许你学习这个！”

系统在脑袋里咋咋呼呼地叫个不停，叶芽对它的劝阻充耳不闻，复读机似的不停重复着“要学、要学，就要学”。

她的殷切让程老师乐坏了：“你还太小，打不了这种竹板，不过可以打这个。”程老师从书包里拿出一副红绸竹板。竹板一副四片，下面缀着两片红绸方巾，板子上有套指，不用担心小朋友拿不稳板子掉到地上。这副竹板本来是他给亲戚的孩子上台表演用的，结果太小不合适，现在正好给叶芽用。

“来，老师给你套上。”

叶芽迫切地将自己的两只小手伸了过去。

程老师将指板套在叶芽的手指头上，笑道：“四片指板好学，等你熟练了老师再教你七片的。”戴好后，他松开手，“试试。”

叶芽将竹板那么一夹，发出清脆的声音。

她定定地看了两秒，眼睛发光，嘴巴张成“O”形，像发现新大陆似的惊呼了一声。

程老师满意地点头，教育道：“节子要按照五功三技来练，不过你太小，现在和你说这些你也不懂，你可以随便打一打，找找节奏，有会的小曲儿没？”

小曲儿？

叶芽摇头。

“没事，儿歌也成。”

他怎么还教上了？叶清河忽觉不妙：“老……老师，我们的课……”

“我会儿歌！”叶清河话没说完，叶芽摇头晃脑地打起了板子，虽说打得生涩，动作也不那么标准，却都在调上。

“打竹板，过新年，家家户户乐开怀；小朋友，你别哭，妈妈我呀马上来。抓起来，洗干净，剁巴剁巴吃起来！”

这是儿歌？

十二岁没怎么见过世面的叶清河当场震惊。

在幼儿园的这些天里她到底学了些什么？

在场唯有程老师捧场地鼓起掌，语气难掩激动地道：“天才呀！没想到你能打得这么好！”虽然动作不标准，但打得真好，这种天赋她可以直接去拜入自家门下了，相信他爸也乐得收下这个小朋友。

程老师心里痒痒，忍不住上去纠正她的动作，教了些简单易懂的基本功，叶芽的头脑不是普通小孩儿的脑子，一学就会。

他们两人一个学得认真，一个教得认真，空气中充满令人愉悦的“快板儿”氛围。

叶清河第一次被妹妹无视，心中不禁涌上醋意，闷闷不乐地朝两人的方向看了一眼，坐正身体将双手放在琴键上，按下一个音节。

嗒嗒嗒，竹板声盖过了琴声，叶清河不服气地继续弹着。

钢琴响一声，竹板嗒嗒响两声。

叶清河深吸口气，彻底放弃。

程老师最后才想起自己的工作，走出叶家时格外不好意思。

他局促地看着叶清河，说道：“今天的工资就不用给我结了，抱歉啊清河，芽芽实在太可爱了。”程老师刚有了闺女，正是喜欢小孩儿的时候，叶芽聪明伶俐又乖巧，换谁都爱得不行。

“明天我会再来给你上课的。”程老师真诚地保证。

“不用了程老师。”叶清河摇头拒绝，“明天我要带着芽芽参加幼儿园活动。”

程老师神色尴尬地道：“那……下周两天我都会把课给你补上。”

程老师说完这话正要离开时，屋子里再次传来嗒嗒嗒的竹板声，还有小姑娘说快板儿的声音。

“竹板这么一打呀，别的咱不夸，咱先夸个老师好，老师妙，老师教得呱呱叫；下次再来啊您嘞……”

看着叶清河愕然的眼神，程老师嘿嘿笑了两声，挎着包仓皇离开。

叶清河僵硬地扭头看向客厅里对保姆和叶子煜表演快板儿的叶芽，叹了口气，算了，妹妹开心就好。

他坐过去，跟着叶子煜一起看她“演出”。

叶芽打了一天的竹板，到晚上休息时手指头都是红的。

她还在劲头上，叶清河劝了半天才把小姑娘劝回房间。

叶芽的房间紧挨着叶清河的，屋内重新装修成了梦幻的童话风格，床很大，随她怎么滚都不会掉下去。

“哥哥，我想……”

“你不想。”他抱着妹妹上床，为她脱去小拖鞋，把小朋友严实地裹在被子里。

叶芽一双眼极清明，亮晶晶的像两颗星星在闪烁，她伸过手去：“手疼。”

有套指的竹板好拿是好拿，可拿一天还是会累，叶芽重重地吹了口气，撒娇地说："哥哥给吹吹。"

叶清河给她揉了揉又吹了吹手。

墙壁上猫咪形状的时钟嘀嗒嘀嗒地响着，叶芽开始犯困，揉了揉泛酸的眼睛，打了个哈欠闭上眼睛。

"晚安，做个好梦。"叶清河亲了亲她的额头，肩上的猫咪跟着吻上女孩儿的发顶，随后跟着叶清河一同离开。

熟睡中的叶芽深陷到美妙的梦境中。

她看到自己飞在云层之上，重回时间尽头，看见了站在小屋前温柔的妈妈和爸爸。

"芽芽，过来。"长发及腰的食人花妈妈笑着对她伸手。

"妈妈……"芽芽咂了咂嘴，翻了个身，抠着鼻孔开始嘟囔，"爹啊娘啊芽想你，想你想到心窝里。"

快板儿学得好，她做梦都不忘押韵。

老师通知家长们必须七点到校。叶芽早早就被保姆叫醒，收拾好吃完早餐，背着新换的粉红色小书包和叶清河坐上轿车前往学校。

叶芽远远地就看到停在校门外的三辆大巴车，想必那就是接送他们去郊外的车辆。

"到了。"司机把车子停在路边，暖心叮嘱道，"玩的时候注意完全，回来前打电话联系我。"

叶清河颔首，牵着叶芽向学校走去。

家长们全部站在外面，三五成群地在一起聊家庭、聊孩子，热火朝天，让旁人难以插话。叶清河忽然停住，生了退缩的心思。

"芽芽来啦，你爸爸呢？"刘老师的话让所有人的目光都落在了他们身上。

今天两人穿的是兄妹装，相同的白卫衣上一个印着黄色笑脸，一个印着黄色哭脸。

叶清河身形修长，脊背挺直，眉眼间有贵气。他过于俊秀，瞬间成为人群中的焦点。被数道视线打量的叶清河紧紧拉着叶芽的小手，耳朵因腼腆而泛红。

"老师好，我是芽芽的哥哥。"他温和地说道，"我爸爸因为工作的事没办法来，只能我代替他参加活动。”

叶清河教养极好，刘老师瞬间就对他产生了好感。

“没事，有个陪着的就成。”

“芽芽和老师打招呼。”叶清河推了推叶芽。

叶芽抬起脸蛋，拉长声音道：“老师好。”

叶芽头上戴着最喜欢的嫩黄色渔夫帽，调节用的黄色绳子松松垮垮地挂在下颌处。晨光中，她裸露在外的两条小臂白到发光，婴儿肥的脸蛋圆滚滚的，双眼如猫咪般圆润无害。

兄妹俩实在漂亮，闪亮夺目好似两颗星星，家长们默默把自家孩子往身旁拉了拉，不想站在旁边当陪衬。

“大家排好队再等等人，七点半我们准时出发。”

说话间沈昼领着沈然到了。

两人一个面无表情，一个脸上有胎记，看着就不好惹，有人好奇地扫了沈然一眼，立马抱起孩子走到另外一边。

“沈昼哥哥！”叶芽挣开叶清河的手扑了过去。

沈昼单手把小朋友护住，低头浅笑道：“早啊，芽芽。”

两人刚打完招呼没多久，夏晴也从自家车里出来，跑跑跳跳地到了叶芽身边。

这么一来人都齐了。

距离出发还有五分钟，家长们接连上车，叶芽抱着小书包正要去找夏晴和沈然时，被叶清河拽着书包带子拉到身边。

“芽芽，你是小班的。”

叶芽与夏晴隔空相望，彼此眼中皆是不舍的神情。

要是能去夏晴姐姐那里就好了……叶芽正这样想着，大巴车司机忽然说：“这车坐不下了。”

夏晴耳朵尖得很，一下子听见司机说的话，跳起来举手：“过来这边！过来这边！过来这边！”

叶芽跟着跳起来：“去那边！去那边！去那边！”

刘老师虽然不太情愿让小朋友脱离自己的视线，却也无可奈何，和李老师说了声后，让叶芽他们上了大班的车。

叶芽前面是夏晴和妈妈，后面是沈然和沈昼，旁边坐着哥哥，被喜欢的人团团围住，幸福到晃脚。

车子启动，这次路程有一个多小时，距离甚远。

李老师站在前面，一手扶着扶手，一手拿着喇叭组织车内活动。

大班和小班一样，每个小朋友轮流上去表演准备好的节目。

只见五六岁的孩子各显本领，又是吟诗又是唱歌，还有猜谜语、做算术的，很快轮到沈然。在李老师的催促中，沈然不情不愿、慢吞吞地走了上去。

沈然死死拽着衣角，满车人的视线让他不安、胆怯，脑袋缓缓垂下。

“沈然没准备节目吗？”李老师轻声问。

沈然捏着衣服，声音含混不清：“准备了。”

“老师，他不敢表演！”旁边的刘子实起哄，“胆小鬼、胆小鬼！李老师，让我上去，我会表演！”

他站起来不停地取笑沈然，旁边刘子实的奶奶没有阻拦的意思，笑呵呵地给孙儿剥着橘子：“就是啊，快下来让我们家子实上去。”

李老师一脸尴尬。

沈昼微蹙起眉头，阴冷的目光直直锁定侧前方的小胖墩。

少年的视线带着寒气，刘子实被他的眼神吓住，窝在椅子上小声告状：“奶奶，沈然的哥哥瞪我。”

刘子实的奶奶朝沈昼飞了个白眼，安慰孙子：“没事，咱不理他。”

气氛暂时恢复正常，李老师温柔地拍了拍沈然的肩膀：“沈然是不是没准备呀？没关系，你可以老实说。”

“我……”他准备了，准备的是童话故事，昨天排练了好久好久，早上模拟时也没问题，一到表演却胆怯了。

脑内混乱时，他突然听到下面传来软糯的童音。

“老师，我给沈然哥哥伴奏！”

座位椅背有些高，李老师扫视一圈只看到一截高高举起的小胳膊。

她怔了怔，突然想起这是隔壁班的小姑娘。

“好呀，你是唱歌吗？”

叶芽拉开书包从那一堆东西里翻找着自己的宝贝竹板：“不是、不是，不是唱歌……”可算找到了，叶芽手指套上竹板，越过哥哥走了过去。

三岁的叶芽比在场的所有小朋友都要小，短胳膊短腿宛如一个白团子。

她摘下帽子，柔软卷曲的发丝在脑后编成两条蜈蚣辫，发尾用花朵发卡扎成小鬏鬏别在两边，稀疏的刘海儿下是两条弯弯的眉毛。

“我……我给沈然哥哥打竹板。”她抬起手上的竹板晃了晃。

望着那两条流畅垂落下的红绸方巾和小姑娘一本正经的小脸蛋，在场家长皆愣了愣。

“沈然哥哥，快些，我准备好啦。”

沈然呆头呆脑地愣在那里。

他像木头似的戳在那儿，让座位上的夏晴瞬间不满，她跪坐在座位上朝他大声喊道：“你快些！芽芽都给你伴奏了你还磨蹭什么？”她一张小嘴说个不停，“男孩子家家的，不要这么磨蹭！”

噗，家长们都笑了。

夏妈妈老脸一红，一把捂住了女儿的嘴。

夏晴这么一喊，沈然倒是清醒了，深吸了一口气：“我……我给大家讲一个童话故事。”

叶芽嗒嗒嗒地打着竹板，奶声奶气地随着竹板声道：“您讲，咱听着。”

这口音是不是有点儿不对？

沈然挠了挠头，鼓起勇气开始讲练了一晚上的童话故事。

“我……我要讲的是……是牛郎织女的故……故事。”他太过紧张，结结巴巴勉强组成一句话。

身旁的叶芽嗒嗒嗒地打着竹板伴奏，奶声奶气地说：“嘿，这故事咱没听过。”

这口音就是不对劲啊！

但沈然没多想，继续说：“从前……从前有个人叫牛郎，他一直和哥哥、嫂嫂生活，可是嫂嫂虐……虐待他，他就带着老牛出来生活。有一天，老牛说河边有仙女下凡，让牛郎去和仙女相见，只要把仙女留到天亮，仙女就上不了天了。”

他越讲口齿越清晰，正讲到高潮处时，竹板声戛然而止。

叶芽歪着头，模样不解地问：“牛会说话？”

沈然点头：“会说。”

叶芽捏着鼻子开始学：“那牛是这样哞——哞说的吗？”她学牛叫学得惟妙惟肖，惹得家长齐齐笑了出声。

这可问住了沈然，他垂着眼眸不甚确定地说：“也许是吧……”

叶芽：“那牛郎可以听懂哞哞的意思？”

空气凝固。

竹板声再次响起。“没事儿，您接着说，咱接着听。”

沈然松了口气：“得嘞，咱继续说。于是牛郎去河边看仙女洗澡，喜欢上了最小、最漂亮的仙女。”他丝毫没意识到自己的普通话被带歪了。

嗒，竹板落了一个清脆的音，再次停下。

沈然后背一僵，胆战心惊地看着叶芽：“又怎么了？”

叶芽板着小脸，神色不悦地道：“牛郎为什么要看仙女洗澡？仙女洗澡凡人不可以看的！妈妈说过，芽芽洗小叶子的时候爸爸不可以看，其他雄株也不可以看！”

小叶子是什么？

雄株又是什么？

从她口中接连跳出的奇怪的词可把沈然搞蒙了。

叶芽气到鼓腮。她是生活在土里的，偶尔也要翻翻土，翻土会把身上搞脏，这时候妈妈会给她清洗脏掉的小叶子，教育她不能让雄性看身体，除非受伤之类的特殊情况，不然就连爸爸都不可以看。

“咱可算知道嫂嫂为啥把他赶走了。”

成功被代入叶芽逻辑的沈然呆呆地问：“为什么？”

叶芽笃定地道：“他肯定是偷看嫂嫂洗澡了！嫂嫂被偷看不开心，可是又不好意思告诉大哥，害怕影响他们的感情。嫂嫂也觉得牛郎一个大人还靠着他们生活太懒惰了，于是才虐待牛郎想让他离开，让他不再看自己洗澡。”

事情一定是这样的。

嫂嫂真可怜。

叶芽叹了口气，竹板打得都没有刚才响了。

沈然忘记眨眼，呆呆地思考着她话里的意思，细细琢磨一番好像是有那么几分道理。

就算他觉得有道理，故事还是要讲的。

“然后牛郎拿了小仙女的衣服，天亮后，没衣服穿的小仙女留在凡间，和牛郎幸福地生活在一起。”

“仙女回不了家，妈妈会伤心的。”叶芽垂下双臂，脑袋跟着耷拉下去，静静地站在原地，身影透出几分落寞。

“芽芽……”

她肯定是哭了。

沈然不禁心慌，低下头手忙脚乱地抱住叶芽的脑袋放在胸前：“芽芽别哭，我不讲牛郎的故事了，我不讲了。”

“牛郎怎么可以让仙女回不了家？！”叶芽悲伤到不能自已，“妈妈会想小仙女！小仙女也会想妈妈！牛郎……牛郎怎么可以这么过分？”叶芽越说越难过，越想越难过，止不住眼泪，抽抽搭搭地将竹板倒过去，扯住上面的红绸方巾擦拭着满脸的泪水。

这个行为惊得沈然和一边的李老师忘记安慰她。

竹板还能这么用？

众人沉默时，一阵尖锐的声音从座位上传来，只见夏晴不顾母亲的阻拦，跳起来指责道：“沈然，你害芽芽哭！你是坏人！”

“我不是……”沈然委屈地落泪，“我没有……”

“芽芽你别哭。”小孩儿是很容易被带动情绪的生物，望着落泪的小姑娘，夏晴鼻子一酸，跟着大哭起来，“你害芽芽哭——牛郎真坏，呜……哇！”

坐在前面的小女孩儿被这一喊吓得手一抖，刚拆开的虾条全部掉在地上。

她呆呆地看着散落在地的虾条，大脑放空几秒，随即嘴巴一撇，泪腺开闸，眼泪汹涌而出：“我的虾条——掉了，哇——”

一个哭了，两个哭了，三个、四个一起哭了。

还剩下四五个小朋友觉得不哭不太合适，便也没有理由地跟着大部队号哭。

车厢内哭声不断，家长着急哄孩子哪里有空儿再看节目，李老师从业多年从未见过这种场面，愣了愣后拿着大喇叭开始喊。她不喊还好，一喊竟让小朋友们生出斗志，势必要以哭声盖过大喇叭。

眼前的混乱场景让叶芽从悲伤中走出来，她抽噎了两声，茫然环视着一张张哭泣的小脸，胡乱用红绸方巾揉揉哭到发酸的脸，淡定地拿上竹板重回叶清河身边。

“哥哥，他们怎么哭了呀？”叶芽泛红的大眼睛里全是不解与迷茫之色。

叶芽侧身钻到里头，手脚并用地爬上椅子，从小书包里拿出水壶，咬着吸管吸起来。刚才她哭了半天又说了半天，喉咙早就干到不行。

水真好喝，她就爱喝水……

补充完水分的叶芽心满意足地盖好壶盖，爬到叶清河身上找了个舒服的位置，捂着耳朵睡去。

一小时后，大巴车抵达目的地。

李老师找到刘老师时脸都是白的："回去的时候还是别让你们班的叶芽坐我们的车了。"

刘老师神色迷茫。

难不成他们班的叶芽又在人家车上办葬礼了？

刘老师想了半天想不明白，转身去组织活动。

他们来的地方叫小杨河，树木葱葱，溪水潺潺，山野映衬着碧空，一眼望去美似画卷。不远处有一座修建好的小山，站在上面可以俯瞰小杨河的所有景色。老师召集所有人过去，准备爬上去拍一张集体照。

叶芽乖巧地蹲在叶清河身边和地上的小草聊天，正起劲时，突然听到身旁有人冷淡地道："你可以爬吗？"

叶芽闻声抬头。

沈昼看着叶清河："不行的话，我们换一下，我带芽芽上山，你帮我照顾沈然。"

大班的集体活动是去树林里采野果，对患有心脏病的叶清河来说轻松些。

听到他们对话的叶芽站起来，抱住叶清河的大腿，软言软语地撒着娇："芽芽哪儿也不去，芽芽要跟着哥哥。"

她知道哥哥有病，不愿意在这陌生的地方离开他半步。

叶清河淡淡一笑，摸了摸她的头："那哥哥去和老师说一声，我们不上山。"

她点头应了。

叶清河很快向刘老师说明原因，刘老师没有强求，再一次把兄妹两人拜托给大班的李老师。望着李老师苍白的脸色，刘老师假装没看见，带着同学们去爬山。

小树林靠着溪水，树木被山水滋养得很茂盛。

这片树林不算大，林中设有路标，家长们三三两两地进去，各自散开自由活动。

叶芽跟着哥哥刚进去便和沈昼、夏晴他们走散了，两人并不担心对方会迷路，走走停停地沿路拍照。

“芽芽，要吃小果子吗？”路边结的野果颗粒饱满，红通通的看着就让人很有食欲。

叶清河正要摘下来给叶芽尝尝时，就听她说：“那是鸟儿吃的。”

叶清河看过去。

“都摘了，小鸟就没吃的啦。”

这里生活着成千上万的生物，野果为山鸟所结，溪水为树木流淌，万物相生，万物相依，年年岁岁皆是如此。可是过来的游客太多了，路边的小果子大部分被摘没了，若不留些给鸟儿，它们就要饿肚子了。

叶清河微微笑了笑，再次拉起她软绵绵的小手：“好，我们不摘。”

叶芽甜甜地笑了，扭头对果子说：“小果果要好好长大。”

树叶摇曳，结果下一秒，一只胖手伸来，粗暴地把上面的果子全拽了下来，胡乱地在衬衫上擦了擦，囫囵塞入嘴里。

他吃得没有章法，果汁溅得脸上、身上都是。

叶芽怯生生地向后退了退。

“乖孙慢些，奶奶跟不上。”刘子实的奶奶拎着大包小包，跟在后面边喊边追。

“奶奶快些！”刘子实撞开叶清河向前跑去。

刘子实真没礼貌。

叶清河心里不满但也没过多计较，拉着叶芽不紧不慢地向前走去。

突然间，前面的小胖子停下步伐，蹲在地上扯着路边的野草。

“啊呀，疼疼疼……

“小崽子，莫挨老子！

“老子有毒！扎死你信不信？！”

叶芽看清了那株草，大约五十厘米高，草叶淡绿，叶上生长着针状的短毛。

这种草学名荨麻，住在灵地时，荨麻一家住在叶芽家对面。他们全家都小肚鸡肠，爱记仇，还有毒。

叶芽好心提醒道："这是荨麻，你别碰。"

刘子实白了她一眼："凭啥不让我碰？"

叶芽说："有毒。"

刘子实哼了两声，两只手疯狂拽着荨麻的叶子，赌气似的说："就碰、就碰，我就碰……"

"你这样草会生气。"叶芽劝阻道，不太认同他的行为，"会扎人的。"

食人花妈妈当时找荨麻阿姨打架，是打赢了，可是弄得皮肤又红又痒，害得爸爸用自己的叶子给她治疗。

刘子实是个熊孩子，就喜欢和人唱反调，别人越不让他干什么他越想干什么。他拔得起劲时，手上忽然又痒又疼。他龇牙咧嘴，起身对着发痒的部位挠起来，不挠还好，这一挠痒痛感更重。

刚才还嚣张的小胖子瞬间大哭起来："奶奶，我痒！痒死我了！"

"哎哟，我的乖孙，你的手怎么成这样了？"

看着刘子实哭了，叶芽嘟囔道："都说啦，它们会生气。"

荨麻的叶子胡乱地散在地上，叶清河沉吟片刻，柔声问道："芽芽认识这种草？"

叶芽点头。

"芽芽是从电视上认识的吗？"叶清河觉得奇怪，以叶芽现在的词汇量肯定不会认识"荨麻"两个字，更别提知道荨麻的特性，哪怕在幼儿园，老师也不会教她这些东西。

叶芽双手扯着书包肩带，蹦蹦跳跳地走在前面："芽芽还认识臭蒿。"

又一个陌生的植物名词令叶清河一愣，不由得问："臭蒿是什么？"

叶芽停下脚步，扬起脸笑得和鬼精灵一样，双手捂着嘴巴，小声说："就长在荨麻旁边，要是被荨麻欺负了，可以用臭蒿，那样就不痒啦。"

臭蒿和荨麻是欢喜冤家，哪里有荨麻，哪里就有臭蒿。若人不小心被荨麻扎了，可以把臭蒿涂在皮肤上缓解症状，不严重的话马上就能止痒、止痛。

叶芽很是得意："他欺负小草和小花，芽芽才不要把秘密告诉他呢。"

天地间所有植物都是叶芽的同伴，同伴被欺负，她肯定要站在同伴这边。

叶清河皱着眉，上前拉住叶芽蹲下，双眼紧盯着她，一字一顿地说："芽芽，你和谁学的这些？”

兄长眸中的神色吓到了叶芽，她耷拉着嘴角，语气明显没有先前欢快了。“芽芽做错了吗？”她问得小心翼翼，眼睛里满是不安的神色。

叶芽的鞋带开了，他拉着叶芽坐到自己的腿上，低头自然地系好她的鞋带：“没有，芽芽没做错。芽芽懂很多东西，让哥哥很意外。”

这么多天，现在叶清河才琢磨出不对劲来。

她的行为、言语都不是三岁孩子该有的。叶清河仔细想了想，哪个三岁孩子会给人写字条，还会写拼音；叶子煜当时的作业也应该是她写的……

“叶芽的基因里有其他东西，我做错了事。”母亲的话在他脑海中响起。

他看着叶芽的眼神带了些别样的探究，最终化为温柔，他轻轻拈去她肩膀上不小心蹭到的叶子：“芽芽，你要把知道的那些东西全部藏起来，不能让任何人知道。”

叶芽是克隆人，过分突出的表现总有一天会引起别人的注意，任何多余的视线都会让她暴露在危险之中。

叶芽是妹妹，他是哥哥。

哥哥要保护妹妹，天经地义。

叶芽似懂非懂地点了点头，默然不语地跟在叶清河身边继续往前走。

“人类，你头顶长草啦！”

路边的野花可以看见叶芽脑袋上的四叶草，嬉笑着和她打招呼。

“幼崽，你们怎么不理我们呀？”

“来摘我、来摘我……”

野花野草闹着，小树在身边说笑。

叶芽捂着耳朵假装没听见。

两人走这一段路都累了，也饿了。

叶清河取出手机按亮屏幕，马上要到午餐时间，他给沈昼发了消息到约定的地点集合，抱起叶芽走出了树林。

除了他们外，其他家长也都从山上下来开始准备吃午餐，溪水两旁的位置都被占满，叶清河扫视一圈，决定往前走走找一个安静的地方。巧的是他们刚找到位置，就遇见了沈昼和夏晴一家。

“芽芽，”夏晴挣开夏妈妈的手跑过来，把随手捡的漂亮石头给她看，“你看、你看，这个石头好看，送给你。”

“我……我……我也有！”沈然不甘示弱，红着脸递过去一朵嫩黄色的小野花，“这朵……这朵野花和芽芽一样可爱。”

夏晴不屑地道：“你的意思是芽芽像野花一样没有家？”

叶芽瞪大了眼：“芽芽现在有家。”

沈然慌忙否认：“我没……我没这个意思！”

“芽芽，我们不理他，我们去那边玩。”夏晴拉着叶芽风风火火地跑到溪水边上玩。

“晴晴不要跑太远，等会儿回来吃饭！”夏妈妈还没喊完，两个小朋友便消失在视野之中。

虽然这个地方没什么危险的高处，人也多，但还是害怕小姑娘们跑远回不来，沈昼越想越不放心，推了推沈然让他过去当护花使者。沈然本来也想和妹妹一起玩，于是没有拒绝，乐颠颠地追了过去。

已是中午，暖暖的太阳晒得人全身懒洋洋的。

叶芽眯起眼看着天上那轮艳阳，想了想，找了一处阳光充足的草坪，双臂展开呈大字形，吧嗒一声面朝下倒在上面。

边上的夏晴被吓了一跳，反应过来后迷茫地问道：“芽芽，你在做什么？”

脸埋在草地上的叶芽声音含混不清地道：“小叶子要进行光合作用。”

“啊？”

“这样小叶子会长得快。”

听到这话，脑袋上的小叶子晃了晃，绿叶舒展，尽情沐浴在阳光之下。

系统：“芽儿，你的愿望小叶子不用进行光合作用。”

就算系统这样说，叶芽还是继续晒太阳。

“嗯，好吧。”夏晴跟着躺下，“那我也进行光合作用。”

两个小朋友躺在草坪上一动不动，就在叶芽要睡着时，耳边传来窸窸窣窣的脚步声，紧接着后颈一凉，有爬虫在皮肤上蠕动，很痒。

她伸手捏到软绵绵的一团东西，那个小生物在她的双指间挣扎扭动。

叶芽坐起来一看——呦，是条毛毛虫。

绿油油的毛毛虫长满短毛，肥美多汁，赶上成年人拇指那么粗了。

她左看看，右瞧瞧，目光锁定了不远处偷笑的刘子实。

察觉到叶芽的目光，刘子实冲她咧嘴一笑，露出的一排牙齿缺了好几颗。

叶芽眨巴眨巴眼睛，歪过头，回了一个可爱的笑容——这个小哥哥竟然给她送礼物，看样子也不是那么坏。

叶芽盘腿坐在地上，小手指点了点毛毛虫的脑袋，说：“你的家人呢？

“你叫什么呀？

“你叫绿绿好了。”叶芽捧着绿绿到一棵树下，小心地把它放在树干上，眼睛水润，“绿绿要好好长大变成蝴蝶哦。”

毛毛虫蠕动着躯体，头也不回地向上爬去。

叶芽为这短暂的友情而摇头叹息，转身刚准备离去，吧嗒一声，又有什么东西掉在了她的脑袋上。

那是一只极为少见的独角仙。

这只独角仙很大，跟叶芽手掌一样大，通体褐色，头顶长着一个拉风的双分叉角突。作为一株没长大的四叶草幼崽，叶芽自然会对各种昆虫感兴趣。

独角仙是她最喜欢的虫子。

叶芽双手温柔地捧着独角仙，黑葡萄般的双瞳映着独角仙富有光泽的外壳。她不敢说话，大气都不敢出，生怕惊扰了这只漂亮的大虫子。

叶芽慢慢收拢小手，一把握住独角仙向夏晴狂奔而去。

“晴晴姐姐！晴晴姐姐，我给你看个宝贝！”

夏晴慢吞吞地从地上爬起来伸了个懒腰，嘴边哈欠刚打到一半，叶芽手上的大虫骤然闯入视线之内。夏晴心里一个咯噔，被这虫子吓得倏然清醒。

“啊啊啊啊！你别过来！”她顾不得其他，手忙脚乱起来向妈妈所在的地方跑去。

叶芽高高举着独角仙，笑得和小太阳似的：“可漂亮啦！夏晴姐姐，我送给你！”

“妈妈——”

“晴晴姐姐你看，我找到一只好大、好大的独角仙！”

“妈妈救命——”

夏晴吓得涕泪横流，惊恐的泪水模糊了视线，她没留神眼前，哐的一声与迎面而来的沈然撞了个满怀。

两人踉跄几步后，齐齐跌倒在地。

夏晴在上，沈然在下。

两人嘴巴对着嘴巴，亲了个正着。

吭哧吭哧地追过来的叶芽看看这个人又看看那个人，慢悠悠地把宝贝独角仙护在了掌心里。

“你们亲亲啦。”叶芽诚实地说出了现在的情况。

两人很快起身，面对面站着，谁也没反应过来。

“亲亲是会怀孕的。”叶芽又一次一本正经地说着自己知道的知识。

两人又是一愣，就在夏晴撇嘴要哭时，叶芽用那奶甜奶甜的嗓音慢慢悠悠地说道：“沈然哥哥，你怀宝宝了。”

听到这话，沈然那双眼睛瞪得大大的。

夏晴刚涌到眼眶里的泪水立马退了回去，她与叶芽一齐看向沈然。

“我……我怀宝宝了？”

“嗯！”叶芽重重点头，表情严肃地道，“妈妈说亲亲会怀孕，你和夏晴姐姐亲亲，你就有宝宝了。”

沈然蒙了。

怀孕这样的事情绝对不是正常五岁儿童可以承受的。

他的大脑用了三十秒去消化这件事情。

可是……他也消化不了。

沈然鼻尖一酸，声音哽咽地道：“不……我不要怀宝宝，我不要怀宝宝！”

沈然又急又气，一边哭一边坐在地上蹬腿。

他哭得太急，一不小心就被口水呛到，低头接连咳嗽了好几下，最后哭到干呕。

叶芽沉思片刻，坚定地说道：“这是孕吐。”

四叶草爸爸说，妈妈怀她的时候孕吐很严重，情绪起伏还很大。

现在沈然在吐，情绪起伏也大。

那么他肚子里肯定有小宝宝了。

沈然哭得很无助。

他不明白为什么来找妹妹玩就莫名其妙地怀宝宝了，他不要当爸爸，不要怀宝宝，因为哥哥养不起他们。

“烦死啦，你不要哭了。”夏晴从口袋里掏出一块印有小碎花的手帕，蹲下来不太温柔地擦拭着他脸上的泪水，擦完后收起手帕，大姐大似的拍了拍他的肩膀，安慰道，“我小叔说过，一人做事一人当，你放心，以后我会照顾好你和宝宝的。”

夏晴是个有担当的孩子，父亲常教育她逃避解决不了问题，现在都这样了，她身为夏家未来的接班人总要负责。

想到这儿，夏晴从口袋里掏出两块钱塞进沈然的手里，说：“给你还有宝宝买营养品。”电视里演过，男主人公都会给怀孕的女主人公钱，让她买营养品。

沈然看着手上那不算新的两块钱，呆呆的。

夏晴不好意思地说：“我出来就拿了这么多，不过你放心，我的存钱罐里还有，芽芽可以做证。”

想到夏晴那个装满零钱的存钱罐，叶芽重重点头为她做证。

“走吧、走吧，我们回去吃饭，不能饿到小宝宝。”夏晴摸了摸沈然的肚子，和他手拉着手向来时的方向走去。

叶芽正要跟上时，突然想起手上还有一只独角仙。

这只独角仙性格很温驯，被叶芽这么捏了半天都没有反抗的迹象。她睫毛轻颤，视线落在不远处的刘子实身上。

爸爸说礼尚往来，当有人送你礼物时，你也要记得还回去，不然不礼貌。

她是世界上最有礼貌的小妖怪，要礼尚往来。

叶芽恋恋不舍地看了独角仙好几眼，最终痛下决心地向刘子实走了过去。

为保证给对方一个惊喜，叶芽特意把独角仙藏在了背后。

他坐在餐布上，嘴里大口大口地吃着三明治，眯着眼，眼珠子滴溜溜转动半天，发出声音：“干吗？”

“你刚才给我一条毛毛虫。”

“嘻嘻嘻，”刘子实笑得脸上肥肉抖动，“吓到了吧、吓到了吧？谁让你不和我玩。”

叶芽的长睫像小刷子似的上下扇动，她伸出手道：“给你。”

独角仙在叶芽的掌心里挣扎了两下，扑扇着翅膀脱离禁锢，偌大的独角仙在空中盘旋两圈后，直接停在了刘子实手上那没吃完的三明治上。

这个年纪的男孩子大多不怕飞虫，然而面前的独角仙太大，出现得毫无预兆，刘子实吓得呼吸骤停，肥胖的脸蛋憋成了猪肝色。

三秒钟后，尖叫声爆发。

“虫子——

“奶奶——”

“乖孙怎么了？”正在溪边洗手的刘奶奶着急地跑了过来，看见那么大一个玩意儿趴在乖孙的手上，心里发怵，惊呼道，“啊呀，哪里来的这么大的虫子？”

刘子实一边哭一边叫：“她……她……她……她拿来吓我！”刘子实在家里就是一个小皇帝，哪受过这委屈。

刘奶奶见独孙哭得厉害，心疼不已，瞪眼打量着叶芽，片刻后扯着嗓子喊道：“你的家长呢？叫你的家长过来！”

家长？

叶芽不理解地发问：“家长？”

刘奶奶一甩膀子道：“你们家里最大的那个！”

叶芽了然，走上前两步，挺起小胸脯骄傲地说道：“我就是家长，我在家里最大。”她一百岁了，是家里最年长的人。

叶芽眼睛明亮，她说这话的时候脸色都没变一下。

刘子实哭够了，恶狠狠地盯了叶芽半天，忽然跳起来像个炮仗似的冲上来，不承想青草作祟，绿色草叶将他松开的鞋带紧紧缠在一起，突然被绊住的刘子实身子踉跄，扑通一声跌在地上，额头好巧不巧地磕在一块石子上，瞬间被擦破点儿皮，见了一丝红。

刘子实一抹脑门，刺目的猩红色血迹吓得他大肆尖叫。

“奶奶！我流血了！

“奶奶我要死了，哇——”

刘子实是刘家的独苗，平常掉根头发丝都让刘奶奶心疼半天，别说现在磕破了头。

刘奶奶脑袋一热，撸起袖子直奔过来：“你个没教养的，小小年纪心思这么歹毒！我今天就要代替你父母教训教训你！”

她这完全就是迁怒。

叶芽被吼蒙了。

那张苍老狰狞的面孔近在咫尺，叶芽反应过来，撒丫子开跑。

刘奶奶不依不饶地在后面追，一边追一边骂。

叶芽身子灵活，每当刘奶奶快抓住她时就立马躲开，这种刺激的追逐战让叶芽的心怦怦跳，热血沸腾。

她找到乐趣，咯咯笑着。

“你追不到我，你追不到、追不到……”

刘奶奶气急败坏，嘴里骂骂咧咧地道：“小兔崽子，你看我抓不抓得住你？”

话是这样说，可她老胳膊老腿，哪能赶得上三岁小孩身子灵巧，没跑两步便气喘吁吁，没了力气。

见刘奶奶停下，叶芽眼睛里闪烁着疑惑的光，声音中隐约带着几分失落：“奶奶，你不追我啦？”

这副玩闹般的神态令刘奶奶呼吸一窒，坐在地上气到不行。

“你欺负我奶奶！啊——”

小胖子捂着受伤的脑门，贼心不死地再次朝着叶芽冲过去。

眼看着叶芽要被他撞倒，一道身影迅速从身后钻出挡在叶芽面前，瘦弱的男生双臂用力一推，刘子实滚到了柔软的草坪上。

“芽芽你没事吧？”夏晴着急地过来把叶芽抱住，漂亮的眼眸凶巴巴地瞪着狼狈的祖孙俩。

沈然居高临下地俯视着刘子实：“你欺负我可以，不能欺负芽芽！”

“你……你敢推我！”

平常都是刘子实称王称霸欺负小朋友，哪有被人欺负的理？现在推他的还是他一直看不起的小怪物。

“你这个小怪物敢推我！”

刘子实爬起来按倒沈然，与他扭打在一起。

叶芽愣了愣，挥舞着小手急急忙忙地去拦，嘴里喊道：“不可以打、不可以打，会流产的！”

然然哥哥的肚子里有小宝宝，妈妈说要是剧烈运动或者摔倒，会流产。

叶芽的这声喊叫惊住了沈然和旁边的夏晴，两人猛然意识到他们快当爸爸妈妈了！

沈然忘记还手，肚子结结实实挨了小胖子一拳。

沈然的理智炸开，悲伤与激动齐齐涌来将他淹没。

“丧子之痛”让沈然生出无数气力，翻身压上去开始还手。

“你还我宝宝！”

他好不容易才接受了要当爸爸这个现实，结果……

沈然备受打击，这无疑是在他的心口狠狠插了一刀。

“《恶毒女配之路》主线任务 06：在男主人公最痛苦的时候给予致命一刀。（已完成）”

随着系统提醒，叶芽的第三片叶子冒出了头。

目睹全程的系统满脑袋问号……

这也算？

叶芽哪有空儿关注系统任务，满心想的都是沈然流产了。

她现在很难过。

芽芽喜欢小宝宝，几分钟前还幻想着等沈然哥哥把宝宝生下来，她帮忙带宝宝，和宝宝一起玩，现在——计划全部落空。

叶芽伤心，夏晴同样伤心，眼里噙泪，嘟囔道：“我当不了妈妈了。”

“没关系没关系。”叶芽拍了拍夏晴的肩膀，振作起来安慰道，“待会儿你们再亲亲，就又有啦。”

系统：“芽儿，谁教你的这些？”

在它去其他世界兼职的这一会儿发生了什么？系统一头雾水。

叶芽在心里回答道：“妈妈教的。”

小朋友之间的争吵总算引起家长和老师的注意，更引来了沈昼和叶清河。

两位爸爸一左一右把两个粘在一起的小朋友分开，赶过来的李老师厉声呵斥：“沈然、刘子实，你们两个怎么回事？！好端端的为什么要打架？”

“他欺负我妹妹！”

“他妹妹拿虫子吓我！”

叶芽委屈地道：“我没有，我送你礼物！”

“芽芽，过来。”叶清河对她招手。

叶芽转身扑到叶清河怀里，气鼓鼓地把脑袋埋在他的肩膀上告状：“他送我绿绿，我就礼尚往来送一只大虫虫，可是他和那个奶奶打我。”

“绿绿？”

“绿绿是一条可爱的毛毛虫。”叶芽用手指头比画了下，“这么大。”

她又比画了一个更大的圆圈：“虫虫这么大。”

她这么一说，围观的家长都明白了。

敢情是小男孩儿先用毛毛虫吓唬小姑娘，结果人家小姑娘并不怕。

旁边有家长突然想起一些事，说：“我们家明明前两天和我说刘子实往他的抽屉里丢虫子，这事你还真没少做啊。”

“刘奶奶，这就是你不对了，你孙子先欺负人，你不管管还跟着欺负别人。”

先前刘奶奶追着叶芽跑的画面不少人看见了，见小姑娘笑得那么开心都以为在玩，现在想想根本不是那么回事。

刘奶奶脸上挂不住，一把拽起刘子实，收拾着东西就要走：“乖孙我们走，这些人都不可理喻！待在这种幼儿园就是耽误你，回去就和你爸商量给你换个幼儿园，不和这些人掺和。”

刘子实还不乐意走，可是手被刘奶奶拉着挣脱不开，趺趺撞撞地跟在她后面。

李老师看了看这边又看了看那边赌气离去的刘奶奶，最终朝着刘奶奶离开的方向追过去：“等会儿，刘子实奶奶你等会儿！”

刘奶奶祖孙二人离开后，气氛恢复先前的平和。

沈然还在气头上，思绪浑噩，有小姑娘把面巾纸递了过来：“给……给你。”

这是大班的小同学，平常刘子实有事没事就扯她的辫子，沈然记得很清楚。

“谢谢。”沈然接过，低头擦了擦脸。

“沈然，你中午要不要和我们一起吃饭？”

“我这里有饮料，沈然，你要不要喝？”

“沈然，下次做操我们站在一起吧……”

曾经对他爱搭不理的女同学、男同学全叽叽喳喳地凑到旁边献着殷勤，显然把他当成了英雄。也难怪，刘子实体形大又爱戏弄小朋友，除了几个小男生外，班级里其他女同学都不喜欢和他玩，现在沈然站出来，可不就是英雄？

从来没这么受欢迎的沈然蒙了几秒，不由自主地看向沈昼。

望着兄长鼓励的目光，沈然咬了咬唇说："我……我下次再和你们玩，今天要陪哥哥他们。"

"好吧，那你上学要找我们玩哦。"

沈然颔首，跟着两个哥哥回他们原本的位置。

叶芽依旧让叶清河抱着，下巴靠在叶清河的肩上，竖起耳朵听沈然和夏晴的对话。

沈然说："我流产了……"

四个字透着悲伤。

叶芽搂紧叶清河的脖子，跟着难过起来。

夏晴搂住沈然的脖子，安慰道："没关系，沈然你还会有宝宝的。"

沈然停下脚步，看着夏晴："你是说我们再亲亲吗？"

夏晴摇了摇头："妈妈说结婚才能亲亲。"

她停顿了一下，声音低了下去："可是我已经答应和芽芽结婚了。"

沈然垂眸，情绪同样低落："我也答应和芽芽结婚了。"

气氛突然变得死气沉沉的。

听了全程的沈昼与叶清河面面相觑。

沈昼："他们在说什么？我怎么听不懂？"

叶清河颔首："我也一样。"

两位靓仔蒙了，现在小孩子的过家家都这么真实的？

愉快的一天很快结束了，比起来时的欢乐，离开时小朋友明显都没了精力。叶芽这次坐的是小班的车，和其他小朋友一样，上车后便靠在叶清河身上安心睡去。

大巴车平稳地行驶在高速公路上，车厢内很安静，偶尔传来几句低语。

就在叶清河昏昏沉沉地睡去时，肩膀被轻轻拍了拍，抬头一看是刘老师。

他犹豫几秒，小心地把叶芽放在座位上，起身坐到刘老师旁边的位置上。

"我本来想和你父亲谈一谈的，可是你父亲一直不出现，只能和你详细说一下，回头还要麻烦你转告你的父亲。"这些天刘老师试着联系叶霖川，然而每次发的消息都是石沉大海。

叶清河不禁朝后座瞥了眼，正色道："我父亲工作比较忙，要是芽芽在学校表现不好，老师可以直接说。"

"倒也不是表现不好。"刘老师叹息了一声，拉开背包把叶芽这几天的作业一起拿了出来，"你看看。"她本来是准备给叶芽的家长的，没承想人家并没有过来。

叶清河翻开本子，上面都是叶芽在幼儿园画的画，全是花，各种各样奇奇怪怪的花，色彩妖艳，难以相信这是出自三岁儿童之手。

"她总说这是她妈妈。"

叶清河心里咯噔了一下。

刘老师压低声音道："我没别的意思，不过……这种事还是要请家长重视起来。这些画你就带回去吧，最好给你家大人看一看，尽量不要疏忽了。"

叶清河收起画："谢谢老师，以后芽芽要是有什么不对的，还请您多联系我们。"

他彬彬有礼宛如贵族绅士，刘老师对其好感倍增，笑着点头。

叶清河深吸一口气重回座位上，刚坐下就感觉到一束目光从旁边扫过来。

他扭过头，与叶芽的视线撞个正着。

"芽芽醒了？"叶清河心里一紧，有些害怕那些话被叶芽听到。

她揉揉眼没说话，看向窗外，看了两眼后又脑袋一歪睡了过去。

叶清河松了口气，原来她只是睡蒙了。

他伸手重新搂住叶芽，寂静中，任务面板滑落，系统播报声跟着响起。

"《恶毒女配之路》主线任务07：让叶霖川身败名裂，一无所有。（未完成）"

原著剧情中，叶芽并不是被叶清河感化才回到叶家的，那只是她报复叶家的第一步。

至于第二步——那就是让叶霖川破产。

叶霖川骄傲自大、目中无人，站在权力顶端，在拥有一切的同时也得罪了不少人。叶芽就是把握住了这一点，一步一步把叶霖川推下神坛，到最后让其家破人亡。

这个任务对还只是个宝宝的叶芽来说是地狱级别的。

系统劝慰道："没关系，我们时间多的是，先让你那个'便宜爹'多嘚瑟几天。"

他絮絮叨叨地说着未来的伟大计划，可是进入香甜睡梦中的叶芽压根儿没听，靠在哥哥身上舒服得像是只惬意的小奶猫。

凌晨两点的叶家别墅中，院中亮着几盏暖灯，飞虫环绕着灯火盘旋。

可是突然间，一道突兀的声音打破这惬意幽静的夜。

似是重物落下的声音，很沉闷，很小，以往根本难以让人觉察，可是叶芽刚被噩梦惊醒，一丁点儿动静都吓得她心跳加快。

从床上爬起来的叶芽摸黑在身边寻找着，好半天才找到了那顶猫咪睡帽。猫咪的两只眼睛里嵌了小灯泡，她用力一晃，两束红光从猫咪的眼里射出。

叶芽戴着帽子走出房间。

由于睡帽的灯需要摇晃发电，她必须让身体时刻晃动，于是叶芽走两步晃一下脑袋，爬一级楼梯再晃一下脑袋。

就这样一路摇摇晃晃地爬上四楼，叶芽借着猫咪眼灯看见卧房门口站着两道身影，其中一人搀扶着另外一人，动作看起来颇为吃力。

"叶总，您的房门密码是多少啊？"

这声音是何助理的。

"叶总，您为什么给卧室上密码？叶总您说话啊，叶总。"

这个人的确是何助理。

叶芽走过了去，有礼貌地打招呼道："叔叔晚上好……"

突然传来的童音令何助理和醉醺醺的叶霖川一同扭头看了过去。

站在楼梯口的小女孩儿身穿白色睡裙，一张苍白的脸蒙了层淡淡的幽光，瞳仁漆黑，目光锁定两人。

吧嗒，灯光在眼前灭了。

一片黑暗里，那道小小的影子晃了下脑袋，她头顶的猫咪睡帽竟然亮了起来。

何助理瞳孔紧缩，身子激灵了一下，手一松，叶霖川倒在地上，只听一声闷响，他的脑袋重重地磕在了门上。

"芽……芽芽？"何助理的声音还在抖。

叶芽晃着脑袋过来："叔叔你来啦？"

“啊……嗯。”何助理呆呆地盯着她头顶冒着红光的猫眼灯，没反应过来，“你这……你这帽子挺别致啊。”

“子煜送给我的。”说话间灯又灭了，叶芽晃了晃脑袋让灯光亮起。

何助理的心猛跳了下，他定了定神问：“你知道爸爸房间的密码吗？”

叶霖川已经醉成一摊烂泥，何助理问他也问不出来。

叶芽摇晃着脑袋说：“我不知道。”

何助理叹了口气，嘟囔道：“你说谁会给自己的卧室安密码锁……”有钱人的世界他果然不了解。

叶芽没说话。

听哥哥说叶子煜犯起病会到爸爸的卧室砸东西，有几次还撕了爸爸没来得及收好的合同。为避免损失，叶霖川直接把书房和卧室安了密码锁，平常他不在家都会锁上。

“这指纹也打不开啊……”何助理拉扯着叶霖川的手指在锁屏上按了按，房门丝毫没有要开的迹象。

看着何助理犯难的样子，世界上最善良的小妖怪第一时间站了出来，大方提议：“可以让阿弟去芽芽的房间睡觉，我可以把床让给他。”

她这么乖巧？

何助理笑了下，扛着叶霖川进入电梯直接去了叶芽那里。

她的床很大，再有一个叶霖川都可以睡下，床头摆着各种毛绒玩具，都是叶子煜还有哥哥送给她的。

叶芽打开床头的小台灯，铺开被子，小手拍拍粉色带有蕾丝边的枕头，做了一个请的手势：“来这边、来这边，把阿弟放在这边。”

何助理极为随意地将叶霖川丢在上面，长出口气揉揉发酸的肩膀，好笑地问：“芽芽为什么叫爸爸阿弟？”

叶芽仰起头来认真地说：“因为他年纪小。”

“啊？”

“芽芽是长辈。”叶芽加重语气，对自己的一百岁高龄有种难言的自豪感。

何助理扑哧一声笑了，拍拍叶芽的小脑袋：“那长辈要好好照顾爸爸，叔叔要先回去了。”

“好。”叶芽感觉肩头沉甸甸的，想必这就是爸爸说过的责任感，“那我送叔叔到门口。”

何助理再次被她这一本正经的表情逗乐，心情都跟着好了许多："不用了，我坐电梯下去就好。"

叶芽："我是说送你到前面门口。"

好吧……

走出卧室，他突然止步，转身半蹲在叶芽面前，叮嘱道："你爸爸的心情可能不是很好，等他醒过来芽芽尽量不要闹他。"

叶芽不太理解，眼睛里闪烁着疑惑的光："阿弟有心情好的时候吗？"

何助理喉头哽住。

这话说得没错，他们家 boss 一天 24 小时处于更年期，就像是个炮仗，一点就炸。

不过这次情况特殊……想到公司面临的局面，何助理叹息。

"叔叔，你不开心？"

何助理回过神，笑了笑："还好，等你爸爸醒了，你好好安慰安慰他。"

叶芽歪了下头。

小姑娘眼中的求知欲旺盛，让憋着心事的何助理找到一个发泄口，想也没想就把这些天的事说了："之前公司投资了一个很大的项目，本来这是一件好事，不承想……"何助理深深吸了口气，接着道，"今天我们收到上面的文书，说项目违规，勒令停改……"

其实这个项目除了叶氏外，之前还有几个公司一起参与了竞标，其中一个是某大型国企，叶家横插一脚截了和，对方怀恨在心，竟在他们开工后直接向上级举报，最后以环保不达标的名义下了停建指令，可是具体怎么改，改后通不通过那就另说了。

这是有人看不惯叶霖川这几年风头过盛，故意以此打压叶霖川。

现在项目停建，股票下跌，资金链补不上，一同参与投资的公司还在催债。

别说叶霖川心情不好，叶氏企业每个员工的心情都不好。

"我和你说这些干什么？"何助理苦笑一声道，"叔叔走了，芽芽要好好照顾爸爸呀。"他冲叶芽挥了挥手，头也不回地进入电梯。

叶芽在门口站了会儿，等电梯下去，才踮起脚合上门。

叶霖川像烂泥一样瘫在床上，眉头紧锁，呼出的气息带着刺鼻的酒精味。

叶芽捂住口鼻走上前，像看一件新鲜玩意儿似的打量着不省人事的叶霖川。他的脑袋肿了两个大包，一个是刚才磕的，另一个应该是以前磕的。

不知道会不会疼，叶芽不自觉地伸出一根手指头去抚摸那片青紫。

“嗯……”叶霖川闷哼一声，双眉皱得更紧。

叶芽急忙把手缩回，脑海里浮现出何助理先前说过的话。

没错，她是长辈，长辈要好好照顾小辈。

叶芽行动力超强，立马脱下叶霖川脚上的皮鞋和那双黑色袜子，甚至好奇地凑上去闻了闻——

“臭！”叶芽举着袜子假装晕倒，过了会儿爬起，再次控制不住地嗅了嗅。

“臭臭！”

她莫名兴奋地在床上连滚了好几圈，玩够后，小脸红扑扑地爬了起来。

“给阿弟擦脸。”叶芽搬起小凳子来到洗手间，浸湿毛巾颠颠地重回叶霖川身边，细心地擦拭着他的脸还有手掌。

叶霖川的手很大，衬得叶芽的手越发小了。

她抬起头，昏暗灯光下的眉眼与生父如出一辙，醉意掩盖着男人清醒时冷厉严肃的神色，此时他竟有几分类似父亲般的柔和感觉。

“爸爸……”叶芽轻轻叫了声，凑过去整个人趴在了叶霖川的胸膛上。

心跳有力，胸怀宽厚——和爸爸一样。

“爸爸，芽芽想你了。”叶芽闭着眼，低低倾诉着对父亲的思念，“我很乖哦。我每天都会晒太阳，也多喝水了，不过……不过水进了肚肚里，不是小脑袋上。叔叔说脑袋上的小叶子不可以浇，那样脑子进水就不聪明了……可是妈妈明明一直往我脑袋上浇水的呀。”

她说：“爸爸，芽芽在好好长大，等我见到你……就可以抱着你啦。”

叶芽晃着脚丫子，脑海中已有一幅清晰美好的蓝图，图画里有父亲，有母亲，有千花万树，有蝴蝶飞舞，而她就在父亲的怀里，抱着他和原来一样。

抱够后，叶芽依依不舍地翻身下去继续给叶霖川擦手。

夜已深，可是小妖怪毫无睡意，大脑比任何时候都要清明，甚至想给阿弟涂个指甲油。

叶芽想了又想，最终按捺不住蠢蠢欲动的恶作剧之心，从一旁的公主梳妆台里拿了两瓶过家家用的指甲油出来。

叶芽拧开盖子把叶霖川的手放在自己的腿上，认真给他的指甲上色。

芭比粉的指甲油艳丽刺眼，配着叶霖川结实的手骨别有一番韵味。

涂完手指头还有脚趾，叶芽戴上口罩，贴心地给他的趾甲涂上了绿色。

妈妈说了，红配绿，美如玉。

真漂亮，他现在和公主一样。

"晚安，公主。"叶芽为叶霖川盖好被子，打了个哈欠倒头便睡。

天亮得早，阵阵铃声划破寂静的清晨。

一缕阳光从窗帘缝隙中洒入，温柔迷人。

叶霖川脑袋疼得厉害，拧着眉从宿醉中醒来，昏昏沉沉中感觉胳膊上压了个东西，让他的膀子又酸又痛。叶霖川转头看去，一张熟睡的小脸毫无预兆地闯入视线之内。

小姑娘一头乱发贴在肩头，脸比刚来时胖了一圈，胖嘟嘟的像卡通里那种 Q 版人物。

叶霖川先是一愣，反应过来后不太温柔地把小朋友从身上推开。

他坐起来，看着房间陌生的布置发蒙。

这是兔崽子的房间?

叶霖川从没来过这里，对这一切毫无印象。

他正思绪浑噩间，旁边传来细小的梦呓："找不到厕所……"

"找见啦！"小姑娘高兴地说道。

叶霖川心重重一跳，抱起叶芽向洗手间跑去。

"小芽芽，该起床准备去幼儿园啦。"

门被打开，保姆笑眯眯地走了进去。

叶霖川松了口气，沉着脸指向半梦半醒的叶芽："弄好她。"

保姆一阵恍惚。

叶霖川拿起地上的皮鞋，面无表情地离开了。

口袋里的电话持续响着，他不耐烦地接起，视线一瞥，骤然看到手指和脚趾上的变化。

这是指甲油，粉红色的，还涂到指甲外了。

叶芽干的!

叶霖川面容扭曲，眼中怒气翻涌。

"叶总，您在吗？"

叶霖川深吸口气："我在，你说。"也许是酒喝多了的原因，到现在嗓子都有些哑。

秘书声音紧绷地道："我们收到了法院传票。"

叶霖川呼吸一窒。

"盛江银行联合四家公司控告您，现在赵董还有其他董事都在等您过来。"

叶霖川没说话，双唇因阴郁的心情抿成一条直线。

他握着手机的左手因用力而不住紧缩，手背青筋凸起，指骨微微泛红，过了半天他只说了五个字："我马上过去。"

挂断电话，叶霖川回去换了身西装，步伐匆匆地乘上电梯。

"爸！我今天就要去上学了！"电梯打开的瞬间，叶子煜眼睛发亮地向他跑来，兴冲冲地说，"爸，你不送我吗？"

叶霖川低头抠着手指上的指甲油，因有心事，耳朵自动屏蔽外界的一切声音。

"爸？"叶子煜挡在叶霖川身前，"你怎么不理我？你能送我去学校吗？不会耽误你多长时间的。"

电话似催命般再次打过来，叶霖川心烦意乱地接通。

"叶总，基金那边出现问题，如果再不补上资金……"

"我知道了。"叶霖川打断对方的话，"我马上过去处理。"

"爸……"

"我说了我知道！"喋喋不休的吵闹声让叶霖川长久紧绷的神经彻底断了，他挥开叶子煜放在他胳膊上的手，连个眼神都没施舍便大步离去。

叶子煜跌倒在地，愕然地看着父亲远去的身影。

嗡，耳朵开始响，剧烈地响，叶子煜紧捂双耳想屏蔽这种声音，可是没有用，什么用都没有。

他的心跳很快，就像杂乱落下的鼓点。

"子煜？子煜你还好吗？"刚从楼上下来的叶清河飞奔到叶子煜身边，"子煜看我。"

叶子煜眼神空洞，未见先前的半分喜悦之色。

早上是狂躁症的高发期，叶清河知道叶子煜又犯病了。

“阿姨，阿姨去拿药……”

叶清河话音刚落，坐在地上的叶子煜有了反应，他淡淡地推开兄长的手，漠然地从地上站了起来：“我没事，真的。”

“子煜……”叶清河呢喃着，竟说不出一句安慰的话。

在这个家里，没人比叶子煜更需要父亲的陪伴，他更需要一个拥抱。

他很孤单，病痛总会在他孤单时将他吞噬。

“今天……今天要不先别去学校了？”叶清河坐到叶子煜身旁，温柔地看着他，“等你好些了我们再……”

“嗯，我没事。”叶子煜眼神平静地看着他，“哥哥，谢谢你照顾我。”

叶清河没想到他会突然这样说，顿时怔住。

叶子煜那漂亮的脸上扯出一丝笑，很干净，先前从未有过。

“哥哥在学校要好好学习，我今天就先不去了。”说完，叶子煜拎着书包回屋。

叶清河怎么想怎么不放心，临去学校时对家里所有人都嘱咐了一遍，直到时间来不及，才带着叶芽从家里离开。

可是就在下午五点半左右，叶清河接到家里保姆打来的电话——

“叶子煜失踪了。”

叶子煜失踪得猝不及防，令叶清河心跳加速，大脑瞬间空白。

他强作镇定地安抚好保姆，又给前往幼儿园接叶芽的司机打了电话，随即联系父亲与何助理。

何助理没有回复。

父亲同样没有回复。

他早该知道的，平常家里不管发生什么事，爸爸永远是最后一个知道。

他不应该指望父亲。

叶清河心口绞痛，低头胡乱擦去眼泪，颤抖着手在书包里摸索药瓶。

可是手抖得厉害，他没拿住瓶子，从掌心掉落到地面上。

叶清河恍惚了几秒，弯腰去捡瓶子。

“给。”一只清瘦的手把药瓶递了过来。

“谢谢。”叶清河接过药瓶，取出两颗药粒就水服下。

沈昼看着他苍白的肤色，嘴唇翕动：“芽芽……又出事了？”

叶清河垂下眼帘，药物暂时让他的心跳恢复正常，他攥了攥拳头倏然起身，把桌上的书本一股脑儿地塞入书包，说：“我要请假，自习课就先不上了，作业你可以自己写也可以等我明天回来。”

“叶……”

最后那两个字沈昼还没说出口，叶清河便匆匆地离开教室。

很快，司机带着叶芽出现在一中门口。

“哥哥！”叶芽扒在车窗上笑着看他。

她还不知道发生了什么事，笑得没心没肺，单纯可爱。

若是以往叶清河便应了，可是现在他连说话的力气都没有，满脑子只剩愁云。

咔嚓，车门关上，叶清河坐上后座。

叶芽扑了过去：“哥哥，你不开心？”她觉察出叶清河情绪低落，眼睛里满含担心。

叶清河牵强地笑了笑，看向司机：“去我爸的公司。”

司机：“现在？”

叶清河点头：“现在。”

司机知道家里出了事，没多问，直接转道去叶家的公司。

路上气氛极为沉重，叶芽很有眼力见儿，没再缠着叶清河。

她眨了眨眼看向白猫，比了个口型：哥哥怎么啦？

白猫尾巴蜷成一团，没回应叶芽，伸出舌头舔了舔他，又蹭了蹭。

叶芽迷茫地鼓了鼓腮帮，趴到前面问司机：“司机叔叔，家里出事了吗？”

司机同样没回应，安静地开车。

叶芽换了个问话的方式：“是子煜吗？”

司机眼神黯然，气氛明显凝重了些。

“真的是子煜？！”叶芽不可思议地瞪大眼，声音急切起来，“那我们快些回家找子煜，我和哥哥不在，他肯定很寂寞。”

叶子煜太害怕寂寞了。

她在幼儿园有很多小朋友陪她玩，哥哥在学校也有很多同学，可是叶子煜只有一个人，他一定是因为很想念他们而闹脾气。

真糟糕，她早上离开前应该抱抱叶子煜的。

前面是红灯，司机缓缓放慢车速，轻声说：“子煜下午趁人不注意跑了，家里已经派了保安去找，可是到现在都没消息。”

要是叶子煜单纯耍脾气跑了也没事，就怕被不法之徒盯上。

叶氏家大业大，总有那么几个不怕死的小贼打些歪主意。

叶芽着急地正要多问几句时，司机把车子停在路边：“到了。”

一路没怎么说话的叶清河推开车门：“麻烦您照顾一下芽芽，我一会儿就下来。”

说完，叶清河下车离开。

眼看他的背影越来越远，心焦的叶芽背起书包跟了上去，动作飞快，根本不给司机反应的机会。

“哥哥——”叶芽一路追了上去。

叶清河走得很快，已到达大厅电梯。

她个子小跑得又快，竟躲开前台和保安跟着叶清河的步伐到了大厅。

那扇电梯门已经合上，望着徐徐上升的数字，叶芽着急地跺了跺脚，像只迷路的小羊羔似的闯入另一部电梯里。

电梯里站着两名衣着靓丽的女职员，叶芽仰起头看了她们一会儿，局促地上前拉了拉其中一人的裙子：“姐姐……”

小姑娘声音软得似棉花糖，瞬间引起注意。

见是个不大点儿的小娃娃，两位都市丽人都蒙了。

“小朋友，你是和妈妈来的吗？”对方弯下腰很关心地问。

叶芽摇了摇头：“我来找阿……”

不行，她不能说阿弟，会被赶出去的。

叶芽纠结地皱了皱眉头，不情不愿地说：“我找阿爸……”

阿爸？这称呼很新鲜。

“你说的是爸爸吗？”

叶芽又不情不愿地点头。

“我刚好在人事部，你可以告诉我你爸爸的名字，等我回去帮你找一下。”

“叶霖川。”她稚嫩的童音将简单的三个字咬得极重。

丽人们愣住。

叶氏企业只有一个人叫叶霖川，那就是他们的董事长。

也就是说，这小女孩儿是董事长的女儿？

她们上下打量着叶芽，眼神分明带着探究与怀疑。

叮，二十楼到了。

叶芽看了眼外面，小妖怪的第六感告诉她阿弟就在这里。

叶芽扯着书包肩带离开电梯，还不忘对两人鞠躬感谢："谢谢姐姐回答我的问题。"

她抬头挺胸，迈着两条小短腿去找阿弟。

走廊很长，电话声此起彼伏，两边都是办公室，人很多，男的西装革履，女的短裙加身，一个比一个步伐匆匆。

叶芽需要小心走才不会撞在他们腿上。

沿路走到尽头，叶芽透过玻璃看到了办公室里的叶霖川。

他坐在会议桌上位，下位是公司高层。

他们在说话，具体说了什么叶芽听不清，不过从所有人的表情来看，应该不是什么愉快的话题。

叶芽注意到，阿弟头上竟又多了一朵乌云，不对，那分明就是原来的乌云。

她诧异地瞪大了眼睛，小手半握成拳在门上敲了敲。

"进。"

里面的人以为是参加会议的董事，看都不看地叫秘书放人进来，可当人真的进来时，众人都愣住了。

站在门口的小团子穿着背带裙、小衬衫，头戴一顶小黄帽，帽子前面印着一只小黄鸭。

她长得很精致，唇红齿白，眼睛大而水润，光那么一站就像是从画里出来的漂亮小精灵。

问题来了，这小姑娘从哪里冒出来的？

所有人都在思考这个问题，一时间沉默的气氛取代了先前的火药味。

叶芽径自走到叶霖川身边，抬头一瞧，那乌云竟然又没了。

她眨巴眨巴眼，试着后退了一步。

乌云小心地浮现出浅浅的身影。

她又后退一步，乌云完全浮现。

叶芽恍然大悟，这朵小乌云只有她在的时候才会消失，因为她是幸运草，天生与它相克；要是她不在，小乌云就又会慢慢出来。

要让乌云完全消失，可能她要寸步不离地陪阿弟几天才行，或者每天让他多摸摸自己的脑袋。

她的反复动作让所有人一脸迷惑，让叶霖川心情烦躁。

叶霖川神色不善地道：“你是和叶清河一起来的？”先前秘书打来电话说儿子过来了，但是他忙着开会并没有理会，只是没想到小麻烦虫也会一起过来。

看着手上黑色的手套，叶霖川的脸色沉了沉。

“出去，我在开会。”他毫不犹豫地赶人。

叶芽身体未动，一点儿都没有要走的意思：“可是子煜……”

叶芽只说了四个字就被叶霖川夹在腋窝下带到外面，他找了一处安静的角落把她放下，居高临下地看着她。

“信不信我把你扔了？”男人的声音冷冰冰的，没有半分感情。

他的耐心有限，小孩子某些幼稚的行为他可以忍受，但不代表会一直忍受，尤其他根本就不喜欢这个冒牌货，哪怕多看一眼都觉得无比厌烦。现在她贸然闯入公司在会议上胡闹，无疑加重了他心里的厌恶情绪。

这番话并没有让叶芽生气，她小脸瓷白，瓮声瓮气地说：“你丢掉我可以，但不能丢掉子煜。”

叶霖川垂眼看向腕表，表情随着秒针的转动越发不耐烦。

“子煜跑出去了，你不担心吗？”

叶霖川呼吸凝滞，阴沉的表情裂开一丝细微的痕迹。

“叶总，赵董到了。”秘书过来搭话。

她睨了叶芽一眼，低声提醒：“股东们都在等您，对了，分公司那边来要账了。”

“我知道。”叶霖川声音微沉，“我马上过去。”

秘书离开。

叶霖川闭眼按上眉心，深吸一口气道：“我会让何助理派人去找，现在我很忙，走不开，你和叶清河回家，不要再烦我，不要打扰我，懂吗？”

说完这话，他大步离去。

叶芽回过神，忙不迭地迈着小短腿追上去：“可是阿弟不去吗？妈妈说解铃还须系铃人，你不去的话，叶子煜哥哥还是会很难过。”

叶霖川面无表情，充耳不闻。

叶芽吭哧吭哧喘息着，尽管累，可还是不忘说话："你这样当爸爸不行的，小心……小心子煜还有哥哥把你给开除爸籍，你被开除的话就当不了别人的爸爸啦。"

叶霖川哼笑了一声，倏然止步，低下头正视着她澄澈的一双眼眸："父与子是血缘上的关系，虽然你说得很有道理，但是这世上没人可以开除自己的父母。"说完，叶霖川推门进入会议室，给叶芽吃了一个闭门羹。

她呆呆地看着屋里落座的叶霖川，双臂垂落，浑身像失力般蔫了下去。

父与子是血缘上的关系没错，可父亲若把宝宝的心伤了，血缘再亲密又有什么用呢？

叶芽莫名感觉胸口憋着口气，妈妈说过这种感觉叫愤怒，要是遇到这种情况需要……需要骂人！

对！骂人！

她要骂人！

叶芽握紧拳头，狠狠地跺了跺脚，张大嘴巴朝里面大吼道："臭弟弟你就是个大笨蛋！你的脚也是臭的！"

会议室安有隔音墙，里面的人只能看到她脸蛋红红地喊着，具体内容谁都没听清，可是走廊上的工作人员听得一清二楚，路过时全憋着笑假装没听见。

隔着扇玻璃，叶芽闹了起来。

叶霖川自动无视窗外那炽热的视线，眼帘微敛，神色平静，与现在僵持的局面形成鲜明对比。

"叶总，我们很感谢您对叶氏做出的贡献，可是现在这个局面，我们不得不暂停您的工作。"

他面前放着一份股东决议书，下面按满手印，就在他离开的短短时间里，在场所有人投票决定让他离开如今的位置——很明显，这是众人计划好的。

面对数道逼迫的视线，叶霖川仍保持着先前优雅的坐姿，表情未变，一如既往地深沉、冷静。

"依诸位的意思，如今的局面是我一人造成的？"

众人面面相觑，算是默认。

叶霖川不禁哂笑，拿起那张薄薄的纸，一目十行地扫过，注意力停在末尾赵家明这个名字上。

“为避免更大的经济损失，叶总暂时离职是最好的选择，或者叶总想让公司与您一起背负债务？”赵家明坐在侧下方，双手交叠放在桌上，拇指不断摩挲着。

即使他努力地强装淡定，叶霖川还是在他的语调中察觉出一丝得意之意。

赵家明是公司副董，一旦叶霖川离职，便会替代叶霖川坐上现在这个位置。

“何况……”赵家明像是笑了下，“叶总的脚伤不是还没好？”

叶霖川面色淡然地道：“赵总连自己体检单上的问题都没解决，倒是关心起我这点儿小伤来了。”

想到上次体检时赵家明躲闪的样子，会议室的众人全看了过去。

赵家明面上挂不住，沉了沉气，说：“叶总，我们不要学小孩子拌嘴。在座各位都理解您的心情，但还是希望叶总尊重各位股东的决议。我们共事多年，相信不管是谁都不想事情闹得太难看。”

会议室再一次陷入沉默之中，众人全看着叶霖川，等待他表态。

时间在流逝，几分钟后，叶霖川缓缓抬眼，竟笑了。

“我当然不会否决大家的决定。”他站起来，看着赵家明说，“只是我这位置有些高，赵总坐的时候千万不要闪着腰。”

赵家明全然无视他言语里的嘲讽，起身伸出了手。

叶霖川轻嗤一声，像躲避野猫野狗似的避开那只手，昂首阔步，目不斜视地离了开会议室。

“叶总，清河和叶芽在会客厅等您……”见他出来，等候多时的何助理匆匆跟上，“我已经联系了保镖那边，他们已经在找了。”

“以后不必再叫我叶总。”叶霖川神色冰冷，说这话时漫不经心似是在开玩笑。

何助理一怔，脚步骤停：“什么？”

左右无人，叶霖川一把揪过何助理，凑到他耳边用极轻的声音说：“帮我盯着赵家明。”说完他拍了拍何助理的肩膀，不顾对方错愕的神情直接转身进了会客厅。

会客厅宽敞明亮，点缀在角落的绿植成为整个房间的亮色。

他站在门前，一眼看见坐在沙发上焦灼等待着的叶清河和叶芽。

叶霖川扯下领带揉成一团，随意地将其塞进口袋中：“走吧。”

一大一小两人都看了过来。

“找子煜。”

叶清河抿了下唇，牵起叶芽的手跟在父亲身后。

叶霖川离职的消息以光速传到公司每个员工的耳朵里，凡是路过的人都会向叶霖川投来诧异的目光。在众人的注视下，叶霖川脊背挺直，眼神冷漠，没有受到一丁点儿影响，就好像位于视线焦点的不是他一样。

“阿弟，他们都在看你。”叶芽不识相地打破沉默。

三人进入电梯，叶霖川按下按钮，微微垂眸道：“如你所愿，我被开除了。”他讥笑道，“满意吗，小怪物？”

那眼神有点儿吓人，叶芽倏地躲在叶清河背后，只露出一只大眼睛偷偷打量叶霖川。

他很不好，就连头顶的浓云都扩散了一圈。

抵达车库时，叶霖川刚取出车钥匙，就被从后面赶来的公司人员叫住。

对方瑟缩着肩膀，明显忌惮叶霖川，怯怯地说道：“叶总，按……按照规定，您不能再使用公司的车辆。”

他这辆大奔写的是公司的名字，是公司财物。

叶霖川双眸里凝聚着暗潮，奉命行事的员工被这凶恶的眼神盯得头皮发麻，眼看要撑不下去，一串黑色钥匙从眼前飞过砸到地面上。员工二话不说赶忙捡起钥匙，匆匆忙忙地跑了回去。

“爸……”叶清河的呼唤声带着担忧。

叶霖川没有正面回应：“叫车过来赶不上，我们打车走。”

“好。”叶清河拉紧叶芽，“爸，您还好吗？”

他好吗？他好，好得不能再好了。只是……

叶霖川止步瞥向叶芽，冰冷地吐出几个字来：“你就是个灾星。”

一直被夸是幸运草的小妖怪听到这句话时——心碎了。

她忘记眨眼，明亮的双眸中满是愕然之色，尽管没说话，但能看出她正在经历巨大的打击。

“爸！您怎么能对她说这种话？！”叶清河急了，弯腰堵住叶芽的耳朵，“您干吗和一个孩子置气？”

“我说错了吗？”叶霖川怒极反笑，近日积聚的所有怨念在此刻爆发，

“从她来到现在，我过过一天好日子？没有。”他弯腰掐起叶芽的脸颊，目光灼灼逼人，“哪怕你和我女儿长得一样，你也只是个伪劣的复制品，你永远别奢望我给你一丁点儿父爱。”

“爸！”叶清河拍开叶霖川的手，心疼地看着叶芽被捏红的脸，语调染上哭腔，“您到底要做什么？您不如意就冲子煜撒气，现在又冲叶芽撒气，您要实在不满，实在不开心，就不要养我们！”

他咽下酸涩感，用校服袖子胡乱擦去涌出来的泪水，抱起叶芽向前走去：“我就不应该来找您……”

他对父亲有过期待，再如何都把父亲当成靠山。

他包容父亲的苦楚，理解父亲的艰辛，每次在父亲不在时都愿意担起家长的职责。

可是父亲从没为他们想过，从没尽过半点儿责任。

叶清河感觉窒息，快速走到拐角处蹲下，捂着胸口痛苦地急喘着，眼泪顺着脸颊滑入半张的口中，他却感觉不到咸，只有苦涩。

“哥哥？”

看到叶芽神色惊恐，他却说不出安慰的话，想抬手抚上她的脑袋，却连指尖都动不了。

万分紧急的时刻，白猫再次浮现，闭眼往他身体里渡了口气，而白猫的身体随着气息消散再一次变得透明。

叶芽心里一惊，一个念头骤然浮现：“你……你是妈妈吗？”

白猫看着叶芽，点了下头。

叶清河的呼吸逐渐平稳，没多久他便恢复过来了。

叶芽握紧拳头，暗暗下定决心，小声问：“你知道子煜在哪里对不对？”

白猫又点了下头。

“能告诉我吗？”

它默默飘浮在空中，温柔地将额头抵在叶芽的脑门上，视线穿透茫茫白雾，叶芽在白雾尽头看到了那道熟悉的影子——叶子煜。

叶芽眼睛一眨，画面消散。

她短暂地愣了会儿，反应过来后推了推叶清河的胳膊：“哥哥，我找到子煜啦，我知道他在哪里了！”

急促的呼喊让叶清河意识回归，他艰难地抬起头，唇齿间吐出细碎的词语："你知道？"

叶芽双手比画着："一个大的石碑前面，旁边有很多很多这样的石碑，只有子煜一个人在那里。"

石碑，很多这样的石碑……

叶清河灵光乍现，呢喃了两个字："墓园。"

叶子煜一定是去了墓园！他去找母亲了！

叶清河强撑着站起来，抱起叶芽向停车场外走去。

"叶清河——"发现他们踪影的叶霖川在身后怒吼。

叶清河固执地咬紧下唇，像没听见般加快步伐。他甩开叶霖川，拦了辆出租车："师傅，去松鹤墓园。"

车子发动，透过后视镜，叶清河看到父亲追出来的身影，那个高大挺拔的身躯随着车子行驶逐渐被拉长化作一个黑色小点，过了一会儿完全消失。

叶清河淡淡地收回目光，紧紧地把叶芽护在怀中。

"哥哥，墓园是什么？"

灵地没有墓园这个说法，所有死后的生灵都会被葬在灵土中，来年魂魄重生，化作新的生命重返大地，周而复始，生生不息。

叶清河抚摸着小姑娘那细软的发丝，温柔地解释："埋葬妈妈的地方。"

叶芽不由自主地看向白猫。

灵力减少令猫咪的身体跟着缩小一圈，通体雪白的猫咪安静优雅地蜷缩在叶清河的肩头，闭着眼仿若沉沉睡去。

她死后没有选择转世，而是化作守护灵陪伴在最需要的大儿子身边。

路上叶霖川打了好几个电话，叶清河一个没接，最后直接将手机关机，领着叶芽在墓园门口下车。

今天是阴天，山中还有雾气，石阶一级接着一级向山上蜿蜒，就像是通往神国的阶梯，迷雾交织中看不到尽头。

余研被安葬在这里，那是他们的母亲。

叶清河已经很久没来过这里，每上一级台阶心情都会跟着沉痛一分。他拉着叶芽的指尖冰冷如雪，漂亮的眼睛里笼罩着雾气，那是眼泪。

"子煜在那儿！"

目光尽头，叶子煜盘腿坐在墓碑前，小小的身体看起来马上要被山雾吞噬。

墓碑前放了两束橘黄色的野花，还很新鲜，应该是叶子煜过来时顺道采的。

“子煜！”叶芽松开哥哥的手跑过去，“子煜哥哥，你怎么可以一个人跑出来不叫我？”她有点儿难过。

叶子煜脸色苍白，空洞的双眸映着墓碑上的遗照。

余研死的时候还很年轻，瓜子脸、桃花眼，浅笑着，就像民国时期的闺秀，冷淡中透着几分温婉高贵的气质，仔细看，那双眼睛和叶清河的眼睛像极了。

看到照片和对着遗照出神的叶子煜，白猫极为悲伤地靠在了叶子煜身上，无声地给他安慰。

“子煜，该回去了。”叶清河拉住叶子煜的胳膊。

叶子煜动也没动，麻木地说：“哥，你说妈妈去哪里了？”

叶清河避开他的视线：“我不知道。”

“妈……妈妈为什么不来带走我，甚至都不来看看我？”叶子煜嘴唇颤抖，深深凝视着眼前笑得温柔的母亲，“我趁你不在的时候偷偷看恐怖片了，恐怖片里说人死后会变成鬼魂回来，可是妈妈为什么不回来？她是担心吓到我吗？”

“子煜……”

“爸爸根本就不爱我们。”

“子煜，别说了。”

“其实我们早就变成孤儿了。”

“子煜……”叶清河单臂抱住他，“求求你别说下去了。”

他们抱在一起，绝望中，只有彼此是依靠。

叶芽背着小书包静静地站在后面，突然下定决心。

“子煜哥哥。”叶芽三步并作两步走过去，两只小手用力把他从地上揪了起来，拽到不远处，确定哥哥听不见，才小声开口，“我可以让你妈妈回来。”

她的眼睛里闪烁着坚定的光，让人没法怀疑他这话的真实性。

事实上叶子煜的确不会怀疑。

妹妹是小精灵，有神奇的能力，可以看到常人看不到的东西，说不定还能看到自己的母亲。

叶子煜蹭去眼泪："你可以？"

"嗯。"叶芽再次重重点头，"我可以让你妈妈回来，但是子煜也要答应我一件事。"

他安静地听着叶芽说下去。

"你不能再乱跑，要好好吃饭、好好睡觉，要开开心心，等你的病好啦，妈妈就能回来啦。"

她一口气说了很多很多话，原本的一件事变成了好几件事。

这时叶子煜才明白，于他而言这又是一个谎言。

"芽芽，就算我的病好了，妈妈也不会再回来了。"

其实叶子煜比谁都清楚，死去的人不会再回来。

"你是说芽芽在撒谎吗？"叶芽两条细细的眉毛皱在一起，"我是不会撒谎的，只有大人才会撒谎。"她高高举起手对天起誓，"只要子煜哥哥好好养病，我发誓妈妈一定会回来的！"

她有愿望四叶草。

只要小叶子能快些长大，就算把其中一个愿望分给叶子煜也没关系。到时候食人花妈妈会回来，守护灵妈妈也会回来；她会回家找爸爸妈妈，叶子煜也会有自己的爸爸妈妈陪着他。

所有人都会好的。

叶子煜苍白的脸上牵强地露出一丝笑容，他抱了抱叶芽："嗯，我相信芽芽。"

叶芽希望他开心，那么他就开心一些。

他的心愿注定无法实现，可是他可以让叶芽梦想成真——他好好吃饭、好好睡觉，开开心心地把病养好。

叶芽很高兴，眼睛亮得好像星星："那我们回家啦。"

"好。"叶子煜狠狠揉了揉哭到酸胀的眼睛，转身向叶清河伸出手："哥，回家了。"

少年破涕为笑，两人一左一右牵着妹妹下山。

三人回去时已经很晚了，保姆着急地在客厅内踱步，刚挂断电话就看见三个孩子进了门。

她一喜，步伐匆匆地跑了上去：“小祖宗们，你们去哪里了？家里人都快被你们吓死了。”保姆抓着三个孩子上下打量，见他们好好的，顿时松了口气。

保姆关切的表情让叶清河过意不去：“抱歉，我没有给家里打电话。”

“没事就好、没事就好。”保姆低头准备给叶霖川打电话，“你爸急坏了，现在还在外面找你们呢，我赶紧和先生说一声。”

叶清河目光闪了闪，伸手压在电话上：“我准备带芽芽还有子煜去同学那里，待会儿我自己说吧。”

“啊？”保姆怔住，“可是……”

“没关系，我自己说。”他没再看保姆，带着两人直接上楼。

叶子煜跟在后面追问：“哥，我们去哪儿？”

叶清河没回答，回到房间拿起书包，把桌上的书本全部塞进去，又去浴室拿上个人洗漱用品。

“哥？”

叶清河边收拾边说：“去你们的房间把东西收好，我们今天去沈昼那里住。”

叶子煜明白兄长的用意。

父亲动不动就对他们发脾气，现在他们发脾气离家出走怎么了？！

刺激！

叶子煜拽着叶芽向房间跑去：“芽芽走，我们快点儿收拾东西。”

叶芽一脸茫然地被他拉着跑，到自己的小房间后，她戴上那顶发光帽走了出来。

两兄弟都已经收拾好了，叶清河肩上背着书包，手上还拎着一个包，里面装着生活用品和两件换洗衣服；叶子煜带的东西比较夸张，他竟然把小皮箱拿了出来。比起两人，叶芽两手空空，唯有头顶冒着红光的猫咪帽子引人注意。

叶清河眼皮子跳了跳：“子煜，你不用带那么多东西，背上书包就成。”

叶子煜极为失望地把小皮箱拎了回去。

“叶芽，你的小牙刷带了吗？”

叶芽摇了摇头。

叶清河："不带的话你怎么刷牙呢？"

叶芽听后摸了摸小小的牙齿，奶声奶气地哼了下，置气地说道："我才不要用阿弟的东西！"

叶清河深吸口气，心里清楚小朋友是心灵受伤了。

他回到叶芽的房间找出不久前买的旅行袋，打开衣柜拿了几件衣服放进去，又走到浴室装牙刷之类的洗漱用品。叶清河手上动作不停，还不忘轻声细语地安慰她："没关系的芽芽，我和子煜也没得到多少父爱。"他顿了顿，又说，"有句话叫长兄如父，要是爸真的不管你们，以后哥哥就当爸爸。"

叶清河虽然只有十二岁，却极其成熟。

叶芽像小尾巴一样跟在叶清河身后，转悠来转悠去，双手背在身后抱怨着："阿弟说芽芽是灾星……"

叶清河顿住，不禁低头。

小姑娘双臂环在胸前，脸上写着"在意"两个字。

叶清河扑哧一声笑了："你就只记得这一句？"

叶芽不服气地说："这话要是让灾星叔叔听到了，肯定也会不开心。"

她是四叶草小妖怪，和天上负责五行运转的星神根本就不是一个物种，阿弟竟然把她和神仙放在一起，实在是太过分了！

到天亮为止，芽芽都不要再理他。

除非……除非他回来给叶子煜一个抱抱。

叶清河又笑了两声，拎着包走出浴室："看看还有什么要带的吗？"

有什么要带的？

叶芽灵光一闪，想起有重要的东西被她落下了。

竹板！她的小竹板！

叶芽匆匆跑回床头柜前，把落在上面绑着红绸的竹板握在掌心里，这才安心地和叶清河离开。

三人左手一个包，右手一个包，突如其来的离家阵势可吓坏了保姆，她顾不得手上工作便上前阻拦："你们三个这是要干吗？外面天都黑了，这么晚出去你们也不怕出事？听阿姨的话，快把东西放回去，等一下你们的爸爸就回来了。"

叶清河绕过保姆，强行离去。

“清河回来，清河……”

保姆一声接一声地喊着，三人充耳不闻，步伐没有片刻犹豫。

不承想他们前脚刚迈出大门，后脚就被回来的叶霖川堵个正着。

他眼露寒光，阴沉地注视着为首的叶清河。

叶芽怕他，迅速藏到叶清河身后，眼一闭，脸蛋往哥哥身上一埋，漆黑中假装什么都不知道。

“回去。”叶霖川沉声命令道。

叶清河拽紧包，僵持许久，不情不愿地转身回到屋子里。

“还好先生赶回得及时，不然我真拦不下这三个孩子。”保姆松了口气，拎过三人的包送上楼，再下来时说，“厨房还热着饭，我给你们端上来。”

一家人全走到餐厅里，面对面彼此沉默着。

饭菜接连端上来，食物香气不断勾引着肚子里的馋虫，叶芽跑了一天早就饿得前胸贴后背，舌头在嘴唇上舔了又舔，眼巴巴地瞅着放在面前的那盘咕咾肉，但就是不敢吃。

叶子煜倒是无所畏惧，拿起筷子大快朵颐。

他吃得很香，叶芽也想吃，一双眼对着那盘肉犹豫了一会儿，小心翼翼地拿起勺子向面前的盘子探去，可是还没够着肉，叶霖川的眼神先一步从对面扫过来，很凶、很冷，令人后背发凉。叶芽手一抖，默默地把胳膊收回，咬着空勺蜷缩在加高的小椅子上。

叶清河心中顿时生出一股怨气，端起碗把菜一样夹了一些，抱着叶芽去客厅的沙发上用餐。叶子煜转动着眼珠子，拿上饭一起跟了过去。

这下宽大的餐桌上只剩叶霖川一人。

他满不在乎，面无表情地细品着桌上可口的饭菜。

“陈姨。”

听到叫声，保姆急忙放下手头的活过来。

叶霖川往桌上丢了个纸袋，里面装着厚厚一沓钱：“这是一年的工资。”

保姆愣住：“先生……”

叶霖川神色淡淡地说：“想必你已经在新闻上看到了，我已经被停职，现在又摊上官司，只能先将你辞退。”

保姆当然在报纸上看到了叶氏所遭受的困境，拿起纸袋，低眉顺眼地道：

“先生要是有需要，可以再叫我回来。”

叶霖川没说话。

叶子煜还不知道发生了什么事，茫然地发问：“爸怎么了？”

叶芽此时已经吃饱了，坐在沙发上摇头晃脑地哼着小曲儿。她哼得惬意，叶霖川原本烦躁的心情更加烦躁，握着筷子的手不住紧缩，片刻后他终于忍无可忍，扭头低吼：“安静些！”

歌声停下。

叶芽错愕地盯了他几秒，点着小脑袋继续慢悠悠地哼唧着。叶霖川竖起耳朵一听，发现她嘴里正在嘟囔——“别人生气我不气，气坏自己没人替。”

叶霖川握紧拳头。

“芽芽，我们上去。”

气氛实属不妙，叶清河害怕父亲再对叶芽发火，急忙抱着叶芽躲上楼。

“哥哥，我们不去沈昼哥哥那里了吗？”叶芽不知道为什么给哥哥哼歌都让叶霖川不开心，一张小脸埋在叶清河的肩窝里，声音中有委屈也有失落。

比起凶巴巴不给人好脸色的阿弟，叶芽发现自己更想见到黑雀雀，起码黑雀雀不会在她吃饭的时候用眼神凶她。

叶芽像小老太太似的叹了口气，觉得妖生艰难。

翌日一早，急促的门铃声划破寂静的早晨。叶家雇的工人一早就都离开了，现在门铃响了半天都无人应答。

叶霖川第一个被吵醒，用遥控打开大门放那辆黑车进来。

“爸，有人来吗？”

三个孩子接连从房间里出来。

他没应答，拢紧睡袍下楼开门。见此，三个孩子一起跟着下去。

叶霖川将门打开，外面站着几个身穿制服的成年人，正严肃地注视着他。

“叶先生好，我们是法院的。”

叶霖川的脊背顿时僵住。

他想起来了，那几家欠债公司和银行向法院申请了财产保全，在一审判决下来前，他名下的所有房产、财产都会被查封、冻结。

然而诸事加身，叶霖川把这事情忘记得干干净净。

他按了按眉心，没有挣扎，直接说道："给我点儿时间收拾东西，收拾好我们立马离开。"

法院的人没说话，算是默认他的要求。

叶霖川转过身，对上三个孩子灼热的视线。

"去收拾东西。"

叶子煜倏然瞪大眼睛，脸上是不加掩饰的震惊之色："爸，你终于破产了吗？！"

什么叫终于？

敢情这小子一直希望他破产？

叶霖川脸一黑，加重语气道："去收拾东西。"

叶子煜不依不饶地问："我们为什么要收拾东西？爸，你怎么了？你到底怎么了？你是不是真的破产了？爸，你说话啊，你说话啊？"

这简直就是个小蚂蚱。

叶霖川身心疲惫，不想回答。他无法向自家孩子解释他所面临的困境，无法告诉他们如今局面比破产还要艰难，甚至不如破产。

叶霖川下了最后通牒："快点儿，不要让我再说一次。"

眼见他又要生气，三个孩子不敢耽误，一溜烟跑回屋，再次把昨晚收拾的行李提了出来。

叶霖川没多少衣服用品，剩下的名贵手表、瓷器及那几匹马早就抵押给银行了，现在全部家当只有两个儿子和那个小兔崽子。

收拾好东西，一个大人加三个小孩儿走出了叶家别墅。

法院的人在他们离开后立马将房子贴上封条，坐车扬长而去。

晨日明媚，一家四口拎着大包小包站在门前，气氛沉寂得谁都没有说话。

叶霖川头顶笼罩着阴沉的浓雾，站在门前像一块石头，定定地看着面前的房子迟迟没回过神。

叶芽肚子饿，咕噜咕噜一个劲地响，脸也没洗，牙也没刷，整个人没什么精神。

她拉着叶清河的袖子："哥哥……"

"芽芽饿了？"就算她不说话，叶清河也立马能知道她想要什么。

叶芽脸蛋一红，不由自主地瞥向叶霖川的背影，发现他不注意这边后，轻轻点了点头。

叶清河为难地蹙眉。

他们出来得急，很多东西没来得及拿，更别提吃的了。

“哥哥，我们去找沈昼哥哥吗？”叶芽眼睛发亮，兴冲冲地提议道。

找沈昼……

叶清河认真思索几秒后，不禁看向父亲的背影。

沈家兄弟前些天就已经搬离石锦洞，现在住在尚嘉国际，就是那套外婆留给叶清河的房子。那个小区有些年头了，但是小区环境和管理都不错。

叶清河隐约记得外婆那套老房子是四室两厅，几个人过去挤一挤应该可以住下，可是那样的话，他资助者的身份就会暴露。

要是身份暴露了，沈昼还愿意和他做朋友吗？

“爸，你所有的资产都被查封了吗？”

“还剩下一些。”叶霖川最后看了眼房子，拖着行李向前走去，“不过是给你和子煜看病用的，不能动。”

那张卡里是两个孩子的固定医用资产，哪怕欠债无数他也不会动里面的一分钱。

叶子煜需要定期看心理医生，那是一笔高昂的费用；更别提叶清河患有先天性心脏疾病，需要药物控制。

叶霖川平静的眼神下暗潮涌动。

明明他规划好了一切，所有事情尽在掌握之中。他自认下了一步好棋，可是到底哪里出了错，为什么会落到这样的下场？

生平第一次，叶霖川感受到了失控带给人的不安与焦躁，这种感觉极为不好。

他正浑噩之际，一只小手轻轻拉上他的衣角。

叶霖川不耐烦地看过去，瞬间对上叶芽那双黑漆漆的眼眸。

“干吗？”他没好气地吐出两个字。

叶芽缩了缩脖子，尽管心里发怵，还是鼓起勇气说：“阿弟，你……你看起来很不好。”

他头顶的那片乌云随着主人的心情翻滚，黑压压的像是马上会降一场大雨。

叶芽咽了一口唾沫，蹦蹦跳跳地到他前面，小奶音脆生生的：“你要摸摸我的小脑袋吗？”

“不摸。”他没什么心情，“离我远点儿，晦气。”

叶霖川说着便绕过她，步伐加快。

叶芽一愣，鼻尖骤然泛红，对那道背影喊——

“你这么凶，人家也不要给你摸！”

她气死了，气死了，气死了！叶芽越想越生气，跺了跺小脚，猛地将脑袋撞在了旁边的树干上。

她给树爷爷摸，也不要给臭弟弟摸！

第五章

一起开始新生活

叶芽那一下撞得利落，气没消不说，还把脑袋给磕疼了。

她一下子跌坐在地，捂着泛红的脑袋抽噎了两下，强行把眼泪憋了回去。

“芽芽！”

叶清河丢下行李跑过来，紧张兮兮地捧起她的脸查看。

叶芽眼珠子湿润，脑门上的红色痕迹在瓷白的脸上显得格外刺眼。

她呜咽了两声，向哥哥告状：“阿弟坏，欺负我……”

“我们不理他。”叶清河在那片红印上揉了两下，牵着叶芽和弟弟继续向前走去。

现在没了车子，他们一行人只能选择步行去山下坐公交车。

这段路对常年健身的叶霖川来说并不是什么问题，可是对三个孩子来说就比较困难，尤其他们出来时水米未进，走一半路就累得直喘。

叶霖川也意识到这一点，在不远处的树下止步：“歇会儿。”

叶清河靠着树干微喘，有些后悔出来时没骑那辆自行车。

“哥哥，给。”突然间，一个粉红色小水壶映入他的眼帘。

叶清河抬眼看去，叶芽双手捧着水壶，眼眸湿润地看着他。

那里面还有一小半的水，是昨天晚上剩下的，还没来得及换，不过这时候他也没必要在意隔夜不隔夜了。

叶清河接过水壶喝了口水润润嗓子，将剩下的递了过去："芽芽也喝点儿。"

叶芽没有动，又抱着水壶给叶子煜喝，最后才小小地抿了一口。

鸟儿在枝丫上歌唱，蓝天辽阔，尽显山河好风光。

叶芽蹲在旁边无所事事，突然任务面板滑下，系统提示音紧跟着响起。

"《恶毒女配之路》主线任务 07：让叶霖川身败名裂，一无所有。（已完成）"

系统提示："随机完成三个支线任务将开启新的主线任务。"

伴随着系统音结束，叶芽听到脑袋顶上传来枝叶冒出的声音。她摸了摸头顶彻底长出来的第三片叶子。

叶芽眼睛一亮正在高兴，忽觉一道目光从不远处射来，她顺着感觉看去，对上叶霖川冷硬的侧脸。

就像是一盆冷水当头浇下，她那点儿开心都被冲淡了。

系统："芽儿太棒啊！原本我以为你要很久后才会完成这个任务！万万没想到你能想到利用沈昼的乌鸦！"

它激动难忍地加了一句："不愧是食人花的女儿！小小年纪就懂得借刀杀人！"

这么妙的点子它一开始竟然没意识到！只以为是那只黑鸟的恶作剧。直到今天它才明白叶霖川头顶那片乌云的作用，真是枉为系统！

这番话让叶芽肩膀一颤，不禁放慢呼吸。

"叔叔。"

系统正得意着："怎么了芽儿？"

叶芽情绪有些低落，小心翼翼地问道："黑雀雀是为了我才吐阿弟口水的吗？"

系统不知道她为何这么问，喃喃地嗯了声，随即安慰道："芽芽不用在意，就算没有那口口水，他也会落到这一步的，其实就是早晚的事。

"你不知道，有人早就看叶霖川不顺眼了，故意泄露商业机密搞了这么一出，只不过那口口水加快了他破产的速度而已，到时候一审判决下来……"

叶芽精神恍惚，对后面的话都没有听清。

乌鸦以为阿弟欺负她，所以才报复回去，让阿弟倒霉，过得不愉快。

她原本以为那只是一个小小的意外，可是……

她给阿弟带来了晦气，还牵连到哥哥回不去家。

她不是幸运的“小叶子”了，再也不是了。

叶芽难过极了，低头用力擦拭不觉涌出来的眼泪。

“叔叔。”叶芽在心里叫着他。

“芽儿又怎么了？”

“破产的话，阿弟是不是就没有钱啦？”她表情忧愁，满满都是担心。

系统顿了顿说：“也可以这样理解。”

按照原著，叶霖川内忧外患，将一手创建的公司拱手让人，甚至把家底搭了进去。不过那也是他咎由自取。

他太过孤高，得罪过的人数不胜数，最后不幸落马，凡是有仇怨的人都过来插一刀，恨不得叶霖川死得越快越好，越惨越好。

甚至到最后，他亲手养大的孩子都不愿意过来看看他。

叶芽撇了撇嘴，低低呢喃：“我不要阿弟破产。”

哥哥要看病，叶子煜也要看病，要是没有钱，哥哥还有叶子煜得不到治疗，都会有危险，所以阿弟不可以破产。

叶芽愁得厉害，想了想翻开书包，从里面取出一个小钱包，钱包是哥哥给她的，里面放了十块钱、五块钱，还有一块钱……

叶芽把里面的钱都倒出来，攥紧走到叶霖川身边。

“给。”她大大方方地把钱全部递了过去。

叶霖川慵懒地垂眼，目光瞬间停留在那团皱皱巴巴的零钱上，神情滞住，迟迟没有说话。

“不够、不够的话我去赚钱。”叶芽抿了抿唇，小手拉出叶霖川放在裤兜里的手，强行将那把零钱塞进去，磕磕巴巴地安慰着，“阿弟你、你不可以放弃，一定、一定都会过去的。”

叶芽双眼直勾勾地注视着叶霖川，清透的目光像是能将他看破。

“我妈妈说了，三十年河东，三十年河西，莫……莫……莫斯利安？”

不对、不对，好像不是这句。

叶芽挠了挠头，硬是说不出下一句。

旁边的叶子煜弱弱地接话："莫欺少年穷。"

对！叶芽恍然大悟地一拍脑袋，妈妈教的就是这一句！

叶霖川嘴角一扯，余光睨了眼那团加起来不过五十块的零钱，全都推了回去："拿走，不要。"

语气冷是冷，却没有原来凶了。

看着眼前那只大手，叶芽身子一低，把脑袋放在了他未来得及收回的掌心上。突然袭来的柔软触感让叶霖川眉头一皱，再看她笑得得意，活像是诡计得逞的猫咪。

"你摸我的头啦！"叶芽很开心。

叶霖川没说话，默默收手："走了。"

叶芽亲眼看见他头顶的乌云散开，等两人的距离拉远后乌云又慢慢回来，不过颜色明显没有之前深了。

只要阿弟再摸几次，小乌云肯定会被赶走的！阿弟也不用破产！哥哥还有叶子煜会有钱看病！

叶芽浑身涌出干劲，捡起地上的包包和帽子，扭着小屁股颠颠地跟了过去。

"阿弟，你不要离我太远！

"阿弟离我太远会倒霉的！

"阿弟、阿弟你放心，我不会再让黑雀雀吐你口水啦！"

小喇叭一路喋喋不休，直到车站都没停嘴。叶霖川虽然被吵得心烦，但始终没给一个眼神，完完全全把这小喇叭忽视了。

他们很幸运，刚到车站公交车就过来了。

这辆车由于路程远，车费比其他车贵一元。

看着一脸窘迫地在身上摸索的叶霖川，叶芽叹息一声，把两块钱递了过去。

叶霖川脸一黑，接过钱上车。

目睹全程的兄弟两人权当啥也没看见，默默上车。

"我们要去哪里？"叶子煜晃着腿问。

叶清河低头发着消息，片刻后说："沈昼那里。"

那套房子署的是叶清河的名字，他们只能暂时去那里。

叶清河提前给沈昼发了消息，等他们一家老小过去时，家里早就收拾得干干净净，餐桌上摆着几道家常菜，才出锅，还冒着热气。

叶芽早就饿了，像往常一样有礼貌地和兄弟俩打过招呼，视线便死死粘在了那几个大白馒头上不再移动丝毫。

她那迫切的注视让沈昼哑然失笑。

“先吃饭吧。”沈昼说完看向叶霖川，“叔叔也没吃吧？我不知道您的口味，就随便做了些，也不知道合不合您的胃口。”

叶霖川看过去。

沈昼那哪是随便做了些，有荤有素，有汤有水果，这一桌子菜想必花了兄弟俩大半个月的生活费。

叶霖川目光闪烁，表情意味不明。

“爸，您坐这儿。”叶清河拉开一把椅子。

“你们先吃。”叶霖川没什么胃口，走到阳台点了根烟抽着，背影透着沧桑萧瑟之意。

叶清河知道家里的变故给父亲带来了太大的打击，便也没有强求，收回视线照顾弟弟妹妹用餐。叶芽来沈昼这儿不见外，该吃吃该喝喝，省心利落得很。几人吃得正香，叶清河突然注意到放在门口的行李箱，行李箱有些破损，应该是沈昼的。

他放下筷子问：“沈昼，你要出去吗？”

沈昼低低嗯了声，说：“我们准备搬回去。”

这话说完，沈然的神色跟着低落下去。

“你要搬回石锦洞？”叶清河难以理解，“为什么？”不用想他都知道那些仇家每天在那里蹲着，沈昼他们现在回去就是给对方送人头的。

“这里住不下这么多人，再说……”沈昼顿了顿，才继续道，“叔叔不是遇到些困难？我和沈然不想加重你们的负担。”

叶清河急了：“你在说什么话，怎么会是……”

他话音骤停，一瞬间读懂了沈昼眼里的平静神色。

“你、你知道了？”

沈昼轻轻地颔首。

叶清河问：“什么时候？”

“上次在你们家。”

世间哪有那么好的事，刚被资助者撤资就又有好心人资助他和弟弟；前脚被打资助者后脚给他安排好新的住处。沈昼特意问了下，这小区旧是旧，售卖价格却并不低，外人争破头都想买到这里的房子，可是这么好的房子资助者不租出去竟然给他们住。那时候沈昼就明白，一直以来暗中帮助他的是叶清河。

复杂的心情有，感激的心情也有，叶清河如果过去说清楚是让两个人难堪，于是叶清河不说，他也假装不知道。可是现在情况特殊，于情于理他和弟弟都不能再留在这里，那是给人家添麻烦。

“沈昼……”叶清河嚅动着嘴唇，半天只低声叫出他的名字。

“对了，这些留给你们。”沈昼从口袋里掏出一个小布袋，里面裹着五六百块钱，这些钱对叶清河他们来说可能不值一提，却是沈昼的一半家当了。他耳根微红，略显窘迫地道：“我没太看懂新闻说了什么，但是、但是你们省着点儿用，应该够你们生活一段时间……”

叶清河的眼睛红了。

餐桌上气氛极为感人，任谁见了都会为少年们赤诚的兄弟之情落泪。

可是——“我没破产。”叶霖川冷冰冰的声音骤然插入，他动作果断地将那几百块钱塞还给沈昼，不顾对方错愕的表情说，“你和你弟弟都不用走。”他身上笼罩的烟味还未散去，嗓音沙哑低沉，每一个字都透着强势的意味，“既然我决定资助，就会一直资助你们到成年，这点不会改变。”

沈昼张了张嘴，在这威压下竟没想出拒绝的话。

众人决定一起生活后，就要考虑房间的分配问题。

这套房子四室两厅，其中书房在外婆离开后被改成了杂物间，里面堆积着她生前留下来的东西。剩下一间主卧空着，沈昼搬进来后一直没进去过，害怕不小心弄坏前主人留下的名贵东西，还有两间次卧，他和弟弟各住一间。

讨论一番后，他们决定让叶芽睡书房，叶霖川睡主卧，两对兄弟分别住一间房。主卧今天就能收拾好，书房堆的东西很多，半天时间肯定清理不出来，今晚只能让三兄妹暂时去主卧挤一挤。

众人愉快地达成共识，吃完饭便开始动手大扫除。

几人分工明确，刷碗的刷碗，买东西的买东西，什么都不耽误。叶芽现在还是个短短的小豆芽，刷碗擦地那种活干不了，她很清楚这点，于是让哥哥接了盆水，沾湿抹布，乖乖巧巧地找着桌椅板凳擦。

于是在这各自忙碌的身影中，坐在沙发上什么都不干的叶霖川看起来格外突兀。

“阿弟快让开。”叶芽稚嫩的声音命令道。

叶霖川低垂眸子，看到小朋友蹲在地上像是个小胖球，肉嘟嘟的两只手拽着抹布，手背上的五个肉窝窝清晰可见。

她胖了。叶霖川下了定论。

“让——开——”叶芽以为他没听见，拉长语调又说了一遍。

叶霖川不情愿地把屁股往一旁挪了挪，好让她进来擦桌子。

叶芽吭哧吭哧干得卖力，嘴唇全抿了起来，小表情专注认真。叶霖川一挑眉，余光扫视一圈，指尖往桌上一点：“这里。”

叶芽看过去，拿着抹布用力在那里擦了擦。

叶霖川又一指：“还有这里。”

叶芽又拿着抹布过去擦。她这听话的样子可让人来了兴致。

“这里也没擦干净。”

叶芽擦了这张桌子半天，离开时小胳膊酸酸的没半点儿力气。望着她蔫蔫的背影，叶霖川阴郁的心情得到了些许缓解。

目睹全程的沈然低声和叶子煜交谈：“你爸果然是领导人。”

叶子煜不解地道：“此话怎讲？”

沈然道：“就爱指手画脚。”

叶子煜恍然大悟，点头表示认同。

他们的对话自然没逃过叶霖川的耳朵，望着忙碌的几道身影，他顿时觉得脸上挂不住，突然感觉屁股下的这张沙发没有原来坐着舒服。

“爸，抬脚。”

叶清河手握拖把过来，示意他挪挪地方。

叶霖川半握拳放在嘴边轻咳一声，忽地起身，伸出手刻意避开叶清河的视线：“给我。”

“啊？”叶清河没领会父亲的意思。

“我来拖。”

“还是别了吧……”叶清河皱眉，父亲这简直就是为难他。

父亲是标准的“富二代”，生下来就没吃过苦干过活儿，平常就连扫地机器人都懒得开，现在让他做家务实在是……过于为难。

“给我。”叶霖川再次说。

叶清河深深吸了口气，把拖把递到他手上，不放心地叮嘱：“不用勉强。”

叶霖川轻哼一声，他瞧不起谁呢？

他撸起袖子，拿起拖把代替了叶清河的工作。叶霖川从没做过这些，就连上学时的值日都是小弟帮忙干的，接手公司后更没有做过什么家务活儿，余研以前说就算油瓶在他眼前倒了他都懒得扶。

想到妻子，叶霖川又有几分恍惚。

父亲擦过的地板泛着一片亮亮的水光，叶清河的眉头皱得越来越紧，可是为了不打击父亲的积极性，他摇了摇头没说什么便继续去找其他活儿干。

擦完客厅，叶霖川又握着拖把前往主卧。

叶芽刚巧也在主卧，正蹲在地上擦着边角的一团污渍，擦得极为认真。见叶霖川进来，她只给了他一个眼神，随即转身留给他胖乎乎的背影。叶霖川看了看，继续擦地。

两人各干各的，谁都不干预谁。可是突然间，叶芽半蹲下的身体覆在阴影之中，下一秒，握着抹布的小手被一只大脚踩在地上。她倏地瞪大眼睛，一时之间竟然忘记喊疼，背对着她的叶霖川很快意识到自己踩住了东西，急忙把脚挪开，转身俯视叶芽。

屋子里变得极为安静。一秒过去，两秒过去……

疼痛骤然在掌心中爆发。叶芽呆呆地拿起那只被踩红的小手，清澈的双眸瞬间蒙上泪意。

“你、你踩我。”她的委屈都要溢出来了。

叶霖川回过神：“我没有。”

叶芽嘟着嘴对着小手吹吹气，疼痛非但没缓解反而加剧，火辣辣地刺激着她脆弱的神经。

“你故意的！”叶芽仰起头，哭兮兮的小脸上满是对他的恶劣行径的控诉。

“我说了我没有……”叶霖川眉心皱成“川”字，“我在擦地根本没看见你。”

叶芽圆溜溜的眼睛又睁大一些，她难以置信地看着他：“你、你为了故意踩我，还特意过来拖地？”

叶霖川被这诡异的逻辑思维方式弄蒙了。什么叫他为了故意踩她，还特意过来拖地？！她为什么要强调“特意”两个字？

他的沉默更加坚定叶芽心中的想法，她走过去两步，高高仰起小脑袋，眼角闪烁着泪花：“你怎么可以这么恶毒？”

叶霖川眼皮子跳了跳，双手撑着拖把，他强忍不耐烦，一字一顿地重复着先前说过的话：“我说了不是故意的，是你蹲在这里妨碍我。”

这话让小姑娘那张漂亮的脸蛋白一阵红一阵，不甘、愤怒等情绪通通化作委屈，她只想找人发泄出来。她抽搭两下，捂着手嗷呜一嗓子哭出声来，边哭边向外跑去，不承想地面太滑，跑得急切的小团子一不留神跌倒在地，只见那小小的身体像条小鱼，刺溜一下滑到最前头。

扑哧，叶霖川幸灾乐祸地笑了。

叶清河和沈昼哪见过这种出场方式，一时间都愣住了。

滑倒在地的叶芽哽咽着从地上爬起，哭哭啼啼地把小手送到叶清河面前：“哥哥，叶霖川踩、踩我，疼……”

阿弟都不乐意叫了，她直接指名道姓地叫叶霖川，看样子这是真的记恨上了。

叶清河捧过叶芽的小手看了看，扭头对着父亲喊：“爸，你干吗踩芽芽？”

叶霖川收敛笑容，淡淡地道：“没看见。”

叶清河眼神怀疑，最终什么也没说，抱着叶芽去洗手间冲手。

叶芽很快被哄好，手不疼后立马忘记先前发生的不愉快，端着一小盆水准备去浇花。她害怕再次摔倒，走得又稳又慢，每一个眨眼都小心翼翼的。

客厅的窗户敞开着，绿意清晰地浮现在眼中，清凉的夏风将一朵小小的蒲公英吹进屋内，叶芽的注意力顿时被蒲公英吸引，视线跟着它来回飘动。

“你好呀，蒲公英。”叶芽笑容友好，甜甜地和蒲公英打着招呼。

“滚，放老子出去。”蒲公英有些凶。

“让开点儿、让开点儿，要撞到了！”

那朵蒲公英越飞越近，尖叫着停留在叶芽白皙小巧的鼻尖上，她两颗黑亮的眼珠瞬间对在一起，难耐的瘙痒从鼻头传来，让人有种想打喷嚏的欲望。

“阿……”叶芽眼睛被逼出生理泪水，嘴巴张了张，“阿嚏——”

这个喷嚏打得很响亮，她的小身体跟着打了个激灵，小手不稳，水盆里的水像喷泉似的洒到外面。

叶芽对这一切毫无察觉，皱了皱发痒的鼻子，忽觉有阴森森的目光从跟前射来。

叶霖川正蹲在茶几前整理着上面的杂志，可以看见他半边肩膀湿透，连同茶几上那几本书一起打湿。

叶芽看了看水盆，又看了看叶霖川，再看看水盆，再看看叶霖川，然后呆住。

“你什么意思？”叶霖川抖去肩膀上的水珠，“故意的？”

“我不是故意的。”叶芽弱声弱气地解释，“我要去给花花浇水。”

“你是给花花浇水，还是给我浇水？”叶霖川瞥向好不容易擦干的地面，气不打一处来，“蓄意报复？”

叶芽歪头眨了眨眼，沉思片刻后颇为贴心大方地说：“你又没入土，你要是入土我肯定也给你浇水。”

花花是长在土里面的，需要水滋润，人类又没有长在土里，她干吗特意浇水？

叶霖川呼吸一窒，咬牙切齿地道：“你这是咒我死？”

叶芽一愣，急了：“我没有！”她只是实话实说，才不会咒别人去死，她是好妖怪，好妖怪不会咒人的！

叶霖川的脸色越来越黑，叶芽左右环视，放下水盆抓起块布擦了擦他脸上的水渍：“芽芽给你擦，你别生气。”

擦了两下，叶芽突然觉得那块布眼熟，好像是她刚才用的抹布。

叶芽骤然停下动作，慢吞吞地把抹布藏在身后。

“对不起。”这一次叶芽的确心虚了，小脑袋一点点垂下，站在他面前不吭声了。

那抹布臭，叶霖川的脸更臭，他一把抓过叶芽的胳膊，对着那莲藕似的小臂咬了一口，咬完后冷冷一哼，起身将自己反锁在了洗手间里。

叶芽呆呆地看着胳膊，小拇指一个一个数着上面新鲜出炉的牙印——一颗、两颗、三颗……

她撇着嘴，呜了一声。她被咬了！

叶芽眼眶一红，举着手臂向叶清河跑去：“哥哥，叶霖川要吃掉芽芽，他要吃掉我！”叶芽怕极了，说一个字抖一下，哭哭啼啼，难过得不成样子。

叶清河脑袋开始疼，忍无可忍地冲着洗手间喊道：“爸，你干吗呀？！她是小孩子，你也是小孩子吗？！”

他好不容易才哄好的。

父亲身为一个大人，净给人添乱。

叶清河弯腰抱起叶芽看了看，还好父亲下口不重，印子用不了多久就能下去，可是叶芽始终坚信叶霖川要吃掉她，任凭叶清河怎么解释都无法撼动她的这一想法。

咯吱，洗手间的门再次被打开。

叶芽打了个哆嗦，转头将脸藏在叶清河的肩窝里，死都不看叶霖川一眼。

“爸，你过来向芽芽道歉。”

叶霖川面无表情地从裤兜里摸出根烟，继续去阳台抽。

客厅氛围诡异，围观全程的沈然忽然对叶子煜说：“你爸爸好奇怪呀，好像不知道怎么当父亲。”

稚嫩的低语被风带入叶霖川的耳中，夹烟的手一顿，猩红的火苗向上燃烧，灰烬不慎抖落到指尖上，男人垂下眼睑，沉默地掐灭烟头。

夜色降临，这一天大家都累了，互道晚安后各自回屋歇下。

叶芽睡在床中间，身上盖了条薄薄的小毯子，旁边叶子煜不安分，连踹她好几脚，最后彻底把小孩儿踹醒了。

叶芽困倦地眯起眼睛，仰脖看了看叶清河熟睡的面庞，小心地翻越过他，赤脚下地。

一缕细光自门缝洒入，她轻轻地打开房门，探头探脑地向客厅看去。

客厅灯还亮着，静悄悄的没半点儿响动。

叶芽犹豫少顷，侧身从半敞开的门缝里钻了出去，蹑手蹑脚地绕到沙发正面。

茶几上散乱地堆着数个空掉的易拉罐，满目狼藉中，男人歪躺在沙发上，双目紧闭，神志不清，呼吸急促，刺鼻难闻的酒气飘散在空气里。叶芽弯腰捡起地上的易拉罐放在桌上，迈动小脚过去。

吧嗒，有一个发亮的东西从他的掌心里滑落。

那是叶霖川的手机，屏幕还处于工作状态。

叶芽睫毛轻颤，放轻动作捡起那部手机。

“××银行提醒：您的账户已被冻结。”

“尊敬的 VIP 客户，您的海外账户已被冻结。”

“银行提醒……”

叶芽一头雾水，手指头在屏幕上胡乱地点了点，突然切到某个页面，在上面的热搜栏里，叶芽看到了叶霖川的名字。

“据《新闻周刊》报道，叶氏企业董事长叶霖川已暂停职务，名下股份、财产、四座豪宅遭临时冻结……据资料显示，龙城银行向叶氏出借7000万贷款，叶霖川作为担保人负连带责任，目前龙城银行向叶霖川提起诉讼。”

“多家企业将叶霖川告上法庭，龙城法院正式受理此案。”

“叶霖川个人欠债超十五亿。”

…………

新闻密密麻麻全都是叶霖川的名字，他已深陷倥偬，恐难翻身。

“你在干吗？”

头顶响起的声音令叶芽一抖，她急忙把手机放了回去。

叶霖川揉揉太阳穴从沙发上爬起，再次问道：“大半夜不睡觉，鬼鬼祟祟的，又想谋害我？”

叶芽将脑袋摇得像拨浪鼓。

叶霖川轻嗤，收回目光没像白日那样冷嘲热讽，长臂捞过啤酒罐，单指扯开拉环，仰头猛灌了一口。

咕噜，叶芽吞了口唾沫。

叶霖川余光扫过她的眉眼，望着小姑娘那好奇的眼神，故意在她眼前晃了晃啤酒罐：“想喝？”

叶芽诚实地点了点头，一双眼几乎粘在罐子上头。

“想得美。”

看着那收回去的易拉罐，叶芽扯扯嘴角，手脚并用地爬上沙发，偷偷摸摸地捡起个喝完的罐子，把里面还剩下的一点点酒倒在舌头上。叶芽咂了咂嘴，尝过味道后表情立马扭曲。

身边的人低笑出声：“好喝吗？”

叶芽摇了摇头。

他放下啤酒罐，整个人蜷缩在柔软的沙发里，墙壁上时针转动，窗外夜色正浓，稀疏的星子环绕在弯月旁边，耳边很安静，安静到他能听见呼吸时所发出的气流声。他目光深沉，表情让叶芽看不懂。

但她能明白叶霖川是不开心的，纷繁的头绪像阴影般纠缠在他的眉眼之间，她一眼便能觉察出他心里的沉重。

“我现在是木头人。”叶芽往他身边靠了靠，盘腿坐着一动不动。

叶霖川尾音上挑：“嗯？”

“木头人不会把别人的心事说出去的。”

叶霖川半晌才领会她的意思，不禁笑了声。

他眯眼看着窗外漆黑的夜空，内心如那夜色一样孤寂。

余研死后，他的心跟着死了，每天上班、开会，开会、上班，这样的生活日日重复，枯燥乏味，人生好像一眼就能看到头。叶霖川从来没想过自己会走到这步田地，几个月后最坏的结果是败诉，偿还债务，申请个人破产。

可是他的孩子呢？孩子怎么办？以前什么都有的时候，叶霖川从不会为兄弟俩考虑，他们只需要接受最好的治疗，拥有最好的生活环境与教育，只需如此便够了。如今背负债务，走到绝境，他不怕一无所有，怕的是一无所有后，不能继续保障他们的生活。

到时候他们会不会嫌弃他这个宛如丧家之犬的爸爸？

“沈然说得对，我根本不会做父亲。”

除了钱，他什么都给不了他们。

叶霖川靠着椅背，喉结翻滚，积压在胸口的酸涩苦楚与声音一同发出：“没人教我怎么做一个父亲，我甚至连儿子都没有当过几年。”

父母是商业联姻，生他只是一项长期投资，只要他健康长大，继承家业，那便是投资成功。他就像是一棵在冰雪中肆意生长的柏树，慢慢没了人情味。

直到双亲去世，他与余研一起生活。余研照顾着他，温暖着他，他所有的爱都倾注在那个女人身上。可是余研走了，把他的爱一同带走了。

他活着，又如死人般麻木。他不知道怎么照顾孩子，不知道做什么对患病的儿子有利，于是找了专业人士，他们会帮他解决一切，让他无后顾之忧。

沈然真是说对了，除了给予金钱，他的确不知道怎么当好一个父亲，不知道怎样才算合格。

叶芽眸中映着男人沧桑的面容，她心中微动，吞吞吐吐地说：“其实……我也没给人当过妈妈。”

叶霖川看了过去。

叶芽与之对视，小模样很认真。

所有情绪在此刻化成了灰，叶霖川从沉重的思绪中走出，深吸口气想：他和一个小孩儿谈心简直就是傻子，脑子里面进水了。

叶霖川闭眼正要睡时，听到旁边传来脚步声，斜眼看去，小姑娘拿起桌上的书包翻找着，不知道要鼓捣什么。很快，写好东西的叶芽又跑了回来。

“给你。”她小手上抓着一张纸。

叶霖川双目扫过，纸张上落着稚嫩的笔迹。

“好爸爸重考证，考试人：叶雨（霖）川。”

名字她都没写对。

叶霖川挑眉：“这是什么？”

“你不是说你不会当爸爸吗？现在你拿着这个就可以重读啦。”她正正经经地说，“到时候你就会是好爸爸啦。”

童言童语让人发笑，质朴的语气却又令人心生触动。

叶霖川没有接受，冷静打破小姑娘的幻想：“当父母又不是考试，哪里那么容易。”

“所以嘛……”叶芽再次爬到沙发上，“只要你把它当成考试，不就会容易许多？”

叶霖川缄默。

叶芽把纸折好强行塞到他的口袋里，拍平后郑重地承诺道：“等你会当爸爸了，芽芽给你发小红花。”

叶霖川扯了扯嘴角。

“那么……你要芽芽抱抱吗？”

灯光闪烁下，小姑娘亮晶晶的眼睛竟比天外的星星还要明亮好看。

要是女儿还活着，应该也是如此单纯。

见他不回答，叶芽就当他是默认了，挪动身体钻到叶霖川的怀里，双臂小心又温柔地抱住了他，随即闭眼，脑袋缓缓靠在那宽厚、带着些许酒气的肩膀上。

小姑娘身上带着奶香，胳膊软，腿也软，就像一个放大版的汤圆，浑身软绵无害。

叶霖川蹙眉，条件反射地想要推开她，可当感受到那轻浅的呼吸时，动作骤停，不由自主地抬手托住这具小身体。

拥抱很温暖，并没有想象中那么糟糕，这一刻叶霖川突然意识到，就算是克隆人，也是有体温、有心跳的。

她的血液之中流淌着他的血，延续着他逝去女儿的生命，更寄托着妻子固执的爱。

叶霖川忽觉酸涩，微微泛红的眼里渐渐涌出少许柔情。他没说话，掌心轻放在她的头顶揉了揉。

女孩儿的头发也是软的，像极了动物的绒毛。

感受到触摸，叶芽不禁抬眼。男人头顶的小乌云不甘示弱地挣扎了几秒，转眼消散在空气中。

她表情亮了亮，伸手去抓乌云的残余。

“兔崽子……”

“我叫芽芽。”叶芽不开心地纠正那个称呼。

叶霖川神情未变：“芽崽子。”

叶芽欲言又止，闷闷不乐地接受了这个新称呼。

叶霖川又说：“你胖了。”

叶芽倏然瞪大眼睛，捏了捏肚子上的肉，皱着小眉头陷入忧愁中。

阿弟说这话是什么意思？难不成……

叶芽重重掐住他的脸，急切地教训道：“多出的肉肉不可以吃！”

不觉间时针已指向零点的位置，困意袭来，叶芽不由自主地打了个哈欠，眼皮不甘愿地颤动，最终架不住疲惫，沉沉合上。

见叶芽在怀里睡着，叶霖川抱起她前往卧室。

距离卧室还有两步时，睡蒙的叶子煜昏昏沉沉地从里面出来，与叶霖川打了个照面。

看着父亲冷峻的面容和怀里熟悉的小团子，叶子煜顿时清醒：“哥……嗯！”

惊呼声被堵在手掌之下。

叶子煜一双眼骨碌碌打转，心里寻思他爹应该不会虎毒食子吧？

但这……也不是不可能。

“大半夜的别嚷嚷。”叶霖川松了手，扫他一眼，“不睡觉出来干什么？”

叶子煜应答如流：“撒尿。”

叶霖川说：“主卧不是有厕所？”

叶子煜看了看在他怀间熟睡的叶芽，说：“还想喝水。”

沉吟片刻，叶霖川低哼了一声：“你这倒是一条龙服务。”说着他绕过叶子煜进屋，“快点儿回来睡觉。”

“哦。”叶子煜挠了挠头，转身去了厕所。

房间里亮着一盏小小的台灯，床上叶清河安静侧睡，叶霖川怕吵醒大儿子，动作极轻，小心翼翼地把叶芽放在小枕头上，想了想又扯过旁边的毛毯搭上去。

“爸，你刚才是不是想趁我们不注意把芽芽丢出去？”

身后的叶子煜像鬼一样冒了出来，无声无息，毫无预兆。

叶霖川肩一抖，揪过儿子把他扯上床，态度强势地道：“哪里那么多废话，快睡。”

此时叶芽翻了个身，肉嘟嘟的脸蛋正对着叶子煜。

望着那在灯光下似蝉翼般抖动的睫毛，叶子煜觉得心灵得到了治愈。

他伸出手戳了戳叶芽的脸蛋，笑了：“爸，芽芽的脸像皮球。”

叶霖川皱眉按住那不安分的手，将被子盖严：“快睡，明天不是要上学？”

想到还没来得及去的学校，叶子煜的笑容逐渐凝固，他深深凝视着父亲的眉眼，卑微又小声地道：“其实我不上学也没关系。”

叶霖川愣住。

“我可以留在家陪着爸爸。”家里发生了巨大的变故，叶子煜知道。

比起学校，好像父亲更重要。

以前虽然没人陪着他，但是现在他可以选择陪着父亲。

叶霖川闻言笑了，狠狠揉了把他的头发：“去学校，我没老到用你陪。”

叶子煜胸中蹿出一缕小火苗，他抿了抿唇说：“爸。”

“嗯？”

“你那么厉害，无所不能和超人一样，肯定都能挺过去。”

“嗯。”叶霖川起身关灯，带上门离开。

玻璃外星光闪烁，叶霖川呼出口郁气。

叶子煜说得对，他是无所不能的叶霖川，明天后，他会振作起来，把所有事情处理好。

他准备迎接最坏的结果，也愿意挣扎着抓住希望。

最后不管结局是哪种，他都会接受。

第二天太阳还没升起，人倒是都起来了。以往有保姆照顾叶芽和叶子煜的生活起居，现在没有保姆，重担全压在了叶清河身上。

至于沈昼，正在厨房做早餐。

“子煜，带着芽芽去刷牙洗脸，洗完出来吃饭。”

“好。”叶子煜懒洋洋地应了声，和叶芽手拉着手进洗手间。

叶芽听话懂事，刷牙洗脸这种小事基本可以自理，麻烦的是梳头发，那微长的头发又软又卷，一个人很难打理。叶清河倒是会梳，可技术很差，头发很容易散开；沈昼扎的辫子最漂亮，不过他正在做饭，恐怕腾不出手。

一片混乱中，叶芽的视线锁定了沙发上还睡着的叶霖川。

考虑几秒，叶芽拿着小梳子过去，强行把他推搡醒来。

“干吗？”臂弯里的男人声音沙哑。

他有心事又喝了很多酒，一直折腾到四点才迷糊地睡着，现在正是最困的时候，根本没空儿搭理这几个孩子。

“我不会梳头发……”叶芽握着小梳子委委屈屈地道。

“哦。”叶霖川翻了个身，继续睡。

叶芽撇撇嘴，转身去找沈昼。

沈昼还在厨房里忙碌，叶芽站在门口不敢打扰他，目光紧紧追随着他。她炽热的视线终于引起了沈昼的注意，忙碌中他分神看了过来。

望着叶芽手上的小梳子，他顿时领会她的意思：“然然，过来收拾一下碗筷！”

“来啦！”沈然大叫着过来。

将活儿分给沈然后，沈昼抱着叶芽到小凳子上，接过梳子简单给她扎了两个小辫。

叶芽上身一动不动，只有一双小脚在晃。

“沈昼哥哥……”

“嗯？”

“以后芽芽要和你结婚。”

扑哧，沈昼笑了，调整好发卡的位置：“这么突然呀？”

“嗯！”叶芽重重点头，“我要把你们都带回去，种在芽芽旁边。”

沈昼习惯了“芽言芽语”，只是笑了笑，对此并没有放在心上。

上课时间快要到了，他和叶清河是初中生，要早走一点儿，叶子煜的小学就在隔壁，上学时间也接近，刚好他们可以送他过去。

沈昼思考半晌招呼过来沈然，弯腰叮嘱道：“然然，待会儿你要带着芽芽上幼儿园的校车，知道吗？”

沈然连连点头。

“要好好照顾妹妹，你不可以让别人欺负她。”

看着旁边眼睛水灵的叶芽，沈然顿时感觉到责任带给他的压力。

“我保证照顾好芽芽！”沈然抬头挺胸，严肃地承诺。

经历过“野餐之变”后，沈然就决定让自己勇敢起来，再不能让别人伤害到叶芽还有夏晴。

沈昼放心颔首，该说的都说了，该收拾的也收拾了，剩下就是……

沈昼挠了挠头，局促地走到叶霖川身旁：“那个，叔叔……”

沙发上的人没动静，完全睡死过去。

“冰箱里有午餐，您中午可以热着吃，吃完把碗放在水池里就好，我回来会收拾。”

叶霖川还是没动静。

沈昼叹气，不管叶霖川听没听到，还是说了：“我还给您留了把钥匙，车钥匙也有，您要是出去可以骑我的自行车，但您要记得把车锁好，不然会被人偷掉的。”

他一口气说了很多话，但是叶霖川始终没有表态。

沈昼最后看了眼沙发上的身影，从书包里摸出一个电话手表，赫然是叶芽之前离家去沈昼那里时留下的那个电话手表。

沈昼半蹲下把手表戴在叶芽的手腕上：“之前想还给你，可一直没机会，这次戴着可不能再摘了，知道吗？”

看着手表，叶芽乖巧地应下。

沈昼摸了摸她的头：“回来前可以给哥哥们打电话，号码都存在里面了，记得上课时不可以玩哦，不然老师会骂芽芽的。”

上课不可以玩，叶芽记好了，又用力点了点小脑袋。

“那我们走啦。”沈昼对两人挥了挥手，与叶清河兄弟俩一同离开家。

他们住一楼，不用坐电梯。

快出门时叶清河突然感慨道：“沈昼同学以后一定很会当爸爸。”

事无巨细，叶清河甘拜下风。

沈昼神色微窘，红着耳根没说话。

他们离开不久，叶芽和沈然跟着坐校车离开。

距离学校还有五分钟路程时，叶芽的支线任务正式更新。

“支线任务 01：破坏男女主人公感情。（未完成）”

“支线任务 02：与夏晴一同参加宴会。（未完成）”

“支线任务 03：得到夏叔叔的赏识。（未完成）”

三个支线任务同一时间更新，紧接着又跳出提示。

“支线任务不限时间，全部完成后即可开启主线任务 08，请宿主努力。”

系统趁机鼓励道：“芽芽要加油啊，十个主线任务全部完成后就可以回家啦。”

它没想到叶芽完成任务的速度会如此之快，语调中充满喜悦。

要是以前叶芽一定也是开心的，迫不及待地想快些做完任务回家。

可是现在……她想先赚些钱给哥哥还有叶子煜。

哥哥有病，没钱看病会死掉的。

叶芽看向窗外，哥哥对她那么好，她不可以在这么苦难的时候什么也不做。她也相信爸爸妈妈会支持她的。

她是世界上最善良的小妖怪，要永远庇护所爱的人。

不管是爸爸妈妈，还是叶子煜，她都会好好保护他们的！

想到这儿，叶芽心中涌出无限能量，放在膝盖上的小手不由自主地拍了拍书包，那里面放着张她一直没舍得丢的名片……

她决定了！她要赚钱养哥哥！

上午自由活动时间，叶芽得到老师的许可之后，便握着那张皱巴巴的名片找了处角落蹲下，用电话手表忐忑地拨通上面的电话号码。

王宏儒很快接听电话，喂了两声。

叶芽突然腼腆起来，对着电话手表半天没吭声。

“打错了吗？”王宏儒很是疑惑。

眼看对方要挂断电话，叶芽急忙说话：“叔叔好……”她的小奶音很甜，像是倾注了蜜糖，让听的人心尖都跟着化开。

王宏儒对叶芽的声音有印象，在脑海中简单搜寻了下便想起了她，清楚地叫出名字：“你是叶芽对吗？”

叶芽嗯了声，小手不安分地扯着手表链子，慢吞吞地说：“我、我想赚钱养哥哥。”

“啊？”

叶芽腼腆地低语道：“哥哥病啦，要吃药。”

王宏儒领会了她的意思：“你是说你同意当我们童心之家的模特？”

模特？叶芽思考了下模特的意思，说：“是的！”

“那你的家长同意吗？”王宏儒又问。

叶芽小脑袋一歪，问道：“家长是家里面最大的人吗？”

“啊……也可以这么说。”

“那同意啦！”叶芽肩负重任，深深吸气挺起胸膛，奶音有力地道，“同意！”

她就是家里最大的人，她要赚钱养哥哥，还要给阿弟把债务还掉。

叶芽突然感觉身上的担子沉重许多，小心翼翼地问：“叔叔，那你同意吗？”

王宏儒笑了笑：“我当然同意。”叶芽这么可爱的小姑娘实在少见，签下一定会为公司创造利益，他哪有不同意的道理。

“那周六的时候你让监护人带你来名片上的地址，我们会和你的监护人谈合同事宜，谈定后你就可以赚钱给哥哥看病了。”

他还有事，说完就挂断电话，剩叶芽对着手表屏幕沉默。

监护人是什么意思，不是说家长同意就行？

“芽芽，要来玩过家家吗？我可以让你扮演我的女儿。”夏晴抱着娃娃过来热情邀约。

叶芽哪还有什么过家家的欲望，蔫蔫地摇摇头，一把拉住夏晴的袖子，眼里闪烁着求知的光芒：“夏晴姐姐，你知道监护人是什么意思吗？”

夏晴在她身旁蹲下：“爸爸妈妈就是监护人呀。”

叶芽情绪低沉地道：“可是芽芽没有爸爸妈妈……”

小姑娘表情落寞，一瞬间夏晴忘记眨眼，伸手拍了拍她的脑袋：“没关系、没关系，芽芽还有姐姐，不行的话我可以把我的爸爸妈妈让给你。”她抱住叶芽，“芽芽不难过。”

姐姐的安慰令叶芽好受许多，叶芽很快从低落的情绪中走出，把要养哥哥的事情原原本本地和夏晴说了一遍。夏晴听后沉思许久，皱着秀气的两条眉帮叶芽动脑筋，几分钟后灵机一动，主意来了。

“你可以先回家问问叶叔叔，他要是不愿意，那么你就去我家住，我可以让叔叔当你的监护人。”

为了让夏晴早日融入圈子，舒美辰有时候会带着夏晴参加各种宴会，若有好的资源也会让夏屿帮忙拿下。

叶芽一合计觉得这主意极好，道谢后等待着下课时间。

叶家败落，叶芽基本告别私家车接送的日子，乖乖巧巧地和沈然坐上回家的幼儿园校车。这个时候沈昼他们还没放学，叶霖川似乎也不在家，沈然敲半天门没人开后，从书包里翻找出钥匙，开门进入。

客厅静谧，空荡无人。

餐桌上给叶霖川留的早餐纹丝未动，早上未来得及刷的盘子堆积在水池里，他们把每个房间找了一遍，确定叶霖川并不在家里，估计早就走了。

沈然放下书包，把桌上的东西全部收拾了，搬了把小凳子去厨房，踩着凳子熟练地清洗着碗筷。叶芽见状，急忙拿起抹布擦桌子，两人合力工作，没一会儿就把家里打扫得干干净净。

时针指向六点，沈然趴在桌上做算术，叶芽坐在他旁边安静地上网课，最后一节数学课结束时，门咔嚓一声被打开，两人齐齐看去。

门口叶霖川西装笔挺，无声地换着拖鞋。

“叔叔你回来啦。”

叶霖川抬眼，嗯了声。

沈然顺势问：“叔叔，你去哪里了？”

“处理了一些工作上的事。”

沈然很实诚地道：“可你不是没工作了吗？”

叶霖川并没有生气。他今天跑了几家公司，想要说服对方先撤诉，其中有两家和他深交的公司同意撤诉，还有几家公司与银行拒绝见他，这也是意料中的结果，他并不沮丧。对如今的叶霖川来说，只要有人撤诉那就是好消息。

“阿弟！”

“别叫我阿弟，没大没小。”叶霖川皱眉，语气又冷了几分。

叶芽像没听见他说什么一样，蹦蹦跳跳地在他脚边绕来绕去：“你现在是不是没有钱啦？”

叶霖川挑眉，垂眸俯视着她：“想要零花钱？”

“要是我去赚钱，你会同意吗？”

她双手背在身后，很认真地询问。

叶霖川淡淡地反问：“你赚钱？”他不屑地嗤笑了一声，“你用什么赚钱？用你亮闪闪的大眼睛？”

叶芽明亮的大眼睛忽闪了下。

“那……你不同意？”她的声音小了许多。

叶霖川扯下西装领带，沉默地转身，态度全都写在背影上。

夏晴姐姐说没有监护人签字是不可以拍照片赚钱的，现在阿弟不同意，哥哥还没有成年，看来她身边一个可指望的人都没有。

她的情绪因为这件事情极为低落，两位哥哥回来她都没有表现得非常开心。

晚餐后，一家人围在电视机前看着《超级飞侠》，除了电视的声音外，谁都没说话，气氛竟有几分温馨。

“子煜在学校还习惯吗？”叶清河突然问道。

叶子煜瞥了眼旁边的父亲，点点头，腼腆地笑了笑：“我交到朋友啦！”他状态很好，往日聚拢在眉宇间的阴郁隐约散去。

叶清河很欣慰，顺着问：“是女孩子吗？”

叶子煜脸蛋爆红，盯着电视一个字不说了。

看样子是了，叶清河笑着揉了揉他的脸。

忽然，突兀的门铃声打破温馨的气氛，就近的沈昼自觉去开门。

门外站着一位高挑的女性，红唇白肤，岁月在她脸上没有留下一丝痕迹，貌美动人，极有韵味。

沈昼认出这是夏晴的母亲，愣了愣后问：“伯母是来找叔叔的吗？”

“芽芽！”

没等女人回答，一道娇小的身影从她身后钻出，张开双臂把叶芽抱了个满怀。

叶芽没想到会在家里看到夏晴，神色恍惚，反应过来后笑着回抱过去：“晴晴姐姐！”

“芽芽——”夏晴大声道。

“晴晴姐姐！”叶芽也超大声地喊道。

两个小朋友明明是刚从幼儿园分别没多久，却像多年未见刚刚重逢，兴奋地又蹦又跳，又吵又叫。被两人的声音夹击的人不好受，舒美辰上前揪过叫嚷不停的女儿，一把堵住她的嘴。

舒美辰难为情地看着叶霖川："不好意思，这孩子有点儿吵。"

她们何止是吵，简直就是喇叭精下凡。

他不想因这小事计较，强压下不快问道："夏太太特意带夏晴来玩吗？"

舒美辰不好意思地笑了下，她所住的地方离这里有些远，自然不会因为这事大老远过来。望着面容冷峻的叶霖川，舒美辰轻咳了一声："方便坐下说吗？"

叶清河倏然起身让开位置："夏阿姨可以坐在这里。"

她点头坐下。

叶清河看出她可能是来找叶霖川的，默默带着弟弟去餐厅玩。

"贸然前来，希望没有打扰到叶先生。"

叶霖川长腿交叠，双手交叉平放在膝上，虽然现在没有了可骄傲的资本，说起话来却和以前一样不客气："已经打扰了，客气话就免了。"

舒美辰面色尴尬，定了定神道："我听说了叶先生的事，也了解到一些情况，这次过来是为了叶芽。"

叶霖川皱起眉头，身后做作业的几个兄弟齐齐扭头看来。

舒美辰环视一圈他们现在所生活的环境，这套房子二百平方米，对普通人来说生活是足够的，问题就是他们现在共有六口人，这六口人里除了叶霖川都是小孩子，叶霖川堂堂一个老总怎么可能会照顾这么多小孩儿？何况这里面还有一个三岁出头的叶芽。

"直说吧，我想暂时把芽芽接到我那边住。"

话音落下，满室沉默。

叶霖川眼神冰冷，没有表态，身后的几个孩子相互对视，也都没说话。

冗长的沉默再次让舒美辰尴尬，她轻咳一声继续说："今天晴晴回来特意说想接妹妹过来住……"

"所以为了陪你女儿，就要把她接过去？"叶霖川平静的语气莫名含了几分嘲讽。

舒美辰一怔，急忙否认："当然不是，我还有其他考虑，不然也不会冒失地过来。毕竟……"她顿了下，才继续道，"芽芽是叶总的女儿。"

舒美辰从上一次就看出来叶霖川和叶芽不怎么亲，而且他对叶芽还有一些敌意，现在叶氏生出变故，叶霖川被革职，名下资产全部被冻结，她深思熟虑一番后，最终找来。舒美辰也知道这举动过于唐突，但这么做也有自己的道理。

“叶总您看，现在你们一共六个人住在这里，男孩子倒是好说，不用避讳，可芽芽再小也是女孩子，睡觉、吃饭您可以照顾一下，但洗澡洗头呢？”

叶霖川又皱起了眉头。

他仔细想想搬过来的这几天，叶芽好像的确没有洗过澡……

他不禁看过去。

小朋友坐在地上和夏晴分享玩具，头发蓬松，乱糟糟地包裹着小脸，身上的衣服也很久没洗了，皱巴巴的不说，袖口还带着一团污渍，估计是吃饭时蹭脏的——没了保姆照顾，再漂亮的小姑娘都成了小脏猴。

叶霖川又看向小儿子，一样邋里邋遢。紧接着他又扫向自己，人字拖、大裤衩，传统的中年男人打扮。

叶霖川呼吸一窒，急忙收回视线。

“我知道叶芽才三岁，有时候不用讲男女之别，问题是还有那么多孩子，注意点儿总归是好的……”舒美辰小声说，“我很喜欢芽芽，所以才有这些顾虑。当然，要是叶总不愿意，我也不勉强。”说完她静静等待着男人回答。

叶霖川喉结滚动，盯着叶芽没说话。

长胖的小姑娘越发可爱，侧脸圆润，睫毛扑闪。

要是舒美辰以前这样问他，他肯定是愿意的，可是现在……他莫名有些不情愿。

“爸，你别让芽芽走。”叶清河坐不住了，急忙走过来说，“我可以给芽芽洗澡。”

沈然也接话：“我很小就自己洗头了，也可以给芽芽洗头发，衣服我也可以洗。”

兄弟几个眼神殷切地看着叶霖川。

叶芽是他们的开心果、小棉袄，谁走都行，就是不能让叶芽走。

叶霖川面无表情，依旧没有表态。

一分钟过去，他抬手一挥道：“叶芽。”

听到自己的名字，处于话题中心的叶芽昂起头，起身走到两人身边。

“夏晴的妈妈想要接你去她那里住一段时间，你要去吗？”叶霖川把决定权交到了小姑娘手上。

其实他是笃定的，笃定叶芽不会离开。

毕竟叶芽爱叶清河跟爱什么似的，哪舍得离开哥哥去外人家里。

叶芽遇事犹豫不决，直接啃起手指头来。

要是以前她肯定不乐意走，但是现在……她想去给哥哥还有叶子煜赚治病的钱。叶霖川明确表态，他要是不愿意当监护人，叶芽也没有办法，哪怕最后她偷偷找了夏屿帮忙，周六日出不去还是无可奈何。左右权衡之后，叶芽决定暂时告别哥哥们去夏妈妈那里。到时候她拜托夏屿帮忙，周末以出去玩的借口拍片子，能赚到钱还不用担心叶霖川不同意。

她真是个小机灵鬼！

无比缜密的策划让叶芽心生激动，她高高举起手道：“去、去、去，芽芽去夏妈妈那里！芽芽要和晴晴姐姐住！”

这话一出口，叶霖川沉下了表情，身后几个哥哥的神色更是发生了翻天覆地的变化。

“我去收拾东西！”叶芽转身向屋里跑去，跑得太快，脚下打滑摔在地上，下一秒快速爬起，跌跌撞撞地闯入卧室。

客厅“阴云密布”，除了夏家母女，其他人的脸色都不太好看。

叶芽很快背着小书包出来，兴冲冲地走到夏妈妈跟前：“姐姐，我收拾好啦。”

舒美辰摸了摸叶芽的头顶，起身道：“那……我们就先带芽芽走了？”

叶霖川沉默不语。

舒美辰牵起叶芽的小手，问：“芽芽还有什么话要和大家说吗？”

叶芽扯着书包肩带走到叶清河跟前，细心叮嘱道：“哥哥要好好吃饭，我走啦，你们不用担心我。”说完她摆摆手，头也不回地向门口走去。

夏晴看看几人，拉着叶芽的手冲他们做了个鬼脸。

她那挑衅的姿态让叶子煜和沈然都急了，两人急忙阻止：“芽芽你别走！”

“芽芽，你走了我们怎么办？！”

“你为什么要走？是因为我现在没有玩具给你玩了吗？”叶子煜理所当然地想到这一点。

他们说一句话，叶芽就摇摇头。

沈然呼吸急促，目光一转，瞥见夏晴在一旁偷笑，得意扬扬的样子像获胜的奶猫。他瞬间面容扭曲，指着夏晴大吼：“我知道了，是你诱惑芽芽的！”

夏晴的笑容僵住。

“今天我在幼儿园看见了，你们俩鬼鬼祟祟的，你肯定在用诡计骗芽芽和你走！”

夏晴不服气，叉腰回怼道：“沈然，你别乱说话，是芽芽想和我玩，不愿意和你们这些臭男生在一起！”

沈然和叶子煜两兄弟低头对着自己闻了闻，他们哪里臭了！

“你一定是用金钱诱拐叶芽的！”叶子煜瞪大眼道，“有钱、有钱了不起啊！”说完他不服气地从口袋里摸出两张皱皱巴巴的一块钱，又转身对着沈然的裤兜掏了掏，一共凑够五块大钞，过去全部塞到叶芽手上，“哥也有钱，能买一根冰棍儿呢，你留下来别去她家。”

那拼凑起来的五块钱实属寒酸，让两位大人不忍直视，齐齐扶额。

叶芽不要这钱，推了回去：“我不吃冰棍儿。”

夏晴接话：“对，芽芽和我去吃哈根达斯！”

叶芽皱了皱鼻子：“我也不吃‘哈哈斯’。”

叶子煜爹毛了，抱头尖叫道：“不听不听，王八念经；不看不看，母鸡下蛋；不走不走，芽芽不走！”

“哥哥，你之前答应过我的……”

叶芽的话让叶子煜瞬间恢复冷静，他在墓地的时候答应过叶芽，要好好吃药好好养病，不能再闹。可心中仍然不甘，他狠狠瞪夏晴一眼后，转身冲回卧室将房门反锁上了。

事情已成定局，叶芽跟在夏妈妈身侧走出家门，后面传来沈然气急败坏的嘶吼——

“夏晴，你真是世界上最阴险的小女孩儿！枉我为你流过产！

“我再也不要和你做朋友！再也不要给你生宝宝！”

事情是不是有哪里不对？

沈然愤愤地握拳看着她们离去的背影：“我宣布我们的感情走到头了！过家家的时候我要当王萌萌的老婆，不当你的老婆！”

他怎么越说越奇怪了？

夏晴不屑地回头道：“好呀，那我去找刘子鹏当老婆，反正我也不想和你玩过家家了。”

沈然后退几步，心碎到不能自已。

伴随着男女主人公感情的破裂，系统颁布给叶芽的“支线任务01”同时完成，听着那熟悉的系统提示音，叶芽心情舒畅，眉眼弯弯，突然觉得自己可以一边给哥哥赚钱一边救妈妈。

叶芽走后，屋里突然变得冷清不少，她刚玩过的玩具散落在地上还没来得及收起，就连她最喜欢的那顶发光的猫咪帽都没来得及带走。所有人都习惯了小姑娘的存在，现在她冷不防走了，几个人总觉得空落落的，少了乐趣。

叶清河对着地上的玩具愣神几秒，转身去玄关处换鞋。

“你要去哪儿？”沈昼问。

“找叶芽回来。”叶清河拿上钥匙，“芽芽不懂事，就是一时兴起，等晚上后悔肯定要哭。”

沈昼正要说一起去时，一道强势的声音从旁边传来。

“站住。”

叶清河看过去。

男人靠着椅背，按着遥控器一个台一个台地切换：“她现在做了决定，到时候后悔就是她的事，没必要惯着她。”

“爸……”叶清河有气无力地道，“芽芽还是孩子。”

“孩子怎么了？”叶霖川满不在乎地说，“既然她会说话、会思考，那么她就是一个独立的个体，就要为自己的行为负责。她已做出决定，你没必要掺和。”

叶清河咬了咬唇道：“芽芽在别人那里住不习惯，我……我也不放心她在别人家住。”

叶霖川闻声嗤笑了一声：“夏家比这里宽敞多了，你的操心是多余的。”

电视机里正播放一档综艺节目，搞笑艺人扮丑作怪，台下观众笑作一团，叶霖川心里烦躁，关闭电视向屋里走去。叶清河不甘心地上去追问：“你就真的不担心芽芽过得不好吗？一点儿都不担心吗？”

叶霖川止步，放在门框上的手握成拳，他扭头看着叶清河说：“比起担心她，你不如担心担心我们。再说了……”他扯了下嘴角，“我凭什么担心她？”

叶清河骤然失语，呆呆地望着他陷入沉默。

对啊，他忘了，忘了父亲本来就不喜欢叶芽，忘了叶芽特殊的身份。

叶霖川敛目，正要关上门时，听到沈昼讶异的声音：“芽芽？”

叶清河肩膀微颤，扭头看去。

门刚才没有关，小姑娘站在门口，眉头微微皱在一起，嘴角下耷，圆溜溜的双眼里没有笑，表情看起来有些委屈。

叶芽不言不语地收回视线，进门把不小心落下的猫咪帽子戴在头顶，脑袋向左右两边摆了摆，灯光亮起后，掏出竹板一边打一边走，奶声奶气的小调在房间里回荡——

“人生就像一场戏，因为有缘才相聚；相扶到老不容易，是否更该去珍惜；为了小事发脾气，回头想想又何必……”

小身影渐渐消失在房门外，徒留几人在房间里大眼瞪小眼。

叶霖川沉默数秒后问：“她刚才是什么意思？”

叶清河：“自我安慰，习惯就好。”

小孩子总归有些小脾气，听到父亲那么说一定会不开心。

叶清河叹了口气，也怪不得叶芽走，谁愿意天天和父亲这样的人待在一起？平日里父亲连个好脸色都没有，叶芽走了也挺好，起码不用担心父亲生起气来再冲叶芽发火。

“我回去做作业了。”叶清河释然，转身回屋。

“我也走了。”

不管是大孩子还是小孩子全部离开，就剩叶霖川对着房间出神。

他深吸口气，突然觉得憋闷得厉害。

这一个个小孩儿是什么意思？怎么搞得像他把人逼走的一样？明明是那小兔崽子不愿意过这苦日子。

叶霖川强忍不满，砰的一声将门重重关上。

一个多小时后，坐车坐得昏昏沉沉的叶芽总算到了夏家，巧的是，夏晴的叔叔夏屿刚好也在。

叶芽今晚要在夏晴的房间住，两个小鬼头洗过澡换好衣服，便赶走保姆，硬将夏屿拽进来。

夏屿昨天才从C城参加完活动回来，连续多天日夜颠倒，睡眠不足，现在身心俱疲。他懒懒散散地被夏晴拽着，进屋后顺势往床上一躺，要睡着时，夏晴一屁股坐在了他身上。

“小叔！”她一巴掌拍在了他的胸口上。

脆生生的巴掌声，把夏屿的睡意惊退，他瞪大了眼睛："干吗？"这两个字他说得有气无力的。

夏晴叉腰命令道："你要帮芽芽！"

"嗯？"夏屿朝旁边看了过去，比起咋咋呼呼的小侄女，小两岁的叶芽实属乖巧可爱，此时正咬着手指头坐在对面望着他，安安静静的，和童话里的小公主一样。

夏屿莫名得到治愈，伸手随便在叶芽的脑袋上抓了抓："芽芽怎么啦？"

夏晴叽叽喳喳地把事情经过复述了一遍，一锤定音道："芽芽的爸爸不同意她赚钱，所以你去当芽芽的监护人让芽芽赚钱！"

这不闹吗？

夏屿想也没想地拒绝道："叶总那人我接触过，脾气躁得很，要是让他知道我带他的宝贝女儿去当模特，非过来找我算账。"他摇了摇头，"不行、不行。"

叶芽失落地垂下眼，凑近道："可是……可是我不是他的宝贝女儿……"

夏晴很是心疼地附和："对，他一点儿都不喜欢芽芽。"

"爸爸欠了十五亿，叔叔你知道十五亿是多少吗？"对金钱没任何概念的叶芽眼神天真，无邪的问题差点儿让夏屿咬了舌头。

夏屿现在是圈内顶流明星，"流量男星"中的领头羊，可"流量"再大也赚不来十五亿啊！

首富不愧是首富，欠债都和他们不一样。

夏屿暗暗佩服了下，说："就算你去赚钱了，对你爸爸来说也是九牛一毛。"

夏屿对这行了解，模特这个职业在国内不算吃香，童模更是，像叶芽这种没背景、没经验的人，拍一小时撑死五百块钱，往上提一提也超不过一千。最主要的一点是辛苦，夏天拍冬天的衣服，冬天拍夏天的衣服，童模一天要换几十到上百身衣服。

小孩儿辛苦半天，那点儿钱对叶霖川的债务来说就是杯水车薪。

"芽芽乖，我们不去拍那个。"夏屿觉得小姑娘也挺可怜的，家里背负债务，父亲也不疼爱她，她还想着给家人减轻负担，顿时心生怜悯，"这样，叔叔给你一张卡，你偷偷给哥哥花，哥哥病了的话叔叔可以帮你安排医生。"

叶芽鼓了下腮帮，晃晃脑袋，声音低弱地道：“可是我都和王叔叔说好了，违约不好。”

夏屿一愣，笑了。小姑娘年纪虽小，懂得倒是多。

“你真的想去？”

“想。”

夏屿最终心软：“好，那我明天带你去看看，到时候你就知道不容易了。”童模签合约前会试拍，试拍也会给钱，不过价格较低，到时候她就懂得生活艰难，不会再吵闹着要拍照了。

见夏屿应下，两个小孩儿相视一笑，紧接着扑了上去：“叔叔你真好。”

夏屿承受不住两个小孩儿的熊扑，脸都憋红了：“你们压死我了！”

第二日一大早，夏屿和嫂嫂说了声就带着两人出门了。

他平常只要休息就会领夏晴出去玩，舒美辰以为这次也是，便没有多问。

从车库取上车，夏屿把她们抱上儿童座椅，驱车前往儿童之家。很快到达目的地，向前台说明来意后，他们静静地在会客厅里等待，很快，王宏儒从不远处过来。

他看到叶芽神色一喜，小姑娘比在商城时胖了一圈，脸蛋圆润，体形也更加娇憨可爱，相信上镜不会差。

“你是芽芽的家长吧？”王宏儒自然地过去打招呼。

夏屿戴着帽子、口罩，黑色墨镜往鼻梁上一架，一张脸捂得严严实实，进门时谁也没认出他是正红的夏屿。

夏屿点了点头，回握住对方的手。

“来办公室坐下说吧。”王宏儒走在前面，随意唠着家常，“你之前获奖的衣服寄过去一部分，穿着还喜欢吗？”

童心之家之前寄过去四五个大箱子，都是当季新品，奈何叶芽没穿多久家就被封了。

进入办公室，王宏儒命助理泡茶，邀三人入座，提前将准备好的合约递了过去：“这是合同。对了，还不知道怎么称呼？”王宏儒这时才想起问监护人的名字。

夏屿默默地摘下帽子、墨镜，又取下口罩，一张脸完全露了出来。

他长了一张当代女孩子最喜欢的脸，脸小，眼睛没有叶霖川性感，却含情脉脉，勾人得很。王宏儒对着这张脸呼吸一窒，突然想起挂在卧房里的那张巨大海报——这不是夏屿吗？！他老婆最爱的男明星，她一大把年纪每天对着电视机犯花痴，喊着“小屿妈妈爱你”！这竟然是他素未谋面的网络“儿子”！

王宏儒震惊了。

他的表情被夏屿尽收眼底，夏屿笑了笑道：“看样子王总认识我。”

王宏儒尴尬地收敛目光，轻咳一声看向叶芽：“这位是你的……”

叶芽正想着要怎么回答时，夏屿代替她道：“我是她叔叔。”

“那你的爸爸……”

夏屿回：“他不方便来。”

王宏儒没再多问。

夏屿拿过合同翻阅起来，扫一眼眉头皱一下：“拍摄时间在周六和周日？还要负责新品的线上直播。”

“考虑到小孩子要上学，所以安排在了周末。”

“一小时三百块钱。”

这个价格比夏屿预期的还要低。

王宏儒莫名紧张地道：“如果销量好，后期价格是会升的。”

夏屿摇了摇头，把合同放回桌上，不太认同地道：“首先六个小时的拍摄时间太长了，芽芽现在三岁，承受不了那么大的工作量。其次这个价格低于行情。”夏屿笑了笑，“我虽然不是模特行业的，但同在一个圈子对此也算了解，童心之家怎么着都是个大品牌，可不能因为我们芽芽没经验就强行压低价格。”

王宏儒面露窘迫之色：“时间可以适当缩短，不过价格是上面定的，我一个小小的经理可以把价钱抬到五百。”

夏屿伸出一根手指头：“一千，只能工作三小时。”

王宏儒呼吸一窒。

这不是胡闹吗？他们请小有名气的网红也才这个价格。

王宏儒看了看叶芽，小女孩儿长得的确可爱讨喜，可是……

“还有，这上面并没有写线上销售的分成。”夏屿轻易地找出了漏洞，“分成就按照每日线上销售的百分之三来抽，这点不过分吧？”

比起化妆品与女装的直播带货，童装的销售相对较弱，他们之前的几次直播销量都不太理想。

王宏儒陷入沉思。

叶芽水盈盈的大眼睛闪烁着，她突然说：“叔叔，我要养哥哥。”

王宏儒愣了愣：“你有哥哥？”

没等叶芽回答，一旁的夏晴哽咽着落泪：“芽芽的哥哥病了，没钱治疗就要死掉了。”

叶芽一脸问号地看过去。

“我……”叶芽的后腰被夏晴狠狠地戳了一下。

“叔叔你行行好。”夏晴委屈巴巴地道，“帮帮芽芽，你看你长得这么……”夏晴往王宏儒的秃头上瞧了一眼，又往啤酒肚上看了看，动了动嘴巴，一时词穷，“像好人。”

夏屿差点儿笑出声。

王宏儒眼一抽，这小姑娘不会夸人就不必硬夸了吧？

“叔叔，芽芽还会表演才艺。”叶芽转身从包包里取出竹板，跳下沙发走到王宏儒跟前，对着他敲打起来，脑袋有节奏地点着，“芽芽今年三岁半，会打竹板会吃饭；全因阿爸不争气，无奈摆摊去卖艺……”

短短的时间内，叶芽一手竹板耍得风生水起，两只小手那么一打，旁人竟感觉敲出了花儿来。不单单是王宏儒目瞪口呆，就连旁边的夏屿都惊住了。

“小姑娘表演得不错啊！”

门啪的一声被人推开，衣着随性的老爷爷边鼓掌边从外边进来。

看到来人，王宏儒心里咯噔一下，急忙起身：“程总怎么来了？”

这位满头花白的爷爷正是童心之家的董事长，说是董事长其实就是挂名，公司早就交给他女儿打理，今天他刚巧路过便过来瞧瞧，没想到看到小姑娘在里面说快板儿。

人老了就喜欢小孩子，站在沙发边上的小叶芽手握竹板，眼中带着不加掩饰的好奇，娇憨的模样让老人笑得越发慈详。

他看了竹板一会儿，弯腰问：“告诉爷爷，你这竹板谁给你的？”

竹板下方刻着一个小小的标记，老人一下子就看到了。

“老师给我的。”叶芽如实说。

“哪个老师呀？”

叶芽记性好，即使很长时间没再见那位钢琴老师，但还是准确无误地说出那个名字："程远新程老师，他教我哥哥弹钢琴。"

程老眼睛一亮，果真是那个人。他拿起合同看了看："这就是小王之前看上的人？"

王宏儒中规中矩地点了点头，将夏屿之前提过的条件原原本本地重复了一遍，随后等待着老人回应。程老随手把合同往桌上一丢，拍了拍叶芽的肩膀："不好。"

王宏儒眼中闪过失望之色，这种要求董事长果然不会答应。他是真的喜欢叶芽，不然也不会等这么久，可惜了……

遗憾中，他又听老人的声音响起："一小时一千五，按卓佳思的价格算，线上分成百分之四。"程老拄着拐杖看向一脸呆滞的夏屿，"你看行吗？"

这当然行了！卓佳思是现在出名的小网红，叶芽一个没名气的素人小姑娘能跟她一样，自然最好不过。

程老满意地点头，又拍了拍叶芽的头："这合同算是我走后门定下的，你们最好别透露出去，省得别人闹。"

这道理他们都懂，自然没有异议。

叶芽看了看手上的竹板，突然领会意思，仰头看着老人慈祥的面容问："爷爷和程老师认识吗？"

"小姑娘真聪明。"程老大笑两声道，"程远新是我小弟家的孩子，我也是看着那孩子长大的。"他们程家早年便办了艺术班子，说相声、说快板儿，在行业里赫赫有名。程老只把相声当兴趣，不乐意当工作，于是自立门户创办了童心之家。

只是他万万没想到，下属看中的小模特会和侄子有牵连，侄子愿意把家里的竹板送人，肯定也很喜欢这个小姑娘。

一行人又在办公室谈了会儿，签下合约敲定明天的拍摄时间，几人便与程老一起等待电梯离开。

电梯自一楼徐徐上升。

叮，门向两边打开。

叶芽跟着几人的步伐正要进去时，头顶的小叶子揪住了她，夏晴的玫瑰花守护灵紧接着浮现，在空中唱歌跳舞。

"电梯会碎，有人会死。血会生花，血会生花……"

叶芽眨了眨眼，不由自主地看向身旁和蔼可亲的老爷爷。

她伸出小手一把将人揪住："爷爷……"

程老止步，夏屿与夏晴跟着停下来看向她。

"怎么啦？"程老耐心地等着小姑娘说话。

叶芽胆怯地看向那电梯："我们坐下一趟。"

打开的电梯因为无人乘坐再次合上，夏屿只以为小孩子任性，并没有将这话放在心上，又按了下电梯键，奇怪的是这一次电梯门没有开，旁边显示屏上的数字以诡异的速度闪烁，紧接着只听轰隆一声巨响，电梯竟直接从十楼坠下。

突如其来的巨响令夏屿脸色惨白，不自觉地后退几步，呆滞地看着那扇电梯门。

"程老，您没事吧？！"

王宏儒连同其他工作人员匆匆忙忙地向他们跑来，见程老没进电梯，齐齐松了口气。

"太好了，还好您没进去。"

程老从惊愕中回过神，问："怎么回事？"

"楼下说是电梯事故，都砸变形了。"王宏儒想到程老刚出门，吓得往外跑，"还好电梯里没有人，吓死我了，真是吓死人了。"

夏屿还有程老都没吭声，不由自主地看向叶芽。

好半天，夏屿才僵硬地问："芽……芽芽知道吗？"他鬼使神差地这样问了一句。

叶芽摇摇头，低头指着老人的鞋子："爷爷的鞋带开啦。"

程老今天为了方便锻炼穿的是运动鞋，不知什么时候鞋带开了。

叶芽蹲下身子为老爷爷系上鞋带："爷爷是好人，不可以摔倒。"

程老一怔，觉得温暖又有些后怕，要是没有叶芽那么一拉，他们几个人可能都会交待在里面。老人深吸一口气，感激地拍了拍叶芽的脑袋。

叶芽起身仰头，眼睛泛起水光："小叶子会祝福爷爷的。"爷爷给她工作，是好人，一定可以活很久很久。

"程老，另一部电梯没问题，坐这一部吧。"

程老颔首，被工作人员扶着进入电梯。

夏屿怕了，可不愿再挤电梯，于是牵着两个小朋友走楼梯。可是刚走两层夏晴就开始抱怨，嘟囔着要夏屿背。

夏屿被刚才那一出吓得腿都软了，哪里还有力气背夏晴？

夏屿的余光扫向叶芽，小姑娘神色专注，一级台阶一级台阶地认真走着。也许，刚才是他的错觉？

其实这一切并不是他的错觉，按照原著小说的剧情，夏晴的叔叔夏屿的确会在一次事故中丧生，为一同出行的夏晴带来心理阴影。结果鬼使神差，叶芽又靠着自己的体质，强行改变宿命。

系统翻阅着原著叹息，按理说剧情有了不合理的更改，任务系统会将其改回去的，可是任务系统并没有这样做。任务面板依旧停留在未完成的支线任务上，纹丝不动。这玩意儿不会真的出 bug 了吧？

系统做了个 bug 检测，显示并未出现 bug。

它想不通索性不想了，反正任务系统不会骗人。

“叔叔，你吵到芽芽啦。”

系统又一次把心里话说了出来，叶芽小嘴微鼓，不满地提醒。

系统：“芽儿刚才知道会有事故发生吗？”

叶芽：“是头顶的小叶子提醒我的，小叶子真好。”

听到夸赞，头顶的三片绿色小叶子害羞地蜷缩成一团，最后按捺不住喜色地弯了下枝叶，碰了碰叶芽的发丝，像是在亲吻她。

叶芽捂着嘴咯咯地笑了。

“芽芽，你一个人在笑什么？”

她表现诡异，引起了夏晴的注意。

叶芽心情好，蹦蹦跳跳地向下走，语气欢快地道：“芽芽明天就可以赚钱养家了！”

夏晴跟着开心起来，学她的样子一级一级蹦下台阶：“嗯！芽芽可以赚钱养家了！”

叶芽在楼下停步看着夏屿，目光真诚地道：“谢谢夏屿叔叔陪我来。”

她可爱动人的表情成功安抚了夏屿因意外而焦灼的心，他摸了摸她的小脑袋：“没关系，你们两个没有被吓到吧？”

两人一起摇头。

“没事就好。”夏屿松了口气，特别叮嘱道，“记得不能把这件事告诉你妈。”

要是他哥嫂知道这事非得吓坏了。

三人走下一楼，电梯处一群专业人员正在处理事故电梯。透过人群，夏屿看到那部电梯已摔得不成样子，外形被压瘪，要是人在里面……

他打了个激灵，拽着两个孩子离开。

夏晴周日要上小提琴课，没办法再陪叶芽去拍照片，夏屿下午也有个活动要参加，唯一庆幸的是哥嫂都不在，就算他带叶芽出来，保姆也不会多问。

夏屿带着叶芽再次来到童心之家，商务车暂靠路边。

望着收拾东西准备下车的叶芽，夏屿很是不放心："要不要我让助理姐姐陪着你？"

叶芽摇头背起小书包："助理姐姐陪夏屿叔叔。"

哎哟，真乖，夏屿摸了摸她的脸："我差不多三个小时后过来，最迟也不超过四个小时，到时候就来接你。"

"好。"叶芽对夏屿挥了挥手，向大楼内部走去。

望着越来越近的高楼大厦，叶芽内心紧张又沉重。

从现在开始，她就是养家的小妖怪了！

可是还没进大门，叶芽的电话手表就响了，低头一看竟是哥哥打来的，叶芽想也没想就接通了。

"芽芽，我们去接你啦！"是叶子煜的声音，听起来很兴奋。

叶芽心尖一颤，惊得瞪大了圆溜溜的眼睛。

"我们今天找了隔壁大婶，她说可以帮忙照顾芽芽，爸爸也同意我们带你回家。"叶子煜絮絮叨叨地说着，"芽芽是不是也很开心呀？"

叶芽默不作声，秀气的眉头紧紧皱起。能回家陪着哥哥们固然好，可是……可是她回家了，臭弟弟就不让她赚钱给哥哥了。

"我先不要回去。"叶芽拒绝道，"哥哥……哥哥先不要打扰芽芽赚钱！"

"哎！"叶子煜发出一声惊呼。

负责叶芽的经纪人款款走来，叶芽着急地说了再见，向经纪人跑过去。

"拍摄的时候电话手表要摘下来呢。"经纪人指了指她手腕上的粉红色手表，温柔地说道。

叶芽犹豫几秒，取下手表递了过去。

电话那边的叶子煜对着黑掉的屏幕一脸错愕，沈然见他半天不吭声，着急地晃着他的肩膀："芽芽说什么了？"

叶子煜翕动着嘴唇，神色木讷地道："她说不要回来，还说别打扰她赚钱。"

可是一个三岁小孩子能赚什么钱啊？她这摆明就是借口。

叶子煜郁闷地把手机放回去，坐在一旁生闷气。

叶清河叹息一声，又打了一次电话，可始终没人接。他转而又打了夏家的电话，话筒里飘来夏晴软软的声音："你找谁？"

"是晴晴吗？我是芽芽的哥哥。"

夏晴立马明白他想带叶芽回家。为了不暴露叶芽的秘密行动，身为好姐妹的夏晴帮忙打掩护，眼睛眨也不眨地撒谎："芽芽和我小叔出去玩啦，你们不要打扰芽芽，就这样。"

吧嗒，电话被挂断。

叶清河心头一沉，眉头拧成死结。

出租车上的气氛严肃，坐在副驾驶位上的沈昼见后座上的三人脸上写满不悦，轻声安慰道："这样吧，明天让沈然在幼儿园问问芽芽，她要是真的不愿意回来，我们也不用勉强。"

叶清河不情不愿地点了下头，让司机掉转方向送沈然去心理医院。

此时叶芽已经到了摄影棚里，除了场务与摄影师，叶芽注意到一旁还坐着一个小男孩儿，看起来和沈然一样大，瞳色很浅，皮肤极白，长得也极其好看，只是表情冷冰冰的像是机器人。

她盯小男孩儿一会儿，王宏儒走了过来。

"辰星，过来。"

听到名字，小男孩儿有了些许生气，跳下椅子向这边走来。

"芽芽，这是赵辰星，由于你刚开始没经验，所以今天由这个小哥哥带着你。"

叶芽乖巧地点了点头，抿抿唇伸出手，轻声说："小哥哥好，我叫叶芽。"

"你好。"赵辰星的手握了上来，冰冷的手指令叶芽打了个寒战，她急忙把自己的手抽了回来。

接下来她被服装师带走，去挑选衣服。

衣服很快换好，叶芽被抱上椅子做造型。小孩子一般不需要化妆，何况叶芽唇红齿白长得漂亮，往那儿一站就是个明亮甜美的小太阳，发型师三两下把那头柔软的头发编成辫子，稍稍往嘴唇上抹了点儿亮晶晶的唇蜜，牵着叶芽走了出去。

正调整镜头的摄影师看到叶芽时眼睛倏然一亮，她穿着夏季最新款的碎花吊带裙，头戴一顶米白色的编织遮阳帽，粉雕玉琢，漂亮明媚。

“来，站到这边。”摄影师指了指幕布。

叶芽听话地站到他指定的位置，身体僵直，站在镜头前像木偶一样一动不动。

摄影师看出她很紧张，笑着安慰道：“芽芽随意些，摆个造型。”

“造型？”她歪头表示不解。

摄影师明白叶芽不会，挥挥手让赵辰星过去。看到镜头的一瞬间，刚才还冷冰冰的小男孩儿像换了一个人似的，眼中透出光彩，笑得干净又可爱。他好像天生为镜头而生，每一个角度都完美得让人惊叹。

闪光灯咔嚓咔嚓地闪烁，摄影师对着成品极为满意：“先拍双人的吧，小陈把椅子搬上来，让他们坐在一起。”

小陈把小花椅摆上来，两人坐上去，一人手上拿了一朵雏菊。

有了刚才的良好示范，叶芽差不多明白怎么摆造型、找镜头了。每换一套衣服，叶芽的表情和动作都会跟着做出改变，摄影师从来没见过镜头感这么强、进步这么快的三岁小孩儿，震惊之下又很欣喜。为儿童拍照又累又伤神，如果模特不吵不闹又聪明，会省去很多精力和时间。

拍完一套照片，摄影师把拍出来的成果给王宏儒显摆，笑道：“小孩儿挺有天分。”

照片里的叶芽头戴小花环，衣裙雪白，对着镜头笑着，漾开的小酒窝让看的人都很开心。

王宏儒满意地点点头，相信成品发布后一定会为公司带来利益。

三小时拍摄时间很快结束，叶芽刚换完衣服出来，王宏儒就将一个厚厚的纸袋递过来，摸了摸她的头：“家人没来就先给你保管了，小心拿着，不要丢了哦。”

叶芽眯起眼拉开小缝隙向里头张望，都是崭新的红钞。

叶芽目光闪了闪，背过身去悄悄数钱，一、二、三……一共五千，比当时说好的价格多了五百块，她扭过头略显不解地看着王宏儒。

王宏儒弯腰贴近她道：“还有五百是辛苦费，芽芽不要告诉别人。”

叶芽咬唇一笑，说道：“谢谢叔叔。”声音甜甜的。

王宏儒心情颇好，又说：“下周六要开直播，差不多三个小时的直播，时间是晚上，叶芽记得告诉家长，别迟到了。”

叶芽听不太懂，但还是乖顺地点了点头，挥手告别了准备继续工作的王宏儒。

夏屿还没有过来，叶芽害怕人来了自己不知道，于是抱着小书包站在大厅门前等候。门外阳光炽热，车辆来来往往，她一双大眼睛时不时眨一下，站得如雕像，很有耐心地等着。

“你怎么开那么久的会？晚上宴会都赶不上了。”

“最近公司变动我忙得很，你又不是不知道……”

“哼，赵家明，你少找借口了，我看你就是不乐意陪我们娘儿俩去。”

一对光鲜靓丽的夫妻吵吵闹闹地出门，叶芽急忙让开位置。

“辰星，快走了。”女人一把抓住身后面色冰冷的赵辰星，不由分说地拽着他向外走去，“晚上有个宴会，完了还有个秀要走，你别磨蹭。”她不满意赵辰星缓慢的步伐，手上力气加大许多。

三人与叶芽擦身而过，门要合拢时，男孩儿回眸，眼中闪过蓝光。

她倏地后退，不由自主地抱紧手上的小书包。

门外车影远去，叶芽歪了歪头，总觉得那个小哥哥很奇怪，那个叔叔也有些眼熟。

系统：“那个不就是抢了你爸位置的副董吗？”

系统突如其来的提醒瞬间激起叶芽的记忆，她一拍脑袋恍然大悟：对哦，这是她去阿弟的公司时，坐在对面的那个叔叔。这么说来，那个小哥哥就是那个叔叔的儿子？

系统：“不过好奇怪，赵家明的独子应该三年前就去世了……”算了，一个小小配角的儿子，在原著里连面也没露过，是死是活和她没任何关系，只要不妨碍它家芽儿完成任务就好。

说话间，黑色保姆车停在门外，叶芽抱着小书包跑出去，转眼就将这事忘记得一干二净。

叶芽第一次赚了钱，晚上兴奋得睡不着，恨不得立马飞奔到哥哥怀里向他炫耀成果。叶芽如此激动的心情一直持续到半夜才消退，因为休息不好，到第二天醒来她还处于迷糊的状态。

洗完脸，叶芽清醒不少，仰头对舒美辰说："阿姨，我晚上想回家。"五千块钱揣在口袋里实在不方便，她不如快些把钱给哥哥他们。叶芽想到这儿，晃了晃桌下的小腿。

舒美辰理解小孩子是想爸爸和哥哥了，没拒绝："好，那你的东西可以先放在这里，回来时再用。"

叶芽点点头，小手拍拍藏在书包口袋里的钱，放下心，和夏晴手牵着手坐上前往幼儿园的车。

幼儿园的早晨匆忙又热闹，小朋友们一进门便叽叽喳喳闹作一团。由于揣着五千元巨款，叶芽没像往日那般胡闹，安安静静地坐在位置上，强忍着蠢蠢欲动想去玩的心。

"芽芽，我们栽的小花开啦！"旁边的小朋友开心地向她叫嚷。

他们几天前栽了一盆花，就放在教室后面，所有人都盼着它快开花。

叶芽听后眼睛一亮，向教室后头跑去。

前面的小朋友跑得急，不留神撞了下桌子，放在上面的包晃了两下，吧嗒掉在叶芽面前。

那好像是生活老师的包。

叶芽盯了脚边的包两三秒，随即左右环视寻找着生活老师的影子。

"哇，真的开花啦！"

前面又爆发出惊叹声。

叶芽收回目光："我也要看！"她心急如焚，顺手捡起包放在一旁，跑过去挤入人群。

塑料花盆里面的小花朵刚冒出一点儿头，可爱又脆弱。

叶芽双手捧脸，目光明亮地看着那朵花。

"小朋友们快坐回自己的位置，老师要点名啦！"

刘老师一声令下，所有人恋恋不舍地和小花告别，各自回到座位。

"奇怪，吴老师不在吗？"刘老师只看见生活老师的东西，却没见人，不禁好奇地询问。

一个小朋友举起手道："老师去厕所啦！"

刘老师没再多问，一个接着一个地点着名。

吴老师很快从厕所出来，见自己的包换了地方，疑惑地咦了声。

她随手拿起包准备放回原位，可是看见拉链开着，包里面明显少了东西。

吴老师皱起眉头，低头着急地在里面翻找。

包就那么大，她翻了个遍也没找到自己放在里面的一沓纸钱。

“吴老师，你忘拿东西了？”

刘老师的喊声让吴老师抬起头，同时让所有小朋友转身看过去。

吴老师摇摇头，装作满不在乎地道：“没事，先给孩子们准备早餐吧。”

今天的早餐是粥和奶油小馒头，脆脆的小馒头入口香甜，叶芽没忍住找刘老师多要了一个。

她一边吃，一边听到后面传来轻轻的交谈声。

“钱不见了……

“原本是给我妈的……”

吴老师说话间带着无奈的叹息。

叶芽不由得停下咀嚼的动作，竖起耳朵认真听着两位老师说话。

教室里很吵，在叽叽喳喳的叫嚷声中隐约夹杂着“生病”“去世”这种词汇。

叶芽扭头看去。

吴老师正在和刘老师交谈，目光中是浓浓的悲伤。

老师在难过，脸上是和她失去妈妈时一样的表情。

这个念头让叶芽食欲减退，心中沉沉的，很不开心。

她一口吞掉剩下的小馒头，腮帮子鼓鼓的，小手向背后摸索，五千块钱乖乖地躺在小书包的夹层里。

叶芽的睫毛上下抖动，她蹙着眉头，皱了皱鼻尖，又回头看看吴老师，一时间拿不定主意，小脸上写满纠结。

挣扎一分钟后，叶芽痛下决心，小心翼翼地把手伸进书包，从纸袋里抽出一张钞票，想了想又抽出一张……不行，她不能这么小气！叶芽把心一横，一次性抽出五张钞票紧紧地捏到掌心里。

崭新的钞票有些硬，硌得她手心疼，叶芽思绪游离。

不管是吴老师还是刘老师，平常对她还有其他小朋友都很好，她们会给小朋友讲故事，也会唱很好听的歌，还不嫌弃他们拉的“臭臭”。吴老师虽然是大人了，可也需要妈妈。

这个世界上不管是人类还是植物，都需要妈妈。

叶芽打定主意，缓缓地离开座位。

刘老师在照顾小朋友吃饭，吴老师刚才带着一个孩子去厕所了，她的包依旧放在旁边的椅子上。

叶芽趁此机会跑过去把崭新的五百块钱塞到包里，接着飞快地坐回原位，整个过程不到一分钟。

吴老师从厕所出来了。

叶芽目不斜视，腰杆笔直，心像是马上要从胸膛里蹦出来。

她赚的钱很少，只能给吴老师那么多，不过有总归比没有好。

叶芽偷偷向后面瞄着，白嫩的小脸蛋因激动而泛红。她希望老师不要难过，快点儿拿钱给妈妈买药看病。叶芽捂着嘴，偷笑出声。

可是下一秒叶芽就笑不出来了。

“小朋友们都把书包放在桌子上，老师要开始检查啦。”

叶芽的笑容一点点凝固，脸蛋慢慢变白。

身旁的孩子们都开始行动，只有叶芽僵硬如木头。她紧张地攥紧小拳头，头皮发麻，茫然无措。

“芽芽，快点儿把书包拿出来。”刘老师不知何时走到她面前，“老师要检查了。”

幼儿园老师每天都会在早餐后检查小朋友们的背包，害怕他们携带危险物品来学校。叶芽得意忘形，将这件事忘记得一干二净。

她仰起脸蛋，目光不安地闪烁，神色间满是逃避：“我的包包说它生病需要隔离。”

刘老师蒙了：“啥？”

叶芽倔强地咬着唇，声音含混不清：“包……包包不想把感冒传染给老师……”

说完她拽过包包，牢牢地护在怀里。

刘老师哑然，她的行为摆明了此地无银三百两。

“芽芽是不是带危险的东西来学校了？”

叶芽疯狂摇头。

“那是又藏吃的给哥哥了？”

没错，刘老师早就察觉她“窝藏”小零食的“罪恶”行为。

叶芽耳根一红，摇摇头又点点头。

“是的，我藏了吃的给哥哥。”她坦坦荡荡地撒着谎，生怕刘老师怀疑。

刘老师揉了揉犯痛的太阳穴，正想找个借口把书包骗出来时，后面爆发出惊呼声：“我这包里怎么多了五百块钱？！”

吴老师拿着五张红钞票僵立原地，眼中满是震惊与诧异之色。

“不是你带来的吗？”

吴老师更纳闷儿了：“我的钱都在钱包里，哪会搁在外面……”

这不是见鬼了，好端端的谁给她塞五百块钱?

吴老师想不通，心中的疑惑一圈圈扩大。

就在此时，叶芽的同桌甜甜指着叶芽毫不犹豫地把人卖了：“早上的时候芽芽去翻了老师的包！她捡起来的！”

平地一声惊雷，不管是大人还是小孩儿全看了过来。叶芽本来就心虚，被这么一告状哪里还敢辩解，慢慢低下脑袋，甚至想将脑袋藏在小小的抽屉里。

“叶芽，把书包给老师。”刘老师的态度强势了许多。

叶芽眼里噙泪，抿着唇把书包放在了桌上，安安静静地等着老师问话。

刘老师拉开拉链，在书包夹层里找到一个厚厚的纸袋，取出一看，眼睛一下子瞪大了。

“这……”

吴老师也傻眼了。

她们任教多年，从小朋友的书包里翻出过指甲刀、小石头、死掉的蟑螂和耗子，但还真没翻出过这么厚一沓钱，还都是新的。

铃声恰巧响了，早操时间到了。

现在这个情况刘老师肯定不能去带操，她和吴老师说了一声，便领着叶芽去午休室谈话。

叶芽站在她面前，小小的身子一动不动。

刘老师注视着她问道：“芽芽，吴老师包里的钱也是你给的吗？”

叶芽缓缓点头。

“你为什么要给吴老师钱？”

“给吴老师的妈妈看病。”她的声音低低的，“我……我只能给老师那么多！”

刘老师眸中闪过愕然之色，下一秒她抽了抽嘴角道：“你说你给吴老师的妈妈看病？”

“是呀，老师的钱不是丢了？所以……所以我……”

经过昨天，她已经知道赚钱是一件很不容易的事，虽然没有办法完全帮助吴老师，但叶芽希望那些钱可以给老师带去幸运，也可以让老师的妈妈快点儿吃药好起来。

望着一脸坚定的叶芽，刘老师又是好笑又是无奈，更多的是觉得温暖。这个年纪的小孩子，总有着最单纯善良的一面。

她忍不住捏了捏叶芽胖乎乎的小脸蛋：“芽芽怎么这么可爱呀，不过吴老师的妈妈应该用不到你的钱。”

叶芽满脸不解，歪着头问为什么。

刘老师哽住，不知如何向这么小的孩子解释死亡的事，可是这个小朋友也不是普通的小孩子。

想到那些画和小猪佩奇的葬礼，刘老师释然，直接说：“吴老师的妈妈已经去很远的地方了，今天是吴老师妈妈的忌日，吴老师丢的钱……不是我们花的钱。”刘老师一脸纠结，总不能直接和小孩子说是冥币。

幼儿园的老师都忙，吴老师妈妈的忌日刚巧赶在工作日，他家那边有烧纸钱的习俗，于是吴老师想工作结束后顺便去坟地烧纸钱，这样可以节省路上的时间。她哪里想到买好的纸钱丢了，变成了人民币。

吴老师要被吓蒙了。

刘老师又叹了口气：“你告诉老师，你的钱是哪里来的？”

“我赚来的！”叶芽目光坦然地道，“芽芽打工赚来给哥哥的！”

她打工赚钱给哥哥？！这不是胡闹吗？哪家三岁小孩儿可以一天赚这么多钱？

叶芽看出刘老师眼中的怀疑之色，这种感觉让她非常不好受，急到眼圈发红：“真的真的是我赚来的，我去当小模特，三个小时赚来的。”

模特？三个小时？这更不可能了！

刘老师就算不关注娱乐行业，也知道小模特不会有这么高的价钱，再说了，就算叶芽真的当模特，家长也不会让孩子保管这笔钱。

刘老师半天没说话。

叶芽鼻头一红，眼泪大滴大滴地落了下来，她哭得委屈又着急：“老师你相信我，我……我很乖，不会偷钱，也不会去抢，真的是我赚来的。”她很聪明，知道大人对小孩子抱有什么想法。她不想老师怀疑她，也不想被误会是坏孩子。

她哭得难过，刘老师没想到一时间的沉默会让她这么伤心，急忙抱起她哄了哄："老师知道芽芽是乖孩子，不哭不哭，宝贝儿不哭。"

"我的……我的钱……"叶芽泪眼模糊，伸长手臂想要够桌上的纸袋。

刘老师忙不迭地把钱递过去。

叶芽抹了把眼泪，抽抽搭搭地数着钱，方才吴老师已经把五百块钱还回来了，现在五千块一分不少。

叶芽抽噎两声，抽出一百看着刘老师，边哭边说："老师，只要你……只要你不告诉大人，我就把这个分给你一……一点点。"

"不够的话，再……再来一张。"为了让刘老师别把她赚钱的事泄露给臭弟弟，叶芽一咬牙，抽出两张纸币，小手晃了晃。

刘老师目瞪口呆。她盯着叶芽的神情变得越发不可思议。

"还不够吗？那就再……"

"够了、够了。"刘老师急忙阻拦这加码"贿赂"的戏码，把钱装好密封，"芽芽去上课，老师先帮你看着这些钱。"

叶芽一脸悲痛的表情。

刘老师脑子一疼，说道："放心，老师不会'贪污'的。"

叶芽哦了声，从她腿上跳下来，不放心地叮嘱道："那老师要照顾好它哦。"

"知道啦。"

"老师不可以让钱钱逃掉。"

"知道啦。"

叶芽还是不愿离开，恋恋不舍，欲言又止。

刘老师深吸口气道："我会把它放在我们的保险柜里，保证钱钱安安全全。"

得到允诺，叶芽一步三回头地离开。

目送叶芽的身影远去，刘老师立刻拨打了叶霖川的电话。这一次他接得干脆，但是没有说话。

刘老师顾不得其他，语气严肃地道："叶先生，请你今天务必来一趟学校。"

下午放学时叶霖川出现在了幼儿园。

他很高，面容冷峻，气势凌厉，一出现便吸引了大部分家长的注意，更威慑到旁边玩耍的小朋友们。孩子们神色畏惧，齐齐后退与之拉开距离。

叶霖川从小不讨小孩子和动物的喜欢，也不觉得意外，目不斜视地径自来到小班，屈指在门上敲了敲："你好，我是叶芽的家长。"

突然传来的声音让座椅上的叶芽抬起头，愣了愣，不可思议地看着刘老师。

叶芽很快意识到人是刘老师叫来的，顿时生气了，跳起来大声控诉："老师你是骗子！你怎么可以叫大人？你答应过我不叫大人的！"

她气鼓鼓的，难以相信自己信任的刘老师转眼就出卖了她。她们明明说好来着，可是老师竟然一点儿都不信守诺言。

叶芽的心意终究是错付了！

刘老师尴尬地笑了笑，良好的职业素养让她很快想到应对措施："老师没有欺骗你呀。"

"你有！"

"你仔细想想老师之前答应过你吗？"

叶芽低头仔细将谈话的过程回想了一遍，好像……好像老师真的没有答应不叫家长，只答应了帮忙看着钱……

刘老师双手撑膝，弯腰笑着看她："再说了，老师可没有接受你的贿赂哦。"

叶芽撇了撇嘴没再闹，闷闷不乐地回到座位。

刘老师笑意加深，再一次看向叶霖川。

他和她印象中的样子不大相同，更年轻也更英俊，浑身上下透着一股"我家有矿"的气场。刘老师静静打量叶霖川好几秒，忽然觉得对方很眼熟，思考半晌，瞪大眼睛，愕然出声——

"叶……叶霖川？"

这竟然是那个因为债务缠身而闹得沸沸扬扬的前首富叶霖川！

她以为叶芽的父亲只是恰巧和对方重名，以为叶芽家单纯很有钱，怎么也没想到会和叶家有关系。

"看样子老师认识我，那我就不介绍了。"叶霖川冷冷淡淡地瞥了叶芽一眼，“她犯事了？”

孩子们差不多被家长接走了，热闹的教室顿时清静不少。

“我们进里面谈吧。”刘老师向午休室走去，“芽芽也来。”

叶芽瞪了叶霖川一眼，背起小书包不情不愿地跟着进门。

刘老师取出钱直接交给他：“这是芽芽今天拿来的。”

袋子里放着崭新的百元红钞，叶霖川皱起眉头，朝叶芽脸上扫了两眼。

“她说是自己赚来的，我担心孩子弄丢，于是先保管着。”

叶霖川攥紧纸袋，居高临下地看着叶芽说：“钱从哪儿来的？”

他说话时一如既往地凶，语气中莫名带着质问，像是在怀疑钱的来历，或者说怀疑她的人品。

叶芽当下感觉委屈，眼泪在眼眶里打转。

“我问你话呢，你哭什么？”叶霖川不耐烦地道，“你这钱是找夏家拿的吗？”

父女之间没有丝毫温情可言，火药味在空气中飘浮，刘老师可算看出这爹是真没把叶芽当女儿看。她作为老师照顾叶芽这么久，对小姑娘自然是疼惜爱护的。

“叶爸爸，请您注意一下语气。”刘老师不满地说道，轻轻拉过叶芽的手腕，取出手帕擦擦她眼角的泪水：“有什么话直接和爸爸说，老师在呢。”

叶芽抽了抽鼻子，雪白的指尖绞在一起，长睫垂下，始终不去看他的脸。过了许久，叶芽哽咽着开口：“我……我偷偷去拍照片赚钱，王叔叔还有程爷爷都是好人，他们算芽芽一小时一千五。”

叶芽说完，眼泪掉了下来：“我要赚钱给哥哥看病。”

她的声音糯糯的，有无数的委屈与难过。

叶霖川身形一震，眼中闪过细微的诧异之色。

“是之前找你的那家？”叶霖川不记得名字，但对那天在商城发生的事印象深刻，过去这么久，怎么都想不到叶芽还没丢掉那张名片，甚至找了过去。

这么说……她去夏家不是为了过好日子，而是为了避开他的视线赚钱？

叶霖川心里五味杂陈，大脑空白，有酸涩也有难以置信。

他难以相信天生为恶的克隆人会为儿子考虑，难以相信她会为别人付出，也难以相信她为了躲开他想出这样的办法。

不得不说她的确很聪明，所有行为都超出他的预期。

叶霖川喉结滚动，慢慢蹲下身，看着哭得无助的叶芽，嗓音柔和不少：“你之前为什么不和我说？”

“你又……又不听我的话。”叶芽泪眼模糊地道，“你不喜欢我，我……我也不想和你说话，你会骂我……”

空气骤然凝固。

叶芽比谁都了解大人的情绪。他不喜欢她就是不喜欢，哪怕抱抱她、摸摸她也只是一时兴起，第二天该厌恶还是厌恶。叶芽知道他把倒霉事都怪在自己身上，不知道怎么解释，也解释不清楚，因为她是小孩子。

大人从不会听小孩子说话。

叶霖川张了张嘴，喉咙好像是被胶水粘住般，竟发不出一点儿声音，放在膝盖上的手慢慢紧缩。他看着她，眼中有纠结也有自己都难以觉察的愧疚。

安静的房间里只有叶芽低低的啜泣声。

刘老师抱起她哄了哄，等叶芽情绪平复下来后，说：“芽芽先去外面玩好不好？我和爸爸有话要说。”

叶芽乖巧地点头，抹干眼泪离开房间，还不忘把房门带上。

刘老师叹息一声，拉过一把椅子让叶霖川坐下：“叶先生要喝水吗？”

叶霖川摇头。

刘老师没有勉强他，直接说：“今天我发现钱和芽芽谈话时，她竟以为我误会她偷钱，叶先生，您知道这代表什么吗？”

叶霖川再次摇头。

“她比同龄人敏感。”刘老师点明要点，“按照这个年纪的小朋友的思维方式，当我问钱从哪里来的时，他们会直白地说明来历。可是叶芽不一样，她很害怕被误解，甚至会根据大人的想法做出相应的判断。

“芽芽比同龄人都要聪明，不管是记忆力还是创造力都高过同龄人，她也很容易取得别人的信任，迅速融入环境与别人打成一片。按理说这是好事，但我总是很担心她……”

刘老师说着从文件夹里取出叶芽的作业：“这是她那天画的，上面还写了字，您可以看一下。”

叶霖川接过画。

画上只有一片小小的绿叶，渺小地躺在素白的纸上，右下角写着稚嫩的三行小诗：

《绿芽》

绿芽是春天的孩子。

秋风把它偷走，送给了冬天。

绿芽在雪地里迷了路。

很显然，她故意留白当作冬天的雪，那片小小的叶子就是她自己。

她觉得自己丢了……

叶霖川捏着纸的手不禁握紧，神色逐渐变得复杂。

“芽芽好像很孤单，也很渴望爸爸妈妈。”刘老师深吸一口气道，“小孩儿在三到五岁这个年龄段很重要，芽芽又很聪明懂事，希望回家后大人可以给予她更多的关爱，千万不要让小孩子伤心。

“我就说这么多，叶先生可以带芽芽回家了。”

叶霖川回过神来，目光闪烁：“这个我可以带回去吗？”

“当然可以。”

叶霖川把画卷好，起身开门。

黄昏临近，叶芽独坐在小凳子上画画，小小的背影被暖光包围。明明是很温馨的画面，叶霖川却看出些许孤寂的感觉。

他深深地吸了口气，上前拿起书包把钱放进去，又收起桌子上的画笔和纸：“和老师说再见。”

叶芽坐在椅子上不肯动。

叶霖川俯视着她：“你要在这里过夜？”

“我不要和你回去。”叶芽双手环胸，抿起嘴唇，固执地别过头，留给他半边圆润可爱的侧脸。

刘老师此时出来，说：“芽芽乖，快和爸爸回家。老师已经和爸爸说好啦，他以后都会和芽芽好好说话，不会再凶芽芽。”说着她仰起脸，“是吧，叶爸爸？”

叶霖川低低地嗯了声。

叶芽才不相信老师三言两语就能改变阿弟对她的看法，但也知道自己留在这里就是给老师与园长添麻烦。她起身和刘老师挥了挥手，一把扯过书包护在怀里，像只小企鹅似的走出教室。

叶霖川向刘老师颔首告别，大步流星地跟了上去。

“沈然哥哥呢？”叶芽满院子找不到沈然的身影，有些慌。

“坐校车回去了。”

叶芽没多问，边走边翻出纸袋数着钱。

“没少你的，好好走。”

叶芽不理会叶霖川，认真地把钱点好，一颗悬着的心总算放进肚子里。

“你要是不让我赚钱，我就和你断绝关系。”叶芽扯着书包肩带，迎着夕阳一本正经地说道。

叶霖川笑了下：“断绝关系？”

叶芽：“奶弟关系。”

奶弟关系是什么见鬼的关系？

叶芽跟着叶霖川走出学校，门外孤零零地停着辆青绿色的电动车。叶霖川面无表情地走过去拧开车锁，跨坐上去，想了想又下来，转身抱起她放在了前面，顺手将一个熟悉的粉红色头盔戴在她的头上。

叶霖川双手握着车把，发动电动车。

刚开车过来的刘老师看到这幅画面时瞬间惊住，降下车窗对叶霖川道：“叶先生……骑车来的？”说完她上下扫着叶霖川，高大冷峻的男人与青绿色的电动车格格不入，前面的车筐里还晃动着一本小册子。

凭借着良好的视力，刘老师看到上面的字是——看男科就去 ×× 医院。这一看就是路边的小广告。

她眼皮子一跳，莫名想笑。

叶霖川假装没看见刘老师眼中的促狭之意。

他其实还有两辆车，一辆单纯养不起，另一辆是给何助理的，可是何助理说车子在维修，下个月才能取回来。叶霖川今天本来是想打车来，结果被沈昼无情地阻止。

“叶叔叔，您最近用来打车的开销太大了。”

叶霖川一寻思也是，事到如今是该节约，可是又不愿意坐公交车，迫不得已只能借隔壁大婶的电动车。好在电动车容易骑，他一会儿便学会了。

叶霖川无视刘老师，一拧车把，青绿色的电动车刺溜一下蹿了出去。

他车技勉强，骑得歪歪扭扭的，像是随时要摔倒。

叶芽把帽子向上面抬了抬，现在是下班高峰期，车水马龙，道路不见空隙。

突然间，一股好闻的香气飘了过来，叶芽动了动鼻尖，仰起头来：“我饿啦。”

叶霖川等着绿灯，面无表情地道：“幼儿园不是管饭？”

“没吃饱。”叶芽摸了摸小肚子，她今天有心事，晚饭没怎么吃，早就饿了。

叶芽环顾周遭，在隔壁街看到大排档，舔了舔嘴唇：“阿弟，我想吃那个。”

叶霖川目不斜视地道：“没钱。”

“我有！”有钱就是底气足，叶芽拍了拍书包，“我有钱！”

小孩子吵起来实属让人烦，叶霖川掉转车头，领着叶芽去了对面的烧烤一条街。

这条街都是餐饮店，街边摆满桌椅，每桌几乎都有光着膀子的男人和谈笑风生的女人，酒杯碰撞，气氛喧嚣，充满市井气。

叶霖川这辈子都没来过这种地方，紧紧皱起眉头，神色满是嫌弃。

叶芽拉着叶霖川找到一家烧烤店，看着炭火上滋滋冒着油的肉串，叶芽舔了舔嘴唇，咕噜一声咽了口唾沫。

“要点儿啥？”老板嘴里叼了根牙签，眯着眼问他们。

叶芽指着炉子上的肉串说：“我要肉肉！”

老板被逗笑了：“什么肉肉呀？”

叶芽叫不出名字，不由得看向叶霖川。

叶霖川说：“随便来点儿。”

“得嘞，你们先去旁边坐，一会儿就好了。”

叶芽蹦蹦跳跳地找了一张桌子坐下。

现在是忙的时候，那张桌子还没来得及擦，上面沾满油污，叶霖川犹豫许久，最终没有坐下，静静点了根烟去旁边抽。

肉串很快上来，叶芽左手一串右手一串吃得香，见叶霖川身影孤单，起身把其中一串肉递过去：“给。”

叶霖川低下头。

一会儿工夫她那张小脸就蹭得脏兮兮的，嘴角一圈油，脸上还沾着辣椒和孜然末，叶霖川看不下去，掏出张纸巾给她擦了擦。

“给你吃。”叶芽踮起脚，小胳膊举得高了些。

“我不吃。”叶霖川害怕东西不干净，果断拒绝道。

“吃嘛——”

“不吃。”

“吃嘛、吃嘛——”

那根竹扦危险地晃来晃去，让叶霖川一阵心惊肉跳，他皱眉接过肉串，小心翼翼地咬了口。肉串烤得刚好，外焦里嫩，咬一口肉汁四溢，香得舌尖都能掉下来。

真好吃！

叶霖川也不嫌脏了，坐回椅子上多点了十串肉。

小姑娘胃小，吃了两串差不多就饱了。

“和我说说。”

叶芽迷茫地歪头。

“你签约的事。”叶霖川问，“舒美辰帮你办的？”

夏家只有舒美辰一个闲人，她老公定不会那么没理性地帮忙干这档子事，叶霖川想来想去只有舒美辰最可疑。说不定开始舒美辰也犹豫，但是架不住小姑娘软磨硬泡，要是再撒个娇，谁都会缴械投降。

不承想叶芽矢口否认：“不是姐姐。”

这话挑起了叶霖川的好奇心：“那是谁？”

“不告诉你。”这是叶芽的小秘密，她才不会轻易让阿弟知道。

叶霖川拧眉，被勾得痒痒的：“老夏？”

叶芽摇头，不管叶霖川怎么问都在摇头，闭口不谈这件事。

叶霖川冷哼一声，身子后倚，不屑地道：“爱说不说。”

哼！她也不稀罕说！

叶芽看了眼桌子上的竹扦，默默把自己吃的两串肉分开放在前面，拉开书包从里面取出一百元大钞，举起手晃了晃：“叔叔，我要结账！你再帮我打包十五串！”

“好嘞，八十一算你八十。”老板擦了擦手过来收钱，见付款的是小姑娘，笑了，“帮爸爸看钱？”

叶芽掰着手指头算了算：“不对、不对，不是八十一。”

噗，这小姑娘还会算账？

老板耐着性子问：“那是多少呀？”

叶芽指了指叶霖川，一脸正色道：“我们分开算。”

刚吃完准备走的叶霖川无语。

叶芽用那稚嫩的嗓音说："我们 AA 制。"

这小兔崽子还懂 AA 制？

旁边两桌人看过来，见叶芽认真地算着账，顿时大笑起来。

老板也没见过这种小孩儿："行，那算你五十块钱。"

老板又看向叶霖川："您是三十。"

叶霖川磨了磨牙，狠狠瞪叶芽一眼开始在口袋里翻钱。

左边口袋空的，右边也是空的，别说钱包，手机他都忘了带。

叶芽看出男人的窘迫，眼睛发亮："我可以借给你。"

叶霖川深吸口气："行，借。"

叶芽美滋滋地把钱递过去，找钱时顺便让老板换成了零钱。

她装好钱拿着肉串，转身找叶霖川抱自己上车。

两人到家带回满屋的烧烤味，四个哥哥一边因她回来而喜悦，一边对着袋子里还热乎的烤串流口水。叶芽把肉串递过去给他们吃，叶霖川去对面送钥匙，顺便叫大婶过来给叶芽洗澡。

隔壁大婶姓钱，五十多岁，目前在居委会工作，长得慈眉善目，天生一副热心肠。

叶芽光着身子坐在浴缸里，水里游着一只小黄鸭。

钱大婶往叶芽后背上泼着热水："你这家里兄弟够多啊，不容易吧？"

一个男人照顾五个孩子，她看着都嫌累。

叶芽重重点头："是不容易。"她现在是个赚钱养家的小妖怪啦，要是不好好工作，哥哥们是会饿死的。想到肩上的重担，叶芽重重地叹了口气。

"所以说家里没个女人就是不行，看你爸也不像是个会干活儿的。"

叶霖川过去递钥匙的时候，大婶特意看了一下他的手，啧，手指头比女孩子都白净，一点儿褶子都没有，指肚嫩得好像能掐出水。这种男人看着人高马大，其实放在工地上搬砖都没人要。

叶芽再次点头："他不会干活儿还脾气不好，所以我要懂事点儿。"她要快点儿长大撑起这个家！

这话出自一个三岁女童之口莫名惹人心酸，钱大婶眼角挤出两滴泪来："都说有妈的孩子像个宝，没妈的孩子是棵草。唉，以后你想吃啥就去找大婶，不用客气，大婶那口子是干厨师的，都能给你做。你们兄弟几个还小呢，可要养好身体。”

说起来家里好像刚买了个西瓜没打开，待会儿她送过来给孩子们吃。

叶芽手里捏着小鸭子哼唧：“有妈的孩子是棵草，没妈的孩子是野草。”

钱大婶被逗乐了，没纠正她，由着她唱。

她很快洗完澡被钱大婶抱了出来，桌上那十五串肉串早就被兄弟几个瓜分得一干二净，此时几人都围在桌前做作业，见叶芽出来，他们齐齐看过来。

刚洗完澡的小姑娘香喷喷的，眼睛里沾着水汽。

钱大婶放下叶芽，回家抱了个西瓜送给他们吃。

叶芽没有去吃西瓜，转身拉开书包取出钱，把那些钱分别装好，跳下椅子来到几人面前。

小姑娘双手背在身后，像是有话要说。

叶清河眼中带笑：“芽芽藏什么了？”

“我……”叶芽脸蛋红红的，“我去赚钱啦！”

几人不明所以，知晓一切的叶霖川没任何表示。

叶芽骄傲地挺胸：“芽芽要给你们发零花钱。”

所有人面面相觑，都蒙了。

叶霖川无奈地摇了下头，没拦她。

“哥哥。”

被叫到名字的叶清河茫然地起身走过去。

“给。”叶芽往他手上放了一个长方形的“红包”，这个红包是叶芽今天在幼儿园时手工做的，上面还写着名字：叶清河。

叶清河眼角一跳，心想小姑娘能赚几个钱，估计就是一毛五毛的。他不忍心打击妹妹，配合着接过红包：“谢谢芽芽。”

叶芽大爷似的点了下头：“沈昼。”得嘞，“哥哥”都省了。

沈昼忍着笑走过去。

“给！”

小小的纸袋上写着三个字：沈尺旦。

沈昼心想：这是把他的名字分尸了？

“沈然。”

“子煜。”

叶芽一个一个叫下去，最后就是——目光落在角落里默不作声地吃西瓜的叶霖川身上，她清了清嗓子："叶霖川，快来领零花钱！"

突如其来的一嗓子让叶霖川呛了一下。他吐出西瓜子咳嗽了两声，惊讶于竟然有自己的份儿。

"爸。"叶清河推了下叶霖川。

叶霖川放下西瓜走了过去。

"手。"

叶霖川勉强配合，伸出手掌。

叶芽拿出最后一个红包，将其打开，开口朝下地倒了过去。

吧嗒，一个小小的硬币从纸袋里跌至他的掌心里——一毛钱，估计还是她从犄角旮旯搜刮出来的，上面还带着烧烤味。

叶霖川嘴角一抽，看向叶芽。

叶芽费力地仰着头，慢吞吞地提示："你还欠我三十块。"

其他人本来以为自己收到的红包只比一毛多点儿，结果打开就傻眼了，里面全是红票子，平均每人一千二左右。

叶霖川把玩着手上的钢镚，装作满不在乎，实则对每人的红票子有点儿发酸。

这小兔崽子除了给他的一毛钱和吃饭的钱，竟一分不留地发了出去。

叶清河定定地看着手里的钱，片刻后问道："芽芽，你这钱是哪儿来的？"

这些钱加起来怎么也有四千九了，她一个三岁小宝宝从哪里搞来这么多的钱？难不成这些钱是爸给的？不能，他爸现在太穷，哪里来的闲钱给叶芽？

叶芽一脸骄傲地道："赚来的！"

叶清河蒙了。

她炫耀似的把自己签约与拍照的过程完整地复述了一遍，说完微仰起下巴，静等兄长夸奖。时钟的指针嘀嗒地转动，四个少年的目光全落在她的脸上，他们怔住了。

他们的沉默让叶芽格外不安，背在后面的小手绞了绞，脚尖向里并拢。

"哥哥？"叶芽骄傲的语调低下几分。

叶清河回过神，把钱塞回去，其他人跟着塞进去，默契地将红包放在一起。

"芽芽，家里用不着你去赚钱。"叶清河说，"我会向学校申请奖学金，我们学校的奖学金很高的，够我们生活。”

沈昼点头附和：“下周会举办全国数学比赛，第一名能拿三万块奖金呢。”

他学习好，最近努努力，拿个前三名应该不成问题。

这也点醒了叶清河，他对沈昼笑了笑：“我们可以一起参加。”就算一人失利，另外一人也能拿奖，他们左右都不会亏。

沈然与叶子煜面面相觑，挠了挠头，腼腆地道：“那个……我们争取少吃点儿。”

他们不会数学也拿不到奖学金，除了吃好像没啥特长，少吃点儿就是为这个家做贡献了。

五个孩子惨兮兮地想着如何为家里赚钱维持生计，叶霖川沉默不语地听着，许久后起身，默默地回了屋。

叶清河没有注意到父亲离去，抱起叶芽：“芽芽还小，哪怕我们真的什么都没有，也轮不到你来养家。”叶清河摸了摸她软绵绵的脸蛋，“除了数学比赛，我还可以参加钢琴比赛、辩论比赛，都有钱的。”

小时候他总是抱怨父亲让他学了太多不喜欢的东西，现在想想反倒感谢家长的压迫。有一技傍身总比什么都不会强，哪怕落到绝境也可以靠着才艺挣些吃饭钱。叶清河没有办法帮父亲分担债务，能做的就是尽可能地不为他增加压力。

他们所有人都是这样想的。

“我不要哥哥太累。”叶芽抬起眼皮，眼里是浓郁的心疼，她伸出小手放在叶清河的胸膛上，满是担忧地道，“太累的话，心心是会生病的。”

叶清河没想到她会说这种话，当下愣住，内心涌出无尽的暖意。

“再说了，我都和人家说好了，不能违约。”她晃着小脚劝说哥哥们，“只有周六日拍照片，有小朋友陪我不累的。我还能穿很多漂亮的小裙子，摄影师叔叔也很好，把芽芽拍得很漂亮。”

叶芽在某些方面很固执。

她小小年纪却信守承诺，一旦允诺绝不会反悔，哪怕再苦再累也要兑现诺言，这是妈妈教给她的道理。

叶清河深吸口气，见她眸色坚定便也不再强求，妥协道：“好吧，那你要搬回来和哥哥们住，不可以再离开了。”

家人们都答应了，叶芽也没有拒绝的道理，拉长语调，软绵绵地说了一个好字。

叶清河笑了笑，摸了摸她的头，又亲了亲她的小脸。

“芽芽想吃什么？沈尺旦哥哥可以给你做。”

沈尺旦哥哥是谁？

叶芽歪着头茫然地思考着。

沈昼指了指红包：“喏，沈尺旦。”

某些方面，沈昼是很小心眼儿的。

叶芽恍然，红着脸不肯承认自己写错，想了想说：“它们吵架分居啦，不是我写错的。”

扑哧，沈昼绷不住笑出声来。

笑过后，沈昼看着桌上的钱：“我们随身拿着也没有用，要不给叔叔保管吧，叔叔毕竟也是一家之主。”

叶芽不懂就问：“一家之主是什么意思？”

沈昼说：“就是可以赚钱管事的家长。”

叶芽双手托腮，陷入沉思。她现在是可以赚钱的妖怪奶奶，那么说她就是可以管事的家长喽？

叶芽点了点头，伸手把刚发出去的红包全拿了回来，分别抽出一百块钱给他们：“那我是一家之主。”

“以后你们想买什么可以找我。”叶芽拍了拍胸脯保证，“我身为家长，一定会满足你们的要求的！”

说完她又苦恼地皱起眉头，嘴里嘟囔道：“可是我的钱钱要藏在哪里呢？”

书包里不安全，会丢；家里也不安全，阿弟会偷花。叶芽琢磨半天都想不到好办法，只得继续求助哥哥。

要是以前叶清河不会介意把自己的银行卡给她，可是现在银行卡因为父亲的关系已被冻结，继续办理的话仍有被冻结的危险。

“你可以把钱藏在这张卡里。”看出叶清河眼中的窘迫，沈昼取出自己的卡放在桌上，“或者沈昼哥哥去帮你存，存好再交给你保管。”

沈昼是孤儿又没有监护人，这张卡是当初求助福利机构帮忙办理的，里面除了这两年攒下的钱，还有一部分是叶家打给他的生活费，他没怎么花。叶家老小过来后，沈昼就把这笔钱用作全家开销。

叶芽看看钱又看看卡，没有犹豫地把钱交给了他，末了不放心地叮嘱：“那沈昼哥哥，不可以丢掉哦。”

“放心，不会丢掉的。”

沈昼办事效率很高，第二天放学就去存好钱，晚上回家把那张小小的银行卡交到了叶芽的手上，细心地告诉她密码和注意事项。叶芽双手捧着卡，头顶的小叶子因为激动而左右摇晃。

“密码不可以告诉别人。”

叶芽翻看着那张薄薄的卡片，脸蛋因为欣喜而泛起潮红。

她仰起头，眼睛亮亮的：“沈昼哥哥，你蹲下。”

“嗯？”沈昼配合地蹲在她面前，“怎么啦？”

叶芽猛地扎进沈昼怀里，噘着嘴在他的左脸上落下一个吻，自然地靠着他说：“谢谢沈昼哥哥，沈昼哥哥最好啦！”

小姑娘声音甜甜的，撒起娇来格外熟练。

沈昼一愣，随即笑了，摸了摸她的头：“芽芽也最好了。”

不知道是不是他的错觉，自从遇到叶芽后，他的人生都变得明亮起来。起码他吃鱼不会再卡喉咙，坐公交车不用担心等不到车，霉运似乎都远离他了。

沈昼垂眼凝视着怀里把玩着银行卡的小姑娘，莫名觉得胸腔里暖乎乎的。

“芽芽就像小太阳。”他捏着她头顶的丸子头，“芽芽要开开心心地长大。”

少年说这话时眼里有光，简朴的语言有着最真挚的祝愿。

叶芽抬头静静地看他几眼，纠正道：“芽芽是四叶草，要给所有人带来幸运。”

爸爸说了，这是四叶草的责任。

哥哥也好，老师也好，所有人都应该得到幸福。

她话音刚落，屁股被轻轻踹了一下。

叶芽不开心地仰起头，对上了叶霖川没什么感情的双眼。

“干吗呀？”

叶霖川单手握着水杯，冷冷地说：“四叶草你挡路了。”

叶芽鼓着脸，慢悠悠地向旁边蹭了蹭，一直目视叶霖川进入厨房后，吐出舌头做了个可爱的鬼脸，之后收回目光，拍了拍沈昼的肩膀：“我周六要去工作，家里就交给沈昼哥哥照顾啦。”

她说起话来和小大人似的，反差萌差点儿又让沈昼笑出来，好半天才憋住笑，轻轻应下。

知道叶芽周六的工作是直播，全家人坐在一起商量谁陪着她过去。首先要排除叶子煜和沈然；其次排除叶清河，他那天要去医院进行常规检查；最后排除沈昼，他要留在家里辅导弟弟做功课，这么一来就只有……

沙发上的四个人全部看向无所事事换台的叶霖川。

“爸，你的车不是送来了？刚好你可以带芽芽去童心之家。”叶清河简单直白地道，“我看你闲着也是闲着，不如当芽芽的临时经纪人吧。”

“零食经纪人？”叶芽皱眉，小心翼翼地把手上刚吃了一半的小面包藏在背后，生怕叶霖川过来抢，“我不要阿弟管我的零食……”

阿弟凶巴巴的，肯定不会多给她吃好吃的。

叶清河无奈地笑了：“不是这个零食啦，是辅助你的工作，算是助理。”

那就好，叶芽松了口气，没再管这事，拿出面包继续吃。

“爸，你觉得呢？”叶清河眼巴巴地看着他，恨不得立马得到确切的回答。

叶霖川当然觉得不行。

他怎么说也是金融界的成功人士，曾经的首富，再怎么落魄也不能给一个奶娃娃当助理。

可是孩子们的眼神太过热切，叶霖川握着遥控器的手一顿，拒绝的话哽在喉咙里，他迟迟没有发出声音。

叶清河知道父亲性子内敛，不好意思直接答应，于是给了个台阶：“你不说话我就当你默认了。”

叶霖川没有摇头也没有点头，算是默认。

兄弟几个默契地相视一笑，继续看电视。

锦橙 著

下册

青岛出版集团 | 青岛出版社

第六章
她是一家之王

翌日早上八点，叶芽穿戴整齐与叶霖川一同出门。

叶霖川从何助理那里开来的是一辆普通的轿车，后座上没有安全座椅。他为叶芽扣好安全带，这才坐到驾驶座上发动引擎。

两人一路无语，四十分钟后抵达童心之家。

“到了。”叶霖川下车开门，语气冷冷地道。

叶芽没有立马下车，在叶霖川不解的眼神中打开小书包，小手从里面取出一个有猫咪图案的钱包，从中掏出一块钱递过来，示意他接。

叶霖川不明所以地皱着眉头。

叶芽奶声奶气地说：“小费。”昨天电视上就是这么演的，司机给女主人公开门，女主人公给了司机一张钞票。

见他半天不接，叶芽也不勉强，重新装好钱背着小书包下了车。

两人一前一后地进入童心之家，叶霖川的出现再次引起大家的瞩目，同时还有低低的议论声。

“我没看错吧，那个是叶霖川？”

“新闻不是说他抛妻弃子逃去国外了？”

"喏，那个就是叶霖川的小女儿，现在他破产了，就把孩子推出来赚钱，啧啧。"

处于话题中心的叶霖川双手插兜，神色慵懒，像是没听到那些对话似的，一脸"我无所谓"的表情。事实上他的确觉得这些无所谓，哪怕现在狼狈落魄，一无所有，但之前所取得的成就也是这些人一辈子都无法企及的，鸿鹄哪会在意蝼蚁的议论。

叶霖川的漠然更坚定了他们心中的想法，一时间议论声变大，打量的目光更加肆意。

听到所有对话的叶芽停下脚步，转身拉了拉叶霖川的衣角，张开双臂："抱抱。"

叶霖川朝前方看了一眼："这不都到了？"

"我不管，抱抱！"叶芽跺了跺小脚，神色迫切，恨不得立马扑进他怀里。

叶霖川扯了下嘴角，不耐烦地抱起叶芽。

小姑娘好像又胖了点儿，他把她抱在怀里感觉肉感十足。

索抱得逞的叶芽紧紧环住叶霖川的脖颈，垂下眼帘，耷拉着嘴角，小脸上写满了落寞难过。她故作伤心状，奶甜奶甜的嗓音清晰地回荡在大厅之中："阿爸你放心，芽芽一定好好赚钱给你治病。"

叶霖川瞪大眼睛，身子一个踉跄。

她在说什么鬼玩意儿？！他正迷惑间，叶芽用一双小手捧起他的脸，眼里泪光闪烁，目光可怜又深情："阿爸，就算全世界的人都误会你，芽芽也不会误会你，在我心里你是最好的爸爸。"

这、这不是昨天电视剧里的台词？！她都记住了？她还活学活用！

叶霖川浑身僵硬，一口气差点儿没上来。

气氛诡异极了。

"叶霖川病了？"

"听说叶霖川就是因为身体不好才被股东驱逐出公司的，官方发布的消息也是他在家养病，难不成……"

势头一转，众人看着他的眼神由嘲讽转为同情。

"你看他女儿，还那么小。"

"唉，说来也是。要不是生活不易，谁舍得让这么可爱的孩子出来工作？"

…………

周围人的话说得越来越过火，叶霖川感觉太阳穴狠狠跳了跳，抱紧叶芽大步流星地进入电梯。

“叮”，电梯门关上。电梯缓缓上升。

叶霖川立马把她放下，厉声呵斥道：“你刚才乱说什么呢？”

叶芽一点儿都不觉得自己哪里错了，紧紧搂着小书包，神色坦荡地道：“我是小宝宝，小宝宝就喜欢乱说话。”

她这是什么歪理？他心口梗住了似的，想教训她却不知怎么教训，一时间呆立在电梯角落里，眼神很是复杂。

叶芽摇头晃脑地道：“童言无忌，你别生气。”

以前妈妈讲故事的时候告诉她，人类很容易被骗。原本她还不信，现在总算信了——人类都是小猪猪，电视剧里的台词都相信。

成功欺骗到大人的叶芽莫名感觉有一丝小骄傲，抬脚迈出电梯，像个大佬似的晃进了摄影棚。

叶霖川神色阴沉地跟在她身后，开始认真思考要不要把电视机卖掉。

昨天她只是看了半集狗血连续剧就了不得了，要是再看点儿别的……

叶霖川胸口一疼，闭上眼顺了顺气后才跟着进去。

叶芽这周六会忙一些，早上要拍三个小时的照片，晚上七点左右还要和主播一起进行时长三个小时的直播。

服装师不敢耽误，带着叶芽去里面换第一套衣服，留叶霖川独自在角落里等待。

叶芽很快换好衣服出来，今天要拍的是童心之家与电影《梦幻精灵》的特别联名款服装系列。服装系列起名为精灵。她刚到现场便引起叔叔阿姨们的一阵惊叹声。声音很大，叶霖川的视线轻轻飘了过去。

站在人群中的小姑娘头戴花环，身穿雪白的小裙子，后背特意安了双质地透明的翅膀。薄纱裙质地极为轻盈，垂在上面的细珠做工精致，整体给人一种飘飘欲仙的感觉。她的嘴唇上涂了点儿口红，这更衬得眼眸黑亮，皮肤雪白，就连点缀在眼角下的泪痣都变得明显了许多。

她就像是从西方童话中走出的小精灵，美丽又惹人怜。

“芽芽好可爱！”

“看这边、看这边，姐姐给你拍照！”

没等摄影师开动，在场的几个工作人员倒是迫不及待地对着她连拍了几张照片。

叶芽配合着摆了几个 pose（姿势），突然又想起昨天的电视剧，对着镜头用力一眨左眼，学着女主人公的样子来了一个充满稚气的 wink（眨眼）。

这谁顶得住？！

“芽芽对我 wink！”

老阿姨们癫狂的样子活像是少不更事的追星女孩儿。

安静地坐在角落的叶霖川好像和他们不是一个次元的，除了平静就是疑惑。他单纯想不通，一个奶毛都没退的小孩子至于吗？

距离开拍还剩不到五分钟，摄影师把那一干闲杂人等赶到场外，招呼叶芽坐到镜头前。其中一个工作人员走到叶霖川身旁，心满意足地翻着手机里的相片，脸上露出“姨母笑”：“芽芽真是太可爱了，以后我的小孩儿也这么漂亮就好了……”

可爱？漂亮？叶霖川身体后仰，不禁道：“你……觉得那个小妖怪可爱？”

男人声音低沉，那个工作人员这才发现身边有人。她看过来时对着叶霖川英俊的脸庞愣了愣，红着脸点了下头：“可、可爱啊。你是……芽芽的父亲？”

“嗯。”叶霖川淡淡地应了一声。

“你不觉得芽芽长得很可爱吗？我觉得很多明星的孩子都没她好看，她长大后肯定很受男孩子欢迎……”

叶霖川沉默不语，深深凝视着聚光灯下的小姑娘，试图在她身上找到一丝可爱的气息来。

此时那个工作人员笑了：“按理说家长都觉得自家孩子是最可爱的，我二姨家那孩子长得和熊大似的，家人照样每天在朋友圈炫耀他，一分钟给他发十张照片都不带重样的，就连他大便颜色都拍出来显摆……”

听到这儿，叶霖川面露嫌恶之色，沉沉地说了四个字：“大可不必。”

什么傻子父母会拍孩子的屎放在公共平台上？这不是恶心别人就是恶心自己。当然，这种恶心自己的行为叶霖川这辈子都不会做。

六套衣服顺利拍完，摄影师放叶芽去休息。

她被摆弄了一个小时也不觉得累，结束后独自坐在镜子前一动不动。就这样过了五分钟之后，一直在暗中观察她的叶霖川按捺不住好奇心，朝她走了过来。

叶芽一双大眼睛看着镜子，嘴里念念有词。

叶霖川一听，她说的是：“石头剪刀布。”

“你在干吗？”

“猜拳。”

叶霖川看了镜子一眼，她的确是在和镜子里的自己猜拳，猜得还挺认真。

“那你赢了吗？”他随口问道。

叶芽点头，不眨眼睛地说：“赢啦。”

叶霖川顿时觉得脊背发凉，抱起叶芽向旁边的休息椅走去。

叶芽咯咯地笑了，得意扬扬的样子活像是搞恶作剧得逞的小狐狸：“骗你的。又不是见鬼了，我怎么可能赢啦。”

叶霖川身体僵硬，无言应对。

旁边的摄影师、助理等人都无情地对叶霖川发出嘲笑。

叶芽拍了拍叶霖川的肩膀，故作老成地道：“阿弟，记得不要相信小孩子还有女人的话，尤其这个女人还是小孩子。”

叶霖川面无表情地把她放到椅子上让她坐下，气不过，伸手在她的脸上拧了一把。

他决定了，晚上回去就找个回收旧家电的人，把电视卖掉。

“阿弟，我想上厕所。”叶芽拉了拉叶霖川的袖子，低声说。

叶霖川没有抬头：“自己去。”

叶芽撇了下嘴，跳下椅子独自出门向厕所跑去。她因着急去厕所没怎么看路，冷不丁与突然蹿出的小男孩儿撞了个正着。两人踉跄着后退，被叶芽撞到的小男孩儿跌倒在地。

他没有站起来，像机器人似的一动不动地盯着她。

叶芽走了下神，片刻后走过去，说了声“对不起”。

赵辰星依旧没有任何动静，她有些担心，正想伸手搀扶他，一股外力突然向她的肩上袭来，被推了一下的叶芽身体不稳，摔坐在地板上。

“小兔崽子是不是没长眼睛？！这是你们家大马路啊，你在这儿跑来跑去的！要是把我们家辰星撞坏了你赔得起吗？”女人精致妆容下的面容因愤怒而扭曲，她气不过，又在叶芽的腿上踹了一脚。

“我们辰星可金贵着呢。”女人抱起赵辰星，狠狠地瞪了叶芽一眼，随后扬长而去。

走廊里前后无人，这个小插曲没有被其他人看到。

叶芽呆呆地坐在地上，迟迟没有反应。

“芽芽？”系统担心地叫了她一声。

叶芽睫毛轻颤，回过神来，想要用双臂支撑地面站起来，没想到做这个动作让膝盖产生了电击般的疼痛，导致她重新跌坐在地上。叶芽小心翼翼地掀起裤腿，看到膝盖上青紫了一块——被高跟鞋踹的。

“呜……”眼里瞬间蓄满眼泪，叶芽眨了眨眼正要哭，突然想起脸上抹了亮晶晶的“金点点”，哭的话“金点点”一定会被弄掉。

为了不弄掉好看的“金点点”，叶芽强行把眼泪憋了回去。

系统：“芽芽痛不痛？”

“痛……”虽说忍住了没哭，哭腔却还有，叶芽委屈巴巴地道，“我要妈妈……妈妈……”

她怎么又想妈妈了？

系统心疼坏了，把声音切换成食人花妈妈的声音后，安慰了她许久。

熟悉的妈妈的声音让叶芽心情好转，她咬紧雪白的小牙齿，扶着旁边的墙壁站起，一瘸一拐地向摄影棚内走去。

田又琴在摄影棚里，正蹲在地上帮赵辰星整理礼服。见叶芽进来，田又琴轻蔑地翻了个白眼。

“芽芽怎么出去那么久？准备一下，我们要开始了哦。”

“嗯。”叶芽轻声应和，拖着发疼的左腿向换衣间走去。

她走路的姿势怪异，这瞬间引起了叶霖川的注意。

“站住。”

叶芽向他看去。

叶霖川微皱着眉头，目光下移：“你的腿怎么了？”

他不问还好，一问叶芽立马想哭。小姑娘捏着衣角，脸色阴沉，就差没把“委屈”两字直接贴在脸上。叶霖川不用想都知道她被欺负了。

他一把拉过叶芽，抱起她，把她放在自己的腿上，冷声问：“哪边？”

叶芽鼻尖红红地指了指左腿。叶霖川放轻动作把她的裤腿卷起，她膝盖上青紫的伤痕在那白皙的皮肤上显得格外突兀，伤处有些肿。他紧抿着薄唇，心中冒出怒意。

“谁干的？”叶霖川眼中像是布满了寒霜，身上的气息冰冷又危险。

叶芽难受地啃着手指头，含混地道：“我……我把人撞了。”

他没了耐心，加重语气质问：“我问你是谁干的？”这明显是被人故意踹的。

他凝视着叶芽，她的脸上没泪痕，看样子她一直忍着没哭。这让叶霖川的怒意到达顶点，心里腾腾地冒着火。

叶芽偷偷地朝田又琴瞄了一眼，很快又小心地收回目光，窝在他的怀里一声不吭。

“芽芽，我们准备准备要开始了！”造型师在不远处催促。

叶霖川唰的一下从椅子上站起，掷地有声地道：“先不拍了。”

众人愣了。

他面色不善，抱着叶芽朝田又琴走了过去。

“田女士，请问我女儿腿上的伤是你弄的吗？”叶霖川低垂眼帘，俯视着田又琴。

他曾在公司宴会上见过田又琴，仅见过一面却深深地记住了她。这女人把自己的孩子当成商品四处推销，想利用孩子挤入上流社会，为自己谋取利益，只是他没想到今天会在这里见到她。

田又琴也认出了叶霖川，畏惧之色自她的眼中一闪而过。

随即她想起这人已经不是高高在上的叶氏总裁了，顿时挺直脊梁，趾高气扬地道：“我说这小孩儿怎么这么不知礼数，原来是叶总的女儿啊。哦，我忘了——”她挑眉讥刺道，“您已经不是叶总了。”

旁人意识到情况不对，齐齐看过来。

有人注意到叶芽的腿受伤了，惊叫道：“芽芽的腿怎么了？”

叶芽抱着叶霖川的脖子，小声说：“阿姨踹我……”

今天田又琴穿了双细跟鞋，小孩子皮肤娇嫩、骨骼脆弱，哪怕是不小心被踹一下都受不住，一时所有人看着田又琴的眼神都变了味道。

“你们评评理，这小孩儿在走廊上乱跑撞了我们家辰辰，我身为母亲不心疼啊？”田又琴嗓音尖锐，翻了个白眼，继续道，“要怪就怪她自己不好好走路，我踹她那也是情有可原！”

这番话让所有人皱起了眉头。

田又琴平日就喜欢给人找不痛快，老公升职后更加猖狂，经常欺负底层工作人员。他们惹不起她，忍一忍事情也就过去了。

说起来最可怜的还是她的孩子，像木偶似的被“捆”在她的跟前，随意动一下都会被责骂。

摄影师叹了口气，让助理找来医药箱：“叶先生，你先给芽芽紧急处理一下，待会儿我让人送你们去医院，我们会出医药费。”

叶霖川沉默不语，瞥了田又琴一眼，接过医药箱坐回椅子上。

他的不作为让田又琴极为得意，她朝着他的背影啐了口：“孬种。”

叶霖川低垂眼帘，沉默地为叶芽的膝盖涂抹药水。

叶芽听到那些话，注视着他：“阿弟，你不要听她乱说。”

叶霖川微微抬了下眼皮。

叶芽努力地想着安慰的话，说：“你这是大人有大量。”

“哼。”叶霖川轻笑，“看样子你疼得不厉害，还有心情安慰别人。”

“我疼呀。我疼没人安慰我。”叶芽晃了晃小脚，“所以……所以阿弟疼的话，我会安慰你。”

她没人安慰，但是可以去安慰别人，不让别人心里觉得疼。

哪怕是凶巴巴的阿弟，她都不愿意让他难过。

她的话幼稚又真诚，叶霖川握着棉签的手一顿，随后他沉着脸继续给她上药。

“给，这是医药费。”田又琴过来在他的面前丢了一沓钱，咧开嘴角，像是在得意地炫耀。

叶霖川用余光瞥去，狠厉之色从眼中滑过，在她转身的瞬间伸出左脚用力一绊，她被绊得脚踝一扭，脚下鞋跟不稳，身体重重地摔在地上。

“啪”，她的手扯到了地上的线，直接把一旁的仪器拽落，乱七八糟的东西噼里啪啦地摔满地，场面乱作一团。

叶霖川瞬间起身，抬脚踩上她的左手，鞋尖用力地在那脆弱的手背上来回蹍了蹍，用了七八成力度。

“啊——”田又琴痛叫出声，神色狰狞地抬起头。

他俯视着她，英俊的脸上覆盖着一层阴影。他神情淡然，如同注视着蝼蚁。

田又琴被那眼神盯得心底发凉，恐惧感由内向外涌出，瞪大眼睛竟忘了继续呼喊。

他缓缓收脚，对着那被自己踩肿的手轻蔑一笑道：“抱歉，怪就怪田太太不好好走路。”

他将她的原话奉还。

田又琴脸色煞白。

叶霖川拿起旁边的钱，随意地丢到她的脸上：“医药费。”说完他抱着叶芽走到摄影师的旁边。

叶芽自然不能继续拍摄下去，就连晚上的直播都要搁置。情况特殊，摄影师理解，没有多说，找了个工作人员陪着他们去医院。

两人快出门时，叶芽的小脚突然被拉住了。

她低下头，对上少年的眼睛。

赵辰星像是有话要说，半张嘴巴，但是没有说出一个字。

她歪着小脑袋，不明所以地看着他。

“赵辰星，你给我滚过来！”田又琴愤怒地尖叫道。

赵辰星深深地看了叶芽一眼，缓缓松手，一步一回头地走到他的母亲身边。

女人在责骂，男孩儿似机器人般不恼不怒，乖顺地受着。

责骂声直到两人进了电梯才渐渐消失，叶芽收回视线，趴在叶霖川的肩上。

叶霖川带着叶芽去医院挂了儿科门诊，检查结果很快出来了。田又琴踹的那一下没有伤到叶芽的骨头，青肿的地方看着伤得严重，其实只要她注意休息，擦两天药就可以好了。叶霖川拿上开好的药，告别随行的工作人员，抱着叶芽回家。

上车后，叶芽突然想起重要的事。

“我没有拿工资。”她皱着小脸，迫切地看着公司所在的方向。都到什么时候了，她还关注着她的那点儿工资？

叶霖川把自己的手机解锁递给她，说：“沈昼不是给了你银行卡？你让经纪人把钱打在卡里面。”

“好。”叶芽软绵绵地应了声，在手机上输入王宏儒的电话号码，打了过去。电话被接通后，她把银行卡号报了过去。王宏儒早就听说她被田又琴欺负了，叮嘱了好几句，唠叨许久后，才挂断电话。

叶芽对着手机若有所思，抬起头道：“叔叔说微信可以转账，我也要微信。”

叶霖川挑眉道：“小小年纪要的东西倒不少。”

“你帮我弄。”叶芽把手机递过去。

叶霖川冷哼一声，睨她一眼：“我是你的助理吗，要听你指手画脚？”

叶芽眼睛亮亮地说道：“你是我的经纪人。”

车子熄火，叶霖川转身绕到后座上，摊开掌心：“手表。”

叶芽乖乖地把自己的电话手表递过去。

他接过手表，低头开始鼓捣。叶芽整个人都贴了过去，好奇地看着他摆弄那个手表。

叶霖川已经打开了上面的微信简易版。

初次接触这东西的叶芽发出惊叹声：“哇——”

叶霖川开始注册微信账号。

叶芽又惊叹：“哇！”

叶霖川注册好账号了。

叶芽：“哇……”

叶霖川用大手捂住了她的嘴，把她喊出一半的“哇”字堵了回去。

“烦不烦啊你。”叶霖川白她一眼，松开手，“起什么名字？”

叶芽用小手点了点下巴，思考了好一会儿才打定主意：“一家之主。”四个字说得铿锵有力。

叶霖川顿了一下，默默地打出“一家之小”四个字——完美。

“阿弟，你写错字啦。”叶芽指着小屏幕上的“小”字，纠正道，“这个念小。”

叶霖川一脸怀疑人生的表情。这小兔崽子认识这么多字？谁教的？也对，她的基因和正常人不一样，小诗写得一套一套的，她认识点儿字又算得了什么？

叶霖川见糊弄不过去，不情不愿地把名字改成“一家之主”，叶芽再次凑上前纠正：“错啦、错啦，你又错啦。”

叶霖川早已没了耐心：“哪里又错了？这不是写的‘一家之主’，你还要怎样？”

“‘主’字是这样写的。”叶芽拉起叶霖川的大手，用小食指在他的掌心一笔一画地写下了一个字——“王”。

叶霖川满脸狐疑之色："这个字念'主'？"

叶芽："嗯！"

她还嗯？！

"你清醒点儿，这个字念'王'，'乌龟王八蛋'里的那个'王'。"

叶芽固执地摇头，坚信自己没有错："不对、不对，这个字才念'王'。"她又在叶霖川的手上写下了一个字——"主"。

"你把'王'字和'主'字搞反了。"叶霖川被这两个字弄得"头大"，"到底谁教你写的字？"

"我没有。"叶芽振振有词道，"我没搞反，因为王比别人尊贵，所以要戴王冠证明身份，那个点就是身份的象征。王还比普通人厉害，会有一个国家、一群臣民，因为比别人拥有更多东西，所以才有一个点，是你搞反了。"

她说得有理有据，竟让满肚子墨水的叶霖川想不出辩驳的话来。叶霖川凝视着那张神色笃定的漂亮小脸，喉结滑动，把涌上来的话全咽了下去。算了，他和小孩儿计较什么？

叶霖川深吸一口气，打出四个字——"一家之王"。

叶芽的微信账号注册好后，系统自动帮她添加了叶清河、沈昼为好友，叶芽仰头看着叶霖川："阿弟，你加我。"

叶霖川说了句"麻烦"，但还是加了。

叶芽美滋滋地看着好友列表里的头像，得意忘形地晃悠着那条受伤的腿。

砰！受伤的腿磕到椅子了，叶芽的笑容变得僵硬，上翘的嘴角缓慢向下垂，下一秒——

"呜哇——"笑脸变哭脸就是一瞬间的事。

"活该，谁让你不小心。"叶霖川白了她一眼，坐到前面发动引擎。

叶芽哭了会儿又恢复了精神，抽抽搭搭地点着微信。

"叮叮叮"，叶霖川放在一旁的手机接连响起消息提示音，他打开一看里面全是叶芽发来的消息。

一家之王发了一张表情图。

…………

她越发越起劲，在一分钟不到的工夫发过来十几条消息——都是无意义的标点和图片。

叶芽找到了发语音消息的键，清了清嗓子，然后点下它，对着手表奶声奶气地说话："阿弟，我饿啦。"

"叮"，叶霖川的手机收到了这条消息："阿弟，我饿啦。"

听见自己声音的叶芽愣了愣，随即又傻笑起来。

叶霖川完全不明白这有什么好笑的，可她笑得实在开心，就像是找到令人惊喜的宝藏一样，发自肺腑地愉悦。望着那张乐陶陶的笑脸，叶霖川不由得跟着笑了起来。

"我是人间小妖怪，可爱美丽又聪慧；要问世间最爱谁，那就是我的爸爸和妈妈。"

她摇头晃脑，点着语音键慢吞吞地唱着。

开车的叶霖川朝后瞥去，笑容慢慢变淡，感觉仿佛有一个花芽温柔地在心底蔓延，轻轻地触动着挡在他心脏外的坚硬城墙。

"以后有人欺负你，你要还回去。"

叶芽向他看过去。

叶霖川用单手握着方向盘，道："这世上没人应该平白受委屈，知道吗？"

叶芽若有所思地点了点头："那……我现在是不是应该打你呀？"

叶霖川皱眉。

叶芽盯着他道："你让我受委屈了。"

叶霖川放在方向盘上的手顿时收缩。他想起刚开始见面时，粗暴地把她推开，好像真的过分了些。那时他失去理智，把她当作机器，根本不把她放在眼里。

在他思绪混乱时，她乖巧地笑了笑，嗓音甜甜地道："开玩笑的，阿弟，你不要多想……"

叶芽继续把玩着手表："我爸爸告诉过我一句话。"

"你爸爸？"

"我的四叶草爸爸！"她很骄傲，眼里闪烁着明亮的光。

叶霖川想起来了，这小姑娘是有一个虚构出来的爸爸，还不是人类。

"四叶草爸爸说什么了？"叶霖川不由自主地顺着说。

叶芽一字一顿地重复着父亲说过的至理名言："爸爸说女儿都是爸爸独一无二的宝贝，无可取代。我知道阿弟的女儿也是阿弟唯一的宝贝，虽然你的女儿离开了，但你肯定还记着她，觉得她是最好的。"

想到小女儿，叶霖川的眼中滑过黯淡之色。他没说话，车厢里稚嫩的童音继续响着。

“可芽芽也是独一无二的。”

来这里这么久，叶芽早已理清了她的身份与存在的意义，也想通了叶霖川所做的事。小妖怪叶芽不会去怪罪一位失去女儿的父亲，但也不愿被当作别人活着。四叶草就是四叶草，变不成人，也变不成别人的女儿。

妈妈说生命降生于世，哪怕是不起眼的叶子，每片叶子都有自己独特的纹路。没有谁可以替代谁，更没有谁可以为他人而活。

“你不用把我当成女儿爱护，可以继续想着你的女儿，我们以后可以做好朋友。”

叶芽看似稚嫩单纯，其实什么都懂，变着法地想和叶霖川拉近关系。

叶霖川眼眶发酸，嘴角牵强地勾起一丝笑，说：“谁和你是好朋友。”

叶芽鼓腮，也不恼，低头和哥哥发着撒娇的语音。

距离叶清河回家还有五分钟的时候，叶芽便提前蹲守在门口。她在门口垫了个小垫子让自己坐得舒坦些，然后把左腿伸出去，放在最醒目的位置。

脚步声缓缓近了。

叶芽动了动耳尖，晃了晃小脚，睁大眼睛随时迎接着哥哥。

咔嚓，门开了，叶清河与沈昼说说笑笑地进来了。

叶清河侧头和沈昼说话，还没注意到叶芽，快关门时才发现脚边有只伸过来的小脚，白白嫩嫩的五个脚趾蜷缩在一起。

他愣了愣，目光上移，瞥见了她膝盖上的伤，还有小姑娘委委屈屈的表情。

“芽芽的腿怎么啦？”叶清河放下书包，蹲下身把人抱了起来。

兄长的关心让叶芽很受用，原本散去的难过之情再次聚集到胸腔，双眼闪烁着泪光。

这副身心受创的模样令叶清河与沈昼一皱眉头，默契地看向一旁的叶霖川，眸中意味明显。

赤裸裸的怀疑之意让叶霖川呼吸微顿，他咬牙低吼道：“我没虐待她。”

小兔崽子刚才还开开心心地玩积木，几分钟不到就仿佛换了张脸，从“戏精专业”毕业的吧？

叶霖川轻瞥叶芽一眼，冷哼一声，不再搭理她了。

叶清河收回目光，抱着叶芽到沙发上坐下，拉起叶芽的腿细细查看，那创面面积不算大，估计三两天就能好，但足以让叶清河心疼。

他轻轻碰了碰她创面周边完好的皮肤，柔声问：“痛不痛？”

叶芽把玩着叶清河的领口，声音软软地说道：“哥哥亲亲就不疼啦。”

她特别会撒娇，声音甜甜的。

叶清河又想起今天上体育课的时候，小姑娘一个劲地给他发撒娇语音，学猫叫、狗叫，还学小猪叫，害得旁边的同学都凑上来听。

他们没有妹妹，叶清河有妹妹，同学们很羡慕他。

叶清河因叶芽而心生骄傲之情，温柔地亲了下那张婴儿肥的小脸：“所以你是怎么弄伤的？”

“她摔倒啦。”旁边玩够了的沈然和叶子煜气喘吁吁地凑过来道，“芽芽笨笨，自己摔倒的。”

叶子煜说完，坏心地在她的伤上吹了口凉气。

叶芽眨巴着眼默认了叶子煜的话。她没有告诉他们这伤是被坏女人弄的，说了的话哥哥们一定很伤心、自责，还不会再让她当一家之主。

叶芽想当一家之主。

“我……我跑太快就扑通一下摔了。”叶芽面不改色地撒着谎，手继续抠弄着叶清河衣服上的扣子，“阿弟带我去看了医生，医生姐姐给我开了药。”

一边的叶霖川淡淡地朝她扫过去一眼，没说话。

叶子煜还在试图摸那片伤。

“别闹妹妹。”叶清河挡住叶子煜，“你知道妹妹受伤，都不安慰妹妹一下吗？”

叶子煜努了努嘴，不服气地道：“她不要我们安慰，还说安慰她要排队。”

噗。

叶清河笑了：“那哥哥排第一个吗？”

叶芽咬着手指头，不好意思地点了下头。

“那第二个是谁呀？”

叶芽害羞地指了下旁边收拾书包的沈昼。

叶清河把腼腆羞涩的小姑娘放到同桌的膝上：“该你安慰了。”

沈昼与她对视了几秒，想了下说：“沈昼哥哥晚上给你炖鸡蛋羹吃。”

她果然高兴起来，弯起眼睛，颊边漾起两个可爱的小酒窝：“我还想吃鸡翅。”叶芽咂了咂嘴，从小钱包里抽出一张一百元的钞票，很大方地朝着沈昼甩了过去，“给你去买，剩下的是跑腿费。”

一家之主，她当得有模有样。

沈昼随了她的意，当下去附近的菜市场买好菜，回来做饭。

叶清河帮忙打下手，弟妹们围坐在一起看着电视，气氛极为融洽。

叶霖川朝厨房的方向瞄了几眼，放下报纸，将双手背后，走了进去。

“炖鸡蛋羹的时候可以在碗口上裹一层保鲜膜，记得用牙签在膜上扎几个孔，这样炖出来的鸡蛋羹更好吃。”

沈昼一边教叶清河做饭，一边打蛋。

两人突然发现了身后鬼鬼祟祟的叶霖川。

“爸？”叶清河略显意外地唤了一声。

“叔叔饿了吗？”沈昼看他一眼道，“冰箱里有剩的饼干，饿的话你可以先垫垫肚子。”

叶霖川面露绯色，轻咳一声，吞吞吐吐地道：“我……来观摩观摩。”

他又说：“不用管我。”

接着他走进来，光明正大地站在沈昼的身旁看着。

沈昼打蛋的速度放慢不少。他沉思半晌，恍然大悟地道：“叔叔，你想跟我学做菜？”

“我就是……”叶霖川的声音卡壳了。

“爸，你要学做饭？！”

“叔叔要当全职爸爸了吗？”

小朋友们围在他身边开口揶揄，叶霖川脸上发烫，不禁掩面沉默。

他们搬过来后，三餐都是沈昼帮忙解决的。这小孩儿一边学习一边做几口人的饭，叶霖川又不是真的冷血无情，见沈昼辛苦总会于心不忍。

让他觉得更不好意思的是，自己这么大一个人老让一个十二岁的孩子照料，别的不说，面子上就过意不去。

叶霖川不确定这样的日子要过多久，翻身了就重回原本的位置；翻不了身便归于平凡，和其他普通的单亲爸爸一样，总要学着操持家务、辅导孩子功课。

时至今日，叶霖川才意识到就算是神也会有变成凡人的一天。他不能活在过去的成就中，不能抱着往日的辉煌死去。他要从“过去”走出来，走到人世间的烟火里。

所以，他学一下做饭……也不是不行。

沈昼看出他的意图，忍着笑道："锅这些东西会用吗？"

"啊……嗯。"他又不是傻，哪能连厨具都不会用？

"其实做菜挺简单的，叔叔可以先从简单的学起。"沈昼挠了挠头，回屋里取出一本手写的菜谱，"这个是我之前研究出来的，叔叔可以按照这个学。"

没了父母的孩子什么都要自己学，沈昼的乐趣就是做好吃又有营养的东西给弟弟吃。哪道菜好吃，哪道菜容易做，做饭的时候要注意什么？沈昼会把做菜的步骤和每道菜的营养成分记下来，到现在写了厚厚一本。

叶霖川低头翻看着，一开始少年的字迹是稚嫩的，到后面越来越有风骨。

叶霖川的父母也是早早离世，可他家境富足，就算失去父母也不用担心金钱问题。

沈昼不同，年纪小没有赚钱能力，因此在菜品后面细心地标着价格，哪怕是三毛、五毛的零钱都要想办法省下。

少年像顽强的野草般很努力地在这世间活着。

叶霖川第一次佩服起一个孩子，伸手在沈昼的头顶揉了一下，低声说了句"谢谢"，然后拿着菜谱走了出去。

"爸，你要和我们下棋吗？！"

"输了给钱。"

"我身上只有五毛钱啦！"

两个男孩儿咋咋呼呼地拉着叶霖川去下棋。

望着客厅里一大两小的身影，叶清河笑了笑："我爸好像变温柔了。"

"叔叔一直很温柔。"沈昼说，"他只是不太会表达。"

叶清河目光一闪，呢喃道："是啊，他一直很温柔……"

妈妈在的时候，爸爸总会笨拙地讨她欢心。妈妈走的那天，爸爸找来一朵花，别在她的耳边，说他的妻子依旧美丽。

爸爸让她睡，用跑调的唱腔哼了一首安眠曲。

妈妈离世时是笑着的。

爸爸不是不会爱，只是忘记如何去爱了。

叶清河垂下眼帘，掩住隐隐泛红的眼眶。

"我爸肯定会把公司夺回来，到时候……"叶清河深吸了一口气说，"让我爸正式收养你和然然，这样你们就有父亲了。”

两人说话间没注意到两人中间站了个“小豆丁”。

叶芽抱着眼睛会发光的猫咪睡帽，看了看沈昼，又看了看叶清河，抿抿唇，拉住沈昼的衣角。

沈昼低下头。

叶芽一板一眼地说：“沈昼哥哥可以嫁给芽芽，那样我的爸爸妈妈也是你的爸爸妈妈。”

四叶草爸爸是世界上最温柔善良的爸爸，一定不介意多照顾一个孩子，她相信妈妈也会同意的。

沈昼没答话，默默朝叶霖川的方向看了一眼——未必。他又朝旁边看了一眼。果然，同桌脸上没了笑容。

沈昼佯装淡定地道：“我弟小时候也说过要和我结婚，叶清河你别在意。”

“哦。”叶清河从冰箱里拿了根火腿肠，弯腰凑近叶芽，“芽芽，以后不可以随便说结婚、嫁人这种话，知道吗？三十岁之前都不可以说。”

叶芽歪了歪头，虽不明白为什么，但还是乖乖地点了下头。

笑容重新回到叶清河的脸上，他把火腿肠递过去：“拿去吃，记得分给然然和子煜。”

“好——”叶芽说着，两口吃了三分之二的火腿肠，举着剩下的一小截向沈然和叶子煜跑过去。

叶清河的话让沈昼沉默，许久后沈昼才说：“三十岁会不会晚了些？”

“有理。”叶清河凝神思考片刻后道，顿了下，又说，“不结了吧。我看新闻上说，结婚弊大于利，嗯，好。”

沈昼疑惑地皱眉，想了想又觉得叶清河说得有点儿道理，瞬间释然。

“现在坏男人很多，我们不能让芽芽被骗走。”

叶清河：“我们要一起保护芽芽长大。”

沈昼重重地点头：“我们保护芽芽长大！”

两人达成共识。

叶芽因为膝盖受伤向幼儿园请了两天假，这两天都要在家和叶霖川一起度过。

早上兄弟几个匆匆去上学，留一大一小两个人在满屋狼藉中大眼瞪小眼。

客厅很乱，玩具丢得到处都是，餐桌上的碗筷还没有收拾，卧室内的被子倒是折叠整齐，就是脏衣服很多，随意分散在各个角落，看一眼便让人觉得窒息。

叶霖川眼皮抽痛，竟拿着扫把无从下手。

“咕噜”，叶芽的肚子响了一声。

哥哥们要上学，早饭吃得也早，叶芽刚刚醒来，肚子空空的。

叶霖川深吸一口气，抱着她到儿童椅上坐下，热了牛奶和面包放在桌上。叶芽不挑食，津津有味地吃着，很快吃完，叶霖川拉起她的左腿给伤口上药。

小姑娘的腿很短，肉嘟嘟、软绵绵的，膝盖上的那片伤痕又扩散了几分，他握着医用棉签，小心翼翼地涂着药。

“疼——”小姑娘叫着。

叶霖川白了她一眼：“你怎么这么矫情？”

叶芽把双手放在腿上，老奶奶似的叹了口气，略带幽怨地说：“哥哥就很温柔……”昨天叶清河给她上过药，动作轻柔，还给她唱歌。

对比凶巴巴的叶霖川，她怀念起远在教室里的兄长来。

叶霖川懒得理她，上完药将棉签丢入垃圾桶：“你去玩，记得别捣乱。”

叶芽小心翼翼地下了椅子：“芽芽要去拉‘臭臭’。”说完她拖着那条腿一瘸一拐地进了厕所。

叶霖川环视凌乱的房屋，用大手揉乱头发，认命地收起脏衣服丢入洗衣机，然后拿起扫把从地面开始打扫。

他忙得就像是陀螺，感觉工作时都没有像现在这样累过。时间流逝，叶霖川突然意识到家里似乎少了点儿什么，立即想起那小兔崽子进厕所后就没出来过。

他皱起眉，敲了敲门：“你掉进去了？”

厕所里没人吭声。

她不会真掉进去了吧?

叶霖川把门推开。

叶芽坐在她那粉红色兔子形状的便桶上，受伤的腿伸得直直的，大眼睛一动不动地看着他。

“你安家了？”叶霖川无情地嘲讽道。

叶芽看了看膝盖上肿起来的伤，慢悠悠地动了下，一阵刺痛传来，立马老实地不敢再乱动。

她不好意思开口找阿弟帮忙，挪了挪坐得发麻的屁股，长长嘘出一口气来："我的腿说它还没有准备好。"

什么东西没有准备好？

叶霖川看了看她的左腿，又看了看她的脸，聪明的头脑令他瞬间领会其中的意思。

叶霖川沉下脸道："想都别想。"

啪，门被关上了。

啪，门又被打开了。

叶霖川冷着脸进来，摊开手："卫生纸。"

叶芽乖乖地把卫生纸递过去，一点儿都没客气。

"你怎么这么……？"

"麻烦。"叶芽主动帮叶霖川骂她，"小小年纪会赚钱养家成为一家之主也就算啦，怎么屁屁都要大人擦？你真是太没用啦。"说完，她惩罚性地敲了敲自己的脑袋。

后面就算了，前半句她说的是什么意思？她是讽刺他不赚钱养家？

叶霖川憋着口气，艰难地向前移动一步。

她用力吸了口气，立马被臭得身体后仰，紧紧捂住口鼻。

叶芽睁着一双大眼睛，瓮声瓮气地安慰着叶霖川："阿弟你不用不好意思，我们班的成成爸爸每天都会给成成擦屁屁，这种事情慢慢就会啦。"

叶霖川面无表情地揪纸，自己这双手也是赚过百亿、开过赛车的，结果现在只能给三岁的小宝宝擦屁屁……

他竟沦落至此，呜呼哀哉。

擦完屁屁，叶芽主动抽出便桶下面的小便槽，在叶霖川一言难尽的眼神中将"臭臭"倒入马桶，按下冲水键前，还不忘探过头和"臭臭"热情挥别："再见，'臭臭'。"

哗啦，叶芽踮着小脚像胜利者似的走出厕所。

过了会儿，她又拿着五块钱走到叶霖川跟前："给。"

"擦屁屁费。阿弟不用和我客气。"叶芽把钱塞到他手里，理所应当地说，“以后还要拜托你。”

她还真是不客气。

叶霖川转身继续做家务，叶芽没去打扰他，还帮忙做些力所能及的小事。眨眼要到中午，以往叶霖川一个人是不会吃饭的，长时间的工作让他早就习惯了三餐不均、日夜颠倒的生活。何况现在琐事缠身，他独自在家时更没什么胃口。

可是今天不一样，他还有个小妖怪要照顾。叶霖川穿上围裙，拿出沈昼给的菜谱开始研究。

做蛋炒饭的步骤是……他看一个字，眉头就皱紧一分。

“阿弟，我饿了……”

“你别吵。”叶霖川把菜谱摆在显眼的位置上，拿出食材准备做饭。

她把双手扒在柜子上，仰着头当监工。男人表情专注认真，打蛋的动作因不熟练而显得笨拙，正是这笨拙让他冷硬的气质多出几分可爱的感觉。

叶芽的小脸紧贴着桌子。

爸爸第一次给她洗小叶子的时候，也是这样的神情……

“爸爸。”叶芽不由自主地叫了一声。

女孩儿嗓音细细软软的，两个字清晰地传到叶霖川的耳朵里，他长指一顿，难以置信地看了过去，只见那双眼睛清透明亮，她的眼神里满是崇拜与喜欢之意。叶霖川的心跳慢了半拍，他觉得胸腔被塞满了——感觉有点儿自豪。

叶霖川轻咳一声回过神，挺直脊梁，打蛋的速度快了不少：“做饭这种小事情，一学就会，没什么可佩服的。”

“可是你刚才把鸡蛋皮一起打进去了。”叶芽看见了，看得清清楚楚。

叶霖川收敛表情，不动声色地把混在蛋液里面的蛋皮挑了出去：“你看错了。”

叶芽眨了眨眼，决定不再打击阿弟。

他第一次做饭的成果很快出来了，虽然品相不是很好，但味道还凑合，不算太糟糕，应该能吃。

叶霖川刚摆好碗筷，门铃响起，来的人是隔壁热心的钱大婶。

“听说芽芽的腿伤着了，没事吧？”

叶芽从叶霖川的腿后面钻出来：“没事、没事，芽芽没事。”

"哎哟喂，小乖乖。"

小姑娘的奶声奶气的声音太让人喜欢，钱大婶摸摸她软绵绵的小脸蛋，说道："大婶那边炖了排骨汤，你要不要和爸爸来吃？"

排骨汤……叶芽吞了口唾沫，没答话。

叶霖川放在门把上的手紧了紧，想起厨房里那锅不太美观的蛋炒饭，他用脚尖轻轻碰了碰她："想去就去，婶婶都特意来找你了。"

钱大婶更加期待地看着叶芽。

叶芽微微皱了皱眉，随即摇头拒绝道："不用啦。"

钱大婶和叶霖川都有些意外。

叶芽将两条小胳膊背在后边："阿爸给芽芽做了蛋炒饭，我要是去吃小排骨，蛋炒饭一定很不开心。"

钱大婶一愣，笑了，弯腰捏她的小脸："都说女儿是爸爸的小棉袄，这话还真不假。行，那婶子就不强求了，你在这里等婶子一下。"

她匆匆跑回对面，再出来时手上多了一口小锅，还有一袋子车厘子："拿去就着蛋炒饭吃。"

叶霖川愣了愣，谢着接过锅。

"还有，这是我儿子送过来的车厘子，说是进口的，我家也吃不了，你留着给孩子们吃。"

钱大婶很热情地将袋子挂在叶芽的小胳膊上，说："芽芽还有你那几个孩子都是好娃娃，你也算是有福了。"

她是对着叶霖川说这话的。

叶霖川抿唇未语。

"要是有啥要帮忙的，你就去对面找我，邻居间不用客气。"钱大婶说完，告别两人回了家。

叶霖川将门合上，看了看手上还热着的排骨汤："你什么时候这么讨人喜欢了？"又是送排骨汤又是送进口水果，不知道的人还以为叶芽是钱大婶的孙女。

叶芽拣出一个车厘子塞进嘴里，得意扬扬地晃晃小脑袋，说："芽芽每天给大婶讲故事，大婶喜欢我。"

讲故事？她那是说相声吧？

叶芽坐回到小凳子上，等阿弟把饭端上来。她晃悠着小腿，一勺子一勺了地往嘴里塞饭，塞得腮帮了鼓鼓的，嘴的周围全是饭粒，若是不小心吃到蛋壳，会很自然地吐出来。

老实说叶霖川这饭的味道不算好，他第一次做能好到哪里去？但小姑娘就是吃得可口，好像那是世间最美味的佳肴。

“不好吃的话就喝排骨汤，那个比这个好。”

叶芽吸溜了一口暖暖的汤，摇头继续用小勺吃炒饭：“饭好吃。”

叶霖川忽地笑了：“就会说假话。”

叶芽的小脸几乎都要埋在碗里，话语含混不清：“因为饭饭是阿弟很用心做出来的。”

用心做出来的东西也许不是最美味的，却能抵过山珍海味，妈妈就是这样说的。

妈妈说爸爸做的饭在别人眼里普普通通，但她觉得那是全天下最美味的东西，因为那里面有爸爸的爱。

爱是最特殊的调味剂。

叶芽仰起脏兮兮的小脸，看着他说：“阿弟。”

“嗯？”

小姑娘眼睛亮亮的，眼里映着他缩小的身影，甜甜的声音有一丝丝雀跃之意：“你现在是不是不讨厌我啦？”

叶霖川扯了下嘴角，嘴硬道：“做梦，小讨厌鬼。”

叶芽露出几颗漂亮的雪白牙齿，笑嘻嘻地说：“反正我不讨厌你啦，以后我们就是好朋友。”

她和小花猫一样，不讨人嫌，竟有几分简单淳朴的可爱。

叶霖川抽出纸给她擦了擦脸，随手将纸丢入旁边的纸篓。

正在此时，手机接连响了两声，是微博推送的通知声。

叶霖川淡淡睨了眼，正要收回视线，却被一上一下紧挨着的两个热搜词条吸引了注意力。

“前董事长叶霖川殴打田又琴。”

“田又琴踹女童。”

两个词条紧紧挨在一起，属实惹人瞩目。

叶霖川低嗤一声，就算不打开看都知道第一条热搜是什么内容，用脚指头想都知道热搜是田又琴花钱买来的。

她是想“趁人病要人命”，彻底让他声名狼藉。

叶霖川将身体后倚，解锁手机进入微博，一眼便看见了那两条显眼的微博。

娱乐星球：“知名小童星的母亲田又琴带孩子参与某品牌拍摄时偶遇前董事长叶霖川，据田又琴发微博称，她被叶霖川故意绊倒，尾指被踩伤。”这条微博附带两张图片。

叶霖川挑眉，点开大图。

田又琴：“唉，真是飞来横祸，没想到某人脾气还是这么暴躁。”

这是田又琴微博的截图，下面还附着医院的检查报告单和她躺在病床上惺惺作态的嘴脸的照片，卖惨全套，惹人发笑。

叶霖川很是淡定，向下翻了翻，又看到第二条。

爆料叔叔：“‘田又琴踹女童’，监控视频显示，田又琴先是推倒女童，接着用高跟鞋踹过去，女童没有哭，大家怎么看？”

比起田又琴的几张图片，这位爆料叔叔的“锤”要硬得多。

叶霖川点开爆料叔叔的视频，只见穿着漂亮裙子的小姑娘从走廊的不远处跑出来，其实跑得不算多快，担心撞到人，特意靠着墙边跑。监控视频的画面放大，田又琴从拐角出现，好像看到了叶芽，往后退了一步。

令人猝不及防的一幕在下一秒出现，田又琴故意把赵辰星一推，赵辰星躲闪不及，直接与叶芽撞了个满怀。

在赵辰星倒地时，小姑娘明显错愕了一下，想过来搀扶他，却被田又琴粗暴地推倒，田又琴又故意踹上小姑娘的膝盖。

整套动作充满恶意。

叶霖川握着手机的五指微微发抖，目光死死盯着画面中田又琴狰狞扭曲的侧脸。

他呼吸急促，从来没有像现在这样生气过。

田又琴是故意的。

她将伤害孩子当成侮辱他的一个契机，把对他的不满发泄在小孩儿身上，恶毒又卑劣，无耻又狭隘。

被踹的小姑娘一个人在地上坐了很久，没有哭也没有闹，揉揉眼睛，一瘸一拐地往回走，小小的身体慢慢远离，到了镜头之外。

孩子的背影让人感到难过，叶霖川的心揪了下。

他第一次真正为叶芽心疼。

他没看到这些画面时，不知道她经历了什么，也不知道她受了多大的委屈。

说来说去她被这样对待都是因为他。

叶霖川在公司时便对赵家明不满，其实都是因为工作上的事。他天生严谨，看不惯员工对工作懈怠，也许被赵家明记恨上了。赵家明背地里没少和田又琴吐苦水，如今叶霖川从高处跌落，他们总要找机会羞辱回来。

叶霖川脸色沉沉的，胸口憋闷。

这两条热搜的上升速度飞快，没一会儿便有了大量评论，有趣的是田又琴踹女童那条微博比她卖惨的微博早发十分钟，就这十分钟让整个局势发生了变化。

词条有了热度之后，叶芽的身份紧跟着被扒出来，结合叶霖川的小女儿的身份与监控里田又琴的行为，整个事件都变得明朗清晰起来，可以说这个花钱买来的热搜加速了田又琴的“死亡”。

叶霖川随意地翻看起下面的实时评论。

月亮有你一半圆：“因为小辰星关注的这位田女士，她是有什么毛病？”

锦橙小仙女：“常规操作，赵辰星被称为国内版《小公主》主人公，这位女士完全把孩子当成赚钱工具。”

锦橙可可爱爱：“不行了，我看小叶芽一瘸一拐地往回走时哭成了傻狗。踢小孩儿！叶总，你怎么不踩死她！”

不想更新：“辰星也是惨，明显被故意推的，完犊子，我现在觉得叶总也好惨。”

小鸡咕咕：“说白了她就是看叶总没势力了呗。叶总确实惨，公司到了下属的手里，孩子又被下属的老婆故意欺负，也难怪叶总生气踩她了。”

还有人持怀疑态度。

不更新略略略：“恕我搞阴谋论，我现在想问田女士，她的手真的是被叶总踩的吗？不会又是耍心机陷害叶总吧？”

小句号：“等等，只有我一个人好奇这个监控是怎么来的吗？童心之家内部人员不可能发出来吧？会不会是赵辰星不满意母亲的行为，黑进系统……对不起，我《天才儿童俏妈咪》看多了。”

gune：“田女士这买热搜操作就是传说中的‘我杀我自己’？”

…………

事情越闹越大，讨伐声也越来越大，不少正义的网友齐齐跑去各大品牌方的微博下面评论，要求公司方解除与田又琴的工作合约。其实童心之家早就看不惯田又琴的所作所为，于是将此事件当作台阶，顺着网友的要求发布解约合同。有一就有二，在童心之家发布解约合同后，剩下三家的童鞋与学习用品品牌同时与田又琴终止合作。

田又琴这一次真真正正搬起石头砸了自己的脚，哪怕现在找公关公司、撤热搜也于事无补。

叶霖川正看着微博，手机突然响起，是何助理打来了电话。叶霖川接通。

“叶总——”

爆炸似的叫嚷声从话筒中传出来，险些炸裂耳膜，叶霖川将手机拿远：“要死？”

“叶总，有……有人向我要你的联系方式。啊啊啊，芽芽火了！”

这人有病，叶霖川冷漠地挂断电话。

何助理坚持不懈地又打过去：“之前和赵家解约的品牌好像都来找芽芽了，你说我给他们电话吗？芽芽当小童星也不错啊……”

何助理絮絮叨叨地说着，叶霖川偷偷瞄了眼在旁边玩的叶芽，压低声音道：“不给。”

何助理缄默半晌后，说：“叶总，你好像变温柔了，你之前都是说‘给个屁’，然后让我滚。”

“给个屁，快滚。”叶霖川不耐烦地挂了电话，随手把手机丢在桌上，起身收拾满桌子的碗筷。

他离开后，叶芽扭头盯着他的手机看了好久，趁叶霖川不注意时偷偷抓了过来。

叶芽记忆力惊人，之前看了一遍就暗暗记住了叶霖川的手机密码，三两下解开，发现页面还停留在微博上。叶芽歪了歪头，小手胡乱点了一通，然后屏幕里浮现出她的脸。

叶芽可没弄过这些新鲜玩意儿，愣了愣，心里有了兴趣。她先是眨眨眼，然后挥挥手，笑几声又把镜头对准厨房洗碗的叶霖川。

系统教育道：“芽芽，不可以随便动别人的东西。”

叶芽沉思许久后，回答：“阿弟不是别人。”他是一家之主的经纪人，她可以随意玩他的东西。

“别玩我的手机。”叶霖川早就注意到她的行为，扭过头冷冷地警告，眼神凶巴巴的。

叶芽立马丢下手机，跑到电视机前看电视。

女主人公在里面大声嘶吼：“你不爱我！你就是馋我的身子！你下贱！”

“我不应该馋你的身子吗？！我若馋别人的身子，你又怪我犯贱！”

厨房里水哗哗作响，没一会儿厨房就被收拾得井井有条。他擦干手从里面出来，电视剧已经播完一集，现在正在放广告。叶霖川弯腰捡起玩具和不知何时掉在地上的遥控器，缓缓抬头，看到叶芽已经歪躺在沙发上沉沉睡去。

叶霖川身体停顿，静望着她。

叶芽睡觉的样子很乖，自然卷的头发乱糟糟的，睫毛很长，叶霖川很少在一个小孩子身上看到这么长的睫毛，卷翘黝黑，又浓又密，脸形像他的亡妻，嘴唇也像，耳朵倒是像他小时候的耳朵。

叶霖川心底柔软，不由自主地捏了捏小朋友软软的耳朵，随即抱起她向卧室走去。

“爸爸……”睡得迷迷糊糊的叶芽认错了人，拉着男人的衣角，声音含混地道，“芽芽的兔兔不见啦。”

叶霖川找寻一圈，最后在地上找到那顶眼睛会发光的猫咪睡帽，捡起来将其塞进她的怀里。抱住兔子的叶芽深深地吸了口气，闭上眼安心睡去。

叶霖川往她肚子上盖了条小薄毯，抚平，这才离开。他好像真的不怎么讨厌她了。

叶霖川想着让自己陷进柔软的沙发里，还没来得及喘气，就被手机接连响起的提示音闹得心烦意乱。

叶霖川纳闷儿地拿过手机，在看到里面的内容时先是一愣，紧接着心里涌出怒气。那小兔崽子什么时候把视频发到微博上去的？！

视频里的叶霖川穿着带小熊图案的围裙在厨房里忙碌，画面中时不时出现小姑娘可可爱爱的小脸蛋。

叶霖川的微博是摆设，注册到现在发布的内容寥寥无几，一百万粉丝却是“活”的，加上热搜事件加持，没到一小时该微博下便有了上万评论。

“这就是首富破产后的惬意生活吗？”

他惬意个屁！

“道理，我都懂，叶总是不是抠屁股了？”

鬼扯，他那是后腰痒痒！

“啊啊啊，叶芽也太可爱了吧！睫毛精？”

她哪里可爱？

“我懂了，破产就能有好看的女儿给我拍视频，不说了，我去想办法破产了。”

这话说得好像你有产可破一样。

“叶总好男人啊，照顾那么大一家子。”

呵，叶霖川冷笑一声，删除微博，修改手机锁屏密码——完美。

叶芽的腿伤没两天就好了，可以行动后她继续参与了童心之家的杂志拍摄。赵辰星已经解约离开了，她的搭档换成了另外一个小童星王明跃。王明跃只比她大一岁，白白胖胖，天生褐色的头发和她一样带着自然卷，看起来非常洋气。

就是这人有点儿烦。

“我总算明白妈妈为什么要把我生在四年前了，太晚的话就遇不到你啦。

“你知道今天为什么没月亮吗？因为月亮跑去你的眼睛里了。

“你真可爱，可以让我当你的骑士吗？

“你一定是偷偷从城堡里跑出来的对不对？”

…………

王明跃小时候在国外待过，西方的教育方式让他小小年纪热情似火，一个月的短视频熏陶更让他学会上百句土味情话。

小孩子是单纯的视觉动物，他只看了一眼便觉得叶芽可爱，于是想亲近她，抽空儿便拽着叶芽献殷勤，圆溜溜的眼睛亮亮的，净拣好听的话对她说。

叶芽再怎么脾气好也受不了三个小时不间断的魔音入耳，当王明跃再次缠上来时立马将人推开，急到说话结巴：“你……你别扒拉我。”

王明跃不死心地继续骚扰，叶芽起身向叶霖川所在的位置跑过去，扑腾小腿，三两下爬到他的腿上，扎入他的怀里。

叶芽小手揪着叶霖川的衣服，小脸埋在他的怀里，一动不动地当乌龟。

王明跃仰起小脑袋看着她，两秒钟后说：“你的后脑勺真好看，像个瓢。”

噗，工作人员都要笑“裂开”了。

叶霖川微微沉下脸，略显不悦。

王明跃的爸爸王皓预感不妙，大步上前抱走儿子，众人隐约听到了几句训斥声。

叶芽仍然躲在叶霖川的怀里，呼吸缓慢，问道：“他走了吗？”

叶霖川托着小姑娘，感受着那贴在胸口的软软的小脸蛋，鬼使神差地说了谎话：“没走。”

叶芽将脸埋得更深，强行扯起叶霖川的两条胳膊把自己的小胖身子裹住，然后又藏得严实几分。

旁边的工作人员撇嘴表达不屑之意，然后走开，再过来时手上多了两本杂志。

这是介绍夏季新品——也就是叶芽前几次拍摄穿的那几套衣服——的第一期杂志，今天正式发行，只不过样刊他们拿到得晚，现在才交到叶霖川和叶芽的手上。

叶霖川接过杂志，封面上是穿着精灵套装的叶芽，画面里的小姑娘蹲在花丛之中，黑发柔软，小脸白嫩，眼睛明亮，在光晕笼罩下竟真像是从童话里走出来的小公主。

他凝望着封面上的小姑娘，心弦被触动。

叶芽看到了杂志，杂志上的她让她觉得陌生又新奇，连盯几秒后才感叹出声：“是芽芽！芽芽真好看。”她捧着脸，毫不吝啬地夸赞自己。

叶霖川轻哼：“王婆卖瓜，自卖自夸。”

叶芽不服气：“扳倒醋缸，咬了青杏。”

叶霖川说不过她索性不再说，一起翻着杂志。

杂志里除了照片还写了设计师对作品的感想，密密麻麻的小黑字让叶芽翻了两下就没有多少兴趣了，现在她更想做的是出去吃饭。

叶霖川知道她饿了，收好杂志。两人刚要离开，就见王宏儒笑眯眯地过来：“拍完了？”

叶芽乖乖地点了点头。

“吃饭？”

叶芽又乖乖地点了点头。

王宏儒脸上的笑意浓了几分：“晚上六点到九点是直播时间，叶先生记得要带芽芽回来。”原本定的是晚上七点开始直播，可是考虑到小孩子的休息时间，策划临时决定将直播时间调整到晚上六点，叶芽不需要全程陪同主播，差不多晚上八点就能结束回去。

王宏儒弯腰拍了拍叶芽的头："多亏芽芽，我们杂志的销量非常好。"

也许是之前热搜带来的热度，第一期杂志八点开始售卖，一上午的工夫便被抢购一空，听负责实体店销售的工作人员说线下销量也非常好。

照这个态势下去，他们服装的总销量也一定会不错。

王宏儒越想越开心，凑到叶芽的耳边悄悄地说："今天叔叔会给你发个大红包。"

"红包"两个字让叶芽的眼睛瞬间亮了。

"去和爸爸吃饭吧，叔叔也要继续工作了。"

叶芽正要蹦蹦跳跳地离开，突然听头顶传来叶霖川淡淡的声音："王总，有件事情，我想问一下。"

王宏儒看向他。

叶霖川瞥向叶芽，确定周围没人后，才说："之前那个监控视频……是你们故意放出去的？"

这几天叶霖川一直想不通这件事。

公司的监控视频属于公司隐私，按理说工作人员在没有上级的许可下是不可能放出监控视频的。但是他们为什么故意放出来？他们单纯想和田又琴解约也犯不着用这种方式。

王宏儒尴尬地笑了下："不瞒叶总，芽芽受伤的当天晚上，我们公司的系统就被黑了。"

"被黑了？"叶霖川愣住。

王宏儒颔首："对方破解了管理员密码，随后视频出现在了网上，除此外我们没有任何损失。不过为保险起见我们还是去警局备了案。"说着他苦笑道，"这事疑点挺多的，我们也找不到线索，只能多雇两个程序员加固网络系统，二十四小时盯着。"

叶霖川皱着眉没说话，告别王宏儒后，拉着叶芽离开童心之家。

下午，距离直播开始还有半个小时，公司规定直播时家长不能陪同，于是叶霖川只把叶芽送到门口。她对叶霖川挥手作别，推门进入了直播工作间。

直播工作间布置得和普通家居房没什么两样，只是多了很多直播用的设备，旁边是衣帽间，门开着，里面挂满儿童服饰。工作人员早已开始为接下来的直播做准备，女主播坐在一旁的梳妆台前补妆，边补边看着今天的带货内容。

见叶芽过来，女主播亲切一笑："你叫芽芽是吧？别紧张，我们直播和拍照片是一样的，你穿上新衣服在镜头前绕一圈就可以了。"

这么小的孩子做不了什么，一般就是当衣架子，给观众看服饰的上身效果。主要是小孩儿不好管，要是公司给他们多加些其他项目，保不准会乱套，影响工作。叶芽点头表示了解，抱着小书包坐在椅子上等候。

过了会儿，叶芽的肚子咕噜叫了一声。

她明明刚才吃过点心，但是现在又饿了。

叶芽晃悠着小腿，视线飘到漂亮的女主播身上，犹豫片刻，软声软语地问："姐姐，我待会儿可以吃东西吗？"

女主播忙着贴假睫毛，没有回头："可以，不拍的时候可以吃。"

得到确切的回答，叶芽放松下来，用小手拍了拍鼓鼓囊囊的书包。

包里的这些零食都是下午在附近的超市买的，阿弟说直播要播几个小时，害怕她饿的时候没吃的，于是给她买了吃的。

阿弟可真有先见之明。她现在就想垫补。

晚上六点整，淘淘直播间准时开播。

童装直播的热度比不上其他服饰的直播，即使在微博上发布预告，开播时也只有一百多个观众。今日要卖的几套服装全部挂在身后的衣架上，女主播对着镜头拿过第一套连衣裙："这是我们童心之家新上的一套夏季连衣裙，前五百名拍下的顾客可以获得新品五折的优惠。现在可以给大家看一下上身效果。"

叶芽已经换好衣服，缓缓从帘子后面走出来，按照叮嘱的那样拉起裙角转了一圈。

这套印有小雏菊的吊带连衣裙是日常风的，叶芽头顶扎着两个小辫子，刘海儿处夹了一个与裙子配套的雏菊发卡。她很乖，对着镜头晃悠来晃悠去，尽责地当着小模特。

随着叶芽出现，女主播发现直播间的观众数开始暴涨，从最开始的一百多涨到三百，又飞快上升到一千，还在不断上升。

女主播没想到叶芽会这么受欢迎，惊了下，急忙拉过叶芽，趁热打铁道："这套衣服的料子非常柔软，宝妈宝爸们不用担心刺激宝宝的皮肤……"

叶芽目视前方，注意到屏幕上不断飘出的文字。

"啊啊啊啊，这是哪里来的小宝贝。"

"这不是芽芽吗？！你的腿腿好了吗？"

"呜呜，自从叶总删除视频，我的乐趣就没有了。"

"感觉芽芽在被迫谋生。"

蜂拥进来的观众全部围绕叶芽评论，压根儿没人关注女主播说了什么，唯一让人庆幸的是直播间的童装销量在上升，也不是坏事。

咕噜，叶芽的肚子叫了一声。

她刚好对着话筒，观看直播的人都听得一清二楚。

"芽芽饿了！"

"芽芽饿了，让她吃！"

"不是吧？不让人家吃饭就拉来做直播？"

女主播不禁慌乱起来，这要是落个压榨童模不给饭吃的名声还了得？

叶芽看出了主播的无措，也看见了下面的弹幕内容，很快意识到那些弹幕文字都是人发出来的，摸了摸小肚子解释："我吃饭啦！只不过现在又饿了……"下午四点多，阿弟就带着她去吃了肯德基，不过那时候她还不太想吃，就随便要了份蛋挞和小薯条，没想到回来就感到饿了。

事到如今，女主播也不能不让小孩子吃东西，于是放她离去，继续介绍服装。

叶芽就坐在镜头后面的小椅子上，拉过书包在一堆零食中翻找。

她把儿童饮料、小面包、酸奶、麦芽糖拿了出来，还有果冻（3 ~ 6 岁儿童请在家长监护下食用）……

嗯，她一百岁。

嗯，她是家长。

"可以吃、可以吃。"叶芽拍了拍自己的小脑袋，拿起果冻把它头朝下地翻过来，对着果冻底部一咬，啪的一声，上面那层塑料膜爆开。叶芽急忙拿正果冻，轻松撤掉那层塑料膜，把果汁吸干，一口把那"Q 弹"的小果冻吞了半个。

她腮帮子鼓鼓的，摇头晃脑吃得开心，殊不知有一万观众在看她吃果冻，别样的拆包装方式让直播间的观众目瞪口呆。

“还……还有这种操作？”

“一直撕不开果冻纸的我像个傻子。”

“不说了，我去买果冻了。”

观看人数持续增长，直播间房间号旁边出现了一束红色的小火苗，代表着热度在不断上升。女主播发现叶芽穿的那套连衣裙已被抢购一空，还没来得及震惊，就听助理发出惊呼声：“他们真的都去隔壁卖零食的那家店买果冻了！”

凭借着高超的吃果冻技巧，叶芽成功消灭掉三个果冻。她擦了擦小脸，跳下椅子去换衣间换上了下一套衣服，可谓十分有职业道德。展示完第二套衣服后，叶芽又坐在了小凳子上。

直播间的观众激动地等着她挑选下一样零食，甚至在弹幕上押起了宝。

“酸奶！”

“麦芽糖！”

在万众期待中，叶芽拿起了酸奶。

她将小吸管插进去，心满意足地品尝了一口，酸酸甜甜的口味让她满足地晃起小脚。光喝酸奶未免显得单调，叶芽又拿起一包小馒头。小馒头很小，就小孩儿拳头那么大，叶芽将一个小馒头一分两半，再撕开一小袋辣条夹在小馒头里，捏紧后一口咬下一半。

辣条对三岁小朋友来说太辣了，软软的带着甜味的小馒头刚好中和了口感，当辣味在舌尖蔓延时，叶芽立马吸溜一口酸奶。

有酸有甜，有辣有咸，人生美得很。

叶芽三两口吃完小馒头，吮了吮手指，撕开酸奶盖，用舌头把上面残留的酸奶舔得干干净净。

“我和‘首富’的女儿有了共同点！”

“原来有钱人也是这样喝酸奶的，四舍五入我也是有钱人！”

“不说了，我去买酸奶和辣条了。”

“呜呜呜，一人血书求叶总让芽芽开直播，我天天打赏！”

这条弹幕一出来，就有千千万万条弹幕呼声，众人纷纷 @ 叶霖川，希望他给叶芽开个微博直播。

叶霖川正坐在外面用手机看叶芽的卖货直播，早在她掏出辣条时就不满了，他家哪有孩子这样吃东西的？一点儿贵气都没有。刚巧有个工作人员要进去，叶霖川急忙起身拦住对方：“你好，能帮我一个忙吗？”语调透着一股子优雅劲。

工作人员对着叶霖川的这张脸走了下神，片刻后说：“您说。”

“别让叶芽吃东西了，就说是我说的。”

工作人员点了下头，推门进入直播工作间。

在这段时间里，叶芽换的衣服有五六套，吃的零食也不少，一小时前还满当当的书包瞬间瘪了下去。当工作人员走过去时，她正认真地撕裹在麦芽糖外面的那层薄纸。

“芽芽，你爸爸不让你再吃东西了。”

叶芽捏着麦芽糖的手一顿，她愣了三秒，手上撕糖纸的动作明显快了许多，一连拆开两片麦芽糖，将它们全卷起来塞到了嘴巴里。

工作人员愣住了。

“我……我不吃啦。”叶芽的嘴巴里含满了糖，声音有些含混。她跳下椅子把垃圾全部丢进旁边的垃圾桶，擦擦嘴巴老实地站到女主播的身边。

麦芽糖很黏，越嚼越黏，就像是胶水在口腔里热恋，相互纠缠，难舍难分，任凭她怎么吞咽，始终无法把它们咽下去。到了最后，牙齿竟完全被麦芽糖裹住，上下两排牙齿死死粘在一起，叶芽尝试着张嘴，发现完全张不开。

她总算慌了。

小妖怪聪明的大脑在此刻死机，彻底失去思考能力。

“芽芽，要去换衣服啦。”

叶芽站在镜头前没有动，像木头似的。

“芽芽怎么了？”女主播意识到不对劲了。

叶芽脸蛋涨红，嘴唇紧紧并在一起，眸中隐约透出几分惊慌失措之色。

“不会是被食物卡住了吧？”

“芽芽刚才在后面猛塞东西，是不是真的被食物卡住了？”

弹幕的话让女主播心生慌乱，先前她光顾着忙，叶芽又省心，吃东西的时候根本没人在旁边看着。

叶芽别……别是真被卡住了吧……

女主播正犹豫着要不要叫医生时，身后的房门被推开，一条长腿迈了进来。

“叶总！”

“叶总太帅了吧。”

“第一次这么近距离地见到叶总的真容！我可以……”

弹幕“啊”字一片，观看人数随着叶霖川的出现飙升到五十多万，并且以很快的速度持续增长。

他大步走到叶芽的身边蹲下，皱眉打量着眼眶通红的小姑娘，觉得她不像是被食物卡住的样子。

“你怎么了？”叶霖川问。

叶芽撇嘴，想哭，小手拍了拍自己的小胸脯。

叶霖川目光闪烁：“芽芽？”

“嗯嗯嗯！”叶芽小鸡啄米似的点头，又指了指嘴巴。

“芽芽的牙牙？”

叶芽激动得眼睛发亮，颠颠地跑到小椅子前，取出麦芽糖递过去。

“我不吃。”叶霖川皱眉拒绝，都什么时候了还吃糖。

叶芽在心中叹了口气，又递了递麦芽糖。

“芽芽的牙牙被麦芽糖……”叶霖川顿了下，又道，“粘住了？！”

微微提高的音量表达着他的错愕。

叶芽说又说不出来，哭也哭不出声，急得在原地转圈圈，跺脚。

叶霖川活了三十多年哪见过这种傻子，喉头哽住竟想不出训斥的话来。过了半天，旁边的女主播扑哧一声笑出声。

别人一笑，叶芽就想哭，一时眼泪吧嗒吧嗒地掉，喉咙里发出像小奶猫般委屈的抽噎声，两条小胳膊继续在他的面前比画着。别人半天都不知道她比画了个啥，唯有叶霖川琢磨明白了那套动作。

“放心，你的牙牙不会被粘掉的。”

叶芽松了口气，继续比画。

叶霖川神情无奈地道：“也憋不死，你的鼻孔长着是为了好看的？”

叶芽又松了口气。

观众茫然，这他都能看懂？！他们该说“不愧是亲生的”？！

叶霖川看了看时间，距离晚上八点还有十五分钟，以她现在这个情况肯定不能再直播下去。叶霖川抱起叶芽拎起书包，和女主播说了一声后带着小孩儿离开。见他们要走，观众不依。

“叶总你别走！给叶总点一首《你快回来》！”

“啊啊啊，我想知道芽芽的牙牙上粘的麦芽糖要怎么才能弄下来呀！”

“前面的，禁止‘套娃’。”

“前面的，禁止禁止‘套娃’。”

“刚过来看直播的，感觉损失一个亿，蒙了。”

可是不管观众怎么嚷嚷，人都走了。

叶芽趴在叶霖川的肩上，慌乱无措间决定求助许久不见的系统叔叔。系统哪见过这种场面，就算着急也提供不了任何帮助。眼见着小姑娘又要哭，它犹豫着说：“你要不一直舔？舔化不就完了？”

叶芽抽了抽鼻子，觉得有理，于是缩在叶霖川身上一直用舌头舔着粘在牙齿上的麦芽糖。

叶霖川把叶芽放在休息厅里，接了杯温水过去：“小口抿，马上就化了。”

她双手捧过纸杯，听话地一点一点地抿水。果然，没过多久粘着的麦芽糖便化了。得以解脱的叶芽伸出手指头挨个摸了摸牙齿，确定一颗不少后，又松了口气。

小姑娘这后怕的表情过于可爱，叶霖川忍不住低笑：“还乱吃吗？”

叶芽抽抽搭搭的，声音断断续续地抱怨：“我……我要不是为了……为了这个家，会……会这样吗？”

说来说去，都怪生活不易。

叶芽被麦芽糖粘牙这事闹得沸沸扬扬，进了热搜前十五。面对视频中小朋友着急跺脚的画面，网友们忍俊不禁，评论区“哈”字连成一片，这事成为当日网友的快乐源泉。当然也有关心小孩子牙齿的人，由于叶芽没有微博，于是新上任的“芽芽粉”全来骚扰叶霖川。

我是真的不想码字：“叶总！给我看芽芽！”

锦橙今天还是很可爱：“芽芽的牙牙没事吧？”

牙科医生：“爸爸还是不要给宝宝吃糖了，小心蛀牙。”

去你的大西瓜：“叶总，求你给芽芽搞个微直播！我想‘我们的女儿’！”

馋嘴猫零食旗舰店：“我想找叶芽代言，请问方便吗？”

…………

短短一夜，叶霖川的微博评论上万，私信无数，打广告的、征婚的、儿童口腔医院找合作的，最离奇的是还有自荐给孩子当后妈的！对方发过来的裸照吓得叶霖川手一抖，二话不说拉黑对方并且关闭私信。

这都什么乱七八糟的东西！

叶霖川受到惊吓，找到眼药水往眼睛里滴了几滴。

叶芽不知什么时候蹿到他的身后，眼睛干净明亮，映衬得叶霖川的内心格外不纯洁，尽管他真的什么都没有做，也没有想。

叶芽伸长脖子，用充满稚气的声音说："那个姐姐说想当你的老婆……"

叶霖川眉梢跳动，用大手捂住那张喋喋不休的嘴，厉声警告道："别乱说话。"

小姑娘眼珠骨碌骨碌地转着，把要说的话和呼吸一同憋了回去，脸蛋涨得红通通的，心里满是疑惑。她只是陈述事实，怎么就成乱说话了？难道她说了大人不爱听的话就是乱说话吗？

两人僵持了好久。

听到全程对话的叶清河焦灼地转着手上的圆珠笔，纠结几秒后，艰难地开口："爸，你要是想……我和子煜不会介意的。"

他爸也才不到四十岁，按邻居大婶的话来说还是个钻石王老五，年轻着呢，总不能孤孤单单地过一辈子。叶清河对找后妈这事多多少少有些排斥。但如果父亲喜欢，女方又合适，他身为儿子也会支持，只要父亲幸福就好。

不承想这话引起了叶霖川的不快，他目露愠色地朝叶清河低吼："住口！"他语气不悦地道，"小孩子别掺和大人的事，写你的作业。"

叶清河被这么一吼当即蒙了会儿，然后抿着嘴唇继续算题。

客厅里的氛围突然变得紧张起来。

叶芽看了看委屈的哥哥，又看看神色阴沉的叶霖川，护哥心切的她皱紧眉头，翻过沙发跑到叶霖川的面前，高仰着小脑袋也冲他大吼："你干什么这么凶？！"

她握紧拳，人小嗓门倒是大，震得叶霖川耳朵嗡嗡响，好半天才回过神。

"你敢吼我？"叶霖川不可思议地看着眼前气鼓鼓的小姑娘。他可记得这小朋友刚开始不是这样的，才过多久就敢这样和他说话？她真反了天了！

叶芽双臂环胸，别过头："你要是这么想我也没办法。"

叶霖川环视一圈，质问道："你们谁又给她看电视了？"

兄弟四人面面相觑，相互指着，就是没一个人主动承认。

行，他们都还挺有兄长风范的。

叶霖川绕过叶芽，抄起茶几上的遥控器揣到口袋里，对着叶芽挑衅地扬眉，轻哼一声去卫生间洗衣服。

叶芽呆呆地目送男人的身影远离，嘴逐渐张成“O”形，脸蛋上是难掩的错愕神色，半晌后开口：“阿弟把我的遥控器拿走了。”

她难以相信，感觉天都塌了。

叶芽看了看桌旁的几人，今天是周日，除了她大家都在赶作业。王叔叔说今天是王明跃的男童专场，所以她也不用去工作。

叶芽又踮起脚朝叶霖川的方向看了眼——阿弟肯定也不和她玩。

不能看电视剧，哥哥们陪不了她，她瞬间感觉“妖生”无趣。叶芽沉沉地叹了口气，小手小脚并用着爬上沈昼旁边的椅子，拿起桌上的手机，熟练地解锁。

叶霖川又忘记退出微博了，页面刚好停在上面。

她这一套操作让沈昼愣住了：“叔叔不是换密码了吗？”

叶芽捂嘴偷笑，得意地晃了晃脑袋，小声地炫耀：“我那天又偷偷看到啦。”

小妖怪的记忆力过于好，她随便扫一眼便将密码熟记于心。

“沈昼哥哥，他们都在说什么呀？”叶芽在首页看到了自己的视频，最好奇的还是评论区的字。奈何知识储备量有限，明明有的字她认识，但所有的字连在一起她却不知道是什么意思。

沈昼接过手机：“我看看。”

他不看不知道，一看吓一跳，网上竟然都是叶芽的新闻，就连很多明星也转发了有关她的小视频。

“叶清河你看，芽芽现在火了哎。”沈昼忍不住和同桌分享所见的新闻。

叶清河不常用这些软件，听到沈昼的话立马下了一个微博 APP，结果刚进首页就看到了叶芽的名字。

“三岁萌娃直播事故。”

“人类幼崽迷惑行为大赏。”

“麦芽糖厂家发声，表示愿给叶芽一年份的麦芽糖。”

“叶霖川做饭抠屁股。”

这都是什么东西？

叶清河对父亲的热搜没什么兴趣，毫不犹豫地点进第一条，这条热搜里全部是讨论叶芽的微博。

咕咕咕："跪求叶总给芽芽开个直播！只想看芽芽吃东西。"

人间四月天："昨天没有去看直播感觉损失一个亿！童心之家说芽芽今天不来，我受伤了。"

某叠还我钱财："所以麦芽糖怎么弄下去的？芽芽的牙牙没事吧？"

"哥哥，他们在说什么？"叶芽半天也没等到想听的话，忍不住催促。

沈昼这才想起读评论这件事，向下翻了翻挑了几条好听的读给她听。

成年人对"幼崽"有一种天生的保护欲，尤其还是叶芽这么可爱的小姑娘。众人打趣的多，关心的也多。叶芽若有所思地听完，没有想到人类会这么关心她的小牙齿。

沈昼看出她的想法，笑了笑："你要是有什么想和粉丝说的，沈昼哥哥可以帮你录下来发出去。"

叶芽神色迷茫地问："粉丝？"

"对呀，就是喜欢芽芽的人。"沈昼摸摸小姑娘柔软的发丝，莫名有种看着自家孩子长大了的欣慰感。明明两人初见时她还只是个从垃圾堆里跑出来的小瘦猴，现在已经收获了大批喜欢她的人。

叶芽果然是讨人喜欢的小天使。

"喜欢芽芽的人就是粉丝吗？"她的眼睛一下子亮了，她端端正正地坐在小椅子上，"那沈昼哥哥快来，快来拍我，我要和粉丝说话。"

叶芽不住催促，沈昼笑了笑，放下笔打开视频拍摄，将摄像头对准眼前的小姑娘。

知道自己会被人看到，叶芽心里倒是有几分不好意思，白皙的耳垂微微泛红。她鼓足勇气面对镜头，先是扒开嘴唇露出里面的小牙齿，让摄像头清楚地拍到两排健康白皙的小牙齿后，坐正身体，一本正经地说着："我的牙牙没事，不过遥控器被阿弟绑架啦，他不让我看电视。"

叶芽想了几秒，好像也没什么好说的了。

沈昼结束录制，发布视频，在视频发送成功的下一秒，倏地对着叶霖川那个名字出神。

沈昼心想：不妙，这好像是叔叔的号。

江江别抽了："阿弟是什么称呼？"

锦橙想脱单："@叶霖川，给她看电视！"

夏屿V：“叶总不至于连几毛钱的电都省吧？看在芽芽的面子上，不介意的话我可以借给你些钱。”

Da：“我是不是瞎了？前面是夏屿本人吗？”

沈昼盯着不断涌出的评论出神，眼看叶霖川要转身出来，当机立断将手机塞到沈然的手里，之后不顾茫然的弟弟，抱着叶芽离开座位。叶清河也不是个傻子，顿时看出情况不妙，抄起书本跟在沈昼的身旁。

“沈然，你看啥呢？”单纯可爱的叶子煜丝毫未觉察到异常，凑到沈然跟前“咦”了声，“这不是我爸的手机吗？”

“是啊，你看芽芽这个动作好好笑啊，哈哈哈哈哈哈！”沈然看着叶芽扒嘴的动作狂拍大腿，笑够后放下手机，学着叶芽的样子扒开嘴唇，声音含混不清地道，“看我……像不像？”

叶子煜愣了愣，笑得直不起腰。

“哈哈哈哈哈——沈然，你看起来像个傻子！”他跟沈然一起模仿起来，空气中仿佛充满了愉悦的因子。可是下一秒两人就不愉悦了。

叶霖川面色阴沉地注视着二人。

两人收敛笑容，慌里慌张地坐直身体。

位于沙发那边的沈昼和叶清河默默收回视线，假装什么都不知道。

叶芽使劲探着脑袋，眼巴巴地瞅着后面的长桌：“哥哥，他们看起来好开心呀，芽芽也想去玩。”

沈昼把叶芽的脑袋往下面压了压，淡淡地道：“不，你不想。”

叶霖川极为反感别人动他的东西，更别提是手机这么私密的东西。

看着微博上多出的视频，他毫不犹豫地招呼长桌旁的两个孩子起身。

“怎么着，我的手机现在不是我的了？”叶霖川晃了下手机，淡淡地质问道。

叶子煜和沈然僵硬着起身。

面对父亲那张冷冰冰的面庞，叶子煜总算有了点儿哥哥的样子，用胳膊圈住比他矮半头的沈然，把下巴搁在弟弟的脑袋顶上，鼓起勇气对叶霖川说：“我们就看了看，没干别的。再说，是沈昼哥给我们的。”

沈昼听到自己的名字，微红的耳尖动了下，心虚地矮了矮身子。

“沈昼？”叶霖川不由得看向沙发后面的沈昼，觉得他内敛温顺，看着就乖。叶霖川当下冷笑了一声：“行啊，都会甩锅了，叶子煜，你别以为你有病我就不敢骂你。”

叶子煜不爽地道：“你这不是都骂了吗？”

漫长的沉默过后，叶霖川屈起手指在叶子煜和沈然的脑门上弹了下：“以后不要碰别人的私人用品，这是不礼貌的行为，懂吗？”

“懂。”叶子煜蔫蔫地应声。

“还有你……”叶霖川正要再教训沈然，却发现沈然捂着脑门没吱声。

叶霖川突然意识到自己好像过分了些。

叶子煜毕竟是他亲生的，他语气重些无所谓，但沈然自小失去双亲，难免敏感，会多想……

“叔叔没有其他意思，你不要介意。”叶霖川放软语气，打量着沈然脸上的每一个细微的表情变化。

沈然捂着脑袋抬头，突然笑了：“原来被爸爸教训是这样的感觉呀。”

他没有感到分毫不悦，双眼闪亮，嘴角上扬，表情充满发自内心的愉悦。

叶霖川怔了怔，接下来便感到心中酸涩。

“哥！哥！”沈然跳起来向沈昼跑去，“叔叔刚才骂我了哎，还弹我的脑袋，你看、你看，就是没下重手。”

沈然遗憾地叹了口气，又问：“以前咱爸也是这样骂你的吗？”

沈昼哽住，摇了摇头：“不知道，我忘记了。”

沈昼表情极淡，说不上是平静还是失落，但旁人能够感觉到他身上散发出的孤寂感。

之前父母一直在外面打工，鲜少与他见面。两人离世时他刚上小学，弟弟也才出生没多久。那时亲戚们推着父母的遗体到施工单位索要赔偿，拿到钱当天就将其瓜分干净，然后丢下遗体一哄而散。工友们看不过去，凑了笔钱帮着将两人的遗体火化了，沈昼连父母的最后一面都没见上。

父母都是朴素的乡下人，不爱拍照，遗照用的都是结婚时拍的大头照。

时隔多年，沈昼已记不清他们的样子，也忘记父母是什么样的性格了，更不知道爸爸打没打过他，妈妈骂没骂过他。他不记得，也记不住，到今天心中只剩麻木的感觉，连思念都没有。

叶霖川也许不是一个合格的父亲，但沈昼能从他的言行细节中看出来他对孩子们还是关心的。沈昼没有体会过那种被父母关心的感觉，偶尔会对叶清河生出几分艳羡来。

等叶清河他们回到原本的生活中，他和沈然也要离开，回到原本的生活里。

两兄弟情绪低落，叶芽偷偷瞄着他们，悄悄爬到沈昼的腿上，环着他的脖子在他脸上落下一个吻。

沈昼回过神，浅笑着护着叶芽的腰："沈昼哥哥没事。"

她安静地抱着他没说话。

小姑娘很温暖，像是小火炉，身上带着奶香味，沈昼忽然觉得被治愈了，揉揉那头软软的发丝，跟着沉默下来。

暮色沉沉，暗夜来临。

明天是上学日，所有人收拾利落便早早地回到各自的房间里。

等哥哥们都回了屋，叶芽戴着那顶眼睛发光的猫咪睡帽摇头晃脑地出来。

屋外亮着一盏小台灯，叶霖川正坐在灯光下用笔记本电脑办公。

"阿弟……"

叶霖川放在键盘上的手一顿："改个称呼。"

叶芽走到他旁边，像猫似的蜷着身体："给你。"

小姑娘白白的小短手里捏着张银行卡，是沈昼先前给她的那张，里面存着近日赚到的万把块钱，现在她大方地把它给了他。

叶霖川愣了愣，不禁扭头望着她。

她微微歪着头，静等叶霖川伸手接卡。

"给我干吗？你不是一家之主吗？"

"一家之主现在想帮你还钱。"叶芽慢吞吞地说，"等还完，阿弟就能拿回大房子，让沈昼哥哥他们一起住进去。"

说来说去她还是为了她的沈昼哥哥。

叶霖川眯着眼，突然心里不是滋味起来。他面向叶芽："我问你，你每天除了想沈昼和叶清河，还想谁？"

叶芽掰着手指头给他算起来："还有然然、子煜，有晴晴姐姐、夏阿姨、夏叔叔……还有刘老师，还有我们班的甜甜……"

叶芽可给他一个一个地数得清清楚楚。

叶霖川听到一个人就皱紧一分眉头，终于没了耐性："你就不想想我？"

叶芽愣住，许久之后，诚实地摇头。

“你每天在我的面前晃悠来晃悠去的，我干吗还想你呀？”

敢情她还嫌他烦？

“阿弟拿着。”叶芽开始困了，揉了揉眼睛，拍拍叶霖川的肩膀叮嘱，“要是有工作联系我，记得通知。”

说完她跳下沙发，赤脚跑回自己房里。

叶霖川看了看手里的银行卡，又看了看关闭的房门，陷入沉思。

这小兔崽子莫不是真把他当经纪人了？

他正想着，微博发来@提示。

微直播总监V：“叶总您好，我是微直播的项目总监，诚邀您开通直播。当然，您给芽芽直接开个账号也行。”

欢嗨零食：“请问有兴趣接代言吗？别误会，我找的是芽芽。”

××纸尿裤：“方便接广告吗？找芽芽的。”

叶霖川心想：他的号还真不是他的号了，他还真成经纪人了。叶霖川有些烦，点开微博编辑内容发送。

叶霖川：“不接广告，不开直播，不做吃播，不要代言，也不需要后妈，谢谢抬爱。”

“后妈？什么后妈？叶总，你这么大还要找后妈？”

“道理，我都懂，所以给芽芽开直播吗？”

“那您能发几张您女儿的照片吗？一张也成啊！”

“既然你不要后妈，那你要老婆吗？女婿也成。”

“楼上性别成谜。”

…………

叶霖川无奈地摇摇头，对着手里的银行卡沉思几秒，打开笔记本电脑继续写之前没写完的邮件。

叶氏是他的，不能平白无故地落到外人手里，他必须回到公司，必须回去！

他映在屏幕上的面容冷漠又坚定。

半夜十一点，海华豪庭23楼的某扇窗里灯还亮着。

装修豪华的客厅里，赵家明跷着腿坐在沙发上接听电话，神色得意地道：“你说叶霖川给你发了邮件，求你让他回去？”

“可不。”电话里的股东连笑几声，语气轻蔑地道，“叶霖川在位时趾高气扬，从不听我们的意见，现在落马了，倒是懂得放低身段让我们改变意见。马总那边怎样，我不知道，但我肯定是向着赵总的。”

“等五个月后法院的判决下来，就轮不到他跳脚了。没关系，就让他急着吧，落水的凤凰再扑腾也上不了天。”赵家明笑道，“说来还多亏王总和各位股东帮忙，明儿要是都有空儿的话就出来聚聚，我请客。”

赵家明挂断电话，舒坦地伸了个懒腰。

他还没来得及收敛沾沾自喜的表情，余光便对上一双冰冷的眼眸。

赵家明吓得一激灵，回过神怒骂：“狗崽子你是不是想吓死我？！”他面容扭曲，一脚踹了过去。

赵辰星结结实实地接了这一腿，身体趔趄，接着上前，依旧是面无表情的样子。

“干吗？”赵家明没好气地问，睨着赵辰星的眼神满是厌恶。

“能量液。”赵辰星摊开手，皮肤下的“血管”里流转着蓝光。

赵家明起了一身鸡皮疙瘩：“给。”

一支装满液体的注射器被送到赵辰星的面前，他伸手接过，上楼回自己的房间，身后传来夫妻二人尖锐的交谈声，一字一句清晰地传到他的耳朵里。

“你赶紧想办法把他处理了，和鬼一样看得人瘆得慌。”

田又琴冷哼了一声：“你瘆个什么劲，那不是你儿子的脸吗？再说了，他一个没心的机器人又不会害你。”

田又琴讽刺了几句，紧接着语气激动起来：“对了，我刚给他报名了一个互动类的综艺节目，这一次要是火了肯定能给我洗白，也不知道哪个狗东西放出的监控视频，害得我……”

啪，交谈声被挡在门外。

赵辰星站在落地镜前，解开睡衣扣子，脱得身上只剩下一条内裤，月光笼罩下的身体不是普通孩童的样子，皮肤是没有血色的苍白，身体冰凉，没有毛孔，因为能量液不足，皮肤下的线缆不住闪烁着蓝光，配着双空洞的眼睛显得格外骇人。

赵辰星是智能仿生人，代号01，二十年前由赵博士创造出来，可是由于功能不足很快被赵博士搁置在实验室里，他的工作也由其他更能干、功能更全的仿生人代替完成。

直到三年前即将被销毁，他才重新被唤醒、换了皮，有了“赵辰星”这个名字，有了父母——他取代死去的赵辰星，成为一个人。

赵辰星将注射器对准手臂，狠狠地扎了进去。

液体顺着线缆流入身体，全部聚集在胸口处，那里的圆形储槽就像心脏，所储的能量液会帮助他维持身体机能和人工肺腑的工作。只要能量液充足，他的身体便会自动模拟人类生长到十八岁；只要有能量液，他可以时刻工作而感觉不到疲倦，自然也不需要休息。

所以他只是仿生人，变不成真正的人。所以母亲疯狂地剥削着他。她想依靠他来得到名望、金钱，希望得到他人艳羡的目光，让她永远作为闪耀的焦点。他身为可控的仿生人，一直按照人类规定的程序那样生活。可是……赵辰星摸了摸安静的胸口处，眼里一片茫然。

“你要是不老实地听话，我就向管理局举报，看他们会不会销毁你！”

赵辰星转身回到床上。他要听话，像乖小孩儿一样，不然会被带去销毁的，和其他被销毁的同类一样。

周一，天空晴朗，窗外，雀鸟飞过，叽叽喳喳地吵个不停。

叶芽还没从休息日走出来，困倦地耷着眼皮，眼中尽是茫然之色。叶霖川见她坐在床上半天没有动，终于忍无可忍，拎着她来到卫生间，接了把凉水给小姑娘洗脸，让她清醒，然后挤好牙膏，扒开她的嘴唇胡乱地在那两排小白牙上刷了刷。

刷完牙，洗好脸，叶霖川抱着小孩儿到沙发上坐下，把小裙子随便地往她的身上一套，蹲下身子给她穿鞋，奶爸当得尽责、熟练。

“哥哥……”叶芽迷迷糊糊的，条件反射似的喊人。

“早走了。”

叶霖川把她的头发用发圈随便一箍，把书包挂在她的肩上，牵过沈然，用单手抱着叶芽出门。

钱大婶也刚巧出门，穿着运动服准备去跳广场舞。

看到叶霖川带着俩孩子，她和善一笑道：“送娃娃上学？”

“嗯。”叶霖川淡淡地应了一声。

“中午我包饺子，小叶一个人的话可以来婶子这里吃。”大婶热情地说完，掐了掐叶芽圆鼓鼓的小脸蛋，“我们芽芽又胖了。”

“芽芽不胖！”叶芽对身材还是有些在意的，鼓起两边的腮帮，留给大婶一个可爱的后脑勺。

叶霖川突然觉得手臂沉重，长长地呼出口气，把她向上面托了托。

幼儿园的校车等在小区门口，叶芽被沈然牵着爬上校车，坐到位置上冲叶霖川挥了挥手。

男人停留在原地，目送校车远去后，双手插兜、去街对面的公园晨跑。

清晨的公园多是遛鸟的老头和对着音响跳广场舞的大妈，叶霖川修长的身影与那俊美的面庞成为公园一道亮丽的风景线，吸引了男女老少狂热的视线。

正跑着，叶霖川突然听到旁边传来议论声。

“瞅瞅，那个就是我和你们说的那个奶爸，一个人带五个孩子。”

叶霖川放慢速度竖起耳朵，余光扫过，发现果然是钱大婶在说他。

旁边的老姐妹们用赤裸裸的眼神打量着他：“啧，屁股真翘，怪不得那么能生。”

叶霖川脚一崴，差点儿摔到旁边的绿化带上。

“这不就是我女儿说的那个什么……什么‘翘屁嫩模’？”

“小叶来和我们跳舞啊！”

“就是啊小叶，别在那儿戳着，和婶子们玩呀。”

“来玩呀，小叶。”

阿姨们热情的呼喊声吓得叶霖川头都快“掉”了，转身刚要跑就被钱大婶拉住，她拽着他向回走：“来、来、来，大男人别磨叽，跳一会儿又不碍事。”

巧的是刚好有路过的小姑娘认出了他，笑呵呵地拿起手机拍了段小视频，嘴里嘟囔道：“那不是叶总吗？没想到破产后跳广场舞来了。”

叶霖川心如死灰，觉得生无可恋，老脸全无！

比起身陷水深火热的窘境的叶霖川，在幼儿园上学的叶芽可快活多了。

后院种满了花花草草，美不胜收，她蹲在黄灿灿的太阳花前，双手托腮，头顶绿油油的三片小叶子随着主人愉悦的心情左右晃动。

“芽芽，你在干什么？”夏晴蹲了过来。

“听花花唱歌。”叶芽诚实地道。

“唱的什么呀？”

叶芽掐着嗓子学太阳花的腔调："淡黄的长裙，蓬松的头发……"她认真地想了想，泄气地道，"后面我忘啦。"

这是什么歌呀？

夏晴挠挠头，跟着叹息一声，小脸上布满愁绪，漂亮的眼睛显得黯淡。叶芽歪过头："晴晴姐姐不开心吗？"

"妈妈让我今天晚上去参加一个宴会，还要表演弹钢琴。"夏晴不喜欢参加那些聚会，总要一直笑、一直笑，见了人不管认识不认识都要问好，最烦的就是要表演弹奏钢琴曲，明明下面那些大人都不听她弹奏。

夏晴又重重地叹了口气，难过得像是要哭出来。

叶芽不知如何安慰她。

正在此时，系统高亢的声音突兀地响了起来："芽芽！任务！"

任务？

叶芽一脸茫然。

系统欲哭无泪："宝宝你不会忘记了吧？你是个恶毒女配啊！现在就是你代替女主人公尽显风光的好机会！"

原著里恶毒女配叶芽代替女主人公夏晴在宴会上表演，一首技艺精湛的小提琴曲赢得满堂喝彩。正是这一首曲子，让某个音乐大师决心培养她，夏家夫妻也更喜欢她。这些都是原著的剧情，系统万万没想到叶芽会将此忘记得一干二净。

系统："人设不能崩，知道吗？！快！现在当个小'白莲'，主动代替夏晴去参加宴会。"

叶芽很是不开心："芽芽不是小白莲，芽芽是四叶草。"

系统催促道："好、好、好，四叶草你快些。只要你完成支线任务，就能立马开启主线任务，完成最后几个主线任务，爸爸妈妈就能回来了！"

胜利近在眼前，勇者不能退却！

"爸爸妈妈"这四个字显然触动了叶芽柔软的心弦，她犹豫着如何开口时，夏晴突然抓住叶芽的袖子："芽芽，你可以陪姐姐去吗？"

叶芽瞪大眼睛，点头如捣蒜。

夏晴可算开心了，跳起来连转几个圈："太好啦、太好啦，这下子我就不孤单啦！等晚上回去我就和妈妈说！"

望着夏晴那张开心到发红的小脸蛋，叶芽没有犹豫地说出顾虑："那夏妈妈要是不答应呢？”

这个问题就像一瓢凉水当头浇下，顿时让夏晴心底的喜悦之情退去，她又蹲在了地上。不用想，她妈妈肯定不会答应。

叶芽咬了咬手指头，有了主意，拉过夏晴，凑到她的耳边嘀咕：“我可以先去开宴会的地方等你，到时候你下车就能看到我啦，我假装找不到爸爸，夏妈妈肯定愿意带我进去。”

计划完美，毫无破绽。

夏晴目瞪口呆，为叶芽的机智折服。

就连系统都不禁佩服起来：“你这是和谁学的？”

叶芽颇为自豪地说：“电视剧。”

那部电视剧的女主角就是这样的，被男主角丢在宴会门口，因为没有邀请函无法进入，于是温柔的男二号带着女主角成功进去了。既然电视剧里的人可以，那么芽芽一定也可以！

夏晴说：“好，那我晚上就把地址发给你，宴会时间是今天晚上七点，芽芽你可以出来吗？”

叶芽拍着胸脯保证：“可以、可以，晴晴姐姐你放心，芽芽妹妹靠得住。”

夏晴一下子被逗笑了，抱着她亲了好几口。

叶芽放学后刚到家，电话手表便收到了夏晴发过来的地址。

为保险起见，夏晴直接拍了名片上的地址给她发了过来，上面显示：太主山路太主庄园。

叶芽认真地辨认几眼，懂了：大王山路大王庄园。

为避免露出马脚被大人发现，叶芽麻利地删除短信，打开衣柜从里面翻找出一条漂亮的小裙子换上，穿着小凉鞋，背着小书包，留下一张小字条，打开房门，鬼头鬼脑地探出半个脑袋来。

叶清河和沈昼还没有放学，沈然下楼买酱油去了，叶霖川正在厨房里做饭。

一切看起来都很完美，这是个溜出去的好机会。

叶芽顺手搬了把小凳子放在大门前，伸长手臂拧开门把，跳下凳子侧身钻出门，逃跑的动作要多熟练有多熟练。

一路畅通无阻地离开小区，叶芽开始思考如何搭车去目的地。

她现在是个身高只有 89cm 的小宝宝，长得又漂亮可爱，出租车司机们肯定不让她坐上去，说不定还会有坏人……

心中挣扎之际，她突然看到一只小蝴蝶在天上飞，视线跟着蝴蝶移动，只见路边站了个女生。那女生个头不算高，皮肤很白，长得很清秀，好像喝醉了，握着手机摇摇晃晃，自然也看不到头顶乱飞的守护灵小蝴蝶。

“知道了，我马上过去。”女生含混地道，“我知道大王庄园，那……那地方难走，只能拼车……

“啊？你放心啦，我能过去，我没喝多……没……没喝多。

“晓得、晓得，肯定准时到……”

原来这个姐姐也去那个地方。

果然幸运是会眷顾她的，叶芽按住头顶的小黄帽，自然而然地走到女生的旁边。紧接着一个人高马大的汉子来到旁边，嘴里叼着根烟，不好好穿着运动衫，将袖子卷到膀子最上头，露出的双臂一条文着青龙，一条文着白虎。

汉子眯眼看了看醉醺醺的女生，又看了看小小一团的叶芽，默不作声地往旁边一退，掐灭烟丢入垃圾桶，快速放下袖子，整理好衣服，顺便掏出盒柠檬味的糖往嘴里丢了一颗，想了想把盒子往叶芽的面前递了递。

女生这才注意到旁边多了两个人，老实说第一眼看到汉子心里是犯怵的，第二眼看到软软的小姑娘时立马不怕了。

文身大哥带孩子，还……还挺萌的。

女生连连看了叶芽好几眼。

她的眼神令汉子会错意，汉子急忙收手，不敢再逗弄芽芽。

叶芽扯着小书包安静地站在两人中间，过了会儿，一辆褐红色越野车停在路边。

高大的汉子看了看两个姑娘，害怕吓到她们，自觉地坐在前头。

女生开始觉得有些奇怪，但很快意识到汉子是怕她害怕，所以才丢下女儿自己坐在前头。她那原本因失恋而受伤的心瞬间一暖，她主动把叶芽抱上车，自己坐在了叶芽旁边的位置上。

这年轻妈妈还真不容易，汉子在前头悄悄地想。

三人坐好后，司机战战兢兢地瞥了旁边目露凶光的汉子一眼，又瞥了后面的两个姑娘一眼，心里直犯嘀咕。

“目的地更改为大王庄园农家乐，本次车程一小时二十分钟，请乘客做好准备。”

语音导航声音甜美，嗒嗒打车规定司机不得与乘客交谈，确定三个人都坐好后，司机发动引擎前往目的地，没说一句话。

女生喝得有点儿多，上车便靠着玻璃睡了过去。

叶芽的视线一个劲跟着小蝴蝶转，没一会儿她也觉得困，脑袋点了点，最后靠在女生身上闭上了眼。

胳膊上多出来的重量让女生迅速清醒，她揉揉泛酸的眼，垂头便看见小姑娘肉肉的脸蛋和那微微嘟起的嘴，顿时心中母爱泛滥，不受控制地在那张脸上摸了摸。

注意到这个小动作的汉子不禁搭话：“你的另一半不陪着你吗？”大王庄园农家乐离城里不算远，但也不近，他难以想象对方的老公会放心让她带着孩子去那么偏的地方。

女生意识到他是在和她说话，黯然垂眸，声音低哑：“我们刚分手。”

汉子牙一酸，同情地道：“那你一个人还真是挺不容易的。”

女生点点头，转移话题道：“你呢？”

“我啊。”汉子笑道，“我也是孤家寡人，女孩子都觉得我凶，说我有家暴相。”

女生暗中打量他。

汉子的眼神看上去凶，但是五官并不差，他甚至算得上英俊，人高马大比她那个“弱鸡”出轨前男友强多了。她再看旁边打扮得干净又漂亮的小姑娘，瞬间对这位单亲猛男爸爸好感度飙升，红着脸低语：“我……我觉得你不凶……”

汉子怔住，透过后视镜看着那张泛红的面庞，心跳加快，仿佛有一股热气从脚底蹿到头顶。

“那个我……那个……你是第一个说我不凶的女孩子。”果然，当妈妈的女孩子就是心地柔软。

他瞥了瞥头戴小黄帽的叶芽，在这一瞬间脑补了一万字的婚后生活描写，就连二胎的名字都想好了。

大王庄园近在眼前。

女生不自在地把发丝别在耳后，眼神游离，语气局促地道：“要不……加……加个微信？”

汉子脸红脖子粗的，哆哆嗦嗦地翻出二维码，颤着手举起手机。

叮，两人加上好友了。

司机面不改色地拧开音响给二人放了首《龙卷风》。

“大王庄园已抵达……”

越野车平稳地停在庄园门口，叶芽迷迷糊糊地睁开眼，见车子停下，从小钱包里掏出五十块钱放到女生身上，在女生不解的眼神中下车，调整好帽子的位置，迈着小短腿走了进去。

女生目瞪口呆，看向汉子：“你女儿怎么给我钱？”

汉子蒙了：“我单身二十八年，哪里来的闺女？我还想问，那不是你女儿吗？”

女生一脸“你在说什么鬼话”的表情：“我刚过二十，哪有那么大一个闺女？”

两人面面相觑，都很茫然。

夏晴：“芽芽你到了吗？我到了，可是没有看到你，你是不是走错了呀？”

收到信息的叶芽左右看了看，在山清水秀的庄园里没见到人烟。叶芽有些不确定地对着电话手表喊：“晴晴姐姐你在哪里？你快来接我！”

她还没说完，电话手表的屏幕闪烁了两下，然后黑了。

叶芽歪头疑惑地咦了一声，用小手拍拍屏幕，毫无动静，最后才想起可能是电话手表没电了。

叶芽茫然地左顾右盼，左右两边都是小木楼，几条木板铺成的路通向各个方向，左边还有一个漂亮的池塘，鱼儿在里面游来游去。叶芽眨巴眨巴眼，随便挑了条路走。

系统：“芽芽你来错地方了！你要去的是太主庄园！”

系统急疯了，它本以为凭借着叶芽聪明的小脑袋肯定没问题，所以放心地去其他世界兼职了一个小时，万万没想到她聪明的小脑袋会分不清“太”和“大”、“主”和“王”。

“太主”“大王”“太主”“大王”……叶芽被绕得脑袋有点儿晕，迷茫地四处游走寻找着夏晴的身影。

“对，寿宴就是这边。”

寿宴？听到“宴”字，叶芽觉得自己没错，跟在服务员后头穿堂进门。

楼内人声喧嚣，音乐声穿插其中，十几张圆桌都坐满了宾客，正中央是一个表演舞台，主持人在台上讲话。没错，这里就是在举办宴会！

系统身心俱疲，差点儿无语凝噎："宝贝儿，你这样是完不成任务……"

没等说完，它就听到提示音响起。

"支线任务 02：与夏晴一同参加宴会。（已完成）"

系统呆滞了。

敢情只要两个人同一时间参加宴会——不管是不是在一块儿，也不管是不是同一个宴会，只要她们同时出席就成，"云宴会"？

系统暗叫不妙，时至今日才意识到它的自动任务评定功能坏掉了！

叶芽的小臂被抓住。她扭过头，看到抓住她的老人满头白发，和蔼慈祥，年纪有七八十岁。

"奶奶好——"叶芽拉长尾音，乖巧地道。

"你是谁家的孩子呀？怎么一个人在这儿走？"

"我找夏晴姐姐。"

"啥？"老人将耳朵凑近她，"你饿了？"

叶芽深吸一口气，拔高声音说道："奶奶，我不饿，我找夏晴姐姐！"

"哦，娃娃饿了想吃肉。"老人耳朵不好使，拍拍叶芽的小脑袋，让服务员加了把椅子在旁边，椅子被特意垫高，好让她够到餐桌上的饭。紧接着叶芽被抱了上去。

"来、来、来，给奶奶吃。"老人撕了条鸡腿放在她的碗里，又夹过两个肉丸子，"吃完奶奶让人带你去找妈妈。"

餐桌上人鱼大肉齐活了，食物的香气把肚子里的馋虫全勾了出来，叶芽咕噜一声吞咽了一口唾沫，用双手抓起鸡腿啃了起来。

她吃得香，脸蛋上蹭得都是油，老太太还没见过这么漂亮的小姑娘，一个劲地抚着她的头发，问："娃娃叫啥？"

叶芽咽下鸡肉，看向老人："我叫叶芽。"

"啊？你叫春丫？"

"奶奶，不对、不对，我叫叶芽。叶——芽——。"最后那两个字的音，她咬得格外重。

老太太了然："哦，原来你叫春二丫。"

叶芽呆萌呆萌地颤了颤睫毛，点头附和道："嗯，我叫春二丫。"说完她坐正身子，埋头继续啃鸡腿。

在她埋头吃饭时，没注意到有一支团队架着摄像机从后面进来，旁边传来小小的惊呼声，众人放下碗筷看向前方讲台，有的人拿出手机开始拍摄。

“今天是王春华奶奶的八十大寿，首先我们祝愿奶奶寿辰快乐！”

“妈，戴上助听器。”中年男人走过来，凑到老人的面前提醒道。

老人刚才觉得吵闹，于是暂时将助听器摘了，没承想鼓捣半天不会戴。男人帮着为老人戴好助听器，静静地守在她旁边。

“今晚会有一支特别的团队为奶奶贺寿，相信大家都已经看到了，那就是我们红遍大江南北的挑战队成员！在他们上台前，我们先邀请叶雅小朋友为大家表演一首《祝寿曲》。让我们欢迎叶雅！”

台下掌声如雷，却始终无人上台。

主持人见惯了这种场面，笑了笑：“看样子我们的叶雅小朋友怯场了，那只能……”

叶芽一抹嘴巴，胡乱地擦了擦油腻腻的小手，从书包里取出小竹板走上台阶，道：“叔叔，我没怯场。”

突然冒出的小人儿令主持人和台下躲在妈妈怀里哭的叶雅十分惊讶。

“妈妈，她是叶雅，我是谁呀？”叶雅哭得更加悲伤了。

主持人看看叶芽，又看了看满脸期待的王春华老奶奶，知道是弄错人了，但事到如今只能硬着头皮上：“好，那小朋友你要表演什么呀？”

“给奶奶说快板儿。”叶芽嗓音甜美。她穿着小白裙，歪歪扭扭地顶着小黄帽，露出的脸颊稚嫩可爱，手上的竹板和她的装扮格格不入，却平添几分娇憨。

在场的宾客都没见过这么小的孩子说快板儿，瞬间提起兴趣，齐齐望着台上的叶芽。

除了宾客外，位于角落的《挑战不平凡》节目组的人也都好奇地看向她，摄像师举着机器将镜头对准前方。

万事俱备后，叶芽嗒嗒地打起竹板，动作熟练灵活，并且现编了段朗朗上口的词——

“竹板响一响，奶奶笑一笑；竹板响两响，奶奶享吉祥。”

叶芽是有两分真本事的，就这么两句话便逗得老人开怀大笑，宾客也没想到小姑娘真会说快板儿，说得还挺好，边笑边不忘送上掌声。

现场的气氛被快板儿炒得火热。

"叶……叶芽？"半天没吭声的夏屿倏地瞪大眼睛，神色愕然。

其他三个嘉宾也都想起来了，笑道："怪不得眼熟，这不是前段时间爆红的那个麦芽糖小女孩儿？"说着有人推了推夏屿，"你认识？"

夏屿还没有从震惊中回过神。他最近正在录制一档体验生活的综艺节目，这期刚好也是最后一期，导演就想拍得温情些，知道老人会在这个酒店办八十岁大寿的寿宴后，征得主人同意，将这座庄园定为取景地。现在的问题是这么远的地方，叶芽是怎么过来的？夏屿向周边看了一圈，半天没找到叶霖川或者其他熟人的影子。

她不会是被拐过来的吧？夏屿有点儿慌了。他顾不得其他，取出手机找到叶霖川的电话打通。

叶霖川没接。夏屿不死心地继续拨。

"说。"叶霖川气急败坏地接了电话，呼吸短促又凌乱，似乎正为某些事情着急上火。

夏屿喉结滑动，瞥了瞥台上表演得正起劲的叶芽，斟酌着开口："叶先生，你的女儿在我这儿。"

"我告诉你，我爸刚破产没钱了！你快放了我妹妹！"

电话里男孩儿的吼声像是炮仗，把夏屿整蒙了。啥玩意儿就破产没钱了？啥玩意儿就放了他妹妹？说得人家好像是绑匪一样。

夏屿这样想着，就听男性浑厚悦耳的播音腔穿插在背景音里：

"小女儿的离开让这个本就不富裕的家庭雪上加霜，这个破碎的家庭要如何应对如今的局面？《天天普法》将持续为您报道——《雪夜中失踪的孩子》……"

夏屿握紧手机，脑门上冒出冷汗，隐隐约约地觉得他们可能真的误会什么了。

"叶子煜，你给我把电视关了！"叶霖川下着命令，声音明显绷紧了许多，接着问，"你是谁？"

夏屿与同伴们面面相觑，都在彼此的眼中看见无奈之色。

"叶先生，我是夏屿。"夏屿意识到刚才说的话很容易让人误会，忙解释道，"我们在大王庄园这边录节目，没想到芽芽也在，身边还没人跟着，于是我就想着给你打个电话。”

显然，叶霖川并没有保存他的手机号，还以为他是绑匪。

夏屿自我揶揄道：“叶总不嫌弃的话可以给我加个备注。”

叶霖川没说话，夏屿旁边的人包括导演都笑了出来。

过了会儿，叶霖川说：“麻烦夏先生帮忙照看一下她，我马上过去。”

他急得很，说完这句话就挂断电话，根本没给夏屿反应的机会。夏屿知道他念女心切，便也没计较，笑着把手机揣回兜里。

台上的叶芽还在表演，观众的目光聚集在她的身上，不管老少都看得津津有味，尤其是王春华老太太，红光满面，一脸喜色。

夏屿双手环胸，若有所思。

“小姑娘年纪小但是不怯场，挺能带动观众情绪，好好培养的话是个好苗子。”

说话的是影视圈的老前辈，秃顶，肚腩像弥勒佛似的，年轻时却是现在所说的“小鲜肉”，要演技有演技，要歌喉有歌喉。当时他红遍大江南北，别人经常用一句话评价他——“无人不识许明义”。后来他成家有子，退居幕后做了导演。

夏屿脑中灵光一闪，说：“我记得许哥手下有档节目正缺嘉宾，你看芽芽和叶总怎么样？”

许明义抚摸着下巴，认真思考起来。

专心表演的叶芽并不知道自己成为焦点，在雷鸣般的掌声中谢幕，下台前还不忘向观众和主持人鞠躬。她走下台阶后，清脆的系统提示音再次响起来。

“支线任务03：得到夏叔叔的赏识。（已完成）”

“恭喜宿主完成支线任务，马上为您开启主线任务08。”

“主线任务08”是很简单的过渡任务，叶芽很快就完成了。系统便马上为她开启了下一个主线任务：“主线任务09：与夏晴一同参与节目《请听孩子的话》。（未完成）”

任务接连被发布，刚才去排除半天bug的系统急火攻心：“你别发了！你都出错了，发、发、发，还发！”

系统提示：“检测到系统有辱骂行为，考虑到宿主尚未成年，为避免不好的影响，系统将开启保护机制，即日起系统禁言四十八小时。”

系统忍不住又爆了粗口。

系统提示：“已为宿主屏蔽系统聊天。”

“我禁我自己？”

系统提示：“已为宿主屏蔽系统聊天。”

“不是，你有病吧？”

系统提示：“已为……”

系统跟“系统”较着劲，叶芽满脑子“叮叮叮”地响，被吵得耳朵发麻，用小手狠狠地敲打了两下脑袋，打开系统面板，熟练地关闭系统提示音，世界瞬间清静下来。

她舒畅地呼出一口气，跑到王春华老太太身边说了几句祝词，接着颠颠地跑到夏屿跟前，仰起头甜甜地说“叔叔好”。

节目组本来想让最后一期走温情路线，叶芽的突然出现打破了原本的计划，导演望着近在眼前的漂亮小脸和满屋子的笑脸，叹了口气。这种局面就算他想温情也温情不起来了。

于是导演更改方案，让挑战团成员上去齐唱一首欢快点儿的歌曲，又对老人送上祝愿，最后没再打扰他们家人团聚。

夏屿带着叶芽回到后院，坐在凳子上边唠嗑边等叶霖川过来接人。

叶芽嘴甜，一会儿叫这个“叔叔”，一会儿叫那个“哥哥”，一点儿都不怕生，把人哄得笑呵呵的。

于是叶霖川风尘仆仆地赶来时，看到的就是一幅其乐融融的画面。

看着坐在凳子上优哉游哉地啃着苹果的叶芽，叶霖川憋在胸口的怒气像火山一样爆发。

他在晚上六点左右发现叶芽不在家里，本来以为她是下楼接叶清河去了，便没有在意，直到十分钟后她还没回来才意识到不对。叶霖川怕小姑娘被管理局的人抓住，或者是被赵家明暗下杀手。他在担惊受怕中放下脸皮，拜托全家人还有钱大婶满小区地找。直到舒美辰打来电话，夏晴在电话中哭着说叶芽没去参加宴会，叶霖川才意识到情况不对。

家人、邻居，甚至是不熟的人都在为她牵肠挂肚。可是，她竟然在这里优哉游哉地吃苹果，顺便还参加了一场宴会？！

人气极了是平静的，叶霖川向叶芽走来，叶清河亦步亦趋地跟在后头。

叶芽没有察觉到情况不对，捧着剩下的半个苹果到叶清河的面前：“哥哥吃，可甜了。”

叶霖川垂眸，目光阴沉。

节目组的所有人很紧张，仿佛看到小姑娘的头顶冒出了一个大号的字——“危”。不太妙，宝贝儿你快跑吧！

叶清河面色苍白，第一次没有马上接她递过来的东西。他蹲下身，抬手拨去挡在她脸上的发丝，语声淡淡地道：“你告诉哥哥，你一个人跑这么远做什么？”

“参加宴会。”叶芽靠近他，依旧不死心地想和他分享苹果，“哥哥吃。”

叶清河的心中涌出沉重的无奈感来，他拿过苹果放在旁边的桌上，用双手强行摆正她的身体：“你老实说，怎么过来的？”正常人见这么小的孩子根本不可能拉她，她能完好无损地站在这里是运气好，如果遇到什么坏人……

叶清河心律不齐，心跳又快了几分。

叶芽看出叶清河有些不开心，没有隐瞒，老老实实地把自己离家的缘由和经过说了一遍，自然包括她为了混上车使用的小计谋。她说得平静，旁人听得暗自咋舌，根本想不到三岁小孩儿能有这种智商，震惊之后就是后怕，如果搭车的人生出一丝邪念，如果搭车的人刚巧是人贩子，如果……

但凡有一个“如果”成真，都会给她带来灭顶之灾。

“你不是答应过哥哥不再乱走了吗？你之前明明承诺好的，可是为什么又留下字条离开？”

又？！围观的众人抓到重点。

叶芽鼓着嘴，振振有词地道：“你怎么连小孩子的承诺都相信？”

叶清河喉头一哽，骤然失语。

这句话像是一簇火苗，成功地点燃了叶霖川心里一直压抑的怒火。他一把揪过叶芽，一巴掌拍在了小姑娘圆滚滚的屁股上。

叶芽打了个激灵，表情呆呆的，显然没有反应过来。

叶霖川又抬起手在她身上拍了一下。

疼，火辣辣地疼。叶芽捂着屁股可算是回过神了。

她眼圈泛红，嘴巴噘得可以挂个油瓶：“你……你打我……”

“我就打你！”叶霖川咬牙切齿地道，越想越气，又接连打了她两三下。

叶芽被打蒙了。她是被爸妈捧在手心里宠的宝宝，平常叶子黄了一点儿都会让爸爸心疼。别说打，爸爸妈妈都没对她凶过，一百年来她哪里受过这种待遇。

难受、委屈、无助的情绪，一瞬间全涌了出来，叶芽闭着眼睛号啕大哭。

叶霖川才不管她哭不哭，边打边骂："你知不知道你给别人造成多大的麻烦？你知不知道你哥哥心脏不好受不了刺激？你知不知道子煜以为你被绑架吵着要用自己去换你？你知道个屁，你就知道哭！"

叶霖川恨得牙痒痒。

夏屿打电话过来的瞬间他真以为这小兔崽子被绑架了，在短短一秒钟内脑海中生出千万种想法。他现在没有钱给不了赎金，到时候绑匪撕票，家里那几个小伙子估计都要跟着"殉妹"，到时候他一个孤家寡人死还是不死，活还是不活？

说实话，叶霖川已经做好了最坏的打算。可她倒好，坐在椅子上吃着苹果，振振有词，毫不觉得自己有错。

叶霖川提倡温和教育，不打小孩儿，叶子煜把他的文件撕了，他都没打过叶子煜，今天叶芽让他头一遭体会到网络上的父母所描述的心情——恨得巴掌痒，不打教育不了。

"你说你跑过几次了？说！跑过几次了？！"

他的吼声很大，叶芽被吓得哆嗦了一下，结结巴巴地道："一……一次……"

"好好说几次！"叶霖川气得脸红脖子粗，哪里还有以往的冷静自持。

叶芽的哭声超级大："两……三……三两次，呜哇——"

她要吓死了，哭得一声比一声大，求生欲让她挣开叶霖川的双臂四处跑，泪眼婆娑地看不到路，小脚像是踩到了什么。哭声停滞，叶芽费力地睁大蓄满泪水的双眼——那是一只散养在院子里的大白鹅，此时正盯着她。

叶芽默默地把放在它翅膀上的小脚往后挪，抽抽噎噎地道歉："对……对不起，鹅……鹅，嗝。"

她哭到打嗝。

大白鹅可不管她是不是宝宝，也不管她是不是世界上最可爱的小妖怪，只知道自己一个“村霸”竟然被踩了，不爽，当下招呼兄弟们过来，扑棱着翅膀向叶芽扑来。

飞起来的大白鹅快赶上叶芽高，叶芽吓得直立起头顶的小叶子，尖叫着扭头就跑。

“鹅鹅别追我……呜……嗝，鹅鹅对不起，嗝……呜……”

所有人都知道鹅这玩意儿啄人疼，别说是小孩子，就连大人也不敢惹，叶霖川生怕她被啄了眼，急忙上前捞人。

看着迎面伸过来的结实双臂，叶芽全身的毛都奓了起来，哭叫声更大：“阿弟别打我！

“呜，鹅鹅别追我，阿弟别捉我！哥哥救救我，救救芽芽，呜……嗝！”被前后夹击，叶芽感觉毫无生路。

别说，这画面凄惨是凄惨，有喜感也是真有喜感。

摄像师没同情心地笑傻了，镜头抖个不停。

导演这才反应过来，朝着摄像师和助理踹了两脚：“笑啥啊，快帮忙啊！”这么跑下去孩子都要累死了！

最后还是夏屿把叶芽抱到了怀里。夏屿很高，个头 185cm 以上，鹅瞎扑棱着翅膀半天够不到人，“嘎嘎”叫了两声扬长而去。

叶芽找到靠山，用两条胳膊死死环着夏屿的脖颈不松开，抽抽搭搭地哭着。她又惊又怕，跑半天折腾出一头汗，泪眼婆娑，所有的委屈都表现在脸上。

夏屿有点儿心疼，轻轻拍了拍小姑娘软软的后背，笑着说：“算了，叶先生，芽芽还是个孩子，你就算打她，她也记不住。”

“孩子？”叶霖川冷笑了一声，“我可没见过这么有能耐的孩子。”

叶芽将脸埋在夏屿的肩窝里。

“芽芽，我们回去了。”叶清河上前，“然然他们都在家里等你呢，快过来。”叶清河伸出手。

叶芽有了脾气，固执地躲在夏屿怀里谁也不肯搭理，小手臂像蛇一样缠得紧紧的，夏屿有点儿喘不上气，费劲地拉开她：“芽芽来，好好向爸爸道歉。”

“他不是我爸爸。”叶芽的声音闷闷的，说着说着她又要落泪，“爸爸不会打我……”

“你还有理了？”叶霖川的脾气再次上来，他大步上前想强行夺人。

叶芽吓得继续哭，夏屿心头一紧，急忙背过身去：“叶先生，你冷静点儿，好好和芽芽说话。”

叶霖川白了夏屿一眼，这种没结婚、没当爹的人站着说话不腰疼，根本不理解他“一带五”的辛苦。他就想不明白了，当初葫芦娃的爷爷到底是怎么把七个葫芦娃带大的？还不如直接来个妖精把他抓走！

叶霖川仿佛处于被气死的边缘，一条腿已经迈进坟墓。冷静下来后他才注意到后面架着几台摄像机，周围围满了看热闹的客人。叶霖川脸上臊得慌，不想再留在这里让人看笑话，不顾叶芽反抗把她抱进怀里，冷着语气对夏屿说：“欠你一份恩情，改天一定还。”

叶霖川刚把话说完，夏屿的后腰就被推了一下。夏屿斜眼一看，推他的人是许明义。夏屿顿时意会，凑近叶霖川道：“我看也别改天了，就现在吧。”

只是说客套话的叶霖川无语。

夏屿怕旁人听到，拉着叶霖川走到小平房里：“是这样的，我准备七月暑假的时候带夏晴参加一个亲子秀。挺轻松的一个节目，导演是许明义许前辈，可是嘉宾还缺一组，不知道叶总愿不愿意带芽芽去？”说着他摸了摸小姑娘毛茸茸的头发。

叶霖川皱眉。这种带着孩子抛头露面的节目他从来不参加，要是以前肯定就拒绝了，怪就怪他刚才话说得快。

“除了这小怪物，我家里还有四个孩子要带。”叶霖川尽量说得委婉。

夏屿却不给退路：“我会处理好，保证你无后顾之忧，价格方面你也无须担心。”

“那也要看看她同不同意。”

夏屿的视线落在叶芽身上，她还没从悲伤中走出来，表情蔫蔫的，可怜又可爱。

“芽芽要和夏晴姐姐还有叔叔上节目吗？除了夏晴姐姐，还有其他哥哥和你玩。”

叶芽抽了下鼻子，被难过情绪占据的大脑逐渐清明。她突然想起任务，慢慢地点头，慢吞吞地说：“芽芽要去。”主线任务 09 完了就是主线任务 10，主线任务 10 完了她就可以找回爸爸妈妈。她再也不要留在这里，再也不要待在臭阿弟身边。

叶芽想着，眼圈再次变得通红。

“好了，不哭了。”夏屿取出手帕擦了擦小姑娘哭得脏兮兮的小脸，“现在很晚了，快和爸爸回去吧。”说完他又看向叶霖川：“叶总回去好好和芽芽说，千万别再对她凶了。”

叶霖川没答话，抱着叶芽大步离开。

上了车，叶芽安静地坐在叶清河旁边，前面“便宜爸爸”叶霖川在开车，亮起的车灯将黑夜撕开了两个洞。

“芽芽累的话可以挨着哥哥睡。”

叶芽绞着手指头，低头不肯吭声，显然还在生闷气。

“因为爸爸打你我没有拦着，所以你不开心了是吗？

叶芽晃着小脚，算是默认。

叶清河深深吸了口气：“你上次明明答应过不会再偷偷走掉，我很相信你，你却让哥哥失望了。”

“我留了字条。”叶芽嘟囔。

“所以呢？你觉得留一张字条离开就是对的吗？”叶清河耐心地教育道，“芽芽，你不可以自作主张。这是对你不负责，也是对我们所有人不负责。我知道你还小，是个小宝宝，但年纪小不会成为你做错事的借口。哥哥喜欢你，所以会包容你一次、两次、三次，但绝对不会再包容第四次。我不确定第四次的时候会不会出现意外情况。”他的语气很温和，眼底却透出激动的情绪来，“芽芽，幸运不会永远眷顾一个人。”

“会的！”叶芽拍着脑袋，“芽芽就代表幸运，芽芽可以给自己带来幸运。”

“可是别人不会给你带来幸运。”叶清河突然说。

她怔怔地看着他，胳膊慢慢垂下。

“芽芽，你看看外面。”

叶芽听话地转过头，车窗外是荒野，月光笼罩下的景色荒芜阴森，树影在暗夜中摇曳，偶尔听见花草嘶吼的声音，它们大肆评价着脚下埋葬着的尸骸，像谈论野猫野狗般随意。

在它们看来尸骸只是让它们茁壮成长的营养剂，它们巴不得尸骸越多越好。

她后背发凉，第一次对自己的同类产生畏惧。

“爸爸打你，你只是疼一时，可若你落在坏人手里，连疼都来不及疼。”

叶芽鼻尖酸酸的，默默落泪。

叶清河温柔地摸了摸她的头顶：“这个世上不是只有好人，还有千千万万的坏人，我们也许躲不开，但务必要警惕，你明白吗？”

叶芽揉揉哭肿的眼，踢掉鞋子爬到叶清河的怀里，抱着他亲了又亲，蹭了又蹭，边撒娇边认错：“对不起，哥哥，以后……以后我不乱跑啦。真的、真的……我、我向你保证，以后我做乖宝宝，不再跑，不让坏人抓走。”

叶清河问：“可你不是说小孩子的承诺不可以信吗？”

叶芽嘟嘟囔囔道：“我……那句也不可信。”

前座的叶霖川冷哼一声以表不屑。

叶芽心慌难安，咬了咬手指头：“你要是还不相信我，我……我回去写检讨！”

叶清河扑哧一声笑了：“你还知道检讨？”

他一笑就让叶芽放松下来，她在他的怀里找了个舒服的位置一窝，嘿嘿笑了两声：“在电视剧里学的。”男主角犯了错，给女主角写完检讨，两人立马和好了。

“哥哥，我屁股疼……”叶芽委屈，不敢瞪叶霖川，只敢悄悄地瞅。他刚好看过来，叶芽吓得激灵一下，急急忙忙捂住眼睛钻到叶清河的怀里。

车子一个小时后到了家，现在是晚上十点左右，那些担心叶芽的人还没有睡。叶霖川先让叶清河回家，随即带着叶芽挨家挨户登门道谢。

叶芽讨大爷大妈们喜欢，尤其是邻居钱大婶，见她完好无损地出现在面前，总算放下一颗悬着的心，因为过于担忧还掉了两行眼泪。

叶芽突然觉得愧疚难安，真正意识到她给别人带来了多大麻烦。

有时候一个人的行为是可以影响别人的。

“婶婶对不起，以后芽芽不乱走了。”她抬着头，重复道，“以后芽芽不乱走了。”

“哎哟喂，我的宝宝。”钱大婶担心坏了，赶忙从厨房里拎出一篮子点心，强塞到叶芽手里，“拿回去和哥哥们吃！记住不能再乱跑了。”

叶芽呆呆地盯着手上多出来的东西，咕噜吞了口唾沫，又拍拍小肚皮，狠心地把篮子推了回去：“不要、不要，芽芽不要。”

钱大婶纳闷儿了：“芽芽不喜欢点心？那我……”

“我做错事，婶婶要是给吃的，我会以为是奖励，这次认错下次还敢，使不得、使不得。”

钱大婶蒙了下，看向叶霖川，喃喃道：“你这小孩儿还挺会教育自己的。”

叶霖川心情缓和，唇角略微扬了下：“您拿回去吧，留着自己吃。”说完他取出钱包，从里面掏出几张红钞票塞到钱大婶手里，在她那错愕的目光中说，“这次实在麻烦您还有其他阿姨，您用这些钱带她们吃个饭，就当是我对各位的答谢。”

“哎？小叶你拿回去，用不着。小……”

叶霖川抱起叶芽，不顾钱大婶的呼喊声急急进门。

沈昼他们也没睡，坐在客厅里等着她回来。

“芽芽你没事吧？”这是沈然。

“绑匪没欺负你吧？”这是坚定地认为叶芽被绑架了的叶子煜。

“你怎么又乱跑？”这是不太开心的沈昼。

哥哥们是关心她的。

叶芽板着小脸，先走到沈昼的面前：“沈昼哥哥，对不起，以后我不跑了。”

接着她来到沈然的面前：“然然哥哥，对不起，我真的不乱走了。”

叶芽最后的道歉对象是叶子煜：“对不起，我……我没被绑架。”

她挨个道歉，态度良好，哥哥们二话不说瞬间原谅她，又是洗水果又是拿零食，把她当皇后来伺候，就差没上两炷香供着。

看着眼前“哥宠妹笑”的温馨画面，叶霖川眼皮子狠狠一跳，这样下去用不着到明天，一会儿叶芽就美得找不到北了。

他上前赶走兄弟几个，对着叶芽一勾指尖，说道：“起。”

刚挨过揍的一家之“王”叶芽深知大势已去，不敢反抗，战战兢兢地站了起来。

“你……你打我的话能不能不打屁股了？”叶芽将双手背在身后，卑微地商量道，“打……打手手行不行？”说完她特别听话地把小手伸了过去。

叶霖川觉得又好气又好笑，片刻后压住隐隐上扬的嘴角，故作严肃地道：“过来，写检讨。”

叶芽傻眼了。

第七章

第一封检讨书

叶霖川搬出小桌子放在床上，把纸笔摆放整齐，做了个“请”的手势。

叶芽极其难受，小手背在身后，低声说：“明……明天写好不好？”

“不好。”两个字说得冷硬又强势。

“可是……可是有的字我不会写……”她声音很小，眼中为难与不情愿之意杂糅。

叶霖川笑了，自口袋里掏出张皱巴巴的字条，叶芽只看一眼便认出那是自己从画册上撕下的那张，心头一紧，立马心虚起来。

叶霖川轻咳一声，慢条斯理地一个字一个字地念给她听：“亲爱的哥哥，我要出门去啦。不用担心，芽芽已经一百岁了，可以……”

“z、h、a、o、g、u……”叶霖川顿了下，对着字条，把那歪歪扭扭的几个字母一个不落地念了出来，念完挑眉道，“忘记你没接受英语训练，那么我换一种你懂的。”他又以念汉语拼音字母的形式读出了六个字母。叶霖川很有耐性，把六个拼音字母读得清晰标准。

他念一句，叶芽的脑袋就低一分，最后她完全不敢抬头看人了。

“……好自己的。”念完后，叶霖川垂眼看着她，“写得不错，签名很有个性。”

他指的是最下面的四叶草。

“用我抱你上去写吗？”

叶芽撇着嘴，踢掉小鞋子坐上床，看了看铅笔，奶声奶气地说道：“铅笔太长啦，芽芽抓不住。”

呵，叶霖川在心里冷笑，单手握起铅笔，只听咔嚓一声，刚才还完整的铅笔瞬间一分为二。叶芽倒吸一口凉气，眼睛瞪得大大的。

“需要削吗？”

见逃不过，叶芽认命地握住笔，在雪白的纸上点了一个小点。

她仰起头，求知欲极强地问：“‘检讨’这两个字怎么写？”

叶霖川拿起另一支笔在草稿纸上写下“检讨”二字，避免小姑娘看不懂，特意没连笔。

叶芽了解，照着样子在自己的本本上写下了“检讨书”三个字。

她转了转眼珠子，转动起小脑筋来，结果嘴唇还没完全张开，叶霖川便无情地拆穿她：“好好写，别想那些歪点子。”

嘤。

叶芽耷拉着头，一笔一画地写检讨书。她没什么精力，挺直的脊梁随着失落的心情缓缓弯下，小身子歪扭得像一团棉花球。

叶霖川皱眉，掌心抵上小姑娘的额头，强行将那颗小脑袋抬高，不满地教育道：“坐好，眼睛要钻进去吗？”

叶芽不情不愿地坐好。

叶霖川垂眼，看见纸上多了几行字——

“我今天不应该乱跑，害哥哥和 shěnshen（婶婶）着急……”

嗯，她写得还不错。

“继续。”

天色已晚，月亮高高挂起，窗外的灯一盏接着一盏地灭掉，放在床头柜上的钟表，时针马上要指向十一。

她看着因握笔而发红的手指头，又看看铁面无情地充当监督员的叶霖川，噘着嘴撒娇：“我困啦。”

“困啦？”叶霖川眼中含笑。

“嗯。”叶芽重重地点头。

“那快写，写完就能睡了。”

叶芽靠着后面的墙壁，一双小脚撒气般蹬了蹬他的腿：“电视上说小宝宝的睡眠时间不可以超过晚上十一点，否则对大脑发育不好。”

叶霖川面不改色地道：“电视上还说小宝宝的年龄不可以超过一百岁，否则对地球人口承载力不好。”

叶霖川催促道：“奶奶，快写。”

叶芽属实难过，趴在桌上绝望地哭了起来。

叶霖川交叠长腿坐在床边，静静地看着她哭。这小崽子精明得很，仗着点儿聪明劲为非作歹，今天要是不吃点儿苦头，以后有的是苦头吃。

叶芽哭了半天见没人哄，终于放弃，抽噎着坐起来，拿起铅笔，一边呜呜地哭一边写检讨书，却没像刚才那样撒娇耍无赖。她意识到“萌”混过关那一套在叶霖川这边根本不顶用，还不如好好写完。

时间慢慢流逝，笔尖在纸上划出沙沙声，她感觉后背痒痒，把手伸到后面费劲地挠了挠。

“阿弟，我痒痒……”叶芽的眼睛水汪汪的。

叶霖川轻睨她：“别找借口，没用。”

叶芽撇着嘴。她没找借口，真的痒痒。

叶芽挠挠后背又挠挠小肚子，强忍着痒意写完检讨书，递给叶霖川：“写完啦。”

“念一遍。”叶霖川半闭眼睛，眉眼间是明显的倦意。

叶芽小心翼翼地瞥他一眼，奶声奶气地读纸上的内容：“我保证不乱跑、不乱走。我深刻地知道错误，知道这样子是不对的……”

叶芽念完检讨书，舔了舔干涩的嘴唇，忐忑不安地等着刚“篡位”的一家之“王”叶霖川下命令。

叶霖川拿过检讨书，大体扫了一遍，颇为满意。

“睡觉吧。”叶霖川搬走桌子顺便铺好床，起身离开房间。

叶芽可算松了口气，笨拙缓慢地脱去裙子，拿过睡衣准备换上时愣住了。

她雪白的皮肤上不知何时冒出红色的小疹子，不算多，但很痒。

叶芽想挠又不敢挠，坐在床上半天没缓过神。故事书上说不听话的小孩子会受到巫婆诅咒，不但鼻子会变长，人还会变丑。她不听话，还乱跑，肯定让巫婆不开心了。

可是巫婆是外国人，为什么要大老远地诅咒一棵华夏草？叶芽想不通，索性不想了。

闭眼前，她再次深刻地反省了一下，然后蜷缩在被子里闭上眼睛。

叶芽睡得不踏实，感觉像有无数蚂蚁在身上爬，让人痒得厉害。她的眉头紧紧皱在一起，她从左边翻到右边，从右边翻到左边，痒意总算打倒困倦，让她昏昏沉沉地从床上爬了起来。

身上的红疹扩大成水疱，额头很烫，叶芽茫然地环顾着空荡漆黑的房间，目光定格在窗帘后面。

巫婆会不会在后面呀？她怕，很怕很怕。

叶芽恐惧难安，赤脚下床跑进叶霖川的房里，活像是有鬼在后头追。

“阿弟……”叶芽站在床边，推了推他。

“有……有巫婆抓……抓我。”叶芽结结巴巴地呼喊着。

叶霖川本就是个睡眠浅的人，在叶芽推他第一下的时候就醒了过来。他闭着眼摸索着打开灯，突如其来的光亮让叶霖川拧眉，随即将双眼眯成细缝。他目光所及处，小姑娘头发蓬松，泪眼婆娑，敞开睡衣露出的皮肤上有肉眼可见的米粒大的疱疹。

叶霖川瞬间清醒，一个激灵从床上跳起，拉过叶芽掀起她身上的衣服。

疱疹在前胸和后背上，皮肤很热，她显然是在发烧。

“你这是怎么了？！”叶霖川微微瞪大眼睛，打量着她身体上的情况。

恐惧感在心底炸开，她止不住地哽咽道：“我痒痒……呜……头痛痛，我要妈妈……我要找妈妈……”她怕吵到哥哥，实在不敢哭得太大声，可是又很难过，泪珠控制不住地往下掉。

瘙痒感很严重，叶芽不自觉地想要去挠。

叶霖川急忙拉住她：“别挠。”

叶芽还在哭。

她哭泣的声音三百六十度环绕耳畔，让他思绪混乱，大脑一片空白。

叶霖川很无措。他没有面对过这种情况，以前家里有医生，孩子们有个头痛脑热的，医生会处理。医生是专业的，但他不是。

叶芽的哭声逐渐变得微弱，呼吸比刚才急促许多，她浑浑噩噩，嘴里不住叫着妈妈。

叶霖川顾不得思考，匆忙起身换好衣服，随便找了件外衣裹住叶芽，抱起她向外走去。

“叔叔？”沈昼已经被吵醒了，站在门前看着他们。

叶霖川忙着换鞋，头也不抬地说：“叶芽身上起疹子，我现在带她去医院，你帮忙看着点儿家里。”

说完他拿起钥匙，匆匆下楼。

这种情况让叶霖川不放心留她一个人坐在车子后面，于是把小孩儿放在了副驾驶位上。叶芽上车后变得更安静，歪着小脑袋睡在一边，每次不安分地想挠痒时，都会被叶霖川阻止。

因为她是克隆人，他不敢去就近的儿科急诊。为了保险起见，叶霖川只能绕远路去常去的那家私立医院。

车子在午夜无人的马路上飞驰。

叶芽半睁着眼看向旁侧，他在昏暗的灯光笼罩下的侧脸像极了爸爸，紧张担忧的神情更像。她在此刻感受到了些许父爱的温暖，便也不那么害怕了。

不自觉地，叶芽又掉下两滴眼泪。

叶霖川余光扫过，用大手拭去小姑娘脸上的泪痕，顺便试了试她的体温，语气不像以往那般冷硬：“乖，马上去医院，一会儿就能好了。”

“会给芽芽扎针吗？”叶芽又惊又怕，有气无力地说。

“不给芽芽扎针。”

得到承诺，叶芽放松下来。

半个小时后，车子在医院门口停下。

叶霖川抱起叶芽向里面冲去。

急症科室还在工作，叶霖川在这里预存了一笔巨额的治疗费，哪怕他现在不是叶氏总裁，仍然可以像以前一样得到专属服务。

医院很快为叶芽安排好医生，检查没耗费多长时间，叶霖川坐在椅子上焦灼地等待着结果。

“您女儿起的是水痘，之前没有接种过水痘疫苗吗？”

医生的话让叶霖川哑然，他开始思考克隆人是否也需要注射疫苗。他望着怀里睡过去的小姑娘，薄唇轻抿，低低地“嗯”了一声。

“初期症状不严重，后续注意保养，一般发过就能好了。”

“不用住院吗？”

“用不着，我给你开点儿药回去喂给她，晚上睡觉你看着点儿孩子，千万别让孩子挠，也注意不要让其他小孩儿接触她，避免接触传染。”

“水痘一般两到三天后就能结痂，这段时间先向学校请个假。家里的通风也要做好，三餐注意饮食要清淡。”

医生耐心地说着注意事项，叶霖川听得极为认真，最后拿了药物和单子，抱着叶芽离开医院。

凌晨三点左右，叶霖川抱着叶芽回到了家。

客厅里亮着一盏灯，沈昼仰躺在沙发上昏昏欲睡。听到开门声，他瞬间惊醒从沙发上跳起来。

“芽芽怎么样？”沈昼迎上来着急地问道。

叶霖川放下车钥匙，很是意外：“你一直没睡？”

“我担心芽芽，睡不着。”说着，沈昼拨开挡在叶芽脸上的衣服。她靠在叶霖川的肩上睡得很舒服，额头发烫，脖下隐约可见几颗长大的水痘。

沈昼正想好好看看时，被叶霖川阻拦：“别碰，小心被传染上。”

沈昼急忙收手。

叶霖川带着叶芽回了他的房间，安顿她躺下，注意到沈昼还在后面跟着，一双漂亮的凤眼紧盯着小姑娘，担忧的神情浓郁到快从眼里溢出来。

叶霖川感觉好笑，低声安慰他道：“水痘而已，医生说过几天就下去了。你快去睡，别耽误明天上学。”

沈昼敷衍地点了下头，说：“叔叔饿吗？要不我给你做点儿夜宵吃？”

“用不着，你快回屋休息。”说完他又想起医生的话，问，“你和沈然打过疫苗吗？”

沈昼愣了下，道：“打过，小时候社区组织打的。”

“那就好。”叶霖川放下心，瞥见小姑娘那不安分的手，当下把它按下去不让她动弹。睡梦中的叶芽仍能感受到痒意，被折磨得难受，控制不住地啜泣起来。

叶霖川疲惫地叹了口气，用指腹隔着衣服轻轻帮她蹭了蹭。

沈昼若有所思，抿唇压住一丝笑意，一步三回头地走出房间。

“爸爸……”叶芽翻来翻去，一只手被压着，又想伸出另外一只手去挠。

叶霖川直接把小姑娘搂在了怀里，单臂箍住她肉肉的小身体，大手死死按着那两只小巴掌不让动。叶芽蜷缩在宽厚温暖的怀抱里，哭声渐渐平复。

她总算静下来了，卷翘的睫毛被泪水浸染，又黑又亮，很是漂亮。

叶霖川小心翼翼地将薄被掖好，又用手掌试了下体温，拿过手机搜索——三岁小孩儿起水痘如何护理？

搜索结果有上千条。

叶霖川认真地看了看，又搜索——三岁小孩儿起水痘吃什么？

搜索结果很快出来了，他随手一点，系统为他跳转到某个母婴博主的主页。这位博主常分享实用的育儿小技巧，还有幼儿辅食的制作教程，其中就有小孩儿生病时的营养餐教程，制作方式还都很简单。

叶霖川觉得靠谱，点了关注。

“修仙党”（网络用语，指熬夜的人）很多，他关注列表里的“育儿说”在寥寥几个关注中显得格外突兀，顿时引起热烈的讨论。

锦橙不想更新：“看看我发现叶总关注了什么？”

不更新读者会难过：“叶总是真的要从金融转行成为全职爸爸了？”

读者全世界最可爱：“等等，为什么关注母婴博主还给那条起水痘的点了赞？我的芽芽不会是起水痘了吧？”

小天使：“‘盲生’你发现了‘华点’！我的‘女儿’是不是起水痘了？‘男妈妈’表示很痛心。”

都是橙橙的心肝儿：“‘女爸爸’也表示很痛心。”

评论区的粉丝咋呼成一团，事到如今他要是不说点儿什么的话好像不太合适。

叶霖川：“水痘而已，没事。”

小月亮：“没事的话你为什么大半夜还醒着？”

一只蝙蝠：“脑补了一下叶总半夜着急上火地照顾女儿的画面，别说，还……还挺萌。”

萌什么，他都快累死了。叶霖川放下手机，翻过身闭眼休息。

到了清早，叶芽身上的水痘已扩散到脸部与四肢，红红的一片，看上去十分吓人。

叶霖川事先告诉过她水痘会传染，她不可以和别人有近距离的接触，于是她老老实实地戴着口罩，站在卧室门口静静地看着收拾书包准备上学的哥哥们。

叶芽目光炽热，又满含艳羡。

叶清河背起书包，站到离她五步远的位置蹲下，拍了拍手冲她张开双臂：“抱抱。”

叶芽学着哥哥的样子，张开短短的手臂与他来了个隔空拥抱。

“哥哥走啦，芽芽要听爸爸的话哦。”叶清河挥挥手，起身牵起叶子煜，头也不回地离开了家。

“芽芽再见，今天要好好在家，不能再跑出去了。”沈昼已经换好了鞋，叮嘱几句跟着出门。

叶芽愣了两秒，反应过来后嗒嗒地跑到门口，仰头对着那紧闭的房门呆滞好久，又转过身跑到窗户前，踮起脚扒在窗户上向下看。三道熟悉的身影则渐渐穿过小区远去，最后完全变成小点消失。

“我也去上学了。”身后沈然轻喊，在他说完“再见”后，叶芽又听见一道关门声响起。

她死死地扒着窗户，被口罩遮住的面颊带着不加掩饰的难过情绪。

叶芽习惯有哥哥陪着，冷不丁几个人全走了，心里有多寂寞可想而知。她像一块石头般扒在窗前一动不动，哪怕早就看不见他们的影子，也不舍得眨动眼睛，小小的背影仿佛写满了“孤单”二字。

叶芽正独自神伤，屁股被轻轻踹了一下。

她没动弹。

“怎么，成‘望兄石’了？”叶霖川讽刺道，“过来吃饭。”

叶芽把小脸贴在窗户上，脸颊上的肉挤成一团。

“烦不烦啊你，人家就是去上个学，你至于吗？”叶霖川失去耐性，弯腰抱起叶芽放在那张她专属的吃饭椅上，她的面前放着一碗米糊糊，上面点缀着几片菜叶和胡萝卜丁。

因为生病，叶芽的胃口跟着变差，她随意地瞥了眼米糊糊，便兴致缺缺地想要跳下椅子去玩积木。脚尖还没挨地，她就感觉后脖颈的衣领被拉住。

她仰头，对上叶霖川的视线。

“吃饭。”两个字带有命令的意味。

“芽芽不想吃。”叶芽又看了眼米糊糊，嫌弃地别开头。

医生之前说过生病的小孩儿会更挑食，叶霖川也做好了一定的心理建设。他伸手搬了把小凳子与她面对面坐下，端起碗，拿起勺，舀起一小勺米糊糊稍微吹凉，放在她的嘴边：“奶奶，张嘴。”

那声“奶奶”让叶芽很得劲。

她张嘴，听话地吃了口。

米糊糊是叶霖川临时从育儿说博主那里学来的，做法简单，一看即会。

“不好吃。”叶芽抠弄着餐桌上的猫头鹰摆件，别过头拒绝再次食用。

“乖，吃一口。”叶霖川捧着碗转到了她的另一边，将勺子硬往她跟前凑，为了哄小孩儿吃饭，语气都变得温和不少。

叶芽将嘴唇抿得紧紧的，手指头不老实地想去挠脸上的水痘。

“别挠它。”叶霖川看着手上纹丝未动的米糊糊，目光闪烁，瞬间有了主意。

“芽奶奶。”

叶芽抬起头。

“就吃十口，吃完去玩。”

“十口？”

“嗯，十口。”叶霖川把碗放到桌上，“你吃，我帮你数着。”

十口。

叶芽张开十个手指头，一个指头一个指头地算过去，突然觉得十口也不是很多，于是握起小勺，往嘴里塞了一勺米糊糊。

“一口。”

一口了，还有九口，叶芽又舀起一勺。

“两口……”叶霖川认真地计着数。

叶芽腮帮子鼓鼓的，娇憨的吃相像是只憨萌的小仓鼠。她终于吃到第五口时，叶霖川不动声色地故意把桌子上的摆件碰倒在地，叶芽低下头左右看看，弯腰把可爱的猫头鹰重新放在碗的旁边。

“加油，还有六口就吃完了。”叶霖川凝视着她，慢条斯理地数着，“现在是四口。”

叶芽并没有意识到不对，拍拍圆滚滚的肚子，又往嘴里塞了满满一大口米糊糊，跟着数了一声：“四。”她很努力地吃着，瓷碗里的米糊糊以肉眼可见的速度减少大半。

叶霖川：“4 减 2 等于几？”

叶芽毫不犹豫地回答：“等于 2。”

“嗯，还剩下八口。”

“还剩下八口……”叶芽跟着叶霖川的节奏，从第三口开始数，终于数到第十口，碗已见底。胃里撑得慌，她放下勺子，隐隐约约地觉得不太对劲。

叶霖川心满意足地揉了揉小姑娘软软的头发，把自己的平板电脑递给她玩，然后去厨房收拾碗筷，又迅速把脏衣服丢到洗衣机里，趁着空隙扫地、拖地、擦桌子，动作娴熟，与之前手足无措的模样形成鲜明对比。

一个小时后，干完家务活儿的叶霖川拿着指甲刀坐到沙发上，抽出叶芽怀里的平板电脑放在一旁，拉过她的手腕攥住。

小孩儿的手是小的，指甲也是小的。

望着那小到过分的指甲盖，叶霖川突然觉得无从下手，这要是不小心剪伤……

叶霖川感觉压力好大，就连手上的指甲刀都变得沉重许多。

他深深地吸了一口气，不放心地叮嘱：“你别动。”

叶芽乖乖地点头。

叶霖川调整好位置，举着指甲刀向那短短的手指头接近——

叶芽不敢吵到他，屏气凝神没有一点儿动静。四周安静到令人心生不适。

叶霖川眉心重重一跳，突然低吼：“你别动！”

叶芽被吼蒙了，委委屈屈地撇着嘴：“人家没动！”

“你在抖！”

叶芽跟着吼：“人家没抖，是你在抖！”

的确是他在抖，手腕在抖。

叶霖川调整好呼吸，闭眼转了转僵硬的脖子让身体放松，目光锁定指甲准备第二次尝试。

叮咚，门铃骤然响起。

叶霖川整个人垮掉。

“谁啊？”他眉头紧锁，语气不善，心里骂骂咧咧地走去开门。

“大中午的谁啊？”

门外站着夏屿和许明义。

叶霖川没想到这两个人会来，当下愣住。

盛夏燥热，叶霖川在家只穿了件无袖背心，脚蹬着一双人字拖，穿的大裤衩是逛菜市场顺道买的，二十块钱一条，穿在身上不是一般的舒适。

门外的两人呆呆地打量着昔日的“霸道总裁”，半天没回过神。

叶霖川露在外面的脚趾用力一蜷，“啪”的一声迅速地把门关上，几分钟后再次打开，面不改色地道：“见笑了。”

夏屿看着他身上熨烫好的裤子没说话——是挺让人“见笑”的。

两人进屋，夏屿一眼看见趴在沙发上对着他们不住张望的叶芽。小孩儿因为生病脸色不太好，水盈盈的双眸没往日有神采，蔫蔫的，看着可怜兮兮的。

“芽芽长水痘了？”

“嗯。”叶芽自觉地捂住小嘴，声音含混不清，“阿弟说会传染，叔叔不要靠近芽芽。”

哎哟，她还挺乖。

夏屿笑了笑，跟着许明义坐到餐厅的椅子上。

“找我有事？”叶霖川从冰箱里拿出两瓶儿童饮料放在两人的面前，“只有这个了，凑合一下。”

两人对着小孩儿喝的玩意儿缄默半晌，摆手拒绝道：“不用客气，叶总也坐吧。”

叶霖川坐在他们对面，眼神冷冷的。

“我们是来谈合同的，就是那天晚上说的那档综艺节目。”夏屿总觉得叶霖川会翻脸不认账。

“哦，合同带了吗？”

“带了。”许明义从文件夹里拿出拟订好的合同，“请过目。”

叶霖川背靠着椅子，一页一页地翻过合同，表情专注，没有漏掉任何一个字。

许明义并没有因为叶霖川的个人问题而刻意压低价格，给的价格不低。叶霖川看得出来他很有诚意，也看得出来他的确很中意叶芽。

叶霖川不是难缠的人，既然合同没有任何问题，便干脆地签了名。

“好了。”叶霖川盖上笔帽，把合同递过去。

许明义跟着写下自己的大名，望着纸上的名字，总算放下了一直悬着的心。

“那么我们就……”

话音未落，叶霖川打断他道：“许导会给小孩儿剪指甲吗？”

许明义神色恍惚了一下，不自觉地朝着右边瞥了一眼。叶芽还保持着先前的姿势未动，眼珠骨碌骨碌地转，憨萌劲要多讨人喜欢就有多讨人喜欢。

“给小孩儿剪指甲是挺难的。”许明义注意到叶霖川神色窘迫，拿起茶儿上的指甲刀，“我帮叶芽剪。”

叶芽乖巧地把小手送了过去。

她的指甲是幼儿园的刘老师帮忙剪的，过了短短一周时间又长长许多。

许明义蹲下，熟练地将她的指甲一个接一个地剪完，最后磨平整，站了起来：“晚上睡觉的时候最好给她戴上手套，防止挠脸。”

买手套，叶霖川记住了。

“那我们先走了，节目拍摄时间暂定在暑假，若有调整会提前通知。”

叶霖川颔首，送他们出门。

家里安静下来，叶霖川揉揉泛酸的脖颈，找出温度计给叶芽量了下体温。她仍然在发烧，但是相较昨天好了许多，只要注意保养，相信一周左右就能痊愈。

叶霖川往叶芽的小水壶里加上药，注满水，摇晃均匀后把吸管送到她的嘴边：“喝水。”

叶芽看了眼，不喝，坐在地上搭积木。

叶霖川觉得心累，耐心地哄着：“不喝好不了，乖，喝两口。”

叶芽抬起脑袋，认真地问：“那你和我玩吗？”

“你喝完我和你玩。”

叶芽没有犹豫，捧着水壶连续喝了大半壶，喝完一抹嘴巴，眼巴巴地瞅着他。

“你想玩什么？”叶霖川双手托腮，双眼因过度劳累布有淡淡的红血丝。他费力地撑起眼皮，耐着性子问。

“睡美人。”叶芽说了三个字。

叶霖川挑眉：“玩过家家？那我演巫婆还是王子？”

叶芽盯着他说：“你演睡美人。”

她拍着小胸脯，信誓旦旦地说：“芽芽演纺车。”

什么玩意儿，纺车还带拟人的？叶霖川知道小孩子的想法天马行空，他若是拒绝，指不定她又会想出其他乱七八糟的点子折磨人。睡美人就睡美人吧，左右他躺着也不亏。

等他答应下来，叶芽拉着叶霖川的手跑回他的卧室，往角落一蹲，竖起一根手指比在头顶，奶声奶气地催促他："公主快来，快来摸我。"

"叶霖川公主"撇撇嘴，上前几步，敷衍地碰了下她的手指头，高大的身体晃了两下，最后直挺挺地倒在身后的大床上。

他很配合，叶芽笑弯了腰。

"然后呢？"

"然后……然后等我亲亲你，你才可以起来。"叶芽踢掉鞋子爬上床，扯着叶霖川的胳膊将他往上拉了拉，"芽芽现在是公主养的那只小鸟，要给公主唱歌，等我唱完歌，王子就来亲亲你。"

叶霖川哼笑道："小小年纪还懂得一人分饰多角，演技不错，可以出道。"

演技是什么意思？

出道又是什么意思？

叶芽心底茫然，没有多问，调整好坐姿轻轻拍打着他的肚子，清了清嗓子缓缓开口："睡吧，睡吧，我亲爱的宝贝；芽芽摇你，快快安睡；睡吧睡吧，我亲爱的宝贝……"

她唱一句，叶霖川的太阳穴就会跟着跳一下。

不适，他极其不适。

叶霖川活这么大，从没有人给他唱过摇篮曲，爸妈在世的时候都没有给他唱过。但是不得不说小姑娘的声音是有魔力的，他一夜没有合眼，柔和甜美的歌声让他很快感觉到困倦，肚子上富有节奏的拍打令他全身心地放松下来。

他眼皮子微颤，终于支撑不住睡了过去。

"摇篮摇你，快快安睡；夜已安静，梦里多温暖……"

歌声慢慢停止，叶芽收回手，放轻动作凑到他的面前。确定叶霖川睡着后，叶芽蹑手蹑脚地带上门离开。

日暮西沉，天气逐渐转凉。

叶霖川半抬眼皮，窗外花木被黄昏的光温柔地笼罩，视线转动，看见墙壁上的时钟。

八点了。

叶霖川环视周遭，空荡荡的房间，窗外橘红色的夕阳独自在角落沉睡，房间里除了他再无第二个人。

叶芽不在这里。那小兔崽子故意把他骗睡着后偷跑出去了？！叶霖川骤然清醒，一个激灵从床上跃起，鞋子也没穿地冲向外面。

“叶芽——”他呼吸急促，慌忙寻找着那道娇小的身影。

“爸？”

叶霖川扭过头，对上叶清河不解的眼神。叶霖川一怔，这才注意到孩子们已经放学回家了。

“叶芽呢？”

“芽芽又在发烧，刚才喂了点儿饭就哄她睡着了，您这么大声肯定会吵醒她的。”叶清河的这最后半句话带着明显的抱怨之意。

叶霖川再次愣住，不可思议地看着那扇半敞开的房门。

她竟然没有偷偷跑出去？不可能吧？

“知父莫若子”，叶清河瞬间看懂他眼底的怀疑之意，无奈地说道：“我们回来的时候芽芽就在家，她特意让我们动作放轻些，不要打扰到您休息。”

叶霖川神色恍惚。

“芽芽说您照顾她很辛苦，所以要好好睡觉。”想到妹妹说这话时的表情，叶清河不禁笑了笑，“对了，芽芽让我把这个给您。”说着他从书包里抽出一张折叠起来的纸。

叶霖川目光微闪，犹豫着接过。

那是一幅画，画上的男人牵着四个小朋友，四个小朋友分别是叶清河、叶子煜，还有沈昼和沈然，除了人，她还画了一只白猫和……雀？

叶霖川对着那只停留在沈昼肩膀上的黑雀皱了下眉，移丌目光看向画的别处。

“好爸爸资格证”，六个大字被写在最上方，叶霖川略微勾了下唇。

“gōngxǐ（恭喜）叶雨（霖）川小朋友甬（通）过考 shì（试），你现在是合格的爸爸啦。”

什么乱七八糟的东西。叶霖川哼笑一声，又在下面看到了四个人的签名，不同笔迹，分别出自四个孩子。

他又走了下神。

叶清河的声音中带着笑意：“芽芽缠着我们让签名，说我们是准考官。”

叶霖川捏紧画沉默不语。

“可是好奇怪呀，这上面没有芽芽，我问她为什么不画自己，她也不说。”

沈昼在催促着大家吃饭，叶清河匆匆收拾好桌上的作业，拉着叶子煜和沈然去洗手间洗手。

“叔叔，吃饭了。”

叶霖川凝视着手上的画，吐出口气，小心翼翼地把画收好放在卧室的抽屉里，同时掩去心底的情绪，默然落座。

晚上叶芽一直没从房间里出来，到了深夜，病症突然加重，体温不降反升，直接烧到38摄氏度，还伴有难挨的瘙痒感，从身体各处传来的痒意时刻折磨着孩童脆弱的神经。

叶芽想挠，可是隔着手套挠不到。

身上很烫，像处于火海之中，叶芽难受极了，趴在床上委屈地哭，哭得全身都是汗，头发湿漉漉地粘在长满水痘的脸蛋上，模样可怜，看得人心尖揪痛。

叶霖川一遍又一遍地用冰毛巾给她敷额头，只是效果甚微，半天不见起色。

她哭了半天也累了，最后快要哭不出声了。

“都是……都是我不听话，所以巫婆才惩罚我。”叶芽抽噎着说，一个劲地道歉，“对不起、对不起，以后我不乱跑了，巫婆……巫婆不要再来找芽芽了……”

她刚说完，窗外掀起一阵风。

叶芽吓得瞪大眼睛，汗毛竖立，嘴唇哆嗦，翻身滚到叶霖川身上，掀开他身上的睡衣，顺着衣摆钻了进去，把自己严严实实地藏在里头，一动也不敢动。

衣服阻挡了视线，却阻挡不了耳畔呼啸的风声，她闭着眼睛瑟瑟发抖，脑海里不受控制地幻想出巫婆可怕的脸，此时巫婆正站在窗外紧紧盯着她，说不定想趁人不注意吃了她。

叶芽怕极了，感觉到叶霖川的皮肤凉凉的，有效缓解了发烧带来的灼热感。叶芽心血来潮，将滚烫的脸蛋紧紧贴在了叶霖川的胸口。

舒服，叶芽放松脊背，满足地喟叹。

望着胸前那鼓起的一块，叶霖川无奈良久，然后道：“什么巫婆，哪里来的巫婆？快出来。”他很想知道叶芽的脑袋里装的都是什么东西，整天不是想“四叶草爸爸”就是“巫婆”，要不就是其他奇奇怪怪的东西。

叶芽焦灼不安地咬住嘴唇，将脸贴得更紧：“小人儿书上说的。”

“啥？”

“不听话的小孩儿会被巫婆诅咒……”身上又开始痒，她强忍着没去挠，暗自催眠自己，尽量忽视难耐感，哆嗦着说，“巫婆……巫婆特意来诅咒我，因为我偷偷跑出去让哥哥担心。”

她想，肯定是这样的，巫婆知道芽芽不听话，所以连夜“打”飞机过来惩罚她。可是她都知错了，巫婆怎么还不放过她，还放鬼风吓唬她？

呜，她好命苦呀。

她是世界上最命苦的小妖怪。

叶芽兀自陷入悲伤情绪中不能自拔，叶霖川嘴角抽动，想笑的同时又感觉心疼。

“阿弟，对不起……”

衣服里传来沉闷的童声，叶霖川拉开衣领向里面看去。

她的小脸埋在他的胸口，卷曲的黑发像羊毛，乱糟糟地贴着他的皮肤。

“我……我想明白啦。”

叶霖川顺着她的话问：“你想明白什么了？”

“关心一个人的表现不是只有夸赞，打屁股和骂人可能也是。”叶芽说话时老气横秋的，活像是看破红尘的百岁老太太，“这可能就是老师说的‘爱之深，责之切’吧。”

网课老师教了叶芽很多东西，她忘了的多，记住的也多。

今天她难受起来时，突然想起老师教的这句话和那天叶霖川揍她时的表情——生气中有担忧，担忧中还有痛恨，很复杂的情绪，她当时没懂，现在才意会。

小孩儿转移话题的速度让人猝不及防，叶霖川蒙了好一会儿才勉强跟上她的节奏，低声说：“小朋友要有小朋友的样子，你听听这是小孩子说的话吗？”叶霖川强行把她从衣服里掏出来，“睡觉，明天就好了。”

叶芽不肯睡，又想往他的衣服里头钻。

“芽奶奶，你再这样我可就生气了。”叶霖川面色阴沉，开始对她凶。

叶芽委屈地嘟了下嘴，缩在旁边不敢再往衣服里头缩。

窗外月色静谧，房间里静悄悄的。

叶霖川再次用体温计给她量了下体温，温度降下去一点儿了，看样子她不用喝退烧药。他放松下来，把她的被子往上拉了拉。

“阿弟……”叶芽迷迷糊糊地半睁着眼，又开始喊人。

“又怎么了？”叶霖川感觉生病的小孩儿比往常话多。

“你是不是不讨厌我啦？”

叶霖川沉默。

叶芽翻了个身，灯光在她的眼里被打碎，让那双眼睛像宝石般熠熠生辉，里面充满期待。

叶霖川心中微动，用手掌轻柔地揉了揉那头蓬松的发丝，突然想起些事情，将手探向床头柜，拉开抽屉把那张画取了出来。灯光映照下的画有可爱的童趣感，也有几分温馨。

“这是你下午画的？”

叶芽靠在叶霖川的怀里，低低地“嗯”了一声。

“都是谁？”他故意问道。

叶芽有了力气，指着最左边的小人说：“这是哥哥。”

她慢慢将指头移到旁边，一个接一个地指着：“这是沈昼哥哥，这是阿弟，还有子煜哥哥和然然哥哥……”

“这个呢，这是什么？”叶霖川点了点叶清河怀里的白猫咪，不记得家里养过宠物，也不记得他们喂过流浪猫。

“这是……这是哥哥的妈妈，再过几天妈妈就能回来啦。”

叶霖川蹙眉。

叶芽兴冲冲地说：“芽芽答应过子煜，要让妈妈回来。”

她有四片小叶子，每片叶子可以实现一个愿望。

可是叶芽的小脑袋里装不了太多的愿望，她只能把多出来的一个分给叶子煜。

“到时候，你们一家六口就可以幸福快乐地生活在一起了。”

“我们？”叶霖川敏感地捕捉到她话中的重点，看着画，倏地发现叶芽并没有把自己算在一家人里面，因为她……从不认为他们是家人。

这个念头触动了叶霖川的心弦。

他说不清这是什么感觉，有震撼还有浓烈的酸楚，苦涩的味道从胃部不住上涌。

叶霖川突然想到最开始，强拉着她去实验室，说了过分的话，做了过分的事，而后将这些抛诸脑后，根本没放在心上。他又想起对小儿子的疏忽、对大儿子说过的重话、对叶芽的一次次言语攻击，这一切他都没有放在心上过。

因为他们是小孩子，小孩子天真无邪，脑袋单纯没有太多心思，就算伤心了，只要他回头哄哄就好，于是他仗着父亲的身份肆无忌惮、为所欲为。

叶霖川一直以为是他在包容孩子，其实一直以来是孩子在包容他。

孩子们什么都懂，什么都记得，只是不说，只是怕他不堪。

他说叶芽不是他的孩子，她便记住了，自觉地把她排除在一家人外。

顿悟的叶霖川心生复杂的情绪，嘴唇翕动，竟不知该说些什么，因为不管说什么都抵消不了曾经对孩子们所造成的伤害。

“我们可以……可以在这里加一个小朋友。”叶霖川指着画上的自己，“你不是喜欢往这里面钻吗，可以加在这里。”说着他点了点自己的胸口。

叶芽慢慢眨眼，没有点头也没有摇头，表情看起来呆呆的，不知道是困的还是太难受。

“不喜欢吗？那……我不介意给芽芽奶奶当爸爸。”

“不行。”叶芽果断地拒绝。

“为什么不行？”

“因为阿弟已经给别人当爸爸了，芽芽也给别人当小孩儿了，所以不可以。”她要是叫其他男人“爸爸”，四叶草爸爸知道后一定会很难过、很难过，她绝对不可以让四叶草爸爸难过。

叶芽是世界上最有原则的小妖怪，一生只认一个爸爸。

她困了，贴紧叶霖川的胳膊，昏沉沉地闭上了眼。

叶霖川看着小姑娘那近在咫尺的睡颜，心里有点儿不舒坦。

他一个活人，竟然打不过她脑海里面虚构出来的那根草。

她还认草作父。

叶霖川很气，还有点儿嫉妒，关上灯，怀着一股怨气入睡。

几天之后，叶芽身上的水痘总算开始结痂，也许再有两天她就能去幼儿园。遗憾的是，叶芽错过了儿童节排练，不过刘老师很挂念她，特意说可以为叶芽加一个简单的角色，尽量让她有表演的机会。

叶霖川在微信上简单地表达过感谢后，转身去厨房给孩子们准备晚餐，顺便思考儿童节带他们去哪里玩。

他正想得出神，突然从外面传来一道刺耳的尖叫声——

“爸！你和芽芽上电视了！”

叶霖川刚端起的锅差点儿掉下去，砸了脚。

叶子煜的那一句话让全家人放下手头工作围到电视机旁。

电视机里正在播放大热的真人秀节目《挑战不平凡》，这档综艺“笑点”与“泪点”齐飞，邀请的嘉宾都是大咖，不矫揉造作的剧情设计吊打同类节目，更为它赢得了高收视、高口碑。

今天是收官之作，节目却出现了意外情况……

电视里，叶芽晃着小脚坐在老寿星旁边，画面看起来十分温馨。

紧接着镜头一转，叶芽走上台，当着所有人的面掏出了竹板。

看到这一幕的叶霖川差点儿背过气去。

他们一群人着急上火满世界找人，这小兔崽子倒好，吃着大鱼大肉，吃完还有闲情逸致上台表演节目？

站在他旁边的叶芽敏感地觉察到他的情绪有变，默不作声地绕到沙发前面，手脚并用地爬坐上去，将身体向后一靠，来了一个标准的“葛优瘫”。

“芽芽，你去参加节目啦！节目组给你钱了吗？给了吗？给了吗？给了吗？”叶子煜眼睛发亮，拉着叶芽的小手臂不住地问道。

看着大屏幕里耍竹板耍得风生水起的小姑娘，叶子煜心中涌出难言的自豪感：“昨天我和胖子他们说芽芽会打竹板，可是他们都不信，这次他们肯定就信了！”

叶子煜在家是虎，去学校就变成了小猫，安安静静的，不敢主动找人搭话。胖子是他的同桌，也是他唯一的好朋友，为人仗义，偷吃辣条的时候都会分给他一根，唯一不好的地方就是不相信他说的话。

他说他是首富的儿子，胖子说“没听说我爹还有个儿子”。他又说有个妹妹很可爱，还会打快板，胖子说“相声社不收三岁幼童”。他还说妹妹去拍照片当模特养家，胖子反驳道“雇童工犯法”。

总之不管他说什么，胖子的态度都是“不听不信，你扯犊子”。

叶子煜觉得胖子是“杠精”转世，所以体重才那么重，明天他就用这节目去打胖子的脸，看胖子有什么话可说。

竹板声声响，“奶音”甜丝丝。

叶子煜听得欢快极了，坐在叶芽身旁嗑起了瓜子，可是下一秒，叶子煜就不欢乐了。

后期剪辑掉了一段众人等待的过程，画面直接跳转到叶霖川出现。镜头里的男人脚踏月色，带着满身杀气而来，面色阴沉，气势汹汹地向叶芽走去，在短暂的交谈后，拽着叶芽打了她的屁股，凶相毕露。

“爸，你打芽芽啦？”叶子煜难以置信地看着父亲。

他印象中的父亲脾气不好，也没有什么耐性，但绝对不会对孩子动手，上次他把父亲重要的合同撕毁，父亲也只是口头教育他几句。这还是叶子煜第一次看到父亲大发雷霆。

晃动的画面里叶芽哭着逃跑，背景里有鹅叫声也有笑声，现场一片混乱。

“爸，你怎么能打芽芽呢？你这是家暴！”叶子煜一本正经地教训道，“下次可不要这样了。”

“是呀、是呀，芽芽还是小宝宝呢，叔叔要是把芽芽打坏了，芽芽就不聪明了。”沈然帮腔，说完继续安静地看电视。

叶霖川哑口无言。他当时并不觉得下手有多重，现在冷静下来再看回放，似乎打得不够狠！这小兔崽子背着大人跑到那么远的地方，还不知悔改，振振有词，他就应该好好地揍她一顿才能让她长记性！

“芽芽，屁股痛不痛？”叶子煜很是心疼，“哥哥帮你吹吹。”

还没等叶芽说话，叶霖川照着叶子煜的脑袋拍了一巴掌，厉声教训道：“叶子煜，以后说话注意分寸，男女有别，懂吗？”说完他狠狠白了儿子一眼，去厨房继续做饭。

叶子煜捂着被拍的脑袋委屈地一撇嘴，凑到叶芽旁边说：“那你帮哥哥吹吹……”

叶芽轻飘飘地瞅了他一眼，又轻飘飘地看向电视。

节目快要结束时，放了一条长达十五分钟的彩蛋，导演在彩蛋里解释了叶芽的出现只是巧合，并且特意叮嘱家长要好好看着孩子。接下来是节目组对粉丝们的采访。

“我们闪婚啦！”

一对素人情侣面向镜头，男人很凶，女生小鸟依人地偎在男人怀里，笑得甜蜜。

叶芽觉得这两人很是眼熟，咬着手指头认真想了想，眼睛亮起："是让我搭车的姐姐。"

认出人后，她看得格外专注。

"我们之所以能在一起，还要感谢小叶芽，如果不是小叶芽意外上了我们的车，我们也不会相识。"女生看着镜头对叶芽说，"不过以后不能再偷偷跑掉了哦，乱走的话爸爸妈妈会担心的。"

"我知道啦！我以后不会乱走，不会让哥哥担心了。"叶芽站到电视机前，仰起头认真地和电视里的女生"对话"。

女生肩头的蝴蝶盘旋着，最后缓缓化成光点消失在空气中。

女生有了更虔诚的守护者，她的守护灵完成了使命。

"姐姐，你以后要幸福呀！"叶芽抱住电视，超大声地祝福着只有一面之缘的陌生姐姐。

叶霖川和叶芽只在节目里出现了不到十分钟，却为节目增加了无限热度，当天收视率再创新高，"叶芽"和"叶霖川"成为被搜索次数最多的名字，火热程度赶超流量明星。

同时，"叶芽被鹅啄""叶霖川揍女""叶芽打竹板""叶芽离家出走"这几个词条霸占热搜榜前十。节目组趁热打铁，贴心地将叶芽被鹅追的那一段剪辑出来发布在网上，顺便还 @ 了叶霖川——

挑战不平凡 V："@ 叶霖川，叶总痛下'打'手是为何？三岁萌宝如何离家？欢迎大家登录官网观看全集，最后小凡提醒：小朋友们不可以乱跑哦。"

不可以自卖自夸："我笑出鹅叫声，哈哈哈——芽芽到底是什么神奇小宝贝？"

小菊花："一人血书求叶总送芽芽出道，反正您也破产了，不如让女儿卖艺养家。"

守护最好的小绿芽："大家好，我们是叶芽官方后援团，欢迎大家关注。"

叶霖川走失的老婆："老公，不准打我的女儿！"

叶芽正牌妈妈："楼上吃了几颗花生米啊……醉成这样？"

…………

评论成千增长，叶霖川收到无数@，最开始的那几条热门评论看得叶霖川感觉心头作梗。

什么叫他破产了不如让女儿卖艺养家？敢情他靠女还债呗？他们还要守护最好的小绿芽……她小小年纪要什么粉丝团，要是让她知道她被那么多人喜欢，不得嚣张到横着走？！

还有这些私信——

龙城富豪女：“重金求子，成功怀孕给五百万，男胎再加五百万，女孩儿加三百万，叶先生要考虑下吗？”

叶霖川回复：“男女平等，请不要差别对待。”他回完就把人拉黑了。

飘零：“约？”

叶霖川：“滚。”他再次将人拉黑。

还有顶着某男明星头像的人问：“那个……娃娃亲感兴趣吗？我儿子挺帅的，彩礼好商量。”

叶霖川：“我儿子也挺帅的，感兴趣吗？”暴躁地把人拉黑后，他再一次关闭私信。

除了这些乱七八糟的东西，也有人在叶霖川的微博下面发表看法，认为他不应该打孩子，最后直接把话题上升到家暴层面。叶霖川懒得搭理他们，匆匆洗漱好后，哄小孩儿睡觉。

叶芽身上的水痘已经结痂，有的痂已经脱落，有的却依旧顽强地长在脸上没有要下去的意思，因此叶芽认为巫婆还在暗中观察她，在这些水痘没完全消退之前，都不肯一个人睡。

叶霖川自觉地铺好床，把发光的兔子玩偶摆在最中间的位置，准备好故事书，一切齐全后，转身去客厅找叶芽。

“过来睡觉。”

叶芽坐在地上摆弄着拼图，听到声音后仰起头来，静静凝视他两眼后，从地上坐起来跟着他回屋。

叶霖川很满意她的听话懂事，冲坐在沙发上的叶子煜轻语：“就算明天是休息日也要早睡，不是说卷子要家长签字吗？待会儿你拿到我的房间里。”

叶子煜敷衍地“哦”了声，低着头继续用手机给同学发信息。

“别玩太久。”

“知道啦。”叶子煜锁上手机，老实地回屋拿卷子。

叶霖川收回目光，修长的手指轻轻捏了捏酸痛的肩颈，步伐懒散地向卧室走去，可是刚一开门，就与出来的叶芽撞在一起。

叶芽左手抱兔子玩偶，右手拿故事书，头上还戴着那顶发着光的猫咪睡帽，全副武装，像是要搬家。

叶霖川愣了愣，不禁问道："你要一个人睡？"不能吧，她现在午睡都要大人陪着，上个厕所都要人跟着，生怕巫婆把她抓走吃掉，整个人黏得和牛皮糖似的，更别提今夜电闪雷鸣。

叶芽抱紧兔子说："我要和哥哥睡。"

"嗯？"

"哥哥明天不上学，芽芽要和哥哥睡。"叶芽不想耽误时间，绕过叶霖川嗒嗒地跑到叶清河的房里，步伐干脆，没有片刻停滞。

叶霖川呆呆地望着那道从视线中远离的身影，心里突然不是滋味起来，半晌后，闷闷不乐地合上了房门。

叶清河和叶子煜住一个房间，两张床，中间隔了张书桌，书桌两人共用，不过大多数时间是叶清河使用，上面的书一摞挨着一摞，笔记本整齐地堆叠在一起。

床不算大，睡两个人绰绰有余。

叶芽翻身上床，在膝上放好故事书，眼巴巴地瞅着在书桌前学习的叶清河。

她的眼神炽热迫切，令叶清河想忽视都难。

"还有一道题，等哥哥做完就去哄你睡觉。"这道题是重点题，有些难度，叶清河解半天解不开，紧紧地皱着眉头。

叶芽不满地鼓腮，瓮声瓮气地说："那道题说不想被哥哥做完……"

叶清河向她看过去。

小丫头一本正经地说："它说想多陪哥哥一段时间。"

叶清河笑了，因学习而出现的烦躁情绪被一扫而空。

他合上书本，简单收拾了下桌面，起身上床。他刚躺上去，叶芽便滚到了他怀里，径自找到一块舒服地儿，把故事书凑到他面前，等着听故事。

叶清河翻开一页，从开头讲："在很久很久以前……"

少年用干净的嗓音和温柔的语调娓娓道来，任何故事被他讲出来都成为动人的催眠曲。叶芽听着听着便开始犯困，靠在叶清河身上沉沉地睡了过去。

“从此后，他们过上了幸福的日子。”

叶清河合上故事书，小心翼翼地把胳膊从她的脑袋下面抽了出来。刚要关灯，房门“咯吱”响了一下，有人透过门的缝隙朝里看过来，鬼鬼祟祟得活像是做贼。

叶清河沉默许久，见他半天没有动静，按捺不住地开口：“爸，您有事？”

被抓包的叶霖川低头轻咳以掩饰尴尬：“没事。”

“那您来是……？”叶清河看着身旁熟睡的妹妹，了然于心，笑了笑没有拆穿他，说，“芽芽不会吵到我，爸爸您可以放心。”

叶霖川脸色微变，硬装淡定：“那就好，不打扰到你就好，毕竟你身体不好。”

“嗯，爸，您可以回去睡了，要是把芽芽吵醒，我还要哄呢。”

叶霖川抿唇，关上房门郁闷地离去。

臭小子嘚瑟个什么劲？搞得好像他很想哄叶芽那个兔崽子睡觉一样。

呸，他才不稀罕。

夜雨之后是晴天，泥土的湿气混合着清新的草木香顺着敞开的窗户飘入。

从长水痘到现在，叶芽一直闭门不出。她扒在窗户上，满是艳羡地看着外面和家长散步的小朋友们。

“你生病好了吗？”窗外的树木随着微风摇曳，和善地和她打着招呼，“要出来和我们玩吗？”

叶芽轻轻抠了抠手上还没消退的水痘痂，扭头朝叶霖川所在的方向看了眼，摇摇头，颇为失落地道：“阿弟不让我出去……”

小树不甚理解：“可你不是一家之主吗，为什么要听那个人类的话？”

它不问还好，一问叶芽心头就涌出万千难过的情绪。

她幽幽地叹息一声，说：“唉，早就易主啦。”

属于叶芽的“江山”早就亡了，在她被打屁屁那天就亡了，现在这天下是姓“阿”的。

叶芽双手托腮，摇晃着小脚：“不过周一我就可以去幼儿园了。”阿弟先前问过医生，医生说水痘结痂是痊愈的表现，只要静静等它脱落就好，不妨碍上学。所以阿弟同意她去幼儿园，刘老师也说会为她安排下周儿童节表演的机会。

想到可以马上出门，叶芽开心得摇头晃脑。

“芽芽，要和哥哥出去玩吗？”

她正和小树说着话，叶子煜走过来。

叶芽眨巴着眼睛，断然拒绝道：“不可以，芽芽不可以再出去，巫婆还看着我呢。”说着一阵凉风吹入，吓得叶芽打了个寒战，闭上眼扑进叶子煜怀里，脑袋埋在他的胸口瑟瑟抖动。

叶子煜觉得莫名其妙的，安慰道：“爸说出境要办理很多手续，飞机票也很贵，巫婆不会为了你大老远找来的，你可以放心。”

“她……她是偷渡来的！”叶芽听不进去别人的话。她这几天表现好，所以巫婆不让她继续痒痒；要是表现不好，巫婆肯定还会找来的。

她想想就害怕。

叶子煜撇了下嘴，问：“那爸爸同意是不是就成了？”

叶芽点头。

“成，那我去问问爸。”叶子煜牵着她的手跑到正在工作的叶霖川跟前，腹部蓄力，大吼了一声：“爸——”

叶霖川手一抖，耳朵“嗡”地响了一声。

“我没聋！”

“我可以带芽芽去散步吗？你看看她在家都憋成鹌鹑了。”

叶芽茫然地歪头：“鹌鹑是什么意思？”

叶子煜面不改色地解释着：“就是你胖了。”

她胖了？

叶芽低头，用小手捏了捏肚子上软绵绵的肉。

叶霖川看了看两个小朋友，又看了看窗外湛蓝的天空，心想小朋友一直待在家里的确不好，何况医生也说她可以去上学，现在去呼吸呼吸新鲜空气也没什么坏处。

“去吧，只能在小区里面玩，不可以乱走。”

叶子煜神色一喜，跑回屋帮叶芽取出了帽子。

他那过分愉悦的情态让叶霖川感到不安。叶霖川不放心地说：“还是叫你哥他们回来吧，你一个人……”

“不用我哥！”叶子煜着急地打断他道，“我哥是考重点大学的人。爸，你不要打扰人家学习。”

叶清河和沈昼上午就去图书馆了。沈然也跟着去凑热闹。但叶子煜知道，沈然不是为了学习，而是馋图书馆旁边冷饮店里的冰棍。

叶霖川觉得有理，干脆放人。

叶子煜给叶芽把帽子戴上，牵着她出门。

昨夜才下过一场雨，他们脚下的石砖还没有完全干，旁边沐浴过雨露的叶子绿而剔透，在温暖的阳光下尽情舒展。

叶芽的小手被叶子煜紧紧牵着。她迈着小短腿费力地跟随着叶子煜的步伐，走半天觉得有些不对劲，便仰着头问：“哥哥，阿弟说我们只能在小区里，不可以乱走。”

“是啊，是说了。”

叶芽：“那我们都出小区了。”

不多不少，他们刚好走出大门一步。

叶子煜：“他是说不能出小区，可是没说我们不能出小区——他说叶芽和叶子煜不能出小区了吗？”

叶芽认真地回想叶霖川之前说过的话，他好像是没说过……

她仍有些局促地道：“那……那……”

“没事啦，我们就去对面的公园，四舍五入那个小公园还算是我们小区的呢。”

公园在马路的对面，平常钱大婶就在那里和老姐妹们跳广场舞。有时候叶霖川也会去那里锻炼，“四舍五入”那儿的确算是他们小区的地界。

犹豫之下，叶芽就被叶子煜领进了公园。

十点多的公园里依旧热闹，有散步的老人，也有推着婴儿车出来的妈妈，还有处于热恋期的小情侣。

叶子煜长得浓眉大眼，即使年纪小，旁人也能预想出日后他一副精神头儿十足的样子。

路人们对他和叶芽频频侧目。叶子煜已经不像原来那样惧怕外人的视线，此刻挺胸抬头，目不斜视地带着叶芽进入凉亭。

“胖子！你看我带谁来了！”叶子煜对着前头一人吆喝了一声。

叶芽这才注意到凉亭里有很多人，看样子都是六七岁的小学生，为首的男孩子又胖又高，比同龄人结实许多。她有些不习惯，不由自主地躲到叶子煜的身后，探出半个小脑袋好奇地打量着那些人。

叶子煜也没想到同桌胖子会带这么多人过来，瞪大了眼睛："你、你、你怎么叫来这么多人？！"

胖子是《挑战不平凡》的忠实粉丝，昨天叶子煜在网上联系胖子，特别说明最后出场被揍的嘉宾是他的妹妹，胖子表示"真的吗？我不信"，被挑衅的叶子煜一气之下与之约定凉亭相见，当面对质。

但是……但是胖子没说带这么多人啊！

叶子煜一眼扫过去，发现那些人里大部分是同班的人，也有隔壁班的，但都不熟。

他顿时尿了，因为紧张，心开始狂跳，脸蛋憋得通红。

"难不成你妹妹见不得人？"胖子说，"叶子煜，你脸红什么呀。"

"你才见不得人！"叶子煜将叶芽从自己背后拉出，把她头顶的帽子取下，像展示宝藏般朝众人炫耀，"看，这是我全世界最可爱、最聪明、最讨人喜欢的妹妹。"

他那全世界最可爱、最聪明、最讨人喜欢的妹妹乖顺地站着，水痘痂分布在她的脸上，看着有些吓人。

胖子把她和电视里的人对比好久，勉强辨认出身份来。

"你妹的脸怎么了？"

"芽芽起水痘了，不过快好啦，不会再传染人，你们可以放心。"叶子煜害怕妹妹被排斥，急忙加上最后一句。

胖子若有所思，嘴里嘀咕道："芽芽……水痘……豆芽……菜？"

说完他自己乐了起来。

叶子煜愣怔，紧接着怒气冲冲地大吼："你才豆芽呢！不准叫我妹妹豆芽！"

其他小朋友也围在叶芽跟前指指点点，眼神中有好奇也有探究。

胖子上前一步，弯下腰撑着膝盖问："你真会说快板儿啊？"

"让你妹说一段给我们听听呗。"

"就是、就是，我还没见过小孩儿说快板儿。"

一群人怂恿着叶芽表演。

她困扰地皱了皱鼻子，不由自主地看向旁边的哥哥。

“表演就表演，芽芽来，让他们见见世面。”叶子煜有备而来，从口袋里掏出偷拿来的竹板放到叶芽的小手上，推着她站到人群最前头，催促道，“来，芽芽给他们露一手。”说这话的时候，他脸上露出了不加掩饰的得意和自豪。

叶芽再看旁边孩子们，他们流露出期待的眼神。

“好吧。”叶芽不忍心打击叶子煜脆弱的心灵，站直身体，为一群小朋友表演起了快板儿。

竹板声清脆地回荡在小公园里，她童音稚嫩，隐约带着点儿某地方言的腔调，和电视机里的表演如出一辙，看得小朋友们都惊呆了。

“哇！她真的会呀！”

“你妹妹好像相声演员！”

“真的、真的！好像相声演员！”

这个年纪的小孩子都喜欢新鲜事，还是第一次见这么小的孩子表演这种东西。他们越看越来劲，围在叶芽跟前，站的站，坐的坐，有的直接蹲在了地上。

一段快板儿结束，叶芽收起竹板，看向叶子煜：“哥哥，我们是不是可以回家了？”

他们已经出来很长时间了，叶芽害怕太晚回去阿弟会生气，然后又打她的屁股。打屁股倒好说，她更害怕巫婆发怒。这样想着，脸上的水痘痂开始痒痒，她只好用手扯着竹板上的红绸，以此遏制住想要挠脸的欲望。

“再来一段。”胖子听得起劲，从口袋里摸出皱巴巴的一块钱丢到叶子煜手上的帽子里，“我给你钱。”

“我也有钱，再让我们听一会儿！”

“就是、就是，再听一会儿！”

其他小朋友跟着起哄，接二连三地往她的帽子里丢钱，有一块的，有五毛的，还有大额五块的。

“小朋友，我可以点相声吗？”一位上了年纪的老爷爷拄着拐杖，颤颤巍巍地走过来，把十块钱丢进帽子。

叶子煜对着帽子里的钱傻眼了，回头一看，凉亭外面竟围了不少看热闹的大人。有人认出了叶芽，高举着手机拍着视频。

叶子煜预感不妙，抓出钱挨个还回去，背上叶芽冲出人群，不顾胖子的呼喊声，一路狂奔回家。

人是跑了，视频却被好事的路人发布到了网上，开始是说小朋友说快板儿可爱，紧接着有人发出老爷爷往帽子里丢钱的视频，且配上凄凉的背景音乐和注释——大意是小孩子父母双亡，只能在公园卖艺讨生活。随即有人指出说快板儿的孩子是现在正火的小网红叶芽，造谣的人匆匆删除视频，没做任何解释。

然而这事还没有完。

有营销号将两个视频结合起来发了一条微博，文案写着——“昔日首富负债累累，三岁幺女街边卖艺，可悲可叹。”

文案劲爆，噱头也有，营销号的水军顺势加上话题，这条微博轻轻松松就登上当日热搜榜，位置紧挨着“叶芽离家出走”。

你是小猪猪：“‘富豪之女带病卖艺’，初见这个话题我是蒙的，进来一看更蒙了。”

小宝贝呀：“‘富豪之女带病卖艺’，太可怜了芽芽！我的芽芽怎么这样？！脸上怎么成那样了？！”

小心肝：“所以之前芽芽离家出走不是因为好玩，是去表演节目赚钱了？”

锦橙特别想更新：“前面的，你干吗给我发刀子？！”

夜雨微微凉：“这么一来就说得通了啊！芽芽想去赚钱给爸爸还债，所以才偷偷离家，叶总知道后很生气，就打了芽芽，芽芽现在生病又出来说快板儿，想必家里情况很难了……想想资产被查封，又欠那么多债，叶总还带着那么多孩子……惨……”

西瓜的猫：“‘叶氏企业让叶霖川复职’‘龙城银行撤销诉讼’，现在想想分明是有人搞叶总，@叶氏企业，让叶总复职！”

路人甲：“等等！你们是不是脑补太多了？我觉得就是小朋友单纯在玩呀！我们都是成年人，理智一点儿，不要被营销号带节奏（故意煽动群众跟风评论）！”

找书太难了：“前面的人，你有没有同情心？你会让你们家孩子生着病出去说快板儿吗？你们家孩子玩还会要钱吗？你没爱心！”

事情在短时间内发酵，等晚上叶霖川有空儿刷微博时，收获一票安慰的话，就连童心之家都发来私信，说有很多人给叶芽送了礼物，周一会快递给他。

叶霖川一头雾水。他就小半天不在，怎么就感觉世界变了样？

带着疑惑，叶霖川点开了粉丝@他的一条视频。

视频加了雪花特效，配了令人伤感的音乐，在凄凄惨惨的氛围中，满脸水痘痂的小姑娘对着一群人说快板儿，慢吞吞地说着自编的快板儿："你们让我唱，那就唱一唱，说'小叶子'没了家……"

他又看向在她旁边收钱的叶子煜，心头重重一跳。

守护最好的小绿芽："心疼死了，老母亲落泪。@叶氏企业，请问你们有什么资格让叶总停职？"

芽芽的妈妈粉："一想到我的'女儿'现在正在饿肚子，我的心就好痛。"

芽芽爸爸粉："我可怜的芽啊，我命苦的芽啊。"

叶霖川又往下翻了翻——

"叶总请坚强！"

"我是 × 牌的代理，有意请叶芽代言！"

"叶总你不要放弃！"

不行了，血压上来了，他再看下去要心肌梗死了。

他放下手机靠着椅背，脑袋一抽一抽地疼。

叶霖川好半天才缓过劲来，深吸一口气，怒吼道："叶子煜！叶芽！你们给我出来！"

这两个小兔崽子迟早翻天！

叶霖川怒不可遏，让躲在卧室里的叶芽和叶子煜齐齐打了个冷战。

两人面面相觑，默契地起身往桌子下面钻，地儿有些小，不够藏进两个人。叶芽环视周围，打开门准备去沈昼的房间，叶清河和沈然也在那个房间学习。

结果刚出门，叶芽就被叶霖川像抓小鸡一样抓了起来。

双脚离地，身体被叶霖川高举过他的头顶，突如其来的腾空感让叶芽眩晕，她怕到哼唧出来。

"我问你，你今天和叶子煜干吗去了？"

"我没有……我没有和哥哥去对面公园，也没有说快板儿，呜……"她哭丧着小脸，"真的、真的，我可听话了，你要相信我，我真的没有离开小区。"

"哦。"叶霖川面无表情地道，"这么说你和哥哥去对面公园说快板儿，还收别人的钱了？”

叶芽眼睛湿漉漉的，没吭声。

叶霖川看向紧闭的房门，冷冷地命令道：“叶子煜，你再不出来我数数了，一……”

他刚数一个数，叶子煜便连滚带爬地跑了出来，老实地站在他面前。

“你们两个那边站着去。”

叶霖川把叶芽放到墙角，扣住她的肩膀让她转了个身，随手拿起一本书放在她的头顶，接着以同样的方式对待叶子煜。

他道：“站直，好好反省。”

叶芽委屈，张嘴就要喊叶清河来帮忙。

看出她的意图的叶霖川冷冷一笑道：“你要是想让你哥陪你罚站，那你就叫。”

叶芽瞬间闭嘴，唇瓣可怜兮兮地抿在一起，脑袋上的书压住了小叶子，惹得小叶子不满地左右摇动。

她不住地长吁短叹，像个哀愁的大人。

“可是……可是我没有主动出去，是子煜哥哥带我出去的，你不应该惩罚我。”叶芽不服气，绞尽脑汁地为自己辩护。

叶霖川坐在沙发上，垂眸看着电脑屏幕，神色黯然，没有任何表示。

“啊呀，爸，我头疼，不行了，我的头好疼！”叶子煜痛苦地哼唧两声，慢慢蹲下。

叶霖川懒懒地抬了下眼皮，轻嗤了一声：“今天刚和你的心理医生通过话，他说你恢复得很好，不需要再用药了。”

叶子煜的病情好转是搬到这里来发生的唯一一件好事，他现在每天都能做个好梦，可以自主控制情绪，也不会被焦灼情绪困扰。医生说只要维持现状，他很快就能康复。叶子煜见糊弄不过父亲，蔫蔫地起身，继续顶着书罚站。

时间流逝，两个小孩儿站得脖子发酸，突兀的手机铃声响起，打破了一室宁静。

“喂。”叶霖川瞥了一眼来电显示，起身走到一旁接听。

叶芽滴溜溜地转了转眼珠，趁机拿下头顶的书，蹑手蹑脚地走到叶霖川身后，伸长脖子偷听。

“叶总！”

手机没有开免提，但何助理高亢的声音极具穿透力，让叶霖川身后的叶芽听得一清二楚。

叶霖川觉得吵闹，默默将手机从耳边拿远。

何助理情绪激动地道：“好消息，龙城银行决定撤销诉讼，与您私下协商。”

叶霖川怔了怔：“这么突然？”

“我的朋友刚好在龙城银行工作，今天偷偷告诉我的。”何助理兴奋地道，“银行为此还开了个会，最后同意与您协商解决问题。”

叶霖川听蒙了。

“好像他们是看了芽芽的视频，加上你们父女在网上热度高，银行估计也是为了在大家心里留个好印象，所以才撤销诉讼，一方面讨好大众，一方面让你欠个人情。”

叶霖川如今的公众形象很好，加上他有小明星叶芽这样一个女儿，他的热度比在位时还要高，银行没道理不卖这个人情。日后若叶霖川复职，方便银行与叶氏企业合作；就算叶霖川回不了原来的位置，银行也没有任何损失，还能讨个好口碑。

“没意外的话，对方明后天就会约您详谈，签订和解协议。”

叶霖川静默着没有立刻说话，毕竟这事对他来说太过不可思议，只能说舆论的影响是巨大的。

“还有……”何助理将声音压低不少，“您之前的预感是对的，赵总的确不对劲。”

“嗯？”

“我昨天晚上看到赵总和华城企业的人碰面了，因为太突然，我没有拍到照片。”

华城企业和叶氏企业有竞争关系，当时叶霖川从对方手上抢了标，后来的事就变得诡异起来……

现在叶霖川怀疑赵家明是那个里应外合的内鬼。

“我现在不在公司，你又一直为我做事，赵家明连同其他人一定会排挤你，直到你离开为止。”叶霖川顿了下，继续道，“我们处于困难时期，我希望你可以忍耐到我回去。”

他难得这样关心下属，何助理不太习惯，支支吾吾半天没说出话来。

“对了，一会儿把你不用的银行账户发我一个。”龙城银行最多延长五个月的还款期，他要尽快还清银行的债务，为自己减轻负担，还要想办法说服其他公司撤诉。只要他的资产解除冻结，一切都会变得容易许多。

何助理没有啰唆，直接发给他账户与密码。

叶霖川锁上手机，缓缓转身。叶芽还没来得及跑，拿着书僵在原地，与他大眼瞪小眼。叶霖川挑眉笑了。叶芽缩了缩脖子，慢吞吞地转过身蹲在地上，主动朝他撅起了屁股。

叶霖川陷入沉思，随即喊：“叶子煜，你可以回去睡觉了。”

赶小儿子离开后，叶霖川抱起叶芽坐到沙发上，神色变得温和。

叶芽隐约感觉不太对劲，妈妈说过，当一个对你不好的人突然对你好时，不是要害你就是要找你借钱。

阿弟不会害她，那么就是……

“我的钱是给哥哥花的。”叶芽将眼睛睁得大大的，开口便断了叶霖川的后路。

叶霖川呼吸一窒，双眸沉沉地看着她。

许明义知道他们资金困难，于是今天就把签约费打了过来，加上他们攒下的钱，现在他们家的存款有七位数。

叶霖川决定把这笔钱的一半投入到股市与基金市场里，这是最快的赚钱方法。

“芽芽奶奶……”叶霖川凑近，捧起叶芽软绵绵的小脸蛋，一改先前凶恶的样子，语气称得上温柔，“只要你借钱给我，我什么事情都答应你。”

小孩子对这种承诺没有丝毫抵抗力。

她果然中招，思考半晌，小心翼翼地问道：“什么事情都可以吗？”

叶霖川语气坚定地说：“什么都可以，你要星星我都可以去给你摘。”

叶芽不要星星，星星是天空的。

她咬着下唇：“我想吃雪糕。”

叶霖川面无表情地道：“不行。”两个字说得没有丝毫犹豫。

叶芽垮下肩膀，眼里满是失望之色。

她就知道，大人说的“什么事都答应”，不会包括让她吃雪糕。

叶芽是个大方的宝宝，就算吃不到雪糕，也愿意把自己赚来的一部分钱分给叶霖川。以前是他照顾她的吃喝，现在她该偿还，这样才公平。

得到叶芽的同意后，叶霖川便捧着电脑坐在沙发上，不再说话，专注地看着屏幕。

叶芽往他身边靠了靠，屏幕上全都是她看不懂的数值曲线，忽高忽低，没有一点儿乐趣。

“你在干吗？”老师说了，不懂就要问。

叶霖川的指尖停留在键盘上，他淡淡地说了四个字：“炒股，赚钱。”目前股市行情还不错，他决定先用何助理的账户小投一笔试试水。叶霖川移动鼠标，看中了其中一只股票。

叶芽眨着眼睛，小手看似随意地指向屏幕。

叶霖川顺着她的指尖看去，这家股价很稳定，不会跌太狠，但也涨不了多少，远没有他看中的那家回报率高，不过也可以试试，说不定会瞎猫碰上死耗子。

“好了，你该睡觉了，明天不是还要去幼儿园吗？”叶霖川合上笔记本电脑，抱起叶芽向她的卧室走去。

“我要和哥哥睡。”叶清河的声音比叶霖川好听，讲起故事很温柔，还会拍拍她。叶芽最喜欢哥哥拍拍她。

“哥哥明天还要上学，你不要打扰人家。”

望着越来越远的叶清河的房门，叶芽遗憾地撇下了嘴，不情不愿地趴在了叶霖川的肩上。

老父亲抱着“芽形抱枕”，心里可不是一般美。

周一，叶芽和沈然一起去了幼儿园。

她已经很长时间没有来幼儿园了，进教室时明显感觉到其他小朋友的目光和之前不一样，他们都盯着她脸上的痂看，有好奇的打量，也有不加掩饰的排斥。

“芽芽坐过去吧，我们马上要上课啦。”刘老师温柔地牵住叶芽的手，带着她坐到座位上。

她摘下书包挂在椅背后，很是乖巧地整理着书本。

坐在一旁的甜甜看了看叶芽脸上的痂，高高地举起手：“老师，我不要和叶芽坐！”

甜甜的叫声很大，叶芽停下手上的动作，不由得望过去。

甜甜的脸上带着极为明显的厌恶之意，说：“我妈妈说水痘会传染，我不要和叶芽坐，她会传染给我，让我变丑的。”

甜甜特意加重了“丑”这个字。

叶芽倏地瞪大眼眸，幼小的心灵遭受到巨大创伤。这些日子从没有人说过她丑，难道……难道巫婆的诅咒加重，让她变丑了？

叶芽手忙脚乱地从书包里翻出小镜子，认认真真地打量起自己来。

今天沈昼哥哥给她扎了有两个漂亮的鬏鬏，微长的刘海儿蓬松而随意地贴在额头上，左边脸颊有深色的印子，右边有几个快脱落的痂，她不敢碰，任由它们挂在上面。

她变丑了吗？

叶芽开始自我怀疑。

有一就有二，甜甜说完没多久，坐在叶芽后面的小胖子也把桌子往后拉了拉，咬字不清地说：“我……我妈妈也让我离叶芽远一些。”

家长们知道叶芽长了水痘，在家时特意告知孩子尽量和叶芽保持距离，免得她没好利落把别人传染上。

还有些小朋友不懂水痘是什么意思，但也拉开了椅子，单纯跟风。

叶芽前后左右的位置一下子都空了。

“小朋友，芽芽的水痘已经好了，不会传染，你们快坐好！不然老师要生气啦！”

教室里的几位老师匆忙摆好桌椅，但不管怎么劝，孩子们就是不乐意和叶芽挨在一块儿，有不讲理的还哭了起来，场面一片混乱。

看着眼前闹闹嚷嚷的同学，叶芽心里很不是滋味。她强忍着难过，抬手拉了拉刘老师的袖子，仰头说：“老师，芽芽可以自己坐。”

刘老师愣了下。

叶芽整理好书本，放到背包里，费力扯着小凳子到教室角落，乖巧地说：“我坐在这里，不和他们坐。”

刘老师看着有些难受，却也无可奈何，毕竟要维持秩序。

距离六一儿童节还剩不到一周的时间，刘老师加班加点地帮小朋友们排练要表演的节目，绘画课和下午的自由活动时间都改成了排练时间。叶芽因为生病错过这次活动，小朋友们练习舞蹈时她就静静地坐在角落看着，孤孤单单的像是被抛弃的小松鼠。

刘老师自然不能对大家差别对待，总要让叶芽一起上台表演，问题就是现在让她加入排练已经来不及了，再者临时加人会打乱原本的节奏，到时候可能所有小朋友都会乱套。

她正左右为难时，生活老师提议道："不是还有一个角色，可以让叶芽演？"

刘老师摇头："那是个反面角色，其他小朋友都不要，现在给芽芽太不公平。"

生活老师也这么觉得，便没再说话。

他们排练的节目是歌舞《花精灵》，大概讲的就是一个巫婆破坏了花精灵生活的地方，精灵们出面打败了巫婆的故事。由于小朋友们都想穿漂亮的衣服演精灵，没人愿意演巫婆，所以老师们决定取消巫婆这个角色，反正巫婆只在开头有一段无关紧要的表演，要不要都不影响节目。

"让叶芽演巫婆！"

小朋友们显然也想到了，围在叶芽身旁起哄。

"巫婆、巫婆，演巫婆！"

剧本里的巫婆脸上长满麻子，这一点与叶芽本人现在的形象非常契合，他们正是想到这一点，所以才不住地怂恿着。

"好了、好了，小朋友们不要闹了！"刘老师害怕场面失控，急忙叫停他们的行为，弯腰抱起叶芽说，"芽芽生病刚刚好，你们不可以这样欺负她，知道吗？"

孩子们对视一眼，跑去继续排练。

刘老师松了口气，抱着叶芽坐下，温柔地道："没关系，老师可以让我们芽芽单独表演，芽芽有特长吗？要不说快板儿吧，你快板儿不是说得很好？"她自然看到了叶芽在视频里的表现，当别人问起这是不是她的学生时，心中涌出难言的自豪感。

叶芽没说话，像洋娃娃般卷翘的睫毛低垂着，十分安静。

刘老师以为她伤心，语气更软："芽芽不喜欢呀？那你告诉老师，你想表演什么？"

刘老师话音刚落，叶芽迅速接话："巫婆。"

刘老师噎了一下。

叶芽很认真，眼里没半点儿玩笑之色。

刘老师定了定神说：“芽芽不用在意其他小朋友的话，等儿童节那天你的脸就好了，一点儿都不丑。”

“可是我想演巫婆。”

“啊？”

叶芽郑重其事地道：“芽芽要和别人不一样。”

妈妈说了，山鸡群里的凤凰是最显眼的，反之凤凰群里的山鸡也是最显眼的，只要有自己的特点，不管你是山鸡群里的凤凰还是凤凰群里的山鸡都会成为焦点。

叶芽不要平庸，要成为焦点，所以她不要和他们演一样的角色，要剑走偏锋地演巫婆。

刘老师又噎了一下，竟无法反驳。

“那就这样说定啦，演巫婆！”拿定主意的叶芽心情愉悦，从老师怀里跳下去回到自己的座位上。

谁和她说定了？！刘老师再一次感觉心累。

很快到了自由活动时间，操场上很快聚集了不少小朋友，留在教室里的小朋友嫌弃叶芽，都不乐意和她玩。

她跑到操场环视一圈，很快在滑梯上找到夏晴。夏晴明显也注意到了叶芽，眼睛一亮，迅速滑下来跑到叶芽跟前。

“芽芽，你病好了吗？”

因为宴会的事，夏晴被妈妈狠狠教训了一顿。后来得知叶芽生病，夏晴很想去看看，但是妈妈说会被传染，不肯带她过去，于是她只能从沈然口中打听叶芽每日的情况。

“医生叔叔说我好了，可是甜甜他们不相信，还不和我玩。”叶芽害怕夏晴也排斥她，小手死死捂着脸，只露出一双圆溜溜、湿漉漉的眼，“夏晴姐姐你会嫌弃我吗？”

夏晴歪了歪头：“芽芽为什么这样问？”

“因为我变丑了……”叶芽很泄气。

夏晴上前拉开她脸上的小手，弯腰紧盯着她脸上那几颗结痂的水痘，随即笑了：“星星都觉得芽芽好看，特意从天上跑到了芽芽的脸上，芽芽不丑。”

“真的吗？”

“真的！”夏晴生怕叶芽不相信自己，微微提高音量，眼珠子转动，灵机一动跑回教室里，再出来时手上拿了根黑色水彩笔，看了看叶芽，在自己脸上相同的位置点上黑色的小点点。

“看，我和芽芽一样啦。”

看着夏晴脸上的水彩笔痕迹，叶芽觉得心里头仿佛烧起了小火炉，暖烘烘的。

两个人顶着脸上的“疤”，手拉手去玩滑梯。很快有人注意到了叶芽，她刚坐上滑梯，没来得及准备，就被人从后面重重地推了一把。

“刺溜”一下，叶芽的小胖身子顺着滑梯歪歪扭扭地滑下去，身体没保持住平衡，落地后摔倒在一旁。

这个年纪的男孩子顽劣淘气，站在滑梯上面笑。

“刘子实，你干吗呀？！”夏晴恼了，上去准备揍人。

刘子实抹了把鼻涕，撒丫子跑远了。

自从上次郊游时被叶芽拿虫子吓到，他就记恨上了，今天可算是给他还有奶奶报了仇，反正奶奶说下学期给他转学，现在他怎么做都无所谓。

结果刘子实还没嘚瑟多久，后腰就被人用力一撞，他脚下踉跄，一个跟头栽倒在地。

他气愤地转过头去。

沈然神色阴沉，脸上的胎记为他增添了三分气势。

“沈……”

“让你欺负我妹妹！”

刘子实还没叫出沈然的名字，沈然便发了怒，就像头蛮牛般扑过去，与之扭打在一起。

夏晴一看有人出面帮叶芽报仇，放下心来，跑到叶芽跟前，着急忙慌地搀扶起她：“芽芽你没事吧，你有没有摔坏？”

叶芽拍拍屁股上的土，一脸无动于衷的表情。

夏晴眼里泛起泪花：“芽芽摔得疼不疼呀？想哭的话你可以靠着姐姐哭。”

叶芽摇摇头，断然拒绝道：“不行，我不能哭，我要攒着回家给哥哥哭，现在哭的话眼泪就不够了。”

她都算好了，回家先给叶清河哭，叶清河为了哄她肯定会给她吃冰棍儿；再给沈昼哭，沈昼人更好，除了冰棍儿还给她儿童饮料，她撒撒娇的话还能再多要一瓶儿童饮料；最后再给叶子煜哭，叶子煜没什么用，但有糖给她吃。

叶芽默算了一下，这样她就能得到两根冰棍加两瓶儿童饮料。

夏晴撇着嘴巴很是委屈："姐姐就不行吗？"

叶芽摇头，对夏晴说："不行，不过晴晴姐姐可以哭给我看。"

难受，想哭，但她最终没哭，拉着叶芽走到一边的安静处，安慰道："芽芽别难过，沈然已经帮你报仇了，以后肯定没人敢孤立你。"

"孤立"这个词是夏晴从《晚间新闻》上学到的，现在还记得那个被孤立的、很可怜的姐姐，她可不要成为那种孤立别人的人，也不想成为被孤立的人。要是有人敢孤立她或欺负她，她就打回去。小叔叔给她报了跆拳道班，说练好跆拳道能防身，她现在抓紧时间练，看谁敢欺负她和叶芽。

夏晴一直在安慰叶芽，叶芽依旧是满不在乎、没心没肺的样子，好像没受到任何影响。

"我不难过。"叶芽说，"弱者才会抱团孤立别人，强者总是被孤立的那一个。"

这也是母亲告诉她的话。

母亲说不必为了融入集体而改变自己，天才总是特立独行的。

叶芽以前不懂，现在懂了。

她是厉害的强者，甜甜他们是抱团取暖的弱者。她身为一百岁、最厉害的天才小妖怪，才不会和弱小的人类幼崽斤斤计较。

完全理解错母亲的意思的叶芽膨胀了。

夏晴托腮痴痴地盯着她看，半晌后才说："芽芽你说的话好深奥哦，和我奶奶说的一样，不过我奶奶已经去世了。"

最后半句她说得有些失落。

叶芽转过头去，慢悠悠地道："那晴晴姐姐现在也可以叫我奶奶。"

沈然一改曾经的唯唯诺诺的样子，对刘子实重拳出击，直接把人揍进了医务室。

小朋友们情绪不稳定，产生冲突是很正常的事，但把人打得头破血流这种情况还是第一次见，刘老师着急地联系家长，随即让生活老师安抚医务室里哭声不断的刘子实，之后把当时在场的另三个小朋友叫到跟前。

"沈然，你为什么要和刘子实打架？"大班的李老师皱眉问道。

沈然性格老实，很少和同学发生争执，上次野餐时把刘子实打伤，回来后两个人再没发生过任何冲突，有时候还能玩在一起。李老师本来以为他们的关系变好点儿了，不承想沈然今天把人的脑袋打破了。

想到刘子实父母的性格，李老师重重地叹了口气。

沈然沉默不语，固执地抿着唇。

“是刘子实先欺负芽芽的。”夏晴走上前道，“老师你别骂沈然。”

她为沈然求情，眼里满是哀求之色。

沈然不由自主地朝她看了一眼，很快把脑袋低了下去。

“他先推我。”叶芽不想让哥哥挨骂，主动站出来把事情经过原原本本地说了一遍。

李老师没说话。

那的确是刘子实干得出来的事，沈然为了保护妹妹，冲动打人也无可厚非。

“一会儿刘子实的父母会过来，到时候沈然好好道个歉。你毕竟是小孩子，相信他们不会怪罪你的。”话是这么说，可刘老师心里没底，刘家父母心胸狭隘，对孩子只是一味地溺爱。平常孩子有不如意的地方，他们直接发消息向老师发泄，根本就不讲道理。

沈然是孤儿没有家长照顾，只有个哥哥，现在还在学校上学，就算过来也只会平白遭受一顿埋怨和数落。

刘老师越想越心烦，接连叹了好几口气。

叶芽看着刘老师愁眉苦脸的表情和沈然落寞的神情，目光一闪，跑上前拉住刘老师的衣角，仰头说：“沈然哥哥也要叫家长！”

“可是……”

叶芽：“老师可以发短信给我的经纪人。”

什么和什么，经纪人又是从哪里冒出来的？

两位老师都蒙了。

叶芽很是骄傲：“我是大明星，有经纪人的，经纪人负责照顾我还有哥哥。”

这话她说得没错。

叶芽代言过童装，销量还不错，上过多次微博热搜，有自己的粉丝团与后援会，网上关于她的讨论只增不减，和其他大明星的确没什么差别。

刘老师问：“那你的经纪人是谁？”

叶芽挺胸抬头地说出一个名字："叶霖川。"

刘老师哭笑不得地道："你爸爸啊？"

"嗯！"

成吧，有大人来总比没有人来强，刘老师背过身给叶霖川打了个电话，将事情简略说了一遍，之后静静地等待两家的家长过来。

不多时，听说儿子受伤的刘家父母气势汹汹地冲到医务室里。见父母过来，病床上额头裹着纱布的刘子实"嗷"地一嗓子号哭出声，扑到妈妈的怀里尽情地宣泄着委屈。

他额头受的伤并不严重，只是倒在地上时磕了一道口子，流了一点儿血。

沈然压根儿不把那点儿小伤放在眼里，如今见刘子实哭哭啼啼没一点儿男子汉的样子，不免瞧不起。他嫌弃地"哼"了一声，把头别到了一旁。

"你们幼儿园老师到底怎么当的？！我儿子年纪这么小，要是毁容了你们赔得起吗？"

果不其然，刘家家长不由分说就开始找幼儿园老师的麻烦。

刘老师和李老师好言好语地解释、安慰半天，可是他们听不进去，骂骂咧咧地贬低着老师还有学校，越说越激动，越说越起劲，整间医务室充满了尖锐刺耳的吵闹声。

两位老师索性不再安慰他们，任由他们骂着。

"爸！是他打的我！"刘子实哭够了，朝着沈然一指，哭肿的豆豆眼里充满怨念。

夫妻二人看了过来。

沈然四肢纤细，身形瘦小，五官长得不差，甚至称得上好看，只是脸上的胎记让这好看打了折扣。

夫妻二人盯着他脸上的胎记看了半天，神情带着不加掩饰的厌恶之意。

那种眼神仿若刀锋，刺得沈然心尖一疼，自卑感不禁从心里涌上来，逼得他缩脖低头，眼睛只敢对着地上的脚尖看。

"上次好像就是你吧？"刘家父母说，"不但打我儿子，还欺负我妈，你这小兔崽子年纪小脾气倒是不小，怎么那么厉害啊你？"

刘父对着沈然一顿指责，唾沫星子乱溅，吼道："你爸呢？让你爸过来！"

沈然张了张嘴唇，没等他说话，刘子实幸灾乐祸地笑出声来："他没爸！”

沈然握紧拳头，后槽牙磨得咯吱咯吱响。

刘父一听，讥笑道：“那你们家还有什么长辈，给我叫来，今天这事不能就这样算了！”

沈然沉默。

叶芽注意到他眼眶红红的，眼中满是难过的情绪，像是马上要哭出来一样。

她知道沈然不好受，甚至感同身受。

叶芽朝门口的方向瞥了眼，门外空空荡荡的，叶霖川还没有过来……

叶芽又抬起小脑袋，面前的大人像一座小山丘，又高又壮，充满压迫感。她本能地觉得害怕，后退了一小步，可是理智告诉她要勇敢，要站出来保护哥哥。

因为沈然也站出来保护她了。

系统：“芽芽，恶毒女配是不可以为男主人公出头的。”

系统猜出她的意图，当即提醒她。

叶芽像是没听到系统的警告声一样，依旧挡在沈然面前，用两条短短的手臂护住他，鼓足勇气面向刘父道：“我是长辈！”

小姑娘嗓音很甜，哪怕大声说话也没有威慑力。

刘父低着头，看着满脸“星星”的三岁小孩儿出神：“啥？”

叶芽道：“我是一家之主，是然然哥哥的长辈，叔叔你要是有问题，可以和我商量。”

刘父笑了：“你是他妹妹？长得挺有兄妹相的。”

叶芽没有听出刘父话语里的嘲讽之意，认真地看了沈然好几眼，惊讶地发现他脸上的胎记真的很像月牙，再结合夏晴之前说过的话，顿时以为刘父这是夸她和沈然长得相似，还像星星、月亮一样好看，不禁对刘父露出几颗雪白的牙齿，有礼貌地客套道：“谢谢叔叔，你和阿姨也很有兄妹相。”

刘家父母脸色一变，咬牙切齿地道：“我们是夫妻，你个小孩子别乱说话。”

叶芽身体后仰，不可思议地看了看刘父的圆脸，又看了看刘母的同款圆脸，凑到夏晴耳边嘀嘀咕咕道：“兄妹可以做夫妻吗？”

这话可问住了夏晴，两个小孩子对着夫妻二人齐齐沉默。

刘父心情本就不好，小孩子的对话让他暴躁到极点。他扭头对李老师喊道：“李老师，他们家大人到底什么时候过来？！皇帝老子啊，让我们等这么久？！”

叶芽不死心地说：“我就是大人。”

刘父不耐烦地挥手：“边儿去，大人的事你个小孩子别掺和。”

叶芽皱了下眉。

可这是大人的事吗？这明明就是小孩子的事呀！

在刘父焦急的等待中，叶霖川姗姗来迟。

他气场强大，眼神锐利，五官英俊，与刘父肥胖的中年男人形象形成了鲜明的对比。

“抱歉，路上有些堵车。”叶霖川声音低沉，余光轻轻扫向灰头土脸的沈然，又看了眼叶芽，最后才对上刘家父亲的视线。

“听说我家儿子打伤了你家小孩儿？”

他很高，说话时微垂着上眼睑，不自觉地流露出上位者的姿态，气场强大。

夫妻俩快被他的气势压迫得喘不上气，好一会儿才缓过劲说：“你儿子？他不是没爸吗？”

沈然闻言，脑袋垂得更低。

叶霖川面无表情，片刻后，一字一顿地说：“他现在有了。”

沈然难以置信地抬头看了过去。

“我是沈然的父亲，你要是有什么话，现在可以说。”

刘父的脸色变得很难看，他伸手指着床上的刘子实，控诉道：“你家小子把我儿子打伤，下手真重，你看看，你看看。”说着他撩开刘子实额头上的纱布，给叶霖川看那新添的伤口。

叶霖川静静地凝视那道像猫抓出来一样的小口子，沉吟几秒后嘲讽道：“还好送来医务室了，要是再晚一会儿就愈合了。”

“你……”刘父噎了一下，“你讲不讲道理？！我告诉你，这事儿没完！小孩子现在正是大脑发育的时候，要是把我家孩子的脑袋撞坏留下后遗症，你倾家荡产都赔不起！”

刘父的意思很明显，就是要钱。

叶霖川觉得好笑，那小孩儿看着就不聪明，这样的磕碰是撞不坏的，说不定还能二次开发大脑功能。

他暗自嗤笑对方没有点明意图，却有人直接把他的心里话说了出来。

“可是刘子实的脑袋本来就是坏掉的！”说话的是夏晴，她特别耿直，“他连 1 加 2 都不会算。”

刘父一听，气得脑袋“冒烟”，一把揪过刘子实向大伙证明：“说！1 加2等于几？”他还就不信了,他们家孩子怎么可能算不了这么简单的加法题?

刘子实脑袋蒙蒙的，不由自主地看向父亲身后的几个小朋友。

叶芽很是好心肠地用手比画了一个“3”。

刘子实看着，试探性地回答：“等于……OK？”

刘父忍不住爆粗口，一巴掌拍上刘子实的后脑勺，顿时让小孩儿哭声震天。

刘父贼心不死，吼声更大：“我家孩子就是不聪明了！你说吧，这事到底怎么处理？”

“叔叔，他本来就笨，笨蛋是聪明不了的。你不要想着讹钱，叶叔叔现在没钱，你讹也没用。”

耿直女孩儿夏晴一点儿都不给面子地出卖了叶霖川，还不忘讽刺刘子实一通。

夏晴指着叶芽说：“再说了，是刘子实先推芽芽的。”

刘父不服气地道：“这就是他欺负我儿子的理由吗？”

夏晴振振有词道：“胡说，沈然哪是欺负你儿子，明明是见义勇为，老师该发小红花给他的。”

刘父懒得再和小孩子争论怄气，不悦地别开视线，提高音量道：“一句话，你要是不想负责，我们就找律师！”

叶霖川面不改色。

他看向叶芽，问：“他推你了？”

叶芽点了下头，蹲在地上掀开裤腿，把磕青的皮肤露给叶霖川看。

叶霖川脸色沉了沉。

刘父丝毫没有觉察，不屑地“哼”了声说：“小孩子玩起来磕到碰到不是很正常？她的腿能有我儿子的脑袋重要吗？”

叶芽理解不了他的逻辑，眼睛里满是茫然之色：“那刘子实磕碰到不也很正常？脑袋和腿都是身体部位，叔叔为什么要偏心？”

夏晴帮腔道：“叔叔的意思是刘子实除了脑袋不能磕，其他地方都可以磕吗？”

刘父万万没想到小姑娘会顺着自己的话怼回来，顿时不知道说什么，瞪大眼睛，脸色憋得通红。

李老师趁机站出来说：“就像您说的，小孩子玩闹起来难免会磕碰到，这次是我们老师失职，下次我们一定注意，也请您冷静一点儿好好商谈，不要伤了和气。”

刘父更气：“下次？你还想有下次？！那我的孩子平白挨一顿打了？！”

“刘先生，您的孩子当然不会平白挨一顿打。”叶霖川说起话来不骄不躁，与怒气冲冲的刘父形成鲜明的对比。他很淡地笑了下：“凡事有因就有果，他们说是您的儿子先推的我女儿。既然如此，我们是不是应该先讨论一下您儿子的行为，之后再谈论别的，毕竟这事要讲求一个先来后到，您说呢？”

叶霖川用了敬语，不过轻蔑的眼神和略带嘲讽的语调，怎么看、怎么听都像是瞧不起他。

见刘父一声不吭，叶霖川眼里的笑意更浓。他收敛目光看向李老师道：“我也不想让刘先生误会我们是不讲理的人，幼儿园应该有监控，我想监控视频会成为证据，如果刘先生想上法庭，取证还是很有必要的。”

李老师点头说：“有的，现在就可以让保安室把监控视频调出来。”

“那就麻烦了。”叶霖川颔首，又对刘家夫妻说：“对了，我有很多家律师所的名片，你们要是需要，我可以介绍律师给你们。”

他取出钱包，随意抽出三四张名片递了过去。

刘父一看，愣住了，叶霖川介绍的是几家龙城数一数二的大律师事务所，普通人家根本请不起也请不到这里面的律师。

刘父捏着名片，这才认真打量起叶霖川来。

叶霖川脊梁挺直，站得如同一棵松树，一身随意的着装难挡骨子里沉稳高贵的气质，垂眼看人时，有凌厉的气势。刘父呼吸一窒，大脑高速运转，随后意识到这是站在龙城商界顶端的大人物叶霖川。

他所在的公司和叶氏企业有合作，自叶霖川离职后，公司遭受牵连跑了不少单子，股价同样遭受重创。

这么说……刘父看了眼叶芽又看了眼沈然，脸白了一个度。

哪怕叶霖川现在不在那个位置上，身份和人脉还是摆在那里的，以他一个小公司的总经理根本惹不起对方。有个词叫秋后算账，叶霖川若是复职了计较起来，对他们家只有坏处没有好处。

“不过，我还是觉得私下解决比较好。”叶霖川小幅度地附过身，不紧不慢地说，“只是因为小孩子打闹就上法庭，传出去实在不好听。”

他已经给了台阶，刘父哪会不识相地继续和他对着干，急忙拦住准备调监控视频的老师，脑袋点得如捣蒜，谄笑着道：“叶总说得是，我们大人是不应该掺和孩子的这些小事，算了，还是别调监控视频了，用不着。”

叶霖川满意一笑。

刘母不太明白丈夫怎么突然换了态度，瞬间沉下脸道：“老公你……”话没说完，腰就被刘父狠狠地掐了一把。

“当然，沈然打人也是不对的。”叶霖川推了推沈然的肩膀，“然然去道歉。”

沈然不依，冷冷一哼道：“刘子实先欺负芽芽，要道歉也是刘子实先道歉。”

叶霖川不语，凝视着刘家父母二人。

刘父憋屈极了，咬牙切齿地把刘子实扯到叶芽旁边，恶狠狠地说：“快说对不起！”

刘子实委屈地撇了撇嘴，迫于父亲的威严，不情不愿地对叶芽说了声对不起，他道歉后，沈然也没有啰唆，大大方方地站到刘子实跟前，昂首挺胸地说：“刘子实，对不起，我没想到你是虚胖不禁打，也难怪你之前欺负我都要带好几个人。”

沈然道完歉还不忘嘲讽对方，阴阳怪气的样子深得夏晴真传。

叶霖川一听，扬起眉头道：“原来贵子这么喜欢和我们家然然纠缠在一块儿啊……”

刘父咬了咬牙道：“再给沈然道个歉，快点儿。”

叶霖川笑了笑道：“大可不必，毕竟刘子实同学都要转学了，以后想打也打不了了。”

上次刘奶奶说的转学是气话，家里只有刘子实一个人信了，现在叶霖川把话堵死，就算他们不想转学也不得不转了。

刘父恨得牙痒痒，要是叶霖川不复职，他今天就白受气；要是叶霖川复职，他不听话又会被记恨上。可是以后的事谁都说不准，为了生活他总要谨慎点儿。

刘父带着孩子离开，事情就这样解决了，两位老师长舒了口气。

“叔叔，谢谢你过来。”走出医务室后，沈然抬头冲叶霖川说了这句话，眼里有真挚的感激之情。

叶霖川揉了揉他的头发，自我调侃道：“当爹的也只有在老师叫家长时有点儿用处。”

沈然紧紧地抿着嘴唇，眼尾泛起淡淡的红晕。

他实在说不出太好听的话，斟酌许久，再次看向叶霖川，认认真真地说：“等叔叔老了，我肯定赚大钱孝敬你。”

“得了吧，你赚的钱都不够给叔叔还债的。”夏晴的一句话让大人小孩儿齐齐沉默。

沈然不开心地说：“夏晴，你说话怎么这么难听。”

夏晴优雅地翻了个白眼：“我又不是喜鹊，说话肯定难听呀，你要是觉得不好听就别听。”

沈然抬杠抬不过她，气鼓鼓地跑回教室。

课还要继续上，小孩儿们与叶霖川挥手告别，各自回到教室。

叶霖川路过小班教室时驻足，透过明亮的窗户往里边看去。

一堆小孩儿在充满童趣的教室里，跳跳唱唱好不快乐，唯独坐在角落的叶芽与其他人格格不入，矮矮胖胖的身影透露着孤独感。她好像不在乎，握着蜡笔在纸上涂画小人儿。

叶霖川瞬间被这场面扎了心，觉得有些难受起来。

他屈起手指叩响教室的门，十几道视线齐齐落在他身上。

叶芽握着笔，眼神懵懂。

“抱歉，我能提前接叶芽回去吗？”

刘老师短暂地思考了一会儿，说：“可是我们下午还要排练儿童节的节目，芽芽来得晚，我害怕她跟不上。”

“没关系，跟不上就不跟。”叶霖川满不在乎，径自进入教室，走到叶芽的桌椅前，半蹲着把桌上的书本一股脑儿塞进书包里，单手把她抱起，拿过书包向外走去。

叶芽趴在叶霖川的怀里，眼中刘老师和其他小朋友的身影越来越远，最后完全消失在紧闭的门后面。

坐上车，叶芽乖巧地扣好安全带，把车窗摇开点儿，晃悠着小腿往窗外看。

汽车引擎发动，她注意到车子行驶的方向并不是回家的方向，不禁扭头看向叶霖川：“我们去哪里呀？”

“看电影。”

看电影？

叶芽啃着手指头，茫然地问：“看电影和看电视是一样的吗？”她没去过电影院，感觉很新鲜。

“差不多。”

叶芽又静静地思考了一会儿，神色担忧地问：“会不会很贵？”

“不贵。”

“哦。”她放心了，继续看外头。

“幼儿园的小朋友是不是欺负你了？”

不同于以往的质问，他像普通父亲那样，平淡又不失关切地询问着女儿在学校里的生活。

“没有欺负我，他们只是听爸爸妈妈的话。”

叶芽知道甜甜他们其实是没有恶意的，他们只是更相信他们的爸爸妈妈而已。等她脸上的痂没了，他们又会像以前那样过来找她玩，尽管叶芽已经不愿意和他们在一起玩了。

叶霖川轻点放在方向盘上的指尖，趁着等绿灯的时间偷偷地用余光瞥了她一眼。

小孩儿侧脸圆润，漆黑的睫毛包裹着一双水润的眼睛，安静沉思的样子竟和他有几分相似。

以前他只是把她当作一个生活的闯入者看待，如今已经完全接纳她，虽然偶尔也会想到逝去的女儿，却不会心生恨意，坦然地包容了这个本不该存在的人。

“要是有人欺负你，你就‘欺负’回去。”他声音不大，低沉有力，“叶家的子女不必蒙受委屈。”

叶芽眼睛一眨，不可思议地看了过去。

记忆深处，她的四叶草爸爸似乎也说过类似的话，表情和眼神分毫不差。

叶芽呆呆地看了会儿，脸上露出两个小酒窝，软软地说：“阿弟，你好像我爸爸呀。”

叶霖川仿佛心口又挨了一刀：“你可以把‘好像’两个字改成‘是’。”

叶芽半天没动静。

他觉得奇怪，扭头看了眼，只见小姑娘没心没肺地扒着窗户看向外面，仿佛没有听见他说的话。

他知道这个年纪的小朋友都会幻想和一些虚拟生物做朋友，但是没听说过幻想虚拟父亲的，重点是这父亲还是一根草，还存在了这么长时间。

酸，他莫名其妙地觉得心里一酸。

叶霖川强压下心底的不悦，转移话题道：“你在儿童节要表演什么？”

叶芽：“巫婆。”

叶霖川皱眉：“什么？”

叶芽重复：“巫婆。”

叶霖川难以理解地问：“你不是很惧怕巫婆吗？”

叶芽骄傲地挺了挺胸脯道：“打败恐惧的办法就是成为恐惧本身，所以我不怕啦！”

“说话简单点儿。”

她小小年纪说起话来怎么这么“哲学”？

叶芽噘嘴，娇嗔地抱怨：“你怎么连小孩子说的话都听不懂？阿弟是笨蛋。”

叶霖川无语。

叶芽：“今天晚上我就能一个人睡了。”勇敢的“小叶子”总要迈出第一步，她现在是强者，老巫婆一定会因她的勇敢而却步。

叶芽对自己很有信心。

很快到了儿童节这天，哥哥们上午不放假，陪叶芽参加活动的只能是叶霖川。

他们到幼儿园时，其他小朋友已经换好了嫩绿色的演出裙，后背安着双透明的翅膀。小朋友们乖巧漂亮，排着队让化妆师上妆。

叶芽上场早，来得却晚。

她一到刘老师就火急火燎地抱她到换衣间，亲自为她化妆。

她的演出服由童心之家特别赞助，黑色披风搭配哥特风格的小裙子，小脚穿着双绑带骑士靴，质地细腻的布料和绣在衣服上的精致花纹注定让她成为全幼儿园最亮眼的小朋友。

叶芽手拿着南瓜帽，闭上眼老老实实地让刘老师给她化眼妆。

随后刘老师的声音响起："可以了。"

叶芽睁开眼捧起镜子，翻来覆去地打量自己，不甚满意地道："老师，你能让我看起来更恶毒点儿吗？"

"恶毒"一词从她嘴里说出来无比自然，刘老师身体后仰，说："我觉得这样就很好了，小朋友不可以涂太多化妆品，对皮肤不好的。"

她眼皮上贴着浅浅的深红色亮片，口红也没敢涂太多，浅浅地抹了一层，即使这样她的妆容还是比其他小朋友重。

叶芽抱着尖头南瓜帽，垂头丧气地走出换衣间。

教室里有不少家长和小孩儿，穿一身黑色的巫婆与穿着嫩绿色小裙子的花精灵们格格不入，因此满屋人的视线齐齐落在了她身上。叶芽毫无察觉，径自向叶霖川走去。

她不会掩饰情绪，叶霖川看出她的心情不太好，瞥了瞥旁边的小朋友，又低头看看戴着南瓜帽的叶芽，说："你要是愿意，我可以给你买一套和他们一样的衣服带回家穿。"这个年纪的小朋友都喜欢漂亮的事物，更别提她还是个三岁多点儿的女孩子，肯定不喜欢一身黑的巫婆装束。

不承想叶芽摇了摇头，叹气说："我的样子不够恐怖，这样一点儿也没有巫婆的样子。"

她个头小小的，脑袋上歪歪地戴着印有一个怪异巫婆笑脸的南瓜帽，披风很大，把她完全笼罩，连一点点的恐怖感都没有，反而透着股憨萌感。叶霖川实在不忍心告诉她，她这个年纪的小孩就算打扮成僵尸都会是最可爱的僵尸，注定让人惧怕不起来。

"你可以尝试借用外力让自己变得恐怖起来。"

"外力？"

叶霖川给她打了一个十分简单的比方："比如电影里的巫婆都会有一个很可怕的坐骑。"

叶芽的眼睛亮起，她高仰起头紧紧地盯着叶霖川。

被殷切的目光锁定的叶霖川双手插兜靠着墙壁，微侧过头留给她半张棱角分明的脸，两个字无情地从他微张的唇瓣中吐出："没门。"

他本来就是给小孩子打比方，又不是真的想给她当坐骑。

他叶霖川就算是死，也不会让人骑在他的脖子上作威作福！

“我亲你一口，你让我骑一下。”叶芽绞着手指头，熟练地向“便宜爸爸”叶霖川撒着娇。

叶霖川双臂环胸，用冷哼表达不屑。

他的神情极为固执，叶芽泄气地耷了下小肩膀，为难地啃了下手指头，接着转身搬过凳子到他前面，踩着凳子爬上桌子，仰起脖颈费力地看着他的眼睛，冲他伸出两个手指头：“亲两口。”

她的嗓音软绵绵的，完全是商量的语气。

叶霖川挑眉，露出笑意：“我说小朋友，你是不是把你的亲亲想得太值钱了？白给我都不要。”

浓郁的失落感从那双水润干净的眼睛里一闪而过，叶芽立马低下头：“你不要吗？”

叶霖川偷偷地打量她的脸色。

叶芽吭哧吭哧地爬下桌子，深吸口气调整好帽子的位置，颇为遗憾地说：“好吧，那我只能去找夏屿叔叔帮忙了。”

叶芽边说边向外头走去：“夏屿叔叔来陪夏晴姐姐了，我亲亲夏屿叔叔，他肯定答应……”

叶霖川一把揪住叶芽的后领把她拎回来，冷着脸教训道：“不随便麻烦外人是华夏子女基本的道德礼仪。”

叶芽委委屈屈地道：“可是又没有‘内人’帮芽芽。”

叶霖川不耐烦地撇了下嘴：“那你去问问老师，可不可以让家长陪着上台。”这种活动都是提前规划好的，老师肯定不会同意，刚好可以搪塞过去。

叶芽不知道叶霖川心里的打算，兴冲冲地拉着他去找刘老师。

“老师，阿爸想当芽芽的坐骑，和芽芽一起上台表演，你觉得可以吗？”

忙到晕头转向的刘老师听到叶芽的声音顿时看了过来，跟在她身边的叶霖川面色阴沉，紧皱的眉心间露出三分戾气，刘老师不自觉地吞咽一口唾沫润了润发干的嗓子，思绪百转千回。

让叶芽上台只说两句话已经够可怜了，看叶芽家长的脸色肯定是不满意此次安排，要是她再不同意叶芽的这个要求，肯定会让叶芽伤心，也会让家长更不满意。

思来想去，刘老师决定为叶芽违反一次规则，毕竟是儿童节，万事以让孩子快乐为主。

“好。”刘老师笑容温和地道，“可以让爸爸和芽芽一起上台表演。”

这个老师怎么不按照套路出牌？

叶芽总算开心了，拉紧叶霖川的手，笑嘻嘻地说：“老师答应了，你也要答应哦，男子汉不可以毁约的。”

叶霖川有气无力地答应下来：“知道了。”反正他只是驮着她上去溜达一圈，无伤大雅，无伤大雅。

“那你也要化妆哦！”

叶芽踮起脚看了半天也没找见化妆师，无奈之下牵着叶霖川的手向厨房走去。以往厨房不工作的时候门都是锁着的，工作时会有人看着不让小朋友进去。也许是因为过节，现场混乱，此刻门敞开大半，也没有人看着。

叶芽鬼头鬼脑地向里面张望一番，小心翼翼地推开门走了进去。

厨师正准备着待会儿用的点心，谁都没有注意到这边的情况。

“你要干吗？不要打扰别人工作。”

叶芽没回答，直接来到厨师长面前，轻轻拉了拉他的衣袖问：“阿姨，可以给我些面粉吗？我表演要用。”

阿姨低头看了眼可爱的小姑娘，毫不犹豫地舀了一小碗面粉递给她，叶芽又拿走一瓶番茄酱，腰杆笔直地离开厨房走到院子里。她让叶霖川坐在地上，然后把面粉往他脸上扑。面粉在空气中乱窜，叶霖川被铺天盖地的面粉呛得鼻子痒痒，眼睛勉强睁开一条缝。

完事后，叶芽抠出红艳艳的番茄酱涂在了他的嘴角和脸上。

番茄酱的味道有些刺鼻，叶霖川强忍不适，耐着性子说：“差不多就得了，浪费不好。”

叶芽果然停下动作，思考一分钟后说：“那……那表演完了你可以自己舔干净。”手上蹭了很多番茄酱，黏糊糊的，叶芽自然而然地抹到了他的白衬衫上。

“芽芽！你在这里做什么？！”

夏晴发现了叶芽，开开心心地跑过来，看到满脸面粉还糊着番茄酱的叶霖川一怔，试探性地开口：“叶叔叔？”

“嗯。”叶霖川没好气地应了一声。

夏晴又看向叶芽，眼睛亮晶晶地道：“芽芽，你这样穿好可爱呀，像黑夜女王，她经常抱着一颗人头。”她说的是某个黑暗童话故事里的女反派。那个反派就喜欢烧杀抢掠，曾有一个妹妹，可惜被人杀死，此后女反派一直把妹妹的头颅带在身上。

夏晴很喜欢那个女反派，因为觉得她很特别。

突然，夏晴灵机一动道：“芽芽！要不要我演被巫婆杀死的人？”说着她蹲在地上，将四肢完全缩进宽大的演出服里，只露出一颗脑袋在外头。

“你可以在后面抱着我的头。”她提议道。

叶芽若有所思地绕到夏晴身后，垂落下的双手刚好可以抱住她的头——完全契合。

夏晴咯咯笑出声来:“我妈妈特别给我准备了化妆品,芽芽你等我一下。”说着她跑回教室，再出来时手上多了一个小化妆包。她用粉底往自己和叶芽的脸上涂抹，然后将口红涂出自己的唇外，制造出嘴角流血的视觉效果，随即又蹲在地上，让叶芽站在身后，两个人面无表情地看着叶霖川，一动不动。

一个脸色苍白的小孩子抱着另一个孩子的脑袋，这幅画面怎么看怎么诡异。

可是夏晴对自己的杰作不满意，再次跑回教室找夏屿帮忙借了把剪刀，喘着粗气回到叶芽跟前，让她把身上的披风脱下，用小剪子在披风上剪了一个口子，紧接着将它反过来披在叶芽的肩上，自己躲在披风里面，脑袋从那个口子露出来。

垂落的披风把她的身体完全隐藏起来，只有一颗脑袋露在外面，看起来就像是叶芽身上长出一颗头。

叶芽双手抱着夏晴的脑袋，开心地笑出了声：“我看起来好恶毒呀！”

夏晴也笑了出来：“我看起来像是死了一样。”

这两个小朋友玩得是不是太开了？这是正常小朋友会玩的游戏吗？！还没结婚，更没有孩子的夏屿不禁对当代幼儿的喜好产生怀疑。

笑够了，叶芽后退两步让夏晴从披风里面钻出来，望着面目全非的夏晴，皱着小眉头很是担忧地说：“晴晴姐姐是不是也要表演节目？你这样是不是就不能上台啦？”

夏晴摇了摇头，满不在乎地对叶芽说："没事啦，我们大班最后才表演，等和你上去演完，我去洗个脸就可以了。"

叶芽："可是老师会同意吗？"

夏晴振振有词地道："今天是小孩子的节日，小孩子说了算。"

夏晴说得似乎很有道理，叶芽被成功说服。

既然有夏晴帮忙，自然不再需要别人当坐骑增加威风感，夏晴就是她最威风的"道具"，叶芽拉着夏晴的手转头对叶霖川说："我要和晴晴姐姐上台。"

被面粉和番茄酱糊满脸的叶霖川一眯眼，神色逐渐变得不善。

"那我变成这样是为了什么？寂寞？"

叶芽没说话。

夏屿不给面子地在后头憋笑。

叶芽眼神游离，心虚地咬了咬手指头，很快找到辩解的话，说道："今天是小孩子的节日，小孩子说了算。"

叶霖川算是知道了，没事的时候她是奶奶，有事的时候就是小孩子，左右都是一言堂，她一个人说了算。

叶芽眼神躲闪，又心虚地咬了下手指头，临时给"便宜爸爸"叶霖川想了个角色："阿弟可以当我的随从。"

叶霖川轻哼一声。搞得好像他愿意做这小屁孩儿的随从一样，可笑。

儿童节活动很快开始了，全校师生聚集在礼堂之中。

礼堂布置得童趣十足，为了让灯光发挥出最大的作用，老师特意拉严了左右两边的窗帘。灯光流淌，音乐响起，打扮得花枝招展的小朋友们穿梭在礼堂中，欢声笑语中满是节日欢乐的氛围。

叶芽担心提前露面会没有惊喜感，于是躲在后台静静地做着准备。

小班是第一个上台表演的班级，距离开场还有五分钟，刘老师让学生们排队站好，随后走到叶芽身边："芽芽，你马上要上场喽，准备好了吗？"

三人蹲在地上，贴墙背对着刘老师，听到她的问话都没有回头。

叶芽声音稚嫩地回道："准备好啦！"

刘老师奇怪地看她好几眼："芽芽，你怎么不转过来和老师说话？"

叶芽："因为芽芽是巫婆，不可以露面给人类看。"

刘老师皱了皱眉，目光又移到旁边的小背影上，她身上的演出服很明显，不用想刘老师也猜到是夏晴。

“夏晴怎么也在这里？”

夏晴回答：“我当芽芽的随从。”

刘老师哑然。

叶芽总共露脸三分钟，让夏晴跟着上去也没什么关系。

“那你爸爸呢？”

叶芽：“他也是我的随从。”

叶霖川借了夏屿的帽子，压了压帽檐遮住泛红的老脸，开始想自己是不是有病才会跟着上台。幸好两个儿子不在，要是被他们看见自己现在的样子非得笑出声，父亲的威严会荡然无存。

表演马上开始，小班的花精灵们已经整装待发准备上场。

叶芽作为巫婆本应是独自登场，简单说两句词再被花精灵们打败退场。可是现在有了夏晴和叶霖川，自然不能像排练时那样出场，叶芽和夏晴交头接耳间很快想到了新的出场方式。

“芽芽，要上场了。”

“好。”

叶芽冲老师应了一声，随即看向叶霖川。

叶霖川神经紧绷，敏感地觉察到不妙：“干吗？”他当随从就算了，妆也化了，总不能真趴在地上给她当坐骑吧？

“叔叔，你可不可以让芽芽骑在你身上？”夏晴解释说，“我可以走在芽芽旁边，这样会很拉风。”

叶霖川震惊到说不出话，这还真要让他趴在地上当坐骑啊？！

现在时间已经来不及了，两个小姑娘的眼睛里满是哀求之色，有他不答应就哭出来的意思。被这种目光锁定的叶霖川头皮发麻，点头也不是，摇头也不是。

刘老师在后面催促，叶芽一副委屈巴巴的样子。叶霖川心一横，眼一闭，认命地点头同意，趴在地上让叶芽骑了一次“大马”。叶芽坐上去后，夏晴急忙钻到叶芽的披风下面，脑袋从口子里伸了出去，远远看去就像叶芽的右胸口长出颗脑袋。

她用左手扶着夏晴的下颌，小腿一夹，雄赳赳气昂昂地下了命令：“驾！”

叶霖川面粉下的脸没什么表情，他趴在地上四肢并用，驮着叶芽从幕布后面走向前台。夏晴歪着脖子，翻着白眼，跟在他们身侧艰难地移动。

礼堂一片漆黑，只听吧嗒一声，一束白光打在了舞台正中的叶芽身上。

她脸颊一片苍白，映衬得黑眼珠格外黑，身体一动不动，再看她手上竟托着一颗脑袋！脑袋翻着白眼，嘴唇半张，血顺着嘴角不住地往下流，画面极其骇人。

旁边马上要出场的花精灵们蒙了。

台下的家长也蒙了。

夏屿捂着胸口，突然感觉快要心梗了。

“我是坏女王，吃人爱放糖……”

小孩子软绵可爱的声音在此刻有种别样的恐怖感，台下鸦雀无声，众人静静地看着叶芽表演。

叶霖川胳膊发酸快要支撑不住，咬牙坚持着，脸上肌肉因用力不住地抖动，面目显得越发狰狞。台下看表演的小朋友们露出惧怕的表情，一个个嘴角下撇，似是马上要哭出来。

突然，夏晴张嘴一吐，一颗带着血丝的新鲜乳牙从她嘴里吐了出来。

她舔了舔牙床，冲台下一笑，露出满口血红来。

台下静了三秒，哭叫声轰然爆发。

“啊啊啊——”

“呜哇——我要妈妈！好可怕、好可怕！我要回家！”

“巫婆把夏晴的脑袋砍下来了，我们都要死掉了，呜呜呜……”

“爸爸——”

哭声伴随着尖叫声在四周回荡，儿童节庆典才刚开始便陷入了混乱。

叶霖川感觉仿佛有一股怨念从旁边传来，回头一看，发现刘老师哀怨地瞅着他。他脊梁僵硬，顾不得那么多，抱起叶芽，拉上夏晴就向外面跑去。

叶芽回过神，恋恋不舍地说：“我还没说完台词呢……”

“什么台词，你赶紧给我走！”叶霖川快要疯了，今天这事这么一闹，好好一个儿童节硬是被折腾成了鬼节，怕家长们会联合抵制他们家。想必今天，这些孩子的幼小心灵遭受了剧烈打击。

夏晴边走边回头看：“我的牙，我的牙！我的牙掉在上面了！”

叶霖川才不管那么多，随手把夏晴交给夏屿，带着叶芽去洗手间洗脸。结果匆匆走了两步，他就撞上了两个儿子还有沈昼。三人排排站在礼堂门口，紧盯着叶霖川，谁也没有开口说话。

气氛尴尬到让几人的脚趾狠狠地蜷缩。

叶清河叫叶霖川："爸。"

叶霖川回应叶清河："嗯。"

"你……"叶清河上下打量着叶霖川，"你"字在嘴里绕了半天，没再发出其他声音。他表情怪异，片刻后吞咽一口唾沫又看向叶芽。

别说，她和叶霖川现在很有父女相，看起来像是一家人。

"你们什么时候来的？"叶霖川没想到他们会突然出现在幼儿园里，按理说这个时候他们应该在学校才对。他想了下自己现在的模样，开始思考：他们应该没有看到他当马的那幅画面吧。只要他们没看到，那应该……还是好的。

叶霖川表面冷静，内心却七上八下。

"原来刚才那人真的是爸爸呀？"

叶子煜说的话一下子把叶霖川打入"地狱"。

"爸爸，你竟然让芽芽骑'大马'，你都不让我骑'大马'！"

果然，小儿子开始吃醋，双臂环胸，气鼓鼓地把脑袋转向了另一边。

叶霖川臊得慌，轻咳一下没吭声。

叶清河从书包里取出湿纸巾递过去："先擦一下吧。"说着他接过叶芽，温柔地擦拭着她的脸。

"芽芽演的是吸血鬼吗？"叶清河没有看出来她演了什么，勉强从她的装束上猜测她所饰演的角色。

叶芽摇了摇头，一板一眼地回答："芽芽演的是巫婆，可是我还没表演完呢……"

说着她看向舞台。

家长和老师已经安抚好了学生，现在秩序已经恢复。

花精灵们穿着漂亮的裙子在台上跳舞，准确地说是边哭边跳舞，显然还没有从她带来的恐惧中走出来。

"我们和老师请了两节课的假，想过来看芽芽、沈然表演节目，顺便把子煜带过来。"叶子煜下午放半天假，叶清河也不确定父亲什么时候回家，于是就带弟弟看妹妹的儿童节表演，哪想到会看见父亲涂了满脸面粉，还趴在地上给叶芽当马骑的画面。

想到刚才的画面，叶清河和沈昼抿唇憋着笑。

叶霖川睁一只眼闭一只眼，权当没看见他们的表情："你们下午也请假吧。"

两人面面相觑，齐齐看了过来。

叶霖川说："等这边结束，就带你们去过儿童节。"

能过节自然是好事，可是……哪有家长让孩子请假过节的？这未免太随便了。

看出两人神色里的犹豫，叶霖川温和地笑了笑，套用了叶芽说的那句话："今天是孩子的节日，孩子说了算。再说，你们的成绩很好。"

叶清河和沈昼都是刻苦用功的小孩儿，平时没有玩乐的时间，这个年纪要注意劳逸结合，他刚好可以借这次机会带他们放松一下，还能增进一下父子间的感情。

七月初，幼儿园放了暑假，叶芽和叶霖川将要进组参加《请听孩子的话》的录制，录制时间为二十五天。节目组已开始进行线上宣传，叶霖川作为嘉宾自然要转发官方发布的微博。

他随手点了转发，没有配文字，只配了一个红心符号，看起来简单又随性。

叶霖川顺便关注了一下其他嘉宾，这次参加节目的共有四组嘉宾，除了他们外，有夏屿和夏晴、王皓父子，还有赵辰星与当红的影后柳芊芊。夏屿那一组不用说了，王皓的孩子王明跃和叶芽同是童心之家的签约小模特，彼此见过几面。叶霖川记得赵辰星是赵家明的儿子，监控事件后消失在大众视野里，没想到现在又复出了。

嘉宾阵容曝光后，评论区果真炸窝了。

"芽芽，妈妈爱你！"

"每天翻来覆去看芽芽拍的杂志，终于可以在荧屏上看见她了。"

"芊芊！我要看芊芊带孩子！"

"赵家那个妈怎么回事啊，怎么又让儿子出来圈钱？"

"我也觉得莫名其妙，按理说他们家很有钱，怎么还让儿子出来？"

叶霖川关闭微博页面，打开股市页面。

上次根据叶芽的“指点”，投入的小额资金全部赚了回来，之后叶霖川涉险，狠狠心加入“杠杆”，将一半资金作为保证金5倍杠杆借入，如果股价下跌，他将全部亏损，强制平仓。结果他赌赢了，这只被叶芽选中的股票价格短时间内涨了三十点。

叶霖川深知人心不足蛇吞象，尤其是炒股这玩意儿，运气不会永远眷顾一个人。见好就收这个道理他还是懂得的。

说起来，这次还多亏那个叶芽了。

叶霖川若有所思，合上电脑起身回屋。

七月五日是节目正式录制的第一天，黑夜未退，日光尚在沉睡，突兀响起的门铃声打破寂静。

门铃接连响了许久，一声比一声急促。

叶芽被吵醒，打了个滚，翻身下床，揉了揉眼睛向外头走去。

“我去开。”

叶清河刚好出来，叫停叶芽，过去开门。

门外站着四个人，有两人扛着沉重的摄像机，还有两人是叶芽和叶霖川的随行导演与助理。望着逼近的镜头，叶清河一愣，随即想起妹妹和父亲要去参加节目。他没有耽误，让开路让几人进门，弯腰抱起叶芽。

叶芽困得厉害，趴在他的肩上，觉得他的怀抱温暖又舒服。

“谁啊？”叶霖川也走了出来，还保持着睡意，顶着一头乱发，竟有些许少年之气，眼神慵懒却锐利，显得有些让人难以接近。

负责他们这组的随行导演和助理都还年轻，呆滞了半天才开口说话：“叶先生早上好，我们是《请听孩子的话》节目组的工作人员，这是任务卡。”

一张精致的卡片被送到了他的手上。叶霖川揉了揉头发，将卡片拿近。

“请在九点前抵达龙城机场。”

叶霖川看看时间，现在还没到五点。

趴在叶清河肩上的叶芽满脸困倦，眼睛欲闭不闭，像是醒着又像是深陷梦境。

“清河，你带叶芽再睡会儿。”

“好。”叶清河没看镜头，抱着叶芽回屋。

叶霖川换了身衣服，打开行李箱往里面放衣服与日用品。他要带的东西不是很多，三两下便整理完毕。将行李箱放在门口，叶霖川又去厨房准备孩子们的早餐。

随行导演很是惊讶，叶家是标准的豪门，祖上几代都是有钱人，虽然到叶霖川这里出了些岔子，但他也不像是会沾“阳春水”的人，可是看他的动作又很熟练，完全不像是对着镜头装样子。

做好早餐放在一边后，叶霖川又着手做其他家务。他有洁癖和强迫症，客厅的每一个角落都要收拾干净，书本要摆放整齐。打扫一番后，时针指向六点，孩子们接连起床。

看着一个接一个走出房间的小孩儿，随行导演忍不住在心里吐槽，这叶总真能生。

“我收养的。”叶霖川突然对他说了一句。

随行导演一愣，原来是他刚才不小心把心里话说了出来，当下面露窘迫之色，低声道了歉。

“沈昼，你来一下。”

沈昼闻声过来。

十二三岁的少年长得纤瘦挺拔，内敛冷漠，一双眼尚未完全长开，旁人却能看出他日后清俊夺目的轮廓。镜头在他脸上多停留几秒，少年很淡漠地没有看镜头一眼，下颌线收得紧紧的。

“待会儿夏叔叔会派人接你们去他那边，要是有问题可以打电话给我。”

沈昼淡淡地应道：“知道了。”

“我还给你们请了家教，每周五过来，放假也不可荒废学业。”尽管叶霖川背负着欠款，不过请家教这些钱还是要出的，他的人生准则就是不管自己的生活多苦，都不能让孩子受累。

叶霖川拍沈昼的肩，严肃地道：“清河身体不好，子煜的病情虽然控制住了，但是医生说有复发的可能，你多辛苦辛苦，好好照顾家里，一旦发生意外情况，务必联系我。”

沈昼喜欢这种被尊敬之人信任的感觉，重重地点头，承诺说：“叔叔放心，我会照顾好他们的。”

叶霖川放下心来，走进叶芽的屋子拉开窗帘。

摄制组的人亦步亦趋地跟在后头。

小姑娘的卧室布置得温馨可爱，她睡觉的床像一朵圆形的花，床头摆着叶芽最喜欢的发光兔子玩偶和发光睡帽，还有各式各样的玩具。她肚皮朝下睡得香甜，一条小腿搭在床边，只要一翻身就会有掉下床的危险。

叶霖川上前拍了把她圆滚滚的屁股："起床。"

叶芽被拍醒了。

她支棱起脑袋，睡眼惺忪，眼前的几个人让她蒙了好久，直到系统音响起，叶芽才从茫然的状态中脱离。

系统提示："主线任务 09：与夏晴一同参与节目《请听孩子的话》。（已完成）"

系统提示："任务进度 90%，宿主完成十个支线任务后将开启最终主线任务。"

随着任务面板的消失，系统说："芽儿，十个支线任务是随机产出的连环任务，你务必在规定时间内完成，如果有一个失败或者放弃，十个任务要刷新重来。"

最后 10% 的任务自然是最难完成的。

它以前带过的宿主里，有不少人在连环支线任务上失败，系统心里没底，不确定叶芽能不能完成这一至关重要的环节，不过以她的幸运值来看，应该没太大的问题。

"芽芽。"系统突然失落起来，"芽芽回到家，也不要忘记叔叔哦。"

叶芽是它带过的心理年龄最小的宿主，虽然闹腾但也可爱，相处半年下来总归是有感情的，想到还未到来的离别，系统心中涌出惆怅的情绪。

叶芽回过神来，说："叔叔你放心，我肯定会忘记你的。"

系统无语。

叶芽："我们妖怪要活好几千年，等我长大就把叔叔忘记啦。"

叶芽好的没学多少，倒是把夏晴的耿直学了个十成十。

系统心头仿佛一梗，她说得没错，在妖怪漫长的生命里，它的存在像是一粒尘埃，等她长大便会把这些事忘记得干干净净……

好伤心，好难过，系统正情绪低落时，又听到叶芽严肃认真地说："叔叔要是怕芽芽忘记你，可以每年来看看我。"

系统一愣，默默地笑了。

"起床，你怎么还不动啊？"见叶芽半天没动作，叶霖川不耐烦地催促道。

叶芽揉揉眼爬下床，将被子叠好旁，穿上鞋去浴室洗漱。

叶霖川找出叶芽粉红色的行李箱，打开衣柜正要收拾东西，突然听到随行导演说："叶先生，你不能帮她整理。"

叶霖川看向他。

"我们的节目叫《请听孩子的话》，所以孩子是主权者，她要自己收拾行李。"

随行导演的这句话被叶芽听了个清清楚楚，着急地洗了把脸便从盥洗池旁的小凳子上跳下走到叶霖川身边，仰头看着随行导演，眼珠子亮到发光："那我就是一家之主了？"

"啊……嗯，也可以这样说。"

叶芽满意地点了点头，小手背在身后转过头去，表情严肃，颇有大家风范："阿弟，你记得钱包归我管哦。"

一家之主可是要管钱包的。

太好啦，小妖怪的"江山"又回来了！这天下终究还是姓"芽"的！

她嘚瑟得快要起飞，要是屁股后面长了条尾巴，保不准要翘到天上。

望着后面憋笑的一群人，叶霖川咬牙切齿，一字一顿地道："不准叫我阿弟。"

叶芽眨巴着眼，茫然地发问："可你不是答应让我一直叫你阿弟的吗？"

叶霖川气急败坏地道："我什么时候答应过？"

叶芽盯着他认真地沉思了十几秒，慢吞吞地开口说："一开始呀。"

叶霖川呼吸一窒，眼睛微微睁大："一开始我哪里答应了？"

叶芽："可是你也没有不答应！"以叶芽的脑回路，她觉得不拒绝就是默认，就是同意，何况她也没想到其他好的称呼，叫叔叔会觉得奇怪，偶尔可以叫一叫阿爸，但是不太顺口，叫……川孙孙？不行，一点儿都没有阿弟这个称呼可爱，还是阿弟最可爱。

叶霖川忍住脾气，白了她一眼："好好叫爸爸。"

"阿弟。"

"叫爸爸。"

"阿弟。"

"我说的是爸——爸——"

叶芽学他的样子拉长声音道："阿——弟——"

叶霖川快气晕过去了，这称呼要是不改，节目播出去还不得乱套？他顿时低吼着纠正：“爸爸！爸爸！”

叶芽上身朝后一仰，被这两嗓子吼蒙了。

她茫然地乱眨眼睛，张了张嘴，发出清脆可爱的声音：“唉！”应得那叫一个干脆利落，毫不拖泥带水。

跟在后面的摄制组人员笑成了“憨憨”。

第八章
请听他们的话

叶芽离家出走多次，对收拾行李很有经验，根本不需要大人教就知道能带什么，不能带什么。只是因为手太小，胳膊太短，她收拾的速度要慢上许多。

她慢慢吞吞地将衣服折得整整齐齐，放在粉红色的小行李箱里，将洗漱用品在行李箱的一边，带了几双可爱的袜子和几条小手绢，还有水壶等其他日用品。

紧接着她放好竹板，重新清点一遍东西，确认无误后，心满意足地拉上行李箱的拉链。

最后叶芽找出儿童防走失牵引绳戴在手腕上，将另外一边递给叶霖川，语重心长地提醒着：“我们要去陌生的地方，阿弟可不能把我丢掉。”“可”那个字被她咬得格外重。

叶霖川默默戴上绳子没有说话。

这玩意儿好像是叶芽起水痘的时候粉丝送的，当时他觉得没什么用就丢到了一边，没想到现在派上了用场。

摄像师对这一系列操作目瞪口呆。

《请听孩子的话》这节目录制了四五季，他们也见过各种各样的小孩子，有很听话懂事的，也有调皮捣蛋的，但从没有一个像叶芽这样有条不紊地收拾自己的东西，还主动戴牵引绳的。

随行导演忍不住感叹："您的孩子还挺懂事。"

叶霖川嗯了声，说："她有良好的自我管理意识。"

气人归气人，不过大部分时间里，她都是让人省心的。

七点整，他们即将出发前往机场。

面对马上要到来的离别，几位哥哥都面露不舍，叶芽走过去一人给了一个吻，一步三回头地进到保姆车里。

四个男孩子还没有走，并肩站成一排，与车里的叶芽遥遥相望。

她双手死死扒着车窗，视线紧紧粘在哥哥们身上，直到他们变成了小点，才叹了口气乖乖地坐好。

"我们不可以也带哥哥去吗？"叶芽说，"导演叔叔给工资是按人头算的吗？"

她低头很认真地想，加上哥哥他们，怎么着也能多赚几百块钱。

叶霖川朝前面的镜头看了眼，果然摄制组人员又在笑了。

"你别说话了。"

"为什么？"

"我不想听见你说话。"

"你为什么不想听见我说话？是因为我的声音不好听吗？"

叶霖川随意地翻着手机信息，说："好听……可惜长了张嘴。"

叶芽沉默半晌，对着叶霖川英俊的侧脸诚恳地说："阿弟的声音也好听。"

说完她靠着椅背打开了平板电脑。

叶霖川手指微缩，慢慢地看了过去，眼里露出些许诡异之色。他怎么觉得这小孩儿说话阴阳怪气的？

前面的摄制组人员又在笑。

叶霖川深呼吸，心想：这些人的笑点到底有多低？

车子一路畅通无阻，一个多小时后，他们准点抵达机场，坐上节目组安排的前往 C 城的班机。

这是叶芽第一次坐飞机，本因困倦而变得沉重的眼皮在飞机脱离地面时瞬间抬起，眼睛像定住一样透过小窗向外看，心里满是新鲜劲。她对飞机没有概念，在她眼里这就是个大家伙，万万没想到大家伙可以和她妈妈一样上天。

她跪坐在座位上，透过窗户向外面看着。

云雾皑皑，仿若仙境。

“坐好。”

耳畔传来叶霖川冷冷的警告声，叶芽不情不愿地坐好，好奇地打量着周围。

叶霖川用余光打量她，确定小朋友不会闹后，戴上眼罩开始睡回笼觉。

时间一点点流逝，新鲜劲过去，她就只剩无聊。叶芽脚尖晃动，时不时偷偷看一眼叶霖川，最后看得越发频繁。

要是以往叶霖川早就醒了，可是今天忙碌一早上，现在又累又困，哪会在意这无意义的眼神。

确定叶霖川不会理自己后，叶芽委委屈屈地低下头玩手指甲。

周围十分安静。

叶霖川这一觉睡得极为舒坦，醒后摘下眼罩舒展腰身，然后查看叶芽的情况。

“喝水吗？”

叶芽没说话。

“饿了吗？”

叶芽没说话。

“要上厕所吗？”

他这话问完，小姑娘肩膀一哆嗦，慢悠悠地抬眸看了过来。

她的嘴角几乎要撇到地上，大大的眼睛里蓄满泪水。

叶霖川心里一咯噔，不自觉地环视四周，这个机舱里都是节目组的工作人员，不存在有人欺负她的情况，加上牵引绳一直戴着，也不会有她擅自离座的情况。

叶霖川拉住她：“你先别哭，是哪里不舒服吗？”他说着表情严肃起来。

叶芽年纪小，坐飞机可能会有不适的情况出现，说来也怪他粗心大意，没有提前把这些告诉她。

叶芽缓缓地点了点头，眼泪憋在眼眶里不出来。

“那你说，你哪里不舒服？”

叶霖川紧张的样子吸引了节目组人员的注意，一时间大家的视线齐刷刷地落了过来。大家无一例外都在担忧，毕竟孩子年纪太小，身体方面的事大意不得。

所有人屏气凝神地等叶芽说话，却听她声音含混地说：“我……我……我想拉‘臭臭’。”她憋得想哭。

随着话音落下，现场的人陷入沉默，几道目光都放在了两人相连的手腕上。

小姑娘是害怕会吵醒爸爸，这才一直憋着没去上厕所？小姑娘太懂事了，真是太懂事了。这是什么感天动地的父女情？！

叶霖川喉结滑动，心里不是滋味。

明明是他带着小孩子出来，却不负责任地睡了过去，真是一点儿都没有身为父亲的意识。

他在内心叹息，解开牵引绳，目光温柔许多：“好了，现在你可以去了。以后想做什么，记得把我叫醒，不用担心吵到我。”

叶芽皱着眉，一脸“你在自作多情什么”的表情，

她抽了抽红通通的小鼻子，固执地别过头去：“我不去。我要下飞机再上厕所。”

她这不是闹呢？还有一个多小时才到C城，她一个小孩子哪能憋那么久，肠道非被憋坏不可。

“听话，快去，我和你去。”

“我不去！”叶芽一动不动，就是不肯起身。

叶霖川快要被她逼疯了：“那你为什么不肯去？”

叶芽噘嘴，半晌才慢悠悠地开口：“‘臭臭’会掉到下面砸到人。”

她担忧地说：“不干净。”

机舱里的人都愣了，几秒后，爆发出巨大的哄笑声。

叶芽茫然地看着这些乱笑的大人，难以理解他们到底在笑什么。她现在是在天上飞，拉下的“臭臭”也会在天上飘，到时候掉在下面砸到人，那就是高空抛物，小妖怪是要被抓起来的，使不得、使不得。

叶霖川好半天才止住笑，深吸口气调整好语气道：“放心吧，‘臭臭’不会砸到人的。”

他给叶芽简单地科普了一下飞机的构造和飞机厕所的排污原理，不过看她的表情应该是没懂，没懂就没懂吧，总不能一直让小孩儿忍着。

"来，带你去拉'臭臭'。"叶霖川抱着叶芽去厕所。

叶芽思考一番后差不多懂了，脸红红地趴在叶霖川的肩头，看着后面还在拍摄的摄像师，羞答答地把脸蛋埋在了叶霖川的衣服里。

"叔叔们是不是在笑我傻？"

"没有。"叶霖川摸了摸她的头发，"像你这样的想法，几乎每个人都有过。"

"真的吗？"叶芽不信。

"真的。"叶霖川给了她一个笃定的眼神，"小时候我还以为西瓜长在树上，傍晚向日葵跟着太阳转向西方，第二天早晨再一个大甩头转向东方，还总担心向日葵的脑袋会不会掉。"

想到小时候那些有趣的想法和做过的各种怪事，叶霖川脸上露出些许回味的神色来。

叶芽有被安慰到。

起码她知道西瓜长在地里，向日葵不会大甩头。

节目组的第一站是某个傍山而建、风景秀丽的小山村。这个远离城市喧嚣的山村只有二百多户人家，村民自给自足，日子过得安乐祥和。

面包车缓缓地在村口停下，叶芽的肩膀被人推了推，她晕晕乎乎地从叶霖川身上起来，揉了揉眼睛看向窗户外面。其他三组嘉宾也刚刚抵达下车，村口的石礅上坐着三两个抽烟的老头，几位过来看热闹的大妈或蹲或站，攥着瓜子对着节目组的嘉宾评头论足。

叶芽背上小书包，拿好小帽子，跟着叶霖川下了车。

山清水秀的小山村气候宜人，小路两边是绿油油的田野，生机勃勃的花草生长在碧空之下，随着夏风轻轻地摇曳。野花野草仿佛随了农民朴实的性子，说话轻声细语，态度比城里娇贵的花们强了百八十倍。

"你好呀，四叶草。"

"妈妈，妈妈，这个人类头上有叶子。"

"估计是四叶草成精了。"

"哇！我也想成精，她的叶子好漂亮呀！"

花草们毫不吝啬对小叶子的赞美，得到无数赞赏的愿望小叶子在叶芽头顶摇摆，看起来心情很好。

“芽芽——”

不远处的夏晴跳起来冲她挥手打着招呼，眼中满是欢喜。

夏晴今天扎了两条麻花辫，头戴蝴蝶结草帽，没有穿裙子，穿了背带裤搭配运动鞋，较往日多了几分活泼。叶芽紧接着看向旁边，王明跃被他的爸爸抱着，眼睛却不住地往她身上瞥；赵辰星依旧是安安静静的模样。

最让叶芽在意的是站在赵辰星旁边的女明星柳芊芊，柳芊芊容貌艳丽，目光几乎粘在叶霖川身上。

叶霖川宽肩窄腰，身姿挺拔，五官生得俊美夺目。他年过三十，却没有中年男人的“油腻”，只有岁月沉淀下的内敛。

寒暄过后，节目组的人开始安排第一天的任务，同时叶芽触发了随机支线任务。

“支线任务 01：强行和女主人公夏晴换房子。（未完成）”

他们要在这里度过两天一夜，每组嘉宾的住所都由抽签决定。按照“主人公定律”，女主人公住的房间自然是最好的，女配角住的自然是最差的，强行换房子的确像是恶毒女配角会干的事。

可是叶芽不是真的恶毒女配角，她是四叶草，幸运的化身。

“拿到号码后，大家按照提示前往各自的房间。”

叶芽抽到的是 3 号，夏晴是 2 号。

叶芽拿着写有号码的卡片走到夏晴跟前，说：“晴晴姐姐，我们可以换吗？”

夏晴看了眼手上的卡片，毫不犹豫地点头同意：“好呀，我和芽芽换。”

两人愉快地交换了房间，叶霖川和夏屿站在她们身后都没说什么。

“叮！任务完成，获得浇灌点 ×10。”

任务之简单，完成之迅速，让系统暗自咋舌。它琢磨半天也没说出一个字来，最后把所有吐槽的话吞到肚子里。

系统告诉自己习惯就好、习惯就好。

叶芽拖拽着自己的小行李箱，与叶霖川一起按照卡片上的路线提示向房子所在地走去。夏晴抽到的 2 号房建在村头后山处，石头堆起的房子又小又破，房屋四周围着栅栏，因为长久无人修补，早已破烂不堪。院中杂草横生，墙壁角落遍布蛛网，显然这是一所被人荒废多时的房子。

叶霖川皱了下眉，尽管心有怨言，但也没有过多表现，毕竟镜头还拍着呢。

他拿下了栅栏的锁，拎着行李箱走了进去。

房内共有两间屋子，外面是柴房，里面是卧室，说是卧室其实只有一张双人床和一个红木桌柜，十分简陋。

叶霖川头一遭来这么简陋的地方。

潮湿气很重，叶霖川打开窗户通风，可是仍然觉得透不过气。他很高，这间屋子对他来说过于狭窄低矮了。

“这里死过人。”

叶霖川正收拾着行李，听到旁边幽幽地传来一道声音。

他停下动作，微微垂头向叶芽看去。

小姑娘水汪汪的双眼眨也不眨地看着窗户外头那棵歪脖子老树，她小手一指道：“在那边死掉的。”

叶霖川的视线慢慢地移了过去。

老树安静地矗立在院中，茂盛的枝丫遮住阳光，让屋子里显得很昏暗。

他脊背发凉，全身的汗毛一瞬间竖了起来。

“别瞎说。”叶霖川板着脸阻止她继续说下去，“没事干的话就把你的行李收拾了。”

叶芽嘟着嘴道：“我没瞎说，树爷爷告诉我的。”

树爷爷说以前这里住了个漂亮的寡妇，可是不知怎的就在它的树脖子上吊死了。树爷爷觉得惋惜，一直念念叨叨，还让她不要害怕。叶芽自然不觉得害怕，就是庆幸还好夏晴没有来，不然夏晴一定会感觉害怕。

“这里没有厕所，我们怎么拉‘臭臭’？”在叶霖川还没有从寒意中抽离时，叶芽快速跳转到另一个话题。

他神色不满地道：“你除了关心你的‘臭臭’，就不能关心点儿别的？”三句话不离“臭臭”，叶霖川不明白小孩子为什么总是对拉“臭臭”和玩泥巴情有独钟。他本来以为她是聪明的克隆人，和其他小孩会有所不同，结果并没有什么两样。

叶芽眨巴眨巴眼，奶声奶气地说：“我也可以关心你。”

叶霖川喉咙一紧，脸色顿时不好看起来。

“敢情我和你的‘臭臭’是平起平坐的？”

平起平坐是什么意思？叶芽没听懂，但还是点了下头：“嗯！”

她说话的样子要多可爱有多可爱。

叶霖川扶额，一股血气涌上头，憋得额头疼。

望着吃瘪到哑然的叶霖川，后头的摄制组人员再次笑成了“憨憨”。

节目组本来以为像叶霖川这样不苟言笑的人，不会为节目增添多少喜剧效果，不承想他和叶芽待在一起产生了非常奇妙的化学反应。虽然相处只有半天，但摄制组人员已经看出，他和叶芽的关系不像是传统的父女关系，他们倒像是一对每天打打闹闹的欢喜冤家。

有了这一组嘉宾，节目的收视率肯定能上去！

等嘉宾们收拾完东西都到晌午了。叶霖川折腾得满头大汗，刚搬了个小马扎，坐在屋门口歇脚，就见夏屿领着夏晴进门。

看着叶霖川身后破败的房子，夏屿倏地瞪大眼睛，难以置信地指着他身后道：“你们就住这儿？”

叶霖川点了下头。

夏屿沉默，要不是叶芽硬是和他们换了号码，估计住在这里的就是他们叔侄两人了。想到他们那豪华的小院，夏屿顿时感到过意不去，对叶霖川说：“你们要不去我们那里住吧，挤一挤应该能睡下。”

偏房还有一张床，小是小点儿，但也比这里强，看这房顶烂得估计会漏雨。

叶霖川果断拒绝道：“不必，这儿挺好的。”毕竟到时候节目播出去，叶霖川可不想让看节目的观众说他矫情玩不起。

夏屿知道叶霖川的性子，没有强求：“那中午去我那儿吃饭吧，你这里做饭应该也不方便。”

身后的房子烧的是火灶，一般人搞不了，尤其房间长久空置，灶台估计也难以点燃。

叶霖川起身拍拍屁股上的灰尘，招呼叶芽去夏屿那边蹭饭。

午后的山间小路静谧美丽，远处山峦重叠，浓荫密布，小径两边种着大片的向日葵，满地灿烂金黄的花朵，与碧空连成一片，风景很美，让走在这里的人们心旷神怡。

七拐八拐后，叶霖川带着叶芽来到了夏屿现在住的房子里。

这是一处农家四合院，院里散养着大白鹅和大公鸡，院中还立了葡萄藤架，架子下面放着石礅与桌子；正房很大，有冰箱、彩电，还有 Wi-Fi（无线局域网），屋内打扫得干干净净，和叶霖川的住处比起来简直就是一个天上一个地下。

夏屿带着叶霖川进屋，不太好意思地说：“芽芽手气好，要不还是换回来吧？”

听到有人说自己手气好，正好奇地打量四周的叶芽立马转头看了过去，毫不犹豫地拒绝了夏屿的提议：“君子一言，驷马难追，夏屿叔叔和晴晴姐姐就住在这里。”

说出去的话哪能那么容易收回？人要守信是爸爸教给她的道理，何况叶芽一点儿都不在乎睡在哪里，就算让她睡在土里她也很开心，不对，是更开心，四叶草就是睡在土里的。

“不用换，反正就一晚上。”叶霖川撸起袖子走进厨房，“你会做饭吗？”

夏屿尴尬地摇头。

他是个靠“颜值”吃饭的偶像从来不需要学做饭。

“叶总会做吗？”

叶霖川面无表情地拿起菜刀：“生活所迫。”

这倒也是，毕竟他已经不再是那个要被保姆伺候的“霸道总裁”了。

在叶霖川做饭的这段时间里，叶芽和夏晴接受了节目组颁发的任务，喂院子里的家禽。两个小朋友一人包了一小包饲料，在院子里满地撒。

夏晴干了会儿就开始累了，对着地上扑棱翅膀的大黄鸡吞咽口水，软绵绵地问着叶芽：“我们非要喂它们吗？”

忙于干活的叶芽因夏晴的一句话醍醐灌顶，睁大眼睛看着圆滚滚、胖乎乎的鸡屁股，咂了咂嘴，呆呆地响应道：“也可以不用喂。”

两人对视，目光里都有了其他的意味。

叶芽很实诚地把心里话说了出来：“我们可以把它们吃掉，这样我们就不用喂它们了。”

两个小朋友的想法完全契合。

说干就干，她们放下饲料，张牙舞爪地从两边包抄那只优哉游哉啄食的大黄鸡。大黄鸡有所觉察，扑棱着翅膀跑出老远，与躲闪不及的叶芽与夏晴撞了个满怀，将她们撞倒在地。

她们很快振作，拍拍屁股站起来继续追鸡。

院子里鸡在扑腾，鹅在叫，乱作一团。

许明义在监视器后面嘴角抽搐，沉默地看着两个三五岁的小朋友和家禽较劲。

叶芽追得正起劲时，突然看见一只小小的、通体金黄的小鸡崽从鹅窝里探出头。她气喘吁吁地停下，满是好奇地看着那只四处打量的小鸡崽。

“芽芽，你怎么不追了？”

叶芽伸手一指。

夏晴看过去，当下道：“那和我们一样还是个小宝宝，不可以吃啦。”

叶芽皱眉看向旁边睡觉的大白鹅，脑海里浮现出被鹅攻击的恐怖画面，肩膀一哆嗦，极为笃定地说：“小鸡被大白鹅绑架啦。”

“啊？”夏晴愣住。

“大白鹅可凶了，肯定是把小鸡绑了回去，我现在去救小鸡。”

没等夏晴反应过来，叶芽便如闪电般冲向大白鹅的窝，把那只懵懵懂懂的小鸡崽掏了出来，严实地护在了掌心里。

“啊啊啊啊啊，芽芽，鹅醒了！鹅醒了！”

夏晴在她后边急到跳脚，比叶芽还要激动、紧张。

叶芽见识过大白鹅的恐怖，不敢和大白鹅多纠缠，看都不看它，就撒丫子往回跑。

“嘎——”果不其然，大白鹅怒了，拍打着翅膀向叶芽冲来。

“别追我、别追我，鹅鹅，别追我！”当日被追的画面历历在目，叶芽嘴里呜咽，抱着小鸡崽的力度更大一分。

农户家养的鹅好像比农家乐养的那些鹅还要大，又胖又壮实，飞起来仿佛遮天蔽日，一双眼睛吓人得很。

叶芽也不知道触动了它的哪根神经，惹得大白鹅不住地追逐她。

“这是鸡妈妈的孩子，你不可以……不可以抢它！”

叶芽在院子里和大白鹅绕圈圈，跑得满头大汗。

镜头捕捉着她的身影，可因为她跑太快，画面看起来刺激又滑稽。

“芽芽回屋！芽芽快回屋！”夏晴把房门打开，叶芽抓住机会，跑了进去。

啪，夏晴重重地把门合上，两个人无力地靠坐在地上，相视着长舒口气。

大白鹅心有不甘，站在窗台上嘎嘎叫着。

叶芽怀里的小鸡崽被捏得不舒服，也跟着叫了起来。

叶芽松开手，温柔地抚摸着它的小脑袋，语气软绵绵地道：“宝宝不怕、不怕，以后我可以当你的妈妈。”

外面的大白鹅还在拍门，夏晴踮起脚把门闩上后，问：“芽芽要当它的妈妈吗？”

“是呀，这样大白鹅就不会欺负它了。”

手里的小鸡崽很小，奶毛都没有褪，黄豆大的眼珠子骨碌碌地转，时不时对着叶芽叽叽叫，真是可爱极了。

“可是……它的妈妈应该在外面。”夏晴透过窗户朝外面看了眼，结果只看见那只被她们盯上的大公鸡，顿时泄了气，“算了，它的妈妈估计已经被吃掉了。”

小鸡崽对着门外头叫。

“嘎嘎嘎。”大白鹅对着里头叫。

叶芽摸着小鸡崽身上毛茸茸的毛，安慰道：“黄黄不怕，妈妈会保护你的。”说完她亲了亲它的小脑袋。

屋外的响动引起了叶霖川的注意。

他放下菜刀把手上的水擦干净，走出厨房看见叶芽和夏晴两个人对着掌心里的小动物嘀嘀咕咕，外面还有只大白鹅在叫。

叶霖川感觉不对，皱眉上前，居高临下地看着孩子们：“你们在干吗？”

“阿弟你看。”叶芽把手上的小鸡崽递过去，“这是我的女儿！”

嗞，叶霖川牙一酸，浓眉皱得更紧：“我才一会儿工夫不在，你就让我当姥爷了？”

“啊？”叶芽一琢磨，点头道，“嗯！”

她还嗯？！

叶霖川胸口有点儿疼，再看那只叽叽喳喳的动物崽子，表情更加不妙。

“我要把黄黄带回去照顾。”

得，她都给它起好名字了。

“不行。”叶霖川果断拒绝道，“你不可以带它回去养。”

“为什么？”叶芽歪头发出疑问，“家里又没规定不可以养小鸡，何况我是一家之主。我说了算！”

早上节目组的人说过的话她可都记得一清二楚，这档节目叫《请听孩子的话》，虽然她是一百岁的小妖怪，不过必要时是可以充当真正的小孩子的。

看着神情固执的叶芽，叶霖川脑仁开始疼了。

小鸡崽又叫了几声。

叶霖川按了按隐隐作痛的太阳穴，问叶芽：“你知道它现在说的是什么吗？”

叶芽安静地听小鸡崽叫完，点了点头笃定地道：“想让我当它的妈妈。”

“不是。”叶霖川摇头，“它说——我是鹅，我是鹅。”

叶芽蒙了。

后面摄制组的人开始憋笑。

“嘎嘎嘎！”外面的大白鹅又开始暴躁地叫。

叶霖川指着窗外的大白鹅：“那你知道它在叫什么吗？”

叶芽犹豫了会儿道：“把我的食物还给我。”

“不是。”叶霖川再次否定道，“它说——你还我孩子！你还我孩子！”

叶霖川掐着嗓子说话，模仿得惟妙惟肖。

叶芽的心态崩了，整个人“裂开”了。

她不相信，不相信冒着被啄的风险救出来的小鸡竟然是村霸大鹅的孩子！

宝宝伤心，宝宝难过，宝宝想哭。

“愣着干什么？你快把孩子还给人家啊，小心它真进来咬你。”

叶芽眼眶泛红，默默地转过身把房门打开一条缝，让“小鸡崽”从门缝里钻了出去。

“小鸡崽”扭着屁股，与大白鹅亲昵地靠在一起。

此情此景让“痛失爱女”的叶芽号哭出声。

她哭得难过，却让后面的一群大人笑成了傻瓜。

现在他们已经可以预想到这段播出后会引起热烈的讨论，说不定叶芽又会因为大白鹅上一次热搜。

叶霖川无奈地摇了摇头，才不管她哭不哭，准备回去继续做饭。

夏屿对这一系列操作目瞪口呆，看了看嗷嗷大哭的叶芽，又看了看冷漠异常的叶霖川，忍不住开口：“不……不哄一下？”

“没必要，哭累她就不哭了。”

叶芽早上没吃多少饭，现在又到了晌午，估计肚子早就饿了，哪还有力气哭。

夏屿噎了下，默默地跟着叶霖川去厨房帮忙。

“芽芽你别哭啦。”夏晴可没有大人那么冷血无情，坐在叶芽旁边搂着她的肩膀不住安慰着，“我亲亲你，这样你就有宝宝啦。”

“不行，我们俩亲亲是不会有宝宝的。”叶芽边哭边说，“我只想养小鸡。”

“好吧……”夏晴没了办法，望着满脸泪水的叶芽，突然灵机一动有了主意，“芽芽你先等我一下！”

她激动地从地上跳起，颠颠地跑去厨房，趁着两个大人不注意从桌上的篮子里偷出一颗鸡蛋。夏晴小心翼翼地藏好鸡蛋，跑到叶芽跟前，将鸡蛋递给她：“给。”

叶芽泪眼模糊，对着鸡蛋一头雾水。

夏晴：“小鸡都是从蛋里孵出来的，芽芽可以自己孵一个小鸡宝宝。”

叶芽擦干净眼泪，捏着鸡蛋若有所思。

有道理哦，虽然小鸡崽走了，但她可以养一只属于自己的小鸡崽！

叶芽对着夏晴甜甜地笑了笑：“谢谢夏晴姐姐，你真好。”

夏晴嘿嘿傻笑，捧起叶芽的脸在她肉嘟嘟的小脸蛋上亲了一口：“我只对芽芽好。”芽芽妹妹是她见过的长得最可爱、最乖巧的宝宝，她要一直保护芽芽妹妹，不让别人欺负芽芽妹妹。

叶芽把鸡蛋揣到小兜兜里，与夏晴手拉手出去玩。

一天的时间过得很快，夜色降临，到了大家各回各家的时候。

叶霖川牵着叶芽的手，刻意迎合着她的步伐，慢悠悠地向山上的小破屋走去。

没有污染的夜空好似压得极低，夺目闪烁的银河就像是耀眼的桥悬架在头顶，星光簇拥着一轮弯月，清冷的月光温柔地将身下的小山村包裹住。

脚下的路蜿蜒坎坷，叶芽踉踉跄跄地跟在叶霖川身边，看了看那只紧攥着自己的手的大手，又高高地仰起头看着叶霖川在月色下显得格外冷漠的面容。

“累了？”叶霖川察觉到叶芽的眼神，弯腰把她抱在了怀里。

叶芽怀里还揣着一颗鸡蛋。她小心翼翼地护着鸡蛋，一条胳膊搭在叶霖川的肩上，看着前面的路。

“晚安呀，小叶子。”

路两边的野花野草都要睡觉了，向她道别。

为表示友好，叶芽一个一个地回敬过去。

“你在和谁说话？”

“小草还有花花。”叶芽有些困，声音没有白天时有活力，听起来软绵绵的。

叶霖川笑了下，突然感觉小姑娘可爱了很多。

总算到家了，叶霖川拉开小灯，用从夏屿那里借来的热水给她洗了手脚，擦了脸，把叶芽抱上床里头，掏出故事书开始给她讲故事。她奔波一天也累了，没等叶霖川讲完故事便睡了过去。

看着眼前那睡颜甜美又可爱的小朋友，叶霖川小心地把被子给她盖好要躺上去的时候，叶霖川摸到一个圆润的东西，取出来一看——竟然是一颗煮熟的鸡蛋，皮已经被他压出几道缝。

这孩子怎么藏了一颗蛋？

叶霖川百思不得其解，可是鸡蛋都裂开了，放到明天估计也吃不了了。

刚好叶霖川晚上没吃多少饭，做了一通任务到现在饿了，舔了舔嘴角，剥开蛋壳，慢条斯理地咬了一口。

农村的土鸡蛋比城里的鸡蛋好吃，蛋黄很香，蛋清很滑。

叶霖川正吃着时，后面幽幽地传来一道说话声：“你把我的孩子吃了……”

屋外树影摇晃，一道凉风穿堂而入。

叶霖川想起白天叶芽讲的故事，瞬间受到惊吓，嘴里正要咽的鸡蛋直接卡在了嗓子眼里。他憋得脸色铁青，长臂在桌上探索，摸到水杯后拧开杯盖咕噜咕噜往嘴里送水。

活过来了……叶霖川松了口气，扭头看去。

叶芽背贴着墙，嘴角下撇，一张格外让人熟悉的哭脸，一言不发地看着叶霖川手上还没吃完的蛋。

“你……你把我的宝宝吃掉啦！你是个吃鸡凶手！”

吃鸡凶手叶霖川心想：距离他当姥爷没多久，他再次把他的“外孙”谋害了。

不是，重点不是这个。

“这就是个普通的鸡蛋，你看，还是煮熟的。”叶霖川伸过手去给叶芽看。

叶芽才不听他说的话，心里难过极了：“那是晴晴姐姐送给我的鸡宝宝，你、你把鸡宝宝吃了我怎么孵？！”

叶芽悲伤到不能自已，抽抽搭搭地又开始哭：“我……我流产了，我流产了！”

叶霖川满心疑惑，她分不清生蛋和熟蛋，倒是知道这些知识？他该夸她懂得多，还是该说她傻？

门口举着摄像机的摄像师再一次笑得像个傻瓜。

狭小的房间里回荡着小朋友哭泣的声音，叶霖川心力交瘁，闭着眼把自己重重地丢在了床上。

“我要蛋蛋！”叶芽不依不饶地推着叶霖川，“蛋蛋，蛋蛋！”

“大晚上我去哪里给你找蛋蛋？”叶霖川拿被子蒙住头，假意打着呼，“我睡着了，呼——”

“你没有睡着。你是假装的。”

叶霖川一动不动：“呼——”

叶芽对着被子里的人沉默……

“好吧。”叶芽垂眸，翻过叶霖川要下地，“我再去找一颗蛋蛋。”

叶霖川反应迅速，一把将她捞入怀中，双臂紧紧地箍住她，沉声警告道：“我教没教过你小朋友不可以在晚上乱跑？你是不是又想把自己搞丢？”

叶芽：“我那不是搞丢，是路不太好走。”

她说得还挺有道理啊？叶霖川哑然。

“没经过你的同意吃掉你熟了的蛋孩子是我不对，对此我深感抱歉。”

叶霖川诚恳致歉，叶芽没听出他话语里的阴阳怪气，痛定思痛，决定暂时原谅他：“好吧，那你下一次不可以这样了哦。”

“好的。”叶霖川颔首，“鸡蛋你要吃吗？”

看着送到嘴边的白花花的蛋清，叶芽舔了舔嘴唇，一口咬下。

呜呜……她的孩子真好吃。叶芽又开始掉眼泪。

后面的摄制组人员又一次笑成了“憨憨”。

愉快的乡村之旅很快落下帷幕，由于节目是边拍边播的，所以在他们继续拍摄时，第一期已成功地播了出去。

《请听孩子的话》作为老牌综艺有不错的口碑，这一次的嘉宾有影后、有流量小生，还有热度十足的叶家父女，强大的阵容自然吸引来无数的观众。

节目组本就不担心收视率的问题，不过到第一期首播那天还是大吃一惊。

第一期节目在电视台播出十五分钟后便破了《请听孩子的话》的收视纪录，一小时后打败对手台大热的真人秀综艺节目，荣登当晚收视榜首，同时夺得综艺话题榜第一、讨论度第一的位置，节目的相关话题以肉眼可见的速度蹿上微博热搜第一位，数项数据足以见证传奇的诞生。

早上八点刚过，节目组又准时把第一期节目发布在视频网站上，其实很多人已经在昨晚看完了首播，但还是第一时间守在了电脑前，准备抢个“前排”。

《请听孩子的话》是一档以孩童为主角的亲子类真人秀节目，片头利用无人机采景，背景音乐是大师谱写的钢琴曲，温柔悠扬，配合着山水的画面，就像是一档旅游节目。

电视台特意聘请了知名的国外后期制作团队，所以视频剪辑得也非常不错。

节目组偏爱叶芽，特意让她压轴出场。

当叶家兄弟中的叶清河出现在镜头里时，弹幕炸窝了。

“哥哥，我可以！”

“介意姐弟恋吗？差十五岁的那种！”

“叶总是什么神仙基因？成年人说话要大胆点儿，@叶霖川，我想和你‘配种’。”

“前面的人你当叶总是种猪吗？！”

…………

节目才刚开始，观众就开始疯狂地“玩梗”。

到叶芽出现时，弹幕又厚了两层。很快到了叶霖川让叶芽叫爸的那一幕，情景重现，经过后期处理的画面添加了几分可爱，不少看过首播的观众已开始在屏幕上刷名场面。

“你是我的女儿，我认你做爸。”

“芽芽：咱也不知道，但咱敢应。”

“U1S1（有一说一），我看上那个叫沈昼的小哥哥了，呜呜，清河哥哥我也想要。”

“芽芽是真的敢答应啊，老‘阴阳师’（网络用语，指阴阳怪气的人）了。”

“带（大）孝女。”

“这就是传说中的‘父相伤害’组合吗？”

第一期节目的笑点几乎被叶芽承包，在飞机上的那一段对话让不少人笑出眼泪，与她相关的话题“小时候我以为”甚至成为全民讨论的热门话题，登上热搜榜。

锦橙可爱：“小时候我以为吃了西瓜子，会在肚子里长西瓜，哭得嗷嗷的。”

Jnhuo：“小时候我捡到避孕套，把它当成了气球……”

美貌动人：“前面的人说出你的故事，哦，我也经历过。”

不是自恋而是懒得想名字：“小时候我以为我是美女，其实我是野兽。”

读者最可爱：“前面的你清醒点儿！”

大宝贝给你看：“那个……向日葵真的不会大甩头吗？！”

…………

第一期节目处处高能，由于父女俩非同一般的相处方式，后期已给他们打上“父相伤害”的标签，叶霖川是叶芽的爸，叶霖川又叫叶芽爸，这个组合名字非常适合他们。

组合名字刚出来，网友们发布话题时配合地带了两个“#”号送他们的组合名上热搜榜，有心人还给组合做了个合集。

“那我就是一家之主了？”

“好听，就是可惜长了张嘴。”

“阿弟的声音也好听。”

“不用哄，哭累就好了。”

“你吃了我的孩子。”

…………

合集收录了第一期节目中叶家父女的金句，UP主（指在视频网站、论坛等平台上传视频音频文件的人）表示会一直做下去。视频发布后，评论数唰唰上涨，很快过万。

芽芽的小啾啾：“父相伤害，害想咋的。”

父相伤害基地：“看我的ID（账号），以后这里就是两位爸爸粉（不是）的聚集地了。”

锦橙的小可爱：“‘叶芽被鹅追’，万万没想到这个话题还会有第二次上去的一天。”

芽芽被鹅追：“我们芽芽不要面子的呀？！你们怎么可以老提芽芽被鹅欺负这事？”

叶总的老婆：“哥哥，你先把名字换了再说话。”

锦橙不想更新：“不愧是村霸。”

网上讨论得热火朝天，叶霖川对此却并不关心，几乎是两耳不闻窗外事，除了股票不再理会别的，不过应节目组要求，还是和其余嘉宾互相关注了微博，偶尔互动一下，除此之外没有其他多余的动作。

《请听孩子的话》下一期的拍摄地点依旧是封闭的小山村里，节目组选这些地方一是因为风景秀丽，二是为了让嘉宾体验农村生活，三是方便拍摄，可以躲开狂热的粉丝。

刚开始的任务还是和房子有关，不过节目组加大难度，需要嘉宾先完成任务才可以挑选房屋，任务是通过默契考验，用时最快的一组嘉宾将获得优先选择权。

同时，叶芽的随机任务刷新。

“随机支线任务 02：干扰女主人公夏晴的任务进度。（未完成）”

叶芽和叶霖川是第一组上台做任务的嘉宾。

节目组安排的默契考验游戏是你画我猜，几组轮流上台猜五道题，得分最高者获得房屋的优先选择权。想到叶芽精湛的画技，叶霖川顿时胸有成竹，放下心来。

叶芽负责画。

节目组给出的题目是“草莓冰棍”，叶芽拿着画板，紧握画笔，沉思良久，直接对着对面的叶霖川亮出空无一物的雪白画板。

叶霖川更加有把握，迅速给出回答：“空气！”

“回答错误，你们还有两次机会。”

节目组人员的话让叶霖川一头雾水，他再次看了眼画板，神色不似先前那样轻松。

叶芽失望地摇了摇头，叹息着在上面画下一个垃圾桶，紧接着又画了个头顶长芽的小姑娘，小姑娘手里握着一根棍棍，满脸带笑地做出一个丢的动作。

她画得很好，叶霖川可以辨认出画上的人和物，却难以理解其中的“深意”。

眼看时间将过，他猜了半天，匆忙给出一个不确定的回答：“丢垃圾？”

节目组人员：“四个字。”

小女孩儿往垃圾桶里丢东西的四个字是什么？

“时间到，叶芽给出回答。”

叶芽：“草莓冰棍。”

叶霖川看了看那幅和草莓冰棍根本不沾边的画作，又看了看一脸“你怎么这么笨”的叶芽，彻底傻眼，无奈地笑了下，指着画质问：“你看着我的眼睛再说一次这是什么东西？”

“草莓冰棍。”叶芽听话地看着他的眼睛重复了一遍。

叶霖川哑然片刻后道：“奶奶您能告诉我它凭什么是草莓冰棍吗？”那张画和草莓冰棍有半毛钱关系吗？

奶奶这称呼着实新鲜，场外围观的嘉宾们笑弯了腰。

叶芽拿着画开始给叶霖川认真地讲解：“这是垃圾桶，这个小女孩儿是芽芽，手里拿着冰棍的木头棍，我喜欢吃草莓味的冰棍，所以是草莓冰棍。”

“啥？”叶霖川怀疑自己的耳朵出现了什么问题。

叶芽一本正经地说：“草莓冰棍被我吃完了，所以只剩下棍子。老师说我们要爱护环境，吃完的垃圾要丢到垃圾桶里，所以是草莓冰棍。”

她说得有理有据，令人无法反驳。

叶霖川彻底被这强大的解释“折服”，行吧，他认输。

经过第一轮的你画我猜，叶霖川差不多了解了叶芽的思维逻辑，向镜头比了个手势，继续第二轮游戏。

节目组的女导演在叶芽耳边嘀咕半天，叶芽点头表示了解，晃着小脚继续画。她先画一只小鸡，再画一只小鸡，然后往地上点着米粒，完美。

叶芽向叶霖川展开画。

叶霖川恍然大悟，毫不犹豫地开口：“下蛋！”

节目组人员抿唇忍笑，善意地提醒道：“叶总，是四个字。”

四个字？四个字的也简单！

叶霖川胜券在握，再次给出答案：“母鸡下蛋！”

叶芽上身后仰，小眉头紧皱，再次用“你是不是傻子”的表情看着他。

叶霖川按照叶芽的思维逻辑逐句解释：“一只是公鸡，一只是母鸡，两只鸡在一起后就是母鸡下蛋。”芽芽也喜欢鸡蛋，所以这个答案百分之百没错。

他是这样想的，叶芽却深深地吸气又重重地叹息，稚嫩的声音里满是对叶霖川的失望与嫌弃：“这是小鸡啄米。”

叶霖川瞳孔“地震”，无比愕然。

叶芽给出致命一击："这么小的鸡怎么可能下蛋？阿弟你真是笨，我都在下面画米粒啦。"

"三岁小孩儿说他笨"……叶霖川满脑子都是这几个字，对这个世界与自己的智商产生怀疑。

五道题，两人一道也没有答对，遗憾地退场。

第二组上台的是王皓，叶霖川抱着叶芽，凑到她耳边问出憋了许久的问题："你什么时候喜欢吃草莓味的冰棍了？你不是喜欢吃豆沙味的吗？"

叶芽一边看别人玩你画我猜，一边对叶霖川说："哥哥那天喂了我草莓味的冰棍。"

"所以你就喜欢？"

"嗯！"叶芽重重地点头。

叶霖川挑眉道："那先前你喜欢吃豆沙，也是因为哥哥喂了你豆沙味道的冰棍？"

"嗯！"叶芽又重重地点了下头。

叶霖川的心仿佛突然因小姑娘认真诚挚的神情化成了水，他轻轻一笑，伸手在她"Q 弹"的脸蛋上捏了把："你怎么这么可爱呀。"

叶芽看都不看他："你三个月前还说我怎么这么讨厌呀。"

叶霖川的笑容僵住。

叶芽白了他一眼："男人真是善变。"

叶霖川的笑容消失。

系统见女孩儿和"便宜爸爸"聊得开心，一点儿都没把注意力放在任务上，于是开口提醒："芽芽，记得干扰夏晴哦。"

从原著剧情看，叶芽势必要成为女主人公人生路上的绊脚石，让女主人公获得无数观众的怜爱。轮到夏晴和夏屿上台了，他们选择让夏屿画，夏晴猜。

夏晴神色恹恹的，刚坐到凳子上便举起右臂，有气无力地说："叔叔，我不舒服。"

她头上挂着汗珠，脸蛋被太阳晒得通红，身子摇摇晃晃，像是马上要从椅子上跌落。

节目组的人顿时紧张起来，夏屿起身上前，把夏晴抱在了怀里。

"哪里不舒服？"夏屿因为担忧，嗓音变得紧绷。

夏晴靠在叔叔的怀里，低声地说：“我的头有点儿晕。”

随行的医生很快过来，给夏晴做了检查，对紧张兮兮的夏屿说：“估计是晒得太久有些中暑，给她喝点儿水，让她休息一下就好了，不用担心，很快就能好。”

轻微的中暑症状很容易缓解，不算是太大的问题。

大家听后立马放下心来，可是新的问题也来了，如今夏晴暂时无法参与录制，接下来的流程要如何进行？

夏屿自然考虑到这一点，正想放弃游戏时，一道声音从人群里传来。夏屿看过去，只见叶芽从叶霖川身上滑下，跑到在树下休息的夏晴跟前，拉住她的手对着节目组的人说：“我可以代替晴晴姐姐完成任务。”

“你？”许明义犹豫。

叶芽像小英雄一样挡在夏晴面前：“我和晴晴姐姐情同手足，晴晴姐姐生病，我帮姐姐完成任务！”

夏晴要感动哭了，使出全身的力气紧紧地抱住叶芽，哽咽着道：“芽芽你真好。你是世界上最好的芽芽。”

叶芽拍了拍她的头，再次向节目组的人哀求：“叔叔，可以吗？”

事到如今哪还有什么不可以的，何况两个小姑娘的眼神如此殷切，让人觉得要是不答应她们，她们非得哭不可。

许明义点头后，欣喜的叶芽与夏屿一起再次回到游戏场地。

夏晴没什么力气，站在树下为两个人加油打气。叶芽回了一个胜利的手势，重新坐到那张小凳子上。

夏屿可不像她们这样轻松，相反，他的心情很沉重。想到叶芽先前的表现，夏屿不确定可不可以跟上她奇怪的脑回路。还好他上大学的时候，在课外学过一年素描，只要画得清晰明了点儿，她应该是能懂……吧？

许明义喊了开始。

第一道题目是“树墩”，夏屿轻抚下颌陷入沉思，三岁多的小朋友也许不知道树墩是什么意思。他很快想到让她明白的办法。夏屿先画了一棵树，接着画了一个石磡，最后在两者中间打上加号，展示给叶芽看。

场外围观的叶霖川双手环胸，不屑地轻嗤，暗自在心里嘲讽：以叶芽的思维能力怎么可能领会如此复杂的题目？她百分之百答不出来，结果下一秒叶霖川就被狠狠地打脸了。

“树墩！”叶芽回答得干脆快速。

“正确！”

场外一片哗然。

叶霖川愣住，很快释然：巧合总会有的，下次她就不会有这么好的运气了。

第二道题目是“烧烤”。

夏屿握笔思索：他直接画烤肉架和肉，小朋友可能会理解成烤肉或者烤肉架，他可以继续采用先前的方式。拿定主意后，夏屿先画上一团火，又在旁边画了一个烤火的人，再次展示给叶芽看。

叶芽望了眼火，又看了看人，果断地回答：“烧烤！”

“芽芽你真是太聪明了！”夏屿激动到不成样子，放下画板跳过来抱起叶芽，在她脸上落下一个热情似火的吻。

两人欢笑打闹，比起叶霖川和叶芽来更像是父女。

叶霖川心中不是滋味起来，急忙上前阻拦：“等会儿，你告诉我那玩意儿凭什么是烧烤？”

怎么看那也像是烤火的人，他发出质问：“你们是不是作弊了？”

节目组的人忙不迭地澄清：“叶总，真的是烧烤。”

他们逗他呢？

这怎么能是烧烤？凭啥是烧烤？

激动过后，叶芽开始解释：“那个火烧着了，就是烧；那个小人儿在烤火，就是烤，连起来就是烧烤。”她一副扬扬得意的样子，忍不住夸赞自己真是聪明。

这……这怎么能连得起来？！叶霖川被打击到，沉着脸退场。

叶芽和夏屿默契十足，五道题全部答对，赵辰星那一组的成绩也不错，五题答对四道，以一题之差位居第二，其次便是王皓父子，叶霖川和叶芽排在末尾。

各组的结果出来后，各组嘉宾按照名次依次选取了将要住的房子。

排在末尾“没肉吃”，叶霖川看着卡片上破旧的石头屋，觉得不认命不行。

“川哥。”此时夏屿抱着状态恢复的夏晴走了过来。

叶霖川止步。

“给。”夏屿突然把挂有号码牌的房间钥匙递了过去。

叶霖川愣住，觉得难以置信。

夏屿笑得干净爽朗，给人的感觉就像是盛夏里清凉的橘子汽水："游戏是叶芽帮我们赢的，我们一人一半。上期也是多亏了叶芽，总不能一直受你们的好处不回报。"

叶霖川喉结滑动，"一把年纪"的男人成功被这个二十多岁的大男孩儿感动到。

他推搡："不必。晴晴不是不舒服？让孩子住好点儿，我们俩凑合一下就行。"

说着他捏了捏叶芽的小手："你说呢？"

叶芽慢吞吞地说："让晴晴姐姐住好点儿。"

"这房子也不是很糟糕，就是外表旧了点儿，川哥就不用和我争了。"夏屿强行和叶霖川换了号码牌和钥匙，生怕叶霖川再拒绝，抱着夏晴匆匆向前走去。

"叮！支线任务 02：干扰夏晴的游戏进度。（已完成）"

系统早已习惯，按照评定系统的逻辑来分析：夏晴因为中暑没有参与游戏，叶芽虽然帮助他们赢得胜利，但最终结果还是夏晴拿到了最差的房子，所以任务完成了，毕竟评定系统只看结果不看过程。

"支线任务 03：随机欺负同行嘉宾。（未完成）"

欺负一同参加节目的小朋友也的确是恶毒女配会干的事，只是……

系统叹息，以叶芽的运气来看，这种任务估计要用另外一种方式来完成，也好……

夏屿选择的是四座房子里最好的那栋，独栋小二楼，院里还养了一只大黄狗。

小二楼有两间卧室，把其中一间分出去，剩下的房间由叶霖川和叶芽住是绰绰有余的。

"叶芽过来。"

在院子里和大黄狗玩得开心的叶芽立马起身跑了过去。

"你去找夏屿叔叔，让他们来和我们一起住。"

叶芽眼睛一亮，迫不及待地问："晴晴姐姐也来吗？"

"嗯，晴晴姐姐也来。"

叶芽欣喜若狂，撒丫子向几条街外的夏晴家跑去。

天很热，街上除了散养的牛羊外，人很少，她跑得满头大汗，没一会儿便感觉累，步伐越发缓慢。叶芽仰头看了眼天空，舔了舔干涩的嘴唇，自然而然地走到旁边的一户人家里。

“有人吗？”叶芽拍着门，紧接着对着窗户里头喊道。

门被从里面推开，露出一双冷冰冰的眼睛。

对方没说话，安静地注视着站在门外的叶芽。

见是赵辰星，叶芽瞬间却步，可是喉咙又干涩得厉害。她咬了咬下唇，扯住两边的衣领，声音弱了不少：“我……我想喝水……”

赵辰星垂眼关门，再出来时手上多了杯冰凉的井水。

叶芽接过水杯一饮而尽，擦干嘴巴把杯子还了回去：“谢谢小哥哥。”

赵辰星余光瞥见了后头拍摄的镜头，眼中的冷漠顿时消散，表情温和单纯：“还要吗？”

他突如其来的变脸让叶芽愣了下，呆呆地摇了摇头。

“你要去哪里呀？”

叶芽回答：“找晴晴姐姐。”

“晴晴不是身体不舒服吗？她应该在休息，你要不要进来和我玩一会儿？毕竟外面这么热。”

赵辰星将门打开，屋内电风扇呼呼地转着，清凉的风瞬间带走人身上的燥热。她扭头看着身后被炙烤得滚烫的大地，刹那心中的天平倾斜。她点头，跟着赵辰星进屋。

柳芊芊此刻正在厨房里做饭，见叶芽进来问候了几声，随即又去忙碌了。

叶芽跟着赵辰星坐到床上，床上散落着几件玩具。叶芽很快被玩具吸引，将叶霖川交代的事情忘记得一干二净。

玩闹中时间过得非常快，厨房里飘出饭香。赵辰星撂下玩具，拉住叶芽的手腕直奔向厨房：“我们去看看阿姨做了什么饭。”

厨房的台子对两个小朋友来说有些高，赵辰星搬来两把椅子，先将叶芽抱上去，最后站到她旁边，神情专注地看着还在炒菜的柳芊芊。她在做炒肉丝，色泽鲜艳的肉丝搭配翠绿的尖椒，肉香勾得人馋虫都要从肚子里出来了。

叶芽接连吞咽唾沫，目光粘在锅里。

那副渴求的表情逗笑了柳芊芊：“芽芽要不要留在阿姨这里吃饭？阿姨

的手艺很好哦。”

女人温柔的声音搭配肉丝的香气蛊惑了叶芽。

叶芽正要点着脑袋答应时，叶霖川的声音传来：“叶芽！”

他的声音听着有些怒意：“我让你去找夏晴，你来这儿干吗？”

叶霖川摆着张臭脸，叶芽表情茫然，思考好半天才想起叶霖川叮嘱过的事，小手在脑袋上一敲：“我忘啦！”

三个字说的没有半点儿愧疚感在。

叶霖川懒得在镜头前教训她，伸手抱起她：“回去了，晴晴他们都在等你呢。”叶霖川做好饭等半天都没等到人，只能先去找夏屿，最后才得知叶芽在这里。他瞥了眼旁边沉默的赵辰星，眼神有些冷漠。

见两人要走，一直没说话的柳芊芊忙上前一步，叫住叶霖川。

“那个……”她耳朵有些红，“芽芽和辰星玩得挺开心的，要不要让芽芽留在这里吃饭？吃完了我把她送回去。”

“不用麻烦。”叶霖川拒绝道，“家里还有人等着，下次吧。”

说完他不再看柳芊芊，抱紧叶芽阔步离去。

柳芊芊痴痴地注视着男人逐渐消失的背影，垮下肩膀，转过身沉默地盛菜。

柳芊芊正失落着，冷不丁听到耳边有稚嫩单纯的声音道：“阿姨，你放在这里的戒指怎么不见了？”

柳芊芊不自觉地摸了下空空荡荡的食指，这才发现被摘下放在一旁的翡翠戒指没了踪影。

那是妈妈留给她的遗物，柳芊芊很是珍爱，不拍戏的时候每天都会戴着，因为做饭不太方便，所以才暂时取下来将其放在一边。

她着急地在脚下寻找了一遍，又趴在地上看了看柜子底下，一无所获。

柳芊芊急得满头汗水，呼吸都粗重不少。

“辰星看到阿姨的戒指了吗？”

赵辰星点头：“刚才我和芽芽过来的时候还在呢，就在这个地方。”他伸手一指，刚巧是叶芽摸过的位置。

柳芊芊沉默着陷入思考。

叶霖川一进门，柳芊芊和赵辰星就追了过来。

柳芊芊拘谨地站在门外，时不时看向叶芽，欲言又止的神情令叶霖川不耐烦地蹙起眉心。

"柳女士有事吗？"

柳女士这个疏离的称呼让柳芊芊恍惚地以为自己在和客服说话。

"柳阿姨的戒指不见了。"赵辰星代替柳芊芊开口，"芽芽，你拿柳阿姨的戒指了吗？"

他的眼睛很漂亮，细碎的光在那双瞳孔里跳跃，表情单纯，与初见时冷漠的他判若两人。

叶芽突然有些不舒服，晃了晃脑袋，说："没看见。"

叶霖川朝着柳芊芊的手上瞥了眼，十根葱白似的手指什么也没戴。他向来不喜欢观察无关紧要的人，自然也不知道柳芊芊之前戴过什么戒指。只是他在赵辰星眼里看出些撒谎的意味，表情瞬间紧绷。

叶霖川掩去眼中的不满，淡淡地问："什么样的戒指？"

他语调平缓，双目深沉地注视着柳芊芊。

柳芊芊莫名感觉到了压迫感，攥紧指尖，硬着头皮向叶霖川描述丢失的戒指的样子："是一枚翡翠戒指，很老旧的款式，那是我奶奶送给我妈妈的，后来我妈妈去世，又给了我。"提及逝世的母亲，柳芊芊的声音干涩许多。

"柳女士把戒指摘了放在哪里？最后一次见它是什么时候？"叶霖川面无表情地问着话，就像是警察审问犯人。

"做饭的时候我把它摘下放在了旁边，叶芽来之前还在的……"

叶霖川哼笑出声，讥讽道："那么重要的东西被柳女士随意放置，柳女士未免也太粗心了。"

他这话让人听着不喜。

柳芊芊脸上的表情瞬间挂不住，但她也清楚他所言是事实，没什么可以狡辩的。

"柳女士来这里是因为怀疑叶芽拿了戒指？"

柳芊芊没说话，录制现场的氛围猛然变得尴尬。

他们这边的骚动引起了夏屿还有王皓的注意，两个家长一齐牵着孩子出来，凑到了他们旁边。

"川哥，怎么回事？"夏屿站在叶霖川身旁，不由得问他。

叶霖川说："柳女士的戒指丢了。"

夏屿觉得莫名其妙，问：“柳女士的戒指丢了和你有什么关系？”

回应夏屿的是无尽的沉默。他瞪大眼睛，不自在地小退一步。

柳芊芊现在坐立难安，因为发现戒指丢了太过着急，所以当赵辰星提及叶芽时想也没想地找了过来。如果戒指在叶芽身上还好，要是不在或者丢在家里了，她将彻底下不来台，等节目播出去时可不单单是她名誉受损的问题。

这几天的短暂相处让她差不多了解了叶霖川的为人，他在多数时间是难以接近的，不愿做那些表面功夫，不喜欢就是不喜欢，连掩饰都懒得去做。

柳芊芊尽管知道他已经不再是当初的叶氏总裁，可还是怕，从心底畏惧这个人。

叶霖川把叶芽放在地上，蹲下身与她对视：“你去柳女士家玩的时候，看见柳女士的戒指了吗？”

叶芽老老实实地说：“我只和辰星玩了玩具。”

“那你去厨房了吗？”

叶芽琢磨一下，点头：“去了，我和辰星一起去的，因为柳女士做的饭很香。”她说着肚子咕噜地响了一下。

叶芽饿了，但也知道现在不是吃饭的时候。

她低头在身上的兜兜里来回摸索，左边口袋里放着两三颗糖，叶芽抓出糖交给叶霖川暂时保管，最后又摸向右边口袋，里面有一个冰凉的硬物，叶芽直接把东西掏了出来，是一枚翡翠戒指。

正是柳芊芊丢的那枚。

翡翠在灯光下折射出漂亮的光泽，旧物失而复得，柳芊芊大喜过望，一把夺过戒指激动地说：“是这个！是这个！太好了，我总算找到它了！”

叶芽木讷地看着空荡荡的掌心，还没有从惊讶中回过神。

等反应过来时，眼里立马蓄上泪水，她撇着嘴对着叶霖川哭诉：“我没有拿柳女士的戒指，它……它自己跑进我的兜兜里的。我没有拿！”

叶芽很乖，是不会没经过别人同意随随便便拿别人的物品的，那是不礼貌的行为。

她不清楚戒指怎么到了口袋里，情急之下哭了，边哭边跑到赵辰星面前拉住他的手：“你……是不是你把戒指藏在我的口袋里了？”叶芽单纯，当时只有赵辰星和她有过近距离接触，现在第一反应就是质问赵辰星。

赵辰星目光闪烁，仗着身材矮小，大人又没注意到这边的情况，指腹重重地按向叶芽左手的虎口穴。

她肉皮嫩，突然传来的痛楚让叶芽条件反射地把赵辰星推开，小男孩儿踉跄两步，顺势跌倒在地上。

“芽芽，我没有藏柳阿姨的戒指。”他神色委屈地道，“你怎么可以推我？”

“叮！支线任务 03：随机欺负同行嘉宾。（已完成）”

“支线任务 04：宿主需收集一万个恶评。（未完成）”

这哪是她欺负人，明明是别人欺负她！

叶芽可被整蒙了，都忘了哭。

赵辰星刚才按压的是穴位，疼归疼，却没留下丝毫印子，就算她说了估计也没人信。

恍惚中有人过来把两个小孩儿分开，叶芽低着头，紧紧地咬着唇不愿说话。

柳芊芊重新戴好戒指，现在东西也找回来了，自然不必和一个孩子过不去。

她落落大方地笑道：“辰星和芽芽不用吵架，也许是你们玩的时候手不小心碰到，然后它滑进了芽芽的口袋，没事，大家都回去吃饭吧，现在已经很晚了。”

柳芊芊的态度成功得到现场所有工作人员的好感，再与叶霖川对比，倒是他显得不近人情。

“等一下。”柳芊芊刚转身要走，一道冷漠的声音阻止了她。

她回头看去，灯火闪烁下的叶霖川表情冷淡。柳芊芊不禁一愣：“叶总还有事？”

叶霖川没回答，看向叶芽：“你不知道那个戒指怎么进去的是吗？”

叶芽眼含泪水，轻轻一点头。

“好。”一个字表达了他对小姑娘无条件的信任，也表明了他非要追查下去的坚定态度。

“不管是戒指不小心掉进去的还是别人不小心放进去的，我们都要彻查清楚。”叶霖川咬重那两个“不小心”，眼神玩味，“事关小孩子的清白，相信柳女士也不会在意。”

这话他说得实在气人，搞得好像她诚心栽赃小孩子一样。

柳芊芊忍不了，毫不犹豫地应和：“可以，叶总想如何彻查？”

叶霖川："导演在房间各角落都安排了机位和镜头，我们看视频回放就好。"

这是求证真相最简单也是最快速的办法，导演没有任何意见，直接当着几位嘉宾的面调出一小时前叶芽去柳芊芊家里玩的画面。两个孩子相处得很和谐，柳芊芊在厨房里做饭，戒指就放在旁边，可以看见她在取东西时不小心碰到戒指，戒指往前滑了下，赵辰星拉着叶芽过来。

赵辰星的手不老实，一直向前扒拉，尾指碰到戒指，刚巧掉在叶芽的口袋里。

真相大白，所有人都松了口气。

"看样子是不小心的。"柳芊芊笑了笑，扭头冲工作人员还有嘉宾鞠躬："不好意思，因为我的事耽误大家不少时间，实在不好意思。"

连番道歉后，柳芊芊牵着赵辰星的手回家，其他人也一同散去。

赵辰星行走在黑夜里，身影消失前回头看了一眼。

"小兔崽子……"叶霖川低低咒骂，抱起叶芽回了屋里。

这期节目播出后叶芽和叶霖川被骂惨了，因为叶芽是小孩子，相对来说网友对她宽容很多，无非说她爱哭又不懂事，说她一点儿也没有前面那期节目里表现得那样可爱，败尽路人的好感。被骂得最凶的要数叶霖川，背地里似乎有资本的推手，节目一经播出，"叶霖川录制现场侮辱女演员"的话题就被人买上热搜，他讥讽的语气和面对柳芊芊时冷漠的态度都成为营销号和路人攻击他的理由。

一时间恶言四起，不管是节目的粉丝还是演员的粉丝，全都仗着叶霖川没有公关能力大肆抹黑他，一时间评论区里都是污言秽语，仅有几个替他说话的人也会被人骂到删了评论。

夏屿最先看不过去，节目播出后的当天晚上发布微博。

夏屿："川哥面冷心热，大家口下积德。"

王皓紧随其后，转发微博说："都是误会，叶总只是'直男'一点儿。"

一个两个都出面说话，柳芊芊没理由还在后面躲着当缩头乌龟，最重要的是不管着点儿粉丝恐怕会闹出乱子。

柳芊芊："叶总平常挺照顾我的，大家不要再骂啦。"

"柳宝好善良，柳条好心疼。"

“那个叶芽我是真的不喜欢，太精明了，一点儿都不像是三岁小孩儿。”

“+1，前面和叶霖川玩你画我猜时一道题不对，到和夏屿组合就赢了，表现欲太强，真的很讨厌。”

“第一期我还觉得她挺可爱的，结果刚夸完她就欺负嘉宾。”

“还有叶霖川，大写的‘装’，心疼我们柳宝，柳宝快别录了。”

“这次我要夸一下辰星！小星星回去还安慰柳宝，太甜啦！”

“小小年纪就会栽赃陷害，城府可真深啊。”

…………

嘉宾们的发微博并没有让事态缓和，这件事里唯一的受益者恐怕就是赵辰星。他本来长得好看，又一直活跃在公众视线里，现在又没有田又琴作死，叶芽的那一推让他的粉丝量噌噌上涨，田又琴趁机出来发了张赵辰星的写真照，她那本来因为叶芽而臭掉的口碑隐隐有回转的趋势。

这些评论出现时节目组要前往下一个录制地点，由于路程较远，时间又晚，于是一群人暂时居住在酒店里。网上那些热搜和评论大家也都看了，节目组的工作人员和其他嘉宾心照不宣地不对叶霖川提及，和谐地讨论着第二天将要录制的内容。

大人们在房间里讨论时，叶芽还有其他孩子都在另外一个房间里玩，一人抱着一台平板电脑，谁也不打扰谁。

其他小朋友都在看动画片或者玩“消消乐”类的游戏，只有叶芽乱点着叶霖川的微博，对着页面左上角闪烁的红点若有所思。

“你已开启直播，当前观众 600。

“当前观众 1000。

“当前观众 30000。

“恭喜主播登榜！目前游戏区排名：300+。”

叶芽挠挠头，不明所以地关闭提示，可是最下面依旧有个小窗口，小窗口显示的正是微博页面，还有文字不断跳出。

叶芽搞不明白自己点出了什么玩意儿，再次把窗口放大，软软地念出了看到的第一条弹幕：“叶霖川？”

这好像是阿弟的名字，叶芽困惑地继续往下念：“你妈死了。”

这话连起来就是“叶霖川你妈死了”。

叶芽点点头，一本正经地回复：“阿弟的妈妈的确死掉啦，死掉好久了。”

小孩子的声音一出现，弹幕炸窝了，齐齐刷了一片问号。

“叶霖川那个恶毒的男人让小孩子读评论？”

“道理我都懂，小朋友你快把手机还给你爸！让他别占我们游戏区的榜啊！”

“我‘裂开’了。”

“小孩子读评论，叶霖川搞的哪一出？”

观众都傻眼了，本来看到叶霖川开直播还是游戏区的直播就够让人蒙了，点进来一看发现竟然还是微博页面的投屏，还有小孩子说话，说的还是“你妈死了”。

众人觉得惊悚，实在惊悚。

叶芽单手托腮，无所事事地继续翻接连跳出来的 @ 信息。

“@ 叶霖川，你在此地不要走动，我去赚钱给你妈买棺材。”

叶芽精神了，慢吞吞地打字回复：“谢谢叔叔，你睡骨灰盒吗？等你买来，我让阿弟的妈妈和你换。”

“我学到了。”

“这小孩儿脑子是不是有些问题？”

“她可能单纯觉得对方真的想给他的妈妈买棺材？”

弹幕里的有些人的确是猜对了，叶芽哪懂什么骂人，只会从字面意思分析然后回复。

“@ 叶霖川，您就是莎士比亚去掉两个字，自己品。”

“士亚？”叶芽发出不太确定的声音。

“多抬头看看天，说不定你妈也在看你。”

瞥见这条评论时，叶芽当真抱着平板电脑走到阳台外面，仰头朝天上看。

“芽芽，你在看什么？”注意到她的行为的夏晴跑了过来，学着叶芽的动作一起抬头看天。

叶芽指着屏幕说：“这个哥哥说多抬头看看天，妈妈会看我。”

天空很蓝，一朵云都没有。

叶芽茫然又低落，语调没有先前欢快了，感觉头上像是压着乌云。

“哥哥在骗人，这里没有妈妈。”她想到了魂飞魄散的父母，想到了被大火吞噬的家园，顿时难过起来，把平板电脑丢在床上，默默地缩到角落。

此时房间里的讨论已经接近尾声，叶霖川安静地坐在最边缘的位置上，没有和其他人交流，别人也没有理会他。

胳膊突然被人拍了下，夏屿疑惑地低语道："川哥，你怎么开着直播？"

手机屏幕上，显示叶霖川已直播了四十分钟。

他眉头一跳，预感不妙。

叶霖川直接来到叶芽所在的房间，推开门便看到她孤零零地蹲在墙角，双臂环膝，缩着脑袋，一动不动像鹌鹑。叶霖川无视其他小朋友的视线，阔步上前，弯腰拿起被放在床上的平板电脑。

直播还开着，观众已增长到百万，弹幕密密麻麻地在眼前闪过，微博后台的 @ 信息也在增长，无疑都是人身攻击的语句，讽刺他利用孩子"卖惨"。叶霖川什么风浪没见过？他根本不会把这些话放在心上。

而此时，直播间的氛围有了微笑的改变。

人心都是肉长的，但凡有点儿同理心的人都不会面对上万条的侮辱而无动于衷，何况被骂的还只是一个懵懵懂懂的小孩子。

"不管怎么说，这样骂一个小孩子真的过分了。"

"这是网络暴力吧？"

"那些字看得我有些想吐，我不是叶芽的粉丝，但怎么说她也是小孩子，以后肯定会有心理阴影。"

"看得真的让人不舒服，我寻思人家叶总也没做什么吧？柳女士先去质问人家，还不准人家生气了？"

"+1，但是柳某的粉丝太多了，我不敢说。"

一群墙头草，叶霖川冷哼，关闭直播。

"叶芽，过来。"叶霖川朝她的背影喊道。

叶芽幽怨地看过来，磨蹭一会儿，站起来拍拍屁股走到叶霖川跟前。下一秒就被叶霖川抱了起来。

暮色降临，酒店外面的小花园亮着几盏灯，父女俩坐在小秋千上，一大一小两个身影紧挨着，画面温馨和谐。

"伤心了？"叶霖川垂眸打量着她。

叶芽撇着嘴深深地叹了口气："我只是感觉很累。"她说话时老气横秋，沉重的神色不像是三四岁的小孩子该有的，倒让她像是个历尽沧桑的老太太，那副表情结合着可爱的小脸，惹人发笑。

叶霖川决定充当一次心理医生，配合着她的语气道："那你说说，你是怎么累的？"

叶芽诚实地说："他们不让我哭。"

"嗯？"

"可我明明就是小孩子呀，小孩子哭不是应该的吗？"叶芽想不通，为什么看节目的那些大人对她的要求这么高？人在伤心时会哭不是很正常吗？为什么因为她哭他们就要说她不听话、不懂事？哭泣和听不听话、懂不懂事有什么关系，和她推倒赵辰星又有什么关系？

叶霖川忍俊不禁地道："你就因为这个很累？"

"还有其他的。"叶芽继续说，"他们还说我吃东西弄脏脸，不爱干净；还说我玩的时候弄脏手，很邋遢。"邋遢那两个字很难懂，叶芽向系统询问半天才明白是什么意思。

"阿弟，你觉得我不爱干净吗？"叶芽拽着秋千的吊绳，眼中若有星火明灭，认真地等着他回答。

叶霖川脸上挂着笑容："你什么时候这么在意别人的看法了？"

"所以我才很累呀。"叶芽并不善于隐藏自己的心情，毫不隐瞒地向叶霖川说出这几天所有的心事，"以前我都不会在意，可是现在总会想起他们说的那些话，我就会在意，就会很累。"

叶芽清楚自己没有做错什么，她的所作所为在那样的情景之下是合情合理的。但是那些叔叔阿姨不觉得，他们以旁观者的角度指责她当时的表现。妈妈告知过她，妖活在世上千万不要在意别人的目光与看法，可她这只小妖怪活在人堆里，哪能做到独善其身？最后她得出结论——做人真累。

"我觉得我不可爱了。"叶芽捂着胸口，更难过了。

叶霖川耐心地顺着她的话说："为什么这样觉得？"

叶芽垂头看着脚尖，声音低低的："因为我开始长大了，也开始变得比别人聪明了，聪明的小孩子都不可爱。"

她贬低自己前还不忘夸赞自己一下，不愧是她。

叶霖川伸手把叶芽抱在怀里，强忍笑意说："你是因为长大才难过，还是因为别人说你不可爱难过？"

叶芽纠结半天也没有给出答案："都有一点点。"她害怕自己长大得太快，回去后爸爸妈妈不认识她，所以很焦虑也很难过。

“都说长大成人，只有长大才可以成为一个人……”

叶芽打断他道：“可是……可是我不想成人。”妈妈说人类愚蠢、丑陋，是世间最糟糕的生物，变啥也不能变成人。

叶霖川并没有被叶芽难倒，说：“这不就得了？你不想成人自然不用长大，既然你不用长大，那你难过什么？”

叶芽被问蒙了。

“你都不是人了，干吗还在意人类的看法？就像那根电线杆子、那边那个喷泉、脚下那块地砖，你觉得它们可爱吗？”

芽芽晕晕乎乎地回答：“不算太可爱。”

叶霖川：“巧了，它和喷泉还有这块砖也是这样想你的。

“你的想法可以撼动它们吗？”

叶芽摇头。

“那它们的想法可以撼动你吗？”

叶芽继续摇头。

叶霖川以三寸不烂之舌和强大的逻辑坚持不懈地对小姑娘进行深度洗脑：“问题来了，电线杆子觉得你不可爱，你会难过吗？”

叶芽想了想，再一次摇头否认。

她又不是电线杆子，它想什么关她什么事？

“既然电线杆子觉得你不可爱你都不难过，你干吗还要因为那些人对你不好的的想法难过？”

叶芽一脸呆滞地问叶霖川：“那些人是电线杆子吗？”

叶霖川为了哄小孩儿豁出去了，脸不红气不喘地点头，铿锵有力地回了一个字：“是。”

叶芽似懂非懂。

见小孩子被他成功地忽悠，叶霖川满意地颔首，在她的肩膀上轻轻拍了下：“去吧，回去仔细琢磨一下。”

叶芽呆呆地从叶霖川的膝盖上跳下，走到拐角时刚巧撞见赵辰星。他好像站在这里偷听了很长时间，哪怕被叶芽抓包也没有露出一丝心虚的表情，眼眸毫无生气地注视着她。

两人对视几秒。

叶芽双手叉腰，自小腹提起一口气，凶巴巴地吼他：“电线杆子走远点儿，别挡我的路！”

赵辰星蒙了。

叶芽噘着嘴，不客气地撞开他，跑回酒店。

赵辰星靠墙而立，抿着嘴唇没有说话。他安静地站了三四秒正要离开，头顶覆上一片黑影，危险的气息同时逼近。他不感到怕，仰起头对上叶霖川的目光。

“既然来了就聊一下吧。”叶霖川扣住赵辰星的肩膀，硬将他带到秋千旁，双手用力将他按坐在微微晃动的秋千上，之后蹲下身与赵辰星对视。

“叔叔，你找我有事吗？”赵辰星乖巧地道，“周围有监控呢，叔叔还是注意些好。”

他的话让叶霖川笑了出来，搭在他肩膀上的手却并没有放下。叶霖川说：“我之前查到些东西，有关于你还有你父亲的。”

赵辰星不为所动，安分地看着他。

“三年前赵家明的小儿子患了严重的突发疾病，被送往就近的医院治疗。”叶霖川似笑非笑地道，“巧的是那家医院是我资助的，给他写下死亡证明的医生和我有些交集。”

叶霖川在商场多年，见多了不入眼的小手段，哪会看不出赵辰星当时是故意把戒指推到叶芽的口袋里的。这个孩子把“不经意”演得如此逼真，儿童的外表蒙蔽了大多数人的双眼。再然后节目播出，网络水军迅速行动，他被人送上热搜，田又琴借机洗白，一切都像是早有预谋。

叶霖川相信赵辰星是受到母亲指示，但不相信赵辰星一个五岁小孩儿会演得如此真实。叶霖川也观察过赵辰星平日里的行为，他在镜头前和镜头后完全就是两个人，就像是程序化的机器，按照指令行动。

赵辰星的反常表现引起叶霖川的怀疑，他稍微查证，不费吹灰之力就找到了三年前赵辰星的病症单，签字的正是远在国外的苏医生。

苏医生说赵辰星几乎没有救治成功的可能，在医院住了一段时间后就被赵家夫妇带回家，后来便没了他们的信息。叶霖川不禁猜想——也许赵辰星早在三年前就死了，活在这里的是和叶芽一样的克隆人。

他现在对赵辰星这样说是想诈一下对方，从赵辰星僵硬的表情来看，他猜中了。

“我不知道你爸妈教了你什么，不过你以后还是不要想着欺负我女儿。”

叶霖川神色淡然，说出的话却像刀子般往赵辰星的胸口扎。赵辰星不敢动，小手死死地拽着秋千两旁的绳子，手指因为不断使力开始泛红。

“破釜沉舟这个词你应该明白。”叶霖川冷声威胁道。

赵辰星鼻翼微微张开，呼吸变得急促。他死死地盯着叶霖川，索性豁出去了，说：“叶芽不是和我一样吗？你这样做对你有什么好处？”

叶霖川表情一变道：“赵家明告诉你的？”

不可能。

叶霖川早就烧毁了叶芽的所有信息，创造出叶芽的那几个人早已逃到国外不知所终，他们不会冒险回来。其余知情者就只有赵博士和其助理，可赵博士现在处于收押状态，被研究过的克隆人是他犯罪的证据，他不会傻到主动暴露自己，何况赵家明应该不认识赵博士。

叶霖川流露出的慌乱神色取悦了赵辰星，赵辰星舒心一笑道：“叶叔叔，破釜沉舟这个词我自然懂，我学过。”

叶霖川咬牙切齿地道：“小兔崽子。”

赵辰星：“谢谢。”

叶霖川讥讽道：“和你爸如出一辙。”

“你说错了。”赵辰星微笑着道，“是你和他如出一辙。你们都因为孩子的离去创造我们，利用我们得到利益，满足私欲，半斤八两罢了，何必五十步笑百步？”

他说话时语调不自觉染上嘲弄，嘲弄叶霖川，嘲弄赵家明，也嘲弄自己。

“我们不一样。”叶霖川愣了下后为自己辩解，“叶芽是我的女儿。”

“是吗？”赵辰星直勾勾地看着他，眼神让人脊背发凉，“叶芽是你的女儿，土里埋着的又是谁？”

叶霖川胸口一闷，骤然失语。

“你真把她当你的女儿，还是只是把她当作你女儿的替代品？当作失去女儿后的慰藉？如果你否认，为什么不给她好好起一个新名字，而是让她顶着和你女儿的名字如此相似的名字活着？”

叶霖川的眉头皱得越发紧，面对质问，他的大脑一片空白。

赵辰星从秋千上跳了下来，临走前继续说：“叶叔叔你大可放心，我不会继续找叶芽的麻烦，毕竟我也要保护自己。只是请你以后不要再打着保护女儿的旗号惺惺作态，看着让人恶心。”他冷漠地看了叶霖川一眼，双手插兜径自离开。

叶霖川失力的手掌渐渐紧握成拳。他在疑惑，在困扰，有些茫然。叶霖川从没有想过把叶芽当作女儿的替代品，更不会把她的存在当成慰藉。死去的女儿是独一无二的存在，如今的叶芽也是独一无二的，她们谁都不能取代谁。

可是……叶霖川被赵辰星的话绕进去了，并且对自己长久持有的想法产生了怀疑。他狠狠地推了下秋千，又在心里骂了赵辰星一句，愤愤地离去。

晚上节目组还要继续讨论第二天的行程，几个孩子在房间里无人看管，闲着无聊，于是提议玩捉迷藏。赵辰星自然不会和他们玩这样无聊的游戏，所以参与的只有叶芽、夏晴，还有王明跃。

第一轮是王明跃当“鬼”，叶芽机灵，直接关上厕所门躲在了浴缸里。她平躺其中，屏气凝神，紧张得心跳如擂鼓。

一分钟过去，两分钟过去，王明跃还是没有找过来的迹象。

叶芽悄悄地将眼睛眯起一条缝，问：“叔叔，你能帮我看看王明跃进来了吗？”

系统：“没有哦。”

“哦。”叶芽放下心来，继续躺在里面。只是浴缸有些凉，长时间靠着后背实在不舒服，她尝试着翻身，换了个姿势继续等着。

“芽芽，玩的时候也不要忘记任务啊。”

叶芽短时间内收到上万条攻击言论，人人超出了任务规定的条数，系统已经为叶芽开启了支线任务 05，只是她当时忙着“伤春悲秋”，丝毫没有注意到更新的任务，系统刚好借此机会提醒她。

叶芽趁机打开面板，支线任务 05 是：“在镜头前推倒夏晴。”

系统：“芽芽藏好，来人了哦。”

得到提醒，叶芽立马缩着身体不动。厕所门被人打开又很快关上，接着是房门被反锁的声音。叶芽隐隐约约地感觉不太对劲，小心翼翼地支起身子，露出一双大眼睛向外看。

赵辰星站在镜子前，只见他撩起衣袖，从口袋里取出一支注射器，对准手臂的位置狠狠地扎了进去。诡异的液体在他体内流转，散发出的奇异蓝光令叶芽倒吸口凉气。巨大的惊愕感让她来不及控制肢体，手臂一滑，脑袋重重地磕上浴缸，闷响声瞬间引起赵辰星的注意。

“谁？”他看了过来，因为紧张全身都在发抖。

目睹一切的系统喃喃自语：“怪不得，原来他是仿生人……”

叶芽疑惑地问：“仿生人是什么？”

系统说：“类似机器人，多用于科研和医疗研究，产量一般不高。”

叶芽没完全听懂，只捕捉到“机器人”三个字。

机器人对小孩子有着巨大的吸引力，叶芽眼珠子骨碌碌地转了几圈，慢吞吞地从浴缸里面爬了出来。她已经不像先前那样对他抱有敌意，如今看着赵辰星的眼神满是探究与好奇。

赵辰星没有想到叶芽会躲在这里，心跳先是慢了半拍，然后呼吸逐渐归于平稳。厕所没有装监控摄像头，他可以杀人灭口，将这一切伪装成意外事故。可是自己也一定会引起大人的注意。

“你是机器人吗？”叶芽不清楚赵辰星的算计，走过去，上下打量他几眼，最后直接动手捏了捏赵辰星的胳膊，除了凉了点儿，好像和人也没什么两样。

“你别碰我！”赵辰星冷着脸一把将叶芽推开。

叶芽坚持不懈地靠上前，看着他手边的注射器：“你打的是什么东西？我知道了，是汽油对不对？机器人都要烧汽油。”叶芽和叶子煜看过几部机器人动画片，里面的机器人都是靠汽油行动的。

赵辰星抿着唇，既然被看到了也不屑隐藏，便低着头把最后一点儿能量液注射到体内，完事后藏好注射器，准备带出去丢掉。

叶芽并不准备这样让赵辰星离开，颠颠地跑过来拉住他的手，大眼睛里仿佛满是问号：“小哥哥，我能问你一个问题吗？”

赵辰星面无表情地道：“不能。”

叶芽：“你不回答的话，我就告诉大人你是机器人。”

赵辰星冷哼道：“随便你。”

他接着说：“那我也会告诉大人你是克隆人。”来啊！我们互相伤害啊！谁怕谁啊！

结果叶芽真不怕，踮起脚拉开门，一条腿迈出去一半。

赵辰星呼吸停滞，紧张得差点儿跳起来。他手上拿的可都是证据，要是真被大人知道，他会是最先死的那个。当务之急，他不应该考虑如何处理她，而是如何安抚她。

反应过来的赵辰星一把扯住叶芽将她拖了回来，重新将门上锁。

“你问。”他妥协了。

叶芽眼睛一亮，压低声音问：“请问你会拉屎吗？”

这是什么问题？！

“芽芽，你是不是躲在里面？我听到你说话啦！”“傻白甜”王明跃可算是找了过来，打破了两人之间的尴尬气氛。

赵辰星在松了口气的同时看到叶芽眼底一闪而过的失望之色。他拉开门，不善的表情让在门口等人的王明跃吓了一大跳，肩膀一缩，急忙让开路，跑进厕所，无视赵辰星，喜滋滋地拉起叶芽的手，声音软软地说：“我抓到芽芽啦，该你当‘鬼’了！”

叶芽现在哪有什么心情玩捉迷藏，毫不留情地甩开王明跃，颠颠地向已经走开的赵辰星追了上去。

“小星星，小星星，你等等我！”她连对他的称呼都变了。

赵辰星捂住耳朵，脚下生风地跑到了屋子外头。

叶芽加快速度追上去，揪住赵辰星的衣角不撒手：“你还没回答我的问题呢，你会拉屎吗？”

“你烦不烦呀？”

叶芽摇头说：“不烦。”

赵辰星忍不住翻了个白眼。

叶芽像看到新大陆似的惊叹出声：“哇，小星星，你还会翻白眼呀。”

“你别叫我小星星，我不叫小星星。”这个称呼娇气，她叫一声，赵辰星身上就多一层鸡皮疙瘩。他心情烦躁，转过身慢悠悠地走着，别过头只留给她冷漠的半张脸。

叶芽看出他不开心，保持着适当距离，小心翼翼地问：“那你吃东西吗？”

“吃。”

他在镜头前是要吃东西的，吃给外界看。可仿生人没有味觉，所有山珍海味吃在嘴巴里都味同嚼蜡，食物的残渣还会腐蚀人工器官，他会尽量不吃。

叶芽睫毛颤动，若有所思地道：“那……你会拉屎吗？”今天她已经是第三次问出这个问题。

赵辰星无语了，咬紧牙关，飞奔回自己的房间不再出来。叶芽站在门口一动不动，每隔五秒敲三下房门，耐心地保持着敲门的节奏。

一段时间过去，她没等来赵辰星开门，倒是等来了开完会出来的嘉宾们。

“芽芽，你在阿姨的房间门口做什么？”不远处的柳芊芊疑惑地询问，掏出房卡将门打开，“是找辰星玩吗？”

叶芽点头说：“是找辰星玩。”她抬起脸，灯光折射到眼睛里，衬得她的眼睛像宝石一样漂亮。

“阿姨，我可以和辰星睡吗？”

这俩人关系这么好了？

柳芊芊极为惊讶。

没等柳芊芊拒绝，跟在后头的叶霖川大步上前把叶芽捞入怀里，结实的双臂紧紧地禁锢着她不让她蹿下去。酒店墙壁上的挂钟指向夜里十点的位置，众人奔波一天早已疲乏，叶霖川搂紧她说：“小孩子熬夜不聪明，该睡觉了。”

“可是……”叶芽面露着急之色，探过头向房门里望，“我想和辰星睡。”

她积攒了很多问题还没有问呢，要是不能立马知道答案，恐怕今天一晚上都不能好好睡觉。

“不准随随便便和男孩子睡觉。”叶霖川浓眉紧锁，将“不准”两个字咬得格外重。她的话仿佛让老父亲的眼中凝结了一层厚厚的冰霜。她还没长大成年呢，就想着找男生睡觉，要是长大……

叶霖川幻想了一下叶芽长大谈恋爱的画面，顿时胸中涌出一股郁气。

叶芽像是没听到他的话一样，伸长脖子对着房门里头吼道：“赵辰星，你是男孩子吗？！”

机器人还分性别？

叶芽又产生了新的问题。

屋子里的赵辰星把自己严严实实地裹在被子里，即使捂着耳朵，叶芽的喊声还是透过层层障碍传了过来。他眨了眨眼睛，拉开裤子朝里面看了一眼。

确认无误，他是男的。

回到酒店房间，叶芽立即安静下来，面朝下埋在被子里，不断唉声叹气。

叶霖川瞥了她一眼，她那副蔫蔫的样子让叶霖川笑出了声：“想什么呢？”

叶芽如实相告：“想辰星。”

她叫得还真是亲密。“便宜爸爸”叶霖川的心情不是很好，脸色黑了一个度。

“你给我离他远点儿，听到没有？”

“听到啦！”

她还挺乖。叶霖川起身去洗漱。

父女俩收拾完又和在龙城的兄弟几个通了电话，这才关灯歇息。叶芽一条小腿搭在叶霖川身上，黑夜里的一双眼睛瞪得和铜铃一样大。叶霖川本来有了睡意，被折腾得很快没了睡意。

“芽芽奶奶。”

“哎。”

“你想改个名字吗？”叶霖川枕着自己的一条胳膊，温热宽厚的掌心轻轻地在她的脑袋上摸了摸。

他问得莫名其妙，叶芽想也不想地摇头：“不要。”她的这个名字是父亲给起的，寓意春日之芽，代表新生、希望。爸爸说她会从脆弱的新芽长成世间最坚强美丽的花。叶芽喜欢这个名字，无论如何都不会换。

她坚定的语气让叶霖川长出了口气，紧接着他又问：“那你觉得我现在对你好吗？”

“凑合。”

叶霖川皱了下眉：“那……是好还是不好？”

叶芽不老实地揪着睡衣上的蝴蝶结，迟迟才说了一个“好”字，拉长的尾音显得她十分懒散，一时间让叶霖川分辨不出这是敷衍的话还是真心话。不过小孩子说话也没个准儿，今天他给她一颗糖，就能让她觉得他是全世界最好的人；明天他骂她一声，又能让她觉得他是天底下最凶的爸爸，恨不得立马和他断绝关系。

就像叶子煜，叶霖川现在对他包容又有耐心，他叫爸爸叫得越来越亲，把以前的不愉快忘记得干干净净。

可是……叶芽与他不同。

这小孩儿聪明又机灵，叶霖川总会在意她是不是还记恨着他之前的所作所为，每次想到有这个可能性时，心里都不甚痛快。

“我有过一个女儿，虽然你们的名字很像，但我知道你们是不同的。”叶霖川犹豫许久，还是决定把憋了许久的话对叶芽说出来，“她走的时候还很小，都没有好好看看这世间。我也不清楚她若活着，长大后会成为什么样的人，不过应该也是善良聪明的吧。”

叶霖川偶尔会幻想妻女还在的情形，然而人去楼空，所有幻想都是空想，都是梦一场。

叶芽停止动作，看向他。

男人半张脸藏在阴影里，眉眼被月光笼罩。他眼里少了戾气和冷漠感，多了份属于这个年纪的烟火之气，笑时平易近人，不似初见时那般高高在上，也没有以往的凌厉逼人。

“尽管你的存在有些特殊，不过我已经坦然接受。我会好好抚养你，照顾你，你不用担心我会把你丢掉。我知道你会有别样的人生，你会走上未知又精彩的旅途，我会见证你的成长，所以……我希望你也可以接受我。”

叶霖川第一次对一个小孩儿敞开心扉，说这么多话。他总归是愧疚的，自省让他抛掉高傲，也让他认清“父亲”这个角色被他扮演得有多糟糕。他始终能感觉到小姑娘心里头藏着事，对他抱有一丝疏远与顾虑。

赵辰星今天的话点醒了他，他不能因为孩子年纪小而回避问题，把以前的事情当作没发生过。

很多事，小孩子也许会记一辈子。

孩子的世界那般小，所经历的事那么少，成年人觉得不痛不痒的打击对他们来说可能是毁灭性的伤害。

叶霖川下定决心养她，那么这些话必须敞开说。他不希望叶芽因为这些事和他有隔阂。

“你和我说这些，是怕我走掉吗？”叶芽微微仰着脖子，眼睛在月光下显得更亮。

“你放心，我答应过哥哥，不会再走了。”叶芽郑重地对叶清河承诺过，也意识到离家出走是不对的行为。

叶霖川低低喟叹，掐了掐叶芽的脸蛋：“我只是问你愿不愿意叫我一声爸爸？”

夜色静谧，回应叶霖川的只有小姑娘轻浅绵长的呼吸声。他凑近一看，发现她已经闭上眼睡了过去。叶霖川无奈地扯了扯嘴角，把被子给她往上拉了拉，缓缓合上眼。

下一秒，叶芽把眼睛睁开，眼神一片清明：“叔叔。”

系统随叫随到：“嗯？”

“我要是完成任务走掉了，这个世界还有芽芽吗？”

系统："当然没有了，等你完成任务离开，这个世界的躯体会走向生命的终结。"

"终结是什么意思？"

系统回答："就是死亡。"

叶芽的瞳孔倏地缩小："像哥哥的妈妈那样？"

系统："是的。"

叶芽一下子不说话了。

系统很是奇怪："芽芽怎么突然问这个问题？你完成任务就可以回家找爸爸妈妈了，难道不开心吗？"

按理说她应该是开心的。

可是叶芽开心不起来，相反心情很沉重。她想念爸爸妈妈，也舍不得哥哥们和黑雀雀。阿弟已经开始学着当一个好爸爸了，她想多和阿弟待一段时间。要是她走了……叶子煜也一定会很难过，夏晴也会哭。

叶芽忧愁得一晚上没睡着，第二天带着两个大大的黑眼圈上路。

这次他们要去的地点是某个秀丽安静的古镇，一路长途跋涉后，节目组终于赶到录制地点。众人坐了一路的车早就累了，下车后纷纷舒展腰身，放眼欣赏起眼前幽静美丽的景色。

叶芽随同夏晴走在一边。

突然，叶芽瞥见一辆面包车缓缓倒退，仔细看车里面好像并没有人……

工作人员在一旁架设备，其他嘉宾也都没有注意到那辆车的情况，只见它滑动的速度越来越快，直直向一旁的赵辰星撞去。叶芽胸口一紧，大力甩开夏晴，跑过去扯住赵辰星的衣服往后拽了一把，及时帮他躲开了车。

被推倒在地的夏晴愣愣地看着，直到夏屿过来把她抱起来，才意识到刚才发生了什么。

车子并没有停止移动，叶霖川最先反应过来，跳上车拉住手刹。

"小王——"许明义暴怒，"你下车不拉手刹？"

被吼的司机心里有愧，唯唯诺诺地说了句"许导对不起"，而后老实地缩着脖子挨骂。

"没人受伤吧？"训完司机，许明义环视一圈，见所有人好好的，顿时松了口气。

"你呢？"已经下车的叶霖川抱起叶芽，着急地打量她几眼。

叶芽摇了摇头。系统刚才已经提示完成了任务，新的任务她没来得及看。她担心赵辰星会受伤，情急中没注意力道，竟然真的不小心推倒了夏晴。叶芽轻易在人群中发现了夏晴的身影，夏晴由夏屿抱着，看起来也没受什么伤。

“晴晴姐姐，你还好吗？”

夏晴顺着叶芽的声音看了过去，笑着回：“我没有事。不过芽芽你刚才好勇敢啊，像超人一样。”

夏晴这么一提及，其余人也想起了叶芽先前的表现。若不是她及时拉开赵辰星，赵辰星就算没有生命危险，恐怕也会受伤。节目组的人立马围过来，对着叶芽夸赞起来，数不尽的溢美之词让她晕晕乎乎的，差点儿找不到北。

一片混乱中，唯有被救的赵辰星没有掺和进去。

他孤身立于角落，冰凉的手腕上还残留着一丝余温。按理说仿生人是感觉不到寒冷与温热的，可是他偏偏感觉到了。叶芽的指尖触碰过来的那一刻，他第一次体会到梦寐以求的属于人类的温暖。

赵辰星慢慢抬头朝叶芽看去。

其实他在这次录节目之前就见过她。两年前赵辰星前往实验室接受检查，她躺在旁边，身上插满管子，意识不清。赵辰星一直以为他们是一样的，被人类创造，被人类利用，待榨干所剩无几的价值，便会像垃圾一样被人类抛弃。

可是他们好像又不一样……

赵辰星深深注视着被叶霖川抱在怀里的叶芽，刚才意外发生时，叶霖川的反应速度比旁边的人都快，叶芽也许没有注意到，但赵辰星看见那个男人没有片刻犹豫就直奔这边而来。

生平第一次，他眼中流露出深深的茫然神色。

晚上节目组刚在小镇安顿下来，录制现场又一次发生意外，柳芊芊突然晕倒，被助理和工作人员连夜送去治疗。这么一来赵辰星没人照顾，只能选出一名嘉宾作为他的临时监护人。

这里面只有王皓带着儿子，再带一个男孩儿也比较方便，于是他准备揽下这活儿，结果半路杀出一个程咬金，打断王皓的话。

“许叔叔，我照顾小星星，我照顾他！”“程咬金”跳到许明义跟前，特别积极地举着自己的小手。

叶霖川瞬间感到不满，几步上前拉住她教育道："不准打断别人说话，没礼貌。"

叶芽撇了撇嘴，委屈巴巴地说："可是我想和星星在一起。"她有好多好多悄悄话想和赵辰星说，还有好多问题要问他。

"既然芽芽这么喜欢辰星，就让辰星去你那里吧，川哥你觉得行吗？"现在网上还有些关于叶芽的不好的传闻，许明义想借着这期节目扭转舆论，尤其不少营销号说两个小朋友关系不好，等这期节目播出去，那些网友估计都会闭嘴。

叶霖川同样想到了这一点，不情不愿地点了下头。

"那大家回家准备做饭吧，吃完早点儿睡觉，休息好后开始我们明天的任务。"

众人一哄而散，各自回屋。

这一次几位嘉宾的房子都是挨着的，叶霖川和叶芽选住在小巷最里面的院子里，小院幽静，环境比他们之前在节目里住过的地方都好。

进门后，叶芽刚想拉着赵辰星去玩，就被叶霖川叫到了里间。

他关上房门挡住赵辰星的视线，冷着脸对叶芽说："你站到墙角那边反省一下。"

叶芽呆了半天："啊？"

叶霖川铁面无私地道："啊什么啊，我让你去罚站。"

"为什么呀？"叶芽歪着头想不通。她今天很乖，路上没有闹，中午也好好吃饭了，不久前还做了好人好事，就算得不到小奖状，也不应该被罚站吧？

"你说为什么呀？"叶霖川拉了张小凳子在她面前坐下，"你知不知道你做了一件很危险的事？如果你处理不当，你们两个很可能会被一齐卷到车轱辘下面去。"

叶芽意识到他所说的还是那件事："可我救了辰星，这是好人好事，你应该夸夸我。"

"凡事都要量力而行。比起做好人好事，我更希望你可以保护好自己。当然我没有说你做得不对，只是以后不要那样冲动，毕竟你还是小孩子，遇见危险时理应把自己的安全放在第一位。你现在的命可不只是你的命，更是你哥哥们的命。"他顿了下又道，"还有我的。"

想到叶清河，叶芽又变得眼泪汪汪的："我想哥哥了……"

叶霖川笑了笑，拿出自己的手机递过去："那你和哥哥们打电话，看看他们在做什么。去，边罚站边打。"

叶芽老老实实地拿着手机随便选了个墙角，背对着镜头拨通视频电话。电话很快接通，屏幕上浮现出几张熟悉的面孔，她痴痴地盯着看了许久，也不说话，只是傻笑。

"芽芽在做什么？"叶清河神色温和，轻声问她。

"在罚站。"

叶清河笑了笑，立马猜到她可能是做了错事："芽芽让爸爸不高兴了吗？"

她小小的两只手捧着手机，慢吞吞地点点头，最后想起被冷落在屋外的赵辰星，跑出去把他生拉硬拽到里面，高高举着手机对哥哥们介绍："这是辰星，他今天会在我们这里过夜。"

叶清河他们也都在追这档节目，对网络上的风风雨雨或多或少有些耳闻，加上赵家明和叶霖川的冲突，几位哥哥对这个孩子的印象并不是很好。他看起来乖巧安静，笑得也很可爱，但他们就是能感觉到他笑容里暗藏的心机。

叶清河尽管不喜欢赵辰星，却还是有礼貌地打了招呼，又对着叶芽嘱咐两三句，这才结束通话。

叶芽看着灰暗下去的屏幕很是惆怅，悠悠叹息一声，半是炫耀半是自豪地和赵辰星说："我有哥哥你没有，你不要嫉妒哦。"

谁会嫉妒。

赵辰星满不在乎地别过脸，懒得搭理她。

镜头还在拍，叶芽骨碌骨碌转着眼珠，起身从柜子里翻出两个一次性纸杯，用线将两个纸杯串联起来，一头丢给赵辰星，一头自己拿着。

赵辰星皱着眉，不明所以。

叶芽指了指自己的耳朵。他睫毛抖动，慢慢地把纸杯放在耳边。

"你能听到我说话吗？"叶芽极低的声音从线的另一头传到赵辰星的耳朵里，他轻轻地点了下头，想了想学着她的方式回答了一声。

叶芽喜笑颜开道："你可以用这个和我分享秘密。"

赵辰星没有回应。

晚餐过后，夜色降临。

房间里有一张老旧的双人床和一张折叠沙发，叶霖川自然不能让小孩子睡沙发，于是让他们睡床，自己凑合着在沙发上睡。他疲劳一天早就困了，脑袋刚挨上枕头便合上了眼。

床上的两个小朋友一人盖着一床被子，现在没有了镜头，他们也不用像白天那样拘谨。赵辰星是不用睡觉的，只是闭着眼睛，安静地倾听着夜晚的声音。

突然，叶芽开始动了。

一个穿着线的纸杯被丢到了赵辰星面前。

他皱了皱眉，将杯子贴在耳边。

“喂。”叶芽整颗脑袋缩在被子里头，声音略显沉闷。赵辰星含混地应了一声。

“你用睡觉吗？”

“不用。”

“那你会哭吗？”

“不会。”

“那你会疼吗？”

“不会。”

叶芽接二连三地抛出问题，赵辰星声音淡淡的，一个接一个地回答。

她思索三秒，又问：“那你有心脏吗？”

线的那端陷入冗长的沉默，他绵长的呼吸声顺着线直达叶芽耳中，像催眠曲一样听得她昏昏欲睡。困倦之中，叶芽听到了答案。

“没有。”

男孩儿回应的声音很轻，他没有情绪波动，像程序操控下的机器。

叶芽一下子清醒了，小手捏着纸杯半天没吭声。过了会儿，她从床上爬起，蹑手蹑脚地下地，从自己的小书包里翻找着画纸和彩笔，最后又拿了一把剪刀坐到桌前。她害怕吵醒叶霖川，所以动作放得很轻。

赵辰星坐了起来，窗外月光明亮。他借着月光看到叶芽的背影，小小一个，圆圆胖胖，干活儿干得认真，连鞋子都没有穿。

“你在干吗？”

叶芽没说话，吭哧吭哧地鼓捣着。

五分钟后，她双手背在身后来到赵辰星跟前，眼睛亮晶晶地说：“赵辰星，你把眼睛闭上。”

赵辰星的第一反应就是叶芽想用暗器伤人，可见她表情真挚，便暂且打消顾虑，慢吞吞地闭上了眼睛。

黑暗中赵辰星也不知道叶芽在做什么，大约过了一分钟，叶芽让他睁开眼。

“你可以看了。”她小手背在身后，脸蛋红扑扑的。

赵辰星低下头。

他的左胸口处贴了一张心形的红色剪纸画，不是爱心形的，而是真正的人类心脏的样子，甚至用黑色铅笔在里面勾勒出了心血管的形状，看起来极其逼真。

赵辰星盯着这颗“心”半晌没说话。

叶芽嗫嚅着嘴唇道：“那个……你现在有心脏啦。”

赵辰星肩膀微颤，不由自主地向她看了过去。

小姑娘眼神里有热度，不灼热，像冬日的阳光，又像是春日的暖风。一刹那他感觉胸腔炸开，体内冰冷的能量液竟在这一瞬间变得滚烫，像血一样。

赵辰星摸着胸前的“心脏”，垂落下的手慢慢攥紧成拳。

叶芽做的那张心脏剪纸画贴得不太牢固，她想了一个办法，用胶水将剪纸画粘在赵辰星的背心里面，这样他就可以随时随地带着，还不用担心“心脏”会掉下来。赵辰星像木头一样由着她做这些事，没有反抗的意思，最后竟然带着那张胶水还没有干的“心脏”和衣躺在床上。

他呆呆地睁大眼睛看着天花板，墙壁上的时钟嘀嗒地走着，小镇静悄悄的，不远处的叶霖川睡得熟，微微发出鼾声。赵辰星突然感觉身旁传来一道炽热的目光，皱了皱眉，转过头对上叶芽明亮的眼睛。

“看我干吗？”赵辰星压低嗓音问。

叶芽摸出纸杯，说着：“你不睡觉的话不困吗？”

赵辰星摇了摇头。

机器总归和人是不一样的，他不会感到困倦，也不会疲乏，直到能源耗尽才会陷入沉睡。夜晚对赵辰星来说是漫长的，他常会睁眼到天亮，或者看一整晚窗外月光的变化。

他孤单吗？孤单。

可就算他孤单，也不会有人在意，没有人会在意一个仿生人的想法。

“那晚上你一个人的时候会不会很寂寞？”叶芽突然说。

赵辰星眼中闪烁过愕然之色，很快归于平静。他抿了抿唇，只说了两个字：“不会。”

叶芽像是没听见他的话一样，小手钻出被子伸过来牵住他的手，冰凉的触感让叶芽打了个寒战。她没有躲开，反而握得更紧：“辰星你不用怕，以后你冷的话我会这样握住你的手的。”她的声音很甜，语气里有疼惜、有怜悯，唯独没有讨厌。

赵辰星静默不语地凝望着她，莫名的情愫开始滋生、发芽，让他无措，又让他想靠近她。

“辰星，以后我们可以做朋友吗？”

赵辰星把唇抿得更紧，迟迟才说：“我是仿生人，你不可以和仿生人做朋友。”

“那刚好呀。”叶芽温热的手掌拍了拍头顶刚睡过去的小叶子，“我是‘小叶子’，我们可以做朋友。”

赵辰星不耐烦地道：“你是听不懂吗？我不是人类，你应该去和人类做朋友。”

叶芽茫然地眨了下眼，又笑了：“我也不是人类呀！”

她是小妖怪，只是暂时当人类。

赵辰星缄默下来。

严格来说叶芽还真不是人类，克隆人顶多算半个人类。

时针已指向“12”的位置，困意袭来，叶芽垂下眼皮，要合眼又立马睁开，打了个哈欠，揉揉眼说：“辰星，我困了。”

“那你睡。”

“可是我睡着的话你怎么办？”叶芽神色忧虑地道。她先前想家的时候失眠过，黑夜是漫长的，也是可怕的。

叶芽担心自己睡着留赵辰星一个人会孤单，狠狠地在脸上掐了把，把眼睛睁得大大的，拿出一股“壮士一去兮不复还”的气势冲他说：“我陪着你！”

老实说，赵辰星真的感动了。可是下一秒，回应赵辰星的是叶芽绵长的呼吸声。

她的陪伴还真是短暂。

赵辰星翻过身盯着叶芽的小脸看了两三秒，她的手放在被子外面估计会冷。赵辰星的指尖蠢蠢欲动，他正犹豫着要不要把被子给她往上拉一拉时，耳畔传来窸窸窣窣的响动。赵辰星神经紧绷，匆忙把手伸到被子里，闭目假寐。

脚步声逐渐接近，一条胳膊从他身前横过。赵辰星把眼睛微微眯起一条缝，看见叶霖川动作轻柔地为叶芽盖好被，接着俯身在她的额头上亲了一下，动作充满爱意。

赵辰星觉得心里不是滋味，原以为叶霖川和赵家明没什么两样，都是只为利益的商人，可是今天的种种事迹表明，叶霖川和赵家明是不一样的，叶霖川好像真的把叶芽当作自己的小孩儿去喜爱和关心。

赵辰星正恍惚时，叶霖川的手又向他伸来，他心里一紧，握紧拳头已做好反击的准备。他万万没想到的是叶霖川并没有做出格的事，而是不太温柔地把被子往赵辰星脸上一盖，打了个哈欠，慢悠悠地去院子外面撒尿。

赵辰星磨了磨牙，一把掀开被子。

还好他不是人类，若是的话说不定就被捂死了！

天色大亮，轻薄的晨雾笼罩着小镇，屋外响起不小的动静。

叶芽这一夜睡得酣甜，顶着蓬松的头发从床上爬起，边打哈欠边伸懒腰。身边的位置已经空了，被子整整齐齐地叠放在脚下。意识清醒后她立即想起昨夜对赵辰星的允诺，瞳孔一震，打了一半的哈欠收了回去。她快速换衣穿鞋，跳下床向院子里跑去。

“赵辰星——”

蹲在水龙头前洗脸的赵辰星微微侧了下头。

叶芽耷拉着脑袋走过去：“你起来啦？”

“嗯。”

“我昨天不小心睡着了。”

“嗯。”

叶芽蹲在他脚边郑重地举手发誓：“我今天肯定不睡着。我向你保证。”她下巴微仰，目视前方，一本正经的表情颇有喜感。

赵辰星忍住笑，随便用毛巾擦了擦脸就去做节目组布置的任务了。

柳芊芊今天还是没有回来，节目组也没说她的情况，赵辰星只能继续跟着叶霖川。

嘉宾们全部收拾完毕后，聚集到一起享用早餐。赵辰星像往常一样坐在边上，屁股刚挨到凳子，叶芽便占据了他身旁的位置。赵辰星看了她一眼没多说话。

“芽芽，你为什么不来和我坐？”被冷落的夏晴拿着碗筷，委屈地看着叶芽。

叶芽摇晃着脚，把随身携带的纸杯递给赵辰星，声音软软地说：“我想和辰星坐一起。”

夏晴心里酸酸的，指着赵辰星说：“你小心他又欺负你。”

叶芽说：“他不欺负我。”

夏晴不依不饶地道：“胡说！赵辰星那天明明欺负你了，要不是他，你和叔叔也不会被那么多人骂！”

夏晴会在网上冲浪，新闻也看了，对前因后果了解得透彻。当时要不是赵辰星不小心，叶芽怎么会被那么多人教育？总之，夏晴就是对这个小孩子没有好感。

夏晴觉得赵辰星虚伪，镜头前一副样子，镜头后一副样子；大人面前一副样子，大人背后又是一副样子，戏剧变脸也没有他的脸变得快。

可是叶芽竟然选择和这样的人坐在一起！夏晴生气了！

“那已经是昨天的事了。”叶芽皱着眉头道，“我现在决定和辰星做好朋友。”

夏晴捂着胸口，心灵受伤了：“你和他做朋友的话，那我怎么办？”

“我们也是朋友呀，这不冲突呀。”叶芽挠了挠脸道，“夏晴姐姐可以和我做朋友，和王明跃做朋友，还有沈然哥哥也是你的朋友。但是辰星只有我一个朋友，所以我不可以丢下他。”

叶芽神色真挚，用稚嫩清脆的嗓音说着最真诚的话。

从来没有人和赵辰星说过这些。

赵辰星静静地看着叶芽可爱圆润的脸，她眼里有着他从未感受过的温柔神色。心中的冰山刹那融化成水，他突然发现自己竟然这么容易受影响，这段简单直白的话语竟让他想去挣脱束缚，像人类一样尝试结交朋友。

夏晴不了解赵辰星的身份，自然也不懂叶芽话语里的意思。

她眼圈通红，狠狠地一拍桌子，气冲冲地对叶芽吼道：“芽芽，你是个花心大萝卜，你要是和他做朋友，我就不和你做朋友了！”

叶芽不服气，梗着脖子喊道："我才不是花心的！我是实心的！"

夏晴呼吸一窒，贫乏的词汇量让她半天想不出说什么，片刻后嘴巴一咧，嗷一嗓子号哭出声。

"芽芽你坏！我不要和你玩了！除非你过来哄我，不然我再也不要理你了！"

夏晴哭得伤心欲绝，瞬间吸引满屋子大人的目光。

罪魁祸首叶芽缩了缩脖子，因为心虚声音变得微弱："'再也不要'是多久？"

夏晴哭声暂停，认真思考了几秒，冲她比出五根手指，想了想又换成三根手指，想了想还是觉得久，便只留了一个手指头。

叶芽吞了口唾沫，不确定地问："一天？"

夏晴抽抽搭搭地道："一小时……"

叶芽松了口气："夏晴姐姐，你的再也不要真是好短呀。"

夏晴哭得更大声了。

伴随哭声响起的还有完成任务的系统提示音，原来她的支线任务 06 是击溃夏晴的心理防线，在镜头前惹哭夏晴。系统万万没想到叶芽能以这种方式完成任务，更万万想不到的是夏晴的心理防线竟然跟叶芽有关。

自动评定系统很快更新了支线任务 07："离间夏晴与其他嘉宾的关系。"

叶芽做任务的速度飞快，这个任务完成后，只要再完成三个任务即可刷出最后一个主线任务。按理说这应该是件好事，毕竟早完成任务早结束这一切，早结束这一切，她就能早一天回家。

可是翻看着原著剧情的系统却陷入漫长的沉默之中。

小说里，女配叶芽陷害女主人公、欺负男主人公，报复叶家欺负叶子煜，最终害得叶霖川家破人亡。现在她完成了主线剧情的百分之九十，如果没有意外，最后一个任务应该是家破人亡的"亡"。

至于谁"亡"，原著剧情中只死了两个关键人物，一个是沈昼，另一个是叶清河。

沈昼已经逃离了他原本的宿命，那么就剩下叶清河了。

这期节目播出后，叶芽毫无意外地吸引了一批粉丝，原本质疑叶芽和赵辰星不和的观众在这期节目播出后也全部闭嘴，一场风波就此过去。

节目下期的拍摄地点还没有定，这段时间叶芽和叶霖川可以回家休息，还能抽空儿多陪伴叶清河他们。

近日天气多变，上午还是晴空万里，午后便乌云密布，接着瓢泼大雨倾盆而下。这场大雨来得迅猛，毫无征兆。正在午睡的叶芽被雨声惊醒。她从床上坐起，看着外面噼里啪啦的雨，眨了眨眼，跳下床搬了把小凳子到窗户前，站上去踮起脚关紧窗户，随即又穿上鞋走到客厅的阳台上。

阳台上还晾着没来得及收回的衣服与床单，沈昼正冒雨把衣服往屋子里抱，叶芽见了急忙上去帮忙。

"芽芽醒了？"沈昼胡乱擦拭一把脸上的雨珠，低头查看手上的衣服。他抢救及时，衣服并没有被淋湿多少，应该是不用重新洗了。

沈昼松了口气。

他头发上沾着水珠，身上的T恤也湿了不少。叶芽凝视他几秒，跑进浴室拿出一条毛巾来。

"沈昼哥哥擦擦，不能生病。"小姑娘贴心地叮嘱道。

沈昼一愣，笑了笑道："谢谢芽芽。"

他刚准备接过毛巾，却被叶芽躲开。小姑娘笨拙地站上沙发，攥着毛巾擦拭着他脸上的水珠，神色很认真，边擦边说着："我给沈昼哥哥擦。"

沈昼扑哧一笑，主动把脸凑过去："好，芽芽给沈昼哥哥擦。"

她不说话，认认真真地把他脸上的雨水擦拭得干干净净的。

"好啦。"叶芽又想起叶霖川卧室的窗户还没有关，害怕他会淋雨，于是匆匆忙忙地赶去叶霖川的卧室。

他躺在床上熟睡，这场雨丝毫没有影响他的睡眠质量。不过也可以理解，毕竟这几天叶霖川实在是太累了，白天忙着完成节目任务，晚上还要照顾叶芽和赵辰星两个孩子，他之前哪吃过这种苦。叶芽没打扰叶霖川，轻手轻脚地关好窗户，爬上床为叶霖川盖好被子。她正要离开时，突然瞥见叶霖川脸上泛着不正常的红晕。

他呼吸声很重，眉头紧蹙看起来很是不对劲。

叶芽伸出手抚上叶霖川的额头，他体温不正常，像是在发烧。她又翻开叶霖川的眼皮看了下，对方还是一动不动。

叶芽心里一咯噔，又把耳朵贴上了叶霖川的胸口。

听到了结实有力的心跳声，叶芽总算放下心来，忍不住用小手拍了拍自己的胸脯。

还好还好，她还以为他死掉了。

“芽芽，你在干吗？”注意到她的动作的沈昼疑惑地看着她。

叶芽像看到救星一样对着沈昼叫嚷：“沈昼哥哥你快来！阿弟的头好烫，他好像生病了！”

沈昼急忙走过去，弯腰推了推叶霖川的臂膀，小声地叫：“叔叔？”

叶霖川没有回话。

“叔叔你还好吗？”

“嗯……”叶霖川含混地应了声。

“叔叔，你是不是不舒服？”

叶霖川睫毛微微颤动，费力地半眯起眼睛，紧接着闭上眼没再说话。

这边的动静很快引起了其他兄弟的注意。他们对这种情况自然没有什么应对经验，慌乱无措中，叶清河提议送叶霖川去医院。可是外面大雨滂沱，估计连车都难叫，何况他们几个孩子很难把一米八多的叶霖川抬出去。

“平常我们生病，爸是怎么照顾我们的？”

叶清河问完，几个人大眼瞪小眼，陷入沉默中。

原来家里有保姆和家庭医生，根本轮不到叶霖川照顾他们。如今沈然知道家里穷，根本不敢生病，就算有不舒服的时候也有幼儿园老师在，根本不用别人操心。沈昼倒是经常生病，不过他每次吃了药睡一觉就会好。要说几人唯一一次共同照顾人的经验，还是叶芽起水痘的时候。想到这里，兄弟两人齐齐看向叶芽。

叶芽被几双眼看得心里发虚，缩了缩脖子，自动躲在沈昼身后，警惕地问道：“你们这样看着我干什么？”

“你还记得你生病时爸是怎么照顾你的吗？”

叶芽：“给我喝药。”

叶清河眼睛一亮，继续追问：“然后呢？”

然后？

叶芽抓耳挠腮，认真地回想着当时的事情：“哄我睡觉。”

“再然后呢？”

再然后？

叶芽咬了咬下唇：“再然后给我讲故事，还给我熬米粥，给我敷毛巾。”

齐活儿！

他们就按照这个流程做！

几人有了精神。沈昼自觉地去厨房充当厨师熬粥，叶清河拧了条冰凉的湿毛巾敷在叶霖川发热的额头上。叶子煜和沈然帮不了什么大忙，一左一右守着叶霖川。

最后只剩下叶芽了，可想而知她的工作只有讲故事了。

上次叶霖川给她讲的是童话故事，叶芽也准备给叶霖川讲童话故事。她从书包里翻出泛黄的故事书，随便翻开一页，清了清嗓子开始一个字一个字地念："很久很久以前，城堡里有一位漂亮可爱的公主。可是她被诅咒陷入沉睡，巫婆说只有真爱之吻才可以唤醒她……"

"真爱之吻是什么？"沈然突然发问。

叶子煜刚进入剧情，不满于被沈然打断想象，不耐烦地说："就是亲亲的意思。"

亲……沈然脸一红，不说话了。

"城堡周围遍布……遍布……"那两个字很复杂，叶芽认不出来，苦恼地挠了挠头，最终说，"遍布圈圈，那些圈圈阻挡了无数勇者与骑士，少数进去的人也没能活着出来。久而久之，无人再敢踏足那片禁区。"

叶芽讲得缓慢动人，叶子煜单手托腮听得专注，拍打叶霖川的动作逐渐变得敷衍。

"一百年过去了，二百年过去了，三百年过去了……"

"等一下！"沈然高高地举手再次打断她，"三百年都过去了，公主还没有腐烂吗？"

夏晴之前和他说人死后会变成尸体，尸体是会腐烂的。这都三百年了，就算再美丽的公主也应该化作白骨了吧？

叶芽显然也考虑到了这个问题，沉思几秒后给出回答："公主的棺材里肯定放了防腐剂，你不用担心。"

叶霖川从睡梦中醒来，刚好听到了这句话，眼皮狠狠地一跳，微微睁开一只眼睛看着这些小朋友。

他们全都没注意到叶霖川已经醒来。

"后来有个英俊的王子听到了关于公主的传说。他不顾阻拦强行闯入禁区，终于在城堡里见到了公主……

“公主的美丽让他放下手中的利剑，脑海中回想起那个久远的传说，他忍不住俯身一吻。亲吻成功唤醒公主，可是——”

叶芽毫无预兆地拔高声音，惊得沈然和叶子煜一个激灵，手一挥，一人给了叶霖川一个大耳光。无故被打的叶霖川闷哼一声，身体艰难地向旁边移动。

“然后呢？芽芽然后呢？”

叶子煜急着听故事，整个身体直接压在了叶霖川身上，向叶芽逼近。

“公主张开长满牙齿的大嘴，直接把王子吞噬，吐出来的骨头丢弃在旁边。那里有一块骨头、两块骨头、三块骨头……头顶的小鸟在唱歌，又死一个，又死一个，愚蠢的骑士到底什么时候才能知道公主是巫婆变的？”叶芽讲得生动，甚至唱起了歌。

“讲完啦。”叶芽合上了故事书，书皮上清晰地印着“黑童话”三个字。

叶芽又翻了翻故事书，这本书是夏晴给她的。叶芽一直没有看，更没有想到这个公主竟然和她妈妈是一个物种，可真浪漫呀。

旁边听完故事的沈然和叶子煜呆愣地瞪着眼睛，都没有从这诡谲的童话中抽离。

“你们……想压死我？”

身体下方传来微弱的声音，叶子煜忙不迭地从叶霖川身上爬下去，一脸担忧地看着他：“爸爸你没事吧？”

叶霖川没事是没事，就是刚才的故事听得他很不舒服。

此时沈昼也端着煮好的小米粥过来，身后叶清河拿着几颗退烧药。

几人搀扶着叶霖川从床上坐起，又是递水又是喂药，几张小脸在叶霖川的眼前晃悠，一双双眼中满是担忧之色。

叶霖川心里一暖，冲他们微微笑了下，宽厚有力的掌心轻轻地抚摸着眼前的这几个小脑袋，因为生病嗓音低沉暗哑：“我没事，不用担心。”

“叔叔，你把粥喝了。”

叶霖川刚要接过勺子就被沈昼躲开，沈昼强势地道：“叔叔现在生病了，应该换我们照顾您。您别动，我来喂您。”

叶霖川哪会忍心辜负孩子们的一番好意，没有多说什么，一小口一小口地喝着软糯的热粥。

屋外雨势骤小，大雨为这个夏天带来一丝凉意，屋内却是一幅温馨和谐的画面。此情此景让叶霖川百感交集，以前他忙时从来没有想过家是什么，妻子在的时候尚有一丝家的温暖在，妻子离开后那个家在他眼中只是一座偌大冰冷的房屋。

其实想想，他的家一直都在，只要孩子们在，家就在。

这些年一直是他疏忽了，是他冷落了家人，是他追忆过去走不出来。

生病让叶霖川身体变得脆弱，情绪也比以往敏感。

他眼眶泛红，又忍不住抬手在叶清河和叶子煜的脑袋上抚摸了一把，片刻后声音低哑地道歉道："对不起，之前爸爸都没怎么关心过你们。"

叶霖川的道歉来得突然，叶清河和叶子煜都没有反应过来，等意识过来时一齐红了眼眶。

"我没有怪过爸爸。"叶清河抿了抿唇，说，"之前……之前和你吵架说的也都是气话，爸爸你不要放在心上。"

"我知道。"

几人围坐在一起，隔阂在此刻烟消云散。

喝过药后，叶霖川又躺了下去，昏昏欲睡时，许明义给他发来消息。叶霖川没力气拿手机，沈昼给他念了微信群里的内容。

"今天下午出发，前往 ×× 无人海岛参与录制。"

沈昼看到这条消息，眉头紧紧地皱了起来。

以现在的情况来看，叶霖川肯定不能再长途跋涉，劳碌奔波，可是也不能放任叶芽一个人去参加节目……

事情怎么办才好？

沈昼捏紧手机，不由得忧愁起来。

第九章
变　故

喝过药后，叶霖川的症状并没有缓解多少。节目组发来的信息让他立马从床上起身，准备收拾东西前往机场。

沈昼匆匆阻拦道：“叔叔，你现在不适合继续工作。”无人海岛夜晚湿冷，要是叶霖川再出什么事，没人担待得起。

“没事，小问题。”叶霖川鼻音很重，眼皮半抬不抬，身体的乏力感让他手上的动作变得迟缓。

沈昼稍沉了脸，夺走叶霖川手上的行李箱，强拉着他回床上，语气强硬地道：“叔叔在家休息，这一次听我的。”

叶霖川眉梢微扬，禁不住笑了：“这是最后一期录制，不去不行。”

“身体重要。”沈昼斟酌半晌道，“不行的话我们可以找个临时监护人。”

“临时监护人？”

“嗯。”沈昼颔首，语气坚定地说，“我带芽芽去，我有经验。”

从小到大都是他在照顾弟弟，再恶劣的环境他都生活过。虽然不想面对镜头，不过只有两天一夜的话他还是可以忍受的。

叶霖川没有说话，片刻后笑意更浓，缓缓地道：“你一个小孩子哪能当什么临时监护人？都说了我的情况不严重，喝过药晚上就能好，我是大人，犯不着让你一个小孩儿来操心。”

叶霖川很少生病，每次生病都是硬撑过去的，连轴转的忙碌会让他忘记身体的疲惫，这种程度的发烧对他来说只是小问题，用不着小题大做。

不过他们的担心让叶霖川很受用，觉得之前自己的付出都没有白费。

此时叶清河插话进来，对沈昼的做法表示认同，帮腔道：“爸，您现在的情况的确不适合再带着叶芽出去。我赞同沈昼同学的话，给芽芽找一个临时监护人。”

叶霖川刚一张嘴，还没发出声音便又被叶清河打断：“不过沈昼同学也不适合，不如我去吧，让沈昼同学留在家里照顾您和沈然还有子煜，这样我也可以放心一些。”

沈昼摇头否决道：“不行，你身体不好，我去比较合适。”

叶清河：“可是你会照顾人，爸爸需要你照顾。”

沈昼：“你细心，你照顾叔叔也是一样的。”

两人你一句我一句，争执不下。沈然和叶子煜压根儿不知道他们在争论什么，看看那个又看看这个，索性也加入进来凑热闹，卧室里叽叽喳喳一片混乱。

叶霖川被吵得额头犯痛，指腹轻轻地揉捏眉心，不自觉地喟了一声。

视线一转，他看见叶芽趴在床边安静地看着他。

小孩儿刘海儿长长不少，微微遮住眼皮，睫毛颤动，清亮剔透的眼里映着他略显无神的面容。

她可爱懵懂的表情让叶霖川心里的烦躁之情退去，他神色温柔了许多：“你说，你想让我和你去，还是哪个哥哥和你去，或者我们都不去？”

都不去是最谨慎的办法，当然也要看叶芽自己的选择，毕竟她才是一家之主。

叶芽陷入短暂的思考中。

她知道阿弟生病需要休息，如果选一个临时监护人的话……

“芽芽，你想要我还是沈昼哥哥？”叶清河蹲在她跟前，满脸期待地看着她。

叶芽啃着圆润的手指头，眨了眨眼，视线在沈昼身上停留了长达三秒。沈昼正以为自己就是被选中的那个人时，她却扑入叶清河的怀里，说：“我要清河哥哥和我去。”

叶清河揽着叶芽带有奶香气的身体，冲沈昼得意地扬眉，炫耀的表情让沈昼牙根痒痒，有种想揍他一拳的冲动。

“确定了吗？”叶霖川又问了一遍。

叶清河点头：“嗯。只有两天一夜，我可以照顾好叶芽的。”

叶霖川眼睑半垂，道：“那边气候潮湿，晚上冷，我是担心你的身体。”

“医生说我现在的情况很稳定，我会带着药，情况不对会立马联系您，爸您不用担心。”

叶清河一直是个有分寸的人。

见他执意如此，叶霖川便没再说什么。

这边确定下来后，叶霖川立马联系了许明义。对叶清河的到来，节目组的人自然是欢迎的，没有二话直接同意叶清河参与录制，并且在网络上放出了预告。

下午两点，叶清河收拾好东西，一手拉着行李，一手拉着叶芽，告别家人前往机场。

节目组这次选择的录制地点是位于A城海峡中央的无人海岛。海岛不算大，平常也会有游客上来参观，考虑环境因素，旅游局在上面设有几处卫生设施和避风亭，所以并不是真正意义上的无人岛屿。

对这次的人员变动，其余嘉宾并不知情。当叶清河的身影出现在众人眼前时，他收到无数讶异的视线。

站在暖阳下的少年有一头乌黑浓密的头发，眉眼随了母亲，生得温和，眼神似玉般温润，与叶芽站在一起时画面美好，像从童话故事里走出的王子与公主。

“清河来了啊？你爸爸呢？”熟悉他的夏屿最先打了招呼。

四周架满镜头，处处都是不认识的人，叶清河腼腆地笑了笑，轻声回话：“爸爸感冒了，所以我带芽芽来录制这期节目。”

听到这话，夏屿面露遗憾之色。

这是节目的最后一个录制地点，换句话说这期就是收官之作，叶霖川不能参与录制未免可惜。

叶清河有礼貌地和长辈们打过招呼，又被叶芽牵住手，带去介绍给她的朋友们。这里面除了夏晴，其他两个小朋友叶清河都不认识，只在电视上见过。

“哥哥，这是王明跃，这是辰星。”

叶清河眼神掠过呆头呆脑的王明跃，停留在赵辰星身上。

因为先前叶芽和赵辰星发生过冲突，叶清河对赵辰星的印象并不是很好。他并没有流露出对赵辰星的不喜欢，蹲下身向王明跃和赵辰星伸出手道：“你们好，我叫叶清河，是芽芽的哥哥。”少年嗓音清越，带笑的面庞轻而易举地赢得王明跃的好感。

“清河哥哥好。”王明跃拉住他的手指晃了晃，突然说，“你是不是缺个妹夫呀？”

话音落下，全场静默。

叶清河愣住。

王明跃痴痴地盯着叶芽：“我以后想和芽芽结婚，我问过我爸，他同意。”

王明跃毫无保留地出卖了自己的父亲。

面对众人的目光，王皓老脸一红，忙不迭地摆手否认：“没、没、没，你们别听那小兔崽子胡说！导演回头把这段掐了，要是让叶总看到非得宰了我。”

那些话都是王皓背地里哄儿子时说的，叶芽可爱漂亮，他就算有心让她当儿媳妇，对方的爹也不一定让啊。

人都到齐，众人坐上游艇前往无人海岛。

碧空如洗，海面辽阔，翠绿色的海岛遥遥可见。

距离目的地还有十几分钟时，一行人闲聊起来。

望着窝靠在叶清河怀里乖巧的叶芽，王皓坏心地问：“芽芽喜欢和爸爸出来，还是喜欢和哥哥出来？”

叶芽看着天边盘旋的海鸥，毫不犹豫地说：“哥哥。”

这个回答让叶清河抿唇偷笑，手掌轻轻地抚了抚那柔软蓬松的发丝：“爸爸听见的话会难过。”话是这么说，语气里的喜悦之情却要溢出来了。

王皓继续问：“那哥哥和你爸爸掉到了海里，你先救哪一个？”

来了！

全人类都害怕的致命问题来了！

所有人都静静地等待着叶芽回答。

结果她说：“谁都不救。”

叶芽掐了掐自己肉嘟嘟的胳膊，一本正经地道："我还小，救人的话会死掉的。但是我可以打电话让警察叔叔救。"

说着，她仰起头："对不对呀，哥哥？"叶芽眼眸亮晶晶的，满心期盼着叶清河的表扬。

叶清河忍不住捏捏她那挺翘圆润的小鼻子，一笑道："嗯。芽芽做得很棒。"

他的动作让叶芽立马变得紧张起来，神色紧绷地握住叶清河的手指头："哥哥你别乱动，小心掉到海里面去。"

游艇行驶得很快，海面激起层层浪花，要是人不小心掉下去的话肯定会死掉的。游艇上面也没有警察，掉下去都不会有人救。叶芽像母鸡护崽子一样紧张兮兮地抱住叶清河。

这些画面被夏屿偷偷拍成了短视频，抱着看好戏的心情发送给了叶霖川。

夏屿："芽芽和你的大儿子在一起的时候好乖啊。"

三四岁正是小孩子最闹腾的年龄段，叶芽尽管表现得比其他孩子聪明懂事，但闹起来也很厉害，尤其和夏晴在一块儿的时候，两人简直就是黑白双煞姐妹花，别说他了，叶霖川都管不住。加上镜头还拍着，两个大人就算教育也不敢教育得太狠，害怕视频发出被网友骂。

结果到叶清河这儿，小姑娘跟之前相比简直就是判若两人，乖巧懂事得很。

夏屿："看样子芽芽更喜欢和哥哥出来，川哥你失宠了啊。"

收到视频还有信息的叶霖川沉默许久，缓缓打字发送。

叶霖川："失宠总比没的宠强，对吧，吻戏都没拍过的夏PD（制作人）？"

阴阳怪气地说完，叶霖川满足地合眼。

可是这个习惯有叶芽在身边陪伴的老父亲突然睡不着了，脑子里开始胡思乱想。

小朋友过了五岁就有了性别意识，再大些就会被男孩子吸引，青春期更了不得，很容易被那种坏坏的男孩子吸引，当初余研就是这么被他吸引的。叶芽早恋了怎么办？她会不会被人渣骗？叶霖川越想眉头皱得越紧，越想心里越不安。他浑浑噩噩地睡了过去，很快便陷入梦境。

冗长的梦里出现无数奇怪的人，他们纠缠拉扯，强行将叶芽从他身边夺走，脆弱的小姑娘一直哭喊，惊叫声里满是恐惧……

十点左右，众人登岛。

这座海岛被海浪包裹，岸边礁石分布，一波接一波的浪花不住击打着形态迥异的礁石，起伏不断的海浪声成为这座岛屿上的天然奏鸣曲。树木郁郁葱葱，肆意生长在晴空之下，枝丫生机勃勃地向上空伸展，与天边碧色连成一线，形成一幅美妙绝伦的画卷。

多数人习惯了城市里的喧嚣街景，海岛的晴朗柔和让人放空自己，与之合二为一。

欣赏完眼前的风景，节目组开始颁布今天的第一个任务，首先便是搭帐篷，最先搭好的一组嘉宾可以从节目组那里换取这两天所需要的生活用品和食物，以后几天嘉宾也都要以任务的方式换取。

这里面的人都没有户外生存的经验，许明义也不提示，丢下几张安装图纸后便坐在小凳子上看热闹，高跷二郎腿，嗑着瓜子，看起来好不悠闲自在。

“芽芽，帮哥哥用手扶着那边，扶紧了不可以动哦。”

其余嘉宾对着图纸犯愁时，叶清河已经开始对着图纸上的步骤行动。

叶芽很是听话，小手紧紧地扶着另一边的支架，哥哥不让动，她就乖乖巧巧地扶着不动。

“哥哥你会搭吗？”望着眼前散落的帐篷部件，叶芽不确定地问。

叶清河专注于手上的工作，阳光在那头乌黑浓密的发丝上微微跳跃，睫毛似蒲扇般遮着眼睛，修长漂亮的手指捏着图纸，视线在上面游离，忙碌中还不忘回答叶芽的问题：“应该会。”

叶清河脑子聪明，动手能力也很强，每次手工课都是第一个完成老师布置的作业。虽然是第一次搭帐篷，但他觉得只要搞清楚图纸上的步骤，实际搭帐篷应该也不是难事。

他将图纸放在一边，开始进行第二步。

少年专注的神情比以往还要吸引人，叶芽的注意力全在他身上，崇拜之情像是马上要喷涌而出。小姑娘的眼神太过炽热，叶清河想忽视都难。

旁边的摄像师也注意到这边的情况，镜头全部移了过来。

少年脸皮子薄，渐渐红了耳根：“芽芽，你可以去旁边玩了。”

叶芽歪了歪小脑袋，瓮声瓮气地说：“可是我想看哥哥搭帐篷，哥哥和神仙一样厉害。哥哥真棒，什么都会。你怎么这么厉害呀？”

小姑娘“彩虹屁”吹得天花乱坠，后边传来阵阵低笑声。

叶清河渐渐垂下脑袋，嗫嚅着嘴唇道：“也……也不是很厉害，大家应该都会做。”

话音落下，后头传来说话声。

“小叔叔你怎么这么笨呀？你怎么连螺丝钉都不会安？”

这是夏晴。

她一手叉腰，一手指着满头大汗的夏屿，趾高气扬的模样像是电视剧里刻薄的监工。

另一头王皓的情况也好不到哪儿去，王明跃觉得父亲笨手笨脚，一直大哭，王皓一边和帐篷做斗争，一边还要哄孩子，手忙脚乱，哪里还有往日的悠闲镇定的模样。

眼前的情况让叶清河面露尴尬之色，吞咽一口唾沫，不自觉得放慢了速度。

“清河快搭好了吧？”

“嗯。”眼前天蓝色的小帐篷立于天地间，漂亮又精致，他顿了下说，“叔叔要是不介意，我可以帮你们搭。”

这话顿时让夏屿和王皓两人的眼睛亮起，两人没有推托，忙不迭地点头应下。

“那就麻烦清河了。”

叶清河牵起叶芽的手走向王皓，接替他的工作，一边支帐篷一边说着注意事项。王皓边听边点头，看着眼前逐渐成形的帐篷，不禁赞叹道：“清河很厉害啊，没想到我一个大人还比不上你这个小孩儿。”

“哪里。”叶清河自谦一笑，慢条斯理地说，“我也只是动手能力强一些而已，其他方面肯定不如您还有夏叔叔。”

他不卑不亢、温和内敛的性子成功赢得了大家的好感。

搭完帐篷，叶清河把睡袋和行李都放在了里面，然后去和节目组换取生活用品与食物。

叶清河拿了两套牙刷、两条毛巾，食物方面只拿了牛奶、面包和一根香肠，剩下的全留给了夏屿和王皓。

“芽芽来。”

叶芽听到哥哥叫她，立马跑了过去。

“喝牛奶。”叶清河将吸管插入纸盒，递到她的嘴边。

牛奶是赞助方提供的，醇香可口，叶芽咕噜咕噜喝了几口，把剩下的推给叶清河：“哥哥喝。”

“哥哥早上吃过饭了，芽芽喝就好。”

叶芽不依，硬是把牛奶往他面前送：“哥哥多喝牛奶才能长高高，才能身体健康。”这话是叶霖川对她说的，现在她一字不落地告诉了哥哥。

叶清河其实不太喜欢喝牛奶，可是小姑娘执意如此，他不好拒绝，于是就着叶芽的手吸了两口。

休息一会儿后，节日组又下达第二个任务——用节目组提供的道具做一顿午餐。

海岛上没有电也没有火，要想做饭必须自己生火架锅。

这又让嘉宾们犯了难，他们已经习惯了现代科技所提供的便捷生活，哪里还会用原始的那一套方法，更别提用劳动换来的火柴只有五根，节目组摆明是在刁难他们。

正当众人对着柴火一筹莫展时，一旁的赵辰星已经沉默地生好了火。

火苗在晴空下跳跃，面对着众人惊叹的目光，赵辰星面无表情地走到叶芽跟前，一言不发地看着她。

两人目光相对，叶芽没懂他的意思。

漫长的沉默后，叶芽恍然大悟，一敲脑袋，开始吹“彩虹屁”：“辰星你真厉害！”

赵辰星抿起嘴唇，还是没走。

“你……你竟然会生火，你真棒！”

赵辰星勾了下嘴角，但还是没走。

看样子他还是不满意。

叶芽挠了挠后脑勺，皱着小眉头，绞尽脑汁地在词汇量贫乏的脑海中搜寻着夸赞人的词汇。

“你……你好聪明，我好崇拜你，你是全天下最聪明能干的五岁宝宝。”

说完她小心翼翼地打量着赵辰星。

他眼神深沉，注视着她，这次他依旧不满意。

既然这样，她只能拿出撒手锏了！

叶芽拉住赵辰星的胳膊，踮起脚嘟起嘴，在他冰凉的脸蛋上落下一个温热的吻。

赵辰星一怔，捂着脸笑了。

他往日的笑容十分公式化，这次不同以往，笑得发自肺腑，笑得真情实意，仿佛有阳光充满那双眼睛，让男孩儿看起来温柔又干净。

叶芽眨眨眼，痴痴地说："辰星你笑起来很好看，你以后要一直这样笑。"

赵辰星顿时惊醒，瞬间收敛笑意："我以前也是这样笑的。"

叶芽摇头。

"你以前不是这样的，你以前笑起来很……很……"她想不出合适的词汇，咬咬唇说，"很假。"

他以前的笑容像贴上去的一样，一点儿都没有现在可爱。

两人无视周遭的喧嚣，说着悄悄话。可想而知他们身后的夏晴和王明跃吃起了醋，就连叶清河心里也很不好受。

妹妹刚才还夸他棒棒的、能干、全天下最厉害，结果下一刻便不吝啬地夸起了别人。叶清河尽管有些不开心，但也没表现出来，继续低头洗菜。

他能忍，其他两个人可忍不了了。

夏晴狠狠瞪着赵辰星，蹲在地上用力挖着脚下的细沙，咬牙切齿地看着玩在一起的两个人，心里头仿佛有醋缸被打翻，酸得厉害。

"这个人怎么不懂先来后到呀？"王明跃闷闷不乐地嘟着嘴，又是羡慕又是嫉妒。从第一眼见到叶芽时他就喜欢她，单方面宣布叶芽是他未来的老婆，可是还没订婚，半路就杀出个程咬金——讨人嫌。

"芽芽明明是我的女朋友。"

夏晴瞪大眼睛，不自觉地提高音量道："你说什么？你再说一遍？！"

夏晴是四人小队里的"大姐大"，王明跃就怕她，被这么一瞪，惊得缩起脖子当乌龟，嘴里不怕死地继续嘟囔："女……女朋友。"

"谁同意的？"

"我……我爸。"

"你爸同意又不算！再说你看你这么爱哭，芽芽才看不上你呢！"夏晴嫌弃地上下打量他，撇了撇嘴，"还呆头呆脑的。"

她这样说可就让人不乐意了。

王明跃梗着脖子道："那你呢？芽芽还不是不理你？"

这话扎心了。

夏晴嘴硬地道："芽芽理我！"

"她哪里理你了？她现在明明去理赵辰星了。芽芽不和我玩，也不和你玩！"

"胡说，芽芽和我玩！我们之前都结婚了！"

王明跃不屑地轻哼，反驳她："结婚要领证的！你和芽芽领证了吗？没领证就不算！"

夏晴哑然。她们领证了吗？好像……好像没有。

王明跃叹了口气，突然想起电视剧里的台词："从来只见新人笑，哪闻旧人哭，晴晴，我们俩现在是不是就是旧人？"

"你走开！你才是旧人！"夏晴怒从心头起，控制不住脾气的她一把将王明跃推倒在地。

倒在沙滩上的王明跃先是一蒙，回过神后眼睛里蓄满泪水："你推我？！"

夏晴别过头不看他，毫无悔过之心。

"你向我道歉！"

"我不！"

"道歉！"

"我不！"

王明跃吼得大声，夏晴吼得比他更大声。两人的怒火越烧越旺，最后在地上扭打起来。

"叮！支线任务 07：离间夏晴和其他嘉宾的关系。（已完成）"

"支线任务 08：恐吓夏晴与其他小朋友。（未完成）"

突然响起的任务提示让叶芽一头雾水：她好像什么都没有做啊？

叶芽不知道自己就是那个罪魁祸首，和大人一起帮忙把掐架的两个人拉开。王明跃明显不是夏晴的对手，灰头土脸地坐在地上哭。

夏屿冷着脸教训夏晴："晴晴，你怎么可以欺负弟弟？快道歉。"

夏晴双手环胸，气鼓鼓地别开头道："他先说我的，我才不要道歉。"

"是你先……先推我。"王明跃越想越委屈，又大声号哭起来。

小孩子闹不愉快是正常的事，双方家长也都没有放在心上，拉开各自的孩子进行了教育，最后两个孩子握手言和，此事就此落下帷幕。

下午的最后一个任务是嘉宾们在节目组指定的地点玩捉迷藏，考虑到林中会有危险，节目组给每一组嘉宾派遣了一位保镖，用来保护他们的人身安全。

夏晴和夏屿第一组当“鬼”，在他们数数的这段时间里，叶芽和叶清河手拉着手去寻找藏身处。

树林茂密，脚下的路略显泥泞。

林中回荡着虫鸣鸟叫，除此外再没有任何声音。

这里对叶芽来说却很是吵闹，头顶的树叶都在说话，脚下的野草叽叽喳喳地唱着歌，花朵不知在窃窃私语着什么，种种声音交织在一起就像是一场大型的音乐会。

“哥哥，我们躲在这里。”叶芽个子小，轻而易举地钻进草丛，蹲在了树木后面。

为了不暴露位置，叶芽让摄像师还有保镖也躲了起来。

叶芽还是不放心，对脚边的小草说：“要是有人过来，记得告诉我。”

小草摇曳着绿叶应和。

叶清河早就习惯了她的“自言自语”，安静地坐在她跟前没出声。

叶芽敏感地察觉到兄长的情绪不同以往。

她不禁朝身旁看去，少年双手环膝背靠树干，脸色苍白，嘴唇轻轻地发着抖。他的守护灵紧紧地贴着他，慢慢地将自己的气息往他身上传送。

叶芽心里一沉，担忧之情在心中蔓延。

“哥哥，你是不是不舒服？”她小心翼翼地问，问完又想哭，眼眶红红的。

叶清河抬手摸了摸她头顶的小鬏鬏，牵强地一笑道：“可能是太累了，芽芽不用担心。”

叶清河没有过长途旅行的经验，今天又是坐飞机又是坐船，心脏承受不住负荷也很正常，吃过药就好了。

他不由得抚上胸口，心脏跳动急促，让呼吸都变得粗重。

叶清河闭闭眼，哆嗦着手向口袋摸去，那里有他随身携带的药物，可以短暂减缓病状。

“夏晴他们找来了。”保镖提醒道。

叶清河立马停止动作，屏气凝神没发出一点儿声音。

“找到芽芽还有清河哥哥啦！”

夏晴兴奋的呼喊声透过草丛钻了进来，叶芽撇撇嘴。这么快被找到的她闷闷不乐地走了出去。

“第二轮，叶芽当‘鬼’！其他人可以开始藏了，注意不能离开我们规定的范围！”

节目组的一位导演拿着大喇叭喊完，众人一哄而散。

叶芽乖巧地一个数接着一个数地数着，时不时地偷偷瞟一眼叶清河。

“哥哥，你还好吗？”

“嗯，待会儿吃点儿药应该就好了。”说着他朝口袋摸了下，空荡荡的口袋瞬间让叶清河的表情发生变化。他皱起眉，双手翻着裤兜。

没有了……药不见了……

叶清河因为过于着急而脸蛋泛红，考虑到录制时间只有两天一夜，他来的时候只带了一瓶药，根本就没有备用的药。

“哥哥？”叶芽拉上叶清河的袖子，仰起头小声地叫他。

叶清河这一次笑不出来了，拽着裤兜的手不住收紧，指关节因用力而泛白。

许明义注意到情况不对，立马起身过来，关切地询问：“清河，你不舒服吗？”

叶清河来之前叶霖川已经将他的情况大体说了一遍。比起节目录制，更重要的还是孩子的身体健康。

叶清河摇了摇头，诚实地说：“我好像把药丢在了树林里头。”应该是捉迷藏的时候掉下去的，当时他的注意力全都在夏晴和叶芽身上，药瓶到底怎么掉下去、什么时候掉下去的他不知道。

“只带了一瓶药吗？”

“嗯。”叶清河不禁自责起来，他应该多带一瓶药的。

许明义瞧出他心中所想，拍了拍他的肩膀给予安慰：“没事，任务地点就在这个范围内，认真找一找应该是可以找到的，没关系，清河不用紧张。”

说着他招呼其余嘉宾回来，简短地说明情况后，动员所有人前往树林寻找叶清河的药。

叶芽和其他小朋友年纪小，加上天色渐晚，节目组本来是想让他们留在这里，可是几个小孩子根本不是老实的主儿，软磨硬泡地要和大人们进去一起找。没有办法，他们只得带上几个孩子，分组进入树林。

“芽芽，你还记得你之前藏在哪里吗？”夏屿一边搜寻着一边问。

“好像是在前面。”叶芽回答得不是那么确定。

这个地方这么大，她也不太会分辨位置，实在难以寻找。不过没关系，她虽然不记得，但是小花小草们都记得。

叶芽走走停停，不断向沿路的植物们询问。

很快，她通过植物的帮助找到了两人先前的藏身处，在草丛中发现了静静躺在那里的白色药瓶。叶芽眼睛一亮，弯腰捡起瓶子，宝贝似的紧护在怀中，回头对着还在寻找的一干人喊道：“我找到啦！找到啦！我找到哥哥的药了！”

“找到了啊！”夏屿急忙过来，看着她手上的那个药瓶，顿时长长地松了口气，“找到就成，那我们快回去吧，天都要黑了。”

夜色重返大地笼罩整座岛屿。

黑夜的海岛对人类来说是危险的，他们在野外逗留时间越久，遇到危险的可能性就越大。

为避免路上再次把药弄丢，夏屿帮忙携带药瓶，一行人向树林走去。他们出去时刚巧碰见王皓和赵辰星，大人们走在前面开路，小孩子们手牵手，慢吞吞地跟在他们屁股后头。

谁都没有说话。

突然，叶芽停下步伐，目光飘向旁边漆黑的灌木丛里。

“好可怜的小蛇。”

“小蛇被缠住啦。”

“喂喂！那边的三叶草快救救它呀！它和妈妈走散了！”

小草着急地对着叶芽呼喊求救，叶芽立刻走了过去，在一堆杂乱的草丛里看到了被紧紧缠绕其中的青绿色小蛇。青蛇很小，看起来还没有满月。它在里面不安地扭动，口中缓缓地吐着蛇芯。

叶芽撩起袖子，小心地拨弄开一旁的杂草，把这条可怜的小蛇拿了出来。

得救后，青绿色的小蛇缠绕上叶芽的手腕。

“芽芽？”夏晴停下脚步，扭头看了过去。

“芽芽，你手上的是什么呀？”王明跃注意到她手上多出的绿色物体，好奇心让他脱离团队向叶芽走来。

“咦？这手镯是你捡到的吗？”王明跃没注意到蛇的脑袋，只看到她的手腕上多出一圈绿油油的东西，翠绿的“镯子”衬得小姑娘那粉白的皮肤很好看。

王明跃很爱好看的饰品，不由自主地把手伸过去讨要“手镯”：“能给我戴一下吗？妈妈说好东西要分享。”

没等叶芽说话，夏晴倒是先急了，匆匆挡在叶芽身边，伸出一条胳膊阻挡王明跃逼近。

“芽芽才不和你分享呢！要分享也是和我分享！”说完她冷哼一声，又笑嘻嘻地看向叶芽，“是吧，芽芽？”

叶芽当然愿意把好东西分享给夏晴，毫不犹豫地点头。

“那这个可以给我看一看吗？”

叶芽犹豫两秒，说：“可这是迷路的小蛇，晴晴姐姐你还要看吗？”说着她把蛇从手腕上扯下来，捏住蛇的脑袋向夏晴和王明跃展示。

夏晴恍然大悟：“原来是蛇呀！”

她说完声音卡住，全身僵硬，眼睛一点儿一点儿地瞪大。

那条小蛇身上遍布着浅绿色的花纹，它估计是被捏得不太舒服，不住地在叶芽的手指间扭动，发出的咝咝声听起来格外吓人。夏晴一个五岁儿童哪里禁得住这等惊吓，尖叫声刹那冲破喉咙，惊恐万分地扑向夏屿。

王明跃也反应过来，张嘴大哭起来，边哭边踉踉跄跄地向王皓那边跑去。

“叮！支线任务 08：恐吓夏晴与其他小朋友。（已完成）”

系统：“不愧是食人花的女儿！宝贝儿，还剩下两个任务，你一定可以的！”

叶芽听着系统的夸赞声，低头看了看手上的小蛇，又看了看大哭的夏晴和王明跃，眼神茫然。可是她根本没有恐吓晴晴姐姐他们啊？他们不是想看吗？

人类幼崽还真是奇怪。

叶芽想不通索性就不想了，放下小蛇，随大人们一起走出树林前往帐篷。

马上就可以把药交给哥哥，系统任务声音突然响起。

“支线任务 09：害叶清河住院。（未完成）”

冰冷的系统提示声音在叶芽的脑袋里响起，她僵在原地。她怀疑自己听错了，迟迟没有做出任何回应。

过了好久，叶芽才开口问系统：“叔叔，刚才那个任务是什么意思呀？我不懂。”

系统没有觉察到叶芽的情绪变化，说：“让叶清河住院，完成这个任务再完成一个就能开启最后的主线任务，芽芽要加油呀！完成全部任务芽芽就可以回家了！我相信你一定没问题的！”

她完成全部任务就可以回家了，可是……叶芽垂下脑袋，这里也是她的家呀，哥哥也是她的家人……

这种任务……这种恶毒的任务她才不要做呢！

“我……我……我要放弃任务。”叶芽紧张到口齿不清，“我不要做这个任务，叔叔，你帮我换一个，快帮我换一个！”

她要哥哥好好的，不要哥哥生病住院，要让哥哥健健康康地长大。

系统语气为难地道：“芽芽，连环任务做到最后三个是不允许放弃的。抱歉啊，叔叔帮不了你。”

叶芽恼了，狠狠地跺脚：“你之前还说可以放弃！你要赖！”

系统很是无奈地说：“我之前是说过，可是我说的是前期，现在已经不可以放弃了。”

叶芽垂在身体两侧的小手紧握成拳，腮帮子鼓起，胸脯一起一伏，气鼓鼓的模样像是一条万分委屈的河豚。

“我不要理叔叔了，我也不要做任务！”叶芽大喊完，就屏蔽了系统。

莫名被屏蔽的系统无语。等等！它什么都没有做啊！芽芽你冷静一点儿！

入夜的岛屿气温骤降，海风肆意咆哮。

叶芽和叶清河钻进睡袋，相互依偎在一起也不感觉冷。头前亮着一盏小灯，灯光在童话书上跳跃，少年嗓音清润，温和地讲着故事。

“很久很久以前，大山深处长了一只小人参，小人参被好心的婆婆带回去收养，健健康康地长大，每一天都过得非常开心。”

叶清河翻过一页：“好景不长，婆婆生了重病，小人参必须找到医治婆婆的药物，于是背着行囊出发找救命的药。‘槐树呀槐树，你是可以医治我婆婆的药吗？’槐树摇了摇头，告诉它药长着长长的须子。

“小人参走啊走，遇到一只长着长须的猫咪：‘猫咪啊猫咪，你是可以医治我婆婆的药吗？’猫咪舔着爪子，告诉它药长着两条腿。”

叶芽听得入神，不禁向叶清河靠拢。

“小人参进入村庄，看到许多许多的人。‘你们好啊，你们可以救我婆婆吗？’它亲切地和村民们打着招呼，没想到那些人拿起锄头，兴奋地向它冲来。

“‘是人参啊！包治百病呢！’

“被追赶的小人参四处逃窜，这一刻才意识到，它才是治病的药。”

叶芽眼睫扇动，眼中流露出悲伤的情绪：“小人参死了吗？”

书页被翻动，叶清河继续讲着故事：“小人参拔下了自己的头发，你猜猜看，最后怎样了？”

叶芽想了想，正经地道：“它变成了小八参。”

叶清河讷讷地说：“嗯，也不是不行。”

叶芽双手托着下颌，摇晃着小脑袋：“可是一根头发不够，它又拔了一根，哥哥你猜猜看它变成了什么？”

叶清河：“小……八三？”

两人目光相对，笑倒在一起。

“好了，芽芽要睡觉了。”叶清河搂紧叶芽胖乎乎的身体，手掌轻轻地拍打着她的肚子，温柔地哄她入睡。

夜风吹得帐篷猎猎作响，叶清河身上有着好闻的柠檬一样的味道。

“哥哥，你不可以死掉。”她突然说，语气中充满惶恐悲凉之意。

叶清河一怔：“芽芽干吗这样说？”

“因为芽芽不是小人参，找不来须须救你，所以你不可以有事情。”

叶清河沉默着。

可能是他今天的状况吓到这个年幼的小朋友了，叶清河不知如何安慰她，甚至无法给予肯定的回答。他能感受到自己的身体每况愈下，医生说他的最佳手术年龄是十八岁，但以他现在的情况来看，他根本不知道自己能否撑到那个时候。

他珍惜时间，这次过来也是想多陪一陪妹妹，因为害怕那天突然到来，害怕再也见不到她。

“你还有沈昼哥哥，有子煜，有沈然，爸爸以后也会好好照顾你，所以芽芽不用担心，就算没有我，也会有很多很多人疼爱你。”

叶清河现在庆幸和沈昼他们做了朋友，哪怕自己真的会有离开的那一天，沈昼和沈然也会是爸爸、弟弟和妹妹的慰藉。

“可是……”叶芽垂眸，嘴唇一张一合发出极为微弱的叹息声，“他们都不是清河哥哥。”

“芽芽……”叶清河不知道说什么了。

“我想要和清河哥哥在一起，想要和哥哥一起长大。”她让眼泪在眼眶里不掉下来，两腮鼓起，嘴唇却抿得紧紧的，想哭又忍着不哭。

叶清河心里酸楚，一股涩意在喉咙处翻涌。

“哥哥不会有事的，我向你保证。”他摸了摸她的额头，用力抱紧了小姑娘。

翌日一早，节目组让所有嘉宾收拾好东西，前往下一个神秘目的地，参与最后的拍摄。

许明义也没说具体做什么，嘉宾们按照节目组的要求乘上轮船去了对岸，又坐上大巴来到某个山庄里。

山庄环境清幽，叶芽一眼看见站在房间里的叶霖川。

短暂的诧异过后，惊喜涌上心头，叶芽松开紧拉着叶清河的手，张开双臂向叶霖川扑了过去：“阿弟——”

叶霖川蹲下身与小姑娘抱了个满怀。

“妈妈！”

夏晴和王明跃也分别飞奔到各自母亲的怀里。

三个孩子与各自的家人相依，浅笑低语，画面异常美好。只有赵辰星，他公式化地笑，公式化地与田又琴拥抱，眼神平静无波，没有半点儿喜色。

今天是节目的收官之日，所以许明义准备在这里举办一场晚宴，邀请来孩子们的家长，为了给嘉宾们惊喜，一直瞒着嘉宾们。

“清河怎么样？”叶霖川抱着叶芽，转头去看大儿子。

“挺好的，我和芽芽玩得很开心。”

“你呢？”叶霖川不轻不重地扯了下叶芽头顶的鬏鬏，问，“没有给大家添麻烦吧？”

没等叶芽回话，旁边的夏屿笑着插话：“芽芽和清河在一起的时候特别乖，看样子清河比你会看管孩子。”

叶霖川脸色一沉，没有搭理夏屿的“冷嘲热讽”。

“晴晴，听说你和人打架了？你怎么能这么不懂事？”夏妈妈和女儿亲热一会儿后，开始教训起来，不过她的语气很温和，不会给夏晴的心灵造成什么伤害。

夏晴满不在乎地撇撇嘴，把玩着夏妈妈胸前的银色胸针，不满地嘟囔：“是王明跃和赵辰星先惹我的。”

这怎么还牵扯上赵辰星了？

夏妈妈感觉好笑，忍笑问道：“那你说说王明跃和赵辰星怎么惹到你了？”

夏晴把这两天的怨气一股脑儿地向夏妈妈吐出来：“芽芽不和我玩，和赵辰星玩，赵辰星横刀夺爱！王明跃还落井下石！芽芽她……她水性杨花！”

夏晴成语用得“妙”，夏妈妈听得乐不可支，几位大人笑作一团，只有小孩子笑不出来。

叶芽挣开叶霖川的怀抱，开始为自己辩解：“夏晴姐姐，你不要胡说，我没有水性杨花，赵辰星也没有横刀夺爱。赵辰星没有拿刀抢你的东西。对吧，辰星？”

赵辰星配合地点了下头。

叶芽小跑着过去拉住赵辰星的手，又拉住夏晴的手，微仰下巴道：“你们都是我的好朋友，以后我们可以一起结婚。”

三个人一起结婚？那还了得！

叶霖川急忙阻拦，拉叶芽回到身旁，厉声命令道：“不要乱说话，我还没说你可以结婚。”

“为什么要你说？”叶芽的小脑袋还不能完全理解这个世界的规则，学叶霖川皱着眉，表情肃穆地道，“我自己说就好啦，我是宝宝我说了算。”

叶霖川：“我是大人我说了算。”

叶芽沉思片刻，道：“我是奶奶，我说了算。”

行，“奶奶”是个小祖宗，“奶奶”说了算。

不过叶霖川还真的有些想念和小朋友斗嘴的日子，明明只是分别一天，却像是过了一年那么久。看着近在眼前的皮肤黑了一点儿的小朋友，他发自内心地感到愉悦，唇不禁勾出微微的弧度。

“过来，奶奶。”叶霖川冲叶芽招手。

叶芽歪歪头，不敢相信叶霖川会这么温柔地叫她，停留在原地没有动。

“过来。”叶霖川又招了一下手。

“你要干吗呀？”叶芽小手背在身后，板着小脸，“我告诉你哦，我没有犯错，你不可以打我。”

叶霖川哑然。

这小孩儿也太记仇了吧，他不就是打过她一次，怎么说得好像他打过她好几次一样？

“亲一口。”叶霖川点了点自己的脸。

叶芽倒吸口凉气，不可思议地瞪大了眼睛：“这么多人呢！你一个成年人注意一下！”

她这句话顿时吸引了周围人的视线，众人呆滞片刻，扑哧一声笑了出来。

叶霖川老脸泛红，扶额避开众人的视线。

正在此时，叶芽蹦蹦跳跳地走到叶霖川跟前，小手轻轻地拉了拉他的裤腿。他蹲下，叶芽噘起嘴，在他的脸颊上落下个响亮的吻。为了保证公平，叶芽又亲了另外一边脸颊，这才跑去找夏晴他们玩。

叶霖川托腮目送叶芽远去的身影，突然觉得她好像长大了，头发变长了，身体变圆了，个头也长高几厘米，相信很快她就会出落成亭亭玉立的大姑娘，到那时……他应该也老了。

叶霖川悠悠叹气。

“爸爸想芽芽了？”叶清河在旁边打趣，撞了撞叶霖川的手臂说，“现在把芽芽送走，你还愿意吗？”

叶霖川回过神来，狠狠地白了叶清河一眼：“净说些有的没的。”

叶清河但笑不语。

距离晚宴开始还有一段时间，小朋友们觉得无聊，便聚在一起玩。赵辰星没有参与进来，懂事地在厨房帮忙，旁边田又琴一直在说话，他说得最多的就是“嗯”。

叶芽坐在院子里遥遥地看着，能感觉到赵辰星是不开心的，是不乐意做那些事的。

她拍拍屁股从地上站起，跑进去来到赵辰星跟前，居高临下地对着蹲在地上洗菜的赵辰星说：“辰星要不要来和我们一起玩？”

赵辰星摇头。

“我们辰星很懂事的，要帮家长的忙，你自己去玩吧。”田又琴笑着，眼神却充满鄙视疏离之色，但碍于镜头在拍，她没好说得太难听。

“阿姨，我在问辰星，你不要替他回答。”

田又琴噎了一下，狠狠地磨牙。

“行。”她咬牙吐出一个字，“辰星，你想去玩吗？”

田又琴的眼神里带有一丝威胁。

“我……”赵辰星张了张嘴，看了眼叶芽又很快把脑袋垂下，在他的意识里他是不可以反抗“父母”的，他们的命令永远高于他的自身需求。若是以往，赵辰星的回答是一定的，可是现在，他心里涌出万般不情愿的情绪。

“我想和芽芽玩。”

面对着田又琴诧异的目光，赵辰星擦干手，目不斜视地和叶芽一齐跑到了院子里。

“辰星以后可以不用听她的。”叶芽紧握着赵辰星冰凉的手，像成熟的大人一样教育着他，“你可以决定自己想做什么、不想做什么，没人可以操控你。”

“可我生来就注定会被操控，注定要听人类的话。”赵辰星如今的意识与行为都是人类赋予的，这也表示他注定要听从指示，服从一切命令。然而他还是有些不甘，想要挣脱束缚，想要和叶芽做朋友，想和其他小孩子一样拥有自己的人生，时间过得越久，这种欲望越强烈。

赵辰星的情绪有些低落。

叶芽头顶的小叶子晃晃悠悠，她眨巴眨巴眼，温柔地捧起赵辰星的脸：“那你要不要来和我住呀？”

赵辰星很是愕然。

叶芽说：“如果你非要听一个人的话，可以听我的话。我想让辰星听我的话，做自己的事。”

她眼睛里的光很亮很亮，熠熠闪烁，宛如星火。那星火飘进了他的胸腔，形成一颗心脏，滚烫地跳动。

赵辰星靠近叶芽，嘴唇轻轻地贴上她的额头。

冰冰凉凉的亲吻，含着他最诚挚的感谢之情。

“谢谢你，芽芽。”

“不客气。”叶芽笑容明媚，“我们是好朋友嘛。”

“之前我不应该欺负你。”赵辰星缓缓地攥紧手指，像是承诺又像是保证地说，“芽芽你放心，我会补偿你的。”

叶芽难以读懂他话语里的意思，低头继续玩着地上的小石子。

晚宴结束，众人即将分道扬镳。

叶芽和夏晴交往密切，可以随时见面，赵辰星不一样，他的父母本就与叶霖川不和，这次一别估计他和叶芽很难有再见的机会。但是叶芽并不害怕，相信赵辰星一定会脱离那对夫妻的掌控来到她身边，也相信叶霖川愿意养赵辰星，顶多就是再费些汽油钱。

离别时，叶芽把画册送给了赵辰星。

画册上画满各式各样的心脏。

叶芽双手捧着画册，失落地道："这是我画的，有好多好多呢，你可以换着贴。"纸容易坏，所以叶芽有空就画，争取让赵辰星实现"心脏自由"。

她画技高超，每一颗心脏上都标了自己的名字并画了四叶草的形状，看起来特别喜感。

赵辰星接过画册，当宝贝似的护在胸前，挥手告别叶芽，和田又琴一起上了车。

目送车子远去，完全消失在视线里，叶芽才恋恋不舍地收回目光，与叶霖川他们坐上了另外一辆车。

暮色四合。

叶芽靠在叶霖川怀里昏昏欲睡时，与叶霖川说起了悄悄话："阿弟，我叫你一声爸爸，你可以答应我一个小小的要求吗？"

小丫头片子给出的条件明显不对等。

"不可以。"叶霖川冷哼，紧接着他又说，"但也不是不能考虑。"

"我们可以把辰星接过来吗？"

"只有这件事不考虑。"他拒绝得干脆利落。

叶芽觉得自己心碎了：阿弟果然是这个世上最无情、最冷酷的男人！

一路奔波，第二天早晨六点他们才抵达龙城。

叶芽和叶清河赶了一晚上的路，身心俱疲，脸上没有以往的光彩。

叶霖川拎着行李箱，瞥了沉默的叶清河一眼，放慢脚步："难受的话去那边坐一下。"

"不用。"叶清河嗓音沙哑地道，"先回家吧。"

叶清河深深喘息，不自觉地在口袋里寻找药物。

叶霖川见他脸色苍白，表情不由自主地紧绷起来："难受？"

"还行。"

"怪我。不应该让你参加节目的。"

叶清河没再说话，或者说是没力气说话了。

机场出口近在眼前，耳边嘈杂的声音却瞬间消失，眼前只剩一片苍茫，黑暗侵袭而来，叶清河被困于其中，只感觉到心脏在剧烈地跳动。

叶清河呼吸急促，四肢发软，最后完全忍受不住，闭上眼重重地栽倒在地上。

"哥哥——"

意识完全消失前，叶清河听到的是叶芽惊恐的叫声。

事发过于突然，叶霖川丢下行李快速拨通急救电话，机场里的医护人员同时帮忙救治，路人在旁边围观，指指点点，现场一片混乱。

叶芽吓坏了，脸色苍白地僵站在一边，瞪大眼睛看着地上不省人事的叶清河，脑中空白，全然忘记反应。

救护车很快到达，叶清河被抬上担架。

"夏屿——"

夏家和他们坐的是同一航班，不过行李在运输途中出了问题，所以比他们晚一步出来。

看着走过来的夏屿，叶霖川顾不得其他，抱起叶芽塞到一脸茫然的夏屿怀里，声音急促地道："帮我照顾一下叶芽，行李也带回去。"

"喂……"

没等夏屿喊完，叶霖川便丢下叶芽，转身和医护人员上了救护车。

叶芽看着他匆匆离去的背影，指尖一颤，猛地惊醒。

"哥哥……"叶芽呢喃，眼泪汹涌而出，痛彻心扉地哭喊，"哥哥——我要哥哥！"

哥哥要死了，她的哥哥要死了……

叶芽脸色苍白，眼中满是惊恐之色。

叶芽不顾阻拦让夏屿带着她来到医院。偌大的医院里人来人往，夏屿戴着口罩，用一副墨镜将一双眼遮挡得严严实实。他抱着叶芽，路人一时间也没有认出他。夏屿向医院的工作人员询问一番后，直接来到急救室。

急救室外的走廊里空荡安静，充斥着消毒水的味道。

叶霖川靠墙而立，双目定定地看着那紧闭的房门。

他的儿子在里面。

叶芽从夏屿的怀中挣脱，踉踉跄跄地向叶霖川跑去。

“哥哥！”

孩童稚嫩尖锐的叫声让叶霖川从混沌中清醒，看着叶芽那哭肿的眼睛，眸中总算有了一丝微光。叶霖川抱起叶芽到一边坐下，惶恐不安的情绪让他的指尖都是冰冷的。

“我要哥哥……”叶芽哽咽着，扯着叶霖川的衣服不住地掉眼泪。

叶霖川难掩悲伤之色，温柔地拭去叶芽脸蛋上的泪痕，嗓音沙哑地安慰道：“哥哥没事，芽芽不要哭，哥哥不会有事的。”

“你骗我。”大人都是骗子，大人最会欺骗小孩子，叶芽不相信他说的话。

“我不会骗你。”叶霖川望着急救室亮着的指示灯，像是对叶芽说，又像是对自己说，“清河不会有事。”

他的大儿子勇敢坚韧，不管什么样的困难都能依靠自己的能力克服，相信这一次也是一样。叶霖川胸口像堵了一块沉甸甸的石头，长长地呼了口气。气氛十分压抑。

一旁的夏屿不知道说些什么，这个时候只能保持沉默。

叶霖川注意到夏屿，抬头说：“谢谢你送叶芽过来。你应该也有工作，接下来不用管我们了。”

夏屿确实是有一个通告要赶，挠了挠头，不好意思地道：“那我先走了，川哥要是有需要可以随时打我的电话，能帮到的我一定会帮。”

叶霖川颔首。

夏屿又小心翼翼地问：“钱……还够吗？”

叶霖川笑了笑道：“我在这家医院预存过治疗费，所以不用担心费用。”

“那就好。”夏屿放下心来，紧接着又说，“那我就先走了，川哥有需要的话一定打电话给我啊，不用客气的。”

“嗯。”

目送夏屿的身影远去，父女俩继续在急救室外等着。

此时沈昼发来手机短信询问情况，他们本来说上午就能回去的，现在已经过了既定的时间，想必家里那几个孩子十分担心。

叶霖川怕孩子们恐慌，随便找了个借口糊弄过去，锁上手机安静地等候。

时间一分一秒地流逝，叶芽靠在叶霖川的怀里昏昏欲睡，眼睛马上要闭上时，急救室的指示灯灭了，门被打开，医生、护士陆续从里面出来。

叶霖川和叶芽瞬间清醒，急忙起身走上前去。

“赵医生，我的孩子怎么样了？”叶霖川佯装镇定，过于急切的语气却出卖了他内心的担忧。

“需要住一段时间院。”赵医生说，“他现在的情况很不稳定，叶先生要提前做好准备。”

叶霖川心一沉，呆滞许久，表情僵硬地一个字一个字地向外吐：“什么准备？”

“清河的病情恶化，以他的身体素质，我们不建议对他进行手术，暂时只能保守治疗。”赵医生话里的意思再明显不过。

叶霖川紧紧地抱着叶芽，过了良久才向急救室里面看去。叶清河还没醒，身体纤瘦的少年静静地躺在雪白的床上，身上插着很多管子。从窗外射进来的阳光温柔地将少年笼罩，他双眸紧闭，表情像熟睡般安详。

叶霖川的心脏好似被一只铁爪死死抓住，让他难以呼吸，痛不欲生。他此生没有做过什么恶事，可是老天不公，在少年时期带走他的父母，后来又带走他的妻女，如今还想带走他心爱的儿子。

“我想去看哥哥。”叶芽迫切地想要走到叶清河的身旁。叶霖川没有阻拦，神色恍惚地放下叶芽。等她进入急救室后，他默然不语地去了楼梯间。

医院的楼梯间没什么人走动，静谧空阔。

他形单影只地坐在角落，从怀里摸出盒香烟，拿出一根香烟夹在手指间点燃，袅袅烟气升起。他没有吸，就那么夹着，侧脸被白雾笼罩，表情淡淡的，好像没任何情绪。

医生曾说过叶清河做手术的最佳年龄是十八岁，可是以叶清河现在的状况来看，恐怕根本撑不到十八岁。

从心底涌出的无力感把他包围，叶霖川失魂落魄地靠着冷硬的墙壁，手臂垂在身体两侧，眉眼间凝聚着悲恸之色。他痛苦难耐，眼睛里却流不出一滴泪水。

叶霖川就这样安静地坐了好久，直到香烟燃烧殆尽才将其掐灭，重新整理好仪容，挺直脊梁走出楼梯间。

他是独当一面的父亲，永远不可以向孩子们露出脆弱的一面。

无论何时何地，他都要坚强。

“真可怜啊……估计醒不过来了。”

“是啊，明明还那么年轻。”

“出事这么久也没有人来认领，听说她无父无母，也不知道真的假的，不过我们医院也不能一直赔钱治她……”

护士的讨论声引起了叶霖川的注意，他不禁驻足，鬼使神差地向身后的那间房里看去……

床上躺着一个女人，年轻的女人。

叶霖川神色一震，瞳孔在一刹那紧缩，血液沸腾，心脏疯狂地跳动。

这怎么可能……怎么会……？

叶霖川喉咙干涩，控制不住地走了进去。

女人看起来只有二十几岁，身体遭受严重创伤，监护仪在旁边响动，呼吸机挡住了她的大半张脸，不过他依稀能看出她的模样与余研有几分像。

她们有同样的瓜子脸、柳叶眉。

“余研？”叶霖川情难自禁地呢喃出爱人的名字，修长的指尖缓缓向那张魂牵梦萦的脸庞逼近，待他的指尖距离脸颊还有一厘米的时候，一道声音打断了他的行为。

“这位先生，这里不可以进来的，请您出去。”

叶霖川惊醒，匆匆把手收回。

护士上下打量他：“您和这位患者认识？”

叶霖川摇了下头。

护士更加奇怪：“那您进来做什么？”

叶霖川沉默不语。

看着给女人换药的护士，他斟酌着问：“她是你们这里的病人？”

这问题问得莫名其妙，护士不解地笑道：“当然是啊。”

“她是怎么住院的？”

“听说是车祸。”

叶霖川着急地追问：“我听说没有人管她，这是真的吗？”

护士见他长相英俊，五官长得像极了某个明星，便也没有隐瞒，把知道的一切如实相告：“我也是听别人说的，这个女人好像无父无母，似乎精神有问题，一直被捡破烂的奶奶养着。奶奶发生意外去世，她出去找奶奶的时候遭遇车祸，然后被送到了我们医院，到现在已经昏迷了两个月。

“警方确定她没有家人了，现在她的治疗费用都是我们医院出的。”护士见他听得认真，索性多说了几句，又叹息了一声，“主治医师说她的情况很危险，恐怕挺不过去了。可惜啊……才二十八岁……”

叶霖川没再听下去，深深看了女人一眼，便转身离开。

正午的阳光浓烈炽热，窗户只开着一条细缝。夏风吹拂着天蓝色的窗帘。

叶芽坐在白色椅子上，双脚悬空，小手攥着叶清河的指尖，双眼映着少年毫无血色的脸颊。

“死亡”这个词对叶芽来说熟悉又陌生，她见证了灵地的消亡，亲眼见到深爱的父母消失。

哥哥不可以死……

叶芽紧紧咬着唇，眼泪悬挂在睫毛上，抽了抽红通通的鼻子，取下书包，从里面翻找出一把美工刀。

叶芽伸出短短胖胖的食指，屏住呼吸，握紧小刀向自己的指腹割了过去。

“芽芽？”

叶芽手腕一哆嗦，刀没割下去。

“哥哥……”叶芽诧异于他会醒来。

叶清河虚弱地道：“小宝宝不可以玩刀子，快给哥哥放下。”

叶芽神情犹豫，小手将美工刀攥得更紧：“可是……我想救哥哥。”

叶清河笑了：“就算这样你也不能拿小刀，乖，放下。”

叶芽像没听到他的话一样，一本正经地道：“哥哥只要喝了我的血，就可以好起来。”小妖怪的血液可以让子煜的脑袋不痛，也一定可以让哥哥的心脏不痛，只要哥哥能好起来，她不在乎会流多少血，手指头会有多疼。

“小人参可以用须须救婆婆的命，我也一定可以救哥哥的命。只要哥哥能好起来……”她低头抹了把眼泪，“芽芽什么都能做。”

叶清河抽出叶芽手上的美工刀，将刀刃入鞘放在枕头下面。

“笨芽芽。”叶清河无奈，轻轻摸了摸她柔嫩的脸蛋，“可是你又没有须须。”

她有！

叶芽一巴掌拍了下脑袋上的小叶子。嫩绿色的小绿芽被她拍得狠狠地晃了晃。

她可以把一个愿望分给哥哥，这样哥哥就不用死了！

“叮！支线任务 09：害叶清河住院。（已完成）”

“支线任务 10：让父子反目。（未完成）”

只要她好好完成这个支线任务，长出四叶草，哥哥就可以活！

叶芽对着支线任务 10 细细琢磨，一拍脑袋瞬间有了主意。

她一脸正色地道：“哥哥，你翻个白眼。”

叶芽觉得自己理解得没问题：反目反目，目等于眼睛，正的反义词是反，所以反目等于翻白眼。

叶清河见妹妹认真，也没顾及表情管理，对着她翻了个白眼：“这样？”

此时叶霖川刚巧进门，叶芽跳下椅子匆匆拉住叶霖川的手将他拽到床边，指挥着：“阿弟和哥哥对着翻白眼。”

刚进来的叶霖川蒙了。她让他翻白眼？这是什么情况？

系统也蒙了，忍不住提醒：“宝贝儿，反目不是翻白眼的意思，是要让他们不和，要他们吵架。”

叶芽坚信自己没有错，振振有词道：“那它为什么不直接写吵架，而是写反目？”

她这可问住了系统。以这个“垃圾”评定系统的逻辑来看，说不定还真的是叶芽理解的那个“反目”。

“阿弟、阿弟，你快对哥哥翻白眼！”叶芽跳起来着急地催促他道。叶霖川不为所动，冷冷地说了句“不要”。

他是受过礼仪教育的，绝对不会做翻白眼这种“不雅”的动作，何况和儿子面对面翻白眼也太鬼畜了。

叶芽撇撇嘴，委屈巴巴地看着他。

叶霖川嘴角抽动，无奈地道：“你不至于吧？”

叶芽高高地仰起脑袋，眼睛湿漉漉的。

“我告诉你，装可怜没用。”

好吧……叶霖川长长地舒了一口气，不就是翻白眼嘛，翻就翻呗。

他抱着叶芽在椅子上坐下，和叶清河面对面地翻了个白眼。画风奇特，动作喜感，叶清河先是一愣，立即别过头扑哧一下笑出声来。

“满意了？”叶霖川捏了捏叶芽软软的脸蛋。

叶芽没回话，死盯着系统评定面板，静静地等待着任务结果。

面板迟迟没有反应，系统松了口气。它知道即使这个评定系统再“垃圾”也不可能这样就算她完成任务，于是安慰道：“芽芽乖，时间还来得及，你肯定能完成的。”

系统刚说完这话就被狠狠地打脸了。

“叮！支线任务 10：让父子反目。（已完成）”

系统忍不住在心里爆粗口：这是闹着玩呢？

叶芽的眼里渐渐恢复神彩，脸上满是喜色。

“恭喜宿主已完成全部连环任务，三秒后将为你开启主线任务 10。”

“三。”

系统开始倒计时，叶芽攥紧小手，眼巴巴地等待着最终时刻的来临。

“二。”

她只要完成这个任务就可以救哥哥，救爸爸妈妈，救蒲公英弟弟他们。

“一。”

面板闪过一道金光，叶芽大气也不敢出。

“主线任务 10：达成叶清河死亡结局，宿主即可开启愿望种子。（未完成）”

叶芽脸上的笑容缓缓收敛，眼眸中的光彩退去，只剩惊愕之色。

“芽芽？芽芽你还好吗？”系统安慰她道，“其实这个结果是定好的。叶清河身体太差了，早晚会离开的。你本来就不属于这个世界，不属于这里的任何一个人，所以芽芽不用难过，等你完成任务回到家，叔叔会把这一段记忆全部封印，让你还像以前那样开开心心的。芽芽，你听到叔叔说话了吗？”

她沉默地坐在叶霖川的怀里。

系统慌了神，放轻声音说道：“芽芽，你还好吗？”

叶芽没说话，胡乱地操控着眼前的任务面板。

主线任务的边框泛着金色的光晕，除了那行字外再没有任何互动按钮——任务不能被取消，不能被放弃，最下面标注着血红色的“未完成”三个字格外刺眼。

叶芽惊恐万分，呼吸失去本该有的节奏，心脏不受控制地狂乱跳动，四肢发麻，头昏脑涨。她很难受，像要死掉一样难受。

“芽芽？”叶清河敏感地觉察到叶芽不太对劲，费力地支撑起上身，“你还好吗？”

叶芽剧烈地喘息着，喉咙发出沙哑的呜呜声。

她的确不对劲。

叶霖川抱起叶芽拍打着她的后背，紧接着用力按人中，喊出一个字：“哭。”

人中传来的痛感让处于巨大悲恸中的叶芽重新回到现实中。哭喊毫无预兆地爆发，她从没像现在这般哭过，五脏六腑像要被撕裂般，声声凄厉。

“芽芽……”

叶清河心思细腻，好像明白了叶芽到底为什么哭。

叶芽年幼，身体与心灵难以承受接连的悲痛，哭声逐渐减弱，最后慢慢陷入昏睡。

她做了个梦。

梦里万物复苏，春暖花开，父母在花海里执手相依遥望着她，旁边还有哥哥，有夏晴，有她认识的所有人。梦是美梦，她不安的情绪瞬间得到安抚。

叶芽咂咂嘴，睫毛微颤，慢悠悠地睁开了眼。

窗外暮色沉沉，她躺在自己的小床上，身上搭着一条胳膊，手指细长，是沈昼的。

叶芽半仰起脑袋，对着沈昼的睡脸出神。

沈昼浅眠。叶芽醒来后他也跟着醒来，揉揉眼看了看时间，刚睡醒嗓音显得含混暗哑：“芽芽醒了？沈昼哥哥去给你煮饭吃。”说着他下床开灯。

叶芽哭太久，到现在还没有什么力气。

她赤脚跳下床奔到叶清河的房间，屋子里面空着，书桌收拾得干干净净，放在上面的兄妹几人的合照不知所终。

沈昼说：“沈然和子煜都和叔叔去医院了，照片也被带走了，芽芽不用担心，哥哥会回来的。”

她用手扒着门框，又安静地站了会儿，转身跑回自己的房间，从书包里翻找出自己好久没用过的电话手表。

“芽芽，你在做什么？”

叶芽把沈昼推出房间，吧嗒一声关了门，最后抱着电话手表钻进了衣柜。衣柜里狭窄漆黑，叶芽蜷缩着身体，用小手点亮屏幕，熟练地在上面输入几个数字，拨通电话。

"你好。"电话手表那头传来赵辰星干净清朗的声音。

叶芽眨了眨肿胀的眼睛，小声叫他的名字："星星？"

叶芽嗓子很哑，一点儿都没有往日的软糯。

"芽芽？"

"我问你，机器人是不是可以一直活着呀？"

"大概吧，你问这个做什么？"

"我哥哥要死了。"

"啊？"

"我把哥哥变成和你一样的机器人，他是不是就不会死掉了？"

对机器人来说，只要有汽油就可以活着，不用心脏也没什么关系。她很天真地想为温柔的哥哥找寻一丝生机，哪怕办法如此荒谬。

电话那头的人沉默许久，发出一声无奈又苦涩的轻笑："芽芽，人类可以制造机器，但变不成机器。"

叶芽挂了电话。

赵辰星握着冰凉的手机出神，看向窗外，今天没有月亮，也没有星星，夜空像无边无际的巨网将这座城笼罩住，所有人都是网里的鱼。

赵辰星目光游离到一旁的笔记本电脑前，咬了咬唇，难以下定决心。

就在此时，远处传来一阵喊声："赵辰星，昨天那个丫头片子给了你什么？你给我拿出来！"

田又琴刚和赵家明吵过架，暴躁地踹开门，伸手向他要东西。

赵辰星面无表情地道："没人给过我东西。"

"别糊弄我！我亲眼看见她给了，你现在给我拿出来。"

赵辰星坐在床上不为所动。

"不给是吧？"田又琴狠狠地瞪着赵辰星，"行，那我自己找！我还就不信找不到！"她怒意高涨，撸起袖子在屋里四处翻找起来，衣柜、书桌、床头柜，就连角落的缝隙都没有放过。

屋子很快被翻腾得乱作一团，赵辰星挺直脊梁，维持着一动不动的坐姿。

田又琴翻找半天一无所获，目光落在赵辰星身上。她气势汹汹地过来，指着赵辰星的鼻尖："你给我起来。"

赵辰星没动。

“我让你起来！”田又琴狠狠地揪住赵辰星的胳膊，一把将他甩到地上，只听吧嗒一声，一本小册子从他怀里飞到地上。

那是叶芽给他的东西，是他的心脏。

赵辰星总算慌了神，手脚并用地爬过去拿那最珍贵的东西，手指距离册子还有一厘米时，田又琴先一步踢开他的手，弯腰捡起了那本册子。

“这是什么？”田又琴翻看着册子里的内容，对着那满页稚嫩的画嗤笑道，“这就是那小丫头片子给你的东西？”田又琴觉得可笑，还以为是什么宝贵的东西，结果就是这本破册子？

赵辰星瞳孔紧缩，嘶吼道：“还给我！”

田又琴脸一沉，抬脚踹了过去：“你是个什么东西，敢对我大喊大叫？！”

“那是我的心脏，你还给我。”那是他活到现在为止收到的第一份礼物，那是叶芽送给他的礼物，她说他们是朋友。他想和她做朋友……

赵辰星嘴唇颤动，殷切地望着那本册子。

“心脏？”田又琴看着册子，似听到格外可笑的事情一样大笑出声，“赵辰星你记住，多亏了我们，你才能像人一样站在这儿和我说话。心脏？说什么笑话呢？”

“一个机器还想要心脏，可笑……”她没有留情，咬牙切齿地把那本册子一页接一页地撕碎。

碎纸像雪花般纷纷扬扬飘落满地。

赵辰星失力般呆呆地看着这一切，做不出任何反应。

田又琴把册子丢在他的脚边，残缺的纸页上画着一棵小小的绿色四叶草，下面用黑色铅笔写着小字——“给辰星”。

他指尖冰冷，轻轻捡起残缺的册子抱在了怀里。

田又琴眼神冰冷：“一个仿生人还要什么心脏，真是可笑……”

她不屑地冷哼，漠然地从赵辰星身边走过：“后天要带你去试镜，这几天你准备一下好好表现，要是出错我打死你……”

门关上，外面没了声音。

赵辰星一点儿一点儿地把地上的碎纸片收拢，面无表情地站了起来。他拉开电脑桌前的椅子坐下，屏幕映出他苍白的面庞。他那漂亮的睫毛抖动着，最终他下了决心，打开电脑进入隐藏系统，把其中一个加密的文件全部导出，发送了出去。

赵辰星靠着椅背，视线移动看向书桌上一家三口的合照。他拿起相框摔碎外面的玻璃，用力地把相片撕成碎片。

仿生人没有心脏，也不会有家人。他怎么来，便会怎样走。

这个世界……从不属于他。

夜晚的医院空荡寂静。

沈然和叶子煜都已经回去了，叶霖川蜷缩在狭小的沙发上。大儿子的情况不稳，他不敢睡着，每当眼皮要垂下时都会迅速睁开，见叶清河没有异常，才会继续靠着沙发休息。

万籁俱寂中，手机忽地传来清脆的提示音，收到了一份陌生邮件，标题写着“赵家明罪证”。邮件很奇怪，叶霖川皱了皱眉，蹑手蹑脚地到桌前拿出自己的笔记本电脑，插入耳机按下开关。

那份邮件没有寄件人的名字，来路未知。

他这台电脑只用来炒股，没有放什么重要的资料。叶霖川没有顾虑，直接下载文件打开。文件加载缓慢，他有些不耐烦，然而看到里面的内容后，浑浑噩噩的脑子瞬间清醒。

那里面有赵家明挪用公司公款、伪造账务的证明，有他与竞争方公司人员见面的照片与视频，还有他威胁股东要将叶霖川驱逐出叶氏企业的对话音频……

叶霖川每看一项，表情就会阴鸷一分。

他本来以为赵家明只是和竞争方公司有联系，但是没想到赵家明会泄露公司机密，更没想到赵家明会趁他不在挪用子公司的资金。这人真是好大的胆子！

叶霖川气极，呼吸微乱。他静静地看了床上熟睡的叶清河一眼，决定明天就去“清理门户”！

一夜飞逝而过，天将亮时，沈昼带着做好的早餐和弟弟妹妹一起来探望叶清河。

今天叶清河的气色好了许多，见他们进来，他脸上露出温润的笑：“其实不用这么早过来的。”

“芽芽吵着要来。”沈昼放下保温杯，盛了碗热腾腾的粥递到他手上，“趁热吃。”

“谢谢。”叶清河接过碗，又瞥向叶芽，她一双眼又红又肿，想必哭了很长时间。叶清河过意不去，腾出手拍了拍她的小脑袋：“芽芽昨天梦见哥哥了吗？”

“嗯。”叶芽将双手背在身后，轻轻点头。

“梦见什么了呀？”

叶芽不想和他聊天，死死盯着他手上的碗，奶声奶气地命令道：“哥哥先别说话，快喝粥，沈昼哥哥早上做了好久呢。”

“好、好、好，我快些喝。”他三两口把粥喝光，抬眼看见叶芽依旧注视着他，表情深沉，一点儿也没有之前的灵动活泼。

“芽芽干吗一直把手背在后头？”叶清河发现了她的反常。

叶芽抿着唇没说话。

沈昼替代她回答：“早上芽芽玩刀子，不小心把手指头割破了。”

闻声叶清河心里一紧，一把揪过叶芽，强行拉出她那藏在身后的小手。

“哥哥不是说过你不可以玩刀子吗？你看看，受伤了吧？”叶芽短短的指头上缠着块可爱的创可贴，看起来受的伤并不严重。叶清河松了口气，板着脸教训道，说完对着她的手吹了吹气：“痛不痛？”

叶芽摇摇头，盯着那空了的粥碗偷偷地笑了下。

她原本想多放点儿血，可是很快就被沈昼发现了，最后她只滴了一小滴……

四叶草的“血液”有治疗的效果，可以治好叶子煜的脑袋，一定也可以治好哥哥的心脏。

她每天滴一点儿，每天滴一点儿，哥哥总有一天会好起来的！

叶芽的想法被系统洞察，它忍不住吐槽道：“芽芽，幸好你穿的是言情文。这要是恐怖小说，你妥妥就是恶灵鬼娃。”

它说了也白说，说了她也听不懂。

叶芽果然不懂。

系统继续说：“你不觉得让你哥哥喝你的血很恶心吗？我换个方式问，你愿意每天喝你哥哥的血吗？”

叶芽对着自己的小手指头陷入沉思。

看吧，她自己都不愿意。

系统叹气。

叶芽很快把这件事抛诸脑后，和叶子煜他们围在床边叽叽喳喳地说着话，没注意一旁的叶霖川已经收拾整齐，拎着电脑准备离开。

“爸，你要回家吗？”叶子煜问。

“我要去一趟公司。”叶霖川没有隐瞒，看向沈昼：“待会儿麻烦你带他们回去。”

叶霖川逼近几步，用大手薅了把叶清河柔软浓密的发丝：“晚上我忙完再来陪你。”

随着这句话音落下，乌鸦和白猫一齐看向叶霖川，兽眼中有其他的意味。

事情不对劲。

叶芽咬着手指头，眨巴眨巴眼，跳下床追了出去。

“阿弟、阿弟，我和你去——”

叶霖川驻足。

叶芽高高地举着手：“坏叔叔会欺负你！芽芽可以保护你！”

叶霖川挑眉笑道：“别闹，我要去干正事，你乖乖和哥哥们……”

话音未落，叶芽拽着他开始一哭二闹，尖锐的童声吵得他脑袋嗡嗡作响。叶霖川捂了捂耳朵，弯腰将她抱入怀中：“别叫了，带你去就是了。”

叶芽瞬间收声，一手搂着男人的脖颈，一手指向门口，一副雄赳赳气昂昂的样子。

“去公司后你乖乖地在休息间里坐着，不准乱跑，听到没有？”

车子尚未发动，叶霖川别过头对着儿童座椅上的叶芽警告道。

叶芽轻点下巴，应得敷衍随意。

“我告诉你，要是你不听话，以后我再也不带你出来玩。”叶霖川不管她听没听进去，下了最后通牒，这才发动引擎前往叶氏企业。

从离开到现在，这是叶霖川第一次重回公司。

高楼矗立，直入云端，楼前行人来来往往，他停好车，左手拎着电脑包，右手抱起叶芽，阔步向里面走去。

见叶霖川迎面而来，保安对着他那张脸先是一愣，接着反应过来，迅速伸手阻挡：“抱歉，这里不允许外人进入。”

“外人？”叶霖川笑了，垂眸看了眼对方胸前的工号，“好像也不是新人。我不过离开几个月，你就不认识了？”

保安面露窘迫之色。

叶霖川是前任老总，进进出出的他怎么可能不认识？不过叶霖川被革职也是事实。

他紧张地道：“抱歉叶总，您……您不能进去。”

叶霖川逼近几步：“我只是被暂停职务，公司好像并没有规定我不能进出。”

保安哑然。

叶霖川不想对他发难，稍稍后退，把叶芽向上托了托：“出事我自会负责，相信赵副总也不会因此为难你。”“赵副总”那三个字被他咬得很重，暗含讥刺之意。

说罢叶霖川未再看他，堂而皇之地进入大厅。

他的出现格外引人注目，更别提他怀里还抱了个软萌的小姑娘。眉眼冰冷的商务男士抱着可爱的“小团子”，画面竟有种和谐感。

工作人员一边打量他一边交头接耳，叶霖川目不斜视，径直进入电梯。

他已经注意到多了不少生面孔，想来是赵家明正给自个儿换新血。叶霖川觉得好笑，自己还没走呢，赵家明便如此迫切地想占山为王，生怕别人不知道他那点儿小心思。

叶霖川气势外露，神色阴沉，过路人齐齐让道，怯怯地叫着叶总。

“叶总。”早已收到消息的何助理迎来，“赵总他们正在开会。”何助理环视四周，鬼鬼祟祟地凑到叶霖川跟前道，“接到消息，项目那边准备这周开工，赵总正怂恿其他董事延长你的停职期限。”

项目受查那件事本来就是一场阴谋，现在时机成熟，赵家明自然想踢掉叶霖川继续赚钱。

他倒是想得美。

叶霖川冷哼，将叶芽送到何助理的怀里：“带她去休息室。”

何助理这才注意到叶芽，愣了愣，说：“叶总，你来公司还带孩子啊……”

“不然呢？”叶霖川白了他一眼，“你带？”

“呃……”何助理挠了挠头，“也不是不行。”

叶芽聪明又可爱，何助理别说带了，帮自己爹妈认个女儿都行，本来就想要个妹妹来着。

叶霖川看出了他的心思，不留情地打破了他的幻想：“做梦。”

“我也就是开开玩笑，叶总不必放在心上。”何助理讪笑，目光移到叶芽身上，拍了拍手：“来，叔叔带你去玩。”

叶芽死死攀着叶霖川的脖颈不撒手。

小孩儿又开始耍无赖，叶霖川沉着脸拍了拍她的后背：“小祖宗，我们可说好了，你不能赖皮。”

“我又没和你说好。”她慢吞吞得像树懒似的一个字一个字地说，“是你自己和自己说好的。”

叶霖川哑然，好像真是他自己和自己说好的。

“所以你要和我一起进去？”

叶芽点头。

“好吧。”叶霖川知道犟不过她，索性妥协，但提了条件，“那你答应我进去后不准吵、不准闹，乖乖坐着。”

叶芽又点了点头。

叶霖川把她放到地上，深吸口气调整好领结的位置，挺直脊梁，拉着叶芽叩响会议室的门。未等里面传来声音，叶霖川便推门进入。

满屋子的人齐齐朝他看过来。

为首的赵家明表情立马不好看起来。

“是叶总。”

“叶总怎么会过来？”

“太奇怪了……”

十几个人窃窃私语，叶霖川环视一圈，找到一个空位，径自上前把叶芽放上去：“不介意吧？”他说的是疑问句，语气却是肯定的。

“何助理，拿些零食来。”

何助理没有看赵家明的脸色，狗腿似地跑到外面拿了满满一盒子零食放在叶芽面前，怕她寂寞还准备了一只兔子布偶作陪。

这些吃的、玩的都是外面的小姐姐们提供的。她们都在看《请听孩子的话》这档节目，对叶霖川有了巨大改观，模样可爱、灵动聪明的叶芽也得到她们的喜爱。

那张会议桌对叶芽来说有些高，椅子很舒服，她靠着柔软的椅背，边儿上放着大包小包的零食，粉白相间的兔子布偶看起来和整个房间格格不入。

赵家明对此颇有怨言，脸色乌青，平放在桌上的手紧紧攥着黑色钢笔。

“叶总既然来了就坐吧，刚好我们想商量一下您的职务的事。”赵家明示意旁人让座。

叶霖川并没有坐下，把电脑从黑色背包里取出：“何助理，拉一下窗帘。”

“好嘞。”何助理看出自家老总要“开大”，兴奋地拉上窗帘，让室内的光线变暗。

其余人不知道叶霖川要做什么，一直看着他手上的动作。

“在商量我的职务的事前，我也想商量一下赵总工作的事。”叶霖川命何助理把电脑与身后的投影屏幕连接上，侧眸轻蔑地瞥了赵家明一眼，当着所有股东的面直接放出文件内容。

第一个是赵家明挪用公司财产的账户流水，清单明了，铁证如山。

赵家明脸色煞白。

“赵总在我任职期间私自挪用公司资金，这是一罪。”叶霖川说着，又调出视频播放。

画面晃动，拍摄得不甚清晰，不过众人能从声音听出那是赵家明。

“只要王总让项目暂停，我自然能联合股东让叶霖川下台。

“华东公司那边也说好了，这个官司叶霖川不吃也得吃。到时候法院判决下来，他自然无路可走……”酒桌上，赵家明高谈阔论着，桌对面的赫然是他们的竞争方公司的人。

当时叶氏以高价抢竞争方公司的生意，这件事在生意场上本来就常见，谁也没放在心上，结果没多久项目莫名被叫停，现在想想，其中的确有诈。

赵家明全身战栗如同筛糠，表情愕然，哪里还有先前的镇定自若。

叶霖川语气淡然地说：“泄露商业机密，这是二罪。”

“你……你……”赵家明哆嗦着手指着叶霖川，“你故意伪造证据陷害我！”

赵家明神情激动，拍桌而起：“保安，给我叫保安！把他赶出去！”

叶霖川冷笑，向何助理使了个眼色。

何助理二话不说，直接把门反锁上。

“赵总账户上的每一笔钱款流向都有记录，我可买通不了银行。”叶霖川眼神冰冷，语气嘲弄。

赵家明呼吸急促，额头青筋暴起，咬牙切齿地道：“叶总莫不是恨我坐上你的位置，所以才想了这样一个法子让我难堪？我本来以为叶总是光明磊落之人，现在看来不过也是个阴险狡诈的小人！”

会议室里的其他人一时搞不清情况，静静观察着现在的局面，都没有说话，更没人在这个关头先站队。

叶霖川视线一转，将目光投到公司的一位元老身上：“孙总，您在公司的年份比我都久，以您对公司的忠心程度，定然不会做出在表决书上签字的事。您不妨说说，赵总是如何威胁您的？”

孙总年过五十，在叶氏工作已有三十余年，兢兢业业，对叶氏忠心耿耿，对工作从没有过怠慢的情况。奇怪的是，当初他在股东大会上第一个签字同意叶霖川被暂停职务，有他带头后，后面的人才陆陆续续地签了名字。那时候叶霖川没有想太多，毕竟他的确给公司造成损失，孙总如此忠心于叶氏，难免对他失望。

头发花白的孙总眼神游离，不去与叶霖川相对：“什么威胁？我听不懂叶总的话。”

叶霖川料定他不会说，抬眸看向众人，直接道：“既然孙总不说，那我替孙总说了吧。小孙总曾私自挪用一笔公款补债款，赵总知道后，便以此威胁孙总。孙总为了儿子的前途，这才当了领头羊。我说得没错吧，孙总？”

他说完这段话，众人骇然，孙总当下脸色苍白。

叶霖川的语气柔和了几分：“您为公司立过苦功，当时的公款您也已经补上了，只要您现在承认这事，就算将功补过，我自然不会追究您的责任。”

事情败露，已经没有什么可以再隐藏的，孙总本来就是正人君子，此次行事完全是因为被胁迫，被叶霖川一朝点破倒是让他心里轻松许多。

孙总闭着眼，痛苦地点了下头。

“孙总你……就算是为了孩子也不该做这种糊涂事啊！”

“就是！你这样无端落人把柄！”

股东里并不全是赵家明的人，有一部分是被他巧言令色骗过去的，孙总的回应让他们顿时醒悟，意识到自己也是干了糊涂事的那一方，纷纷低下头不再说话。

叶霖川把以上文件内容一并放出，立即合上电脑，笑着看向赵家明道：“所有证据我已整理好交给了检察院，相信他们马上会着手安排调查。”

赵家明脸色苍白。

“至于我欠的债务，赵总也不用担心。”叶霖川缓慢地说道，“相信大家都是明事理的人，现在项目重新运作，盈利也只是时间问题，他们不会介意多等点儿时间。”

赵家明把牙磨得咯吱咯吱响，双拳紧握，怒意汹涌——

“叶霖川，你别信口雌黄！谁知道你这些乱七八糟的东西是从哪里弄来的？！

“你就是想陷害我！

“叶霖川，你这个卑劣无耻的小人！”

赵家明风度全失，对着叶霖川破口大骂起来。殊不知他此时的失态更印证了他的所作所为，众人心中的天平逐渐向叶霖川那端倾斜。

“叶霖川，你别以为我不知道你想做什么！你这是伪造证据！诬陷！我要告你！”

赵家明一通怒吼，叶霖川处变不惊，不为所动。

正在这时，敲门声响起，何助理将门打开，检察院的人与警察一同前来，门口还围了一堆看热闹的员工。

“你就是赵家明吧？接到报案，请你和我们走一趟。”

两位民警一左一右地架住赵家明的胳膊，要把他带走。

赵家明拼命挣扎起来：“松开！我没有犯罪，为什么抓我？！你们这是非法拘禁！我要告你们！”

他动作幅度很大，西装扣子被扯开几颗，领带松松垮垮地挂在脖子上，满头汗水，狼狈不堪。

混乱之中，赵家明突然看向角落。

那边的情景和这里的混乱形成两个极端，明明是在同一个屋子里，却好像处于不同的世界。

穿着小雏菊碎花裙的小姑娘乖乖地坐在黑色的椅子上，谨记着叶霖川的叮嘱，任凭他们怎么闹腾都没有说一句话，低着头，像小仓鼠一样咔嚓咔嚓地吃着黄瓜味的薯片。

觉察到赵家明的视线，叶芽回视他一眼，又很快把注意力放在吃上面。

赵家明凌乱的呼吸逐渐恢复节奏，他挣开束缚整理了一下有了褶皱的西装，紧盯着叶霖川，嘴角勾起诡异的弧度。赵家明凑到叶霖川耳边，用只有他们两个人能听到的声音说：“叶总，有没有人告诉你，我爸叫赵博文，你应该和他很熟吧？”

叶霖川目光闪烁，嘴唇刹那失去血色。

他下颌线收紧，深沉的眼中像是翻腾着惊涛骇浪。

赵家明舔了舔唇，跟着民警离开，步伐似乎很轻快。

“叶总，姓赵的那人和你说什么了？”

“没什么。”叶霖川收回视线，深沉的目光落在一旁的叶芽身上。

赵家明被带走后，股东们再次召开会议，全票通过叶霖川重新接任董事长职务的提议。同时合作的公司接连打来电话，同意撤诉并且愿意跟进投资项目。公司还成立工作组，着手调查赵家明名下的业务与财产，一切都朝着正确的方向有条不紊地进行着。

叶霖川知道接下来要经历很繁忙的一段时间，但并没有长时间在公司逗留，中午过后便带着叶芽离开公司。

大楼外阳光炽热，叶芽眯起眼，一头扎在他的肩窝里避开强光。

叶霖川不敢耽误，大步走向停车场。

两人上车，叶霖川系好安全带后却没有发动汽车，眼睛时不时朝叶芽身上瞟。

“阿弟，你有话要和我说吗？”叶霖川欲言又止的神情太过明显，叶芽忍不住问道。

叶霖川喉结滑动，要说的话难以吐露，全部卡在喉咙里，堵得他心口难受。

叶芽歪着小脑袋：“阿弟？”

叶霖川深吸口气避开叶芽的视线，淡淡地道：“要是让你去外面住一段时间，你愿意吗？”

“外面？”叶芽听不懂，神色茫然地问，“哪个外面？是……是院子外面吗？可是会有虫虫咬我，我不要。”

“不。”叶霖川的语气冷冷的，“是国外。你可以挑一个你喜欢的地方，比如A国，那边有很多小动物，一定和你很合拍；F国首都也行，那边有鸽子；还有海岛，我之前在南半球那边买了一座小岛，一直没去过，刚好可以送给你。”

他的提议太过突然，叶芽一时无法接受。

她眼巴巴地瞅着后视镜里男人深沉的眼眸，脸上哪里还有半点儿喜悦，只剩愁云密布。

“可是你为什么要送我走？”

叶芽紧紧搂着公司小姐姐送的兔子布偶，语气难掩失落地道：“我们、我们不是已经成为朋友了吗？”

叶芽一直是这样认为的，他们已经是很好很好的朋友了，阿弟也不会随随便便赶她走了。

可是看着叶霖川忽然变得冷漠的脸，她心里打起鼓来，又不确定了。

“你有钱了是不是就不要我了？”叶芽的两条眉毛几乎快要拧在一起，手指头有一下没一下地拽着兔子布偶耳朵上的毛毛，非常焦虑。

“这和钱没有关系。”

“那和什么有关系？”叶芽追问，“你还是很讨厌我对不对？”

“我没有讨厌你。”叶霖川放在方向盘手握紧。他不知道要如何向叶芽解释这其中的弯弯绕绕，赵博文是赵博士的本名，后来赵博文名噪一时，人们习惯以赵博士来称呼他。叶霖川没想到赵博士竟和赵家明是父子关系。还记得赵家明在公司的表格上父母那一栏写的是“单亲”，他向来不太关注下属的家庭情况，“赵”又是常见的姓氏，更不会将赵家明和赵博士联系在一起。

如果赵家明所说的是真的，那么就说明他手上掌握着叶芽被研究过的证据。

她会被带走，或者被管理局继续关起来研究。

不管哪个结果，叶霖川都不想承受。

“如果我不送走你，到时候你会有危险，坏人会带走你。”叶霖川只能以简单的方式向懵懂无知的孩子解释，“我无法与他们抗衡，只能先把你藏起来。”

“那阿弟要把我藏多久？”

叶霖川沉默。

“妈妈说只有坏人才会藏起来，我又不是坏人，为什么非要藏起来？就因为这个身份吗？可是每个人都有身份，我的身份刚巧是克隆人而已，为什么要藏起来呢？”叶芽早已明白了自己的处境，思路比任何时候都清晰。

她不想去A国看动物，也不想去F国首都喂鸽子，只有一个人的旅途没有任何意义；她要和哥哥们一起长大，也要和赵辰星去看真正的星星。

叶霖川哑口无言，片刻后笑了。

"好。"他说，"我们不去。"

他是父亲，是孩子坚不可摧的后盾。

除了他的身边，叶芽哪里都不用去。

叶霖川发动引擎，开着车子径直驶向医院。

接下来的一周，叶霖川密切关注着看守所里的赵家明的情况，同时也在赵家周围安插了眼线。若出现意外情况，他能在第一时间知道并且应对。

这些天叶霖川很忙，项目要跟进，对赵家明那一派也要处理干净，每天还要去医院看叶清河，几天下来整个人瘦了一圈。

这天他再到医院已是夜里十点，清脆的脚步声在走廊里回荡。

叶霖川推门而入。

病房里亮着盏小夜灯，暖色的灯光与窗外的月色融合，透出温馨的气氛。

"嗯，爸？"刚合眼的叶清河被吵醒，睡眼惺忪地看了过来。

"吵到你了？"叶霖川放下手里的袋子，拉开椅子坐下。

病床上的被子鼓起一个小山丘似的包，叶霖川好奇地朝里面打量。

叶清河动作轻柔地拉开被子，只见里面叶芽蜷作一团，用双手揪着叶清河胸前的衣服，靠在他怀里睡得很香。叶霖川忍俊不禁，摸了下叶芽那蓬松柔软的发丝。

"芽芽不走，非要留下来陪我，今天刚好不用输液，我就让她留下了。"

"过两天他们都要开学，估计也陪不了你多久了。"

叶清河脸上流露出几分失落的神色，转而又笑道："没关系，我好好吃药，好起来后也可以去。"

两人都知道他说这话是在安慰自己也是在安慰别人，叶霖川敛眸，漆黑的长睫抖动，露出疲倦的神色。

"爸爸，你不用每天来看我的。"叶清河感动于父亲做出的改变，也心疼父亲现在的处境。他比任何人都清楚叶霖川肩上的担子有多重，可惜他生来身体不好，更不懂商场上的尔虞我诈，无法帮父亲分忧，唯一能做的就是懂事些，不给父亲再添负担。

叶霖川胸口一热，大掌揉乱叶清河头顶的发丝，声音沙哑地道："清河，你还没长大，所以可以任性点儿。"

叶清河愣了愣："爸……"

“你也可以像弟弟妹妹一样对我撒娇耍赖。你是小孩儿，不是大人，不必站在我的立场上为我考虑。童年那么短暂，我不想你长大后回想起小时候只有觉得有压力。”

他难得说这么多话。

叶清河感觉鼻子酸溜溜的，眼睛胀痛。他害怕自己会没出息地哭出来，忙低头狠狠揉了下眼睛，等情绪平复后，才冲叶霖川露出笑容，重重点头道：“我知道。”

“房子那边重新整理好了，我准备这周就搬回去。”

“都听爸的。”

叶霖川又说：“沈昼他们也会和我们在一起。”

沈昼和沈然孤苦无依，叶霖川不会再让他们居无定所，漂泊流离。他养三个孩子是养，养五个也是养，不如让那两兄弟和他们住一起，人多还热闹点儿。

“我会拿出百分之十的家族股份给叶芽，就当是我对她的补偿。”说着他又摸了摸叶芽的脸蛋。小朋友咂咂嘴，还没意识到自己突然变成富婆了。

叶清河：“你之前还说要把她丢掉。”

面对儿子的挖苦，叶霖川面无表情地道：“叶清河，要记住男人不能活在过去。”

叶清河抿唇偷笑，突然想到了什么，收敛笑意，缓缓开口道：“我今天去外面散步的时候路过一个病房，里面那位病人和妈妈长得很像。”太像了，那一瞬间他恍惚以为母亲重新回到了他身边。叶清河在门口站了许久许久……

思念让他的情绪归于沉寂。

窝在枕头上的白猫忽地睁眼，温柔地舔舐着少年的脸颊，紧接着又闭上眼往他身体里渡气。因为灵力缺失，白猫已经没有了一开始的身形，看起来就和普通家猫差不多大，甚至还要小些。

叶清河并不知道这些，舒出口气向叶霖川道歉道：“对不起，我不应该说这些的。”

“没事。”叶霖川拎着包起身，最后看了叶芽一眼，说，“那我先走了，有事联系我。”

“路上小心。”目送叶霖川远去，叶清河抱住叶芽重新闭上眼。

周六，天气晴朗，叶霖川决定带孩子们重回老宅。

天光乍破时大的小的都被叫醒，叶芽还没睡够，坐在床上摇摇晃晃的，目光呆滞地看着远处。

过了一会儿沈昼进来，抱起叶芽去浴室洗漱。

她总算回过神，下巴搭在少年的肩头上，眼睛却望着收拾行李的叶霖川，奶声奶气地问："沈昼哥哥会和我们一起走的对不对？"

叶霖川没有抬头："嗯。"

叶芽笑了，脸颊露出可爱的小酒窝："那你也会把辰星接过来和我们一起住的对不对？"

叶霖川对答如流："不对。"

叶芽的笑容消失了。

"你真以为我是开幼儿园的？"

叶芽没吭声。

东西很快整理完毕，叶霖川打电话让司机过来，一边吃早餐一边等待。

餐桌上气氛压抑，沈昼等叶霖川放下筷子才开口："叔叔，我和然然很感谢您照顾我们，不过我们还是觉得留在这里比较好。"

叶霖川看过去："理由。"

沈昼不由自主地扫了静静等他说话的叶芽一眼，鼓足勇气道："因为……因为我们已经给您添很大的麻烦了。您也照顾我们这么久了，我们再去打扰实在过意不去。"

两家人住在一起属实无奈，现在他和沈然没理由再厚着脸皮继续打扰别人的生活。

"过意不去的话你们就好好学习，长大后考上好学校。你要是愿意，可以帮我分担一下工作，要是不愿意，就做一些你想做的事。"叶霖川说，"我希望你和沈然能明白，我照顾你们是因为把你们当成了自己的孩子，所以你们不需要有任何压力与负担，也不用觉得给我添麻烦了。非要说的话，这段时间是我麻烦你们才对。"

人在落魄时最能体现出他的品质。

沈家兄弟俩尽管年幼，可品行良善、聪慧内敛，理应过上更好的生活，享受更好的教育。再说了，叶子煜性格不稳定，叶清河又过于宠溺弟妹，现在找个厉害的人管着他们点儿也好。

见沈昼还是不说话，叶霖川笑道："你是不是觉得叶芽和子煜烦，所以才不想来？"

沈昼连忙摆手否认："没有……没有，我很喜欢芽芽和子煜。"

"那不就成了？"叶霖川看了看时间，"去收拾一下，车马上要到了。"

沈昼腼腆地揉了揉耳朵，拉起沈然回房收拾行李。

同时，叶霖川的手机铃声响起。

叶霖川以为是司机到了楼下，看也没看就接起电话，不承想对面传来的却是嘶哑疲倦的女声。

"叶总好，我是田又琴。"

叶霖川眉头一皱，指腹不禁移向挂断键。

田又琴像是觉察出他的想法，冷哼一声说："叶总先别忙着挂电话，我这次找你是想和你谈一笔交易。"

叶霖川听来觉得好笑："赵家已是风雨飘摇，你想拿什么和我谈？"

田又琴说："你的女儿。"

田又琴在电话那头咬牙切齿地说："叶霖川，我可知道你那女儿是打哪里来的！我这里有她的所有资料，如果你不放过我老公，我就毁掉你的孩子，看我们谁斗得过谁！"

叶霖川喉间溢出一声轻嗤："你威胁我？"

"我只是想让我们各退一步。"电话那头的田又琴笑得怪异，"我老公顶多坐几年牢，可你的女儿是实验体，说不定身上还携带什么病毒，等她落到管理局手上，八成就是一个死，这笔交易怎么算都是对你更有利些。你放了赵家明，我给你资料，我们各取所需，岂不美哉？"

好一个各退一步，各取所需，她说得实在好听。

"田女士，你这样威胁我，就没有想过自己的孩子？"

她利用仿生人牟利，罪行更严重些。

田又琴果真迟疑了几秒。

她举报叶芽，自己做的那些不见光的事也会被抖出去，就算救出赵家明也落不得好下场。

叶霖川不想与她周旋，直接挂断电话。

他们之间谈话的内容已被沈昼听得清清楚楚，沈昼在只言片语间提取到了重要信息，稍加理解，就差不多明白整件事的经过了。看了看旁边的叶芽和其余两个孩子，沈昼不禁道："要是她破釜沉舟，叔叔准备怎么办？"

"不知道。"

沈昼原本以为叶霖川已经想好解决办法，听到这个回答时愣了愣："那……她要是真的举报芽芽，我们就没有办法了吗？"

"沈昼，"叶霖川看着他道，"任何办法在那种时候都不是办法。"

沈昼怔怔的。

"我曾带叶芽做过检查，她的身体情况与正常人无异。她会拉肚子也会长水痘，是一条鲜活的生命，我不相信外界允许管理局将她销毁。"

一只小动物生命垂危时尚有人于心不忍，落两滴眼泪，更别提叶芽是个长得可爱、讨人喜欢的孩子。

童心之家让叶芽被大众熟知，《请听孩子的话》这档节目又让她在短时间内有了无数粉丝，即使节目结束后她不常出现在镜头前，关于她的讨论依然没有减少。叶芽早已不是那个普通的小孩儿，她现在算是公众人物，一举一动都会受到关注。

管理局的人真的会不顾大众的想法销毁她吗？

叶霖川想，管理局的人应该不会那么唐突。

叶霖川从不怀疑田又琴说的话，但也不会就此受她威胁。现在他要做的第一件事就是在合适的时机放出叶芽是克隆人的消息，先一步引导舆论。可他这样做同时也是危险的，说不定会提前给叶芽带来伤害。

"叶芽，你不想藏起来是吗？"

听到自己的名字，叶芽抬起头，慢吞吞地点了点头。

"乖。"叶霖川拍了拍叶芽的脑袋。不管田又琴手上有没有证据，管理局的人会不会知道叶芽的存在，叶霖川都准备这样做了。

叶芽要活在阳光下，坦坦荡荡，不必躲藏。

她也是人类，人类本该如此活着。

丁零，门铃声响起，何助理与司机一同进来。

叶霖川和孩子们拎上行李，最后看了居住过几个月的房屋一眼，默默于心底说了声"再见"，轻轻带上门，最后只余数锁的声音。

叶芽没有跟上他们的脚步，抱着兔子布偶，站在钱大婶门前高高仰着脑袋，叩了三下房门，可是始终没人应答。

这时沈昼走到她身边说："你忘记了吗？大婶去国外陪儿子了。"

经过提醒，叶芽恍然大悟，失落感立即涌来："可是这样的话，我就不能和大婶说再见了。"

"不说再见，再见时反而会更惊喜。"沈昼弯腰平视着叶芽的双眸，"等大婶回来，我们再一起过来好不好？"

叶芽心情好转，深深看了那扇紧闭的房门一眼，抱紧兔子布偶跟着叶霖川下了楼。

由于人多，叶霖川准备了两辆车，孩子们坐一辆，他与何助理坐一辆。

"这是您让我查的。"何助理把资料递给叶霖川，"除了挪用公款，他名下产业的税务也有问题。第二页是他的身份资料。"

叶霖川一目十行地看着手上的资料。

赵家明的身份不算光彩，他是赵博文的私生子。赵博士不喜欢他，又沉迷于事业，他从小到大都是他母亲照顾着，也难怪他对自己的家庭闭口不谈。

叶霖川又翻了翻后头的资料，淡淡地说："律师和公关那边呢？"

"也都准备好了。"何助理说完犹豫许久，才问道，"不过叶总，您确定要这样做吗？"

叶霖川没有回答，算是默认。

公关团队的行动很快，第二天便陆陆续续放出关于克隆人的消息，文章多是关于到底要不要销毁克隆人的内容。公关团队的作者都是业界数一数二的，文笔犀利，一针见血，几篇文章一经放出直接掀起讨论热潮。团队趁热打铁，将此次话题推上热搜。

"我觉得还是销毁比较好。"

"其实我一直不赞成销毁，克隆人也是人啊……"

"还是要看是什么样子的克隆人吧，不过怎么突然讨论起这个了？"

"要是芽芽那种小可爱，我肯定不赞成销毁！"

"前面的你在乱说什么？我们芽芽才不是克隆人呢！"

…………

这只是一次试探，结果是大部分人不赞成销毁，小部分人站在维护人权的角度赞同管理局的一贯做法，最后大家得出统一结论——拒绝克隆实验。

暗中操控这一切的叶霖川心里隐隐有了底。

这条热搜下去后，公关团队又给叶芽安排了几次热搜，挑选了几个她在节目上的名场面视频片段找营销号与大V推广，达到扩大她的知名度的效果。若是其他明星这样大肆刷存在感一定会引起大众反感，从而引起反效果。可叶芽是小孩子，可爱漂亮的三岁宝宝，人类总是会对幼崽产生包容心，尤其公关团队选择的片段笑点十足，让人百看不腻。

这一法子效果显著，“叶芽”在短时间内成了被网友搜索次数最多的名字，叶霖川也跟着涨粉。他都不用再推，“妈妈粉”们便送叶芽上了热搜榜第一。

在叶芽的热度最高时，叶霖川抓紧时机，让公关团队放出风声——叶氏企业小女儿疑似克隆人，管理局准备将其抓捕销毁。

开始只有一个人在说，后来这个消息越传越广。

独家密爆：“据传叶霖川之女叶芽是克隆人，管理局着手调查，准备秘密将其销毁，真的假的？”

不愿意透露姓名的王先生：“这件事定了，管理局内部准备带叶芽回去调查。”

想吃咸鸭蛋：“造谣犯法知道不？”

哒哒哒哒哒：“举报了、举报了，估计是哪个明星看不惯我们芽芽接连上热搜，所以才这样造谣。”

今晚月色很美：“别说这件事没有证据，就算是真的，谁敢动我的芽芽，我第一个反对。”

姜先生：“对、对、对，谁都不能碰我的女儿！”

…………

叶霖川躲在屏幕后密切关注着舆论情况。

现在还不够，他需要更大的声音，最好惊动管理局亲自出面辟谣。待“谣言”成功被压下去，叶霖川会在最恰当的时机找人曝光叶芽的身份和她被研究过的事实。他会把这个孩子塑造成最完美的受害者，那时粉丝会怎样想呢？他们会认为管理局先前的辟谣只是为了掩饰自己所做的一切。

那时，就算田又琴把所有证据给了管理局，管理局也不敢贸然销毁叶芽，因为他们要考虑到千万民众的情绪，会斟酌出一个妥善处理这件事的办法，其中一定不会包括销毁叶芽。

叶霖川向后靠着椅背。

他选择釜底抽薪，田又琴若是聪明，定然不会在这个时候出面要挟他。

田又琴自然察觉到了网上的风声，当然明白背后推手可能是叶霖川。可她左思右想也摸不清叶霖川到底有何盘算，干着急到嗓子冒烟。赵家明那边已经等不起了，一旦法院判决，他们几十年的努力都要付之一炬。

田又琴无法舍弃眼前的富足生活，也不想被那群在麻将桌上认识的朋友指指点点，更怕叶霖川报复她。

她越想越焦躁，最后来到赵辰星的房间，冷眼看着趴在桌上写作业的他。

“别写了。”田又琴一把抽走本子，把他从椅子上扯起来，“你……你脑子聪明，告诉我叶霖川到底想做什么。”

赵辰星是仿生人，脑子不是人类的脑子是 AI（人工智能），田又琴逼不得已只能找他询问办法。

少年神色冷漠地说：“不知道。”

“你不是和他们家那个叶芽是朋友？你能不关注她的事？快说！叶霖川到底要做什么？”

赵辰星将嘴唇抿得死死的，侧头避开她的视线。

“行，你不说是吧？”田又琴恨得咬牙，连连点头，“无所谓，既然你爸出不来，我也不让叶家好过。”

田又琴折回屋，从保险柜里拿出厚厚的文件夹，里面放着陈旧的档案。档案上面清晰地记录着每一位实验体的身份和来历，其中有赵辰星也有叶芽。当时赵博士被捕，孤苦无依的他只能把这些东西托付给赵家明和田又琴，同时还有巨额的财产。

当时要不是为了钱，田又琴才不会管这些破事，没想到这些东西现在派上了用场。

田又琴得意一笑，拿着档案拨打了电话。

号码还没输入完，田又琴手上陡然一空。她愣住，惊愕地扭头看去。

赵辰星拿着抢过来的档案站在几步远的地方，脸色苍白，面无表情，月光落在他的肩上，映得他的神色更加冷漠。他紧盯着田又琴，当着她的面掏出了打火机。

“不！”

赵辰星点燃打火机，火光在他空洞的眼中跳跃。他没有犹豫地直接点燃纸张，就像那天田又琴没有犹豫地撕碎他的心脏一样。

厚厚的一沓档案转眼间被烧成灰烬，纷纷扬扬地飘散在地板上。

赵辰星望着田又琴面无血色的脸庞，竟生出几分报复的快感。

“没了。”他语气轻松愉悦。

田又琴呼吸急促。只听啪的一声，赵辰星脸上挨了一耳光。

她气得全身哆嗦，指着他的手因怒意抖动着：“赵辰星，赵辰星，谁把你带回来的？你以为你为什么能站在这里和我说话？你用的都是我儿子的名字！你怎么这么不懂感恩？”

田又琴逼问着，赵辰星不为所动。

他摸了摸脸，一片冰冷，感觉不到疼。

“可我不是你的儿子。”

田又琴愣住。

这是赵辰星第一次抬起头来对着他向来敬重的母亲这么说话，他的程序里没有“反驳”这一条指令。如今他冲破枷锁，很慢很慢地在脑海中组织着语言：“我没有生命，如何能有父母？”

“你……”

“妈妈，”赵辰星看着她道，“您说过我没有心。我没有心，为何您又要求我感恩？”

田又琴哑口无言。

此刻赵辰星的眼神与表情在她看来无比可怕，就像是……就像是一直被操控的机器突然有了自我意识，有了灵魂。

田又琴焦躁不安，呼吸急促，连连后退。

她突然想起之前莫名地被放出去的监控视频，以及这次叶霖川手上突然出现的资料。

突如其来的恐怖想法让田又琴脊背发凉，瞪大眼睛：“你……是你黑进系统，是你把你爸爸的资料交到叶霖川手上的是不是？是不是？是不是你？”

黑进系统对他来说轻而易举。他没有说话，这对田又琴来说算是默认。

心中恨意难消，田又琴磨了磨牙，一把揪住赵辰星，把他拽到了地下室里。

地下室里有维持他生命的能量液和赵博士实验室的东西，乱七八糟地堆在一起。田又琴踢开旧沙发上的东西，找出绳子直接把他绑在了上面。

赵辰星没有反抗，任由她绑着。

田又琴双手支撑在沙发扶手上，眼睛猩红，气喘吁吁地道：“小兔崽子，你真以为档案那么重要的东西会没有备份？”

田又琴哼笑了一声：“等明天，明天管理局的人就会出现在家里。对了，你好像一直和那小丫头片子在联系。我本来啊……本来还想着叶霖川识相点儿最好，可惜了，他连女儿的最后一面都见不到。”

田又琴撂完话，抛下惊愕的赵辰星走出了地下室。

门被关上了，眼前被黑暗充斥，潮湿感很重，赵辰星止不住地哆嗦起来。

他知道叶霖川在等管理局的人发声，如果管理局的人没有发声直接抓走叶芽，那么叶霖川先前所做的一切都没了意义！

叶芽是他的心脏。

她死了，他就真的死了。

晨光乍现，新的一天从朝阳升起开始。

叶芽刚搬回来有些睡不着，早早地换好衣服从床上爬起来，洗脸漱口后，不会梳头发，于是随便打理了一下头发便跑到了后花园里。

今天是阴天，太阳像蒙着灰。

花园里的小花小草还没有舒展开枝杈，叶芽不敢吵它们，蹲在边儿上，双手托腮静静地看着它们。

随着天亮起，小花慢吞吞地舒展开叶子。

叶芽眼睛一亮，立马打起招呼：“早上好呀，小花。”

叶家别墅先前一直处于封闭状态，这里又位于半山腰上，半天见不到什么人，院子里的植物也不需要人来看护，过惯了安静的日子，突然冒出的娇甜嗓音把它和旁边的绿草吓得哆嗦了一下。

“哎哟喂，小瘪三干啥，吓死老子了！”

这是一朵雄花。

叶芽毫不意外，摸了摸它粉嫩的叶子，来自人类的亲密接触让小花嘤嘤一声，瞬间臣服。

“芽芽。”楼上阳台处冷不丁传来叶子煜的叫声，“待会儿我们要去看大哥，你收拾好了吗？”

“来啦、来啦！”听到要去看哥哥，叶芽立马抛弃小花，颠颠地跑上楼。

“快、快，快去整理，我们吃完早饭就出发！”

叶子煜的催促声让叶芽着急起来，她跑回卧室，把所需要的东西一股脑儿地往包里塞。东西准备好时，叶芽手腕上的电话手表收到消息，发消息的人是赵辰星。

他很少会这么早联系叶芽。叶芽困惑地歪了歪头，趴在床上点亮屏幕。

赵辰星：“今天是我的生日，你要来吗？”

生日？

叶芽挠了挠头，用语音回复：“机器人也要过生日吗？”

赵辰星：“芽芽不过生日吗？”

芽芽是过生日的。

不过她是一百年过一次，因为妖怪活得真的是太久太久了，每年都过的话受不了。可是……可是她忘记自己是什么时候出生的了。

赵辰星：“我惹妈妈生气了，她不允许我出去，也不允许我和你联系，只能偷偷地和你说。”

赵辰星：“芽芽，上次你说的事，我觉得可以考虑一下。”

叶芽眼睛一亮，兴冲冲地回复：“你愿意和我们过了？”

对方停顿三秒，发过来一个“嗯”字，接着说：“那你愿意来吗，给我过生日？”

叶芽面对着屏幕啃起了手指头，有一下没一下地晃着小腿。

“哥哥不让我一个人出门……”叶芽对着话筒小声说，“我已经答应过哥哥，不可以一个人出门。而且……而且我偷偷走掉的话，阿弟一定会打我的屁股。”

叶霖川打的那几巴掌给她幼小的心灵造成了巨大的伤害，她至今想起仍心有余悸。她答应好了，不管怎么样都不会一个人出去。

赵辰星：“那我可以去接你，等午饭过后再送你回来。”

“那我也要和阿弟说一声。”

赵辰星：“如果你和叔叔说了，叔叔一定不会同意你来。他不喜欢我还有我妈妈。”

这倒也是。

赵辰星：“或者你还是不信任我，害怕我伤害你？”

叶芽急忙否认：“没有……没有，我们是好朋友，我相信你。”

赵辰星：“好，那我们说定了，现在我去你家找你。”

通信中断，叶芽从床上爬起。

叶子煜已经收拾整齐，出现在叶芽的门前，冲她嚷嚷：“芽芽，我们要去医院啦。”

叶芽将双手背在身后，眼神游离，软软地说：“我……我今天想找夏晴姐姐玩。”她不善于撒谎，说完手指头绞在一起，额头沁出薄汗。

叶子煜大大咧咧，压根儿没觉察出异样，听完便蹦蹦跳跳地跑下楼把这事告诉了沈昼。

沈昼比叶子煜心细，对叶芽多问了几句，她老老实实地将刚才的话再次重复，末了低头不再看沈昼的脸。

叶芽和夏晴的关系向来很好，自从节目录制结束后还没见过面，现在她想去找小姐们儿玩也在情理之中。

叶霖川今天工作，新管家明天才会来上班，现在家里只有保姆这一个大人在。

考虑到安全因素，沈昼提议：“要不我们等夏晴来了再走，不然留你一个人在家，我实在不放心。”

叶芽听后心里一紧，忙不迭地摇头：“那样子哥哥会等很久！沈昼哥哥不用担心，你去看哥哥，我会乖乖坐在沙发上等。”说着，她抱住花朵形状的书包盘腿坐上沙发，顺便打开电视，找了个动画片专注地看着，一副很乖的样子。

沈昼对叶芽的自我管理能力很是放心，转头又冲保姆阿姨叮嘱了几句，拉着两个弟弟乘车前往医院。

叶芽余光瞥着三人离去的身影，耳尖动了动，听到引擎声远去，一个翻身从沙发上跳起，跑到房间拉出自己的玩具箱胡乱翻找起来。

人类过生日要收礼物的，她也要为赵辰星准备礼物。

殊不知就在她挑选礼物时，赵辰星已被绑在沙发上很久，安静地看着田又琴的“现场表演”。

“你等着，我现在就去带那个小丫头片子过来。”田又琴目露凶光，咬牙切齿地道，“我们赵家不好过，叶霖川也别想好过！”既然叶霖川不肯放过他们，那她也要让叶霖川身败名裂！他们谁也别想落得一个好下场！

“可是叶芽会跟你走吗？”

赵辰星淡淡的一句话登时让田又琴清醒过来。

她原本的计划是借赵辰星的名义骗叶芽上车，她直接带着证据前往管理局，不给叶霖川一丝扭转局面的机会。不过那小丫头片子那么机敏，会那么容易上当吗？

赵辰星唇边勾起讥讽的弧度：“你去不可能，换我的话她肯定愿意来。”

他的态度变化得过快，田又琴怀疑地问：“你又想玩什么花样？”

赵辰星说：“妈妈，我想好了，我不想被管理局的人找到，不想死，所以愿意帮助你。”

他突如其来的转变令田又琴心里的疑虑更重。

不久前他才烧了档案，现在又莫名其妙地要帮她，要说这里面没鬼谁信？

“你别是想趁机逃走吧？”田又琴唾骂道，“呸！想得美！”

“我是仿生人，除了这里还能去哪里？”赵辰星面色平静地道，“妈妈，您应该比谁都清楚我想活下去。”他想活下去，于是做了他们虚假的儿子；他想活下去，所以对他们言听计从。

赵辰星亲眼见到了他的同伴被取出芯片，躯体似废品般被堆在角落里的场景。同伴死时无知无觉，赵辰星却觉得害怕，害怕他也落得如此下场。

田又琴深知这一点，便总是以此要挟他。

“博士为我设置过自动销毁功能，你若不信，可以打开我胸前的那个装置。倘若我三个小时内没有回来，程序自动启动，我会死。”赵博士为每一个仿生人设有这样一个功能，防的就是有朝一日他们拥有自我意识，对人类产生威胁，同时也方便赵博士控制他们。

田又琴踱到赵辰星身前，半信半疑地剥开男孩儿身上的外衣，露在外面的皮肤苍白又冰冷。

他胸腔内部设有圆形储槽，储蓄着能量液体，除此之外还操控着身体机能。若开启自毁程序，储槽会在规定时间内爆炸，人工脏腑失去能量运输，身体瞬间死亡。

田又琴神色嫌弃地打开他的胸腔，按下了那个红色按钮。

咚咚，装置进入倒计时，宛如心脏跳动的声音响起。

田又琴解开赵辰星身上的绳子，他郑重承诺道：“我向您保证，我一定带叶芽回来。但是您也要向我保证，不把我交出去。”

田又琴不耐烦地点了下头，重新把手机还给他。

赵辰星攥紧手机，走到门口时回头深深地看了她一眼，目光中带着她看不懂的东西：“再见，妈妈。”

他没有告诉她，装置一旦启动便无法停止。

这声“妈妈”会是他此生最后一次呼唤她。

时间分秒流逝，一个小时过后，叶芽的电话手表再次有了动静。

赵辰星：“我到了。”

保姆在叶芽身旁熟睡，呼噜打得很响，看起来没有要醒的意思。叶芽尝试着推了推她，对方眼皮子都没有抬一下。叶芽背起书包，给叶霖川发了条消息，这才背着书包向院子外走去。她无法从正门出去，于是绕到后边，踩着凳子熟练地拉开门锁，从小门穿出，见到一辆银灰色轿车正停在不远处的路上。

叶芽保持着警惕，没有接近车子，站在原地遥遥观察。

车窗降下，露出张她熟悉的面庞：“芽芽！”

叶芽眼睛一亮，扯紧书包带子跑了过去。

车门被打开，她手脚并用地爬上了后座。

“生日快乐，辰星。”叶芽从书包里翻找出一条有兔子形状吊坠的项链，“给你。”

“这是什么？”

“辰星不可以睡觉，晚上会孤单，所以这个可以陪着辰星。”她按下兔子耳朵，兔子露在外面的大长牙齿咔嗒咔嗒地动了起来，眼睛闪着红光。竹板声与叶芽软软的声音结合，有说不出的“喜感”。

叶芽苦思冥想也不知道送赵辰星什么好，思来想去决定用有录音功能的项链录几首晚安曲，每天晚上陪着他，这样他每天晚上可以听自己唱歌，不会再孤单。

叶芽觉得自己可真是小机灵鬼，一时得意扬扬，高仰着下巴说：“怎么样，辰星喜不喜欢？”

赵辰星没立即回答，把项链戴在了脖子上。

“嗯。”他露出笑容，“我很喜欢，谢谢芽芽。”

“你喜欢就好，不过我们现在要去哪里呀？”她朝外面看去。街景陌生，蜿蜒的小路不知通向何处。

赵辰星从书包里拿出两个用线连在一起的纸杯，把其中一个纸杯放到叶芽耳边，用很低的声音道歉道：“芽芽，你送我的心脏都坏了，抱歉，我没有保护好它们。”

他的眼中有着晦暗难懂的光，让叶芽捉摸不透。

下一秒，叶芽的手被抓起放在了他的心脏处，透过冰凉的胸腔，叶芽感受到了剧烈的跳动声。

“不过我现在有了新的心脏，它会保护好你。

“芽芽，你拥有真正的家人，他们对你很好，你以后一定可以幸福。

“很感谢你愿意和我做朋友。”

叶芽歪着头，隐约感到有些不安。

“辰星，以后你可以和我们一起过，你也会很幸福的。”

他放下纸杯，没有再说一句话。

叶芽心生惶恐之意，手指头正要触碰他时，电话手表的铃声急促地响起，另一头的叶霖川呼吸凌乱，火急火燎地问：“你现在在哪里？”

叶芽呆呆地看了看赵辰星，如实说：“给辰星过生日。”

“把电话给他。”

“啊？”

“我让你把电话给他！”

叶霖川失去了以往的冷静，哑音低吼道：“给他！”

叶芽被吓了一跳，不自觉地摘下电话手表送到赵辰星耳边。

“叔叔。”赵辰星关闭免提，淡淡地唤叶霖川。

“这只手表安有定位，我很快会找到她。你现在可以选择听从你母亲的命令带走她，也可以看在叶芽把你当朋友的情分上把她放到路边。我能承诺，只要你不伤害她，我便会放你们一家人一条生路。”

车子转弯，道路两边景色繁华。

车窗外矗立着巨大的摩天轮，赵辰星勾了勾嘴角：“物伤其类，我早已看到了自己的结局。”

“你在说什么？”

“叔叔你放心。”赵辰星深深吸了口气，“叶芽会平安无事的。”

他挂断电话，司机把轿车停在了游乐场门口。

“谢谢林叔。”赵辰星从包里取出一张银行卡递过去，“赵家那边您不用回去了。”

司机接过银行卡，待两人下车，车子驶向和来时完全相反的方向。

游乐场里人山人海，天上飘着彩色气球。赵辰星拉着叶芽挤入人潮，两道娇小的身影很快消失了。

第十章
最后一个任务

“叶总！你快看这个！”

当叶霖川对着变暗的手机屏幕出神时，何助理匆匆赶来：“我刚才发现的！”他把笔记本电脑放到了叶霖川面前。

C-X：“可靠消息，叶氏千金的确是克隆人，不久前被管理局的人带走调查，听说是姓赵的那伙人的实验体。现在她逃了，管理局的人准备直接将其击毙。”

C-X：“著名小童星赵辰星是智能仿生人，一直被赵家吸血牟利，现在与叶芽一起潜逃。图 1、图 2、图 3 是身份证明，确切消息是管理局的人不准备放过这两个小孩儿。”

博主放出的都是有真凭实据的消息，把两个孩子的所有经历“扒”得干干净净，还有赵博士那些见不得光的实验一同被暴露在阳光之下。后几张图片是“死”在角落里的克隆人与仿生人，他们“年纪”都很小，有着同人类一样的面容与肢体，却如垃圾般堆在漆黑无光的角落里。

C-X：“赵家真正的小儿子早就死了，田又琴夫妻俩就是吸血鬼！”

C-X：“他们明明是被人类创造的，为何又要被人类无情地销毁？！”

儿条附了图的微博都是定时发布的。

微博发布者特意把叶芽和赵辰星在节目中抱在一起的合照放在了最中间，站在阳光下明媚微笑的小朋友与“死”在角落里的克隆人和仿生人形成鲜明对比，看一眼便让人打寒战。

微博发布时间在十分钟前，这个号又是粉丝为个位数的新号，评论寥寥无几。

“这人什么意思啊？需不需要联系对方将微博删除？”

叶霖川凝望着屏幕沉思，目光森然。

“C-X”——“辰 - 星”，博主是赵辰星！

叶霖川瞳孔紧缩，不好的预感油然而生。他拍桌站起，又看向电话手表的定位，红点停留在原地迟迟没有动，显然赵辰星把电话手表丢在了某个地方。

“叶总？”

“联系管理局，马上联系。”

叶霖川神色迫切，何助理被他的情绪感染，着急忙慌地拨打了管理局的电话：“喂，我们是叶氏……”

何助理接通电话后没说两句话，叶霖川便伸手夺过手机：“我是叶霖川，请问你们今天接到过举报电话吗？”

客服小姐先是愣了愣，随即声音甜甜地说：“抱歉先生，这是工作机密，我们无法透露。”

叶霖川眉心紧蹙。他不敢耽误，挂了电话决定亲自去管理局一趟。

时针已指向十点，游乐场的人越来越多。

叶芽紧紧跟在赵辰星身边，与他手拉着手穿梭在人海之中。

突然，两道高大的身影挡在他们的面前。叶芽缓缓抬头，只见他们穿着银灰色制服，胸前有编号，不苟言笑，表情严肃。

“病菌实验 016 实验体叶芽，身份已确认。”

对方拿着仪器对着叶芽的额头扫描了一下，莫名其妙的动作令叶芽惶惶不安，她不由得用力抓紧赵辰星的胳膊。

“我们接到举报，二位和我们走一趟吧。”他们的语气算是和蔼，眼神却让人心生恐惧，冷冰冰的，好像不带任何感情。

他们身上那套制服引人注目，路人纷纷放慢脚步投来打量的视线，很快有人认出叶芽，惊呼道："那不是那两个小明星？"

"对啊，真的是他们！"

"怎么回事？为什么管理局的人也在？"

"芽芽，你又偷偷跑出来了吗？"

人群中忽然有人这样喊道，叶芽当下回应："没有，我出来给辰星过生日。对吧，辰星？"

赵辰星没有说话，快速从怀里掏出喷壶，对着面前穿制服的二人喷了过去。

不明液体让这两个执行者心里大惊，急忙举臂遮挡，就在这瞬间，赵辰星带着叶芽跑了。

"3 号，他们跑了！从侧边包围！"

"016 实验体可能携带病菌，注意疏散人群。"

"必要时可采取非常手段。"他们所说的采取非常手段是强行注射镇静剂。

赵博士的病菌实验给管理局高层带来了巨大的恐慌感。哪怕赵辰星和叶芽只是两个小孩子，管理局的人都不敢轻视。四五个执行者从四面八方包抄过来，突如其来的追击战让围观者目瞪口呆。

两个孩子仗着体形娇小轻易地穿梭在游乐场的各个地方。

叶芽跑着跑着就没了力气，脚步虚浮，呼吸越发急促。执行者穷追不舍。

一片混乱的游乐场内，人群中一道黑影一闪而过，掏出枪对准了赵辰星。

赵辰星突然停下脚步，转身挡在叶芽身前。

乒！枪声划破晴空。

人们后退惊呼。

叶芽几乎失去了反应能力，刚才还疲惫的身体在此刻只剩麻木，瞪大眼睛呆呆地看着倒在地上的赵辰星，大脑一片空白。

阳光很温暖，旋转木马的音乐继续响着。

四周嘈杂的声音仿佛随着赵辰星倒地一同消失，他胸前破了一个黑黝黝的洞，线路杂乱地暴露在外，蓝色的能量液顺着爆裂开的储槽流出，像是血——蓝色的血。

叶芽吓呆了，一屁股跌坐在地上。

“辰……辰星。”她声音颤抖地呼唤着赵辰星，顾不上恐惧，连滚带爬地过去，费力地托起他的头放在她的膝盖上，嘟起嘴对着那个巨大的窟窿吹气，“不疼、不疼，辰星不疼。”

赵辰星的手臂垂在身侧，储槽的损坏与能量液的流失已让他无法动弹。

“叔叔，你能帮我叫医生来吗？”叶芽抱着赵辰星，澄澈的双眸满含哀求之色地看着同样呆滞的执行者，“辰星……辰星受伤了，你能帮我叫医生吗？”

对方没有动。

他们清楚医生救不了赵辰星，所有人都清楚。

“芽芽，我不疼的。”赵辰星眨了眨眼，“真的，我不疼。”

他说着看了看胸口，能量液还剩一点儿。

赵辰星费力地抬起手，握住脖子上那个兔子项链。

嗒，他用力按下开关。

“夜长长，雪漫漫，迷路的星星在想家。夜长长，路漫漫，星星马上要回家……

“辰星，晚安。”

叶芽那柔软稚嫩的歌声似乎有着安抚灵魂的魔力，就是他不知道……不知道他有没有灵魂。

赵辰星紧紧握着兔子项链，在回荡的歌声中，眼皮轻轻地颤动。

“叶芽……”他的瞳孔逐渐扩散，“我真的……好想变成人类啊。”

他想长大，想睡觉，想哭想笑；想和好朋友去山上看雪，夜里去赏湖，去很多很多地方，看很多很多风景；想知道咸是什么，甜是什么；也想有真正的爸爸妈妈……

吧嗒，一滴眼泪掉在他的眼眶下面，如他落泪了一般。

“芽芽，”最后一点儿能量液也流失了，赵辰星长舒一口气，微笑着闭上眼，“晚安。”

这一次，星星该睡觉了。

怀里的人如此冰冷，明明还没到冬天，叶芽却感到很冷。她捡起地上的碎片划破手指，疼痛让她清醒。她从没有像现在这样勇敢过，不哭不闹，忍着疼把鲜红的血液往他嘴巴里滴。

怀里的人没有反应。

叶芽又拽起赵辰星的手放在自己的小脑袋上。她是世界上最幸运的小妖怪，生病的人摸摸她都会好起来的。

可是，赵辰星还是没有醒来。

他为什么没有醒来？叶芽想不通，愣愣地坐着，此时此刻竟忘记悲伤。

“管理局……杀人了。”

人群里不知谁嘟囔了一句，执行者成为众矢之的，所有人看着他们的目光有躲避也有惊愕之色。

抛开仿生人的身份，赵辰星看上去只是几岁的孩子。镜头里的他可爱懂事，形象早已深入人心，凡是有一丝同情心的人，都不会对他的死无动于衷。

“让一让。”

有人挤开人群，下一秒叶芽被一双大手抱入怀中，结实宽厚的臂膀为她遮挡住世间的寒意。

她缓缓抬头，大眼睛空洞无神：“阿弟……”

叶霖川看了眼倒在地上的人，眸中闪过惋惜之色。

“给辰星上点儿汽油，辰星是不是就能活过来？”叶芽很认真地问道，“我把我的零花钱都用来给辰星买汽油好不好？”

叶霖川亲了亲她的脑袋没说话，径直来到执行者面前，质问道：“这就是各位想要看到的结果？”

执行者们面面相觑，都没有说话。

最后他们的队长开口：“她身上可能携带病菌，按照规定我们必须带她回去检查。”

叶霖川面无表情地道：“如果她身上没有你们说的病菌，一切正常呢？”

对方瞟了眼叶霖川身后的人群道：“我们会商榷出合理的办法。”

“好。”叶霖川抱紧叶芽，“叶芽是我的女儿，我身为她的父亲，与她一起过去不过分吧？”

队长面露难色，最终还是点头答应。

执行者们隔开围观群众，一路护送着二人上车。叶芽被带回管理局，同时被带回的还有赵辰星的脑芯片。

身体的自动保护功能暂时屏蔽了叶芽的悲伤情绪，她一路都没有什么反应。直到进入检查室，高科技的环境设施与身前徘徊的陌生人让她清醒，感到惊恐。

不久前发生的一幕在脑海里重现，她瞪大眼，四肢冰凉颤抖，最后对着玻璃外的叶霖川大哭出声。

叶芽伸出双臂，向一墙之隔的叶霖川讨要抱抱："不要……不要丢下我！

"阿弟不要丢下我，不要！不要！"

她的哭喊声通过设备传出，一声比一声凄厉。

叶霖川攥紧双拳，问："大概要多久？"

"半个小时，很快的。"

叶霖川不自觉地把手掌贴上玻璃，目光注视着正在里面接受检查的叶芽。

"不要丢下我……"叶芽无助极了，一边接受各种仪器的检查，一边垂泪啜泣。

就在她做检查的这段时间里，网友们已经气炸了。

赵辰星倒地的那一幕被有心人传到网络上，视频被快速传播，C-X之前发布的微博被证实了。

赵辰星和叶芽都是当红的童星，此次恶劣的枪击事件让粉丝和路人群情激愤，超五十万的评论直接让管理局网站主页瘫痪，同时媒体与好事者聚集在管理局大门口，要求管理局放人。

"人有人权，动物也有动物权，凭什么仿生人与克隆人就没有该有的权利？"

"所以他们只是科技路上的牺牲者吗？所以他们活该在被创造后再被销毁？"

"一个辰星死在了白天，还有无数看不见的'辰星'死在黑夜里。他们凭什么要为姓赵的之流买单？"

"反对克隆人被销毁！反对克隆人被销毁！反对克隆人被销毁！"

“我们不建议进行克隆人研究实验，同时也反对管理局销毁克隆人的行为！”

“就说一句——放了叶芽！”

民众的怒意难以平复，管理局高层召开紧急会议。

以现在的情形来看，他们肯定不能贸然处理叶芽，至于如何妥善处理也只能等叶芽的检查结果出来再商议，令人费解的是，当时根本没有执行者开枪。

“队长，找到开枪的人了。”

会议室内，有人把资料放在桌上。

“是个上体校的高中学生，警察调监控发现的，现在这人已经被捕了。

“这个学生说是受匿名者委托，委托内容是在今天上午10点15分对着赵辰星开空枪。他说不知道是怎么回事，因为对方给的钱多，任务又简单就接了。我们检查过，那把枪的确是假枪。还有……”顿了顿，他才又道，“赵星辰的身体启动了自动销毁程序。”

话音落下，空气仿佛骤然凝固。

一切都是安排好的，那个仿生人小孩儿故意提交举报信，故意泄露所有证据，故意引他们到人多的游乐场里，最后故意死在大众眼前。那一声枪响成功地激起民愤，也成功地让他们无法按照既定的法则办事。

此时又有人进来说道：“检查结果出来了，这个小孩儿（叶芽）的身体很健康，不过血液里含有不明物质，我们推测是实验造成的。”

“有害吗？”

来人摇头：“没有。她与正常人类一样，这在克隆史上实在少见。”

据他们所知，克隆人的寿命比克隆动物还要短暂，往往伴随着先天性疾病，病痛的折磨让克隆人每一天都处于煎熬中。被带回来的克隆人有的受不了这种痛苦，主动要求终结生命。为杜绝这种不幸的事发生，管理局密切关注着相关领域的每一次实验，可即使明令禁止进行克隆人实验，仍无法杜绝人性的贪婪。在他们没有找到的地方，有的克隆人被贩卖到国外，有的克隆人流入不法交易市场，还有的克隆人成为实验体。

管理局高层沉吟几秒，叹息着起身道：“发布澄清声明，召开记者会接受采访。最后……”他说，“让那孩子回家吧。”

权力的法杖不应指向无辜幼小的生灵，科技的诞生也不应该伴随着牺牲。

天色渐暗，叶芽哭了一天仍在啜泣。

负责接待的小姐姐见她哭得实在可怜，不禁半蹲在椅子前，递过去一杯水：“那个男孩子的脑芯片还保留着。”

听到关于赵辰星的事，叶芽顿时抬起蒙眬的双眼看了过去，神情茫然。

小姐姐温柔地笑道：“我们会考虑为他安排新的身体，虽然记忆不能完全保留，但会尽最大努力让他活过来。”

叶芽抽抽搭搭地问：“真……真的吗？”

“真的哦。”女生摸了摸叶芽的头，“姐姐不会骗人的，所以不要哭啦。”

小姐姐的安抚是有用的，叶芽情绪好转。全天滴水未进的她口干舌燥，啜泣两声后擦干眼泪，接过水杯将水一饮而尽。

叮，叶霖川口袋里的手机响了。

叶芽忍不住看过去。

通过话筒，沈昼沙哑的声音清晰地传到叶芽耳中：“叔叔，清河知道了叶芽的事。”

叶霖川抿唇，不禁握紧手机。

“他……正在急救。”沈昼尾音颤抖，极力忍着哭腔道，“芽芽还好吗？叔叔你能带芽芽回来吗？”

叶霖川全天都在经历着各种变故，太阳穴被这突如其来的消息刺激得发胀发疼。他牙关发颤，片刻后才重新组织好语言：“我们马上回去。芽芽没事，你告诉子煜，让他也不要怕。”

沈昼嗯了声，挂断电话。

叶霖川告别几人后，抱着叶芽匆忙从后门离开。

外面仍驻守着等待采访的记者，叶霖川在他们都没发现自己时带着叶芽疾步上车。

管理局的建筑逐渐被抛在身后，叶芽累了，浑身疲惫，靠在叶霖川怀里昏昏沉沉的。

今夜星月格外明亮，夜空中最亮的那颗星好像是赵辰星变的，一闪一闪地和她说着话。

“辰星真的会回来吗？”叶芽看着天边，喃喃自语。

“会的。”叶霖川摸了摸她的头。

“哥哥也会好起来。”叶芽鼻尖再次泛红。

“嗯。”

“还有……还有，子煜的妈妈也会回来。”

这一次，叶霖川没有说话。

“阿弟，”叶芽坐在叶霖川的怀里，小手捧起他瘦了许多的脸，目光坚定地道，“你相信我，妈妈会回来，哥哥也会好，你相信我。”

叶霖川的嘴角勉强地扯起一丝笑，他紧紧抱住叶芽，用她的体温安抚着胸腔内那颗躁动难安的心。

车子飞快地行驶，很快来到医院。

叶霖川片刻不敢耽误，抱着叶芽分秒必争地奋力向楼上奔去。

走廊空荡荡的，叶子煜和沈然蹲在地上哭，沈昼站着，背影孤寂瘦削。

急救室的门紧闭着，指示灯在叶霖川赶来的那一刻灭了，宛如少年逝去的年轻生命。

叶霖川放下叶芽，调整好呼吸向前走去，眼神比任何时候都要平静。

叶芽站在原地没有动。

她看到了，看到守护灵在用最后一缕气息保护着他，那是来自母亲最后的温柔守候。

“叮！主线任务 10：达成叶清河死亡结局。（已完成）”

不，还没有结束，她答应过叶子煜，答应过叶霖川，也答应过叶清河，答应过他们所有人都会好好的。

“恭喜宿主完成所有任务。是否开启愿望？”

叶芽坚定地说：“是。”

随着话音落下，周边景色退散，她来到一个苍茫的环境中，白雾无边无际，整个世界只有叶芽小小的身影，头顶的绿色四叶草成为这个世界唯一明亮动人的颜色。

绿叶舒展，最后一片小叶子舒展开来。

那娇嫩的小叶子被裹在一个气泡中，气泡温柔地托着小叶子飘浮在叶芽的面前。她惊奇地瞪大眼，双手小心翼翼地捧着小叶子——只属于她的小叶子。

“芽芽，恭喜你圆满完成任务。”这一次，系统的声音是从远处飘来的，“你可以许愿啦。”

她可以许愿了。

“来，现在开始许第一个愿望吧。”

她的第一个愿望当然是让自己的爸爸妈妈回来了。

叶芽对着小叶子毫不犹豫地说：“我要时间之境恢复，爸爸妈妈还有灵地里的小伙伴都回来，还有子煜的妈妈也要回来。”

系统开口提醒：“这是两个愿望，芽芽要把它们拆开，还有灵地恢复已经包括爸爸妈妈回来了，不用特意说明。”灵地孕育着花草族人，灵地恢复自然包括那些花草复活。

叶芽挠挠头，掰手指算了下自己的愿望，发现有些不够，便说：“叔叔，我可以许愿再要十个任务吗？”

系统冷漠无情地说：“不行。”

“好吧。”叶芽失望地垂下眼帘，深深地吸了一口气道，“第一个愿望，我要时间之境恢复成以往的模样。”

时间之境守护着四方灵地，那是她的家园，是千千万万生灵的家园。那样美丽的地方应该永远维持着它的美好，谁都不可以破坏。

系统记下：“嗯嗯嗯，还有呢？”

“还有子煜的妈妈回来。”

叶芽答应过的，只要叶子煜听话看病，等病好起来，他的妈妈也会回来。现在叶子煜的病好了，该是她兑现诺言的时候了。

“好，现在轮到第三个愿望了。”

“第三个愿望——”叶芽望着手上摇曳的绿叶，声音低了下去，“芽芽希望哥哥可以活过来，身体康复。”

叶清河是全世界最好的哥哥。他要活着，要长大，要和她一起跑跑跳跳。叶芽还想扑到哥哥的怀里，听他叫她芽芽。

“那最后一个呢？”问完，系统心里酸涩起来，面对着年幼的小姑娘，发现自己无法做到像以前一样从容地说再见。

“你快点儿许愿回家，回家后记得替我向你妈妈那个凶婆娘问好。

“还有啊，我们分别后估计再也见不到了，你们妖怪活那么长，估计长大后就把我忘了……”系统叹息，“你要好好修炼，化形成大美女，出去玩的时候千万千万小心不能被大鸟叼走，听说你们时间之境上面那几只神鸟特别凶。”

叶芽一直低着头，好像没见听它的话一样。

过了一会儿，苍白寂静的世界中响起她诚挚的软软的声音：“最后一个愿望，我希望系统叔叔回家。”

“好，希望系统叔叔……”说话声戛然而止，系统呆滞，全然不敢相信听到了什么，“芽……芽芽？”

随着愿望被许下，叶芽捧在手上的四片叶子化作四道不同颜色的光飘向四方。

叶芽放下手，仰起头望着愿望飞散，最后完全脱离眼前苍白的混沌世界。

最后一道紫色光束在眼前幻化成一道身影，那是一个青年，身形挺拔，面容干净。他对叶芽张开了双臂。

叶芽怀疑地打量他几眼，不确定地出声：“系统叔叔？”

“芽芽怎么可以把愿望都用在别人身上？”系统已脱离束缚，依靠最后一点儿残余的能量暂时留在叶芽的面前。

这里不是系统的家，所以他还处于虚浮的灵魂状态，哪怕叶芽有意靠近他，抚摸到的也只是一团空气。

叶芽将双手背在身后，老实地说：“因为系统叔叔也要回家。“妈妈说‘人非圣贤，孰能无过’，叔叔不能因为一个错误而永远遭受惩罚。我不知道你做错了什么，但知道叔叔已经改正了，叔叔肯定也想回家。”

她的一番话让系统差点儿落泪。

“虽然我回不了家，不过……”想到远方的爸爸妈妈，叶芽不由得哽咽。她忍住眼泪，拍拍头告诉自己要坚强，红着眼继续说：“不过妈妈那么厉害，肯定会找到我。”

她坚信只要等待，便会和爸爸妈妈重逢。

系统慢慢把额头抵上叶芽的脑袋：“芽芽许的第一个愿望是什么？”

“灵地恢复。”

“那灵地里面包括谁？”

“爸爸妈妈还有……”叶芽倏地瞪大眼睛，“芽芽！”

“对，还有芽芽。”系统笑得温和，“没人可以把孩子从母亲身边夺走。”

“芽芽……”系统隔空抚摸着叶芽的脸蛋，“时间之境需要七到八分钟恢复，按照地球时间来算可能需要七十到八十年，这对处于人类世界的你来说是一个漫长的过程。”

都说“天上一天，地上一年”。如今叶芽和父母身处两个不同的时空，所处的时间轴自然也是不同的。

“思念是可怕的东西，你会日日夜夜饱受摧残，而你血液的能力会令人觊觎，为你带来灾祸。所以我要封印你的记忆，也要暂时封印你血液的能力。”系统的手覆盖在叶芽的额头上，“你会在这里平平安安地度过一生，会有家人，有爱人，有朋友，有别人羡慕的一切。

“你也会像所有人类一样老去、死去。”

一丝冰凉的物质通过系统的指尖传到叶芽的脑中。

“待你死亡之时，便是重回灵地之日。那一天你会忘记前尘，仍保持稚子之心。”他说过，思念是可怕的东西。在人类世界活到老的叶芽在回到灵地后，注定难以适应幼年的身体和年轻的父母，所以他要双向封印她的记忆，让每一个世界的她都能获得崭新的开端。

这是她命中注定的一次历练。

“芽芽，新的历炼从现在开始。”

系统的影子逐渐变得透明。

“就算没有我，你也要勇敢地走下去。

“最后，谢谢你，芽芽。”

他游走在各个空间里，遇见过形形色色的人，最后在她身上看到了最纯粹的灵魂。

他深信，就算没有他，他的芽芽也会努力坚强地长大。

白雾退散，万物复原。

叶芽呆滞地站在原来的位置，消毒水的味道充斥口鼻。她茫然地眨眨眼，看了看窗外的月亮，又看了看不远处的几道身影。

“真是奇迹，他的心脏就在刚才恢复跳动，并且一切指标正常。”

医生难掩激动之色，不住重复着“奇迹”等叶芽听不懂的话。

恍惚中，叶芽瞥见一道白猫形态的光从急救室钻出，唰的一下穿过走廊，钻进某间病房。

她大吃一惊，眼睛都忘了眨。

半晌后，穿着病号服的女人扶着墙一瘸一拐地出现。女人身体纤细，凌乱的发丝下是一张苍白病态的脸。

她很漂亮，只是过于瘦弱。

“阿川……”轻轻的呼唤声叫醒了正沉浸在喜悦中的叶霖川。

男人肩膀轻颤，难以置信地回过头。

两人隔空相望，沉默良久。

女人弯了弯唇，目光温柔似水：“好久不见。”

也许这个世界上每天都会发生科学无法解释的事情。

叶清河的身体康复了，心脏健康，体质与正常人并无二致。旁边病房的那个无名女病人也醒了，清楚地叫出了叶家每个人的名字，还能说出一家人相处的点点滴滴。这也许很令人不可思议，但是叶霖川毫不怀疑她就是自己死去的妻子余研。

一家人围坐在女人的病床前，数双眼睛齐齐地打量着病床上的她。

她睁开眼的模样和叶霖川印象中的余研更加相似，都有一双温柔多情的桃花眼。

“我好像变成了一只猫。”她回想着徘徊在脑海间的模糊记忆。她清楚地记得自己不甘死去，便挣扎着重返人间。她的儿子很难过，丈夫也很难过，她亲眼看见懂事的大儿子日渐憔悴，生命力不断消散。

要是她能保护他就好了，不管变成什么都可以……最后她变成了一只猫。

记忆像散沙一样无法聚集，她的视线在每个人脸上停留几秒，慢慢地移动到叶芽身上。

小姑娘双眼红肿，怯生生地拽着叶霖川的袖子。

“叶……芽？”

叶芽撇撇嘴，一下扎到叶霖川的怀里。

叶子煜是几个孩子中最快接受妈妈的，对妈妈的身份深信不疑，扑到女人的怀里又哭又叫，整间病房乱作一团。

余研现在是个“黑户”，这具身体的原主人的家人下落不明，唯一的亲人不久前因车祸去世，如今拖欠着医院巨额的医药费。以现在的情况来看，叶霖川自然不能把她丢在这里不管。他先是还清医疗费用，接着办理好出院手续，把儿子和妻子一同带回家，又紧急处理身后的烂摊子。

管理局不久前发布了澄清声明，在记者会上说明一切。叶芽现在还不方便露面，所以由叶霖川出面告知大众，她一切安好。

田又琴已在事发当晚被捕，她和赵家明名下的资产被查封，他们也算是恶有恶报。

现在还剩下最后一件事，那就是如何妥善处理赵辰星的脑芯片。

赵辰星生前和叶芽是朋友，要说怎样安置他，叶芽最有话语权。于是叶霖川把叶芽抱到书房里，来了一次面对面的交谈，内容围绕赵辰星展开。

“我可以投资管理局的科研项目，每年给辰星一个新的身体。管理局那边的人也同意，等辰星被制造出来可以留在我们家里，这样的话他可以陪着你长大。你觉得呢？”说完他静静等待着叶芽的回答。

她沉吟许久，摇头道：“辰星不想待在身体里。”

叶霖川挑眉，没有插话。

“辰星想要自由，想像风一样可以去任何地方。”叶芽期盼地看着他，“爸爸，你可以让辰星变成风吗？”

叶霖川神色恍惚了一下：“你叫我什么？”

叶芽眨着大眼睛重复道：“爸爸。”

叶霖川心中诧异，随即涌出巨大的惊喜，尽管他不排斥阿弟这个称呼，但身为父亲也希望听女儿叫他一声“爸爸”。

叶霖川敛去激动的神色，把叶芽抱到腿上：“辰星的脑芯片可以保留着，或许我们可以为他编写一个程序。他可以在银行工作，也可以去太空探险，还可以在医院和病人互动。他可以成为任何想成为的人，你觉得呢？”

叶芽说得没错，机械之躯会束缚他的“灵魂”，他们不如让他活在现实世界之外，可以是手机、电脑里，甚至是人类的脑海里，他可以存在于各行各业，帮助各种各样的人，见他想见的一切。

“我们可以专门为辰星创办一家科研公司。”这次的企业危机让叶霖川意识到他需要进军新行业，扩大产业链。既然如此，他不如与管理局合作，既能开发新项目，还能让赵辰星回来，甚至也可以将那些无处可去的仿生人运用到科技研发中。

虽然这是一个漫长又艰难的过程，叶霖川并不担心，科研史上的每一次进步都是如此。

他相信赵辰星愿意等。

“那辰星还会记得我吗？”

叶霖川摸着叶芽的小脑袋：“不管他会不会记得，你记得便好。即使有一天连你也忘记，你们的友谊也是真实存在过的。”

“我不会忘记辰星。”叶芽拍了拍胸脯，对着叶霖川郑重地道，“我把辰星放在这里，要是快忘记，就拿出来看一看。”

赵辰星会活在她的心里，从未离去，所以她不会难过。

她要好好长大，带着赵辰星的生命一起长大。

书房内融洽的气氛突然被敲门声打破，两人一齐看去，进来的是余研，她像是有话对叶霖川说。叶芽的神色骤然变得黯然，她默默地从他的膝盖上跳下去，低着头跑去外面。

“芽……”没等余研喊完她的名字，小姑娘的身影便消失在门口。

“她可能有些不习惯。”

男人声音低沉，余研回眸，对着书房细细打量，一切都和她离开前一样，没有任何改变。余研收回视线，又去看叶霖川。

“怎么了？”

余研走上前，轻轻拉起了叶霖川的手。他的手宽厚，五指生得修长，余研目光微沉，闭上眼亲吻上他的手背。

“研研姐……”叶霖川不禁回握住她的手，仍像少年时那般称呼她。

“如果我说是叶芽让我还有清河回来的，你信吗？”

“信。”他回答得很干脆。

“虽然记忆不太清楚，但是我知道我做了错事。”余研平静地说道，“以后我会尽我所能地弥补你和叶芽的。阿川，你……”

“我愿意。”

这说得十分笃定的三个字让余研呼吸一顿，她再看眼前的男人，发现他早已红了耳根，腼腆的神情令余研想起了他第一次告白的样子。也是奇怪，明明很多记忆已经模糊，但只要是有关他的事，她都能清晰地回忆起来。

叶霖川小声提议：“年……年底结个婚？”

余研扑哧一声笑了，擦去眼角不知何时流下的眼泪：“会不会太快了？”

叶霖川轻咳一声以掩饰尴尬之色：“不会。”

余研打趣道：“现在别人都说你找了个和前妻长得一样的替身。”

叶霖川神经紧绷，竖指起誓：“没有，我没有那样想过。”他只是有些惊讶于世间竟有如此相像的两个人，除此外再没有其他非分之想。如今看来，一切都是冥冥中注定的，或者……是叶芽为他们“注定”的。

“叶芽是个神奇的宝宝。”

“我知道。”叶霖川回过神，“叶芽也是我的女儿。”

不管她是何身份，是何来历，从此以后她都是他的孩子。

他不奢求太多，只想儿女无病无灾，平安地长大。

余研但笑不语，默默地把所经历的那些奇妙之事藏在了脑海深处。这会是她的秘密，和叶芽两个人之间的秘密。

天气渐凉，龙城已进入深秋。

院中的树都落了叶子，满目萧条，衬着暮色，一派凄凉的景色。

叶芽脖子上裹着红色围巾，外穿一件驼色风衣，双手环膝蹲在地上，盯着花圃里蔫下去的花，半天没有动。叶霖川和余研就在刚刚宣布了要结婚的消息，比起兴奋的哥哥们，叶芽没有表现出太大的欣喜。

她不排斥余研，可也做不到完全接受。

“芽芽在这边做什么？”

她正愣神时，叶清河的声音响起。

叶芽睫毛轻颤，声音软软地说：“看花花。”

“芽芽真的很喜欢看花花呀，哥哥也和你一起看一会儿好不好？”

叶芽慢吞吞地点了下头。

叶清河在她身边蹲下，花圃里的花都蔫了，老实说也没有多好看。

“哥哥。”

“嗯？”

“说起来你可能不信，我觉得我不是人类。”

叶清河配合地问：“那你觉得你是什么呀？”

叶芽托腮，摇头晃脑地说：“我好像是在土里出生的，说不定我是蚯蚓变的。”

这已经超出了叶清河的知识领域，他突然不知该如何接话。

叶芽指着花一本正经地道：“我还能听懂它们说话。”

“那它们说什么了？”

叶芽竖起耳朵认真听了会儿，绷着脸对叶清河吐出几个字：“小鳖孙，你大爷。”

“芽芽，你不可以骂人！”叶清河瞪大眼睛，惊呆了，完全想不到四岁的妹妹竟然学会了说脏话！

叶清河二话不说起身拉起叶芽：“走，我们要好好谈一谈。你告诉我是不是和子煜学的？”叶子煜现在每天都和班级里几个调皮的孩子在一起，叶清河不干预弟弟交友。那几个小孩儿仗义是仗义，就是脏话多。叶子煜有样学样，有时候也骂两句，叶清河管都管不过来。

“没有、没有，不是子煜。”叶芽连忙否认，又问，“‘你大爷’是骂人的话吗？”

“还说。”叶清河轻轻地在她的嘴巴上拍了一下，“以后不可以说这个词。”

“哪个？”叶芽眼神懵懂地确认道，“大爷？”

“前面。”

“你？”

叶清河深吸一口气，说了句脏话，抬头便对上了叶霖川凉飕飕的视线。

叶霖川勾手：“清河来一下。”

叶清河僵住。

哥哥被带去接受“爱的教育”，叶芽就此逃过一劫。她还不安分，又跑去找正在房间里做复习资料的沈昼，双眸死盯着他的肩膀看。那眼神太过炽热，沈昼翻书的指尖顿住，他不禁抬头问道：“芽芽怎么了？”

“我觉得沈昼哥哥少了点儿什么。”

“什么？”

下一秒，叶芽拿过他的草稿本和黑色圆珠笔，在上面三两下画出一只黑黝黝的雀儿。

沈昼静默。

“我觉得我不是人类……”叶芽又把和叶清河说过的话向沈昼重复了一遍。

“所以你认为我也不是？”沈昼又瞟了眼那一言难尽的画，“你觉得我是只雀儿？”

叶芽舔了舔嘴唇，点了点头。

沈昼哑然，片刻后说：“芽芽，沈昼哥哥马上要考试了，需要好好复习。你乖乖地一个人玩好不好？等我考完试再好好陪你。”

叶芽噘了噘嘴，尽管不满可还是听话地点头，没再打扰沈昼，安静地退出房间。

天很色快暗沉下来，窗外夜风瑟瑟。

风很大，叶芽有些害怕，缩在被子里不住拍打着自己的小脑袋。也是奇怪，她总感觉头顶少了点儿什么，拍起来都没有以前得劲儿。

咯吱，被子外头忽地响起动静，叶芽肩膀一抖，偷偷摸摸地露出一只眼睛。她看到一双长腿，目光上移，对上叶霖川熟悉的面庞，一颗心骤然安定下来。叶芽掀开被子，主动往旁边挪了挪，为叶霖川腾出一片地方。

“你是害怕刮风，所以来找我的吗？”

叶霖川嗯了声，没有拆穿小姑娘小小的谎言。

“那你上来吧。”叶芽大方地拍了拍床，“我可以哄你睡觉觉。”

叶霖川配合地躺了过去。小朋友的床对他一个成年男人来说有些小，叶霖川拿过桌上的故事书，并把小姑娘护在了怀里。他的怀抱宽厚温暖，仿佛在瞬间挡住了烈风的侵袭，让她什么都不怕了。

叶霖川挑了个故事讲，叶芽听着听着便困了，眼睛要闭不闭的。

“阿弟……”

“嗯？”

“你结婚后，我还是一家之主吗？”

叶霖川合上童话书，微微垂下视线。

她困倦的脸蛋隐没在光影里。她像迷路的小兽般不安。

叶霖川摸了摸她的脸蛋，嘴唇碰了碰小姑娘软软的发丝，沉声说：“当然，芽芽奶奶永远是一家之主。”

叶芽长长地舒了口气，翻身睡去。

叶霖川为女儿掖好被子，关灯离开。

叶芽陷入一场长长的美梦。

梦里花草相依，亲朋为伴；梦里山河璀璨，日月圆满。

梦里有人说：“宝贝儿，晚安。”

番 外

叶家有女初长成

叶芽五岁时直接跳过幼儿园大班升入小学。她天赋过人，本来就比其他小孩子聪明，沈然和夏晴离开后再没有交心的朋友，眼见着智商差距和其他小朋友越拉越大，叶家夫妻决定送叶芽去上小学。

正式开学这天，叶家夫妻刚好带着叶清河在国外参加比赛，家里没了大人，只能由沈昼充当家长，请假送叶芽去学校。

十四岁的少年高出同龄人一头，身姿挺拔如竹，宽大的高中校服丝毫没掩盖他的颜值，反而衬得他气质干净又清爽。

沈昼半蹲在地上给女孩儿穿鞋，平时这种小事做多了，如今已非常熟练。

叶芽坐在沙发上不动，看起来不是那么开心。

“沈昼哥哥……”

“嗯。”沈昼回应，告诉她自己在听。

“我掉了牙牙，他们会不会取笑我？”小姑娘声音闷闷的。

沈昼系鞋带的手一顿。他抬起头，对上了叶芽忧心忡忡的视线。

叶芽前天刚掉了第一颗乳牙，还是门牙，笑起来有黑黝黝的一个洞，被叶子煜嘲笑过后难受了半天。

“每个小孩子都会掉牙牙，他们不会取笑你的。”

叶芽不信："真的吗？"

"真的。"沈昼颔首，"你看我现在说话的声音也不好听，但是没人取笑我，因为这是每个人都要经历的事。"

青春期的少年正处于变声期，嗓音透着丝丝沙哑，其实并不是太过难听。

叶芽若有所思，缓缓舒展开眉心。

"走吧，我们去学校了。"沈昼把崭新的书包挂在小朋友的肩膀上，拉起她的小手向楼下走去。

叶芽和夏晴他们上同一所小学，街对面便是哥哥们所在的高中。几个孩子挨在一起，平时互相有个照应，上学放学家长接送也方便一些。

九月天气微凉，天空灰蒙蒙的，淅淅沥沥地飘着细雨。

轿车停在学校门口，沈昼细心地为叶芽把雨衣裹严，这才牵着她从车里下来。校门口已聚集不少车辆，学生和家长进进出出，一片热闹的景象。

沈昼先是带叶芽去报到处领书，最后把她送到了班级门口。

"进去吧。"

教室里传来杂七杂八的叫嚷声，叶芽五指缩紧，死死攥住他的食指，看向班级教室内的目光带着不加掩饰的忐忑。

"别怕。"沈昼拍拍叶芽的小脑袋，"去吧。"说罢他轻轻推了推小姑娘的肩膀。

叶芽暂时放下不安的情绪，扬起脖颈，漂亮的眼里似住着星星，一闪一闪的："你晚上会来接我吗？"

"会。"

得到确切的回答，叶芽不情不愿地松开沈昼的手，一步三回头地走进教室。沈昼在窗户外面站了会儿，等她坐下才转身离开。

班主任分配好学生座位，让班级里的每个小朋友上台做一个简短的自我介绍。

很快便轮到叶芽，穿着背带裙的叶芽走到台上。

她比班级里的其他小朋友矮一点儿，浓密带有自来卷的发丝扎成两条马尾，蓬松卷曲地坠在耳前。她的刘海儿稀疏，脸蛋白皙，一双大眼睛黑白分明，外眼角微微下垂，像小鹿。

她很漂亮，仿佛让整间教室都跟着明亮起来。

叶芽四岁时就脱离了大众视线，不过童心之家依然续用着她的照片，大众偶尔能在商城的宣传屏幕上看见她的模特图。班级中常和爸爸妈妈逛街的学生立马觉得叶芽眼熟，认为她可能是哪个小明星。

“我叫叶芽，刚从幼儿园毕业，喜欢……喜欢说快板儿，我以后的梦想是当个相声演员。”叶芽一本正经地做完介绍，对着台下深深一鞠躬，又看向老师：“老师我说完啦。”

“叶芽同学的梦想很特别，好好学习的话一定可以实现。”老师认真地鼓励完，让叶芽回座位。

小孩子能快速适应环境，两堂课下来叶芽便和同学们熟络起来，最开始的顾虑在相处中消失殆尽，放学和同学们告别时竟有些不舍，最后还是在沈昼的催促声中上的车。

轿车平稳地行驶着，叶子煜坐在副驾驶位上，一直低头打游戏没说话。沈然在另一边，戴着耳机练习听力，两人一前一后，各自干各自的事情。

沈昼看了看弟弟们，摇摇头，把注意力放在叶芽身上：“今天过得好吗？”

叶芽点头。

“交到朋友了吗？”

“嗯。”她炫耀似的仰起头道，“我还收到了情书。”

沈昼眉头一跳：“芽芽这么受欢迎呀，第一天就收到了情书？”

叶芽重重地嗯了声。

“那可以给我看看你的情书吗？”

叶芽向来听沈昼的话，二话不说把后桌男孩儿给的情书从书包里翻出来递了过去。那男孩儿送的情书还挺讲究，从纸张的折痕来看，一开始应该是被折成心形了，右下角有署名与一颗小爱心的图案。

沈昼垂眸扫过。

情书

给叶芽：

我对你一见钟情，一定是圣延（诞）老公公听到了我的心（心声），所以让你坐我前头。你可以当我的女朋友吗？我的là（辣）条可以分给你吃，我也可以帮你做 zhí（值）日。

错字夹杂着拼音的信，沈昼看懂了。

“你要答应做他的女朋友吗？”沈昼合上情书还了回去。

叶芽摇了摇头：“我现在想好好学习，没有谈恋爱的打算。”

她的声音奶声奶气的，语调却是正儿八经的，让人觉得有些好笑。

沈昼忍着笑道：“那芽芽要快点儿拒绝，不然他会误会的。”

叶芽拖长语调，慢悠悠地说了一声好。

晚上回家后，叶芽便洋洋洒洒地写了五百多字的拒绝信，字迹清晰，遣词诚恳，害怕后桌的小黑伤心，特意也在下面画了颗爱心。第二天来到学校，她把信件放到了小黑的桌面上。

矮胖矮胖的小黑将信反复看了几遍信，脸一红，当宝贝似的收好，从抽屉里取出一袋藏起来没舍得吃的辣条，腼腆地走到叶芽跟前，扯了扯她的袖子：“给……给你吃‘唐僧肉’（一种零食）。”

叶芽疑惑地眨眨眼，立马拒绝：“我不吃唐僧。”

“那……那大辣片要吗？我这儿还有干脆面、虾条，对了、对了，还有儿童饮料。”小黑像变魔术似的从书包里掏出一堆零食。

叶芽看得目瞪口呆，想也没想地拒绝，因为她只喝沈昼哥哥给的儿童饮料。

见她都不喜欢，小黑泄气，突然想起哄女朋友是要钱的，于是忍痛把全身仅有的一元钱掏出来放在叶芽的桌子上。

叶芽沉思几秒，似乎了然，从精致的小钱包里拿出两枚光洁如新的五毛钱硬币递了过去。

下一节是美术课，叶芽最擅长的科目就是美术。

赶巧的是她今天刚好没带水彩笔，叶芽正想着去找夏晴借，她的前桌同学小白突然从书包里掏出一盒闪闪发亮的 108 色水彩笔。

大户人家！

全班同学齐齐哇了一声。

前桌的小白一甩刘海儿，得意扬扬地道：“芽芽，你要和我用一盒水彩笔吗？是最新款哦，不跑水很好用。”

叶芽美滋滋地接受了。

小黑抱着硬币流下泪水。

晚上回家叶芽便把这件事分享给了家人听，叶霖川静静地听叶芽说完，眉头微蹙没有说话。

次日一早，叶芽突然觉得书包很沉，到学校打开一看，发现里面不知何时多了盒崭新的150色水彩笔，过大的水彩笔盒近乎占据书包的整个空间，难怪那么沉。

水彩笔盒上面贴着张字条——“爸爸爱你”，笔迹潦草，末尾画了一颗很有“反差萌”的爱心图形。

叶芽三岁时受过的系统教育总算在小学见到了成效，老师敏锐地觉察出叶芽与其他小朋友不同。征得家长同意后，老师带叶芽做了个简单的智商测验，结果显示叶芽智商高出同龄人水平，结合成绩来看，普通班级已经不适合她了，所以老师把叶芽分配到了超常班。

超常班只有二十个学生，平均年龄六到七岁，叶芽转入后成为他们当中最小的一员。这个班级的孩子都是小天才，性格迥异，不是太闹腾就是太安静，还有两个调皮捣蛋喜欢恶作剧。老师怕叶芽被欺负，特意让她坐在第一排，与那两个学生隔开。

叶芽很快适应了新班级的生活，也能轻松地跟上学习进度。

七岁时，叶芽提前毕业升入初中，成为新生中年纪最小的妹妹。她仍是同级学生中最聪明、最乖巧的那一个，学校有意让叶芽继续进行特殊教育，叶霖川害怕揠苗助长会有反效果，也担心过快的教育让她感到巨大的心理压力，便拒绝了这个提议。

十二三岁的孩子多数是善良的，在日常生活中尽可能地帮助还处于儿童期的叶芽。她嘴甜长得又乖，时不时把“谢谢哥哥姐姐”挂在嘴边，哄得同学们心里美滋滋的。

但也有例外，比如坐在她后面的坏孩子宁一舟总喜欢往她的书桌里丢垃圾，或者在她的本本上一通乱写乱画。要是叶芽告诉老师，他会找来哥们儿对她一通嘲笑，说她是喜欢“打小报告的奸细”。“奸细”不是好词，叶芽不要当奸细。

最让叶芽受不了的是，他总是在自习课上揪她的小辫辫。

叶芽有一头和小美人鱼一样漂亮的头发，四岁起就没再剪过，长长的、卷卷的，余研喜欢给她编各种各样的发型，每天用不同的发饰点缀，让其他女孩子羡慕都羡慕不来。

宁一舟破坏欲强，就喜欢扯她的头发。

“宁一舟，你能不能不要扯我的头发？”自习课上没老师看着，叶芽放下笔，捂着头发回头看他。

趴在桌上的男生吊儿郎当地穿着校服，脸蛋白净，五官也好看，眼神里透着股邪劲儿，让叶芽不喜欢。

他没认错，还挑衅地问：“谁扯你的头发？”

叶芽：“你。”

宁一舟扑哧一声笑道：“你的后脑勺长眼睛啦，还能看见我扯你的头发？”

叶芽没说话。

宁一舟撇撇嘴，用余光瞥了小姑娘带婴儿肥的脸蛋一眼，舌尖勾上嘴唇，以迅雷不及掩耳之势在她的脸上狠狠地掐了一下，然后举起书挡住脸。

她脸蛋娇嫩，一下子就红了。

叶芽捂着脸，眼睛也跟着红了，抿了抿嘴巴：“你等着，我要告诉我哥哥。”

宁一舟不屑地道：“告去呗，小孩子就喜欢告状。”

叶芽转身收拾好书包，在全班同学的瞩目下走出班级教室。

沈然和叶子煜还在隔壁上小学，小学放学比初中早些，叶芽过去时刚巧看见夏晴从里面出来。她背着书包跑过去，甜甜地叫了声“晴晴姐姐”。

“芽芽放学啦？”夏晴见到她颇为惊讶，又见她脸蛋上有掐痕，脑袋一歪问道，“你的脸怎么了？”

她不问还好，一问叶芽便委屈地眼眶泛红。

她这副委屈的模样让夏晴在一刹那懂了，夏晴狠狠地磨了磨牙，语气骤然凶狠起来：“是不是有人欺负你？！”

夏晴从小是个炮仗，大些更是“嚣张跋扈”，凶恶时的表情像是带刺的野玫瑰，无人敢近身。

“我们班的宁一舟扯我的辫辫，妈妈……妈妈早上给我编了好久……”

叶芽鼻尖红红，一个劲儿地控诉着班里男同学过分的行为，“他还掐我的脸。他真坏！”

“呸！不要脸！”

夏晴啐了声，拉着叶芽的背包带子向旁边走去，嘴里骂骂咧咧地道：“敢欺负我妹妹，不想活了！你也是，他扯你头发的时候你就不能把他的头盖骨给掀喽？反正叔叔有钱，大不了赔点儿住院费。他掐你的脸，你就撕他的脸皮，快让姐姐看看你有没有指甲。”

叶芽乖乖地把小手伸过去。

她的指甲被妈妈修得干净又漂亮，估计扯不下别人的脸皮。

夏晴无奈地摇摇头，拍着她的脑袋语重心长地道：“你说你脑袋瓜子聪明有啥用，还不是被人欺负？真没用，我看你还不如和我去山上学功夫。”夏晴上个暑假时被夏妈妈送到了一座以武术闻名的山上，夏妈妈本来是让她体验生活，哪想到夏晴竟真的想过刀光剑影、快意恩仇的江湖人生。

“你……你别‘凶’我。”叶芽沮丧地垂着小脑袋，偷偷摸摸地掉了两颗金豆豆。班级里的哥哥姐姐都比她大，除了宁一舟也没有别人再欺负她。叶芽不会骂人也不会打架，更重要的是好像也打不过别人……

两人很快走到校园门口。

夏晴双手环胸，准备守株待兔。

等了些时候，宁一舟骑着自行车从里面出来，夏晴手疾眼快，拽下书包砸了过去。宁一舟躲闪不及，连人带车摔倒在地。

夏晴虽然只有九岁，打过的架却不少。要是班级里的男孩子想找她不痛快，她直接打回去。夏晴张牙舞爪地扑过去，可劲儿地扯着宁一舟的头发和耳朵。

“让你欺负我妹妹！

“臭不要脸的，你还掐她！

“信不信我揍死你？！”

宁一舟被打蒙了，惨叫着冲叶芽大喊：“你哥怎么还穿裙子啊？！”

这难道就是他的大哥所说的“女装大佬”？

宁一舟怎么说也比夏晴大，又是个男孩子，力气大些，短暂错愕后很快反应过来，与夏晴扭打在一起。眼见夏晴落了下风，叶芽胸腔中涌出热气，跺跺脚扑了过去——

“不可以欺负晴晴姐姐！”

啪！叶芽刚冲过去就被他一招“秒杀”了。

几分钟后，两个小姑娘一起被打哭了。

宁一舟拍拍屁股上的土，扶着自行车坐起，吐出嘴巴里的几根头发：“哭啊，你哭啊，有本事去告诉老师啊。”他哼了声正要走，车后座突然被扯住。宁一舟回过头，还没看见人脸，便结结实实地挨了一拳。

“沈然！”夏晴对着来人哭叫，“他欺负我们！”

望着灰溜溜地坐在地上哭的夏晴和叶芽，沈然怒火中烧，飞起一脚向宁一舟踹去。宁一舟先是一愣，接着侧身躲过，踹了个空的沈然踉跄几步，啪的一声摔倒在地。

被打败的三人静默。

片刻后，宁一舟捂着肚子笑出声：“哈哈哈哈，你有病啊？！”

夏晴心想：真丢人。

沈然面无表情地从地上爬起来，指着宁一舟说：“你等着，我现在去叫我哥。”

“行啊，去啊，有本事让你哥去那边的巷子。”宁一舟怕被老师看见后叫他的家长，哼了声，骑着自行车去巷子里头等着，背影看上去嚣张极了。

落败的三人捡起书包，灰头土脸地去找还在学校操场上打球的叶子煜。

叶子煜今年十岁，个头比同龄人都要高，前年刚开始练空手道，虽然学习不好，在体育方面却很厉害，就不信那个宁一舟打得过他！

三个人你一句我一句，添油加醋地把宁一舟做的事说了一遍，叶子煜一听，果真爹毛，撸起袖子去巷子里找宁一舟算账。

约架这事传出去毕竟不好听，叶子煜本来学习不好也无所谓，怕的是弟弟妹妹们受牵连。他让叶芽他们待在原地不要走动，静等他凯旋，立即单枪匹马地闯入巷中。

五分钟后，叶子煜出来了，鼻青脸肿的样子，怎么看也不像是凯旋。

“哥，你败啦？”沈然道破真相。

“什么叫败了？”叶子煜捂着嘴，“那兔崽子找了一群人，那叫以多欺少，我输得又不丢人。”说着他蹲在地上缓气。

“哥哥，痛不痛？”

叶子煜看着妹妹漂亮的桃花眼，心瞬间软化：“不痛！”

叶芽耷拉着嘴角道：“真的吗？”

“真的！”叶子煜说，“哥哥是男子汉！不痛！”

“我看我们还是回家吧……”叶芽泄气，年龄差距摆在那儿，他们几个加起来都打不过宁一舟，继续打斗只会增加无谓的牺牲。她还不如好好学习，大不了再跳一级。

“不回家！我们去找大哥！”说话的动作幅度太大，不小心牵扯到伤口，叶子煜龇牙咧嘴地拨通视频电话，可是叶清河没有接。

“哥哥在上课。”

叶清河正在为明年的高考做准备，学习压力都很大，叶芽经常半夜睡醒后，还能看到他屋子里的灯亮着。

想到努力刻苦学习的哥哥，叶芽于心不忍地道：“算啦、算啦，我们要懂事点儿，不能让哥哥担心。”

叶子煜：“可是哥哥本来就是要关心弟弟妹妹的呀。”

他说得好像也有道理。

丁零零，叶清河打来了视频通话。

叶子煜急忙接听。

屏幕中的叶清河眉目温润，精致得好似画中人。

镜头里惨兮兮的四个人让他眼神愕然：“子煜，你和人打架了？”

四个人你一句我一句，添油加醋地把宁一舟做的事又说了一遍。

叶清河的表情逐渐严肃起来：“我知道了，你们现在在哪里？”

叶子煜报了地点。

“现在我向老师请假。你们不要动，我马上过去。”

大哥的语气让人安心。

此时宁一舟刚好和他上体校的表哥从巷子里出来，叶子煜咬牙切齿地道：“你们别走！”

两人回头。

叶子煜嘚瑟道：“我大哥马上来收拾你们，你们别走！”

对面的两人面面相觑，宁一舟看着叶芽：“我说你到底有几个哥啊？今儿一下午就跑过来仨，到底有完没完？”

叶芽诚实地回答：“我有四个哥哥一个姐姐。”

宁一舟吞了口唾沫：“你妈真能生。”

叶子煜不服气，梗着脖子回怼：“你妈才能生！我们是异父异母的‘亲’兄妹！”

宁一舟懒得搭理他们，骑上车正要离开，一道身影如风般闪来——叶清河。

少年身着白衬衫、校服裤，身形瘦削颀长，肩颈线条流畅，桃花眼与叶芽生得极为相似。只是他的气质太过温和，站在宁一舟那人高马大的表哥面前没有丝毫威慑力。

四个小孩儿委屈巴巴地蹲在地上看着他。

“你好，我是他们的哥哥。”叶清河决定和他们讲讲道理，哪有这么大的人欺负几个十来岁的小孩儿的，传出去也不怕人笑话？可是他想讲道理人家可不想讲道理。

人高马大的宁一舟表哥居高临下地打量叶清河几眼，握拳就向他的脸上揍来。

砰！他的拳头被一人的掌心抵住。

局势扭转，叶清河面露惊讶之色，惊愕地看去。

刚来的这人单手插兜，神色冷淡，手指用力收紧，手背青筋暴起，接住了这拳。

“沈昼哥哥。”叶芽眼睛一下亮了，站起身来激动地跺脚。

沈昼用余光扫了她一眼，小姑娘身上的衣服皱皱巴巴的，脸上黑一块灰一块，早上还整洁漂亮的辫子此刻散开，有几缕发丝贴在脸上。他的眉头微不可察地一皱，又对着夏晴几人挨个扫了一眼，目光总算发生了变化。

见沈昼也来了，叶芽、夏晴、沈然和叶子煜添油加醋地再次把宁一舟做的事说了一遍。

“来，我们谈一谈。”沈昼松手，长臂轻而易举地勾住了宁一舟表哥的脖子。

宁一舟的表哥这才发现沈昼个头很高，估计有一米八，眼神不像是十六岁的高中生，蒙着一层慑人的冷气。

“沈昼，”叶清河拦住他，“我看还是和家长商量一下吧，他们应该不是不讲道理的人，你别搞出事。”

马上就要高考了，叶清河不希望沈昼因此受伤，或者担上其他责任。

沈昼冷着脸没有回答，揽着沈一舟的表哥走进巷子。

他没有叶清河那样好的脾气，也清楚有些事情家长根本管不了。对这种人，拳头才是硬道理，他们只有知道疼了，才能知道什么该做什么不该做。

果不其然，宁一舟的表哥被沈昼收拾一顿后立马不横了，按着宁一舟的脑袋老老实实地向叶芽道歉，态度要多真诚有多真诚，最后离开时还踩到狗屎摔了个屁股蹲儿，不知是吓得还是运气不好。

沈昼甩甩手，弯腰把叶芽抱了起来。

“以后有人欺负你，就和我说，知道吗？”他掏出手帕擦去小姑娘脸上的灰，眼神沉稳，令人心安。

叶芽点点头，又眨了下眼：“可是沈昼哥哥忙的话怎么办？”

“我不忙。”沈昼说，“只有芽芽可以让我忙。”

叶芽笑了笑，搂着他的脖子咯咯地笑。

沈昼眼神变得柔和，又踹了踹还蹲在地上的沈然：“起来，请你们吃雪糕。”

听到“吃雪糕”三个字，小朋友们立马来了精神，齐呼“哥哥万岁”。

叶清河跟在沈昼身边，仍是不认同沈昼刚才的做法：“打架不好，以后别这样了。”

“我那不是打架。”沈昼面无表情地道，“是单方面碾压。”

纸包不住火，翌日宁一舟和他表哥的家长闹到沈昼的学校，决心讨要个说法。

本来在公司开会的叶霖川接到电话后立马随助理赶赴一中，前往老师的办公室。

叶霖川还未进屋，便听见尖锐的叫喊声传来。

宁一舟的父母和他表哥的父母围在老师办公桌前大吵大闹，沈昼沉默地站在一旁，眉心紧蹙，平静的视线下隐约带着几分不屑之色。

叶霖川的助理叩响房门。

屋子里的动静像被按下暂停键般停止，几道目光聚集过来。

叶霖川西装笔挺，领带打得一丝不苟，单手插兜，露出的腕表折射出漂亮的金属光泽。男人气势外露，压得人放缓呼吸，气氛骤然紧张几分。

“我是沈昼的父亲，听说他和人打架了？”

人到中年，叶霖川的嗓音依旧低沉好听。

老师回过神，急忙道：“叶先生坐下说。”

叶氏前两年进军科技市场，研发出的几款产品广受好评，目前学校所用的线上学习软件就是叶家赞助的。老师不敢怠慢叶霖川，毕恭毕敬的态度引起了宁一舟表哥的父母的不满。

“来得正好！你看看我家儿子被打成什么样？这就是欺凌，你们必须给我们一个说法！”

对方拽过宁一舟的表哥，指着他脸上的伤痕给叶霖川看。

沈昼手劲儿大，拳头狠，两拳打下去让他面目全非。宁一舟的表哥畏畏缩缩地站在父母跟前，都不敢正眼看沈昼一下。

“沈昼，你打他了？”

沈昼不避不让，迎着叶霖川的目光点了下头。

“他承认了！你们说怎么办？！”

叶霖川自动屏蔽那烦人的声音，以沈昼的性格来看，除非别人把他惹急了，不然他绝不会出手给自己找麻烦。

叶霖川用余光扫过周围，注意到静悄悄地躲在家长后头的宁一舟。叶霖川记性好，很快想起这是坐在女儿后座的小男生，上次开家长会的时候自己刚好见过对方一面。

叶霖川挑眉道：“你也打他了？”

沈昼一脸蔑视地道：“顺道。”

得，沈昼打人还带“买一赠一”的，不愧是他家的孩子。

宁一舟的父母也恼了：“你听听你说的话，我们家宁一舟就是扯了一下你妹妹的头发，你就打他，像话吗？我告诉你，这事不能就这么算了！”

叶霖川抓住重点：“扯叶芽的头发？”

“小孩子打闹。”宁一舟的母亲说，“结果你女儿就找来一群哥哥姐姐，幸好我们一舟厉害都打回去了，不然指不定受多重的伤呢。”她说这话的时候一副嘚瑟的表情，完全不觉得自己有什么错。

叶霖川轻哼一声，加重语气，一字一顿地道："你是说，你的儿子对我的女儿实施校园暴力不算，还把她上小学的姐姐哥哥都打了，是这样吗？"

宁一舟的父母瞪大眼，蒙了。

叶霖川笑得轻蔑："我儿子要是不反抗，是不是也要被打？"

宁一舟的父母被绕进他的逻辑里没出来。

"您说得对，这事不能算了。"叶霖川抬手对助理说："法律规定已满十六周岁的人犯罪应当负刑事责任。周助理，联系法务部。"

宁一舟和他的表哥两家人面面相觑，倒吸一口凉气。他们没……没听过小孩子打架还要找法务部的。

"等……等等。"他们果然慌了，匆匆阻拦道，"不就是小孩子不懂事打闹，用得着搞这么大吗？"

叶霖川感觉好笑："怎么，我要说法就是小孩子不懂事打闹，轮到你们要说法就是我儿子施暴？"

对方哑口无言。

叶霖川直视着对方，咄咄逼人道："我们家叶芽七岁就上了初中，我知道有人会因为她年纪小欺负她，所以会教育她保护好自己。同样，我也希望你们身为父母可以管好自己的孩子，如果你们管不好，自然有外人管，到时候管伤了还是管残了，那可就说不准了。"

对方还是没说话，一张张脸憋成猪肝色，一副不甘心的样子。

叶霖川才不管他们甘心不甘心，叶芽平常掉根头发他都心疼，哪轮得着外人揪来揪去？他就说昨天晚上她怎么回家早早就睡了，原来是被欺负了，心情不好。

叶霖川一肚子怨气，慢条斯理地继续说着："今天沈昼打人是在情理之中，抛去兄妹这层关系，那也是见义勇为要嘉奖的。至于你们家孩子所做的事，我并不能原谅。现在你们有两个选择，一、我联系律师处理；二、你们让你们的孩子当着全班师生的面向我的孩子道歉，承诺以后再也不骚扰欺负她。我也不是斤斤计较之人，毕竟你的孩子还小，诚恳认错我是会接受的。"

近两年来，叶家事业蒸蒸日上，产业链开枝散叶般蔓延至各行业。宁一舟和他表哥的父母本来想借着这次机会讹点儿钱——毕竟这些有钱人不差这么一点儿钱，也不会浪费时间和他们周旋。他们万万没想到叶霖川竟然真的愿意把时间浪费在这种事上！

胳膊拧不过大腿，想到叶家的势力，他们马上服软，不情不愿地做出了选择——男孩子道个歉没什么，要是摊上官司，前途可能就没了。

“那老师，沈昼我就先带出去了。”

事情得以解决，老师松了口气，让沈昼跟着叶霖川离开。

沈昼待会儿还有课，叶霖川也不想耽误他，神色一改先前的肃穆，眼梢带笑，慈爱又温和地说：“昨天晚上怎么不和我们说这事？”

沈昼淡然地说：“没什么好说的。”

叶霖川没有再问，拍了下他的肩膀：“下次有这种事记得告诉我们，你现在不是一个人生活了。”

这话触动了沈昼的心弦，他目光闪烁，低声嗯了一声。

此时两个女生红着脸从沈昼身旁经过，匆匆看了他一眼便娇笑着移开视线：“听说沈昼昨天和人打架了，好帅啊！”

这个年纪的女生总是对好看的男孩子抱有莫名的憧憬。

沈昼习惯了别人对他的议论，不为所动，眼神都没飘过去一下。

看着那两个跑远的小姑娘，叶霖川忍不住揶揄道：“你们学校的小姑娘都挺好看的，你有喜欢的人吗？”

“叔叔。”沈昼淡漠的神情总算有一丝丝松动，“我快高考了。”

“无论什么时候谈恋爱，都要注意保护……”

“叔叔！”

见沈昼真急了，叶霖川急忙停住：“好，我不说了。”唉，现在的孩子，长大了就嫌长辈唠叨，实在让大人操心。

“我和叶清河晚上要留在学校复习，晚点儿回去，您帮我和芽芽说一下。”

“嗯。”

叶霖川目送沈昼进入教室，转身离开。

第二天宁一舟就当着全班师生的面向叶芽道歉，也按照叶霖川要求的那样承诺不再欺负她。他这样做的效果十分惊人，往后几年时间叶芽在班里都是横着走的，别说被欺负，别人在她面前大气都不敢出一下。

同时七岁的叶芽也意识到一个问题——她要学武！

叶芽站在镜子前，手上握着把寒光闪烁的剪刀，大眼睛眨了一下，镜子里的自己也跟着眨了一下眼。

她的头发长到了腰部，乌黑油亮，在阳光下微微泛紫，漂亮是漂亮，碍事也是真的碍事。

叶芽深吸两口气，心一横，眼一闭，握起剪刀，只听咔嚓一声，长发齐耳断开，掉满水池。脑袋瞬间轻松不少，叶芽正要继续时，剪刀被夺去，她整个人被悬空抱起。

“叶芽！”叶霖川怒吼，“你在做什么？！”

叶芽将双手背在身后，大胆地迎着叶霖川愕然的目光，声音娇甜又坚定：“我要把头发剃光光！”

“啊？”

“我不上学了！”

“啊？！”

叶芽小脑袋仰得高高的，嘴巴也噘得高高的：“我和晴晴姐姐约好了，我们要去山上学武。你看，行李都收拾好啦。”她手一指，只见粉红色的行李箱静静地贴墙放着。

叶霖川觉得胸口疼，但更让他胸口疼的事还在后头。

只听一声尖叫声响起，父女俩一起扭头。

余研脸色苍白，瞳孔收缩，难以置信地看着叶芽那头狗啃过一样的头发。她僵硬地转动脖子，目光落在叶霖川手中的剪刀上。

周围诡异地安静下来，叶霖川心里顿时产生了不好的预感。

下一秒，余研的神色沉了下来：“叶霖川，你跟我来一下。”

她叫了全名，叶霖川脑门上的汗唰地出来了。

“不……不是……”叶霖川放下剪刀心急火燎地追上去，临走前不忘回头警告叶芽道：“十分钟内把行李放回去，听见没有？”

紧接着传来他放软的哀求声：“你听我解释，不是我剪的，真的。你……

你别揪我的耳朵，又不是我小时候了你还揪我的耳朵，你……你别……我错了……”

啪！巨大的关门声震得叶芽肩膀抖了一下。

她鼓了下腮，拿起剪刀又跑回洗手间。她这回聪明了，懂得把门反锁。

“你的头发好像西瓜皮呀。”

洗手间的花在取笑她，叶芽假装没听见，咔嚓咔嚓地对着脑袋修修剪剪。

“今天我们要学外语吗？”

另一朵花是东洋留学花，叶芽每天都跟它学外语，效果显著。

她摇摇头说：“我要去山上啦。”

“啊？”

“我要学武，这样别人就打不过我了。”叶芽胸怀壮志，对着镜子来了套李小龙的招牌动作。兴致高昂的叶芽没注意手上的剪刀，锐利的刀尖直接扎上脑门，瞬间划开一道血口子。

啪嚓，剪刀掉在了水池里。

血顺着伤口滑到眉心，叶芽的嘴角撇了下去，泪水蓄满眼眶，眼看泪珠子要掉下来时，她硬生生地忍住了，没哭出来。

不哭、不哭，她要等着哥哥回来再哭。

叶芽眼泪汪汪地拍了拍自己的脑袋，捂着受伤的额头匆匆敲响父母的房门，强忍哽咽地道：“爸爸！爸爸！我流血啦！”

小姑娘嗓门大，顿时惊动了全家人。

叶芽忍着没哭，顶着一脑门的血站在卧室门口。叶霖川和余研吓坏了，手忙脚乱地做好应急措施，抱着她就往医院赶。

伤口不算深，但是要缝针。

缝针的时候叶芽不哭不闹，一声没吭。医生不禁夸她坚强，她还是绷着脸没说话。最后缠上纱布，叶芽被叶霖川抱着离开医院。

夫妻俩被叶芽吓到虚脱，回到家后才想起要教训小姑娘。

“叶芽，谁准你玩剪刀的？”叶霖川板着脸厉声呵斥道。

叶芽捂着脑门紧紧地贴在叶子煜旁边，心虚得没敢抬头看叶霖川，盯着脚尖嘟囔道：“没人准。”

“没人准你还敢偷偷玩？你还把自己的头发给剪了，怎么着，你要出家当尼姑？”

叶芽骨碌碌地转了转眼睛，抬头看他一眼又迅速低下头，说：“你要是准了，我不就不偷偷玩了嘛。”

她说得有理有据，令人无法反驳，叶霖川气得差点儿一口气没上来：“你的意思是，这一切是我的错？”

叶芽点头：“嗯！”

“你还嗯？！”叶霖川瞪大眼，对这回答诧异不已。

眼瞧着他要冲上来打人，叶芽像受惊的兔子般瑟缩到叶子煜身后，用他的身体遮挡叶霖川气急败坏的目光。

“爸，你不准对叶芽发脾气——”叶子煜伸手挡住叶霖川，“你打她，我和你拼命！”

逆子!

“就是！叔叔对芽芽和子煜哥发脾气，我也和你拼命！”沈然说。

两个“逆子”！

叶霖川拿他们没办法，僵持许久后妥协，让余研送叶子煜和沈然上楼，自己和叶芽坐在沙发上来了场父女对话。

叶芽坐得很乖，双腿并拢，双手交叠放在膝上，脊梁挺得直直的，细细弯弯的眉毛下是一双湿润漂亮的眼睛。

叶霖川就想不明白了，为什么看起来这么听话的小姑娘一闹起来就无法无天？

“芽芽，我是不是说过小朋友不可以玩危险的东西？你为什么就是不听？”

叶芽：“因为我是小孩子。小孩子就喜欢玩危险的东西，这是天性，你不能扼杀我的天性，这是不对的。”

叶芽眨眨眼，不住向大门张望：“哥哥什么时候回来呀？”今天是周六，按理说叶清河和沈昼是不上课的。可是两人为了能在高考中取得好成绩，每到休息日都会去图书馆多学习一段时间。她算算时间他们也该回来吃饭了。

额头上的麻药的药效已过，伤口一抽一抽地疼，叶芽最怕疼，受伤的时候忍了会儿，去医院时忍了一路，回来时又忍了一路，现在眼泪快憋不住了。

叶霖川放稳呼吸告诉自己要冷静，伸手把叶芽拉入怀里：“你告诉爸爸，为什么要剪头发？你不是很喜欢妈妈给你编辫子吗？现在头发没有了，还怎么编辫子？”

叶芽摸了摸光秃秃的后脑勺，以前头发长，天热的时候黏黏的，贴着皮肤非常不舒服，剪短后跑一路也没觉得难受，清爽极了。

“哥哥们什么时候回来？”叶芽又问。

叶霖川酸楚地道：“你怎么就记得你的哥哥们？你就不能念叨一下你爹？”

叶芽顺着他的话问：“爹，哥哥们什么时候回来呀？”

叶霖川张嘴刚要说话，大门被打开，叶清河和沈昼说说笑笑地进来。

望着不远处的那两道熟悉的身影，叶芽从叶霖川的怀里跳出来，颠颠地跑到他们身边，在两人还没有反应过来时哇的一声大哭出来。

目睹她所有行为的叶霖川眉头一跳，表情顿时一言难尽起来。所以……她不哭不是因为坚强，而是要把眼泪留给哥哥们？

叶霖川承认自己又吃醋了。

“芽芽的脑袋怎么了？”

“又有人欺负你？”

两个哥哥都没来得及放下书包，就蹲在叶芽身边关切地询问。他们不关心还好，一关心叶芽的眼泪掉得更凶，她抽抽搭搭地哭着，除了哽咽一句话也说不出来。

“不哭、不哭，哥哥给你拿冰激凌吃好不好？”叶清河把叶芽抱坐到腿上，掏出手帕擦拭着她脸上的泪水，“想吃什么味道的？哥哥现在就去给你拿。”

“巧……巧克力……呜哇！”叶芽回了三个字后继续哭。

叶清河给了沈昼一个眼神，沈昼意会，静默不语地向厨房走去，再出来时手上多了盒巧克力味道的冰激凌。平常余研对叶芽的零食摄入量把控严格，夏天再热都不能让她随便吃冰激凌。叶芽见到心心念念的冰激凌盒，抽噎声小了许多，眼巴巴地瞅着它。

沈昼拆开包装，舀了一小勺冰激凌送到叶芽的嘴边。

她吃了一口，不哭了。

叶霖川心想：这真是手足情深，没人把自己放在眼里，呵呵。

叶清河放下书包，抱着叶芽坐到沙发上，等她吃完半盒冰激凌才开始问：“芽芽的额头怎么了？”

叶芽抽了抽鼻子，边吃边说：“爸爸没有照顾好我，害我玩剪刀，才这样的。”

“大孝女”叶芽毫无愧意地把所有责任都推到了叶霖川身上。

他们的老父亲重重地叹息，靠着沙发不想说话。

“头发呢？也是爸爸的原因？”

叶清河又注意到她那头像狗啃过的头发，要不是叶芽长得漂亮，现在就是一个村子里跑出来的傻小子。

叶芽神色坚定地道：“我想去山上学武，剪短的头发代表我的决心。”

叶清河差不多清楚了事情经过，忍不住说：“那你的决心已经足够了。”血都流了，医院都去了，可不就足够了？

想到这些天发生的事，叶清河温柔地抚摸着妹妹的小短毛：“女孩子学点儿防身术也好，不过山上就不必去了。你可以问问夏晴，要是她愿意，可以让爸爸找个私教教你们。”

这不失为一个好主意。

叶芽果真点头应下。

解决完这些事，叶清河又忧心地看向她的伤口：“伤得重不重啊？不会留下疤痕吧？”小姑娘要是因此破相，那可就糟糕了。

叶芽总算吃完了冰激凌，想到第二盒冰激凌可能遥遥无期，瞬间心痛地舔了舔勺子，仰起头眼巴巴地瞅着沈昼。他面无表情地避开她的视线，顿了顿，从口袋里掏出一颗糖。叶芽又开心了。

“医生叔叔说不会留疤。”

叶清河松了口气，又温和地对着小姑娘教育了一番。面对兄长，叶芽没有顶嘴。他说一句，她点一下小脑袋，要多听话有多听话。

很快到了晚上，叶芽在睡前与小姐妹夏晴通了次电话。夏晴今天同样向父母提出要去山上学武，结果也被教育了，最后二人一致决定，既然去不了山上，那在家学也是一样的！

夜深了，三楼卧室突然响起敲门声。

还没有睡的叶霖川上前开门，门外空荡荡的，一张小卡片落在脚边。

叶霖川弯腰捡起卡片。

卡片上画着一幅画，画的是一个额头受伤的小姑娘被大人抱在怀里，旁边写着一行秀气的小字——“谢谢爸爸送芽芽去医院”。

叶霖川抿唇笑了下，宝贝似的把小卡片揣在怀里，再把它掏出来偷偷放在保险柜的盒子里。那个盒子里放着各种各样的小玩意儿，都是叶芽从小到大送给他的，叶霖川很珍惜，比对珠宝还要珍惜。

时光流逝，转眼沈昼和叶清河高中毕业，将要前往A城读书。他们两个虽然在同一座城市却没有在同一所学校，沈昼考入的是A大金融系，叶清河则是医科大。两个人对未来的目标很明确，沈昼不想辜负叶霖川的厚望，所以选择在未来帮助他打点公司，为叶霖川分担工作上的压力；叶清河曾在鬼门关前走了一遭，便立志当医生，救更多的人。

A城有些远，两人一走估计半年都回不来。

叶芽没有送他们，站在房间的窗前静静地看着他们的身影远去。等再也看不见两人后，她躲在被子里偷偷哭了好久。

分别的时刻总要来临，就好像她总要长大，叶芽知道，时光不会停留。

叶芽十三岁时，沈昼已经二十二岁了。他已经大学毕业，一边读研一边留在A城分公司工作。工作与学业上的忙碌让沈昼很难抽空儿回家，有时候连通电话的时间都没有。叶芽心有怨气，终于在某天放学后买了连夜去A城的车票，准备偷偷摸摸地给两位哥哥一个惊喜。

沈昼和叶清河没住在一起，一个在城东，一个在城北，考虑到沈昼的公寓距离车站比较近，叶芽下车后拎着行李直奔沈昼的住处而去。

她沿路拦了辆出租车：“师傅，我去尚都新城。”

叶芽穿着条牛油果绿色的格子裙，头发到肩，面庞稚嫩，怀间抱着米白色的小书包，挂在上面的兔子吊坠一晃一晃的。女孩儿五官精致，眉眼似画，漂亮得不像真人，司机不禁多看她两眼，发动汽车。

“小姑娘一个人？”司机突然搭话。

叶芽抱紧小书包，警惕地拿出手机，准备随时点开紧急求助程序。

“小朋友一个人出来很危险的。”司机又看了看她旁边的行李箱，“不会是去见网友吧？小朋友不能随便相信陌生人的。”

叶芽把手机揣回小书包里：“我去找我哥哥。”

“那就好。”司机也松了口气。如今网络发达，网络骗子也多。这么漂亮的小姑娘，又形单影只的，司机难免多留个心眼儿。得知她的去处后，司机便没再继续说话，送她前往尚都新城。

尚都新城是叶氏旗下的资产，地处寸土寸金的繁华区域，闹中求静。小区设有森严的电子密网，没有磁卡或是密码根本无法进入。叶芽被阻拦在外，与屏幕上的 AI 大眼瞪小眼。

“抱歉芽芽，你不能进去。

“需要我为你联系家人吗？

“小孩子不可以乱走哦。”

赵辰星的芯片的技术应用已在去年研发完成，以此为基础的 AI 技术投入到多个领域，研发者保留了其中有关叶芽的记忆信息，只要叶芽遭遇特殊情况，AI 便会有所反应。比如夜里十点后她突然出现在陌生城镇，AI 会贴心地向她询问需不需要帮助；她发出求救信号，AI 会直接把位置信息发送到就近的警局，确保她不会遭遇危险。

AI 会在任何地点、任何时间，不受时空束缚地守护她。

“不用了，谢谢辰星。”

“我不能放你进去，但是我可以给你唱歌。”屏幕上的赵辰星眼睛扑闪了一下，清了清嗓子，“夜长长，雪漫漫，迷路的星星在想家……”

这是叶芽三岁时唱给赵辰星的曲子，他闲来无事会唱给别人听。

月明星稀，夜空尽头是流光溢彩的繁华街巷。尚都新城与那片热闹景象格格不入，被绿荫和湖水包围的公寓零星亮着几盏灯，没人出来也没人进去。叶芽遥望着矗立在夜空下的大楼，抱紧小书包，默默地蹲在路边。

叶芽发了一条信息：“沈昼哥哥，你什么时候回来呀？我来找你啦！”

叮，信息发送成功，显示未读。

她又打了电话，无人接听。

叶芽下巴撑在手臂上，眼帘低垂，白嫩的手指头拽扯着鞋带。晚上的时间似乎总是格外漫长，就连周边的花草都睡着不再和她说话了，风停了，天边的云仍在流动，她的世界陷入寂静。

手表的时针缓慢地指向“11”的位置，气温开始下降。

叶芽出来的时候没有穿外套，裸露在外的双臂感觉到凉意，估计是在外吹风的时间太久有些着凉，隐隐感觉小腹不适。她揉揉小腹，眉毛慢慢皱成一团。

等着等着就困了，叶芽接连打起哈欠。

大脑昏沉之际，两道光束从不远处射来。叶芽眯起眼，抬头看了过去。

行驶过来的黑色轿车的车身几乎与夜色融为一体，车窗里映出男人模糊的面庞。她双眼放光，扯着书包带子从地上蹦起，满心期待地等着对方靠近。

车速逐渐放缓，车子终于在她面前停下。

车门打开，沈昼从驾驶位上走下来。

霓虹灯光下的青年身姿挺拔，被黑色西装衬得气质非凡。黑暗将他那头墨发笼罩，他也更显得眼神漠然。时光让曾经的青涩少年变得内敛沉稳，骨子里的冷漠却一如当初。他那双狭长的凤眼紧盯着叶芽，脸上没半分情绪。

本想着扑过去讨个抱抱的叶芽面对着这样的眼神立马退却，喜色慢慢收敛，将双手背在身后，十分乖巧地站着。

“上车。”他嗓音低沉地说罢，又坐进驾驶室。

叶芽想了想，拖着行李箱坐上后座。

沈昼刷卡进门，打着方向盘将车子驶向偏道。

他的手很好看，开车时格外让人觉得赏心悦目。

叶芽小心翼翼地抬了下眼皮。

沈昼的眉眼一半藏在阴影中，唇瓣紧闭，神色冷漠。

叶芽感觉小腹更疼了。

“你出来的时候和叔叔说了吗？”

叶芽捂着小腹沉默。

他用余光扫向后视镜，将车子停好，绕到后面把她的行李箱拖了下来。

叶芽心虚，蔫蔫地跟在后面。

沈昼已走进电梯，见叶芽一直低着头，眉头微微皱了下。

“干吗一直捂着肚子？饿了？”

“我肚子疼。”她低低地吐出四个字。

沈昼神情骤变，语气瞬间变得柔和：“哪儿疼？”

叶芽戳了戳小腹："这儿。"

他打量了一番她的穿着，脱下外衣披在她身上，宽大的外衣把女孩儿裹得严严实实的。

"要不要去医院？"

叶芽摇头说不用。

其实她疼得也不是很厉害，就是腹部有下坠感，不舒服。叶芽紧皱小眉头，突然感觉一股热流向下涌出。她表情僵住，火气从脚底蹿上脑门，白嫩的脸蛋瞬间红得像晚霞。

电梯到了，沈昼暂时没发现叶芽的情绪变化，拖着行李箱走出电梯，输入密码将房门打开。叶芽夹紧双腿，慢吞吞地往电梯外头挪动，到门口时却没有进去。

"怎么了？"沈昼回头看来。

迎着那双黑白分明的眼眸，叶芽觉得耳根更加滚烫。

"芽芽？"沈昼的眼神更加困惑。

叶芽双手护着小腹，躲闪的神色令沈昼一怔，紧接着他眉心松动："生理期到了？"

她没回答，脑袋耷拉了下去。

"没关系。"沈昼拍拍叶芽的小脑袋，轻声安慰，"这是身体正常的表现，也说明芽芽长大了，不用害羞。"

沈昼从叶芽三岁起就开始照顾她，看着她一点点长大，除了欣慰外并没有过多情绪。叶芽跟他的心理不同，是个正处于青春期的懵懂小姑娘，哪怕是对着从小到大生活在一起的沈昼也会感到羞涩与难堪。

"阿姨给你准备那些东西了吗？"

叶芽点点头，又摇了摇头。

余研是准备了，不过叶芽一直没有来月经，就没有随身带着，哪想到这么突然，专门挑她出门的时候来。

沈昼深深吸气："那你去休息一下，我去买。"

叶芽总算抬头，高高地举手，磕磕巴巴地道："我……我自己去！"

"这么晚了，我不会让你一个人下去的。"沈昼扯下领带，将其卷成一团随意地丢在桌上，"乖，先去休息，然后给叔叔打个电话，估计他很着急。”

沈昼看到她发的信息的那一刻先是着急，接着是生气，随即结束工作匆匆往家里面赶。他本来想着要好好教育她一顿，可是看她可怜兮兮的，瞬间什么气都消了，别说教育，大声说话都不舍得。

“我出来的时候发短信啦。”叶芽认真地道，“真的，我说来找你们。”

说完她揉了揉空空的肚子，仰头撒娇道：“沈昼哥，我饿啦……”

她下了课便直接买票过来，一晚上什么也没吃，早就饿得前胸贴后背。

沈昼摸了摸她的头：“好，我顺便买菜给你做饭。”

叶芽眼睛发亮，得寸进尺地道：“我想吃烧烤。”

“不行。”沈昼一口否决，头也不回地出门了。

沈昼再回来时，手上多了大包小包的吃的和用的东西，除了卫生巾，他顺便还给叶芽买了换洗的内衣与睡裙，可谓十分细心。只不过内裤上的图形太过儿童化，让叶芽梦回童年。

她洗漱完，换好衣服往桌上一趴，眼珠子便跟着厨房里忙碌的身影转。

沈昼系着围裙在厨房忙碌，他的后背宽阔，掌勺的动作熟练，已是做了千万遍饭才有的模样。叶芽记得小时候父母不在家，沈昼都会偷偷给他们开小灶，做一些平常家长不让吃的东西。

可是随着叶芽长大，沈昼好像也不再惯着她了，开小灶的快乐生活逐渐离她远去。

叶芽枕着胳膊，回想着以前的点点滴滴，困倦让她忽略了心底萌生的情愫，昏昏欲睡时，耳畔响起刻意放轻的声音：“芽芽，吃饭了，不要在桌子上睡，会着凉。”

食物的香气飘入鼻间，肚子里的馋虫被勾醒，叶芽吞咽了一口唾沫，揉揉惺忪的眼坐直身体。餐桌上摆着两菜一汤，主食是米饭，考虑到晚上不宜吃太油腻的食物，沈昼便没有做肉菜，都是清淡的蔬菜。

叶芽不挑食，只要是沈昼做的东西都可以吃下，美中不足的是没有配菜的饮料。

她舔一舔嘴角看向沈昼：“我想喝可乐。”

“不行。”沈昼垂眼吃着米饭，全然是不容商量的语气。

“那我想喝水。”

沈昼起身倒了一杯水放在她面前。

叶芽看着那冒着热气的白开水，嘴巴高高地噘了起来。

沈昼笑得宠溺："乖，多喝热水对身体好。"

啊啊啊，叶芽捶胸顿足，没有"肥宅快乐水"她再也快乐不起来了！

叶芽十七岁时已出落得亭亭玉立，可是因为年纪小，大学的哥哥们都把她当小妹妹看待，有的新入学的大一新生想和这位小学姐来一段"禁忌恋"时，都会被她身后的几股"势力"吓跑。

正值花季的少女叶芽和很多女生一样，喜欢追剧、看动漫，喜欢漂亮的花裙子、小包包，也期待一段属于自己的甜甜的恋爱。

可是家人生怕叶芽受骗，对她身边除了家人外的男性都抱有很大的敌意。

夏晴："沈然回家了吗？"

叶芽看向时间，八点，沈然还没有回家，估计又和夏晴闹矛盾了。

叶芽："晴晴姐姐你又欺负沈然啦？"

每次沈然被夏晴欺负，都会躲起来不回家。

夏晴："我就是亲了他一口，他就跑了。"

夏晴的语气轻描淡写，叶芽对着屏幕上的字瞪大眼睛，倒吸一口凉气，手指头颤颤巍巍地打字："你……你们谈恋爱了吗？！"

夏晴和沈然正在读大学，那所大学距离叶芽家就两条街，他们和叶芽每天都碰面，叶芽怎么不知道他们在一起了？

夏晴："不要这么大惊小怪啦，对了，不要告诉我妈和我小叔，他们会打我的。"

叶芽半晌后才从惊愕中回过神，酸溜溜地感慨道："我也想谈恋爱。"

夏晴："不行！早恋是不好的，你不可以早恋！现在的男孩子一点儿都不成熟，配不上你！"

听听，这说的是人话吗？

此时敲门声响起，门外传来叶子煜的说话声："芽芽，沈昼哥回来啦。"

听到沈昼的名字，叶芽一个翻身从床上蹦起，胡乱地扒拉了两下头发，穿着拖鞋嗒嗒地跑下楼。

沈昼这次并不是一个人回来的，与之结伴的还有一个女人。女人唇红齿白，留着大波浪鬈发，黑裙勾勒出妖娆的身姿，与高大挺拔的沈昼站在一起甚是登对。叶芽放慢了脚步，好像被一桶凉水当头浇下，喜色消失。

“你就是沈总的妹妹吧，我是肖薇。初次见面，这个送给你。”女人笑容大方得体，把一个精致的小盒子递到叶芽面前。

叶芽看了一眼，没接。

“芽芽……”旁边的余研轻轻拉了下叶芽的袖子。

叶芽不情不愿地接过礼物，随便找了个借口回屋躲开饭局。

肖薇走后，沈昼推门而入。

“给。”沈昼把一盘精致的小点心放在桌上，叶芽看都没有看一眼，默不作声地翻书。

“怎么了？”

叶芽鼓着腮，轻哼一声别开头，不搭理他，可以见得小姑娘是生气了。

沈昼抿唇笑了笑，特意逼近看她的脸色，伸手轻轻地蹭了蹭她软软的脸蛋：“确定不吃？我亲手做的，真的不吃？”沈昼端起盘子在她面前晃了晃，叶芽咕噜咽了口唾沫，快速抓过一块小点心，背对着他三两下吃了个干净。

有点儿好吃，叶芽舔舔嘴角，把整个盘子拿了过来。

沈昼感觉好笑。

又吃了几口，叶芽悄悄回眸，对着男人那英俊的眉眼陷入沉默，半天后才嚅动着嘴唇道：“沈昼哥哥……”

“嗯？”

“你是不是谈恋爱了？”

她问完，红了眼眶。

沈昼一怔，扑哧一声笑了：“你就是因为这个不开心？”

“我不要你谈恋爱。”眼泪说来就来，她一边抽抽搭搭地哭，一边往嘴里塞着小点心，腮帮像小仓鼠一样鼓鼓囊囊的，口齿不清地说，“你……你不可以谈恋爱，我不要你谈恋爱……”

她觉得沈昼谈恋爱的话，就再也不会有人给她做好吃的了，她和爸爸吵架也再没有合适的地方躲了。

叶芽悲从中来，拿着点心趴在床上可劲儿地哭。

“沈昼哥哥没有谈恋爱。”沈昼拍了拍叶芽的肩膀，“肖薇是我们的合作伙伴，这次过来是和叔叔一起商量投资方案的。我答应你，在你十八岁前都不会谈恋爱，好不好？”

哭声戛然而止。

叶芽回头，泪眼蒙眬地确认道：“真的吗？”

沈昼颔首：“真的。”

她慢吞吞地爬起来把最后一口小点心吃干净，揉揉眼睛，小心翼翼地挪到沈昼的怀里，一把抱住了他。他的胸膛比小时候宽厚，唯一不变的是让叶芽安心的体温。他们从小一起长大，父母不在时都是沈昼在照顾她，叶清河是医学生很忙，家长会以及学校其他的一些重要活动都是沈昼代为参加的。

他们相依相伴，叶芽依赖沈昼超过任何人。

可是她想起来，沈昼已经二十六岁了，是适婚的年龄。等他有了自己的家庭，一定不会像现在这样宠着她、抱着她。对他和未来的妻子来说，叶芽才是那个外人。她再也不能肆无忌惮地依赖他了。想到这儿，叶芽便不好受起来，又埋在他的怀里偷偷地哭。

“芽芽又不是小孩子了，怎么还哭？”沈昼捧起她的脸蛋，抽出纸巾轻柔地擦了擦小姑娘脸上的泪痕。

“我不要你找女朋友……”叶芽拉上他的衣袖，哽咽着道，“沈昼哥哥，你别找女朋友，你……你要是想找女朋友，等我长大后嫁给你好不好呀？”

叶芽觉得自己真是个小机灵鬼。她要是当沈昼的老婆，这样每天都能吃好吃的东西，也不用担心沈昼再娶别人，岂不是一举两得？

不承想沈昼脸色骤变，直接把她推开，脸色比任何时候都要严肃：“叶芽，哪怕你是小孩子，这种话也不该乱说。”

叶芽为自己辩解：“我十七岁了，不是小孩子了。”

沈昼倏地起身，神情严肃：“我就当你不懂事乱说话，以后不可以这样了。”

“可是我没乱说话！”叶芽急了，从床上跳起来，“我要当沈昼哥哥的老……”

“婆”字被堵在了他的掌心里。

叶芽骨碌碌地转着眼珠，眼睛眨了眨，与他对视。

沈昼压低声音道：“要是让叔叔听见这种话，他会怎么看待我？叶芽，你从小到大都是聪明懂事的孩子，不管你是心血来潮还是单纯开玩笑，我都不希望再听你说这种话，这种玩笑一点儿都不好笑，这种想法你也不应该有。”

他松开手，扯了扯领带退出房间。

屋子里静悄悄的，阳台处传来花草们的嘲笑声。叶芽去把窗户关好，又呆坐了一会儿。她那些话并不是玩笑话，她很乖，不会随便开这种玩笑。反正沈昼早晚是要结婚的，为什么不可以和她结婚？

叶芽想不通，挠挠头联络了夏晴。

叶芽发信息：“晴晴姐姐，我有一个朋友遇到一些感情上的麻烦。”

叶芽这一招叫无中生“友”，夏晴果然上套。

夏晴：“什么麻烦？”

叶芽回复道：“她有一个一起长大的哥哥。她很喜欢哥哥，可是哥哥不接受她，你觉得她该怎么办呀？对了，这个朋友比她哥哥小八九岁。”

夏晴：“男人嘛，都喜欢追求刺激和新花样。你让这个妹妹改变一下形象，不出一个月就能拿下她的哥哥。”

叶芽问道：“怎么改变形象？”

夏晴：“比如你可以让你的朋友叛逆一回，女人不坏，男人不爱。”

夏晴回复完，质问道：“等等，那个朋友不会是你吧？”

夏晴：“你想勾引清河哥？！犯法的芽芽！这是违法行为！”

叶芽回复道：“你的想法可以再折中一下。”

夏晴：“沈……沈然？听说你小时候还看过他的屁股。我们俩毕竟一起长大，同穿过一条裙子，现在也不是不能……嗯……”

叶芽回复道：“晴晴姐姐，沈然哥知道你这样说可是会伤心的。”

夏晴：“他伤个屁心，狗男人没有心。”

夏晴又和叶芽说了很多，两人一直聊到凌晨两点。第二天叶芽顶着黑眼圈起床，告别家人前往学校研究室。她大学选的是生物系，主要学习方向为植物学研究，作为可以听懂植物话语的人类，叶芽可以轻松胜任这项工作。

学校旁边是一家理发店，脑袋昏昏沉沉的叶芽在看到理发店外玻璃上的巨大海报时顿时清醒，脑海里回响起夏晴说过的话。

她眨眨眼，鬼使神差地走了进去。

“你好，请问做什么发型？”

看到屋子里的“托尼老师”们顶着不同的发型，叶芽胸口憋着一团火气。

她决定了，她要叛逆！

叶芽深吸口气指着自己的脑袋，中气十足地大喊了一声：“我要把这玩意儿染成绿色的！”

平地一声惊雷，“托尼老师”们兴奋了。

四个小时后，叶芽头顶绿色爆炸头走出理发店。

她迎着无数路人的目光在门口站了会儿，最后转身朝跟来时相反的方向走去。

叶芽生平第一次逃学了。

孤独の（的）天使：“ゆ哥哥，硪娿以呿酒巴ロ马ゆ？（哥哥，我可以去酒吧吗？）”

正在午休的叶清河刚打开信息就看到这段“辣”眼睛的文字。他对着叶芽的新ID沉默了会儿，复制她发来的信息内容在浏览器里搜索，结果为哥哥，我可以去酒吧吗？

叶清河回复：“不可以。”

孤独の天使：“蛾僦随便問噎下玠，叛縋钕駭ィ不懦要听另り薏梘。（我就随便问一下你，叛逆女孩儿不需要听别人的意见）”

她这是受什么刺激了？不过叶清河仔细想了想，青春期的小姑娘情感躁动，容易被新奇的事物吸引。他要是一直反对，怕是会引起反效果，不如带她去酒吧，等她的新鲜劲儿过了，就好了。

叶清河：“行，晚上哥哥带你去，我下午刚好没工作，你要来吗？”

叶芽想了想，乖乖地回复了一个“好”字。叶清河任职的医院就在学校附近，她步行前往叶清河所在的科室，远远就看到正和护士商量病例的叶清河。

他穿着白大褂，如同一棵雪松，气质温和，眉目英俊，浅笑盈盈地与旁人交谈着，骨子里的优雅气质让他看起来像一块温润的玉，没有丝毫攻击性。叶清河合上病例，用余光一扫，顿时被刺眼的绿东西吸引了注意力，目光往下看到的是叶芽白嫩乖巧的面庞。

呼吸一顿，叶清河捂着胸口慢慢地靠在墙上。

护士瞬间紧张起来："叶医生，您没事吧？"

"没事。"叶清河摇头，"胸口有点儿疼。"

护士想起叶清河曾患过心脏疾病，神情更加紧张："要不要联系科室检查一下？"

"不用。"他就是受到的刺激太大，一时接受不了这件事罢了。

"你先去忙吧，我没事。"叶清河深吸口气向叶芽走去，努力不去看那头绿毛，然而视线还是忍不住被吸引。叶清河用了几分钟时间才组织好语言："宝宝，这是假发吗？"

"染的！"

叶清河的胸口更疼了。

"怎么突然想染头发？还……还是这个色？"叶清河想不出合适的措辞，表情变得一言难尽起来。

"我想叛逆！"

好吧，她叛逆吧。谁没叛逆过？

"哥哥，我好看吗？"叶芽忽闪着大眼睛，眼巴巴地等着哥哥的回答。

空气寂静，气氛尴尬，周围响起一阵笑声。

叶清河慢慢地点了下头："好看。"

叶芽果然笑了，笑起来像是"人形绿毛龟"。

再后来，叶芽被她爸狠狠地骂了一顿，叶霖川亲自买来染发剂把那头绿毛染回了黑色。

呵，老男人都欣赏不了潮流的美。

头发虽染回来了，叶芽追求幸福的决心可是很坚定的。

她有事没事就去沈昼的公司晃悠一圈，费尽小心机、小手段刷着自己的存在感。沈昼开始还搭理她，后来直接把她当空气无视。叶芽天性乐观，就算沈昼无视她，一个人也玩得开心，看起来没有受到任何影响。

沈昼觉得这样下去不是办法，终于在某天结束工作后把她约到餐厅，决定和她好好聊一聊。

以前他们那是吃饭，现在叶芽觉得这叫约会。

叶芽当天打扮得漂漂亮亮的，特意涂了口红，拎着小包包出现在包间里。

小小的包间里布置得很温馨。

沈昼没有在意她身上的裙子，也没有看她特意涂抹的口红，沉默地倒了杯热茶放到她跟前。

他很严肃，叶芽也不禁正襟危坐，严肃起来。

“你现在每天跑出来，荒废学业，导师不会有意见吗？”

他的声音好听，语气不疾不徐。

叶芽扯着裙角，嘟囔道：“我都是做完了事才跑出来的，没有荒废学业。”

“嗯，那就好。”沈昼轻抿了一口茶水，烛光的残影在那双好看的眼睛里微微摇曳。

“你每天缠着我，到底想要做什么？”

叶芽直视着他的眼睛：“我想和你结婚。”

“为什么想和我结婚？”

“我喜欢你。”

“那你为什么喜欢我？”

“我喜欢吃你做的饭，喜欢你照顾我，喜欢你一直宠我……”

叶芽说了很多，说完看着沈昼的脸色。

他挑眉道：“没了？”

叶芽点头。

沈昼放下茶杯，微微卷起袖口，露出性感的手腕，双手交叠，轻轻摩挲着指尖。

“芽芽，这不是喜欢。从小到大我们就生活在一起，你只是习惯依赖我，习惯得到我的呵护。但是你不能把这种习惯理解为喜欢，这是错误的。”

叶芽安安静静地端坐着，脸上没有表情。

“而且……”沈昼语气稍沉，“我把你当女儿一样照顾，不可能对你有半分邪念。”

听他说完，叶芽歪了歪头，睫毛微颤：“你把我当女儿，那我爸呢？我爸听你这样说，肯定要生气。”

“妹妹，我把你当妹妹。”他改了措辞。

叶芽不以为然地道："又不是亲的，有什么关系？"

沈昼说："我们年龄差很大。你也没到谈喜欢谁、不喜欢谁的年纪。"

叶芽更委屈了："我不嫌弃你老，你竟然嫌弃我小。"

这天儿是没办法愉快地聊下去了。沈昼发现自己完全说不过她！

他深吸口气接着讲道理："叶芽，我不可以喜欢你，你也不可以喜欢我。叶叔叔好心收养我，拿我当亲儿子一样看待，要是他知道他的女儿和我说结婚这种话，他会怎么看待我？我们从小一起长大、一起生活，我把你当妹妹，你把我当哥哥，这样的感情便足够了，超出这样的感情便是不道德的。"

叶芽目光闪烁，问："你觉得喜欢我是不道德的吗？"

沈昼笃定地回答："是。"

叶芽喜上眉梢地道："所以你喜欢我？"

"我问你喜欢我是不是不道德的，你点头说是，所以你觉得自己不道德。因为你喜欢我，所以你不道德。"

沈昼哑然，面对她的逻辑竟无从反驳。

叶芽笑眯眯地说："你觉得我年纪小喜欢我是不道德的，所以等我长大了就道德了，我懂了。谢谢沈昼哥哥，再见沈昼哥哥。"

叶芽起身鞠躬，潇洒地离去，徒留沈昼对着空座位发蒙。

他的话是可以那样理解的吗？是吗？

这天之后，叶芽果真没再骚扰沈昼，全身心投入到学习当中。新年这天，叶芽当着全家人的面宣布了一个重磅消息。她将加入世界生物实验小组，与各地的植物学家一同前往A热带雨林，共同完成一项植物研究课题。

这项研究可能需要三年，可能需要五年，也可能需要七年。

"除了A热带雨林，我们还会去S国新热带界。对了，我们还邀请了节目合作，到时候你们可以在电视上看见我，有空儿的话我会联络你们的！"她喋喋不休地说着，没有注意到餐桌上的气氛逐渐压抑。

"我不同意。"主位上的叶霖川阴沉着脸道，"你一个人去那么偏远危险的地方，要是出事怎么办？家里又不是没有实验室，你何必跑那么远的地方做那些研究？想都别想。"

“可是我长大了，总要出去的。”

啪！叶霖川突然猛摔筷子，站了起来：“你没长大！我只要没死，你就是个孩子！不准去！”他哼了一声，将双手背在身后前往书房。

余研看了看叶芽又看了看叶霖川，叹了口气紧追上去。

叶芽低头咬了咬唇，慢慢起身回到自己的房间里。

夜色沉沉，叶芽书桌前的小台灯还亮着，行李箱放在一边，里面装有一些生活用品。她伏案写完最后一个字，小心翼翼地把笔放在一旁，穿上外套，最后看了眼生活许久的房间，拖着行李箱关上门离开。

她一路偷偷摸摸地抵达后门，就见沈昼双手插兜，静静地站在黑夜里看着她。

叶芽顿住脚步，拽紧行李箱：“你……你是不是要告诉爸爸？就算你告诉他，我……我也要走。”

沈昼从阴影里走出来，低笑道：“你以为你为什么能走出那扇门？”

叶芽怔住。

“走吧。”沈昼晃了下车钥匙，“我送你。”

叶芽恍恍惚惚地跟着沈昼上车。深夜的街道车辆稀少，转眼两人便到达机场，她的导师还有同窗们在不远处等着她。

沈昼站在她的后面，目光深沉地看着她远去的背影。

叶芽回过头与沈昼遥遥相望，不舍之情似浪潮般把她淹没：“沈昼哥，等我回来就成熟了。”

“嗯？”

望着那熟悉的眉眼，叶芽心里酸涩，就像有被咬了一口的酸果在心里腐坏了。

她的声音像被黑夜湮没了：“到时候……我要是还喜欢你，你可不可以别拒绝我？”

沈昼没有回答。

她也没想听他的答案，拖着行李箱跑到伙伴身旁。

她从很小的时候就喜欢偷偷地溜走，有时候为了找叶清河，有时候为了找沈昼，有时候只是调皮想出去玩。

这一次，她要去找前路，找星光，找梦想。

她不后悔，亦不会回头。

叶芽走后，花园里的花静了，整栋别墅似乎也没了生气。

咔嚓，她的房门被推开，一道身影伴着昏暗的光进入房间。

房间里还残留着叶芽的气息，书桌上放着一家人的合照。

叶霖川慢慢地走到书桌前，在椅子上坐下，拿起放在书桌上的信。

他拧开台灯，眯起眼逐字逐句看着。

给爸爸：

从小到大深受您的照顾，给您添了很多麻烦，知道亲人间不必客套，但芽芽还是想和爸爸说声“谢谢”。谢谢您照顾我，谢谢您保护我，谢谢您对我的关心和喜爱。

小兔崽子……叶霖川靠着椅背，继续向下看。

我生活在您所铸造的高墙堡垒中，不被任何烦忧困扰，知道您的心愿是让我在您的膝下平安地生活，这可能是很多父母对孩子的期望。可是爸爸，高墙总有一日会倒塌，堡垒总有一日会消失，我总会长大，总会走出这座象牙塔。

或许前路艰难，旅程险阻，但身后有家，我便无所畏惧。

愿您身体健康，事事顺遂。

您最爱的女儿留

叶霖川握着信，默默擦了擦眼角的泪，拿起笔在落款处写下苍劲的两个字——“收到”。

独家番外

恋　爱

三年后，叶芽回国，叶霖川特意为爱女办了场接风宴。宴会上众人推杯换盏，觥筹交错，被簇拥其中的女孩儿鬈发披散，简约的白色礼服裙难掩姣好的身体曲线。

叶芽刚满二十岁，站于人群之间，亭亭玉立。她眉眼长开了，娉婷秀丽，眉眼间透着几分清澈稚嫩的气质，落落大方地与旁人谈笑，美好得惹人爱怜。

“叶芽当时只到我的膝盖，不知不觉就长成大姑娘了。”许明义眼神慈爱，转头对喜形于色的叶霖川说，“孩子忙归忙，终身大事可不能耽误了。听说搞研究的人都比较古板，同行在一起生活不合适，要找就找圈外的人。”

听完这段话，叶芽悄悄瞥了眼叶霖川，果不其然，他表情收敛，神色沉沉的，像蒙了层灰。

叶芽抿唇忍住笑，温声细语地转移话题：“许哥有女朋友了吗？”

提及家里那贪玩的大儿子，许明义瞬间忧愁起来，哀叹道：“别提他。他要是有你一半乖，我的头发也不至于掉成这样。”

许明义和叶家人很熟，也不见外，在接下来的二十分钟里都在絮絮叨叨地向叶霖川控诉长子大大小小的劣迹。

趁他们说话的工夫，叶芽放下高脚杯，不露声色地走出喧闹的室内。

音乐声逐渐远离，高跟鞋踩在地毯上没有发出半点儿声音，叶芽抬头，瞥见墙壁上挂着的照片，都是她从小到大的照片，每张都定格了她的成长瞬间。

她缓缓地舒出口气，转身进了洗手间，拧开水龙头，认真冲洗着纤长白皙的手指。

一片阴影覆于肩上，她用余光扫去，只看见男人宽阔的肩膀，正要收敛视线，忽然听到沉稳冷淡的嗓音响起："这几年过得好吗？"

叶芽一怔，看了过去。

这人生了一副英俊的面庞，侧脸棱角分明，浓眉下眼睛狭长，睫毛不卷却浓。

心狠狠地一跳，她顿时像失了心智，除了呆呆地看着他外，再也做不出其他反应。

沈昼已经洗好了手，抽出纸巾随意地擦了擦，紧接着递了一张纸巾给叶芽。

她没有接，依旧维持着先前的表情与姿势。

叶芽回来已经有五天了，这五天见到了父母兄长、朋友闺密，并没有见到沈昼。沈昼工作繁忙，哪怕今天不出现在这里也不是什么奇怪的事。

她本来以为他不会来的，可是……

"我吓到芽芽了？"沈昼唇边带笑，眼中的温和之色让整个人的气质变得和煦不少。

叶芽骤然回过神："沈昼哥好。"她脸上的表情很平静，不会显得太疏远，但也没有多亲近。

沈昼收回笑意，垂下眼帘。

这是什么滋味？他只觉得胸口微堵，不自在的感觉萦绕四肢，令指尖发麻。他记得小时候，叶芽除了叶清河外和他最为亲密，不管是学业还是生活中的事，都会第一个和他分享。然而随着时间流逝，他们之间的关系好像注定回不到过去。他不会永远是她亲近的哥哥，她也不可能永远是那个依靠他的妹妹。

沈昼偷偷用余光瞟着叶芽，三年的时光让她摆脱了少女时期的青涩感。现在的她神色从容，像是骤然盛开的玫瑰，沉稳又热烈。她没有看向沈昼，平静地对着镜子整理着发丝。

似是觉察到沈昼的注视，叶芽转头迎上他的目光。沈昼心跳慢了半拍，慌乱地移开视线，佯装镇定地挺直脊梁，伸手摆弄着本就整齐的领带。

他的一系列动作透着几丝怪异，叶芽歪了歪脑袋，笑了：“听说爸爸让你管理分公司，是不是很忙？”

“还好。”

“那你找女朋友了吗？”

“到时候……我要是还喜欢你，你可不可以别拒绝我？”脑海中不自觉地想到叶芽离去时说的话，沈昼怔了怔，正要回答，叶芽抬手拍上他的肩膀，笑得灿烂又可爱：“沈昼哥，你不要太紧张，我就是随便问问。”

说着，她放下手，嘟囔道：“那个时候我不成熟，感情用事，要是冒犯到你，你千万别放在心上。”

沈昼没说话，直勾勾地盯着她的眼睛，试图从其中探寻到其他东西。可是那里什么都没有，她坦坦荡荡，看样子已经从青春期的荒谬与莽撞中走出来了。

沈昼舔了下嘴角，下颌线微收：“嗯。”淡淡的一个鼻音，声音一如既往地无波无澜。

叶芽又笑了一下，侧身走出洗手间。

背对着沈昼，她长长地舒出一口气，心里的落寞感紧随而来。叶芽揉揉眼睛，装作漫不经心的样子用手机编辑着信息：“夏晴姐姐，沈昼哥好像有女朋友了。”

夏晴秒回：“不可能吧？”

叶芽：“真的，他都不正面回答我的问题，肯定有女朋友了。”

再说沈昼都是三十来岁的人了，长得又好看，怎么可能没有女朋友？

想到这儿，叶芽撇了撇嘴，难过得就差当场落泪。

她是个一意孤行的人，做了决定从不轻易改变，对待感情自然也是一样。当初沈昼说她没长大，对他说那些话只是胡闹，可是只有叶芽清楚她到底有多认真。

她的喜欢不是“心血来潮”，是“从一而终”。

夏晴：“你别多想，这几年我都帮你盯着他，你沈昼哥就差剃度出家了，别说女朋友，身边的猫都是公的，说起来清河哥哥倒是和一个小演员暧昧不清……”

叶芽不甚关心亲哥的感情状况，满心想的都是夏晴发来的前半句话。

她盯了屏幕半晌，眉心舒展，聚集在胸中的愁云也散开了。

要是夏晴姐姐说的是真的，那么就说明她还有机会，只要她努力，沈昼哥哥八成……也许……大概会接受她吧？

但想到沈昼固执倔强又难以接近的性子，叶芽又像是霜打的茄子般蔫了下去。

“芽芽，爸在叫你。”

叶子煜的呼喊声让她迅速走出自己的小世界。叶芽调整好情绪，挺胸抬头地走向人群。

宴会结束后，时间还早，叶霖川觉得不太尽兴，又让厨房准备好夜宵，一家人围在餐桌前对着叶芽嘘寒问暖。她有问必答，聊天的间隙还不忘悄悄瞅着斜对面的沈昼。

叶芽之前都没敢好好看他，现在才发现他好像变得更好看了。眉眼比三年前更英气，头发一如既往地乌黑浓密，双唇习惯性地抿着，慵懒地垂着头，脖颈的线条非常流畅、漂亮。

时光将往日青涩内敛的少年打磨成一块宝玉，纵使一言不发地坐在那里，他也可以吸引世间所有的目光。

“颜控”叶芽不自觉地吞了口唾沫，失神间忽略了余研的话。

身旁的叶子煜看不过去，偷偷地捅了捅叶芽的手肘。她回过神，急忙看向余研：“啊？”

见小姑娘眼神茫然，余研不禁笑了笑：“芽芽是不是累了，要不要上去休息？时候也不早了。”

“我还行，你刚才问我什么？”

余研的笑意加深：“我问芽芽在外面有没有谈恋爱。”

此话一出，整个餐厅静得掉根针人都能听见。叶霖川的目光恶狠狠的，似能杀人。

还没等叶霖川发作，叶清河便直接说：“妈，您问这个干什么？我们芽芽还小呢。”在叶清河这个兄长眼中，他的叶芽哪怕到了七十岁也还只是个三岁半的小宝宝，哪能那么快谈恋爱？再说，全天下也没有人配得上他的妹妹。

“芽芽二十了，也不小了。”沈然极为耿直，说完又添了句，“当初我十六岁就知道喜欢别人了。”

那炫耀般的语气让“母胎 solo（此处指单身）”的叶子煜很是不爽，桌子下面的脚对着沈然的脚背踩了过去，沈然痛呼一声，像往常般与叶子煜“厮杀”在一起。

两人吵吵闹闹，上了年纪的叶霖川哪受得了这个，抬手掐掐眉心，从牙缝里吐出几个字：“滚去楼上。”

眼瞧着叶霖川要发怒，两人不敢当着他的面继续造次，扭打着上楼。

“听说学校把你分配到研究院了？”面对叶芽，叶霖川迅速换上了温和的面孔，哪里还有先前的不耐烦。

叶芽点了点头：“下周开始工作。”

叶霖川眉头紧锁地道：“我记得植物研究院离家有些远，你来回跑也辛苦，要不要在那边给你找套房子，工作起来也方便些？”叶霖川倒是想让女儿继续留在家里住，可为了孩子方便，只能想别的方法。

叶芽说：“没事，我住宿舍就好。”

余研不甚赞同地说：“住宿舍哪有住自己的房子舒服？不过植物研究院那边好像没有我们的房产。”

夫妻二人为此为难时，叶清河插话道：“沈昼在那边有套别墅，要不要先让芽芽住过去？反正都是一家人，也没什么关系。”

夫妻二人这才想起沈昼负责的分公司就在植物研究院的两条街外，再旁边的别墅就是沈昼的房产，现在让叶芽住过去刚刚好，还有个人照看她，他们也能放心些。

“不错，这样我们也能安心，沈昼你说呢？”

沈昼陷入沉默。

“沈昼？”

余研的催促让沈昼感觉肩头一沉，他放下酒杯，刚要找机会拒绝，身旁的小姑娘就兴冲冲地举起手道：“可以、可以！我去沈昼哥哥那儿住！”她极其兴奋，眼睛发亮，令人不忍说出拒绝的话。

沈昼喉结滑动，最终低下头，算是默认。

叶芽的动作很快，第二天她便收拾好行李随着沈昼前往他现在所住的小区。车内一片寂静，叶芽坐在副驾驶座上沉默地玩着手机，偶尔斜眼偷看专心驾驶的沈昼。

叶芽这三年来并没有完全远离尘世喧嚣，有时也会在新闻或者别人口中听到关于沈昼的消息。别人说他是商界崛起的新秀，是未来可以超越叶霖川的商业奇才。沈昼的事迹越多，名字越响亮，她就越觉得他陌生。对叶芽来说，记忆里的沈昼始终是不爱说话、内敛又温柔的大哥哥。他隐忍有耐心，不管发生什么都会无条件地保护、支持着她。

印象里的他好像很少生气，偶尔一次大发雷霆也是因为她不听话，偷偷地离开家。

年少的叶芽知道这是来自兄长的呵护。可是随着岁月流逝，掩藏于心底的情愫发生了微妙的变化，不知何时，她想永远拥有他的保护；不知何时，她想一辈子守着属于他的温柔。

叶芽注视着沈昼，目光灼热，令沈昼难以忽视。

他控制着呼吸，声音喑哑地道："中午去外面吃，还是我做给你吃？"

"沈昼哥哥做给我吃。"叶芽毫不犹豫地回道，"我要吃糖醋排骨。"沈昼从小练就了一手好厨艺，小时候没少背着家长给她开小灶，这三年她在外面风餐露宿，别说顿顿吃不上热饭，一天不吃东西的情况也是常有的。

想起沈昼的手艺，叶芽不禁咽了口唾沫，掰着手指头说："还有水煮鱼、红烧狮子头、干锅包菜……"

叶芽小嘴不停，一口气报了十几道菜名，沈昼感觉好笑，不由自主地伸出手揉了揉她的头顶。他掌心宽厚温热，伸过来时叶芽嗅到一股淡淡的香气。她的声音戛然而止，心脏仿佛骤然缩了下。

沈昼目光一闪，顷刻间意识到这种举动对二十岁的大姑娘来说的确过于亲密了。

他匆匆收回手，过了一会儿问："这几年在外面过得好吗？"

"不太好，雨林里面能有什么好？"叶芽低头绞着手指，"我还被虫子咬了。"

"虫子？"

"嗯。"叶芽重重点头，"一种只生长在雨林里的变异虫种，咬在了我的身上，不算严重，但是疤痕去不掉……"

她的语气轻描淡写，但沈昼每听一个字，心都会跟着重重地跳一下，匆忙把车停在路边，迎着叶芽狐疑的眼神说："咬哪儿了，给我看看？"

叶芽愣了愣，呆呆地说："屁股上。"

沈昼的呼吸一顿。尴尬的气氛逐渐蔓延，红色迅速蹿上两人的耳根，相视几秒后，两人沉默地错开视线。

沈昼轻咳一声，继续开车："要……要紧吗？"

叶芽也结结巴巴地说："不……不要紧。"

"那就好。"

车内再次回归寂静。

二十分钟后，车子总算抵达沈昼住的地方。他帮她拎着行李进门，叶芽全程乖巧地跟在后面，好奇地打量着他的屋子。沈昼对住处没多大讲究，房子装修简约，色调单一，一眼看去很是空荡。

卧室在二楼，沈昼将行李放在门口："需要什么和我说，我先去做饭。"

"哦。"叶芽点头，提着东西进卧室整理。

沈昼看了她一眼，挽起袖子转身离开。

他下午还有工作，吃完饭也不能继续陪着叶芽。叶芽还有一篇报告要写，自然也没空儿和沈昼叙旧。午餐过后，两人各忙各的。

待她把报告写完，窗外天色已暗。

叶芽伸了个懒腰，打了个哈欠遥望窗外，弯月冷清地挂在天际，星光暗淡地点缀在天空之上，花园里的植物还没有睡，小声议论着叶芽和沈昼的关系。

"这姑娘八成是主人的女朋友，你们说呢？"

"呸呸呸，主人明明是我的，等我变成人了就和他在一起。"说话的是一株红玫瑰，正尽情地在月色下摇曳着花枝。

旁边的白玫瑰小声提醒："如今妖怪不许成精。"

"说起来那个姑娘怎么一直看着我们，她不会能听见我们说话吧？"

此时有植物敏锐地注意到叶芽的视线，能听懂花草之语的叶芽很是淡定地关上窗户，拉上窗帘，回到桌前。她刚坐下，手机提示音响起，研究院共事的前辈发来了消息。他们听说叶芽回国，临时决定一伙人出去聚聚。

叶芽本来是不想去的，可是想到同事们日常对她的关照，最终没有拒绝，在群里回复后，便去更衣室挑选晚上要穿的衣服。

叶芽常年漂泊在外，穿衣风格都以舒适日常为主，还好来这里前余研给她带了几件漂亮的小裙子。她随便穿了条款式简单的碎花裙，细心打理好及肩的自然卷头发，背上包准备出门。

一股香气自厨房传出，沈昼系着围裙，专心地在厨房煲汤。听到脚步声，他回过头来，对着装扮整齐的叶芽微微一怔："要出去？"

"嗯。"叶芽点头，看了眼他手上的勺子，"沈昼哥，你在做饭呀？"

"想给你做鱼汤补补身体。"望着整装待发的叶芽，沈昼抿了抿唇道，"是去工作吗？要不吃完饭再走，我送你过去？"

"不用、不用。"叶芽慌忙摆手，"我去和同事聚餐，就不吃了。"

沈昼没说话，一阵失望涌上心头。

他的沉默令叶芽有些尴尬，她挠了挠头说："那……我先走了。"

"我送你过去。"

"不用，我自己开车过去，你把车钥匙给我。"

她拒绝得极为干脆，沈昼解开围裙，将自己的车钥匙递到她的手上。

叶芽挥手作别，头也不回地驾车离去。

目送着消失在夜色里的车影，沈昼懊恼地扯了下头发。怎么说她也是个小姑娘，他竟然问都没问地址就放她走了。沈昼思来想去不放心，掏出手机翻找出那熟悉的号码。

"沈昼哥，怎么啦？"

沈昼沉声道："到地方给我发个定位。"

叶芽虽觉诧异，但还是一口应下。

叶芽很快抵达位于市中心的娱乐中心，向沈昼发送定位后踱步进入。她到的时候包间里已坐满了人，大家说说笑笑，气氛融洽。见叶芽进来，屋内静了两秒，她的前辈起身，笑眯眯地揽上叶芽的肩膀："我们芽芽来了，快让个座。"

叶芽挨个问好，视线一转对上一张陌生的面孔。

青年安静地坐在角落里，长得俊秀，眉眼好像有些熟悉。

师姐注意到叶芽的眼神，拉着她介绍道："这是宁一舟，新来的助理，教授的意思是让你带带他。"

宁一舟。

叶芽的眼睛猛地瞪大。

可不熟悉嘛，这不就是小时候三天两头扯她的辫子，最后被沈昼教训了一通的那个熊孩子吗？！

叶芽对他实在没什么好感，半天没吭声。

“师姐好。”宁一舟一改儿时充满戾气又幼稚的样子，冲她伸出手，眼睛亮亮地盯着她的脸蛋看。

叶芽没有把手伸过去。

这时身边的前辈又说：“小宁好像和你是一所学校的，说不定你们之前见过。”

“嗯，我和叶芽师姐是同班同学。”宁一舟弯起眼眸，嗓音清亮地说，“我是因为叶芽师姐才学植物研究的。”

他凝视着她，心中悸动。

叶芽曾经是班级里最聪明最漂亮的女生，那个年纪的男孩子有时会以幼稚的方式吸引女生的注意，宁一舟也不例外。后来渐渐成熟，看着在电视新闻里大放异彩的她，他心底骤然生出无限的情愫来。

他想靠近她，想再次吸引她的注意力，哪怕一个眼神也好。只要能被她看见，不管付出什么他都愿意。

于是宁一舟一改往昔的性子，变得比谁都刻苦努力，所做的一切只是为了接触到她。

叶芽不知道宁一舟心里的想法，目光游离，神情看起来颇为敷衍。

聚会热闹地进行着，叶芽酒量不好，但还是跟着大家喝了几杯。酒劲很快上来，她感觉头重脚轻，脸蛋发烫，阵阵酸水从胃里向上涌。

“芽芽是不是不舒服？”有人注意到了叶芽的脸色，关切地询问道，一时间所有人的目光都向叶芽聚集了过来。

叶芽强撑着身体站了起来：“我好像喝多了，就先回去了，不然家人会担心的。”

他们哪能放心让叶芽一个人走，当下支使起宁一舟来：“小宁，这里面就你没喝酒，你负责把叶芽安全地送到家。”

叶芽正想拒绝，宁一舟已经站起身：“没问题，我会送叶芽师姐平安地回去的。”

说着他冲叶芽笑了笑：“走吧，需要我扶你吗？”

叶芽摇头，脚步虚浮地走出包间。

室外夜风凉爽，她的头脑清醒不少。叶芽揉了揉阵痛的太阳穴，哑着嗓子说：“宁一舟，不需要你送我，你回去吧。”刚才在里面她是想给新人留几分面子，何况她也不信任这个曾经欺负过她的同学，既然现在没了别人，自然不用再端着。

月色下少女脸色绯红，漂亮的眼睛染上醉色，清纯中又糅杂着几分女性的妩媚。

宁一舟不以为然地道：“你是怕我对你做什么？”

“你不敢。”

宁一舟眯了眯眼，身体骤然逼近，压低嗓音道：“你怎么知道我不敢？”

叶芽打了个激灵，陌生气息的压迫感让大脑瞬间清明，双脚不由自主地向后挪动。她还没来得及站稳，一双大手突然拉上叶芽的胳膊，下一秒，她娇小的身体被沈昼严严实实地护住了。

叶芽惊愕地抬头。灯光在他的肩上洒落，即使看不清他的脸，叶芽也能感受到对方神色里的冷意与眼中的威胁之意。

“走了。”沈昼懒得再施舍宁一舟半个眼神，脱下外衣罩在叶芽的肩上，揽着她上车离去。

深夜的马路显得冷清，车速略快，酒气还没完全散去的叶芽感觉胃里翻江倒海，想吐的欲望十分强烈。她紧紧捂嘴，不禁抬手拉住沈昼的袖子，嘴里含混不清地说：“沈昼哥，你慢点儿，我恶心……”

沈昼乜斜了叶芽一眼，放慢车速，靠边停下。

她匆忙开门下去，弯腰呕出几口酸水。

“给。”沈昼把纸巾与水一同递了过去。

“谢谢。”叶芽漱完口，这才注意到沈昼面色不善，这显然是他生气的表现。叶芽心里咯噔一下，舔了舔干涩的唇，不由得放轻声音道：“沈昼哥，你特意来接我的？”

沈昼没说话，不想让她知道其实他是跟着来的，在外面守了足足有两个小时。

“好久没和大家见面，就喝了两杯。”叶芽顿了顿说，“沈昼哥，你能不能别告诉我哥和我爸他们？”

叶霖川和叶清河对她管得严，要是让他们知道她今天喝了酒，肯定要教训她半天。

望着小姑娘忐忑的眼神，沈昼哼笑道：“你还知道怕？那你知不知道那样很危险？”

叶芽的目光湿润，眼神懵懂。

“像是刚才，那个人这样子……”沈昼像宁一舟那样弯腰靠近叶芽，试图身体力行地教育她，让她知道一个醉酒的女人面对一个成年男性是很危险的事情。

可是叶芽没觉得怕，大眼睛眨也不眨地牢牢锁定沈昼的脸。

夏风凉爽，月色柔和，路灯将两个人的身影拉得很长。她能嗅到自己身上的酒气，也能感受到沈昼的鼻息，甚至能从他深沉的双眸中看到她的影子。

沈昼一直在照顾她。

叶芽知道沈昼对她没有任何非分之想，却不受控制地想让两人之间的感情变质。不知是从什么时候开始，她意识到沈昼的存在如此不同；也不知道是从什么时候开始，她想永远和他在一起——作为亲密的恋人在一起。

她咬了下唇，也许是酒精麻痹了大脑，让她没了理智，也许是她潜意识中想放纵一次。

叶芽睫毛轻颤，踮起脚，将滚烫的双唇贴在了沈昼的下巴上，很轻地触碰，小心翼翼地倾诉着长久以来的情愫。

沈昼瞳孔骤缩，思绪一片空白。他的身体快速做出反应推开叶芽。他踉跄后退几步怔怔地看着眼前的姑娘。

他刚才的行为让叶芽彻底清醒，在一刹那有很多情绪涌上来。她攥紧拳头，唇瓣半张：“我……”

“你喝多了。”沈昼面无表情地打断她的话，转身只留给叶芽一个背影，“上车。”

起风了，叶芽孤零零地站在昏黄的路灯灯光中，看着头顶围绕着路灯盘旋的飞蛾，阵阵落寞辗转心头，突然觉得自己就是个笑话。

回去之后，两人都对那天晚上的事情闭口不谈，平静如常地在同一屋檐下各过各的生活，看似什么都没有被打破。但是叶芽知道他们之间有了隔阂，关系似破裂的镜子般难以回到原来的模样。

叶芽不希望裂痕继续加大，于是尽可能地避开和沈昼接触，遇到难以避免接触的情况时便竭力投入工作，于是作为她的助理的宁一舟借此机会常在周六日出现在沈昼的别墅里，假公济私地和叶芽过“二人世界”。

老实说，年纪相仿的两个人坐在一起，看上去很登对——男俊女美，尤其宁一舟极会讨女孩子欢心，不时逗得叶芽笑得眼睛弯弯。

一两次还好，三番五次下来沈昼终于觉得不爽了。

他当然不会明着表达情绪，只能暗暗观察他们的动向。若宁一舟和叶芽进了书房，沈昼就每隔五分钟进去一次，或者端着茶杯像小偷一样鬼鬼祟祟地在书房外偷听。他做得太明显，让人想不注意都难。

“沈昼大哥，我们聊一下吧。”叶芽正巧去了厕所，宁一舟觉得这是一个和沈昼单独聊天的好机会。

第十五次进来倒水的沈昼淡定地放下水壶，神色平静地道：“刚好我也想和你聊一下。”

“我想追你妹妹。”

“离我妹远点儿。”

两人同时开口，话里的火药味十足。

周围寂静了几秒后，宁一舟单手托腮，哼笑道：“看样子沈昼大哥真的不喜欢我。”

宁一舟神色轻浮，与面对叶芽时判若两人。

沈昼觉得厌烦，至今记得这小兔崽子当初做过的那些龌龊事，说好听点儿是小孩子不懂事，说难听点儿就是校园欺凌。一个欺凌过他人的人怎么可能突然变好？叶芽从小生活在他们的羽翼下，他怎么可能把一手保护大的宝贝送给这样的人？

“是。”沈昼直言不讳，面色冰冷地道，“我不喜欢你，你最好滚出我们家。”

沈昼凶得很，宁一舟瞪大了眼睛，紧接着咬了咬唇道：“沈昼大哥，我知道我之前不好，可是……可是我真的只是想向芽芽学习，没其他意思。”

沈昼皱眉，搞不清他搞这一出是什么意思，于是重复道：“我让你滚，离叶芽远点儿。”

“沈昼大哥不要把话说得这么难听，我也向你道歉了，你……你别怪芽芽。”

他在说什么？

沈昼正要发作，一道娇小的身影忽然从身旁掠过。他呼吸一顿，下一秒就见叶芽收拾起书桌上的课本，拉起宁一舟："走吧，我们去图书馆好了。"

宁一舟由叶芽牵着，乖顺地点了点头，最后在叶芽看不到的地方冲沈昼露出一个得意的笑容。

当晚，越想越气的沈昼向兄弟几个中唯一谈了恋爱的沈然请教。沈昼自然不会直接说，于是以"我有一个朋友"为开头把事情的经过对沈然描绘了一遍。

认真听完的沈然沉思几秒后道："哥，你的朋友这是碰到'绿茶'（指善于心计的人）了啊。"

词汇生涩，沈昼听不懂，便直接问："怎么办？"

沈然："简单啊，他'绿茶'你也'绿茶'啊……"

沈昼纠正道："不是我，是我的朋友。"

沈然没有拆穿他："好，你的朋友。'绿茶'卖惨你也卖惨，'绿茶'装可怜你也装可怜，他装无辜你也装无辜，总之示弱就完事了。"

沈昼似懂非懂地挂断了电话。

另一边，刚好过来探班的夏晴放下手上的东西："你哥？"

沈然笑了笑："嗯，我哥估计谈恋爱了。"

夏晴眼皮一跳，说："谈恋爱？"

沈然又将沈昼"那个朋友"的事转述给夏晴，作为"叶芽控"晚期患者的夏晴却听得心惊肉跳——敢情她的妹妹这是遇到"情敌"了啊！夏晴越想越觉得危险，慌乱地把沈昼"那个朋友"的事情以文字的方式发送给了叶芽，其中包括沈然的"经验之谈"，最后叮嘱她好好提防。

叶芽耐心地看完那长达几百字的微信信息，聪明的大脑高速转动，最后懂了，紧接着笑了。

好吧，她倒要看看她的沈昼哥哥怎么"绿茶"。

接下来的一段时间，叶芽照常把宁一舟往家里领。沈昼不同以往，这次全程坐在两人身边当陪读，就算宁一舟想把他支开，他也不走。要是遇到宁一舟出错，沈昼要么在旁边煽风点火，要么就说宁一舟能力不行，久而久之把宁一舟气得牙痒痒，最后再也不来他们家了。

没了学习这个借口，宁一舟又开始想方设法地约叶芽出去。不巧的是，研究院有沈昼安插的“眼线”，每到这个时候，沈昼都会给叶芽安排更大的“惊喜”。两人从小一起长大，沈昼自然知道她喜欢什么，看着叶芽欣喜的神情，瞬间觉得自己像是胜利者。

眨眼间一年过去了，正当沈昼以为自己可以吹响胜利的号角时，叶芽被分配到了C城研究院学习三个月，宁一舟将一同前去。

三个月、九十天、两千一百六十个小时，足以让宁一舟反败为胜！

沈昼慌了，再次向弟弟求助。

沈然说：“你傻啊，装病！她要是在意你肯定会留下来照顾你。”

她要是在意你肯定会留下来照顾你。

沈昼眼睛亮起，当夜脱光衣服去游泳池游了五圈，又吹了半宿冷风。不出意外，沈昼成功地在叶芽要走的那天病了，高烧三十八摄氏度，还觉得有点儿不够。

“沈昼哥，你没事吧？”收拾好行李的叶芽望着脸色通红的沈昼，犹豫地踮起脚把自己的掌心贴上他的额头。沈昼配合地弯下腰，感受着少女掌心柔软的触感，嘴角不自觉地弯了弯。

“好烫呀。”叶芽顾不得那么多，急忙丢下行李，搀扶着沈昼到床上躺下，细心地关好窗户，给他盖好被子，“沈昼哥你发烧了，现在我就打电话叫我哥过来。”

她要叫叶清河？

那可不行！

沈昼一把扯住叶芽的手腕，咳嗽了两声，声音暗哑，故作娇弱地道：“没关系，一点儿小风寒，叶芽快去吧，别误了飞机。”

“可是你这样，我没办法走呀。”

他等的就是这句话。

沈昼闭上眼，别开脸，神情隐忍地道：“没关系的，反正我又不是没一个人待过，小时候病了都是一个人撑过来的。你快走吧，不用管我。”

叶芽想到沈昼的身世，眼眶一红道：“我……我不走了！我要待在沈昼哥哥身边。我照顾你！”

她抿了抿唇，扑过去给了沈昼一个温暖的拥抱。

嗯，舒服了，沈昼心满意足地笑开了花。

他正得意忘形，表情被叶芽尽收眼底。冷静下来的叶芽仔仔细细地想了想他近日的行为，那点儿同情消失殆尽。她扯扯嘴角，从他身上爬起来，佯装遗憾地叹了口气："不过我都答应教授了，爽约不好，我还是叫人来吧，你放心，专业的人肯定比我照顾得好。"

说罢，她起身向屋外走去。

沈昼急了，掀开被子两步追上她，一把拽住女孩儿的臂膀将她扯到怀里，眼圈因感冒而发红。他紧紧地箍着叶芽，几乎用尽全身的力气。

"我不准你走。"沈昼一字一顿地说着，嘴角微微颤抖。

叶芽被他的这副表情吓了一跳。

"你一个人去，可以。"他字字有力地道，"要是和那个浑小子一起去，不行。"

她呆呆地问："为什么？"

为什么？

他又一次被问住，神色恍惚。因为他觉得她长大了，因为她的那一吻让他迷失了心智，或者又因为……

男人的沉默让叶芽心底泛起落寞的情绪。她垂下眼皮，缓缓地扯开沈昼的臂膀，声音低低地说："我哥哥也不会管我去哪里，你好好养病，我……"

"可是我不是你的哥哥。"他突然接话，语气坚定。

叶芽愣了愣，猛然抬头迎上他的亲吻。

轰的一下，叶芽的眼前仿佛瞬间炸开烟花。

沈昼呼吸微乱，指腹偷偷摩挲着叶芽的脸蛋："也许会被叔叔打，但……我还是想问你，你……你愿意和我在一起吗？"

叶芽已经激动到失去言语，抱紧沈昼给予回应。

半晌过后，她哽咽着说："你还是先别告诉我爸了，我不想年纪轻轻就当寡妇。"

又是一年，搞了一年"地下情"的叶芽决定向叶霖川探一探口风。

晚餐过后，气氛良好，叶芽来到花园，让沈昼暂且藏到一边，小心翼翼地走过去问："爸爸，你同意沈昼哥哥找女朋友吗？"

正在给花浇水的老父亲叶霖川听到这句话毫不犹豫地点头："同意。"

孩子找女朋友，那他有什么不同意的？何况沈昼都那么大年纪了，是该成家了。

叶芽眼睛一亮，充满希望地问：“要是年纪比哥哥小的呢？”

叶爸爸回答得更加爽快：“那更同意。”

叶芽笑开了花，跳起来对着叶霖川的脸猛亲了一口：“谢谢爸爸！”说完她蹦蹦跳跳地跑了回去。

叶霖川丈二的和尚摸不着头脑。她的沈昼哥找女朋友，她就这么高兴？也难怪，家里男丁多，一个女孩子可能会觉得孤单。

叶霖川哼着小曲儿继续浇花。

叶芽一路跑向沈昼，飞扑到他的怀里，激动地嚷嚷道：“爸爸同意我们在一起啦！爸爸真好！”

沈昼无语。